Alexandra Natalie Zaleznik, geb. 1984, ist Germanistin. Sie ist zweisprachig in München aufgewachsen und lebt mit ihrer Familie in Slowenien. Sie übersetzt aus dem Slowenischen ins Deutsche sowie aus dem Deutschen und Schwedischen ins Slowenische.

Tamara Kerschbaumer, geb. 1986, studierte Slawistik in Wien und Ljubljana. Sie arbeitet als Moderatorin und freiberufliche Übersetzerin und ist derzeit als Wissenschaftliche Mitarbeiterin an der Donau Universität Krems im Department für Migration und Globalisierung beschäftigt.

Peter Scherber, geb. 1939, ist Slawist und Literaturwissenschaftler. Er übersetzt überwiegend aus dem Slowenischen, z. B. Brois Pahor, Andrej Hieng, Lojze Kovačič, Mojca Kumerdej u. a. Er lebt und arbeitet in Wien.

ROMAN
ROZINA

HUNDERT JAHRE BLINDHEIT

Roman

Aus dem Slowenischen
von Alexandra Natalie Zaleznik
unter Mitarbeit von Tamara Kerschbaumer
und Peter Scherber

Klett-Cotta

JAK SLOVENIAN BOOK AGENCY

Diese Übersetzung wurde von der Slowenischen Buchagentur gefördert.

MIX
Papier | Fördert gute Waldnutzung
FSC® C014889
FSC www.fsc.org

Klett-Cotta
www.klett-cotta.de
Die Originalausgabe erschien unter dem Titel »Sto Let Slepote«

Cover: Anzinger und Rasp Kommunikation GmbH, München
unter Verwendung einer Abbildung von © Aurora Borealis,
Nelly van Nieuwenhuijzen, Painting, Acrylic on Canvas
Gesetzt von C.H.Beck.Media.Solutions, Nördlingen
Gedruckt und gebunden von Friedrich Pustet GmbH & Co. KG, Regensburg
ISBN 978-3-608-98728-7
E-Book ISBN 978-3-608-12199-5

INHALT

I. Teil

24. MAI 1900

Bleischwere Wolken ballten sich über Podgorje, doch jedes Mal, wenn sie zu einer düsteren Masse verklumpten, zu schwer selbst für ein fest gewebtes Tuch, kam ein heftiger Wind auf und wehte sie wieder fort. Seit zwei Tagen schon spielte der Himmel den Menschen diese Posse, die Hängepartie zerrte so an ihren Nerven, dass einige sogar ihre Angst vor Wolkenbrüchen vergaßen und laut riefen, diese bedrohliche Gräue soll endlich weiterziehen oder abregnen, man kann schließlich nicht den ganzen Tag in den Himmel starren.

Verglichen mit den Nachbardörfern, hatte sich in Podgorje in den letzten Jahren vieles verändert. Während anderswo schlimme Dürre herrschte und man inständig um Regen flehte – der Ackerboden war knochentrocken, Windstöße hoben Staubwolken von den Feldern, und aufgrund der drückenden Luft krümmten sich die alten Männer mit Rheuma vor Schmerz –, fürchtete man an den verwundeten Hängen von Podgorje jeden Niederschlag. Noch der kleinste Regenschauer schuf tiefe Risse und ließ Erdrutsche drohen, und niemand wusste, ob sein Haus der kommenden Verschiebung standhalten oder ob sie es gänzlich plattmachen würde, es war unmöglich abzuschätzen, was die habgierigen Spalten wohl als Nächstes verschluckten.

Als sich die Nacht übers Dorf legte, spielte der Himmel noch immer mit ihnen. Aufgrund der dichten Wolkendecke brach sie früher an und war dunkler als sonst. Als sie sich in ihre Betten legten, schlich sich in die unheilverkündende Stille das verspielte Rascheln junger Bäume, das unter der Wucht des Sturms bald umschlug in einen wilden Tanz und ein schauerliches Stöhnen alter Stämme und Äste. Eine weitere Nacht, in der die Augen blind in die Dunkelheit starren und die Ohren nach den Geräuschen gieren werden, aus denen die Angst erdrückende Vorstellungen formt: Wird der Sturmwind die drohende Sintflut über ihnen vertreiben, oder schwemmt es sie endgültig hinfort?

•

Ignacij Knap blickte zur Decke empor und versuchte vergebens zu entschlüsseln, was die Nacht rief. Zum bestimmt hundertsten Mal beschloss er, dass er den zehrenden Nervenkrieg leid war. In den vier Jahren, seit ihm sein Vater das Landgut überschrieben hatte, war er um vierzig Jahre gealtert, das fortwährende Lauschen und machtlose Warten hatte ihn völlig ausgelaugt. Er wurde Besitzer des größten Bauernhofs, doch damit nicht sein eigener Herr, er war die Geisel eines Ackers, der mörderisch wegbrach. Unter seinen Füßen war alles ausgehöhlt, die Eingeweide seines Grundes waren wie von Motten zerfressen, nie wusste er, wie tief die Erde unter seinem nächsten Schritt einbrechen würde. Genug, das ist doch kein Leben, befand er, seine Schwester Zofija, die schon seit Jahren auf ihn einredet, dass er den Hof verlassen und ins Tal ziehen soll, hatte recht.

Schon morgen wird er zur Bergwerksverwaltung gehen, gleich in der Früh macht er sich auf. Sie werden ihn mit offenen Armen empfangen, Arbeit und Wohnung anbieten. Alle vierzehn Tage bekommt er seinen Lohn, er wird wieder ruhig schlafen können. An die Schwerstarbeit in der Grube wird er sich gewöhnen, Anstrengungen sind ihm vertraut, auch auf diesem verfluchten Stück Land schuftet er von früh bis spät. Er wird die Klage zurückziehen, die sein Vater angestrengt hat – sie ist aussichtslos, schon fast zehn Jahre zieht sich der Prozess hin und frisst nur Geld –, er wird ihnen das Grundstück verkaufen, das schon jetzt mehr ihnen gehört als ihm. Sie rauben es ihm von unten, sie wühlen tief im Erdinnern und höhlen den Boden unter seinen Füßen aus. Es ist nur eine Frage der Zeit, wann die wenigen Häuser einstürzen, die in diesem verlorenen Schützengraben geduckt ausharren. Ganz Podgorje rutscht zu Tal, der Teufel wird sich alles holen. Morgen bereitet er dieser Qual ein Ende.

Seine nächtlichen Überlegungen führten ihn immer zum selben Entschluss, am Tag jedoch verflog sein trotziger Wille. Der übliche Zweifel meldete sich, es tat ihm leid um das Land, so widerborstig es war. Auch die Grube verlor am Morgen all ihren überhöhten Reiz, er ärgerte sich über Zofijas Besuche, weil sie ihm Lügen auftischte und übertrieb, wenn sie Wohlstand und Glück des Bergmanns beschrieb, sodass ihm Terezija noch den ganzen Tag mit vorwurfsvollen Blicken zu verstehen gab, wie gleichgültig sie und die Kinder ihm waren und es ihm einzig um diese wertlosen Felder ging. Wenn sie sich wenigstens laut beklagen würde, sodass er sie anbrüllen und ohrfeigen könnte, aber sie machte ihm immer nur Vorwürfe, ohne ein einziges Wort zu sagen.

Da macht er sich schon wieder etwas vor, dachte er, es gibt genau einen Grund, warum er an diesem wackeligen Hügel klebt, ein einziges Hindernis hat ihn immer davon abgehalten, dass er das alles nicht schon letztes Jahr oder vor zwei Jahren aufgegeben hat. An allem kommt er vorbei, nur nicht an seinem Vater und dem Versprechen, das er ihm gab. Obwohl sein Vater inzwischen schwer von Begriff ist, alles Mögliche vergisst und nicht einmal mehr weiß, wie die Nachbarn heißen, wird er sich bis zu seinem letzten Atemzug daran erinnern, was sein Sohn ihm geschworen hat. Beim Leben seiner Erstgeborenen, der damals noch nicht einjährigen Frančiška, hat er gelobt, den Hof niemals an das Bergwerk zu verkaufen. Dieses Hindernis vermag er nicht zu überwinden, diesen Eid kann er einfach nicht brechen. Es stimmt, fast alle anderen verkaufen, das Bergwerk hat schon mehr als die Hälfte des Dorfes in seinem Besitz, doch das ändert nichts, Ignacij ist zu sehr an das seinem Vater gegebene Versprechen gebunden. Ihm hatte er gesagt, dass er auf dem

Bauernhof nur bleiben wird, wenn sein Vater ihm diesen überschreibt, und er, Jakob, hatte ihn schwören lassen, dass er dem Bergwerk dafür keinen Fußbreit Land verkauft. Dann hatten sie einander die Hände gereicht.

Er ist in eine Falle getappt, aus der es kein Entrinnen gibt, seine zahllosen Beschlüsse, diese unglückliche Geschichte zu beenden, sind nur hohles Geschwätz. Mit jedem Tag klarer sagte ihm sein gesunder Menschenverstand, dass sein Ausharren auf dem Hof ohne Perspektive war, und doch forderte sein männlicher Stolz, sich an sein einmal gegebenes Wort zu halten. Er fand keinen Ausweg aus der Zwickmühle, dabei ist das Leben zu einer sinnlosen Tortur, einem qualvollen Warten auf den sicheren Untergang geworden, in den er nun noch Frau und Kinder mit hineinziehen wird. Der Winter hat den linken Teil des großen, vor Jahren noch stabilen Hauses zerstört und unbewohnbar gemacht, weshalb alle in einer stickigen Kammer aufeinanderhockten. Die Risse hat er notdürftig saniert und die Decke abgestützt, die jedoch schon morgen erneut einstürzen kann. Man müsste sie von Grund auf reparieren, aber er hat nicht mehr den dazu nötigen Willen aufgebracht, es war ja doch nur eine Frage der Zeit, wann das Haus einstürzt und sie fortgehen müssen. Das halbe Dorf steht bereits leer, viele Häuser sind schon eingestürzt, alle anderen sind verfallen oder haben Risse.

Er blickte zu Terezija, die stumm neben ihm lag, wie um bei ihr die Antwort zu finden. Aber die Dunkelheit war so undurchdringlich, dass sich selbst ihr großer, runder Bauch nirgendwo abzeichnete. Es machte ihn wütend, dass sie so ruhig schlafen konnte, während er sich mit der Suche nach einem Ausweg aus dem Teufelslabyrinth quälte, in dem sie feststeckten.

Ignacij hat sich schon oft geirrt, und so auch diesmal. Terezija, die nur eine Handbreit von seinem Körper entfernt war, lauschte schlaflos dem Atem Frančiškas und der Zwillinge, die aneinandergedrängt im Bettkasten lagen, sie drückte die zarte Angelina an ihre Brust und strich mit der anderen Hand sanft über ihren Bauch, in dem sich ein übermütiges Wesen reckte und streckte. Es wurde zunehmend mühsam mit diesem üppigen, ungelenken Körper, wenigstens war es bis zur Niederkunft nur noch eine Frage von Tagen.

Schon ihr fünftes Kind, fünf Schreihälse in nicht mehr als fünf Jahren. Frančiška ist fünf, Alojzij und Ludvik sind drei, Angela ist gut ein Jahr alt, und schon ist ein neues Kind unterwegs. Wie schnell sie kommen, viel zu schnell, wenn das so weitergeht, wird sie denken müssen, dass sie das ständige Gebären noch umbringt. Sie hatte einen starken, straffen Körper, nun ist sie ausgelaugt und krank, manchmal kann sie den Urin nicht halten, die Kinder haben ihr die Brüste leer getrunken. Jetzt sind sie wieder groß und prall, schwer sind sie und tun weh, bald aber werden sie wieder wie leere, schlaffe Säcke an ihr herabhängen. Ständig muss sie sie füttern, die kleinen Biester, sie fressen sie auf, werden sie noch komplett verschlingen.

Sie zog sich krampfartig zusammen, weil Ignacij sich rührte. Sie spürte seine wachsende Ungeduld, sie wusste, er wartet nicht mehr lange, bald nach der Geburt wird er wieder auf ihr liegen und sie aufs Neue schwängern. Die männliche Begierde sieht nicht, dass sie wund ist dort unten, dass sie blutet, dass es aus ihr fließt. Sie könnte ihn bitten, den Samen nicht in sie reinzuspritzen, aber er wird nicht auf sie hören, sie würde ihn nur erzürnen, er hat Anspruch darauf. Es ist nicht nur ein animalischer Trieb, wahrscheinlich wünscht er sich zehn Abbilder seiner selbst, eine kleine Armenprozession. Er ist blind wie diese Nacht, er hat noch nicht gemerkt, dass alles zum Teufel geht, vieles von dem, was man in die Furche sät oder pflanzt, sinkt in die Tiefe hinab, bevor sich erste Triebe bilden. Nicht wie bei ihr: Alles, was er in sie legt, keimt auf. Früher war auch die Erde fruchtbar, und der Bauernhof war reich, jetzt pocht die Armut an die Tür, sie hämmert dagegen, ein überfülltes Haus kann auf diesem Land nicht mehr überleben.

Sie muss Štefanija noch einmal fragen, wie sie verhüten soll, sie braucht etwas Stärkeres. Nach den Zwillingen hat sie ihr empfohlen, sich mit beiden Händen fest auf den Bauch zu drücken und die Scheide jedes Mal gründlich mit Apfelessig auszuwaschen. Bald darauf kam Angela zur Welt, in Gedanken hat sie über die Alte gespottet, nun künden die Wehen von etwas, das ihr auf andere Weise sauer werden wird. Sie hat sich nur verkühlt dort unten, als sie im Winter in den Schweinestall ging, um sich mit eiskaltem Essig zu waschen.

Das Kind in ihr bewegte sich so wild, dass ihr fast die Hand vom Bauch gerutscht wäre, und riss sie aus den Gedanken. Wieder lauschte sie den Atemzügen jedes Einzelnen: Alle schliefen ruhig, ihr Leben war frei von Sorgen, sie kannten noch keine Angst. Sie waren wie Jungbäume, die sich im Sturm spielerisch bis zum Boden beugen, doch kaum, dass der Wind abflaut, wieder aufrichten. Sie darf nicht so genau hinhören, dachte sie, sonst bringt sie ein Kind mit Eselsohren zur Welt. Im Stillen begann sie zu beten, dass der Regen noch nicht niederging, dass die Schmerzen nachlassen, dass das Kind kleine Ohren hat, dass ihres Mannes Begierde erlahmt und sein Samen unfruchtbar wird.

Gegen Morgen donnerte es ohrenbetäubend laut, ein Blitz erhellte die Kammer, er schlug in nächster Nähe ein. Das Bett erbebte knarrend, sodass Ignacij aus ihm hochfuhr, er schwankte Richtung Tür und zog sich im Gehen die Hose an. Schnell war er zurück, und während er aufgeregt brüllte, dass alle sofort unter die Heuharfe müssen, schlüpfte er in seine Jacke. Er packte die Zwillinge, wie zwei Reisigbündel klemmte er sie sich unter die Arme, mit dem Bein stieß er ungeduldig die benommene Frančiška zur Tür hinaus. Terezija rollte im Bett schwerfällig auf seine Seite, drückte Angela an die Brust und hüllte beide Kinder in eine ausgeleierte Strickweste. Von der Tür kam sein heftiges Drängen, sie soll schneller machen, das Wasser steigt auf der anderen Seite, das Haus bricht zusammen, und alles wird im Boden versinken.

Bis zur Heuharfe waren es keine fünfzig Schritte, und doch waren sie triefnass, als sie sich bis dorthin geschleppt hatten. Die Zwillinge umklammerten ihre Beine, Frančiška weinte laut, als sie auf das Haus starrten, das von unsichtbaren Kräften zerrissen wurde wie etwas Morsches. Die linke Seite des Hauses, die bis vor Kurzem ihre Bleibe gewesen war, brach ab und stürzte ein, dort rann nun ein Strom aus Schlamm, die rechte Hälfte, aus der sie geflohen waren, hockte wie verwundet auf einem unsichtbaren Stück Fels. Wäre das Haus nicht am einen Ende aufgerissen und das Dach nicht eingesackt, man würde es für eines der schlichten Häuschen halten, wie sie im Dorf verbreitet sind.

Ignacij trug einen Heuhaufen zusammen, die Kinder und Terezija, noch immer Angela an ihre Brust gedrückt, krochen darin unter. Aus dem Stall brachte er eine schwere alte Pferdedecke. So gut es ging, deckte er Kinder und Frau mit ihr zu. Er entfernte sich ein paar Schritte und blickte zu der Haushälfte, die aufrecht am Rand der tosenden Schlammlawine harrte. Während er Kinder, Frau und die eigene Haut zu retten versuchte, vergaß er seine Müdigkeit und Entschlossenheit, dass er genug hat von dieser rutschenden Erde, mehr noch, in Gedanken suchte er bereits nach einer Lösung, wie er das Loch schließen kann, das im Haus klaffte, und das Dach erneuern. Der Teil, der standhielt, überlegte er, steht offenbar auf festem Grund, ebenso der Kuh- und der Schweinestall und die Heuharfe.

Obwohl Alojzij bis zum Hals im Heu steckte, klapperte er laut mit den Zähnen. Terezija rieb ihm die Schultern, doch er bibberte weiter. Ludvik versuchte ihn nachzuahmen, aber bei seinem ungeschickten Versuch, dem schnellen Takt aufeinanderschlagender Zähne zu folgen, überkam ihn ein Lachen, mit dem er rasch alle anderen ansteckte. Nur weiter so, zerhack es, zerbeiße dieses matschige Nass, dankte ihm Terezija, weil er die Beklemmung vertrieb. Ignacij sah sie erst verwundert an, bald aber schüttelte auch ihn das unerklärliche Lachen. Er setzte sich zu seiner Frau, ihre nassen Kleider klebten aneinander. Terezija überkam ein wunderliches Gefühl. Von seiner Hand und seinem Oberschenkel, die sie berührten, ging eine gewaltige Hitze aus, sie brannten regelrecht. Nie hatte es irgendeine Art von Zärtlichkeit zwischen ihnen gegeben, selbst wenn er auf ihr lag, empfing sie ergeben das Gewicht seines Körpers und wartete, dass er sich keuchend in ihre Höhle ergoss, sich erschöpft von ihr wälzte und bald darauf losschnarchte.

Mit dem Schlottern von Alojzijs Kiefern klang das Lachen ab, die Zwillinge sanken in Schlaf, und auch Frančiška öffnete ihre Lider immer seltener und mühsamer, während Terezija ihr über die nassen Locken strich. Sie spürte die Blicke ihres Mannes auf sich, das durchnässte Nachthemd betonte ihre üppigen Kurven noch stärker, sie fühlte sich völlig nackt. In eben diesem Moment dachte Ignacij, dass sie anders aussieht als sonst, schöner, es schien, dass ihre müden Gesichtszüge angenehm weich geworden sind, dass ihr Körper zur Mädchenblüte zurückgekehrt ist. Um sich das Gesicht zu trocknen und besser sehen zu können, strich er unwillkürlich, doch sinnlos mit seinem nassen Ärmel über seine Wangen. Ihm ging durch den Sinn, dass die Wehen wahrscheinlich bereits eingesetzt hatten, deshalb beugte er sich zu ihr und fragte, ob alles in Ordnung ist.

Sie überlegte kurz, wann er sie das letzte Mal gefragt hatte, wie es ihr geht, und ob er sie das überhaupt jemals gefragt hatte. Kaum merklich lächelte sie und langte mit der freien Hand nach seinem Bein, mit der anderen drückte sie weiter Angela an ihre Brust. Diese Geste sollte eine stille Antwort sein, ein kleines Dankeschön für seine Fürsorge, doch ihre blindlings nach ihm greifende Hand landete etwas unterhalb der Gürtellinie, ertastete sein erregtes Glied und glitt von ganz allein in die Hose. Das hatte sie noch nie getan, nie zuvor hatte sie es mit den Fingern berührt. Sie sah nach den Kindern, nur ihre schlummernden Köpfe ragten aus dem Heu, dann begann ihre Hand, sich gleichmäßig zu heben und zu senken.

Irgendwo tief unter ihnen bebte und knallte es schrecklich, am Hügel nur wenige hundert Meter entfernt, auf dem einsam eine kleine Kirche stand, tat sich ein langer, schräger Riss auf, der sich bis oben hinzog und immer breiter klaffte, wie von einem unsichtbaren Dämon mit einem riesigen Keil gespalten. Das abgelöste Erdreich rutschte ab, und bald stand die Kirche am Rand eines Abgrunds. Wie benommen starrten sie auf die Szenerie, wie die Abbruchkante unterhalb der Kirche wuchs, wie der schmale Rand dazwischen weiter abbrach.

Der Anblick ergriff sie mit solcher Gewalt, dass sie Ignacij völlig vergaß. Er sah sie an, während sie ihre Hand aus seiner Hose zog und sich bekreuzigte, einmal und dann noch einmal. Ungeduldig schnappte er ihre Rechte und steckte sie wieder hinein.

Der Glockenturm erzitterte am Rand des Abgrunds, unterhalb klaffte ein neuer Riss und weitete sich zu einem Graben. Er verlor den Halt und brach läutend von dem Kirchenschiff ab, das auf festem Untergrund stand. Das Mauerwerk des Turms schwankte unter dem ächzenden Fall, befreite sich aus dem Zementgriff des Kirchenschiffes, die Schwerkraft neigte ihn talwärts, als sich das irdene Kissen unter ihm vom Hügel löste. Der Ruck richtete ihn leicht wieder auf, eine Weile versuchte er sogar noch, wie ein Seiltänzer sein Gleichgewicht auf der rutschenden Erde zu halten.

Ignacijs Körper geriet in eine süße Wallung, aus seiner Kehle drangen Röchellaute, die mit dem Ächzen der zerreißenden Erde verschmolzen. Er unterdrückte das brennende Gefühl in den Beinen und verharrte in der unbequemen Hocke, um ja nicht die Welle zu stören, die seinen Leib erfasst hatte, ihn frösteln ließ und Gänsehaut verursachte. Er wiegte sich in den Knien, um die Bewegung ihrer Hand zu unterstützen, denn es war nicht mehr auszuhalten, er drehte durch vor lauter Glückseligkeit.

Der Kirchturm, der sich kurz aufgerichtet hatte, begann sich auf die andere Seite zu senken und stürzte dann ein, die steinernen Eingeweide donnerten von dem zunehmend formlosen Bau. Aus Ignacij quoll eine warme Nässe hervor, Terezijas Hand hielt inne, er spürte Kinderaugen auf sich gerichtet. Er wollte sie nicht sehen, starrte auf den Schlammteppich, der die Überreste des Kirchturms bedeckte, und tadelte sich dafür, dass er im Augenblick der Lust die Schreie des tödlich verwundeten Turms übertönt und die Kinder aufgeweckt hat.

Auch diesmal irrte Ignacij. Die Kinder schliefen, das Poltern hatte nur Frančiška geweckt, die ihrem Vater keinerlei Aufmerksamkeit schenkte. Terezija erklärte ihr, dass nichts Schlimmes passiert ist, die Kirche macht nur mal kurz einen Spaziergang, und die neugierige Kleine fragte, ob sich die fehlende Hälfte ihres Hauses dem Spaziergang angeschlossen hat. Terezija streckte ihre Hände nach dem Mädchen aus, ihr gefiel die kindliche Frage, sie wollte sie streicheln oder den Halm aus ihren nassen Locken entfernen, aber ein Schmerz ließ sie in ihrer Bewegung innehalten. Nach wenigen, schnellen Atemzügen drehte sie sich zu ihrem Mann, der noch immer in unwichtige Fragen versponnen war. Es geht los, flüsterte sie ihm zu, er soll rasch Štefanija holen.

Štefanija, Ignacijs Oma mütterlicherseits, lebte in einem entlegenen Weiler, bis dorthin war man eine gute Stunde unterwegs. Sie war sehr alt und galt allgemein als verrückt, trotzdem holte man sie noch immer, wenn Menschen oder Tiere krank wurden, wenn man einen Zauber lösen oder böse Mächte austreiben musste.

Der Weg durch Podgorje führte Ignacij an drei Bauernhöfen vorbei. Zwei waren diesmal vom Erdbruch verschont geblieben, der dritte war in sich kollabiert. Trotz des Sturzregens standen alle Nachbarn draußen und blickten wie gebannt in Richtung Hügel, wo nun auch noch das Kirchenschiff einzustürzen begann, als wäre es ohne Glockenturm verloren, als hätte sein Dasein keinen Sinn mehr. Sogar die betagten Nachbarn, die ihr Dach über dem Kopf verloren hatten, kümmerten sich nicht um ihren Verlust, ihre Aufmerksamkeit galt ganz der Kirche, die im schmutzigen Matsch versank. Die Alte murmelte ständig dasselbe Kurzgebet und bekreuzigte sich pausenlos, der Alte stierte ungläubig zum Hügel. Das bedeutet nichts Gutes, sagte er zu Ignacij, der seinen Schritt nur verlangsamte, um dem Alten zu antworten, dass er es sehr eilig hat, er muss Štefanija holen, Terezija liegt in den Wehen.

Štefanija lebte in einer alten Hütte, die auch ohne die Hilfe der unterirdischen Verschiebungen langsam zerfiel. Als hätte sie seinen Besuch bereits erwartet, saß sie auf der Bank bei der Eingangstür, wo sie der schmale Dachvorsprung nur schlecht vor dem Regen schützte. Und als könne sie seine Gedanken lesen, man sieht schon von Weitem, dass es hier an einem Mann im Haus fehlt, keifte sie nach seiner Begrüßung, dass die Hütte gut genug für sie ist und nach ihr hier ohnehin niemand mehr leben wird.

Ignacij setzte sich zu ihr, erkundigte sich nach ihrer Gesundheit und betrachtete den verwilderten Garten, in dem ein paar Hühner scharrten. In der Speisekammer findet sich immer etwas an, brüstete sie sich, sie hat noch nie betteln müssen, die Leute erweisen sich dankbar, weil sie ihnen hilft, sie mögen sie gut leiden und bringen ihr mancherlei. Damit gab sie sich das Stichwort, um auf die Abneigung zu sprechen zu kommen, die seit einem Vierteljahrhundert zwischen ihr und seinem Vater Jakob bestand und alles umfasste, was die Knaps betraf.

Er wusste, dass er sich zahlreiche Vorwürfe anhören musste, bevor sie aufbrachen, deshalb reizte er sie gleich selbst dazu, mit ihrer Litanei loszulegen: Sie soll sich gefälligst sputen, verlangte er, seine Frau steht kurz vor der Niederkunft. Sie winkte ab, sie wird nirgendwo hingehen, wo sie noch weniger erwünscht ist als ein elender Bettler oder streunender Hund. Lass doch ab vom alten Groll, sagte er zu ihr, es geht schließlich nicht um Vater, Terezija braucht Hilfe. Sie knurrte zurück, dass es den Knaps sowieso egal ist, wenn eine Frau bei der Geburt stirbt, auch ihre Neža haben sie getötet. Sie hätte sie gerettet, sie und die Zwillinge, weil sie mächtige Zauber kennt, man hat aber lieber einen Arzt gerufen, der erst die Kinder getötet hat und dann auch noch Neža. Es war wohl so vorherbestimmt, versuchte Ignacij zu beschwichtigen, aber Štefanija brauste erneut auf, er kann gern die Hebamme aus dem Dorf holen und den Bergwerksarzt gleich dazu, damit der wieder jemanden hinmetzeln kann, warum er überhaupt zu ihr gekommen ist, wenn alles nur Schicksal ist.

Sie hielten kurz inne, und er hoffte, dass das Schlimmste überstanden war, dass sich ihre Wut gelegt hat, als sie ihn anfuhr, dass er sich von seinem Vater kein bisschen unterscheidet. Sanft erwiderte er, dass er bei Mutters Tod kaum fünf Jahre alt war, er begriff noch nichts, er konnte nichts tun. Auch später hast du nichts getan, fuhr sie gallig fort, man sucht sie nur auf, wenn man sie braucht, ansonsten existiert sie nicht. Sie hat Terezija noch bei jeder Geburt geholfen, jedes Mal hat sie ihre Hilfe angeboten, und gedankt hat man es ihr mit Spott und Hass, sogar mit dem Finger wurde ihr gedroht.

Wieder verstummten sie. Er betrachtete die Hühner, die im Garten scharrten, er sagt nichts mehr, beschloss er, er wird ihr keinen Anlass für neue Wutausbrüche mehr geben. Selbst wenn du mein Haus und den Garten betrachtest, spricht die Verachtung aus dir, griff sie ihn erneut an. Erwartest du etwa, dass ich mit fünfundsiebzig Jahren auf dem Buckel noch selbst den Garten umgrabe und auf das beschädigte Dach steige, zankte sie mit ihm. Sie reagierte höhnisch auf sein Versprechen, dass er kommt und ihr das Dach repariert, sie weiß nur zu gut, dass sie ihn kein bisschen kümmert, es wäre ihm egal, wenn sie im Haus absäuft, Hauptsache, er sitzt in seiner warmen, trockenen Stube. Damit rührte Štefanija an eine frische Wunde, sie erinnerte ihn an sein zerstörtes Haus. Als ich losging, stand nur noch die Hälfte vom Haus, antwortete er spitz, er hatte ihre Vorwürfe satt, und die steht mittlerweile vielleicht auch nicht mehr, vielleicht hat der Erdrutsch sie mitgerissen, so wie die Kirche.

Voller Neugierde sprang die Alte mit einem Ruck auf. Sie schimpfte mit ihm, dass er seine Frau in den Wehen allein gelassen hat, dass er untätig hier herumsitzt und dummes Zeug schwafelt, obwohl sie ihr dringend bei der Geburt helfen müssen.

Terezija hielt die Schweineküche für den geeignetsten Ort zur Niederkunft. Das ramponierte Haus war nicht sicher, an der Heuharfe pilgerten Gaffer aus dem Tal in Scharen vorbei, meist Frauen mit kleinen Kindern und alte Männer. Die Nachbarin half ihr zur Schweineküche, die sie zuvor dick mit Heu ausgelegt hatte, sie machte Feuer unter dem Kessel. Das Kind hat sicher ein Schwänzlein, neckte sie Terezija, darum soll sie beten, dass es vorne sitzt. Die Schwangere konnte über den Scherz nicht lachen, ein starker Schmerz stach ihr genau in diesem Moment ins Kreuz.

Die Schwägerin Zofija, die etwas später eintraf, war zunächst beleidigt, dass niemand nach ihr geschickt hatte, fand jedoch niemanden mit einem offenen Ohr für ihre Vorwürfe, sie hätte die Geburt versäumt, wäre sie nicht vor Neugierde, was das Unwetter wohl in Podgorje angerichtet hat, vor die Tür gegangen. Sie trat ins Haus, etwas in Sorge, dass die gnadenlose Natur ihr begonnenes Werk jeden Moment vollendet. Nach den ersten vorsichtigen Schritten verflog ihr Unbehagen, nur der bereits angeschlagene Teil des Hauses, den sie schon länger nicht mehr benutzten, war eingestürzt, auf der anderen Seite, die das Unwetter überstanden hatte, war alles unverändert, bis auf den einen oder anderen neuen Riss, der sich wie ein Spinnenfaden auf der Mauer abzeichnete. Sie holte ein warmes Winterhemd aus dem Schrank und ein abgenutztes Bettlaken, das sie für Windeln und Bänder zurechtriss. Sie beeilte sich, denn zwischen dem Grunzen der Schweine hörte sie die Schreie der Wöchnerin. Um nichts in der Welt wollte sie die Geburt des Kindes verpassen. Sie hatte sich mit dem Schicksal abgefunden, keine eigenen zu haben – dreimal war sie schwanger geworden, aber jedes Mal war der Fötus abgestorben –, deshalb vergötterte sie alle anderen.

An der Tür stieß sie fast mit Štefanija zusammen. Zu ihr war die Alte weniger gehässig als den anderen Knaps gegenüber, vielleicht tat sie ihr wegen der unerfüllten Mutterschaft leid, vielleicht mochte sie sie aber auch, weil sie sich ihrem Vater widersetzt, gegen seinen Willen einen Bergmann geheiratet hatte und ins Tal gezogen war. Zofija brachte sie zum Schweinestall, wo Štefanija sofort das Kommando übernahm. Die Geburt nahte schon ihrem Ende, das Kind drängte unaufhaltsam nach draußen, es schien wie die immer zahlreicher vorbeieilenden Schaulustigen die eingestürzte Kirche sehen zu wollen, ein klares Zeichen, dass Gott in Podgorje den Kampf mit dem Teufel endgültig verloren hatte, seine Festung übergab und sich schmachvoll zurückzog.

Der Junge, der erst einen Monat später bei der Taufe den Namen Matija erhalten wird, war recht bläulich und stellenweise mit einer wachsartigen weißen Schicht bedeckt. Štefanija überließ das weinende Baby den Frauen, schabte mit gekrümmtem Zeigefinger lediglich etwas Fruchtschmiere von seinem Leib. Unter unverständlichem Gemurmel kritzelte sie damit Terezija etwas auf Gesicht, Bauch und Schenkel. Während sich Zofija dem Baby widmete, folgten Terezija und ihre Nachbarin mit stummem Respekt dieser Beschwörung, die sich so lange dahinzog, bis eine Welle letzter Krämpfe die Nachgeburt anschwemmte. Štefanija zog sie kennerhaft auseinander, begutachtete sie und warf sie dann dem Schwein zum Fraß vor, das sich gierig darauf stürzte.

Sie nahm Zofija das in ein Winterhemd gewickelte Kind ab und schickte sie mit der Nachbarin hinaus. Lange und gründlich betrachtete sie es und schüttelte dabei den Kopf, weshalb sich Terezija besorgt auf die Seite wälzte und zu ihnen beugte. Sofort fielen ihr die ungewöhnlich langen Ohrläppchen auf, die wie die Kehllappen eines Hahns herabhingen. Štefanija winkte ab, das ist unwichtig, die Augen des Kindes gefielen ihr nicht, sie waren ungewöhnlich hell, blaugrau. Etwas Fremdes spricht aus ihnen, sagte sie, etwas, das einem durch und durch geht. Sie befahl Terezija, beide Augen dreimal abzulecken und jedes Mal den Speichel auszuspucken, sie selbst sprach währenddessen feierlich einen geheimnisvollen Zauberspruch.

Noch immer kopfschüttelnd ging sie zur Tür, aber Terezija rief sie zurück. Verstohlen flüsterte sie ihr zu, dass sie keine Kinder mehr haben will, sie kann nicht andauernd gebären. Sie braucht etwas Stärkeres als Essig, der hilft nicht. Die Alte neigte sich hinab zu ihr und flüsterte ihr ins Ohr, dass Apfelessig immer hilft, nur gegen Teufelssamen ist er machtlos. Sie soll fliehen, vielleicht ist es noch nicht zu spät, Hass strömte aus dem Mund der Alten, andernfalls kommt sie um wie ihre Neža.

Schon von Weitem erkannte Ignacij in der Prozession der Neugierigen seinen Vater und dessen torkelnden Gang. Am Haus der Knaps blieben die Schaulustigen nur kurz stehen – einige staunten, wie glatt das Haus durchtrennt war, fast genau in der Mitte, andere stellten belanglose Fragen –, alle zog es zum Hügel, wo jahrhundertelang eine kleine Kirche gestanden hatte und es jetzt nichts mehr gab.

Jakob kam zu seinem Hof gewankt, lauthals verfluchte er das Bergwerk, Gott, die Jungfrau Maria und alle Heiligen, das Leben und das Schicksal, nichts blieb verschont, was immer ihm einfiel, kam schon über seine Lippen. Breitbeinig stellte er sich zu Ignacij und starrte fassungslos auf das halb eingestürzte Haus. Noch derbere Flüche quollen aus seinem Mund, am Ende seines gotteslästerlichen Sermons verlangte er nach einem Gläschen Schnaps. Ignacij verfolgte sein trunkenes Schwanken und überhörte ihn ruhig, er gab ihm zur Antwort, dass er einen Enkel bekommen hat, Terezija hat soeben einen Sohn geboren. Jakob ignorierte die Nachricht, und den Blick aufs Haus gerichtet, verstummten beide.

Zofija, die von Kindern umringt Hühnersuppe kochte, trat mit einer Flasche Schnaps und einem Gläschen über die Schwelle. Sie schenkte ihrem Vater ein, der das Gläschen in einem Zug leerte, und danach noch ihrem Bruder, der es genauso rasch runterkippte. Jakob langte nach dem leeren Gläschen, doch Zofija war schneller, ihr habt genug. Als sie in der Tür verschwunden war, sagte Jakob weiter mit Blick auf das Haus zu Ignacij, dass er es gleich reparieren muss, in diesem Zustand ist es nicht bewohnbar. Er lässt sich von niemand was sagen, wies ihn Ignacij streng zurecht, und er wird nichts reparieren, er hat diese Bruchbude schon zu oft geflickt, es reicht, in diesem Haus kann man nicht mehr leben, was bis jetzt noch nicht zerfallen ist, stürzt morgen ein. Auf den Feldern wachsen gefräßige Löcher, alle Mühe ist umsonst, sprudelte es nur so aus ihm heraus, und jedes Wort bekräftigte seinen nächtlichen Entschluss, mit diesem undankbaren Besitz für immer abzuschließen. Die Klugen haben schon längst verkauft, nur den Dummen stürzt das Dach über dem Kopf ein, sagte er, der Anblick des halb zerstörten Hauses verlieh ihm die Kraft, seinen Gedanken zu Ende zu führen: Auch er wird verkaufen, er geht ins Tal, er kann nicht mehr.

Jakob sah ihn verwundert an, suchte langsam nach den richtigen Worten und erinnerte ihn dann ungewöhnlich ruhig an sein Versprechen. Damals war es anders, erwiderte Ignacij und sah weg, der Vater soll sich doch nur mal umschauen, dann wird ihm sofort klar, dass man hier nirgends mehr wohnen kann. Er kann nicht von ihm verlangen, wie ein Stück Vieh im Stall zu schlafen, er muss begreifen, dass alles anders ist als damals, sein Versprechen hat keine Geltung mehr.

Erneut schwiegen sie. Ignacij fühlte sich leichter, er hatte ausgesprochen, worüber er schon seit Jahren nachdachte, ein gewaltiger Stein fiel ihm vom Herzen, auch der Vater, war er überzeugt, begriff nun, dass es keinen anderen Weg gibt. Ignacij irrte sich auch diesmal. Über die Jahre und durch den Alkohol hatte Jakobs Verstand nachgelassen, deshalb brach es nun mit einiger Verzögerung aus ihm heraus, er explodierte regelrecht, dass sein eigener Sohn ihn betrügt, dass er ihm den Bauernhof mit einer List gestohlen und sich mit den Banditen vom Bergwerk verbündet hat, er will sich denen andienen, die ihr gutes Land verdorben und ein stabiles Haus zerstört haben. Ihm gingen die Worte aus, deshalb packte er seinen Sohn an den Kragenspitzen seiner Jacke, er hat es bei seinen Kindern geschworen, schnaubte er und spuckte ihm ins Gesicht.

Ignacij schubste seinen Vater grob von sich, sodass der zu Boden stürzte. Warum er nicht endlich seine Augen öffnet, brüllte er, die Häuser stürzen ein, der Teufelsschlund frisst die Erde, sieht er denn nicht, dass jeder das Dorf meidet, so gut er kann. Jakob rappelte sich langsam auf, mit blutunterlaufenen Augen erwiderte er, dass er einen Meineid geschworen hat, dass noch seine Kinder für diese Todsünde bezahlen werden, die nicht gesühnt werden kann, er hat eine Schlange an seiner Brust genährt, tobte er.

Wie zwei bissige Hunde kläfften sie einander an. Drei junge Burschen blieben stehen und amüsierten sich laut über das Spektakel. Ignacij fuhr sie an, sie sollen gefälligst verschwinden, worauf sich der kleinste von ihnen kampflustig vor ihm aufbaute und in seine Hosentasche griff, in der ein Springmesser steckte. Er hatte es noch nicht herausgezogen, da packten ihn schon seine Kameraden, jeder von einer Seite, und zogen den wild um sich Schlagenden fort.

Während sich Jakob den Dreck von den Ärmeln wischte, sagte er unversöhnlich, dass sich das Kuckucksei und die Vipernbrut zu ihresgleichen ins Tal gesellen soll, er will ihn nie wieder sehen. Er hatte seinem Sohn längst den Rücken zugekehrt und wankte den Weg zurück, auf dem er gekommen war, als noch immer Flüche aus seinem Mund sprudelten. In Ignacij kochte es, machtlos ballte er die Fäuste, er hätte schreien und um sich treten können, doch gab es nichts und niemanden in der Nähe, an dem er seine Wut auslassen konnte.

Am Nachmittag hörte es auf zu regnen, die Wolken zogen langsam ab, und es wurde heller. Zofija legte Štefanija einen halben Laib Brot in den Korb, ein Stück Trockenfleisch und eine Flasche Schnaps, aber die Alte hatte es plötzlich nicht mehr eilig. Gerade war sie aus der Schweineküche gekommen, wo sie Terezija noch einmal den Bauch abgetastet hatte, danach drang sie in Ignacij, er soll sein Versprechen nicht vergessen, das Dach ihrer Hütte zu reparieren, und nun empfahl sie der ungläubigen Zofija eine Rezeptur für einen Kräutertrank, mit dessen Hilfe sie ganz sicher schwanger wird.

Mit dem Regen schienen auch die Bitterkeit und der Zorn gewichen, die das Haus erfüllt hatten, da begann es unerwartet wieder dunkel zu werden, ein ungewöhnliches, bleiernes Totengrau legte sich über das Dorf und raubte ihm die kaum aufkeimenden Farben. Alle richteten ihren Blick zur Sonne, die sich wie eine milchblasse Kugel machtlos hinter dem Wolkenschleier abzeichnete. An ihrem Rand hing ein Schatten, der sie anfraß, langsam erlosch die Sonne vor ihren Augen.

Štefanija stellte den Korb ab, packte Rechen und Mistgabel, die an der Wand lehnten, bildete ein Kreuz aus ihnen und streckte es mit Mühe gen Himmel. Worte begannen aus ihr zu sprudeln, sie verstummte auch nicht, als ihre Arme die Anstrengung nicht mehr aushielten und das Gerät zu Boden fiel, da begann Frančiška laut zu weinen, und die Zwillinge stimmten wie auf Befehl mit ein. Štefanija war blind für die Menschen um sich herum, mit vollem Körpereinsatz bekämpfte sie einen unsichtbaren Gegner, schleuderte Wortkaskaden nach ihm, und nur selten konnte man etwas verstehen: Christus, zerreiße, Teufel, schwarz, Tod, böser Geist. Die Nachbarn, angelockt von dem ungewöhnlichen Licht oder von Štefanijas Gekreisch, bekreuzigten sich, Ignacijs Blick eilte verwirrt hin und her, die Finsternis fraß sich immer tiefer in die blasse Kugel hinein. Zofija packte die Alte und versuchte, sie zu beruhigen, es ist nur eine Sonnenfinsternis, die Zeitungen haben sie schon den ganzen Monat angekündigt, wegen allem, was los war, haben sie das ganz vergessen. Es ist nur ein Schatten, den die Sonne schnell wieder abschütteln wird, sprach sie Štefanija ins Ohr, aber die Alte hörte nichts, sie streckte ihre Arme zum Himmel empor und zeichnete mit ihrer Rechten pausenlos Kreuze in die Luft, von ihrem bebenden Körper gingen weiter sinnlose Worte aus. Die Finsternis erreichte ihren Höhepunkt, die kalte Sonne wurde zu einer blassen Mondsichel herabgewürdigt, Štefanija ging die Kraft aus, wie ein leerer Sack sank sie zu Boden. Zofija bot ihr einen Schluck aus der Flasche Schnaps an, die sie der Alten zum Dank geschenkt hatte.

Eine Weile war nur aufgeregtes Vogelzwitschern zu hören, doch schon bald hatte sich Štefanija erholt, weshalb sie mit ihrem wirren Geplapper fortfuhr, dass der Teufel ihnen selbst das Licht stehlen will. Er hat schon die Kirche niedergerissen, und jetzt wird er noch die Sonne vom Himmel schlagen. Zofija wies sie lachend zurecht, dass es keinen diebischen Satan gibt, die Gesichter aller anderen waren gezeichnet von Angst. Štefanija rappelte sich langsam auf, wie betrunken ging sie zwischen den Versammelten umher und versuchte, ihnen klarzumachen, dass sie von einer ewigen Dunkelheit eingehüllt werden, ein großes Unglück kommt auf sie zu, das Böse wird sich ringsum ausbreiten, ein Stock hat die Schlangengrube aufgestört, und nun wird allerlei Getier die Welt heimsuchen. Das Dorf ist voll Sünde, Gott hat es aufgegeben, alles geht zum Teufel, weder Podgorje noch die Knaps werden jemals wieder auf die Beine kommen.

Spinn nicht rum, bremste sie Zofija, die Alte aber prallte wie ein

Nachtfalter gegen alle. Sie ist blind gewesen, jammerte Štefanija, sie hat seine Augen gesehen, sie hätte wissen müssen, dass sich der Teufel in ihm eingenistet hat. Besser, er wäre tot zur Welt gekommen. Als man diesen Teufelssamen hätte erwürgen müssen, sind sie zu schwach dazu gewesen, schnaubte sie, jetzt ist es zu spät, er ist hier, mit dem Einsturz der Kirche und dem Erlöschen der Sonne ist er gekommen. Zofija umschlang sie von hinten fest mit beiden Armen und schrie laut, sie soll aufhören zu schwatzen, Štefanija aber setzte sich zur Wehr und fuhr derweil ohne Ende fort, dass der Kleine kein Mensch ist, er hat zwei kalte Monde anstelle der Augen, Hörner und Schwanz werden noch sprießen, er ist zusammen mit der Katastrophe gekommen und wird Unglück säen, kaum ist er geschlüpft, zittert schon alles vor ihm. Zofija presste sie mit aller Kraft, beide verloren den Halt. Der Körper der Alten bebte in ihrer Umklammerung, ihr Blick war glasig, Schaum drang aus ihrem Mund.

In der Dunkelheit und Stille des Saustalls drückte Terezija den winzigen Körper an ihre Brust, der bald auf den Namen Matija getauft werden sollte, wobei sie sich über seine hellen Augen nicht genug wundern konnte. Unter dem Kessel brannte Feuer, ihnen war warm.

Am nächsten Tag wird Ignacij gleich frühmorgens zur Bergwerksverwaltung aufbrechen. Der Bergwerksdirektor wird ihn empfangen, ein älterer, galanter Herr, offensichtlich ein Ausländer, der die hiesige Sprache noch nicht vollkommen beherrscht, obwohl er schon lange im Tal lebt.

Durch die hohe Decke wirkt sein Büro gewaltig wie eine Kirche, die schweren Möbel und die mit dunklem Holz verkleideten Wände machen den Raum düster. Der Direktor wird ihnen aus einer birnenförmig geschliffenen Flasche Schnaps einschenken, sie werden auf bequemen lederbezogenen Stühlen Platz nehmen. Er wird Ignacij höflich nach den Vorkommnissen in Podgorje fragen, obwohl ihm die Lage bis ins kleinste Detail bekannt ist, danach wird er ihn zu einer großen Karte führen, die an einer der Wände hängt. Er wird mit dem Finger über die Linien fahren und ihm erklären, welche die Hauptsohle darstellt, wo sich die anderen Grubenbereiche befinden, wo die Kohle noch nicht abgebaut ist. Ignacij wird vergebens versuchen, auf der komplizierten Zeichnung etwas zu erkennen oder zu verstehen, während ihm der Direktor in seiner lustigen Ausdrucksweise erklären wird, dass sie auch unter Tage großen Problemen gegenüberstehen, die Lager sind zwar reich, aber das Gelände ist ziemlich schwierig und der Abbau ganz unberechenbar. Der Boden bricht auf, die felsigen Gipfel über Podgorje lasten mit ihrem Gewicht darauf und schieben den gesamten Hang zu Tal. Ignacij wird unschlüssig einwenden, dass die Erdrutsche und Erdfälle erst mit dem Bergbau begonnen haben, wonach der Direktor ein breites Lächeln aufsetzen und erläutern wird, dass die Erdrutsche und so manches mehr schon seit Urzeiten stattfinden, dass hier früher sogar Meer war und tropische Pflanzen wuchsen, sonst hätte man schließlich nichts zu graben.

Sobald sie sich wieder setzen, wird ihm Ignacij direkt sagen, dass er gekommen ist, um sein Land zu verkaufen. Der Direktor wird nicken, das Angebot wird ihn nicht überraschen, mehr noch, er wird zugeben, dass er schon lange mit ihm gerechnet hat. Ignacijs Entscheidung wird ihm besonnen erscheinen, da die Erosionsprozesse heftig zunehmen, dort zu wohnen ist nicht mehr sicher, und die Erde kann nicht garantieren, dass sie die mühsame Feldarbeit belohnen wird. Er wird scherzhaft hinzufügen, dass sie das Land nicht kaufen, um selbst Landwirtschaft darauf zu betreiben, sie wollen nur einiges auf der Oberfläche herrichten – mit Sicherheit wird es dort keine Felder mehr geben, die sind nämlich ein regelrechter Schlund, was unter der Erde große Unannehmlichkeiten verursacht –, damit die Arbeit in den Schächten sicherer wird und es weniger Störungen gibt. Der Fortschritt lässt sich nicht aufhalten, wird er lächelnd erläutern, es ist Zeit, die Früchte unter der Erde zu ernten.

Bei diesem Sprachbild werden sie einen Moment schweigen, worauf Ignacij erzählen wird, dass tags zuvor die Hälfte seines Hauses eingestürzt ist, weshalb er auf Arbeits- und Wohnungssuche ist. Das Bergwerk braucht kräftige Leute, die Arbeit gewohnt sind, wird der Direktor höflich nicken, was die Arbeit betrifft, sehe er keine Schwierigkeiten, und ob eine freie Wohnung zur Verfügung steht, wird man ebenfalls prüfen. Ignacij wird forsch sein, er möchte eine Wohnung in der neuen Kolonie, wo schon seine Schwester Zofija lebt. Der Direktor wird entspannt lächeln, dass dort die besten Wohnungen sind, in denen bewährte Hauer leben, den Neulingen stehen schlechtere Wohnungen zu, sobald sie sich jedoch als würdig erweisen und sich eine Gelegenheit bietet, dürfen sie in die besseren ziehen. Ignacij wird beharren, dass er ein Arbeitsmensch ist und auf einer Wohnung in der neuen Kolonie besteht. Dem Direktor wird seine Entschlossenheit gefallen, deshalb wird er sich beim Verwalter erkundigen, wie die Chancen stehen. Er wird aufstehen und Ignacij zum Zeichen ihrer Abmachung und dass ihr Gespräch hiermit beendet ist, die Hand schütteln.

Ignacij wird sich bereits zur Tür drehen, aber noch bevor er den ersten Schritt getan hat, wird er sich erneut zum Direktor wenden. Am Tag zuvor ist ihm ein Sohn geboren worden, sein fünftes Kind, wird er sagen. Die Alte, die bei der Geburt mitgeholfen hat, sagt, dass er verdammt ist, des Teufels. Der Direktor wird mitfühlend nicken, als Ignacij hinzufügt, dass er wirklich schwach ist. Daraufhin wird er dem Direktor einen ungewöhnlichen Handel vorschlagen: Das Bergwerk soll ihm nur die Hälfte vom Kaufpreis auszahlen, die andere Hälfte soll die Vergütung für freie Unterkunft in der Wohnung sein, solange dieses Kind lebt. Sollte das Kind in wenigen Monaten oder Jahren sterben, kommt das Bergwerk so fast gratis zu Land, wenn es jedoch hundert Jahre alt wird, werden sie beide das ohnehin nicht mehr erleben. Der Direktor wird diesmal noch entspannter lachen, erneut wird er seinem Besucher schmeicheln, dass er ihm gefällt, weil er ein Vorbild für Weitsicht ist.

Ignacij wird im nahen Wirtshaus gleich am Schanktisch ein paar Gläser Wein leeren und sich gut gelaunt auf den Weg nach Podgorje machen. Wie gut, dass ihm Zofija geraten hat, wie er auftreten und sprechen soll, wird ihm durch den Kopf gehen, doch hat sie wohl nicht im Traum daran gedacht, dass er so gut dabei abschneiden wird. Er wird leichten Schrittes dahinschreiten, unzählige Lasten, die ihn alt gemacht haben, sind ihm vom Herzen gefallen, nicht einmal er selbst wird wissen, wie ihm ein Jauchzer entfahren wird, klar und laut, zu hören wahrscheinlich noch in Podgorje.

Er wird nach Hause eilen, um die freudige Nachricht zu überbringen, dass die Tage der Ungewissheit und des Wartens vorbei sind. Er hat alles geregelt, es kommen andere, ruhigere Zeiten. Von der Anhöhe wird sich ihm ein Blick auf Podgorje bieten, unter dem klaren Himmel wird sein Dorf in der Sonne baden, das seine Risse, die sich wie Falten eines Greises über die gesamte Fläche verteilen, nicht mehr verbergen kann. Nur der östliche Teil des Hangs scheint stabil zu sein; er endet in einer Kerbe, die sein Haus gespalten hat. Er wird ihr mit dem Blick folgen, wie sie sich bergauf schlängelt und dann einen leichten Bogen um ein Birkenpaar macht, das knappe hundert Meter oberhalb des Hauses wächst.

An genau diesem Fleckchen Erde sind die Zwillinge beerdigt worden, seine totgeborenen Brüder. Der Pfarrer wollte sie nicht auf dem Friedhof begraben, gemeinsam mit ihrer Mutter, weil sie nicht getauft waren. Štefanija trug das wenige, was von ihren kleinen Körpern übriggeblieben war, hinter das Haus und begrub sie dort, vielleicht pflanzte sie auch die Birken, oder es war der Wind, der sie ausgesät hat. Obwohl die Bäume inmitten von Ackerland wuchsen, hat man sie nicht gefällt, sie waren die einzige Erinnerung an seine Brüder, die starben, noch bevor sie einen Namen bekommen konnten. Wann immer er an den Birken vorbeischritt, bekreuzigte er sich andächtig.

Die Beine werden ihn von selbst dorthin tragen, während er sich in Gedanken mit den Fragen beschäftigt, die man ihm zu Hause nach seiner Rückkehr stellen wird. Er wird sich ein Bild von seinem Empfang ausmalen. Er wird ihnen nicht sofort erzählen, was er erledigt hat, mit einem langen Schweigen wird er ihre Ungeduld reizen. Er wird über Szenen lächeln, die sich bald zutragen sollten, als er an der weiter entfernten Birke, halb bedeckt von Ästen und Blättern, einen hängenden Körper bemerken wird.

ABSCHIED

Jakobs Gesicht war etwas geschwollen und ein bisschen dunkler als gewöhnlich. Der Tod hatte ihn schöner gemacht, der dumpfe Teint verdeckte die geplatzten Äderchen und Säuferstriemen, die Schwellung glättete die scharfen Falten ein wenig. Greifvögel, Mäuse und kleineres Ungeziefer haben sich noch nicht über sein Gesicht hergemacht, Ignacij hat seine Leiche vor ihnen gefunden. Als er ihn vom Ast nahm, fühlte er nichts, nur die kalte Umarmung des Toten empfand er als unangenehm. Er warf ihn sich über die Schulter und trug ihn zu den Trümmern seines Hauses; dabei überlegte er, ob er es überhaupt noch so nennen durfte, da der Kaufvertrag bereits vereinbart war, jedoch nicht unterschrieben.

Wie einen Sack Kartoffeln setzte er die Leiche ab und lehnte sie an die Hausecke, atmete durch und ging in die Küche, wo sich Zofija quasselnd zwischen Herd und Kindern bewegte. Noch bevor er sie begrüßte, wollte sie wissen, was er beim Bergwerk hatte ausrichten können. Es war ihm recht, Vaters Selbstmord für einen Moment verdrängen zu können, da ihm erst jetzt, wo er ihn bekanntzugeben hatte, seine Schwere und Tragik bewusst wurde. Auch deshalb erzählte er ungewöhnlich wortreich, was er mit dem Bergwerksdirektor vereinbart hatte. Er kam ins Schwadronieren, wiederholte Dialoge und versuchte, die Sprache des Direktors nachzuahmen, sodass Zofija einige Male freudig auflachte, er stand sogar auf, um auf der gedachten Karte etwas zu zeigen. Er steckte so tief im Geschehen vom Morgen, dass ihn der Hinweis seiner Schwester, dass sich nun auch Vater wohl oder übel damit abfinden muss, völlig umhaute, er wurde bleich, verstummte und sackte zusammen. Zofija sah ihn verwundert an, ihr Blick verlangte eine Erklärung, er aber konnte sie nicht aussprechen, deshalb strich er sich mit der Hand über die Kehle und streckte dann den Arm weit nach oben. Die unbeholfene Pantomime war unmissverständlich: Zofija ermahnte die Kinder, sich nicht aus der Küche zu bewegen, und zog Ignacij bestürzt nach draußen.

Beim Anblick der krummen Leiche entfuhr ihr ein Schrei, schluchzend kniete sie sich zum Vater, öffnete seine Augenlider und versuchte sich, an seine Brust gelehnt, davon zu überzeugen, ob sein Herz wie durch ein Wunder nicht doch noch schlug. Vorwurfsvoll blickte sie zu ihrem Bruder, Fragen sprudelten ihr aus dem Mund, warum er ihn zum Haus gebracht hat, ob er die Gendarmen benachrichtigt oder nach dem Pfarrer geschickt hat. Verwirrt ließ er ihren Wortschwall über sich ergehen, bis sie ihm sagte, dass er nicht blöd rumstehen, sondern wenigstens die Nachbarn holen soll.

Die Nachbarin übernahm die Kinder, womit ihnen der Anblick des toten Opas erspart blieb, Zofijas Mann begab sich ins Tal, um die Gendarmen zu holen. Während sie auf sie warteten, blieben Ignacij und Zofija bei der Leiche sitzen, mit der sie nichts anzufangen wussten. Schon zu seinen Lebzeiten hatten sie sich längst nichts mehr zu sagen, alle hegten einen Groll aufeinander, sie trafen sich nur selten, und selbst dann hatten sie nichts Besseres im Sinn, als einander anzufeinden. Nach langem Schweigen sagte sie zu ihrem Bruder, er soll Terezija nichts sagen, vor lauter Aufregung könnte ihr die Milch versiegen. Sie ging zum Schweinestall, durch den Türspalt betrachtete sie kurz Terezija, die im Schlaf Matija umklammert hielt, und kehrte zur stummen Gesellschaft zurück.

Erst das Knarren der Kutsche und der müde Schritt des Pferdegespanns verjagten die Stille. Ein junger, beleibter Arzt befasste sich nicht allzu sehr mit Jakob. Für die Gendarmen, die seine kurze

Untersuchung aufmerksam verfolgten, fügte er hinzu, dass die Leiche schon mindestens einen halben Tag leblos ist, vielleicht sogar den ganzen Tag. Als er aufstand, beschied er kurz, dass es sich um einen gewöhnlichen Selbstmord handelt, ohne jegliche Anzeichen äußerer Gewalteinwirkung. Alles, was sie für den Verstorbenen noch tun können, ist, ein Gläschen auf seinen Seelenfrieden zu trinken, er blickte zu Zofija, dann hinunter ins Tal, drehte sich noch einmal den Männern in Uniform zu, bei den Lebenden braucht man sie eher als bei diesem Unglücksraben.

Der ältere Gendarm schlug die ihm angebotene Nebenrolle aus und begann, Ignacij zu verhören. Möglich, dass er damit dem Kommando des Arztes die Stirn bieten oder seinen jüngeren Kollegen beeindrucken wollte, vielleicht aber wollte er, gelangweilt von den immer gleichen trostlosen Orten und blutigen Schlägereien unter Betrunkenen, die Leiche nicht so einfach aus der Hand geben. Ignacij antwortete furchtsam, ganz anders als einige Stunden zuvor während seiner Verhandlung mit dem Bergwerksdirektor oder seiner Wiedergabe dieses Gesprächs für Zofija, der Vernehmer aber fragte ihm unerbittlich Löcher in den Bauch, er wollte wissen, wann er ihn gefunden hat, ob er allein war, wann er ihn das letzte Mal lebend gesehen hat, wo er gestern und heute war und was er da gemacht hat, wie ihr Verhältnis zueinander war. Die letzte Frage beunruhigte Ignacij, in seinem Kopf verband sich der Selbstmord seines Vaters ganz klar mit dem Versprechen, das er ihm vor Jahren gegeben hatte, ihm fiel ihr Streit ein und das Handgemenge tags zuvor. Noch immer empfand er keine Reue, doch ein Bewusstsein von Schuld begann, an ihm zu nagen, die eben hergestellte Kausalität verwirrte seine Gedanken. Wahrscheinlich hätte der Gendarm ihm sämtliche Zweifel entlockt, sein schlechtes Gewissen zum Sprechen gebracht, doch ihn rettete der Arzt, der die Strenge des Gendarmen völlig unnötig, sogar abstoßend fand. Es wundert ihn, sagte er, dass nicht das halbe Dorf in den Bäumen hängt, wo ihnen doch der Boden unter den Füßen weggezogen wird und die Unterwelt ihnen ihr gesamtes Hab und Gut und die Früchte ihrer Arbeit raubt. Gewiss, der Gendarm sagte darauf nichts, doch er stellte sein peinliches Verhör ein und bat Ignacij recht höflich, ihn und seinen Kollegen an den Ort zu führen, wo er den Verstorbenen gefunden hat.

Der ältere Gendarm ging die kurze Strecke schweigend, der jüngere folgte ihnen gehorsam, Ignacij wiederum wurde von Schuldgefühlen gequält: Er hatte keine Wahl, er wäre ja gern auf dem Bauernhof geblieben, aber die Dinge haben sich eben so gewendet, er musste verkaufen.

Säufer hängen sich häufig auf, belehrte der ältere Gendarm seinen jüngeren Kollegen, als sie bei dem Birkenpaar standen, trotzdem muss der Fall sorgfältig untersucht werden, alle Umstände gehören aufgeklärt. Obwohl hier alles klar ist, setzte er nach kurzer Pause hinzu, als sein Blick über den zerwühlten Hang und das zusammengestürzte Haus wanderte, keinerlei Aussicht, so etwas erträgt man nicht mal betrunken.

Zofija und der Arzt saßen auf einer Bank beim Schweinestall, der Arzt spielte gedankenverloren mit dem leeren Gläschen, während sie ständig nach der Dreiergruppe Ausschau hielt. Ihr grauste vor Ärzten, zu oft hatte sie davon gehört, wie der vorige Arzt die Zwillingsbrüder im Leib ihrer Mutter verstümmelt hatte, sie konnte sich diese Tat nur allzu bildlich vorstellen. Da ertönte Terezijas sanfter Ruf. Sie wollte ihn ignorieren, aber der Arzt hörte auf, das Gläschen in seinen Händen zu drehen, hob den Kopf und sah sie fragend an. Wortlos ging sie zur Schweineküche. Sie hatte sich noch nicht zu Terezija hinabgebeugt, da hörte sie schon einen Ausruf der Verwunderung hinter sich, dass sie schon im Frühling eine Weihnachtskrippe haben. Zofija erklärte hastig, dass es beiden, Mutter und Kind, gut geht, dass sie dieses Notlager eingerichtet haben, weil das Haus jeden Moment zusammenfallen kann, und dass sie in wenigen Tagen ins Tal umsiedeln. Der Arzt hörte ihr nur mit halbem Ohr zu, er nahm Terezija das Kind ab und wiegte es in seinen Armen, redete mit ihm und bewegte die Finger vor seinem Gesicht. Als es laut aufschrie, gab er es Terezija rasch zurück und sah sie dabei mitfühlend an. Was für ein hübscher Junge, sagte er, welch großes Pech, dass er blind ist.

•

Niemand aus Podgorje oder den Nachbardörfern erinnerte sich, dass je zuvor auf dem Friedhof jemand, der sich selbst gerichtet hatte, nach kirchlichem Ritus bestattet worden war. Jakob Knap, der für die Kirche und ein christliches Leben nicht viel übrighatte, wurde dies zuteil.

Der Pfarrer wies Zofija, die ihn aufsuchte, um das Begräbnis zu besprechen, ohne Umschweife schon an der Tür zurück, überflüssig, darüber zu diskutieren. Sein herrisches Vorgehen reizte sie bis aufs Blut, sie wiederholte die Worte, mit denen der Arzt einige Stunden zuvor den Gendarmen entwaffnet hatte: Jemanden, dessen Lebensgrundlage auf derart heftige Weise wegbricht, kann man nicht für eine Tat verantwortlich machen, die er aus Hoffnungslosigkeit beging. Selbst unter noch so tragischen Umständen gibt es keine Entschuldigung für die Sünde an der Heiligkeit des Lebens, erhob nun auch der Pfarrer seine Stimme. Zofija fuhr ruhiger fort, dass sie lediglich darum bittet, ihren Vater beerdigen zu dürfen, der sich sein Leben lang mutig jeder Herausforderung gestellt hatte; der Mann, der Hand an sich legte, war ein anderer Mensch. Wir sind für alle unsere Taten verantwortlich, Amen, erwiderte der Pfarrer entschlossen, um den sturen Gast loszuwerden. Wird einer vom gesunden Menschenverstand verlassen, sind seine Handlungen mit anderer Elle zu messen, die ewige Verdammnis der Hölle kann ihn dafür nicht treffen. Hat nicht Jesus gelehrt, dass den geistig Armen das Himmelreich zusteht, ließ Zofija nicht nach.

Am liebsten hätte er sie geschlagen, nur mit großer Mühe beherrschte er seine Wut, als ihn Zofija auf der Schwelle des Pfarrhauses laut über seine Berufung belehrte, es war ihr sogar gelungen, seine anfängliche Entschlossenheit zu erschüttern. Mit gespielter

Geduld gab er zu verstehen, dass der Fall ihres Vaters wirklich verwickelter ist, er wirft auch einige Zweifel auf, deshalb wird er alles noch einmal durchdenken und ihr seine endgültige Antwort am nächsten Morgen mitteilen.

Am Abend ging er in den Nachbarort, um mit einem älteren Pfarrer zu sprechen, bei dem die Jüngeren Rat suchten, wenn sie in einem Konflikt steckten. Gut eine Stunde lang wogen sie ab zwischen dem Skandal, den die laute Kampfhenne wahrscheinlich lostreten und den die gottlosen Arbeiter noch lustvoll anheizen würden, und dem Problem, dass dieser Präzedenzfall die Verwandten aller früheren Selbstmörder an seine Kirchentür führen würde. Der alte Pfarrer erwies sich als umsichtig, überlegt und vor allem als überaus pragmatisch. Er war der Meinung, dass die zu vermutende Unzurechnungsfähigkeit des Verstorbenen zur Zeit des Selbstmordes eine Bestattung auf dem Friedhof und sogar das kirchliche Begräbnisritual durchaus rechtfertigt, womit der Pfarrer den drohenden Krawall und die abzusehende Schmähung der Kirche vermeiden würde. Auf jeden Fall sollte er klar zu trennen versuchen zwischen jenen, die gottesfürchtig ihre Leiden ertragen, und denjenigen, die sich dem Gottesgesetz zuwider das Recht zum letzten Ausweg herausnehmen.

Der Pfarrer grübelte noch bis tief in die Nacht darüber, wie er seine Missbilligung dem Selbstmörder und noch mehr seiner erpresserischen Verwandten gegenüber offen zum Ausdruck bringen soll. Statt in Begleitung zweier oder dreier Ministranten erschien er mit nur einem einzigen Messdiener. Er begann die Beisetzung mit den Worten, dass die letzte Handlung des Verstorbenen schweren Tadel verdient, die Gnade des kirchlichen Begräbnisses darf er nur genießen, weil ihm die Verzweiflung den Verstand benebelt hat. Das war alles, was er über Jakob Knap sagte. Um das Ritual abzukürzen, ließ er sogar das eine oder andere Gebet aus. Doch er war sich bitter bewusst, dass all das längst nicht genügte, damit die Menschen seine Warnung überhaupt wahrnahmen, geschweige denn, dass sie jemandem Angst einflößten. Am Sonntag wird er ihnen in der Predigt nahebringen, dass nur ein gottesfürchtiges Leben mit einem würdevollen kirchlichen Begräbnis gekrönt werden kann.

Sein einziger Trost war die Hoffnung, dass die Menschen die Bestattung des unbeliebten Selbstmörders schnell vergessen, aber das Schicksal trieb ein hässliches Spiel. Die Leichenträger, vier ältere Männer aus Podgorje, legten zwei dicke Seile unter den Sarg und begannen, diesen langsam in die Tiefe hinabzulassen. Das erste Paar war schneller, der Sarg neigte sich stark nach vorn, deshalb rief ihnen der Alte aus dem zweiten Paar zu, sie sollen innehalten. Er stieg auf den frischen Aushub, um besser zu sehen, wie stark er das Seil lockern musste, wobei er auf dem nassen Lehmboden ausrutschte. Der Sarg stürzte krachend in die Grube und zog den Pechvogel mit sich. Für einen kurzen Moment erregte der Anblick großes Entsetzen unter den ringsum Versammelten, als jedoch wütendes Fluchen aus dem Grab zu hören war, konnte sich so mancher das Lachen nicht verkneifen. Ignacij wendete sich seinem Onkel zu und flüsterte, es ist, als würde sich Jakob selbst aus dem Grab melden, denn so war er die letzten Jahre gewesen, er hatte nur noch geschrien und geflucht.

Beim Leichenschmaus kamen zwanzig Nachbarn und Verwandte zusammen. Der Pfarrer schlug ihre Einladung aus, Štefanija erschien nicht zur Beerdigung. Zofijas Ehemann Albert erwies sich als zupackend, über die gesamte Breite der Heuharfe stellte er Tische und Bänke auf. Dafür verwendete er starke Bretter, gestützt auf die Latten, die zum Heutrocknen dienten, womit ein einfacher langer Tisch entstand mit ebenso langen Bänken zu beiden Seiten. Im eingestürzten Haus ließen sich keine Gäste mehr empfangen.

Jakobs älteste Schwester betete das Vaterunser dreimal laut, die anderen stimmten murmelnd mit ein. Die Stille, die entstand, als man sich zum Verstorbenen an etwas Gutes erinnern sollte, wurde nur durch das Schlürfen und Schmatzen gestört. Das Gespräch dümpelte dahin wie an einer Tafel voller Fremder, die einander misstrauten, nur die Leichenträger neckten ihren schmutzigen Kameraden einige Male, dass er es nicht so eilig haben soll, ins Jenseits zu kommen. Die Nachbarin fragte Jakobs Geschwister, die schon mehrere Jahre nicht mehr in Podgorje gewesen waren, wie es ihnen so ging, aber alle antworteten nur mit einem knappen Gut, nichts Besonderes.

Die betretene Stimmung lösten erst die Kinder, die Zofija zum Tisch kommen ließ, als die Gäste fertiggegessen hatten. Die Frauen bewunderten laut die hübsche Frančiška, sie rückten ihr die gelbe Haarschleife zurecht und nahmen sie auf den Schoß, die Männer alberten herum und fragten die Zwillinge ständig, wer von ihnen nun Alojzij und wer Ludvik ist. Als die Kinder den Spieß umdrehten und ihnen dieselbe Fragen zurück stellten, schlug das um in ein fröhliches Spiel. Die Nachbarin lachte, dass sie irgendwo noch zwei Würmchen versteckt halten, der Nachbar neckte Ignacij, dass er auch noch die Saumagd holen soll, um ihnen Gesellschaft zu leisten. Die Bewohner aus Podkraj schmunzelten dabei vergnügt, die Verwandten von anderswo blickten verdutzt drein.

Während Zofija die Schwägerin holte, kam am Tisch ein Gespräch über das letzte Unwetter und den Verfall der Siedlung in Gang, man zählte auf, wer ins Tal gegangen war und wer noch ausharrte, man überschlug die Höhe des Schadens, den ein jeder erlitten hatte, fragte sich, ob bis zum Jahresende überhaupt noch jemand durchhalten wird. Der verdreckte Leichenträger zimmerte einen simplen Totenvers auf Podkraj, dessen Ende naht.

Terezija lag auf der Seite, streichelte Matija, und Angela zerfloss in Tränen. Zofija hockte sich neben sie und flüsterte ihr zu, dass die Gäste sie und die Kinder gerne sehen würden. Die Wöchnerin antwortete, dass sie zu schwach ist, doch Zofija insistierte, sie soll sie zumindest begrüßen, sonst werden sie zu ihr kommen. Sie nahm Matija auf den Arm, mit der anderen Hand hob sie die zarte Angelina und wartete, dass sich Terezija aufrappelte.

Die Tanten rissen die beiden Kleinen sofort an sich, die Männer blickten verstohlen auf Terezijas verweintes Gesicht. Vielleicht hat sie Meerrettich gerieben, versuchte der Nachbar zu scherzen, aber niemand lachte darüber. Zofija war überzeugt, dass die Schwägerin weinte, weil Matija blind war, die Nachbarin, dass ihre Tränen dem baldigen Abschied und Umzug ins Tal zuzuschreiben waren, und der verdreckte Leichenträger gab zu bedenken, dass wenigstens sie den verdammten Quälgeist gemocht hat. Wenn sie Terezija gefragt hätten, sie hätte nicht zu antworten gewusst, die Tränen flossen von selbst.

Man saß noch eine Weile unter der Heuharfe, dann schlug die Stimmung um, man verfiel erneut in Trübsal, weshalb bald Jakobs Bruder aufbrach, dem sich seine Schwestern mit ihren Ehemännern anschlossen. Sie versprachen, sich bald wiederzusehen, man stammt schließlich aus demselben Nest. Aller beteuerten Harmonie, und dem einhelligen Zunicken zum Trotz glaubte man weder dem anderen noch sich selbst; Jakob war tot, das Haus seiner Geburt zerfiel vor ihren Augen, das letzte schwache gemeinsame Band war gerissen.

DIE KNAPS AUS PODGORJE

Indem Ignacij fort ins Tal ging, wechselte auch die Knap-Saga wieder dorthin, wo sie drei Generationen zuvor begonnen hatte.

Vor einem kleinen Wirtshaus für Fuhrleute am Rand der Siedlung machte mitten am Vormittag ein Hausierer halt. Der Wirt sah mit einem raschen Blick durchs Fenster, dass sein Pferd alt und sein Wagen ziemlich leer war, darum hatte er es nicht eilig, den Gast zu empfangen, obwohl das Wirtshaus völlig leer war. Er sah dem Händler, einem Mann schlank und stramm wie ein Soldat in den besten Jahren, dabei zu, wie er sein Pferd ausspannte und zur Tränke führte. Ein gewöhnlicher Krämer, der sich auf Märkten herumtreibt, erläuterte er seiner Frau, die sich zu ihm ans Fenster gesellt hatte.

Der Gast war sehr hochgewachsen, er musste sich sogar etwas bücken, als er durch die Eingangstür trat. Der Wirt stellte einen Halbliterkrug Wein auf den Tisch und setzte sich höflichkeitshalber zu ihm, bis ihm seine Frau das Essen servieren würde. Der Händler erwies sich als glänzender Erzähler, sodass der Wirt auch noch sitzen blieb, als dieser aß. Im Stillen ärgerte er sich, dass er sich so viel Zeit fürs Essen ließ, und wartete ungeduldig, dass er mit dem Erzählen fortfahren würde. Als sich der Gast endlich die Hände abwischte und seine Pfeife anzündete, während er die Hausfrau lobte, gesellte sich nun auch die Wirtin zu ihnen.

Raduš, so hieß der Händler, erklärte ihnen mit sanfter Stimme, dass es ihn zum ersten Mal in diesen Ort verschlagen hatte. Er mag nicht dem Gewinn hinterherjagen, er reist einfach gern, weshalb ihn seine Neugier oftmals vom geplanten Weg abbringt. Ständig muss er an unbekannte Orte und neue Gesichter sehen, das ist wie ein Fluch für sein Geschäft, aber auch ein Trost für seine Seele, so sagte er und brachte sie damit zum Lachen. Jetzt müsste er eigentlich gut zehn Kilometer entfernt von hier auf einem Markt sein, doch wie schon so viele Male zuvor ist er vom geplanten Weg abgebogen. Aus dem Geschäft wird wohl nichts, dafür ist er durch einen kleinen Ort gefahren, er lernt einen netten Wirt und seine wunderbare Frau kennen, eine ausgezeichnete Köchin, sagte er, sie anlachend, was am Ende auch ein erheblicher Gewinn ist.

Die Wirtin wollte sich dem liebenswerten Gast kenntlich zeigen, selbst ihr Ehemann war machtlos gegen seine charmante Art zu reden und nickte, als ihnen Raduš anbot, seine Ware zu zeigen. Er holte robustes heimisches helles Leinen und dunkle Tuche für Anzüge vom Wagen, bunt mit Blumen bedruckten Stoff aus Mähren, zuletzt noch weichen weinroten Samt und verlockend grüne Seide. Die Wirtin schien zunehmend von ihm eingenommen, während er den Stoff geschickt präsentierte und beschrieb, und ihr Mann dachte laut darüber nach, dass sich aus der Seide vielleicht eine schöne Kapuze für Felicija nähen ließe. Als er den Namen der Tochter nannte, brach seine Frau in Tränen aus; Raduš blickte sie mitfühlend an und wartete, bis die Wirtin schluchzend von ihrer großen Tragödie zu erzählen begann.

Als Felicija zwölf Jahre alt war, passierte ein schlimmer Unfall. An jenem Abend fand im Wirtshaus eine Feier statt, alles war voller Gäste, sie waren ständig in Eile. In diesem hektischen Trubel stürzte in der Küche das Mädchen, wahrscheinlich hatte sie jemand aus Versehen geschubst, und kippte einen großen schweren Kessel über sich. Der Inhalt verbrühte ihr das Gesicht und die rechte Körperhälfte, der Kessel aber brach ihr den Kiefer. Wie durch ein Wunder hat sie überlebt, aber das hübsche Mädchen verwandelte sich in ein … Die Wirtin brachte das Wort nicht über die Lippen, sie zerfloss in Tränen. Als ihr Schluchzen nachließ, fragte Raduš vorsichtig, ob er ihre Tochter sehen dürfte. Sie wiesen ihn entschieden ab, Felicija schämt sich für ihr Aussehen, sie trägt immerzu eine Kapuze und bodenlange Gewänder, nur der Mutter zeigt sie ihr entstelltes Gesicht. Sie sollten ihm dennoch gestatten, sie wenigstens in ihrer Kleidung zu sehen, fern im Morgenland verhüllen sich Frauen auf diese Weise.

Das verwunderte Wirtspaar rief Felicija, die sich langsam dem Tisch näherte. Die weite Kleidung schmiegte sich beim Gehen an ihren Körper und offenbarte einem aufmerksamen Betrachter ihre schöne Figur. Sie setzte sich zu ihnen und bat den Gast, dass er auch ihr erzählen soll, was er in der Welt gesehen hat. Für sie wiederholte er, dass tief im Osten selbst die allerschönsten Frauen ähnliche Gewänder tragen wie sie und auf der anderen Seite der Welt, in Richtung Westen, die Menschen keine Entstellung in Verlegenheit bringt, im Gegenteil, für Geld präsentieren sie sich sogar. Sie lachte wohlklingend, das ist doch nicht möglich, als er erzählte, wie er mit eigenen Augen jemand mit vier Beinen gesehen hat, zwei waren kleiner und dünner, dass er eine Frau mit Bart dichter als der seine gesehen hat, einen Mann, dem ein Horn aus dem Kopf spross, daumengroß, und eine Frau, die ihren Kopf dermaßen drehen konnte, dass ihr Gesicht über dem Rücken erschien.

Nach ihrer ersten Begegnung schaute Raduš immer häufiger im Wirtshaus vorbei. Wenn er für einen Moment allein war mit Felicija, redete er jedes Mal energisch auf sie ein, sie soll ihm ihr Gesicht zeigen. Kopfschüttelnd versicherte sie, dass dies nie passieren wird, denn bei ihrem Anblick würde er dem Wahnsinn verfallen. Vergeblich gelobte er ihr immer aufs Neue, dass er himmlische Schönheit wie auch schlimmste Missgeburten gesehen hat und seinen Augen nichts fremd ist.

Eines Tages brachte Raduš drei wundervolle Kopftücher aus glattem, glänzendem Satin für Felicija mit, ein blaues, ein weißes und ein schwarzes. Er bat sie, diese vor ihm anzuprobieren, weil er durchdreht, wenn sie ihm ihr Gesicht nicht endlich zeigt, sie soll ihm gestatten, sie zu küssen, denn er hat sich in sie verliebt, er kann ohne sie nicht mehr leben, all seine Gedanken fließen zu ihr. Er hielt beim Wirt um ihre Hand an, er ist das Umherstreunen leid, es zieht ihn nirgendwo mehr hin, er möchte mit seiner Tochter ein ruhiges Familienleben führen. Zuerst wunderte sich der Wirt, ihm ging durch den Sinn, dass Raduš vielleicht einen schlechten Scherz mit ihm treibt, dann aber nahm er den künftigen Schwiegersohn fröhlich in den Arm.

Nach der Hochzeit schenkte ihnen der Wirt eine kleine Hütte in Podgorje, die ihr Vorbesitzer im Wirtshaus auf den Kopf gehauen hatte. Sie gestalteten das Häuschen ein wenig um und begannen, auf dem kleinen Stück Land Ackerbau zu betreiben. Die Felder lagen die meiste Zeit brach, lieber saßen sie unter dem gewaltigen Nussbaum, wo er ihr mit dem Feuereifer eines verliebten Jünglings Geschichten aus aller Welt erzählte, denen sie mit der gleichen Neugier lauschte wie beim ersten Mal.

Bereits im ersten Jahr ihrer Ehe kam ihre Tochter Johana zur Welt. Damals sagte Raduš zu seiner Frau, dass er wieder seinem Beruf nachgehen muss, sonst werden sie nichts zum Leben haben. Das Bergwerk im Tal nahm rasch an Größe zu, es baute seine eigene Glasfabrik. Mit diesem vereinbarte er, den Verkauf von Glaswaren zu übernehmen, und machte sich mit vollem Wagen auf den Weg. Er kehrte nie wieder zurück. Trotz aller Nachforschungen wusste niemand etwas von ihm, es verbreiteten sich Gerüchte, dass er verunglückt ist, um seine Ware und sein Leben gebracht wurde, dass er das Weite gesucht und mit der Episode in Podgorje abgeschlossen hat. Jemand hat sich sogar überlegt, dass ihm Felicija nach Johanas Geburt ihr entstelltes Gesicht gezeigt hat, weshalb er nicht mehr zu ihr zurückkehren konnte.

Nachdem Raduš sie verlassen hatte, begann Felicija dahinzusiechen, und ein halbes Jahr später wurde sie begraben.

Als Johana ihr viertes Lebensjahr vollendet hatte, überzeugte die Wirtin ihren Mann, dass sie das Mädchen aus dem lärmenden

Wirtshaus und dem Arbeitertal wegbringen müssen, um sie von den Säufern, Schlägern und dem sittenlosen Leben fernzuhalten, nur in idyllischer Umgebung wird sie sicher zu einer anständigen Frau heranwachsen können.

Der Wirt war lange taub gegenüber den Bitten seiner Frau, letztlich jedoch kapitulierte er vor ihrer Hartnäckigkeit und seiner eigenen Rechnung. Er überlegte, dass mit dem Weggang seiner Frau kein größerer Verlust für ihn verbunden ist. Seit sie Johana hatte, hockte sie ständig bei ihr, vernachlässigte die Küche vollkommen, zum Glück hatte er zwei tüchtige Mägde. Noch schlimmer war, dass sie ihre Verachtung den Arbeitern gegenüber nicht einmal mehr überspielte, vergeblich versuchte er, ihr klarzumachen, welch hohe Summen sie auf den Tischen und am Schanktisch lassen, dass das Geschäft brummt wie nie zuvor, vor allem wegen ihnen. Er fürchtete, dass die Arbeiter ihm den Rücken zukehrten, sie hatten reichlich Auswahl, neue Wirtshäuser schossen wie Pilze aus dem Boden.

In Podgorje wuchs Johana wie eine Königstochter auf. Das Gut war klein, dennoch stellte die Wirtin einen Knecht an, der alles Nötige erledigte, während sie selbst für Ordnung im Haus sorgte, sie hielt das Mädchen von Arbeit fern und unterrichtete sie mit vereinfachten Predigten. Sie bemühte sich, jegliche Art von Schlägen abzufangen, die das Mädchen treffen konnten, und versuchte, sie vor Konflikten, Versuchungen, Traurigkeit zu schützen. Sie sperrte sie ins Haus, sodass sie nicht einmal die Nachbarskinder kannte, und wenn sie zur Messe gingen oder den Wirt im Tal besuchten, hing sie wie eine Klette an ihr. Sie versuchte, Johanas Welt zu einem Märchen zu machen, schirmte das Leben vor ihr und das Mädchen vor dem Leben ab. Ihre übertriebene Sorge nahm nicht ab, während das Mädchen erwachsen wurde. Im Gegenteil, sie wurde größer, wie auch das Schuldgefühl der Wirtin, das sich in der Bergeinsamkeit breitmachte. Es nagte an ihr, dass sich Felicija in ihrer Küche verbrüht hatte, sie machte sich Vorwürfe, dass sie sich in den honigsüßen Vagabunden verguckt und ihm die Tür weit offengehalten hatte, wegen ihrer Sünden ist Johana ein Waisenkind.

Eines Winterabends tauchte ein zerlumpter junger Mann vor ihrer Tür auf. Noch bevor er den Mund aufmachen konnte, hatte sie ihn fortgejagt, wie jeden anderen Bettler zuvor auch, und schon im nächsten Moment hatte sie ihn wieder vergessen. Pracher waren eine alltägliche Plage, deshalb war sie am nächsten Morgen gewaltig überrascht, als sie ihn im Stall im Gespräch mit dem Knecht vorfand. Sie entlockte ihnen, dass sie Vater und Sohn waren, die sich noch nie gesehen hatten.

Angeblich hatte der Knecht einst auf einem riesigen Bauernhof mit vielen Tätigkeitsfeldern gearbeitet. Als eine Magd von ihm schwanger wurde, drückte man bei ihr ein Auge zu, er jedoch wurde fortgejagt. Der kleine Junge, der auf die Welt kam, wurde mit Spott, Arbeit, Vernachlässigung eingedeckt, selbst seine Mutter stimmte mit ein in diesen Chor. Als er zwanzig Jahre alt wurde, hatte er genug vom Starksein, keiner kann ihn aufhalten, sagte er zu ihnen, er ist erwachsen und niemandem Rechenschaft schuldig.

Diese Geschichte rührte die Wirtin nicht, sie wiederholte streng, dass er gehen muss, auf ihrem bescheidenen Gut gibt es nicht genug Arbeit für zwei, er soll es bei einem größeren Bauern versuchen oder Bergmann im Tal werden. Als sie wenige Stunden später den Knecht zum Mittagessen rief, erschien an seiner Stelle sein Bastard. Sie regte sich schrecklich auf, er soll sofort verschwinden, und als er ihr zu erklären versuchte, dass ihm sein Vater die Stelle hier überlassen hat, während er selbst auf der Suche nach einer neuen war, drohte sie ihm mit der Gendarmerie. Ihre Arbeitskräfte sucht sie immer noch selbst aus, sagte sie schroff ablehnend. Als sie sich halbwegs beruhigt hatte, erlaubte sie ihm, so lange zu bleiben, bis sie seinen Vater gefunden und zurückgeholt hat. Sie war zufrieden mit dem alten Knecht, die Arbeit war eingespielt, sie mochte auf ihre alten Tage keine Veränderungen.

In der Kammer lauschte Johana ihrem Gespräch – war der Knecht im Haus, musste sie sich immer ins andere Zimmer zurückziehen – und bekniete später ihre Oma, sich des Bedürftigen anzunehmen, dem das Glück nicht so hold ist wie ihr. Die Wirtin, die sich mit ihm schon das sechste Kreuz aufbürden sollte, war von der Geschichte des jungen Mannes zwar nicht bewegt, dennoch gewährte sie Johanas Bitte.

Der Neuankömmling ergriff die sich bietende Chance mit beiden Händen. Die Arbeit ums Haus war stets vorbildlich getan, ihren gewölbten Bauch jedoch konnte die siebzehnjährige Johana bald nicht mehr verstecken. Sie liebten sich nicht, wurden aber sehr schnell intim. Er war fest entschlossen, Herr des Hofs zu werden, sie hatte Mitleid mit seinem harten Los, das brachte sie zusammen. Nie umwarb er sie romantisch, er wusste gar nicht, wie das ging, er blieb kühl, die Jahre voller Schläge und Spott hatten ihn gefühlsarm gemacht, in ihm steckten ungeheuer viel Wut und Hass. Johana war nicht seine Geliebte, sie war die künftige Besitzerin eines kleinen Stück Landes, er kam nicht, um sie zu liebkosen, sondern um sie zu befruchten, was ihm den Weg zu einer Hütte ebnen würde, aus der er einen soliden Bauernhof machen wollte. Er hatte einen brachialen Willen und war felsenfest überzeugt von der Erfüllung seines Traums.

Johana wusste nichts vom Leben, sie existierte in einer Märchenwelt, die ihre Oma für sie erschaffen hatte. Ihr Moralbegriff, dass das Gute den Sieg davonträgt und das Böse scheitern muss, war im echten Leben nutzlos. Johana hatte nicht gelernt, wie man kämpft, hätte sie sich wehren wollen, sie hätte nicht gewusst wie. So ergeben, wie sie zuvor ihrer Oma gefolgt war, empfing sie jetzt alles, was der Sohn des Knechts an sie herantrug. Als sie nebeneinanderlagen und sie mit glänzenden Augen die ungewöhnliche Liebesgeschichte ihrer Eltern zu erzählen begann, winkte er bereits nach den ersten Sätzen ab, dass er keine Zeit hat für solch romantischen Kram.

Beim Anblick von Johanas Bauch raufte sich die Wirtin die Haare, ihr Erziehungsexperiment war gescheitert, nun lastete doppelte Schuld auf ihr. Der Wirt war sachlicher: Ja schon, der junge Mann ist nicht so attraktiv, wie Raduš es war, aber wenigstens wird er sich nicht aus dem Staub machen, er hat den Kopf nicht in den Wolken, er ist sparsam und umtriebig, zäh, fest verwurzelt. Sie heirateten mit seinem Segen, das kleine Gut war eine reiche Mitgift. Die Wirtin kehrte nach ihrer Hochzeit zurück ins Tal, der neue Herr hatte ihr unzweideutig zu verstehen gegeben, dass sie in Podgorje nicht erwünscht ist.

Der junge Mann dachte groß und war bereit, von früh bis spät zu arbeiten, nach Besitz zu streben, war sein einziger Lebenszweck. Von einer betagten Witwe pachtete er Felder, die er ihr nach drei Jahren bereits abkaufte. Seiner Hände Arbeit verkaufte er mühelos im Tal, in das immer mehr Bergmänner und Glasmacher zogen. Freunde hatte er nicht, die Nachbarn gingen ihm aus dem Weg. Er besuchte sie nur, wenn jemand tief in Schulden oder Schwierigkeiten steckte: Dann bot er an, ihm einen Teil seines Besitzes abzukaufen. Er kaufte leidenschaftlich und unermüdlich, Felder, Wiesen und Wälder gingen in seinen Besitz über, er konnte nie genug bekommen.

Dass ihn in Podgorje niemand ausstehen konnte, ließ ihn völlig kalt, er war es schließlich gewohnt, das war schon in der Kindheit so gewesen, ging weiter in der Jugend, und daran änderte sich auch nichts, als er Hofbesitzer und Ehemann wurde. Anfangs behandelten ihn die Nachbarn herablassend, für sie war er ein dahergelaufener Bastard und Knecht, ein Betrüger, der sich den Bauernhof durch List angeeignet hatte. Es hieß, dass er sogar seinen eigenen Vater gnadenlos umgebracht haben soll – ist der alte Knecht nicht spurlos verschwunden, sodass keiner mehr je von ihm hörte? – und sich so den Weg zur Hütte gebahnt hat. Später, als er sein Land schnell und kühn erweiterte, zogen sie neidisch über ihn her, dass er seine Seele dem Teufel verkauft hat, weshalb sogar die Kartoffelfäule und der Weizensteinbrand seinen Feldern fernbleiben. Niemand machte ihm diese Vorwürfe direkt, Angst mischte sich in die Feindseligkeit der Nachbarn, sie konnten sich einfach nicht erklären, warum er nie in Schwierigkeiten geriet. Sie hätten ihn am liebsten aus der Welt gesehen, doch Kontra gaben sie ihm nur insgeheim, wenn sie über ihn lästerten, benutzten sie Fürwörter und Schimpfnamen, niemals fiel sein Name, und wenn es wirklich nicht anders ging, verwendeten sie seinen Nachnamen, Knap. Keiner nahm je seinen Vornamen in den Mund, man vermied ihn so systematisch, dass sie ihn zuletzt einfach vergaßen. Der Urvater der Familie Knap in Podgorje war ein Mensch ohne Namen.

Auch Johana hasste ihn bereits nach einigen Jahren Ehe. Nicht, weil er sie manchmal schlug, das war etwas, das alle Männer taten, nicht einmal, weil er den Kindern gegenüber so unerbittlich streng war, auch hier unterschied er sich nicht allzu sehr von den anderen. Der Grund war, dass er ihr vor Augen führte, wie lächerlich und naiv ihre Vorstellungen vom Leben waren. Bald hasste sie alles, was er war und was er tat. Seine Plackerei und dass er sie auch grob von anderen einforderte; sackte jemand müde zusammen, brachte er ihn mit Fußtritten wieder auf die Beine. Weil man bei Tisch immer auf ihn, den Hausherrn, warten musste; erst wenn er zu essen begonnen hatte, durften auch die anderen zum Löffel greifen. Dafür, dass er viel zu zeitig das Licht löschte und morgens in aller Frühe zum Aufstehen antrieb. Weil er Ergebenheit und Dankbarkeit verlangte, keine Entschuldigungen annahm, weil ihm alles gelang, weil er an nichts schuld war, weil er konsequenter, effizienter, beharrlicher und erfolgreicher war als irgendjemand sonst. Sie hasste seine Herrschsucht, seinen Kult um den Boden, den er mehr anbetete als Gott, seinen übertriebenen Geiz; trotz des wachsenden, immer größeren Vermögens aßen sie schlecht, die Kinder liefen in Bettlerlumpen herum.

Überdies hasste sie sich selbst, weil sie übersah, dass er sie nicht mit süßen Versprechen überhäuft hatte, weshalb sie sich nicht beklagen konnte, als ihre Erfüllung ausblieb. Ihr Leben wurde auf den Kopf gestellt, sie musste hart arbeiten, er machte keine Ausnahmen, sie gebar und führte den Haushalt einer immer größeren Familie. Das erste Kind, ein Junge, starb zwei Wochen nach der Geburt. Auch das zweite war ein Sohn, dieser hatte eine missgebildete Rechte. Er fragte sie, ob sie ihm keinen normalen Nachfolger gebären will. Monatelang weinte sie im Stillen. Dann wurden ihnen drei Töchter nacheinander geboren, jede machte ihn noch mürrischer, bis Jakob auf die Welt kam. Danach schlief er nie wieder mit ihr, er hatte seinen Nachfolger bekommen, nun gab es Wichtigeres zu tun.

Sie verfluchte ihre Hilflosigkeit und Schwäche, die sie um ihre Kinder brachten. Sie wuchsen still auf, und jeder nutzte die erstbeste Gelegenheit, um vom Hof zu verschwinden. Ihre Töchter heirateten jung, lachend wären sie jedem gefolgt, nur um der heimischen Hölle zu entfliehen, selbst der Sohn mit der missgebildeten Hand suchte das Weite. Waren sie einmal fort, meldeten sie sich nicht mehr, brachen jeglichen Kontakt ab.

Jakob musste schon als Kind bei allem mit anpacken, als Nachfolger des größten Guts im Dorf wurde er streng erzogen, da war sein Vater unerbittlich, von klein auf schleppte er ihn überall mit hin. Er füllte den Kopf des Jungen mit seinen Leitsätzen. Kaufte er ein neues Stück Land, dann erklärte er ihm laut und mit Nachdruck, dass den, der stillsteht, bald alle überholen. Wenn man nicht erntet, was reif ist, dann nimmt es jemand anderer oder die Fäulnis, predigte er ihm, wenn sie bis spät in die Nacht arbeiteten und sich der Junge kaum noch auf den Beinen hielt. Auf Schläge folgte immer die Lehre, dass jedes noch so gefestigte Land ohne die harte Hand des unnachgiebigen Gutsherrn zugrunde geht.

Wie seine Mutter hasste auch Jakob den Vater und fürchtete sich vor ihm, seine ganze Liebe galt Johana. Seine Mutter liebte ihn ihrerseits über alles in der Welt, doch mit ihrer innigen Liebe konnte sie nichts anfangen, solange ihr Mann lebte, sein Vater.

In einer Spätwinternacht des Jahres 1869 waren Vater und Sohn im ausgedehnten Wald unterhalb des Bergs beim Holzhacken. Das Bergwerk brauchte unbegrenzt Holz und bezahlte gut dafür. Als sie einer fallenden Fichte auswichen, rutschte der Vater aus, glitt über den nassen Schnee und fiel über einen Steilhang in die Tiefe. Jakob konnte nur machtlos zusehen, wie der Körper seines Vaters urplötzlich über die Felsen glitt, die Zeit reichte nur für einen Funken Freude.

Der Tod des Knap, dessen Namen man vergessen hatte, brachte Podgorje Erleichterung. Es war anstrengend, in der Nähe von jemand zu leben, dem alles gedeiht und dessen Besitz wächst, als hätte ihn Größenwahn heimgesucht. Gleichwohl kamen schon bei der Bestattung erste Gerüchte in Umlauf, dass er nicht zufällig abgerutscht war, Štefanija soll ihn auf Johanas Bitte verflucht haben. Diese Geschichte war bald auch den wenigen Skeptikern recht, da Jakob den Hof übernahm und, noch bevor die Erde auf dem Grab eingefallen war, Neža heiratete, das einzige Kind von Štefanija.

Die Menschen machen sich nichts aus Tatsachen, die im Widerspruch zu ihren Wahrheiten stehen. Johana und Štefanija trafen keinerlei Abmachung, im Gegenteil, beide waren sehr gegen die Hochzeit. Johana lag Jakob in den Ohren, dass sie am besten für ihn sorgen wird, sie genügen einander, er braucht keine andere Frau, Štefanija dagegen wollte ihre einzige Tochter nicht verlieren, von der ohnehin alle überzeugt waren, dass sie diese irgendwo gestohlen hatte.

Für Štefanija hegten die Bewohner von Podgorje und der Nachbardörfer ähnliche Gefühle wie für Knap, dessen Name vergessen war. Sie hatten das gleiche Alter, obwohl sie einer Hundertjährigen glich, sie war klein und krumm, spindeldürr, während er noch als zerbeulte Leiche aussah wie ein Hüne. So wie ihnen der Knap Verdruss bereitet hatte, weil ihm alles gelang, so fürchteten sie Štefanija wegen ihrer wundertätigen Kraft, man glaubte, dass ihr sogar die Schlangen aus dem Weg gingen, wenn sie in den Felsen nach Kräutern suchte, aus denen sie ihre Tränke braute. Alles Unglück schrieben sie ihrer Hexerei zu – Brände und schlechte Ernten, Krankheiten in Haus und Stall waren ihr Werk, ihr wurden nimmersatte Sperlinge auf den Feldern angehängt, Frost, Dürre und entlaufene Knechte – und holte sie immer wieder zu Hilfe, wenn etwas dergleichen passierte. Dem Lamento zum Trotz folgte sie stets ihren Bitten, manchmal kurierte sie jemand mit Salben und Tinkturen, ein anderes Mal zeichnete sie Zaubersymbole auf Haut, Wände oder einfach in die Luft.

Als der Pfarrer Jakob und Neža verheiratete, konnte er den Gedanken nicht abschütteln, dass er da zu viel Kraft miteinander vereinte, dass das kein gutes Ende nehmen konnte. Vor ihm standen die Kinder des Mannes und der Frau, die ihm als Einzige in der Pfarrei den gebotenen Gehorsam verweigerten, die Nachkommen von Menschen, bei denen er selbst äußerst vorsichtig war, wie im Zweifel, ob sein Gott und der feste Glaube an ihn wirklich über ihre dämonischen Kräfte zu siegen vermochten.

Johana akzeptierte Neža nie. Weil sich Jakob von seiner Mutter führen ließ und immer weiter an ihrer Nabelschnur hing, wurde die Schwägerin bald zur Magd und Beischläferin erniedrigt. Im zweiten Ehejahr brachte sie Ignacij zur Welt, drei Jahre später Zofija, noch zwei Jahre später mündete die Geburt in eine Tragödie. Als die Wehen einsetzten, schickte Johana nicht nach Štefanija, sie rief eine Frau, die selbst zwölfmal entbunden hatte und bei etlichen Geburten dabei gewesen war, die hat vom Gebären mehr Ahnung als alle Ärzte und Hebammen. Die zarte kleine Neža wand sich in furchtbaren Krämpfen, und doch war noch nichts vom Baby zu sehen, deshalb wurde zusätzlich nach dem Arzt im Tal geschickt. Die Zwillinge waren stecken geblieben und seiner Überzeugung nach erstickt, deshalb versuchte er, sie herauszuschneiden, um zumindest die Mutter zu retten, aber auch Neža überlebte den Eingriff nicht.

Erschüttert von ihrem Tod war lediglich Štefanija. Sie war fest davon überzeugt, die Sache hätte ein anderes Ende genommen, wenn man nach ihr geschickt hätte, statt sich einer Unbekannten und einem Doktor Metzger anzuvertrauen, die ihre einzige Tochter umbrachten. Sie verfluchte alle Knaps und zog sich nur noch mehr in ihre Kauzigkeit und Abgeschiedenheit zurück. Jakob und Johana ließ Nežas Tod kalt, die Mutter bat ihren Sohn bereits am Abend vor dem Begräbnis, er soll sich keine neue Frau suchen, sie selbst wird für ihn und die Kinder sorgen, sie wird sie besser hüten als irgendeine Frau sonst.

Jakob stürzte sich noch eifriger in die Arbeit. Es wurmte ihn, dass ihm die Dinge nicht so gelangen wie seinem Vater, ein anderes Mal aber freute er sich darüber, weil er ihm in nichts ähneln wollte. Trotzdem lebten sie gut und schuldenfrei, Štefanijas Fluch schadete ihnen nicht, das Bergwerk und die Industrie im Tal entwickelten sich rasch, die Jahre der fetten Kühe hielten an.

Der Eindruck, dass die Dinge unveränderlich sind, dass man zu einem eintönigen Leben verdammt ist, wo es keinen Platz für Wachstum noch für Zerfall gibt, dass Einsatz und Trägheit gleichviel Früchte tragen, schwand nach Johanas Tod. Die Sorge um den Haushalt überließ Jakob seiner Tochter und der Magd. Letztere überhörte die Anordnungen der Zwölfjährigen oder machte sich offen über sie lustig. Ignacij mühte sich im Stall und auf den Feldern, die Jakob, der immer mehr dem Alkohol verfiel, vernachlässigte, doch die Dinge änderten sich rasant. Neben den immer zahlreicheren Geschäften im Tal entstanden auch noch Arbeiterkonsumgenossenschaften, es wurde immer schwieriger, die Ernte zu verkaufen. Das Bergwerk begann unter Podgorje zu graben, und schon bald zeigten sich auf der Oberfläche erste Risse der Zerstörung. Jakob verstrickte sich in langwierige und erfolglose Klagen gegen das Bergwerk, was den Großteil seiner Ersparnisse verschlang. Zofija floh immer öfter ins Tal, mit siebzehn wurde sie schwanger von einem Bergmann und zog von zu Hause fort. Ignacij quälte sich allein mit dem Bauernhof ab und wurde immer finsterer, während Jakob nur noch soff und das Bergwerk verfluchte, das ihm die Erde verdorben und seine Tochter gestohlen hatte.

Der einst blühende Bauernhof der Knaps verwandelte sich schnell in einen giftigen Sumpf, und wahrscheinlich hätte er sich nie aus ihm herausgezogen, hätte nicht im Spätherbst 1894 eine wandernde Näherin bei ihnen Halt gemacht. Die Magd gab ihr etwas Wäsche zum Flicken und ließ sie ein paar einfache Hemden nähen. Terezija machte sich singend an die Arbeit, und ein Wunder geschah, ihre liebliche Stimme brachte neuen Schwung ins Haus, und ihre gute Laune vertrieb das stickige Elend. Zum ersten Mal seit vielen Jahren hatte es Ignacij nicht mehr eilig, in den Stall oder auf die Felder zu kommen, er hätte nur dasitzen, sie ansehen und ihr lauschen können. Wenn er endlich aus dem Haus ging, stand er noch lange in der Nähe, um Terezijas mal fröhlichem, mal traurigem Gesang zu lauschen.

Schon zweimal hatte sie wieder aufbrechen wollen, aber immer brachte er neuen Stoff aus dem Tal mit und beauftragte sie, noch dies und jenes zu nähen, um ihren Aufenthalt zu verlängern. Eines Morgens ging er erneut ins Tal, fuhr mit dem Zug in die nächste größere Stadt und kehrte erst am Abend zurück. Er kam auf einem Wagen angefahren, von dem er gemeinsam mit dem Kutscher vorsichtig eine Nähmaschine hob, die auf einem Tischlein aus leuchtendrotem Holz ruhte, mit eisernen Beinen, die wundervolle Ornamente zierten. Nun kannst du nicht mehr fort, sagte er zu Terezija, eine Nähmaschine ist kein Brotlaib, den man bricht und isst, bis nur wenige Krümel übrigbleiben.

Terezija blieb, sie nähte für die Nachbarn und sang für Ignacij. Aber die Zeiten wurden schlechter, sie entließen die Magd, im Haus und rundherum gab es immer mehr Arbeit zu verrichten, deshalb nähte sie immer weniger und sang nur noch selten.

Jakob überließ das Gut dem Sohn und zog in eine schlichte Köhlerhütte, die er bereits vor Jahren auf einer Lichtung inmitten seiner Wälder hatte aufstellen lassen. Dort produzierte er erstklassige Kohle und verkaufte alles mühelos ans Bergwerk und an Schmieden. Er verdiente mehr, als er trinken konnte, immer seltener kam er nach Hause, die Familie seines Sohnes brauchte er nicht. Diese wuchs schnell, so als könnten die Kinder mit ihrer zahlenmäßigen Stärke den Lauf der Dinge verändern und an die glücklichen Anfänge anknüpfen. Terezija und Ignacij bekamen eine Tochter namens Frančiška, bald folgten die Zwillinge Alojzij und Ludvik, danach kam Angela zur Welt, und in dem bemerkenswerten Jahr 1900, als viele den Weltuntergang prophezeiten und es in Podgorje wahrhaftig zur Sintflut kam, noch der blinde Matija.

IM TAL

Als Terezija zum Türchen des Steinofens griff, stieß eine unbekannte Hand sie grob fort. Ohne den Blick zu heben, um die Rivalin zu sehen, wendete sie halbherzig ein, dass kein Holzscheit vor dem Ofen lag, das vereinbarte Zeichen, wenn jemand Brot zu backen beabsichtigte. Die Antwort auf ihren zögerlichen Einwand war ein lautes Zetern, dass eine gestern Dahergelaufene ihr die Regeln in der Kolonie nun wirklich nicht zu erklären braucht. Das Geschrei lockte die Frauen aus den Häusern, die das Spektakel auf keinen Fall verpassen wollten.

Hat man je gesehen, dass ein frisch geschlüpftes Küken die Henne belehrt, fragte eine Frau in Richtung der sich rasch vermehrenden Zuhörer, noch dazu von einem Küken, fuhr sie fort, angespornt vom Gelächter der Versammelten, das von weiß Gott wo dahergelaufen kam. Die Kolonie wurde für erfahrene Hauer gegründet, die seit mindestens fünf Jahren beim Bergwerk arbeiten – sie lehnte sich mit ihrem üppigen Körper auf den Gemeinschafts-Steinofen –, in all den Jahren hat es keine einzige Ausnahme gegeben, dieser Dame aber wurde eine Wohnung zugeteilt, noch bevor ihr Mann überhaupt im Bergwerk zu arbeiten begann.

Hat sie etwa dem Direktor beim Flöhefangen geholfen, dass er so großzügig war, gab sie dem ermunternden Gelächter weiter Zunder. Mit den Herrschaften von der Grube mag sie tun und lassen, was sie will, polterte sie, in der Kolonie jedoch verschafft ihr das keine Vorrechte, sie ist als Letzte gekommen, also wird sie auch als

Letzte dran sein mit Brotbacken oder Wäschewaschen, empörte sie sich.

Zofija, die den Anfang des Streits verpasst hatte, fiel der Redenden, kaum hatte sie die Kampfarena erreicht, laut ins Wort, sie soll sich nicht so aufblasen wie ein Frosch und vom Ofen weggehen, der steht ihr genauso zu wie Terezija oder wem auch immer. Die Neue hat nicht nur enge Verbindungen zur Bergwerksdirektion, auch in der Kolonie hat sie einen Schutzengel, spottete die Alteingesessene, aber jetzt verfing ihr Gestichel nicht, mit Zofijas Erscheinen war es vorbei mit Aufplustern und beifälligem Gelächter. Die Regeln sind für alle gleich, Zofijas Stimme duldete keinen Einwand, für die, die schon seit Urzeiten hier leben, gelten sie genauso wie für die, die erst gestern dazugekommen sind.

Zustimmendes Nicken und Gemurmel entschied unzweideutig darüber, wer hier den Sieg davongetragen hatte, doch die Verliererin fand sich nicht damit ab. Zofija hat leicht reden, versuchte sie, leicht verdrossen, ihr Publikum zurückzugewinnen, sie hat keine Kinder, aber Zeit im Überfluss. Die mit Kindern laufen ständig von einer Arbeit zur nächsten, manchmal muss man halt den Ellenbogen einsetzen, wurde sie etwas versöhnlicher, sonst schafft man gar nicht alles.

Die Regeln sind für alle gleich, ungeachtet persönlicher Umstände, wiederholte Zofija, jede von uns findet tausend Ausflüchte, damit für sie eine Ausnahme gilt. Der Streithenne schien mit dem Kinder-Argument in diesem Wortwechsel noch etwas zu machen sein, weshalb sie höhnte, Zofija soll nicht über Dinge reden, von denen sie nichts versteht, sie hat ja keine Ahnung, wie es ist, wenn man vier kleine Bälger am Rockzipfel hängen hat. Und deshalb drängelt sie sich bei Terezija vor, die fünf hat, versetzte ihr Zofija prompt den finalen Schlag.

Das Kreischen verstummte, eine lastende Stille legte sich über die Versammlung, dann durchbrach Terezija sie mit ihrem Angebot zur Versöhnung, die Frau soll ihr Brot als Erste backen, sie wartet. Du könntest dich ruhig bedanken, warf Zofija der Frau vor, du drängelst und beleidigst sie unverschämt, und sie vergilt es dir mit Freundlichkeit.

Es war nicht ungewöhnlich, dass sie das letzte Wort hatte. Sie war eine ausgezeichnete Rednerin, und in der Kolonie-Gemeinschaft galt sie als gerechte und urteilsfähige Person, obwohl sie jünger war als die meisten Frauen. Man schätzte sie, weil sie stets hilfsbereit war und sich vor niemandem fürchtete.

Während die Menge nun auseinanderströmte, trat Zofija zu der Frau, die den Ofen einzuheizen begann. Sie beugte sich zu ihr und sagte in rauem Ton, dass sie nie wieder Kinder in einen Streit hineinziehen soll. So wie sie nicht weiß, wie es ist, sich mit vier Kindern durchzuschlagen, kann die Streithenne nicht wissen, wie ein Leben ohne Kinder aussieht.

Zofija erwischte Terezija noch, die langsam zur Wohnung zurückging, sie hakte sich bei ihr unter und ermahnte sie streng, dass sie nie wieder Furcht haben und klein beigeben soll. Die Frauen sind ganz in Ordnung, sie sagen direkt, was sie denken, können bei Bedarf auch zuschlagen, aber wenn sie nachgibt, nutzen sie das aus. Ihr fiel auf, dass Terezija mit den Tränen kämpfte, und fuhr etwas freundlicher fort, dass sie niemandem Platz machen oder hinter jemandem die Reste aufsammeln muss, sie sind einander ebenbürtig, für alle gelten dieselben Regeln, sie wird sich schon noch daran gewöhnen, es ist nicht schwer, sie schafft das, bestimmt.

Terezija hielt ihre Tränen nicht länger zurück, sie schluchzte und sagte, dass sie in Podgorje ihren eigenen Steinofen hatte, wusch, wann immer sie wollte, und sich niemals anpassen oder einreihen musste, keiner hat ihr je auf den Herd und ins Bett geschaut. Am Anfang ist es vielleicht lästig, Zofija legte den Arm um ihre Schulter, wenn sie einander ungeniert in die Töpfe schauen, doch die gute Seite ist, dass sie einander helfen, sollte eine mal mit leerem Topf dastehen. Sie schwieg kurz, dann fuhr sie fort, dass sie nicht mehr in der Einsamkeit leben könnte, dass es ihr gut geht in der Kolonie, dass Solidarität und Gleichheit die Gemeinschaft zusammenhalten. Es ist nicht wie in der Schule, wo der Lehrer immer recht hat, nicht wie in der Kirche, wo sich alle dem Pfarrer unterwerfen, nicht wie in der Fabrik, wo nur der Werkmeister das Sagen hat, in der Kolonie gibt es keine Hierarchie.

Sie saßen eng nebeneinander auf der Treppe vor der Haustür. Terezijas Tränen waren längst getrocknet, wie zwei fröhliche Backfische lachten sie nun über Terezijas Abenteuer. Hier wird ein Verdacht kurzerhand zur Wahrheit, und wenn die unhaltbar ist, hat man im nächsten Moment schon eine neue zur Hand. Sie kann ihr mindestens zehn Erklärungen nennen, warum sie keine Kinder hat. In der Kolonie fragt niemand, warum das so ist, was passiert war, woher es kam und was daraus folgt. Niemand fragt, jeder hat sofort eine Antwort parat. Hier regiert das absolute Wissen, man weiß alles oder legt sich etwas zurecht.

•

Ignacij überkam ein vertrauter Schwindel, ihm war übel, eine fade Süße durchströmte seinen gesamten Körper, er hatte das Gefühl, auf etwas Weichem zu stehen und das Gleichgewicht zu verlieren, seine Beine begannen zu schlottern, gleich sackt er zusammen und fällt auseinander wie ein loses Bündel Getreide. Der Bergmann France neben ihm, ein Altersgenosse aus Podgorje, der schon vor Jahren ins Tal gezogen war und jetzt Ignacij zum Hauer ausbildete, lachte ihm ermunternd zu. An diese rasende Abfahrt mit dem Aufzug wird er sich nie gewöhnen, an den Sturz in den Abgrund, antwortete Ignacij. Sein Kollege schüttelte heftig den Kopf, sicher wird er sich gewöhnen, er braucht nur etwas Zeit. Ein älterer Bergmann in der Nähe kommentierte, dass seine Angst vollkommen überflüssig ist, sie gehen den Teufel nur besuchen, sie ziehen nicht bei ihm ein.

Der Käfig setzte laut auf dem Boden auf und erbebte, jemand öffnete die Gittertür, die Schar dehnte sich zu einer langen Reihe. France erklärte Ignacij umständlich dies und jenes, hielt inne und gestikulierte, Lehrer zu sein machte ihm Spaß. Er kommt nur mit wenigen klar, sagte er, die meisten Bergmänner sind anderer Meinung als er, aber Ignacij wird sicher zu ihm halten. Schließlich stammen beide vom Bauernhof, kommen sogar aus demselben Dorf, beide wissen, wie es zugeht in dieser Welt. Dieses langatmige Gerede war der Versuch eines diskreten Hinweises, France wollte Ignacij vor Zofijas Mann Albert warnen, konnte das jedoch nicht direkt aussprechen, weil der sein Schwager war. All sein Gebaren half nichts, Ignacij hörte ihm kaum zu, seine Gedanken schweiften ständig ab.

Er ist stark und lernt schnell, bald wird er Hauer sein und gut leben können, schmeichelte sich France bei Ignacij ein, nur Problemen soll er aus dem Weg gehen. Unter Bergmännern gibt es viele Zänker, die sich andauernd mit den Besitzern streiten und sich auflehnen. Mal sind ihnen die Löhne zu niedrig, dann werden sie bei der Menge an geförderter Kohle betrogen oder die Preise im Konsum haben angezogen, generell werden sie endlos schikaniert und so weiter und so fort. Manche Bergmänner sind ungeduldig, immer häufiger wird von Streik gesprochen, erzählte er ihm, sein Schwager Albert gehört dabei zu den lautesten Aufwieglern.

Ignacij beschäftigten die Worte des alten Bergmanns, dass sie beim Teufel nicht einziehen, sondern ihn nur besuchen. In Podkraj waren ihm das Leben im Tal und die Arbeit in der Grube als simple Sache erschienen. Er wird Sense und Mistgabel ablegen und zu Spitzhacke und Schaufel greifen, er wird zur Tür der Bruchbude hinaus und in die neue Wohnung der Kolonie treten. Niemand hatte ihn gewarnt, wie beengt es im Tal zugeht, dass man sich kaum rühren kann, in der Wohnung und der Sohle hockt er wie ein Hase im Käfig. Er hätte doch besser auf dem Land ausgeharrt bis an sein seliges Ende.

Am klügsten wird es sein, wenn er sich nur um sich selbst und seine Arbeit kümmert, plapperte France. Vor drei Jahren gab es einen Streik. Damals wurde ihnen versprochen, dass sich die Dinge bessern, aber alles ist beim Alten geblieben. Geändert hat sich nur die Lage der Handvoll Anführer, die haben ihre Arbeit verloren und sind aus den Bergwerkswohnungen geflogen, wer sich abseits hielt, hatte nichts zu befürchten. Deshalb tritt er keiner Partei oder Gewerkschaft bei, trotz aller Einladungen, nicht einmal zu den Versammlungen geht er, er wird für niemanden Kopf und Kragen riskieren.

Immerhin blieb ihm die Knappentaufe erspart, überlegte Ignacij. Er hat gehört, dass man böse Scherze treibt auf Kosten eines Neulings. Angeblich hat Albert sie daran gehindert, er soll ihnen eingeschärft haben, ihn gefälligst in Ruhe zu lassen und nicht mit dummem Zeug zu reizen, ihm ist binnen kürzester Zeit schon genug Schlimmes widerfahren: Ein Erdrutsch hat seinen Bauernhof zerstört, sein Vater hat sich aufgehängt, seine Frau ihm einen blinden Sohn geboren. Er selbst hätte seine Unglücksfälle nie so schnell zusammengerechnet. Podkraj ist tot und begraben, sein Vater ist tot und begraben, er aber sitzt den halben Tag wie festgemauert in diesem Loch von Kolonie, die andere Hälfte steckt er in der Grube fest. Bald machen sich die Würmer über seinen Vater her, sie werden seinen Leichnam fressen, während er bei lebendigem Leib aufgezehrt wird.

Jeder soll sich an seine Aufgabe halten, hat der Werkmeister gesagt. Er ist Hauer, auch Ignacij wird bald einer sein, ihre Aufgabe ist es, Kohle zu graben. Sie können die besten Hauer sein, und doch wissen sie nicht, wie man mit diesen dreibeinigen Instrumenten hantiert und wie man Pläne zeichnet, wie man Arbeit einteilt, Erdschichten erkundet, das sind die Aufgaben der Markscheider und Geologen. Auch den Direktor können sie nicht belehren, wie er die Löhne abrechnen soll, sie würden sich nur lächerlich machen. Sicher würde sich jeder über mehr Lohn freuen, aber schon jetzt gibt es keinen Grund zur Klage, es genügt ein Blick auf die um einiges niedrigeren Löhne der Arbeiter im Glaswerk und bei den Kalköfen.

Alles läuft falsch, grummelte Ignacij vor sich hin, sogar die Übelkeit und Körperschwäche geben ihm das zu verstehen, wenn er hinunter in die Grube fährt, er aber will nicht hören. Heute wird er nicht ins Wirtshaus gehen. Sollen sie ruhig nörgeln, dass er Angst hat vor seiner Frau, es kümmert ihn nicht. Er wird nach Podgorje gehen, er muss frische Luft schnappen, er wird barfuß über das weiche Gras spazieren, wohin auch immer ihn die Füße tragen, er hat genug von dem verdammten Dreck. Früher hat er sich gewundert, wohin all der Boden der Felder verschwindet, wo die enormen Mengen hinrutschen, jetzt schmatzt die Antwort klebrig unter seinen Füßen. Diese Leere ist unersättlich, die Schächte fressen, verschlingen Erde, Licht und Luft, selbst er wird ihren Mäulern nicht entkommen, es kann nicht anders sein.

Sie beide wissen nur zu gut, wie es zugeht auf dem Hof, sinnierte France unermüdlich, nur einer kann entscheiden, würde jeder machen, was er will, ginge alles zum Teufel. Ein Knecht kann nicht bestimmen, was und wann gesät wird, das legt der Gutsherr fest, er hat das erste und letzte Wort. Nirgendwo kann es anders sein, selbst beim Bergwerk nicht. Genauso wie der Bauer wissen muss, wie viel Weizen er zu Mehl mahlen kann, damit er später nicht zu wenig zur erneuten Aussaat hat, muss ein Direktor wissen, wie viel Geld er für Löhne ausgeben kann, denn es muss noch genug für andere Unkosten übrigbleiben, damit die Firma nie stillsteht.

Gleich kriegt er keine Luft mehr, überkam es Ignacij, es ist stickig und heiß. Daheim konnte er tief einatmen, die Luft war klar und gesund, er hat sie in der Brust gespürt, morgens war sie frisch wie kaltes Wasser. Zur Brotzeit hat er sich ins weiche Gras gesetzt, hier gibt es nur Matsch, Gestein und einen schmutzigen Balken da und dort, der darauf wartet, dass er verlegt wird. Dort sind die Bäume grün, hier treiben nur kranke, verdorrte Stämme, die das Erdgewölbe stützen, solange sie darunter graben, dann werden sie traurig einstürzen. Ihr Treiben ist ohne Sinn, kein Mensch hat ein solches Leben verdient.

So ein Bergwerk ist eine gewaltige Sache, inzwischen sind hier schon fast eintausend Arbeiter tätig, erklärte France, so was läuft ewig, es bedeutet ständige Sicherheit, deshalb soll Ignacij ruhig bei seinem neuen Beruf bleiben. Wird ein Bauernhof von einem Erdrutsch erfasst, ist das schnell vergessen, die paar Scheffel Getreide werden eben woanders gesät. Mit der Kohle aber ist es anders, man sät sie nicht im Frühling aus und erntet sie im Herbst, man kann sie nur dort abbauen, wo sie entstanden ist, es ist sinnlos, anderswo nach ihr zu buddeln. Und alle brauchen sie, ohne sie stehen Züge still, Wohnungen bleiben kalt, Fabrikschornsteine hören auf zu rauchen.

Wenn es kein Licht und keine Farben gibt, können auch die Gedanken nicht fröhlich sein, nur traurig-schwarz. Er wurde so wie sein blinder Sohn, dachte Ignacij, er sieht nichts, Schlamm und Staub haben ihm die Augen verschmiert, niemand vermag diesen Dreck auszuwaschen. Štefanija hatte gesagt, besser, das Kind wäre tot zur Welt gekommen. Ein armer Schlucker wird es sein, da kann man nichts machen, aber zumindest wird es nicht in die Grube müssen. Es hat eine andere, ganz eigene Dunkelheit.

Dieser Vergleich riss Ignacij für einen kurzen Moment aus seinen Gedanken, er hörte seinen Kameraden, der gerade laut fragte, ob die Gewerkschaft irgendetwas in das Bergwerk investiert hat. Nichts, antwortete er sich selbst, deshalb kann sie auch über nichts bestimmen. Er bekommt sein Brot nicht von der Gewerkschaft, deshalb wird er ihren Glauben nie annehmen, er dient dem Bergwerksdirektor, solange der ihn bezahlt.

Ignacij unterhielt sich noch lange mit France, seinem Ausbilder. Die irrige Freude des Bergmanns, einen Zuhörer zu haben, erhob ihn in Predigerhöhen und zum glühenden Verkünder seiner Lehren, während Ignacij mit jedem Schritt tiefer in Verzweiflung stürzte.

•

Frančiška setzte Alojzij und Ludvik auf die Treppe und kramte ein Säckchen Melissenzuckerl aus ihrer Rocktasche. Wie eingeladen von dieser raschelnden Geste, war im Nu eine Kinderschar um sie herum, und der größte Junge drohte Frančiška, dass er sie verprügelt, wenn sie ihm die Bonbons nicht sofort gibt. Frančiška sah den um einen Kopf größeren Jungen treuherzig an und antwortete ihm ruhig, dass er sie dann wohl verprügeln muss. Ihre Antwort überraschte den Bandenführer, entwaffnet blickte er zu seinen Kumpanen auf der Suche nach einem hilfreichen Rat, vergebens, dann wechselte er zur Händlertaktik, um an das Naschwerk zu kommen: Im Tausch gegen die Bonbons zeigt er ihr seine Hasen. Frančiška nahm eine Handvoll Melissenzuckerl aus dem Tütchen und verteilte diese unter den Kindern.

Die Häuser der Kolonie standen in Form eines Hufeisens. Ein schmaler Durchgang auf beiden Seiten führte zu den monotonen Holzbaracken und kunterbunten kleinen Verschlägen aus allerhand Baumaterial. Zu einem liefen die Kinder, gingen vor einem Türchen mit rostigem Gitter in die Hocke und betrachteten eine Häsin und die kleinen graubraunen Knäuel daneben. Die Jungen können schon sehen und haben Fell, sagte der Junge, riss ein Löwenzahnblatt ab und hielt es der Häsin durch ein Loch hin. Frančiška wollte es ihm nachmachen, aber er schob ihre Hand weg, nicht doch, sie versteht nichts von Tieren. Beleidigt kehrte sie mit ihren Brüdern auf den Hof zurück.

Bald gesellte sich die Gruppe zu ihnen, und der größte Junge schlug Frančiška vor, dass er ihr im Tausch gegen alle Bonbons beibringt, wie man mit Hasen umgeht. Sie braucht seinen Rat nicht, erwiderte sie. In Podgorje hatten sie viele Hasen und auch Hühner, Schweine und sogar ein Pferd. Sie denkt sich das alles nur aus, beschuldigte er sie laut, aber Frančiška erwiderte ruhig, er soll ihre Brüder fragen, die eifrig nickten. Der große Junge begann Grimassen zu schneiden, langsam zählte er die von Frančiška erwähnten Tiere auf und fragte, ob sie nicht vielleicht auch einen Elefanten hatten. Das Mädchen zuckte mit den Schultern, was ein Elefant ist, weiß sie nicht, woraufhin der Junge schallend losprustete und sich vor Lachen auf die Schenkel schlug, wie kann sie, ein Neuankömmling, damit prahlen, alles über Tiere zu wissen, wenn sie noch nie von einem Elefanten gehört hat, der ihren gesamten Stall zum Frühstück fressen würde.

Noch immer lauthals lachend, führte der Große seine Truppe ab, nur zwei Mädchen blieben bei Frančiška und den Zwillingen zurück. Sie waren Schwestern und erzählten, dass sie noch zwei ältere und einen jüngeren Bruder haben. Frančiška und die Zwillinge erwiderten, dass auch sie zu fünft sind, das kleine zarte Schwesterchen heißt Angela, das noch kleinere Brüderchen, das gerade erst geboren wurde und blind ist, wird Matija heißen. Ob er später sehen können wird, fragte das ältere Mädchen, auch Vojtehs Häschen waren blind zur Welt gekommen und haben vor zwei Tagen die Augen geöffnet. Wahrscheinlich ist es bei Kindern anders als bei Hasen, meinte Frančiška, niemand hat ihr gesagt, dass ihr Brüderchen irgendwann sehen können wird.

Sie kauten auf den roten Melissenzuckerln herum, und die Ältere der Schwestern fragte, wie es ist, blind zu sein. Wenn seine Augen geöffnet sind, wusste Frančiška, ist es für ihn so, wie wenn wir die Augen fest zudrücken. Die Zwillinge schlossen wie auf Befehl ihre Lider, die Schwestern taten es ihnen nach. Als sie die Augen wieder öffneten, war die jüngere der Schwestern unsicher, ob sie alles schwarz oder wegen der Dunkelheit gar nichts gesehen hatte. Frančiška sah das Mädchen an und sagte, es hat weizenfarbenes Haar, winzige Sommersprossen, graue Augen, ein gepunktetes Kleid, aufgeschlagene Knie, sie meinte, das kann jeder sehen, der nicht blind ist, und ein Blinder sieht nichts davon. Irgendetwas muss er aber doch sehen, sagte die ältere der Schwestern verunsichert, als sie nämlich die Augen geschlossen hatte, war es nicht vollkommen schwarz. Vielleicht sieht er Farben, vermutete sie, wenn er die Augen schließt, sieht er schwarz, wenn er sie aber öffnet, ist alles weiß, als hätte jemand die gesamte Umgebung mit Milch begossen. Frančiška wusste nichts davon, Tante Zofija hat ihr bloß gesagt, dass Blinde nichts sehen, aber sie kann ja mal nachfragen. Zofija kann das nicht wissen, weil sie nicht blind ist, erwiderte das Mädchen und schlug vor, lieber mal ihren Bruder zu fragen, er wird es als Einziger wissen. Wie soll sie ihn denn fragen, wunderte sich Frančiška, er ist schließlich erst eine gute Woche alt, er wird ihr noch lange keine Antwort geben können.

Ganz versunken in ihre Vorstellungen und Bilder von Blindheit, verputzten sie noch einige Melissenzuckerl, als Frančiška Zofija bemerkte und sich schnell von den neuen Freundinnen verabschiedete. Es ist nicht dasselbe, ob man nichts sieht oder alles schwarz, sagte Frančiška noch rasch, wenn man alles schwarz sieht, sieht man Farbe. Matijas Welt ist wahrscheinlich farblos, erklärte sie, so wie wenn man in einen riesigen Trog abtaucht und nur von endlosem durchsichtigem Wasser umgeben ist. Dann sieht man erst recht nichts. Frančiška richtete ihren Blick auf Zofija, die sie anlächelte, ihr das Haar wuschelte und sagte, du bist eine kleine Philosophin.

DER, DER DEN AKROBATEN VOM SEIL SCHLUG

Die müde Stimme des alten Pfarrers war kaum zu hören, deshalb neigte sich Terezija mit dem ganzen Körper zu Zofijas Schoß, in dem ihr kleiner Junge schlummerte. Im Namen des Vaters, des Sohnes und des Heiligen Geistes taufe ich dich auf den Namen Matija, hörte sie nun deutlich. Dann wurde der zweite Wasserstrahl über den Scheitel des zarten Köpfchens gegossen und drückte auf seinem Weg zum Nacken die dünnen, weichen Härchen platt.

Jetzt hat er einen Namen, sagte sich Terezija, nie wieder wird sie Kleiner zu ihm sagen. Obwohl dieser Name schon lange für ihn ausgesucht war, hatte sie ihn selbst insgeheim nur Kleiner genannt. Es hieß, das Schicksal unnötig herauszufordern, wenn man ihn beim Namen nannte, er war schwach, und so mancher behauptete, er wird nicht lange leben.

Matijas Augen waren weit geöffnet, wie im Versuch, das Geschehen mit seinem blinden Blick einzufangen, es zu erfassen. Er weinte nicht, verzog bei der Taufe kein bisschen das Gesicht. Terezija überkam ein Gefühl von Stolz, das ihr jedoch schon im nächsten Moment lustig vorkam, es waren schließlich nur dünne Wasserrinnsale, aber die Zufriedenheit blieb.

Der Pfarrer faltete die Hände zum Gebet und sprach mit leiser und heiserer Stimme, dass uns Gott seinen Sohn gesandt hat, um uns aus der Dunkelheit zu reißen und zum wundervollen Licht seines Königreichs zu führen. Terezija überlief ein kalter Schauer, sie tauchte in Matijas helle Augen, für ihn hätte er mit anderen Worten beten müssen, es erschien ihr höhnisch und anstößig. Jesus müsste noch einmal kommen, überlegte sie, er ließ zu lange auf sich warten mit jenem Licht, das die Mauer der Blindheit durchbricht, kein Kind dürfte in die Finsternis hineingeboren werden.

Vor der Kirche herrschte eine fröhliche Stimmung, zur Kirchweih hatten die Händler und Krämer allerhand Stände aufgestellt, niemand hatte es eilig. Mit Matija und Angela auf dem Arm prüften Terezija und Zofija gründlich die angebotene Ware, während ihre Männer in die nächstbeste Kneipe abbogen. Auch Frančiška und die Zwillinge stürzten sich, gleich nachdem ihnen Zofija die Taschen mit Lebkuchen gefüllt hatte, in den rauschenden Rummel. Bald waren sie mit strahlenden Gesichtern zurück und zogen sie aufgeregt und außer Atem zur Linde, um die bereits eine neugierige Menschenmenge zusammengekommen war. In deren Mitte stand ein Clown: Sein Hut mit riesigen abstehenden Ecken war unter dem Kinn festgebunden, an den Ärmeln seiner dunklen Jacke hingen über die gesamte Länge dünne Fransen, die engen Lederstiefel reichten ihm bis an die Knie.

Das ist Der, der den Akrobaten vom Seil schlug, wurde unter den Menschen getuschelt, denn jemand hatte in dem Fremden einen Burschen von hier erkannt, der viele Jahre zuvor spurlos verschwunden war. Plötzlich erkannten ihn alle, obwohl die Jahre Statur und Gesicht verändert hatten, der freche Bursche war nun ein Mann in mittleren Jahren.

Mindestens zwanzig Jahre, eher noch ein paar mehr, sind vergangen, seit an gleicher Stelle vor der Kirche ein ähnlicher Markt mitsamt Feier stattfand und die Hauptattraktion ein berühmter Seilakrobat war. In dem kleinen Ort ist schon allerlei Ungewöhnliches geschehen, so mancher Sonderling war auf der Durchreise hier, aber nie zuvor ein Seilakrobat. Von der Schallluke des Glockenturms, satte zehn Meter über dem Boden, spannte man damals ein Seil zur nächsten Linde, der man zunächst einige Äste absägte und abschlug, um den Weg durch die Luft freizumachen, auf den sich der Akrobat begeben sollte.

Die Vorbereitungen zogen sich ewig lang hin, ein kleiner, dünner Mann ging mehrfach in den Glockenturm und stieg über eine Leiter in die Linde, vielleicht prüfte er, ob die Knoten fest saßen, oder er wollte das Seil straffer spannen, damit es unter seinen Füßen nicht zu sehr nachgab. Ungeduldig verfolgten die Menschen jede seiner Bewegungen, schon begann man zu lästern, als der Mann einen knallbunten Umhang umlegte, auf die Linde kletterte und eine lange Stange ergriff, die ihm seine Assistentin reichte. Das Seil schaukelte und erzitterte, als er es betrat, die Stange in seinen Händen neigte sich sachte mal zur einen, mal zur anderen Seite. Alle Blicke waren auf ihn gerichtet, als er sich hoch über ihren Köpfen mit langsamen, tastenden Schritten zur Mitte des Seils bewegte, wo es ziemlich tief durchhing. Kurz ruderte er mit den Armen, das geflochtene Wegstück schien ihm zu entgleiten, sodass der Menge ein Angstschrei entfuhr und gleich darauf ein Seufzer der Erleichterung. Sogar die Taschendiebe, die solche Veranstaltungen gern besuchen, um unachtsame Menschen zu bestehlen, streckten ihre Köpfe zum Himmel, und die Gendarmen, die Ausschau nach ihnen halten sollten, bewunderten abgelenkt die Furchtlosigkeit des Akrobaten.

Die Assistentin, eine Frau mittleren Alters, warf sich einen ebenfalls bunten Umhang über, spazierte zwischen den Menschen umher, die auf den Seiltänzer starrten, und bedrängte sie mit einer Sammelbüchse. Einige ließen ihren Blick nicht einmal vom Akrobaten, als sie in ihren Taschen nach Kleingeld suchten und es in die Büchse fallen ließen.

Am Glockenturm drehte sich der Akrobat um, ohne die Wand zu berühren, und balancierte in die andere Richtung über das Seil. Als der Applaus verstummt war, kündigte seine Assistentin an, dass er dieselbe Strecke nun noch rückwärts bewältigen wird. Obwohl diese Nummer schwieriger war als die vorige, begann die Aufmerksamkeit der Zuschauer nachzulassen, das träge Geschaukel des Akrobaten wurde ihnen langweilig. Während er langsam zum Ausgangspunkt zurückkehrte, warf ein Kind eine Handvoll Sand in seine Richtung, doch die Körner trafen den Akrobaten nicht, sie berieselten nur ein paar Zuschauer. Die Lausbubentat erregte etwas Gelächter, vor allem bekam der Lümmel von seinem Vater eine schallende Ohrfeige. Das Lachen war noch nicht ganz verklungen, als ein größerer Stein, so groß, dass er mit den Fingern nicht zu umschließen war, auf den Akrobaten zuflog. Von dem Moment, da die Leute ihn sahen, bis zu dem Augenblick, da der Stein den Akrobaten seitlich knapp über dem Ohr traf, verging eine Ewigkeit, das steinerne Objekt schien die Luft wie in Zeitlupe zu durchschneiden. Der Akrobat zuckte vor Schmerz zusammen, seine Linke ließ die Stange unwillkürlich los und griff zum Ohr, sein Körper kippte, und allem Gefuchtel zum Trotz stellte er das Gleichgewicht nicht wieder her. Das Seil rutschte ihm unter den Füßen weg und schoss ohne sein Gewicht empor, durch die Luft taumelnd, stürzte der Mann ab und schlug in vollkommener Stille dumpf auf den Boden auf.

Die Assistentin rang die Hände und heulte langgezogen auf, ein Arzt, der sich in der Menge befand, hockte sich zum regungslosen Körper, ermittelte laut, was alles gebrochen war, und verlangte einen Wagen, um ihn in seine Praxis zu schaffen. Niemand soll ihn berühren oder bewegen, ordnete er an, weiß Gott, wie es um Schädel und Wirbelsäule steht, er wird ihn mit dem ersten Zug ins Krankenhaus schicken. Der Junge, der den Stein geworfen hatte, wollte sich aus dem Staub machen, aber ein Mann packte ihn am Kragen. Er wehrte sich mit aller Kraft, konnte sich aber nicht aus dem festen Griff befreien, bis die Gendarmen ihn übernahmen und abführten. Am Nachmittag brachte man den Akrobaten wie eine Mumie verbunden zum Zug, der Junge wurde am nächsten Morgen dem Richter vorgeführt und noch am selben Tag in eine Besserungsanstalt gesteckt. Kein Mensch hörte je wieder etwas vom Akrobaten oder dem Jungen, der ihn vom Seil geschlagen hat. Langsam schwanden sie aus der Erinnerung der Augenzeugen.

Zwanzig Jahre später war der Junge als erwachsener Mann auf den Kirchhof zurückgekehrt. Das Einzige, was seine auffällige Montur und elegante Erscheinung beeinträchtigte, war ein kaum bemerkbares Hinken. Erinnerungen wurden wach, man überschüttete ihn mit Fragen. Er wird ihnen alles erzählen, sein Lachen war breit, er muss sich nur irgendwo anlehnen, sein Bein macht ihm manchmal zu schaffen. Er kommt aus Amerika, erst vor ein paar Tagen ist er in Triest von Bord gegangen, er hatte einiges zu regeln. Er ist gekommen, um sich in der Nähe einen kleinen Bauernhof zu kaufen, wo er die ihm noch verbleibenden Jahre verbringen möchte. Es zieht ihn nirgendwo mehr hin, er ist stärker gealtert als normal, sein Leben hat seinen Körper nicht geschont.

Als er nach einigen Jahren aus der Besserungsanstalt entlassen wurde, begann er zu erzählen, ging er in den Hafen von Triest. Dort arbeitete er hart, entlud Schiffe und sparte auf eine Fahrt nach Amerika. Zweimal stand er kurz vor dem Ziel, sein Sümmchen reichte schon fast, um an Bord gehen zu können, aber dann überkam ihn die Versuchung, und in wenigen Nächten war all sein Erspartes verjubelt. Beim dritten Anlauf klappte es, er kaufte ein Ticket, reiste ins gelobte Land und fand dort das Glück, um das er sich in seiner Kindheit mit einem dummen Wurf gebracht hatte.

Er zog von Ort zu Ort, verrichtete allerhand Gelegenheitsarbeiten, bis er sich schließlich vier Abenteurern anschloss, die auf die Suche nach Gold gingen. Obwohl sich Unzählige die Finger daran verbrennen und es nur selten jemand gelingt, brachen ständig neue Gruppen auf in die Berge. Sie gruben monatelang und wuschen Sand, sie lebten schlechter als Bettler, dann verzweifelte der erste Kamerad, der zweite, am Ende blieb er allein inmitten hoher, wertloser Haufen Sand zurück. Zigmal sagte er sich, es reicht, doch seine innere Stimme flüsterte ihm fortwährend zu, er soll nur noch einen Meter graben, er wird sicher fündig, jetzt so kurz vor dem Ziel darf er nicht aufgeben. Er war dem Wahnsinn nahe, mit seinen Kräften am Ende, er kommt nie von diesem Berg weg, dachte er, Raben werden seine Knochen in der Gegend verstreuen. Und genau da glitzerte etwas im Sieb. Er weiß nicht, woher er die Kraft nahm, dass er die gefundene Ader ausgrub und wusch, so kam ein nettes Häufchen Gold zusammen.

Die Zuhörer, die ihm gelauscht hatten, nickten zustimmend, als hätten sie an dem Wagestück selbst mitgewirkt. Das Abenteuer war jedoch noch nicht zu Ende, sie erwartete der nächste Akt.

Obwohl er ein Glück hatte, das nur einem unter Hunderten zuteilwird – das Publikum war nach wenigen Worten bereits wieder still –, war es noch zu früh für ungehemmte Freude. Ein Goldgräber brauchte noch eine große Portion Glück und Verstand, auf dass er nicht binnen weniger Tage plötzlich ohne alles dastand, denn in den Siedlungen unterhalb der Goldberge lauerten Kartenspieler, schöne Frauen, Finanztrickser den seltenen Glückspilzen auf. Selbst wer Betrügern aller Art entkam, war noch nicht in Sicherheit, als Nächstes drohten ihm Räuber, Diebe und Mörder, die ihren Opfern nicht nur das Gold nahmen, sondern auch das Leben.

Zurück im Tal, hätte er sein Glück am liebsten in die weite Welt hinausposaunt, ein großes Fest gegeben, sich Schnaps und Frauen gegönnt. Der Goldstaub drang auf seine Lippen, schob sich zwischen seine Worte, wollte unter Menschen, seine Füße wollten tanzen, aber er behielt sich im Griff, wie ein daseinsmüder Kranker schlurfte er durch die Siedlung, das frohlockende Herz hinter einer verzweifelten Miene verborgen. Er verkaufte seine Ausrüstung, wie ein armer Schlucker feilschte er und stritt um jeden Cent, er überlistete die prüfenden Blicke, die sich ihm in Hirn und Herz bohrten, niemand zweifelte an seiner Armut.

Er kaufte sich eine Fahrkarte zum nächsten Hafen, wo er einen kleinen Teil des Goldes verkaufte, nur so viel, dass es für die günstigste Schiffspassage und einen Anzug reichte, den er in seinen armseligen Koffer stopfte. Jetzt durfte nichts mehr schiefgehen. Erst nach seiner Ankunft in Triest zog er sich um und verkaufte das restliche Gold.

Die Zuhörer klopften ihm beifällig auf die Schulter, sie freuten sich aufrichtig über den glücklichen Ausgang. Er wiederholte, dass er einen kleineren Bauernhof kaufen will, er ist das Reisen leid, solange noch Leben in ihm ist, möchte er es still und bescheiden verbringen. Viele wussten von geeigneten und nicht zu teuren Hütten, die man ihm verkaufen würde, boten sich als Mittler an. Sein kurzer Kindheitsruhm, der mit dem Abmarsch in Begleitung der Gendarmerie geendet hatte, erhob sich nach mehr als zwanzig Jahren wie durch ein Wunder aus der Asche des Vergessens: Alle waren ihm zugeneigt, sie mochten ihn, wollten einem Helden helfen, der Betrüger, Räuber und ganz Amerika überlistet hatte.

Den Kindern wurde langweilig, sie drängten Terezija und Zofija zum Zauberer, der ganz am Ende der Stände sein Tischlein aufgestellt hatte. Er hatte einen schlechten Tag, viele Männer hatten sich vor der schwülen Hitze sofort nach dem Gottesdienst in die nahen Wirtshäuser zurückgezogen, das übrige Publikum hatte ihm Der, der den Akrobaten vom Seil schlug gestohlen.

Kinder hingen in Trauben an seinem Tischlein, sie folgten angespannt den Bechern, die unter seinen Händen hin und her schossen, und versuchten zu erraten, unter welchem die Kugel steckte. Ohne Geld zum Wetten waren die Kinder ihm vollkommen egal, deshalb wendete er sich den Frauen zu, die sich näherten. Er strich Frančiška übers Haar, und in seiner Hand war eine Papierblume. Alle staunten lachend über den kleinen Trick, der Zauberer aber entschuldigte sich mit gespieltem Bedauern, dass er dem Mädchen versehentlich den Kopfschmuck aus dem Haar gezogen hat. Alojzij klärte ihn rasch auf, dass seine Schwester davor überhaupt keine Blume im Haar getragen hatte. Ob der kleine Mann wohl Witze macht, und der Zauberer zog ihn an der Nase, wobei in seiner Hand ein Ei erschien. Gelächter, Verwunderung und ein völlig verwirrter Alojzij, nur Frančiška widersprach energisch, dass er das Ei nicht aus der Nase ihres Bruders gezogen haben konnte, weil es zu groß ist und eine harte Schale hat. Der Magier versank in Gedanken, legte das Ei in Frančiškas Hand und sagte, sie soll es vorsichtig zusammendrücken; unter dem Druck ihrer Finger gab es nach und veränderte seine Form. Als sie vor lauter Verwunderung nichts zu sagen wusste, merkte Terezija an, dass es gar kein Ei ist. Um was wetten wir, ein Dutzend Eier, fragte sie der Magier, und Terezija nickte. Frančiška hob auf seine Bitte die Hand und ließ das Ei fallen, das vor aller Augen auf dem Boden zerlief.

In einen gänzlich leeren Hut, der den Gaben der Zuschauer diente, ließ Terezija einige Münzen fallen. Reicht das für die verlorene Wette, fragte sie leise, und der Illusionist nickte freundlich. Sie rückte ganz nah an ihn heran und fragte leise, wie viel er dafür verlangt, dass er ihr den Trick verrät. Er schüttelte den Kopf und weigerte sich, aber Terezija ließ nicht nach, sie flehte ihn an, er soll es ihr verraten, ihre innere Stimme forderte, dass sie diesem Geheimnis auf den Grund kommen musste. Nach langem Einreden gab der Zauberer nach, als sie schwor, das Geheimnis mit in ihr Grab zu nehmen. Flüsternd erklärte er ihr, wie einfach es ist: Man muss das Ei in Essig legen, nur so lange, dass der die harte Schale zerfrisst, nicht aber die dünne Innenhaut.

Terezija verbrachte eine unruhige Nacht auf der Kohlenkiste. Sie hatte vergessen, ob die Kinder versorgt und wann sie zu Bett gegangen waren, sie hörte nichts von dem, was Ignacij zu ihr sagte, sie versank in einer Welt der schrecklichen Erkenntnis, einer grausamen Ahnung. Nachdem der Magier ihr den Trick mit der Eierschale und dem Essig verraten hatte, brach ihre Welt zusammen. Sie sah vor dem inneren Auge, wie sie sich, im Schweinestall hockend, den Samen ihres Mannes mit Essig auswusch. Sie sah, wie der Essig über ihren Bauch floss und die Knochen der zarten Angela zerfraß. Nie wird sie auf ihren Beinen stehen können, ihre Knochen sind weich und brüchig, sie biegen und verdrehen sich, tragen nicht einmal das kleinste Gewicht. Sie gleichen dem Ei des Zauberers, das zwischen Frančiškas Fingern seine Form verändert, Angela wird hüpfen wie ein Ball und kaputtgehen, wenn jemand kräftiger auf sie einschlägt.

Sie hatte es nicht gewusst, konnte es nicht wissen, murmelte sie vor sich hin, doch diese Einsicht verringerte weder die Schuld noch linderte sie ihren Schmerz. Sie hatte Štefanija um Rat gebeten, da sie keine Kinder mehr wollte. Sie hätte wissen müssen, dass die alte Hexe sie belog, sie hätte es wissen müssen, geißelte sie ihre innere Stimme. Štefanija hasst alles auf den Tod, was mit den Knaps zu tun hat, und sie ist die Ehefrau von Ignacij Knap, Angela seine Tochter. Sie war das Rachewerkzeug einer herzlosen Alten, die sich dazu nicht einmal die Finger schmutzig machen musste. Diese Einsicht wird sie noch zerfressen, wie es der Essig mit der Eierschale und Angelas Knochen tat, dies wuchs in ihr zu einer absoluten Gewissheit, sie kann mit dieser Sünde nicht leben, am liebsten würde sie sofort in ewiger Finsternis versinken.

Das Wort Finsternis ließ sie wie von selbst an Matija denken, ihre Augen weiteten sich in neuem Grauen. Sie duldet nicht, dass dieser Gedanke sich äußert, sich in ihr einnistet, schüttelte sie wild und wie wahnsinnig den Kopf, bis ihr die Kraft ausging und er ihr auf die Brust sank. Štefanijas Gelächter durchdrang die Wände ihres Bewusstseins und sagte ihr deutlich, dass sie Matija die Sehkraft weggeschlürft und vor die Schweine gespuckt hat.

Die ganze Woche hindurch rührte sich Terezija nicht von der Kiste. Bei der kleinsten Berührung zitterte sie und zog sich zusammen. Sie sah niemanden, nahm nichts wahr, aß und schlief nicht, ihre Milch versiegte. Ignacij wagte sich ihr nicht zu nähern, sie stieß die Kinder von sich, ignorierte Zofijas flehende Bitten und strenge Befehle, reagierte einfach nicht.

Gut eine Woche später, als Ignacij Frühschicht hatte, klopfte sie in ihrem schönsten Kleid an Zofijas Tür. Eine ganze Stunde lang erzählte sie ihr von ihrer Schuld, sie war taub für jeglichen Einspruch und Versuch des Trostes, sie hat bereits alles durchdacht. Sie ist verhext, es wäre besser gewesen, der Tod hätte sie erlöst, aber das wäre zu einfach gewesen, ihre Schuld ist gewaltig, und entsprechend groß wird ihre Buße sein, sie wird lange leiden müssen. Nichts, was passiert ist, kann wiedergutgemacht werden, sie wird leben müssen mit den untilgbaren Bildern ihres Verbrechens. Sie muss weg von den Kindern, sobald wie möglich, sofort, sie hat ihnen viel Schlimmes zugefügt, weiß Gott, was sie ihnen noch antun konnte. Zofija kann gut mit den Kindern, sie hat sie gern, bei ihr sind sie sicher, sie hat ihr vollstes Vertrauen.

Ignacij soll sie sagen, dass sie fortmusste, dass es so für alle am besten ist, er soll sie bloß nicht suchen. Sie wird nichts mitnehmen, nur die Nähmaschine, mit der ihr Ignacij einen Antrag gemacht hat, damit sie den Kindern Kleidung nähen kann. Eines Abends wird sie diese zu Zofija bringen, sie wird sie nicht aufhalten, nur fragen, wie es den Kindern geht, und schnell wieder in der Dunkelheit verschwinden.

Terezija betrat die Berghütte von Dem, der den Akrobaten vom Seil schlug. So wie man vom Wetter von gestern spricht, sagte sie, dass sie für einige Zeit bei ihm wohnt. Sie hat keine andere Wahl, ihre Kinder sind in Gefahr, wenn sie bei ihnen ist, sie weiß nicht, wohin sie sonst gehen soll. Sie erzählte dem verblüfften unfreiwilligen Gastgeber ihre traurige Geschichte. Als sie damit fertig war, schlug sie ihm vor, ihr die seine zu offenbaren. Der, der den Akrobaten vom Seil schlug erwiderte, dass er seiner ausführlichen Lebensgeschichte von neulich vor der Kirche nichts hinzuzufügen hat. Seine Lügenmärchen interessieren sie nicht, sagte sie und sah ihm dabei in die Augen, sie möchte seine wahre Geschichte hören, da sie fortan zusammenleben werden. Von seinem schimmernden Gold lässt sie sich nicht blenden, eine solche Geschichte nehmen ihm vielleicht unbeschwerte, fröhliche Menschen ab, die unglücklichen aber betrügt man nicht. Sie sieht doch seinen teuren amerikanischen Anzug, entgegnete er. Vielleicht war er in Amerika, und vielleicht hat er viel Geld, sagte sie, und doch schaut er unglücklich aus.

Er zögerte, war nur noch ein Abglanz des herrlichen Erzählers, der die Zuhörer auf dem Kirchhof in seinen Bann geschlagen hatte. Er ist tatsächlich in Amerika gewesen, er hat auch ein hübsches Sümmchen Geld besessen, aber es stimmt auch, dass er sich nie im

Goldwaschen versucht hat. Er hat in einer Fabrik gearbeitet, an einer Maschine ohne Schutzscheibe, weil man diese nach einer Reparatur wieder anzubringen vergaß. Ein Unfall passierte, ein Stück seiner Hose verfing sich in der Maschine, wobei sein linkes Bein zwischen die Stahlzähne gezogen wurde, und noch bevor man das Eisenmonster stoppen konnte, war es komplett zerfetzt. Anwälte rieten ihm, die Firma zu verklagen, er aber nahm lieber die nicht geringe Entschädigung an, die ihm die Besitzer anboten. Dann ließ er eine Prothese anfertigen und lernte, mit einem Holzbein zu laufen. Er hinkt ein wenig und muss sich auf einen Stock stützen, aber wenn er angezogen ist, merkt man fast nichts.

Das hört sich schlimm an – Terezija blickte durch ihn hindurch in die Ferne –, und doch ist das überhaupt kein Vergleich zu ihrem Unglück.

Es gibt noch etwas, das er ihr erzählen muss, da sie jung ist und bei ihm leben möchte, fügte er nach einer Weile hinzu. Nicht nur sein Bein wurde verstümmelt, seit jenem Unfall ist er kein Mann mehr. Terezija zuckte gleichgültig mit den Schultern. Er musste versprechen, ihr eines Tages zu erzählen, warum er den Akrobaten vom Seil geschlagen hat, und sie wird ihm gestehen, wie sie in der Gewitternacht den Kirchturm der heimischen Kirche zum Einsturz brachte.

DIE WAISENKINDER

Als Alojzij fragte, ob seine Mutter wirklich eine Hure ist, antwortete Zofija ihm mit einer heftigen Backpfeife. Er starrte sie eine Weile verdutzt an, brach dann in lautes Weinen aus und fragte stammelnd, warum sie ihn denn geschlagen hat, er hat nur gefragt, weil er nichts verstanden hat, als sich die Frauen auf dem Hof darüber unterhielten. Was ist eine Hure, fragte Ludvik arglos, diesmal hielt Zofija ihre juckenden Finger im Zaum, die Kinder trifft schließlich keine Schuld. Das Wort ist so schlimm, dass sie es nie wieder hören will, sagte sie zu ihnen, sie schwört, dass sie jedem, der es auszusprechen wagt, zum Trog führt, ihm die Zunge einseift und kräftig abschrubbt. Sogar der noch schluchzende Alojzij musste darüber lachen.

Angela krabbelte über den Boden, Matija schlief in einem geflochtenen Körbchen, in dem er hin und her getragen wurde. Wegen der vielen Aufgaben musste Zofija ständig zwischen ihrer eigenen und Ignacijs Wohnung pendeln. Sie verbrachte ihre gesamte Zeit mit den Kindern, nur am Abend trennten sie sich, dann schliefen die älteren drei bei Ignacij. Wenn beide Männer, Zofijas Mann Albert und ihr Bruder, Nachtschicht hatten, gesellten sich auch Angela und Matija, die jüngeren, zu ihnen und blieben über Nacht. Seit die Knaps ins Tal gezogen waren, verstanden sich Albert und Ignacij bestens, das gegenseitige Unbehagen von früher war verflogen. Um mehr Zeit miteinander verbringen zu können, richteten sie es sogar so ein, dass sie gemeinsam auf Schicht gingen.

Frančiška schickte die Zwillinge nach draußen, sie sollten aufmerksam lauschen, ob jemandem die Zunge eingeseift und abgeschrubbt werden musste. Als die Jungen zur Erledigung ihrer Aufgabe begeistert loszogen, sah Zofija mit besorgter Neugier zu dem Mädchen. Kaum waren die beiden hinter der Tür verschwunden, blickte Frančiška ihre Tante an und fragte zögerlich, ob ihre Mutter gestorben ist und man ihr nur erzählt, dass sie bald zurückkommt, damit sie nicht traurig ist.

Ein Kloß im Hals hemmte Zofijas Worte. Sie drückte das Mädchen fest an ihre Brust und küsste ihr Haar. Sie ist klug und mutig, dennoch ein Kind, wie sollte sie verstehen, dass man von jemandem davonläuft, weil man ihn zu sehr liebt. Sie fragte, ob sie das Märchen von der schönen Frau Vida kennt. Frančiška schüttelte den Kopf, und so begann Zofija von der unglücklichen Frau zu erzählen, die einen alten Mann und ein krankes Kind hatte. Eines Tages, beim Wäschewaschen, lockte sie ein Fremder in sein Boot, er versprach ihr Medizin für ihr Kind und ein besseres Leben. Er entführte sie in ein fernes Land, wo sie den Sohn einer Königin stillte, doch aller Überfluss am Königshof machte sie nicht glücklich, beim Gedanken an ihr Zuhause und den kranken Sohn zerriss es ihr das Herz.

Warum erzählt sie ihr von der schönen Vida, fragte sie sich am Ende, die Geschichte gibt keine Antwort auf die Frage und ist auch nicht Terezijas Geschichte, sie wird in dem scharfsinnigen Mädchen nur neue Zweifel und Fragen auslösen. Frančiška fragte nach kurzer Pause, ob sie sich dieses Märchen selbst ausgedacht hat, damit es weniger schlimm für sie ist. Die Tante lächelte und schüttelte den Kopf, doch Frančiška fuhr fort, dass wahrscheinlich eine andere Frau einem anderen Kind die Frage beantworten musste, wo seine Mutter ist.

Zofija seufzte tief, drehte das Mädchen auf dem Schoß zu sich und sagte, dass ihre Mutter sehr krank ist. Sie hat keine Krankheit, an der man stirbt, deshalb ist ihr Leiden aber nicht geringer. Ihr Äußeres ist unverändert, in ihrem Kopf aber haben sich schreckliche

Ängste eingenistet, sie hört Stimmen, die nicht da sind, und glaubt ihnen, wenn sie ihr befehlen, dass sie von denen wegmuss, die sie am allerliebsten hat.

Frančiška verstand überhaupt nichts, blickte nur hilflos fragend. Ihre Mutter ist verdammt, versuchte es Zofija erneut, ihre Denkfähigkeit ist vergiftet. Sie ist davon überzeugt, dass eine böse Macht ihr Handeln lenkt, sodass all ihre guten Absichten in schlechte Taten umschlagen. Sie fühlt sich schuldig für alles, was den Kindern Schlechtes widerfahren ist, deshalb hat sie sich zurückgezogen, sie ist von ihnen weggelaufen, um sie zu beschützen, sie hat Angst, Unheil über sie zu bringen. Die Situation ist für niemanden leicht, für sie selbst aber mit Sicherheit am schwierigsten. Zofija seufzte erneut, alles ist so verstrickt, es ist unmöglich zu erklären.

Frančiškas Gesicht war nicht abzulesen, ob sie irgendetwas davon verstand. Schweigend saßen sie da wie zwei wortkarge Weise, nur ab und an unterbrachen sie die Stille mit einem großen Versprechen oder einer Erwartung. Zofija war überzeugt, dass Terezija ihre irrigen Ängste rasch wieder abschütteln und nach Hause zurückkehren wird. Frančiška wird jeden Abend für Mutters Gesundheit beten. Solange es nötig ist, wird Zofija für die Kinder sorgen. Frančiška ist froh, so eine Tante zu haben, obwohl sie die Sorge für ihr Zuhause und ihre Geschwister bald selbst übernehmen kann.

•

In der Hauptsohle setzten sie sich hin und machten Brotzeit, nur Ignacij lief wie ein gefangenes Raubtier auf und ab. Er soll sich doch setzen und essen, rief ihm France zu, mit seiner ständigen Unruhe bringt er sie noch um den Verstand. Er möchte sich nur ein bisschen die Beine vertreten, log er, vom vielen Hocken ist er ganz verspannt. Tatsächlich hatten sie an diesem Tag in einem dermaßen niedrigen Querschlag Kohle abgebaut, dass sie manchmal knien oder sitzen mussten, sogar im Liegen arbeiteten sie, doch Ignacijs nervöses Hin und Her diente nicht dem Strecken verspannter Beine. In ihm kochte eine wütende Ungeduld, denn in der Früh hatte er in der Waschkaue ein Gespräch zweier Bergmänner mitgehört, die aus der Nachtschicht kamen. Der eine hatte erzählt, dass die Frau eines anderen Bergmanns aus der neuen Kolonie zu Dem, der den Akrobaten vom Seil schlug gezogen war. Ignacij kannte die Bergmänner nicht, er gab sich ihnen jedoch nicht zu erkennen, um mehr zu erfahren, seine Scham war zu groß.

Den ganzen Morgen hindurch schwangen seine Arme mechanisch die Spitzhacke, während sein Kopf sich ausmalte, sofort nach der Arbeit nach Dem, der den Akrobaten vom Seil schlug zu suchen und vor allem nach Terezija. Er wird Zofija bedrängen, sie weiß mit Sicherheit, wo sie sich verstecken, sie muss es ihm sagen, schließlich geht es um seine Frau. Er wird hingehen … Und, fragte er sich, will er sie noch zurück, nachdem dieser Hallodri sie befleckt hat. Jedenfalls wird er ihn grün und blau schlagen, und sie holt er zurück nach Hause. Die Leute werden über ihn herziehen und ihn auslachen, aber mit der Zeit gerät alles in Vergessenheit. Er braucht eine Frau, er kann nicht erwarten, dass Zofija bis in alle Ewigkeit für ihn kocht, wäscht und für seine Kinder sorgt. Er wird viel strenger zu Terezija sein als bislang, wieder hat sich gezeigt, dass Undank der Welt Lohn ist.

Zofija wird ihm sagen müssen, wo sie sich verstecken, wahrscheinlich wird sie sowieso mitkommen wollen. Sie kennt ihn, weiß, dass er aufbrausend ist, manchmal genügt schon ein einziges Wort oder eines zu viel, dass er jede Hemmung verliert. Vielleicht wäre es am besten, wenn er beide umbringt und sich dann noch selbst richtet.

Der Werkmeister forderte Ignacij erneut auf, sich zu setzen, die Pause ist bald vorbei. Einer seiner Arbeitskameraden, schweißgebadet und das Gesicht voller Kohlestaub, lachte, dass er sein Täubchen hier unter der Erde sicher nicht fängt. Die ganze Woche schon war Ignacij die Zielscheibe seiner Sticheleien, wie im Akkord riss er Witze über die entlaufene Terezija. Er bemühte sich, sie zu überhören, auch Zofija hatte ihm dazu geraten, so nimmt er dem Blödmann schneller den Wind aus den Segeln, der aber hörte einfach nicht auf, er reizte ihn bei jeder Gelegenheit.

Die Spottdrossel schien seine Gedanken lesen zu können und fragte ihn lachend, ob sein Täubchen also noch nicht in den Schlag zurückgekehrt ist. Ignacij blickte ihn finster an und brachte mit Mühe heraus, dass er ihn totprügelt, wenn er noch ein einziges Mal seine Frau erwähnt. Demnach ist sie also noch immer seine Frau, tat sein Kollege verwundert, dann hat er sie also doch zur Rückkehr überreden können. Ignacijs starke Hände packten den höhnisch lachenden Mann, hoben ihn in die Luft und warfen ihn heftig zu Boden. France und der vierte Bergmann fassten Ignacij, der sich mit aller Kraft aus ihrem Griff zu befreien versuchte, was ihm jedoch nicht glückte. Die witzige Person rappelte sich langsam wieder auf und lächelte verschlagen, besser, er würde sich auf seine Frau werfen, vielleicht wäre sie dann nicht zu einem anderen gegangen. Der Werkmeister schickte ihn zum Graben in einen Querschlag, und erst als er außer Sichtweite war, entließ er Ignacij aus dem festen Griff.

Was ihn wohl noch alles heimsuchen wird, fragte sich Ignacij, als er kniend mit seiner Spitzhacke die Kohle aus der Wand schlug. Sein Vater hat sich erhängt, sein Gut hat der Teufel geholt, sein jüngster Sohn ist blind zur Welt gekommen, die Frau ist ihm davongelaufen. Innerhalb weniger Monate ist ihm mehr Böses passiert, als den meisten im ganzen Leben widerfährt. Für wessen Sünden bezahlt er, fragte er sich, was kann noch kommen, wo ist die letzte Station dieses Leidenswegs.

Schuld an allem ist das Bergwerk, mit ihm hat alles begonnen, die Gier nach Kohle hat fruchtbare Felder in matschige Rinnen verwandelt. Er hätte auf seinen Vater hören sollen, sein Hass aufs Bergwerk war gerechtfertigt. Tief bewegt, sehnte er sich nach Podgorje, Bilder idyllischer weiter Ebenen traten ihm vor Augen. Während sie vorüberzogen, verspürte er einen kurzen, scharfen Schmerz, er hatte mit der Spitzhacke auf einen Stein geschlagen, ein Splitter war ihm ins Gesicht geflogen. Naive Träumerei, dachte er ernüchtert, so war es schon lange nicht mehr. Die Schlundlöcher vom Bergwerk haben die Erde vor seinen Augen hemmungslos weggerissen, er konnte nicht schlafen, die Sorge darüber, was der nächste Tag wohl bringt, hielt ihn wach, morgens wachte er todmüde auf, es war eine einzige Quälerei, wie auf einer Folterbank.

Womit ist er bei Gott so in Ungnade gefallen, dass er ihn so schlimm bestraft und quält, dachte er selbstmitleidig, er hatte nichts Schönes mehr im Leben. Er erinnerte sich kaum an seine Mutter, sie starb, als er ein Kind war, sein Vater trank, alles lastete auf seinen Jungenschultern. Terezija war ein Sonnenschein, es war herrlich, ihr beim Singen zuzuhören, aber das ist schon so lange her, eine Ewigkeit. Eigentlich sind nur ein paar Jahre vergangen, doch in dem Trauerspiel von Podgorje, als die dunklen Ahnungen zu einer finsteren Gewissheit wurden, die jegliche Hoffnung nahm, flossen die Tage schnell dahin und wurden zu Wochen, Monaten und Jahren. Alles nahm sich der Teufel, die Heiterkeit haben die vermaledeiten Schlucklöcher verschlungen, und Terezija hörte auf zu singen.

Im Grunde verlangte er gar nicht viel von ihr. Er rackerte sich ab für zwei. Sie kochte und sorgte fürs Haus, das kann nicht allzu anstrengend sein, zudem bereiteten ihr die Kinder große Freude. Wie sehr sich Zofija Kinder wünscht, und sie kann keine kriegen, dachte er an seine Schwester. Terezija wusste rein gar nichts zu schätzen. Er trägt eine Mitschuld daran, er war zu nachgiebig mit ihr und bringt noch immer nicht genügend Willen auf. Jetzt foppt ihn Zofija, die sie unaufhörlich in Schutz nimmt und meint, dass Terezija krank geworden ist, dass etwas in ihrem Kopf nicht stimmt. Aber niemand kann so verrückt im Kopf werden, dass er ein fein gemachtes Bett, Ehemann und kleine Kinder einfach verlässt. Wobei auch stimmt, gab er zu, dass Terezija in den letzten Tagen, bevor sie fortging, vollständig verändert gewesen war. Nächtelang hatte sie auf der Kohlekiste in der Küche gehockt und war taub gewesen für alles, was er zu ihr sagte. Nicht einmal die Kinder hatte sie bemerkt, dabei hatte sie sich zuvor viel zu viel mit ihnen beschäftigt, hatte sogar Zofija ignoriert, die gekommen war, um ihre Arbeit zu tun.

All das ist viel zu kompliziert für ihn, aus diesem Chaos wird er niemals herausfinden. Schon die ganze Woche hetzen seine Gedanken durch diesen Irrgarten, das muss ein Ende nehmen. Was immer er tun wird, es wird nicht gut sein, aber so wie es jetzt ist, kann es auch nicht weitergehen.

In der Nähe gab es einen lauten Knall. Es war kein Knacken von Holz, das sich unter der Last der Welt bog und eingedrückt wurde, keine ohrenbetäubende Explosion, es war eine unheilverkündende Kakophonie aus Brechen, Ächzen, Sinken, Stürzen, Aufschlagen. France rannte tief gebückt zur Sohle und schrie, sie sollen ihm folgen. Ignacijs erste Schritte waren schwerfällig, seine Beine gehorchten ihm nicht, er hatte zu lange gekniet, trunken balancierten sie über den unebenen Boden, doch der Weg zur Hauptsohle war nicht weit. Aus einem Querschlag drangen gedämpft die Rufe des Bergmanns, sie klangen völlig anders als sein spöttisches Lachen kurz zuvor. Kriegt er doch noch das Maul gestopft, Ignacij erschrak über seinen Gedanken, aber schon befahl France, ihm in den Querschlag zu folgen, während sein Kamerad schleunigst die Rettung holen soll.

Der Weg stieg merklich an, schon nach wenigen Schritten sahen sie im schwachen Schein der Grubenlampen Staub aufwirbeln, etwas weiter einen großen Haufen Gestein. Einige Türstöcke waren eingestürzt, sie waren zum Teil mit Steinen und Sand bedeckt, gesplitterte Holzpfähle ragten aus der Erde, aus der offenen Decke prasselte von Zeit zu Zeit etwas nieder. Hinter der Anhäufung waren erneut Rufe zu vernehmen, Hilferufe.

Ignacij rannte los, um zwei Schaufeln zu holen, France begann vorsichtig mit den Händen Steine und Schutt wegzuschieben. Er soll noch ein bisschen durchhalten, sie sind schon dabei, ihn freizugraben, rief er, aus der Tiefe antwortete nur ein Stöhnen. Mit den Schaufeln ging es schneller, sie entfernten mindestens einen Kubikmeter Erde, immer wieder schrien sie etwas Ermutigendes in den stummen Boden. Ignacij stieß mit der Schaufel gegen einen schräg hängenden Balken, erneut prasselte es von der Decke. Steinchen und Erdklumpen fielen auf ihn herab, begleitet von Frances Fluchen, er soll vorsichtiger sein, sie dürfen die Pfeiler nicht berühren, die Decke könnte endgültig einstürzen und auch sie begraben.

Sie gruben sich zu zwei schweren Balken durch, die über Kreuz auf dem Boden lagen, darunter erblickten sie den Arm des verschütteten Kameraden. Die dicke Stütze hatte ihm die Schulter zertrümmert, ihn jedoch auch mit dem anderen Balken vor Steinen und Erde geschützt. Halb liegend und mit bloßen Händen gruben sie ihn vorsichtig aus, bis sie an seinem Gürtel auf eine neue Stütze stießen. France fluchte, sie dürfen den Träger nicht verrücken, damit bringen sie alles zum Einsturz, sie müssen ihn herausziehen. Sie packten den Verwundeten unter den Schultern, jeder auf einer Seite, und zogen kräftig. Der verschüttete Bergmann heulte vor Schmerz, dass ihnen das Trommelfell platzen wollte. Ignacij rief France zu, der den verschütteten Kameraden unter der gebrochenen Schulter hielt, er soll ihn zu ihm schieben, während er ihn stückchenweise herauszuziehen versucht. Der Verschüttete klagte immer wieder, dass sie ihn noch zerreißen, während Ignacij ihn Zentimeter um Zentimeter aus der Grube herauszog. Es strengte ihn unglaublich an, doch mit roher Kraft beförderte er ihn aus dem erdigen Verlies. Hose und Schuhe des Mannes behielt das Loch für sich ein, nackt lag der verletzte Bergmann zwischen ihnen.

Sie blieben auf dem Schutt liegen und rangen nach Luft, der Verunglückte klagte seufzend, Ignacij hielt für möglich, dass ihm sämtliche Sehnen gerissen waren. France kam als Erster wieder zu sich, sie dürfen nicht dortbleiben, es könnte sie alle begraben. Ignacij kroch vorsichtig etwas zurück, packte den verletzten Kameraden erneut unter den Achseln und begann, ihn rückwärts zur seitlichen Sohle zu ziehen. Er war erschöpft, er hatte seine ganze Kraft dafür verbraucht, ihn wie einen Stöpsel aus der Anhäufung zu ziehen, deshalb kamen sie kaum voran. France, der ihnen kriechend folgte, fasste den Verunglückten an den Füßen und schob ihn vor sich her.

Dieser heulte bei jeder Bewegung auf, mit nacktem Rücken, Hintern und Beinen rutschte er über spitze Steine und Holzsplitter. In dieser eigenartigen Prozession bewältigten sie die Strecke etwas schneller, noch immer aber dauerte es eine Ewigkeit, um wenige Meter voranzukommen und an den Rand des Haufens aus geborstenem Holz und Bruchstein zu gelangen.

Ignacij blieb entkräftet auf seinen Fersen hocken, France kauerte sich an den Füßen des Verwundeten nieder, bald können sie sich aufrichten, dann wird es leichter, sie kommen dann schneller voran. Ein schrecklicher Knall übertönte seine Aufmunterung, über seinem Kopf brach ein Querträger unter dem Druck zusammen, die seitlichen Stempel neigten sich, ein Balken donnerte ihm auf den Kopf, drückte ihn nieder und presste ihn mit dem Körper zu Boden. Er sagte nichts mehr, zumindest war in diesem Lärm nichts zu hören, seine Augen blickten starr vor Schreck. Es prasselte auf ihn hinab, und sein Gesicht verschwand.

Ringsumher war alles am Brechen und Einstürzen, es prasselte von der Decke, die Lampen erloschen. Als sich Ignacij kniend zur Hauptsohle drehte, schlang ihm der verschüttete Bergmann die Arme um den Hals, er spürte seinen nackten Körper, eine dreckige, warme Nässe klebte auf seinem breiten Rücken. Er soll loslassen, so kommen sie niemals weg, er holt ihn hier raus, beschwor Ignacij den Verunglückten, der aber löste nicht seinen Griff. Er wollte seinen Arm nach hinten strecken, um den Kameraden von sich zu schieben, doch er konnte ihn nicht mehr bewegen, er steckte fest, eingeklemmt unter der Verschüttung. Während alles laut einstürzte, wollte er seinem Kameraden noch einmal zurufen, er soll endlich loslassen, doch schon drangen Sand und Erde in seinen Mund, er brachte keinen Laut mehr hervor.

Ignacijs letzter Gedanke war, dass dieselbe Erde, die ihn aus Podgorje vertrieben hatte, ihn nun von allen Sorgen befreit und für ewige Ruhe sorgt. Schon vor langer Zeit war ihm die Erde unter den Füßen weggezogen worden, um jetzt auf ihn niederzuprasseln, er hat ihr gesamtes Absinken mit durchlebt, sie steht am Anfang und am Ende seiner Reise. In merkwürdig kniender Position mit noch seltsamerer Last, dem nackten Bergmann, der auf seinem Rücken klebte, atmete er feinen Kohlenstaub anstelle von Luft ein, und im selben Moment war alles zu Ende.

II. Teil

LUKA, DER VAGABUND

In den nunmehr zwei Jahren, seit sie für die verwaisten Kinder sorgte, war Zofija mächtig gealtert. Ihr Schritt hatte seine einstige Leichtigkeit und Bestimmtheit verloren, ihre Körperhaltung war weniger aufrecht, die mit Neid vermischte Bewunderung, die sie in der Kolonie genoss, war versiegt. Mit fünf Kindern am Hals und an den Herd gebunden, unterschied sie sich kaum mehr von den anderen Frauen. Der weite Wald, den sie vom Vater geerbt hatte, und Ignacijs beträchtliche Ersparnisse, die sie für die Kinder verwaltete, zählten wenig in der Kolonie. Die Nachbarinnen erkannten ihre eigene Bedürftigkeit in ihr wieder, die Frauen beneideten sie nicht einmal mehr um ihre schönen Kleider. Zwar musste sie nicht die Tage bis zum nächsten Lohn abzählen, aber das fiel ohnehin niemand auf, und zumindest am Zahltag verwandelte sich die Not überall in heitere Stimmung und ein üppiges Angebot mit reichlich Fleisch und Zucker. Aus ihrer Wohnung drangen keinerlei Vorwürfe, Schläge, kein Weinen oder betrunkenes Randalieren, allerdings schenkte man dem Alltagsrauschen in der Kolonie generell keine größere Aufmerksamkeit, nur wenige nahmen es überhaupt wahr. Trotzdem konnte sie den Verlust ihrer Freiheit nicht verbergen, ins frühere Leben führte kein Weg zurück.

An den Herd gelehnt, beobachtete sie die dreijährige Angela; mit den Worten kalt, warm und heiß lenkte sie Matija durch den Raum, damit er sich zu den getrockneten Apfelscheiben vortastete, die sie auf dem Küchenboden für ihn auslegte. Beide krabbelten eigenartig: Angela bewegte sich mit ihren Ärmchen und dem Oberkörper vorwärts und zog die Beine wie ein nutzloses Anhängsel hinter sich her, während Matija auf allen vieren einen Arm weit nach vorn streckte, wobei er immer wieder das Gleichgewicht verlor und umkippte. Das Spielchen machte ihnen Spaß: Wenn Matija ein getrocknetes Apfelstück gefunden hatte und es sich in den Mund steckte, brachen sie jedes Mal in freudiges Gelächter aus.

Zofija hatte erst am Vorabend Terezija belogen, dass beide Laufen gelernt haben. Angela steht sicher auf den Beinen, hatte sie behauptet, nur ab und an stolpert sie noch etwas tollpatschig, während Matijas Schritte vorsichtiger sind, er rutscht über den Boden wie aus Zweifel an seiner Standfestigkeit. Terezija hatte sie dankbar und tränenüberströmt umarmt. Zofija brachte sie nicht dazu, die beiden Jüngsten für eine Weile zu sich zu nehmen, sie drang nicht durch mit ihrer Ermahnung, dass sie deren Mutter war. Sie empfand ihre Angst, als sie im Dunkel die Kinderkleidung, die sie genäht hatte, Süßigkeiten, Äpfel und zuletzt eine Flasche Schnaps aus dem Korb in ihren Schoß legte. Beim Abschied hatte ihr Zofija noch erzählt, dass die Zwillinge zwei kleine Frechdachse sind, dass Frančiška bereits zur Schule geht und ein kluges und fleißiges Mädchen ist. Ihre Worte zauberten ein glückseliges Lächeln auf Terezijas Gesicht, die erwiderte, dass sie bald wiederkommen wird.

Die Kinder lagen zueinander gedreht, Matija betastete das Gesicht von Angela, die Grimassen schnitt. Zofija fiel auf, wie sehr sie Frančiška vermisste; wenn sie in der Schule ist, ist es so leer in der Wohnung. Die Zwillinge warten nur darauf, sich aus dem Staub machen zu können, danach ruft man sie unmöglich wieder herbei, da hilft kein Bitten und Drohen, und vor Schlägen schreckt sie zurück. Frančiška hat ihr schon bei so mancher Sache geholfen, sie reden miteinander wie echte Freundinnen. Sie hat sie wohl in ihr Herz geschlossen, so wie die beiden Krabbeltierchen auf dem Küchenboden. Es wäre auch seltsam, hätten sie Frančiška nicht gern, sagte sie zu sich selbst, mit welcher Ruhe sie bereit war, ihnen eine

Sache auch zum hundertsten Mal zu wiederholen. Wenn auf Erden ein Engel lebt, dann ist es Frančiška, ging es ihr durch den Sinn.

Aber ist es wirklich Frančiška, die ihr fehlt, oder vermisst sie ihr früheres Leben, fragte sie sich. Vor zwei Jahren noch hatte sie alle Zeit der Welt gehabt, sie konnte nach Podgorje spazieren, wann immer sie wollte, sie war Mitglied im Leseverein, ging ins Theater und zu Konzerten, sie tat, wozu sie Lust hatte, oder ließ sich einfach treiben. Trotzig ignorierte sie die schiefen Blicke der anderen, weil sie oft allein – als Frau – die Gesellschaft von Männern und Paaren suchte. Es gefiel ihr sogar, wenn sie eine bestürzte Miene aufschnappte, und verbarg nicht, wie sehr sie solche Verlegenheit amüsierte.

Auch in der Kolonie hat sie ihre einstige Position als Wortführerin und Vermittlerin verloren. Wenn sich die Frauen zankten, hatte sie immer das letzte Wort gehabt, und völlig selbstverständlich hatte sie entschieden, wer im Fall eines Streites recht hatte, obwohl sie fast die Jüngste war. Die Frauen hatten ihrer Besonnenheit vertraut, häufig waren sie mit der Bitte zu ihr gekommen, dies oder jenes für sie zu regeln. Selbst das ist vorbei, vielleicht hat sie zu wenig Zeit, vielleicht ist sie ihnen jetzt, wo sie ständig daheim hockt, zu nah, um ihr das Urteil anzuvertrauen.

Einige Monate zuvor hatte sie Katarina in ihre Wohnung aufgenommen; sie arbeitet in dem Laden, bei dem sie immer einkauft. Zofija mochte sie sehr, sie bewunderte ihre Energie, sie dachte, dass sie sich ähneln, ja, dass Katarina der Zofija vor zwei oder mehr Jahren glich. Obwohl sie von der Hütte, wo sie mit ihrer alten Großmutter lebte, fast zwei Stunden zu Fuß lief, war sie von morgens bis abends gut gelaunt und munter am Reden, sie war zu allen gleich höflich, zu jenen mit dicken Geldbeuteln wie denen, die anschreiben ließen.

Zofija wollte sie vom anstrengenden täglichen Fußweg erlösen, sie vereinbarten, dass sie die leerstehende Wohnung kostenlos nutzen darf, schließlich wohnten die Waisenkinder jetzt bei ihr, und Ignacijs alte Wohnung diente ihr nur noch als Abstellraum. Katarina sollte ihr helfen, wenn sie Zeit erübrigen konnte, sonst war sie zu nichts verpflichtet. Hinter dem großzügigen Angebot verbarg sich Zofijas unausgesprochene Erwartung, mit der Verkäuferin eine angenehme Gesellschafterin zu bekommen. Ihre Hoffnung erfüllte sich jedoch nicht, wie zuvor sah sie die Mieterin nur im Laden, sie ging früh aus dem Haus, kehrte spätabends zurück, nicht selten ging sie zur Großmutter in die Berge. Manchmal dachte Zofija, dass sich Katarina ruhig ein bisschen dankbar erweisen konnte, was sie ihr aber nie vorwarf. Obwohl sie den Erwartungen ganz offensichtlich auswich, sogar den Kontakt mied, konnte sie Katarina nicht wegschicken; als auch noch ihr alter Vater, ein Vagabund, zu ihr zog, wurde dies vollkommen unmöglich. Die Mieterin hatte sie nicht einmal gefragt, ob er kommen und bei ihr bleiben kann. Tags drauf, bei einer flüchtigen Begegnung am Morgen, erwähnte sie es so nebenbei. Zofija wusste damals schon von dem blinden Passagier, die ganze Kolonie wusste davon; es hieß, dass er schwerkrank ist, dass er eine schwarze Lunge hat und nur zu seiner Tochter gekommen ist, um zu sterben.

Wegen Ignacijs Wohnung bekam Zofija etliche Male Besuch vom Verwalter. Beim Gedanken daran schmunzelte sie. Das erste Mal kam er bald nach dem Tod ihres Bruders und redete um den heißen Brei herum. Vorsichtig spielte er darauf an, dass die Wohnung ihres verstorbenen Bruders leer steht. Sie stellte sich dumm, als er weitläufig ausführte, dass im Tal ein schrecklicher Mangel an Wohnungen herrscht, wobei einige trotz allem ungenutzt sind, was ihm vollkommen unbegreiflich erscheint. Sie nickte, es ist wirklich nicht gerecht, dass Bergwerksfamilien mit einem Haufen Kinder zusammengedrängt in einem kleinen Zimmer leben, während der Direktor und andere Reiche über unzählige prächtige Räume verfügen. Beim nächsten Besuch rümpfte er bedeutsam darüber die Nase, dass einige Bergwerksfamilien schlechter wohnen als das Vieh im Stall, während manche Kinder, die noch nicht einmal über ein Bewusstsein verfügen, eine neue Wohnung in Anspruch nehmen. Zofija irritierte ihn, als sie ihm mit gespieltem Ernst zustimmte, dass ein solches Recht sogar behinderten Kindern zukommt, die niemals zur Arbeit im Bergwerk fähig sein werden. Bei einem seiner nächsten Besuche druckste er nicht länger herum, er schlug ihr unmissverständlich vor, den Mietvertrag aufzuheben, was sie lachend ablehnte, obwohl er mit ihr zu verhandeln versuchte und am Ende sogar mit der Justiz drohte. Der Bergwerksdirektor hat diesen Vertrag unterschrieben, sie beide können ihn nur einhalten, erwiderte sie, als er sie zur Vernunft gemahnte. Er appellierte an ihr Mitgefühl mit den obdachlosen Arbeitern, sie aber konterte mit der Barmherzigkeit der Bergwerksbesitzer, die, selbst wenn sie jedes Jahr neue Wohnungen oder gleich eine ganze Kolonie bauen würden, immer noch enorme Gewinne unter sich aufteilen können.

Eine ungewöhnliche Stille weckte sie aus der angenehmen Verträumtheit, in die sie der Gedanke an die gewonnenen Rededuelle mit dem Verwalter hatte sinken lassen. Die Kinder waren auf dem Boden eingeschlafen, Angela lag auf dem Rücken, ihre Arme und Beine ruhten seltsam gekrümmt neben ihrem Körper, Matija hingegen drückte sein Gesicht halb kniend gegen den Boden und hielt sein Schwesterchen mit ausgestreckten Armen umfasst.

•

Was Zofija noch vor zwei Jahren für die Koloniefrauen verkörpert hatte, war Vojteh für die Kinder. Er war der Älteste und Stärkste unter ihnen, in jenem Jahr wiederholte er die Klasse, in zwei Jahren schon würde er im Außenbetrieb arbeiten, dann wäre seine Kindheit vorbei, und in fünf Jahren als Bergmann in der Grube anfangen. Er war nicht gut in der Schule, jeden Tag bekam er Prügel, weil er nichts wusste, keine Hausaufgaben machte, beharrlich schwieg. Die Lehrer machten es sich zur Gewohnheit, ihn zu schlagen, egal ob er Schuld hatte oder nicht, wann immer irgendwo etwas Unerlaubtes passierte, wurde er bestraft. Die anderen Kinder sprachen mit leuchtenden Augen über ihn, sie alle wären gern wie Vojteh, der sich vor niemandem fürchtet und nie weint. Selbst, als der Lehrer den Stock auf ihm zerbrach, lachte er durch die zusammengebissenen Zähne. Alle wussten, dass er sich nach dem Schulabschluss für alle Hiebe rächen wird, und alle warteten ungeduldig auf diesen Tag.

Auch daheim wurde er oft geschlagen. Sein Vater war ständig betrunken, seine drei älteren Geschwister arbeiteten schon, die jüngeren Schwestern konnten ihn nicht leiden. Die Mutter kümmerte sich schweigend um sie, machte fast nie den Mund auf, sie fürchtete sich vor ihrem Mann und den ältesten Söhnen, die wegen jeder Kleinigkeit explodierten, sie fürchtete sich sogar schon vor Vojteh. Zwar hatte er sie noch nie geschlagen, aber ihr bereits mit der Faust gedroht, sollte sie ihm jemals wieder etwas befehlen. Deshalb war Vojteh von Aufgaben befreit, die anderen Kinder noch oblagen.

Er war schon stark wie ein Erwachsener. Wenn sie Kohle zusammentrugen, stießen die Kinder ihre Schippen ungeschickt in die schwarzen Haufen, während Vojteh mit der großen herzförmigen Schaufel der Bergmänner hantierte. Allen wurde der Korb nur zur Hälfte mit Kohle gefüllt, er verlangte ihn stets randvoll.

In seiner Hosentasche trug er ein dreimal gefaltetes Bild einer unbekleideten Frau. Das Bild war dermaßen abgewetzt, dass der nackte Leib nur mit viel Fantasie zu erkennen war, dennoch trauten sich manche Kinder nicht einmal verstohlen hinzusehen. Wenn jemand von ihnen sagte, dass er wegen des Bildes noch in der Hölle landet, lachte er breit, das ist ihm sehr recht, sicher wird auch die Frau vom Foto dort sein.

Vojteh ließ sich gern von den Kindern bewundern, noch mehr aber suchte er die Gesellschaft der älteren Jungs, die schon arbeiteten und in Wirtshäusern feierten. Hatte er Kleingeld, durfte er mit, später jagten sie ihn fort, den Milchbubi. Dann war er beleidigt und ließ seine Wut an den Kindern aus: Das eine deckte er mit saftigen Schimpfwörtern ein, das andere schubste oder schlug er. Ihr Gerede und ihre Fragen erschienen ihm dumm, ihre Spiele läppisch, trotzdem war er schnell wieder Teil von ihnen. So war er, der Herrscher des Hofs, und so mochten die Kinder ihn.

Sie saßen beim Waschtrog, Vojteh schwieg und dachte über etwas nach, die Kinder sahen ihn an in stiller Erwartung, was er ausbrüten würde. Sein älterer Bruder, der vorbeikam, fragte ihn grinsend, seit wann er denn Kindergärtnerin ist. Vojteh wurde knallrot und schluckte den Spott schweigend hinunter. Am nächsten Tag versammelte er die Kinder auf der Wiese hinter den Häusern, wo die Holzschuppen und Baracken standen. Er teilte mit, fortan mehr Ordnung und Disziplin von ihnen zu erwarten, andernfalls interessiert ihn die Hofkameradschaft nicht mehr. Mädchen haben hier nichts mehr zu suchen, ebenso wenig alle, die jünger als sechs Jahre alt sind. Einige Kinder zogen beleidigt ab, manche wollten sich verstellen, wurden aber von ihren älteren Brüdern verpetzt. Am Ende blieben nur noch zehn übrig. Morgen werden sie mit den Übungen beginnen, verkündete Vojteh, zuallererst mit dem Antreten, Marschieren, Salutieren. Als Befehlshaber wird er ihnen Ränge zuweisen, er wird bestimmen, wer für welche Aufgabe geeignet ist.

Er hielt vor Alojzij und Ludvik und fragte sie streng, ob sie wirklich schon sechs Jahre alt sind. Nächstes Jahr gehen sie in die Schule, sagten sie nickend, aber nachdem Vojteh die Frage wiederholt hatte, bekam es Alojzij mit der Angst zu tun und gab zu, dass ihnen noch ein paar Monate fehlen, dass sie aber wirklich nächstes Jahr in die Schule kommen. Dann wird er nur einen in seine Armee aufnehmen, war Vojteh unerbittlich. Sie blickten einander an, sie waren immer zusammen, sie können sich nicht einfach trennen, aber diese Gefühlsduselei interessierte den Befehlshaber nicht.

Auf einem Bein stehend, die Hände in den Hosen vergraben, gingen sie einander gegenüber in Position. Sie sahen sich eine Weile an, dann stürzte sich Ludvik entschlossen auf Alojzij, rammte ihm die Schulter in seine Brust und warf ihn um. Als er das ein zweites Mal versuchte, landete er selbst auf dem Boden, da ihm Alojzij geschickt auswich und dabei höhnisch lachte. Vom Spott gereizt, wiederholte Ludvik den Fehler nicht noch einmal, Alojzij plumpste erneut ins zerstampfte Gras. Dann wurde es ernst. Feuerrot im Gesicht, auf einem Bein hüpfend stießen sie mit schmerzenden Schultern gnadenlos gegeneinander. Scheinbar erschöpft, senkte Ludvik einen Augenblick den Kopf, doch schon im nächsten Moment rammte er ihn seinem Bruder in den Bauch. Beide kippten um, Alojzij brach in Tränen aus, er macht nicht mehr mit, es tut ihm weh. Vojteh jagte ihn fort und erklärte Ludvik zu seinem Soldaten.

Am nächsten Tag begannen sie mit dem Exerzieren. Egal wie Vojteh seine neun Soldaten in zwei Reihen aufstellte, stets entstand irgendwo eine neue Lücke, weshalb er Alojzij rufen ließ, der eine Art Hilfssoldat wurde. Nach vierzehn Tagen marschierten sie unter Vojtehs Kommando schon ziemlich geordnet durch die Kolonie, aber das ständige Marschieren wurde bald eintönig. Sie bedauerten, dass keine andere Siedlung eine ähnliche Einheit hatte, sie konnten sich mit niemandem messen oder kämpfen. Dennoch entschied der junge Heerführer, dass sie den nächsten Schritt tun müssen, sie werden mit Pfeil und Bogen und der Steinschleuder zu schießen beginnen, ringen und mit Holzstäben fechten. Zuvor werden sie noch eine Soldatentaufe vollziehen, die sie auf immer und ewig eng aneinander binden wird.

Bald nach dem Mittagessen stellten sie sich bei den Baracken auf. Vojteh sammelte ihr Kleingeld ein, das ihm die Hosentaschen gut füllte, marschierend gingen sie in Richtung Bahnhof. Beim Industriegleis stapften sie durch den Staub, bis der Befehlshaber kurz vor dem Bahnhof befahl, an einer Bruchbude haltzumachen, in der die alte Babi schon seit Jahrzehnten illegal Schnaps ausschenkte. Sie drängten sich in den einzigen Raum der Spelunke, der Küche, Schlafzimmer und Ausschank zugleich war. Am Tisch vorbei, hinter dem drei betrunkene Greise dösten, trat Vojteh ans Bett, in dem die fett gewordene Babi lag und sie verdutzt ansah. Er bestellte eine Flasche Schnaps und zeigte ihr eine Handvoll Kleingeld. Sie sollen im Garten hinter der Hütte warten, schickte sie ihn kurzerhand fort.

Der Garten war ein mickriger Fleck hinter der Hütte mit einem krummen alten Apfelbaum, an dem eine Wäscheleine befestigt war, auf der formloses Sackleinen hing, zwischen dem Unkraut ragten zwei große Steine hervor, auf denen ein dickes verwittertes Brett lag, an der Wand lagen die Relikte dort hingeworfener Hasenkäfige. Nirgends reichte der Platz, dass Vojteh seine Armee aufstellen konnte, deshalb setzte er sich auf die Bank, während sich die Jungen auf die Wurzeln ringsum und die vom Flussufer herbeigetragenen Scheite setzten, mit denen die Wirtin den Ofen heizte.

Ihr Warten schien kein Ende zu nehmen, bis die Alte endlich aus dem Haus gewatschelt kam. Sie stellte die Flasche auf das Brett und wies Vojteh an, das Geld dorthin zu legen. Sie bückte sich, zählte die Scheine geschickt mit dem Mittelfinger durch und schnippte die Münzen in die Innenfläche der anderen Hand. Als es reichte, befahl sie ihnen zu verschwinden, weil sie ohnedies schon genug Probleme mit den Gendarmen hat.

Gefügig trollten sie sich vor die Hütte, wo sie Vojteh wie Soldaten antreten ließ. Bevor sie abmarschierten, ballte er seine Faust und spuckte vor die geschlossene Tür. Er steuerte seine Armee zu der Anhöhe hinter dem Bahnhof, den ganzen Weg brüllte er, nichts machten sie richtig. Sein zorniger Grimm verging erst, als sie sich im spärlichen Wäldchen setzten und von oben auf den Fluss und die Eisenbahnstrecke hinabsahen, die sich munter durch das Tal schlängelten. Er nahm einen Schluck aus der Schnapsflasche und versuchte, sein Gesicht nicht allzu sehr zu verziehen, dann reichte er das Getränk weiter. Die Kinder schüttelten sich und schnitten Fratzen, schnappten nach Luft, strichen sich über ihre brennenden Bäuche, was den Kommandanten schrecklich amüsierte.

Als die Flasche zum zweiten Mal kreiste, schlenderte er zwischen ihnen herum und beobachtete aufmerksam, wie ernst es ihnen war. Er kam jedem auf die Schliche, der nicht trank, sondern nur seine Lippen an die Öffnung hielt und die Flasche neigte. Vojteh entging nicht einmal, dass Alojzij den Schluck einfach im Mund behielt, er musste ihn runterschlucken, obwohl ihm sein gesamter Unterleib zu brennen schien. Ängstlich blickte er zur Flasche, dessen Inhalt langsam weniger wurde, und ertappte sich bei dem Stoßgebet, sie möge wie von Wunderhand leer werden, kaputtgehen. Seine Bitten blieben ungehört, noch dreimal wanderte die Flasche zu ihm, zusammen mit seinen Tränen schluckte er die Flammen des flüssigen Feuers hinunter, die ihm den Magen versengten.

Die Rückkehr in die Kolonie geriet zu einer Posse, es war nichts mehr mit korrekter Aufstellung und Gleichschritt, einer der Jungen musste fortwährend lachen, weil sein Nachbar immer stärker aus der Reihe torkelte. Bald lachte die ganze Kompanie, sogar Vojteh konnte dem nicht widerstehen und begann zu singen, als sich der Lachanfall gelegt hatte. Der schwankende Chor, dem die schiefen Töne herzlich egal waren, schleppte sich zu den Baracken der Kolonie. Die Jungen setzten sich ins Gras, das Lied verstummte, die Nähe der Wohnungen und Eltern trübte ihre Ausgelassenheit.

Ludvik versuchte, Alojzij zu erklären, wie sich vor Zofija verbergen ließ, dass sie besoffen waren, wobei er schrecklich lallte. Ihn amüsierte, wie ungehemmt alle redeten, doch als er seinen Bruder ansah, verging ihm das Lachen rasch. Eben in diesem Moment neigte sich Alojzij mit kreidebleichem Gesicht voller Schweißtropfen und glasigen Augen nach vorn. Ein Schwall ergoss sich aus seinem Mund, es würgte ihn stoßweise, auch wenn nur ein komisches Ächzen dabei zu hören war, Speichel troff auf den Boden, und schließlich landete er mit dem Gesicht in einer schmutzigen Pfütze.

Ludvik setzte ihn auf und erschrak beim Anblick des entstellten, dreckigen Gesichts seines Bruders. Er rannte los, um Luka zu holen, Katarinas Vater, den er kaum kannte, schließlich war er erst vor wenigen Tagen angekommen. Zu Zofija traute er sich nicht. Auf seinen Krücken gelangte der Alte nur langsam zu den Baracken, auf dem kurzen Weg blieb er fortwährend stehen und schnappte nach Luft. Ludvik drehte fast durch, weil sie so langsam waren, wenn Alojzij wegen dieses Schneckentempos stirbt, wirft er sich vor den Zug.

Luka genügte ein einziger Blick, um die Jungen anzuweisen, dass sie Alojzij zum Trog schleppen und waschen sollen, danach ab nach Hause und ins Bett. Als er zum Trog gestakst kam, hatten sich die meisten Bürschchen bereits verkrümelt, Ludvik aber, der seinen triefnassen, zitternden Bruder um die Taille gefasst hielt, bat ihn, sie zu Zofija zu begleiten.

Eine Stunde später schliefen die Zwillinge, und in Zofija legte sich langsam die wilde Mischung aus Wut, Sorge und auch Selbstvorwürfen, eine schlechte Pflegemutter zu sein. Der alte Luka strahlte Ruhe aus, wie er so am Tisch saß und Angela und Matija ständig fragte, was sie dort unten verloren haben, warum sie denn nicht aufstehen wollen. Die Kinder lachten fröhlich und krabbelten vor seiner Krücke davon, mit der er sie sanft anstupste. Er nahm Abschied mit dem Versprechen, Stöcke für beide anzufertigen, damit sie sich leichter aufrichten und sicherer gehen können. Er kann das sehr gut nachvollziehen, ohne Krücken ist auch er aufgeschmissen, aber mit ihnen wagt er sich bis ans Ende der Welt. Schön gemächlich, versteht sich, in seine Lunge passt zu wenig Luft, aber auch langsam kommt man weit.

Einige Monate später machten Angela und Matija ihre ersten Schritte. Das Mädchen stützte sich beim Gehen auf zwei Krücken, die ihr bis unter die Achseln reichten, ihre Beinmuskeln kräftigten sich derart, dass sie in der Wohnung umherlaufen konnte, indem sie sich an Wänden oder Möbeln entlanghangelte. Sie war sehr vorsichtig, sie hatte Angst hinzufallen oder sich etwas zu brechen, aber Lukas begeisterte Anfeuerungen ermutigten sie. Matija stellte sich furchtlos auf die Beine. Er war kopflos, oft rannte er gegen dies oder jenes, aber die Beulen kümmerten ihn nicht. Die Stöcke störten ihn dabei nur, deshalb machte ihm Luka einen längeren, gebogenen Stock. Er zeigte ihm, wie er damit vor sich herumschwenken soll wie ein Mäher, denn mit dem Stock an ein Hindernis zu stoßen ist besser, als mit der Stirn dagegen zu rennen.

Luka und Matija wurden schnell unzertrennlich. Wenn es trocken und warm war, spazierten sie im Hof umher. Der Alte bewegte sich langsam und auf seine Krücken gestützt, schon nach wenigen Schritten schnaufte er wie der Blasebalg eines Schmieds, Matija lief ohne Stock, er kannte den Hof wie seine Westentasche. Manchmal, wenn sie auf der Bank saßen, gesellte sich Angela zu ihnen. Die Kinder hatten unzählige Fragen, doch sie brachten ihn nie in Verlegenheit, Luka kannte alle Antworten, Geheimnisse und Unergründliches waren ihm fremd.

Bei Luka verbrachte Matija auch viele Stunden und Tage, wenn es kalt war und regnete. Der Alte hatte eine kleine Ziehharmonika, eine Konzertina, er legte eine Seite des sechseckigen Gehäuses mit zehn Knöpfen auf sein Knie und begann am Balg zu ziehen. Wenn er dazu zu singen versuchte, blieb ihm schon nach wenigen Silben die Stimme weg, die angeschlagene Lunge war zu schwach, während der Luftzug des Balges mit Leichtigkeit lange Melodien zustande brachte. Matija war vollkommen entspannt, als er Luka zu Füßen saß und mit offenem Mund den Liedern von seinen Reisen lauschte. Der Alte brachte ihm auch bei, auf der kleinen Harmonika zu spielen, er nahm ihn auf den Schoß und führte seine Finger über die Knöpfe. Als sie genug hatten, erzählte er Matija, wie er früher in Wirtshäusern und auf Familienfeiern gespielt hatte, auf Hochzeiten und bei der Totenwache.

Einmal erzählte Luka den Kindern von Amerika, das auf der anderen Seite der Welt liegt, so weit weg, dass man während der langen Schiffsreise altert. Angela fragte, warum Bergmänner nicht einen unterirdischen Gang graben und den Weg dorthin verkürzen, auch Matija begeisterte sich für ihre Idee. Luka erklärte ihnen, dass dies nicht möglich ist, denn die Erde ist voller Wasser; sie ist wie ein kugelrunder Krug, der Rand ist hart, sodass wir darauf gehen können, im Inneren aber fließt alles. Das wenige Wasser, das sich aus dem unterirdischen Verlies befreit, kriecht in Bäche und Flüsse, sprudelt in Quellen oder stürzt in Wasserfälle, antwortete er den beiden fragenden Augenpaaren, das meiste davon aber bleibt für immer im Erdfass gefangen.

Die Kinder konnten es kaum erwarten, dass Frančiška aus der Schule kam, um ihr das große Geheimnis zu enthüllen. Ihre Schwester war nicht im Geringsten entzückt, sie fragte nur, wo sie diesen Blödsinn gehört haben, da tief im Erdinneren eigentlich Feuer ist, so heiß, dass selbst der härteste Stein zerschmilzt. Matija wollte gern beiden glauben, er wollte keine der Wahrheiten abweisen und dadurch gar jemanden vor den Kopf stoßen. Angela, die an Frančiškas Worten niemals zweifelte und Matijas akute Not nicht wahrnahm, warf Luka am nächsten Vormittag vor, dass er alles erfunden hat. Ihre Worte brachten den Alten nicht in Verlegenheit, die Erklärung vom Feuerkern faszinierte ihn, er lobte Frančiška für ihr Wissen. Er selbst war nie zur Schule gegangen, hatte im Leben jedoch vieles gesehen und gehört. Es ist möglich, dass man ihn angelogen oder dass er sich die Dinge falsch erklärt hat, aber bislang war er felsenfest überzeugt gewesen, dass das Erdinnere aus Wasser besteht. Er wird wohl neu darüber nachdenken müssen, auch über die Möglichkeit, dass es unter der Erde Wasser *und* Feuer gibt. Matija war höchst begeistert von diesem Gedanken, beide, Frančiška und Luka, könnten so ihre Theorie verteidigen, Angela bestritt sofort, dass das Wasser das Feuer löschen würde. An der Oberfläche bestimmt, nickte der Alte, aber darunter ist alles anders. Er hat in mehr als zehn Bergwerken gearbeitet, in allen war es heiß, und in allen war Wasser. Gruben ohne Wasser und welche, in denen es nicht heiß ist, kennt er nur vom Hörensagen. Aber auch das kann stimmen, oder jemand hat sich solche Bergwerke einfach ausgedacht. Sein lautes Überlegen schloss er mit der Feststellung, dass es eigentlich egal ist, woraus die Eingeweide der Erde bestehen, das wahre Rätsel ist doch, wie es möglich ist, auf der Erde zu wandeln, wenn man weder auf Wasser noch durch Feuer gehen kann. Einige laufen mit Stöcken, andere ohne, philosophierte er, alle werden sie von der Erde getragen, was ihr hoch anzurechnen ist, sie macht keinen Unterschied. Sie ist sogar so nett, dass sie ihnen die Füße nicht nassmacht oder die Sohlen verbrennt, fügte er nach einer Weile hinzu, das Thema schien ihn nicht loszulassen.

Zwei Jahre später kam ein Propaganda-Auto in den Ort gefahren, das von der Siedlung bis zum Bahnhof fuhr. Luka wollte das wunderliche mechanische Gefährt ausprobieren und bat Zofija um die

Erlaubnis, Matija mitnehmen zu dürfen. Es würde für beide ein besonderes Erlebnis werden, versuchte er, ihr Misstrauen zu zerstreuen, kein echter Wandersmann lässt sich die Gelegenheit entgehen, mit einer Kutsche ohne Pferdegespann zu fahren. Es wird nur eine Woche hier sein, redete er weiter auf die zaudernde Zofija ein, Gott weiß, wann es wieder die Möglichkeit gibt, mit einem solchen Wunderding zu fahren. Schon zum Mittagessen werden sie zurück sein, versprach er.

Sie kamen aber erst am nächsten Tag zurück, um die Mittagszeit fuhr das Auto auf dem Hof der Koloniehäuser vor und ließ sie wie die feinsten Herrschaften aussteigen. Zofija kam aus der Wohnung gelaufen, drückte und umarmte Matija und benetzte ihn mit Tränen des Glücks. Luka trat in Erwartung des Donnerwetters nervös von einem Bein aufs andere und verzog das Gesicht, aber Zofija ließ das Kind nicht aus den Armen. Erst als Angela angehumpelt kam, richtete sie sich auf und wischte sich mit dem Oberarm die nassen Augen. Die Kinder gingen lachend zur Wohnung, aus Angela sprudelten die Fragen nur so heraus, um ja nichts zu vergessen, machte sie derart Dampf, dass Matija gar keine Zeit hatte zu antworten.

Zofijas stechender Blick suchte Lukas Augen. Er spürte ihn, er wusste, dass er ihm nicht mehr lange ausweichen konnte, wie von selbst glitt seine Hand in die Hosentasche und zog einen Schwung Münzgeld hervor, zwischen den Fingern knüllte sich auch der eine oder andere Schein. Sie will kein Geld, erklang Zofijas eisige Stimme, aber sie verlangt eine Erklärung, weil er ihr versprochen hat, dass sie nur bis zum Bahnhof fahren, schließlich jedoch den ganzen Tag und noch länger weggeblieben sind. So wie Angela nicht aufhören konnte, Matija auszufragen, verlor Zofija jetzt jegliche Hemmung. Katarina hatte ihr versichert, dass sie auf jeden Fall zurückkommen, dennoch hatte sie so große Angst gehabt, dass sie am liebsten gestorben wäre. Sie hatte die ganze Nacht kein Auge zugetan, schon tags zuvor hatte sie den Chauffeur aufgesucht, auf dem Bahnhof erfuhr sie, dass sie nach Ljubljana gefahren sind. Sie konnte niemanden fragen, sie wollte schon zu den Gendarmen gehen, aber

Katarina bat sie, es nicht zu tun. Ihren Sorgen entsprangen unzählige Vorstellungen, jede war tragischer und blutiger als die vorige, die Zeit blieb völlig stehen. Er muss ihr alles erzählen, verlangte sie, warum er ihn mitgenommen hat, wo sie waren, was sie gemacht haben.

Luka schüttelte betrübt den Kopf, vor der heftigen Wortlawine wich er zurück bis zur Bank beim Trog, wo er niedersank. Zofija setzte sich neben ihn, und sofort war es leichter, ihr Blick stach ihm nicht mehr in die Augen, er war auf Wange und Ohr gerichtet, auch die strengen Wörter hatte sie aufgebraucht. Es tut ihm leid, dass er ihr Sorgen bereitet hat, begann er etwas unsicher, im Auto hat sich sein Wandertrieb zu regen begonnen, er fühlte sich wieder jung und bei Kräften. Er konnte dem verführerischen Ruf nicht widerstehen, er kaufte zwei Fahrkarten, er wollte Matija die große Stadt zeigen. Nur mal schnell hinfahren, sagte er zu sich selbst, ein bisschen Großstadtluft und ein paar Schritte durch den Ort, dann mit dem nächsten Zug zurück.

Wo sie sich am Vortag herumgetrieben haben, die ganze Nacht, diesen Vormittag, sein dichterisches Abschweifen brauchte Zofija nicht. Er hat Matija gern, und der Junge mag ihn, suchte er unsicher nach Worten, wenn er ihr die Wahrheit erzählt, wird sie den Kleinen womöglich nicht mehr zu ihm lassen. Zofijas Stimme fragte nun schon freundlicher, fast augenzwinkernd, ob es denn wirklich so schlimm war, ihre Neugierde war größer als die sich legende Sorge. Sie soll ihm versprechen, dass sie ihn nicht aus der Wohnung wirft, bat er sie, so wie alle hat auch er manch schlechte Angewohnheit, er ist aber kein schlechter Mensch. Sie legte ihm die Hand auf die Schulter, er erhielt seine Absolution.

Als sie in Ljubljana ausstiegen, packte ihn ein schrecklicher Durst. Alles Geld hatte er für die Fahrkarten ausgegeben, er besaß keinen einzigen Heller mehr, darum stellten sie sich an den Bahnhofseingang. Er zog seine Harmonika aus dem Rucksack, viele Leute kamen dort vorbei, einigen taten der Harmonikaspieler und der blinde Junge leid, und manch einer drückte Matija eine Münze in die Hand. Schnell reichte das Kleingeld für Speis und Trank, sie wollten gerade aufbrechen, als ein Gendarm erschien. Er verlangte ihre Ausweise, fragte nach einer Genehmigung zum Betteln. Luka antwortete ihm freundlich, dass sie keine Diebe sind, nur ein alter Invalide und ein blinder Junge, die sich ein bisschen ausruhen und musizieren. Trotzdem wollte der Gendarm ihn auf die Wache bringen, doch er wusste nicht, wohin mit dem Kind, deshalb befahl er ihnen, mit dem ersten Zug nach Hause zurückzukehren, wenn er sie noch einmal antrifft, wird er nicht mehr so gnädig sein. Bis zur Abfahrt des Zuges war es jedoch noch lange hin, und Luka hatte schrecklichen Durst, deshalb gingen sie zum nächsten Gasthaus, wo er erneut eine Handvoll Lieder spielte, da er schon mal seine Harmonika dabei hatte. Bald war ihr Tisch voller Getränke, sie bestellten auch etwas zu essen. Bevor sie alles verzehrt und ausgetrunken hatten, war ihnen der Zug davongefahren, bis zum Abendzug aber waren es noch einige Stunden. Wegen des Gendarmen schien es Luka klüger, sich wenigstens ein bisschen vom Bahnhof zu entfernen. Sie gingen, so weit sie ihre Füße trugen, dann traten sie in eine neue Kneipe. Die Geschichte vom Gasthaus zuvor wiederholte sich, Speis, Trank und ein verpasster Zug. Weil dieses Gasthaus auch Zimmer vermietete, übernachteten sie einfach dort. Erschöpft fielen sie in einen bleiernen Schlaf, sie verpassten den Frühzug, den nächsten immerhin erwischten sie, fasste Luka ihren Streifzug zusammen.

»Und das ist Ihre Geschichte?«

»So hat sie sich zugetragen«, antwortete er leise.

»Sie haben mich enttäuscht, für Ihr Alter könnten Sie vernünftiger sein, Sie müssten es sein.« Sie war nicht mehr wütend, ihre Worte tadelten nicht mehr, konstatierten nur noch. Sie war glücklich, dass sie Matija wieder hatte, der Alte aber tat ihr Gott weiß warum leid.

Luka schnürte seinen Rucksack auf und reichte ihr seine Harmonika.

»Das kann ich nicht annehmen«, sagte Zofija erneut entschlossen.

»Sie ist ja nicht für dich, sie ist für den Jungen. Er hat ein gutes Gehör, er mag Musik und kann schon ein paar Melodien spielen«, sagte diesmal auch er entschlossen.

Er entschuldigte sich noch einmal für die Angst, die er ausgelöst hatte. »Nichts davon war geplant, im Auto packte mich die Wanderlust wieder, ich konnte dem Ruf nicht widerstehen. Ich bin durch die halbe Welt spaziert. Ich dachte, ich hätte für immer genug vom Unterwegssein. Obwohl ich schon hundert Mal erfahren habe, dass es zu nichts führt, ist es mir wieder passiert. Ich bin unheilbar.«

Sie legte ihm die Hand auf die Schulter, denn sie wusste nicht, was sie darauf erwidern sollte.

»Es beginnt immer mit einer Art Unruhe, Erwartung, aber das Wohlgefühl ist jedes Mal kürzer. Sobald der anfängliche Trieb nachlässt, beginnt dein Kopf, dir die Quittung auszustellen und dich dafür auszulachen, dass du ein weiteres Mal verführt worden bist. Ich habe meine Gesundheit verloren, meine Familie, ich wurde überflüssig wie ein Kropf, war pleite und hatte kein Dach über dem Kopf. Alle noch so verlockenden Trugbilder und Hoffnungen mündeten in eine einzige Enttäuschung.« Er seufzte und blickte zu Zofija: »Ich bin müde, ich sollte mich hinlegen, anstatt dummes Zeug zu schwatzen.«

»Sie haben mich wirklich enttäuscht«, wiederholte Zofija mechanisch im Bewusstsein, mit gebrochener Stimme und tränenden Augen durchaus nicht überzeugend zu klingen.

Schweigend half sie ihm zur Wohnung, erst am nächsten Tag wird sie ihm sagen, wie sehr sie sich gefürchtet und welch starke Wut sie gepackt hat. Dass er verantwortungslos ist und noch vieles andere mehr wird sie ihm sagen, aber er soll sich erst mal erholen und ausschlafen.

Tränennass stellte sie am nächsten Tag fest, dass Luka sie ein letztes Mal überlistet hatte. In jener Nacht hatte seine schwarze Lunge zu atmen aufgehört.

DAS UNSICHTBARE WUNDER

Der Donnerstag war ein ganz normaler Wochentag, doch schon seit einigen Tagen herrschte im Tal eine ungeduldige Erwartung. Ein kleiner Zettel, ausgehängt am Schwarzen Brett der Gemeinde, hatte angekündigt, dass an diesem Tag ein riesiges elektromagnetisches Rad vom Bahnhof zum Kraftwerk transportiert wird, das nahe dem Bergwerk gebaut wurde. Alle anderen Wagen hatten Fahrverbot, Fußgänger riet das Gemeindeamt zu äußerster Vorsicht.

Die Aufregung machte nicht einmal vor der Schule halt, wo der reguläre Unterricht abgesagt wurde; die Schüler hatten sich stattdessen auf dem Hof zwischen Schule und Kirche zu versammeln, wo sie zuerst einem Vortrag über Elektrizität lauschen sollten, danach würden sie gemeinsam den Transport des elektrischen Generators verfolgen. Elektrizität verändert die Welt, stand im Rundschreiben, nun bahnt sie sich den Weg in ihren Industrieort.

Zofija legte den Kindern bessere Kleidung raus, mit Angela und Matija schloss sie sich den drei Schülern an. Langsam stiegen sie zum Platz hoch, wo schon etwa zweihundert Kinder und etliche Erwachsene versammelt waren. Alojzij und Ludvik rannten los zu ihren Kameraden, Frančiška blieb bei Zofija und beschrieb Matija genau, was geschah. Wegen des lauten Rummels musste sie sich die ganze Zeit zu ihm herabbeugen.

Der nicht allzu große Platz war bereits brechend voll, als der Schuldirektor und der Oberingenieur des Bergwerks auf dem Balkon der Schule erschienen. Es dauerte eine ganze Weile, bis sich die Menge unter ihnen beruhigt hatte und der Direktor mit seiner Ansprache beginnen konnte. Ihre kleine Ortschaft wird sich bald mit großen Städten messen können, sagte er beschwingt, wo der Strom Fabrikmaschinen antreibt und die Dunkelheit von den Straßen und aus den Häusern verjagt. Viele haben schon Bäume gesehen, die ein elektrischer Blitz von der Spitze bis zur Wurzel gespalten hat, weniger bekannt ist jedoch, dass es der Wissenschaft endlich gelungen ist, diese wilde, gewaltige Tochter der Natur zu zähmen. In wenigen Monaten werden sie sich selbst davon überzeugen können, sagte er munter, Elektrizität wird bald nicht mehr Furcht und Schrecken verbreiten, sondern fügsam dienen.

Während die Menge klatschte, stellte der Bergbauingenieur eine Art Spinnrad auf den Rand der Betonmauer. Er ergriff die Kurbel des Rades und begann mit aller Kraft zu drehen; je schneller sich das Rad drehte, desto heller strahlte die runde Glühbirne oben auf dem Gestell. Ermattet sagte er, dass er mit seinen Armen nur so viel Strom erzeugen kann, dass eine Lampe aufleuchtet, das vom Bergwerk gebaute Kraftwerk wird dagegen unvergleichlich viel stärker sein. Es wird die Maschinen in der Grube antreiben, Wasser auspumpen und Frischluft zuführen, die Stollen beleuchten, und dann wird immer noch Strom übrig sein, erhob er seine Stimme, der Generator wird so viel elektrische Energie erzeugen, wie sie der Kraft Tausender Pferde entspricht.

Dieser Vergleich von der unvorstellbaren Kraft brachte die Menge in Wallung, die Menschen wechselten Blicke, einige nickten lebhaft, andere schüttelten ungläubig den Kopf oder hoben spöttisch die Augenbrauen.

Wieder ergriff der Schuldirektor das Wort, er lud alle Versammelten ein, das eiserne Wunder gemeinsam mit den Schülern in Augenschein zu nehmen. Schon richtig, der Generator ist nur eines von vielen Bestandteilen des entstehenden Kraftwerks, doch der wichtigste, der Kern des gesamten Prozesses, in dem Kohle verbrannt und zu elektrischem Strom gemacht wird. Deswegen kann er lautstark verkünden, sagte er zunehmend begeistert, dass die Elektrizität kommt und mit ihr die Vorahnung einer besseren Zeit, bald werden sie die Dunkelheit für immer aus dem Tal vertrieben haben. Er schloss mit dem pathetischen Ausruf, Elektrizität und der Fortschritt, sie leben hoch, worauf aber nur die Kinder reagierten.

»Wird Matija sehen können, wenn der Strom da ist?«, fragte Angela. Zofija lächelte und schüttelte den Kopf: »Man wird nachts alles sehen, was sonst in Dunkelheit gehüllt ist, das ist alles.«

»Nachts schlafen wir sowieso«, sagte Angela enttäuscht. »Elektrizität wäre etwas Wunderbares, wenn durch sie alle sehen könnten, auch Matija.«

»Wie ist sie denn überhaupt, diese Elektrizität?«, fragte Matija.

Die anderen sahen einander an, seine Frage verwirrte sie. »Wir schauen uns einen großen Apparat an, den man zum Erzeugen von Elektrizität braucht«, antwortete Frančiška nach kurzem Überlegen, »die Elektrizität selbst kann keiner sehen.«

»Dann unterscheidet uns nichts, wir sind alle blind für die Elektrizität«, sagte Matija lächelnd. Zofija aber strich ihm übers Haar.

Ihr Gespräch wurde durch Frančiškas Religionslehrer unterbrochen. Er begrüßte Zofija mit übertriebener Höflichkeit, wie könnte er das Gesicht der Frau vergessen, die ihn mit List dazu gebracht hat, einen Selbstmörder mit kirchlicher Zeremonie auf dem Friedhof beizusetzen, und forderte ebenso freundlich Frančiška auf, sich ihrer Klasse anzuschließen.

»Darf ich bei meinem blinden Bruder bleiben? Ich würde ihn gern zur Straße begleiten und ihm berichten, was passiert.«

Verwundert betrachtete der Pfarrer alle drei Kinder, als hätte er Frančiška nicht recht verstanden, nickte daraufhin und ging leise davon.

Vom Platz aus mussten sie weit in Richtung Bahnhof gehen, das lange Zuggespann aus nicht weniger als acht Pferdepaaren hatte gerade einmal die ersten hundert Meter geschafft. Die Last war schwer, die Straße weich, sodass die Eisenräder des breiten Wagens, den die Schmiede des Bergwerks eigens für dieses Vorhaben angefertigt hatten, immer wieder einsanken. Zu allen Seiten liefen stets mindestens zehn Arbeiter umher, die den Wagen mit langen Hebeln anhoben und Steine unterlegten, wenn ein Rad im Boden versank. Wenn es stockte, legten sie jedes Mal Klötze an die Hinterräder, weil der Weg leicht anstieg, und prüften, ob die Ketten, die das eiserne Monstrum auf dem Wagen hielten, noch richtig saßen. Wenn sie die statische Masse in Gang zu setzen versuchten, stemmten sie sich mit ihrem gesamten Körpergewicht dagegen.

Die Gendarmen, die die zähe Prozession anführten, schritten langsam einher und scheuchten neugierige Menschen von der Straße. Die Fuhrmänner zerrten jedes Pferdepaar an den Zügeln, schimpften auf die Zugtiere und schrien laut, aber es half nichts, aus diesem oder jenem Grund stand die lange Kolonne überwiegend still. Die Pferde stützten sich unter den Kommandos und Schlägen mit den Hinterbeinen kräftig ab, die Muskeln spannten sich an, auf der glänzenden Haut traten die Adern hervor, aber dem gewaltigen Krafteinsatz fehlte es an der erforderlichen Harmonie, in der Parade mit den zahlreichen Antreibern herrschte völliger Missklang.

Der stockende Zug fesselte immer weniger Menschen, statt einer Vorspiegelung von Hochtechnologie, die ihr Leben erhellen und ihnen die Arbeit erleichtern wird, bekamen sie schlimme Schinderei um jeden noch so kleinen Schritt präsentiert. Wenn der Strom selbst auch so langsam ist, werde ich ihn nicht mehr erleben, sagte ein älterer Mann vor sich hin, doch laut genug, dass einige Zuschauer in seiner Nähe in Lachen ausbrachen. Worüber denn da gelacht wird, ging es durch die Menge, der Scherz bahnte sich schneller den Weg zur Siedlung als die traurige Karawane. Die Hoffnung auf ein prächtiges Spektakel, die, ausgehend von einem kleinen Aushang, am Gemeindehaus einige Tage durchs Tal gebrandet und während der launigen Morgenrede des Schuldirektors und der Vorführung des Oberingenieurs mächtig aufgeflammt war, mündete in öde Langeweile, die großen Erwartungen wurden enttäuscht.

Es war kurz vor Mittag, als sich die Expedition bis zum Gasthaus am Rand der Siedlung geschleppt hatte. Die Pferde wurden ausgespannt und mit Futter und Wasser versorgt, die Arbeiter nahmen an den Tischen Platz. Essen und Trinken im Überfluss vertrieben die schlechte Laune, unter den Saumtiertreibern kehrte wieder Zuversicht ein, aufmunternde Worte fielen: Ab jetzt wird es leichter, die Straße ist fest und steigt nicht mehr an, das Stück bis zum Bergwerk führt sogar hinab, und die Pferde sind dann ausgeruht. Sie hatten erst ein Drittel des Weges hinter sich, aber niemand zweifelte, dass mindestens die Hälfte der Arbeit bereits getan, dass das Schlimmste geschafft war.

Frančiška führte Matija an der Hand zwischen die Pferde, die sie nicht beachteten. Bei einem schmutziggrauen Tier, das von seinem Heuhaufen abgewandt Gras rupfte, blieben sie stehen. Matija legte seine Hand auf den Hals des Pferdes, streichelte die feuchte, warme Haut, unter den Fingern spürte er seinen Puls. Der Schimmel war gebannt, wie hypnotisiert durch die Berührung des Kindes, und obwohl er nicht mehr fraß, reckte er den Kopf zu Boden. Die forschende, lauschende, zierliche Hand behagte ihm, die stille Berührung des Kindes war wie Balsam nach dem Schwall aus Gebrüll und Schlägen, der seit dem Morgen auf ihn niedergeprasselt war. Erst als Matija seine Hand zurückzog, hob das Pferd den Kopf, seine großen, klaren, dunklen Augen blickten in die hellen, die nicht sehen konnten.

»Lebende Pferde sind viel stärker als eiserne«, sagte Matija, »es sind nur acht Paar, die Tausende Eisenpferde ziehen. Wenn das Kraftwerk fertig ist, müssten die Eisenpferde ihnen einen Gefallen schulden.«

»Das wäre schön und auch richtig«, stimmte Frančiška zu.

Wie zwei einsame Trauergäste hinkten sie bis in den späten Nachmittag der Kolonne hinterher. Frančiška beschrieb Matija geduldig das Geschehen und wunderte sich insgeheim, wie viele Wörter man brauchte, um auch nur einen Teil dessen zu beschreiben, was ihr Auge in einem bestimmten Moment erfasste. Sie fragte sich, auf welcher Grundlage sie auswählt, was sie ihrem blinden

Bruder schildert und was sie ihm verschweigt. Sie könnte nur die schönen Dinge beschreiben und ihm alle Szenen der Qual ersparen. Sie könnte sich ausdenken, dass den Pferden Flügel gewachsen sind und dass das schwere Gespann wie durch ein Wunder mit einem Mal losflog. Wie mögen die Bilder aussehen, die in seinem Kopf entstehen, wie sehr unterscheiden sie sich von dem, was sie selbst sieht? Selbst wenn sie ihm jede Kleinigkeit bis ins letzte Detail beschreiben könnte, bleibt ihr verschlossen, in was für Bilder sich ihre Worte verwandeln. Können in seinem Kopf überhaupt Bilder hausen, wenn es darin weder Farben noch Licht gibt? Sie fragte ihn nie, in was für Vorstellungen sich ihre Schilderungen übertrugen. Sie fand, dass sich solche Fragen nicht beantworten ließen.

»Sind sie stehen geblieben?«, rief seine Frage sie aus ihren Gedanken zurück. »Du bist schon so lange still.«

Sie schüttelte automatisch den Kopf und wurde sich in diesem Moment bewusst, dass er ihre Bewegung nicht sehen konnte. »Nein, jetzt geht es viel schneller voran. Sie machen öfter Pause, aber die Räder versinken nicht mehr im Boden, und bis zum Abend sind sie sicher am Ziel.«

Am Abend führte Matija Frančiška in den Hof. Er führte sie hin und her – mal waren sie beim Trog, mal am Kastanienbaum –, mit seinem Stock navigierte er sicher zwischen den Häusern. Sie fragte ihn, wie er sich so tadellos bewegen kann, wo sie selbst gar nichts sieht, er aber lachte nur. Erst als sie in die Wohnung zurückkehrten, erzählte er stolz, dass er den Hof in- und auswendig kennt, er muss nicht einmal mehr die Schritte zählen, seine Füße erspüren fast jede Mulde und Unebenheit. »Wenn es dunkel ist, muss man andere Augen haben. Ich habe andere Augen.«

•

Zofija schien, dass Terezija beim Gehen ungewöhnlich wankte. Als sie ganz nah an sie heranrückte, stieg ihr ein starker Schnapsgeruch in die Nase. Zum ersten Mal in all den Jahren ihrer abendlichen Treffen kam sie nicht wie gewöhnlich mit ihrem Korb, in dem sie Kleidung und Leckereien brachte. Sie nahm Zofija an der Hand und begann hastig zu erzählen, ihre Zunge kam kaum hinterher. Je mehr Zofija dem Gestank und der Spucke auszuweichen versuchte, die Terezijas Mund entwichen, desto fester klammerte sich die Schwägerin an sie.

»Du musst Matija so bald wie möglich zum Maiglöckchen bringen«, sagte sie eilig, »genau jetzt hat es die größte Kraft. Vor Tagen hat sich ein Alter die Augen dort gewaschen und kann seither wieder sehen, obwohl er sein Leben lang blind wie die Nacht war. Am besten, ihr macht euch gleich morgen auf den Weg, solange das Wasser so stark ist, dass es einen Toten zum Leben erwecken würde. Du musst dich beeilen, und Matija wird sehen. Versprich mir, dass ihr gleich morgen hingeht.«

Sie drückte ihr ein verknotetes Taschentuch in die Hand. »Nehmt einen Wagen, damit ihr schneller da seid. Versprich es mir!« Sie küsste Zofija auf die Wange, lächelte irr und taumelte fort in die Nacht.

Zofijas Verstand hielt nichts vom Aberglauben der betrunkenen Terezija, doch das Bild der Verrückten ließ ihr keine Ruhe. Solche Dinge geschehen einfach nicht, versuchte sie, ihre Gedanken zu klären. Beim nächsten Mal wird sie mit Terezija darüber reden, versprach sie sich selbst, und sie wird ihr das ins Taschentuch geknüllte Geld zurückgeben. Am dritten Tag, einem Samstag, wurde sie unruhig, am Abend beschloss sie, einen Sonntagsausflug zu machen. Sie hockt immer nur daheim, sie hat schon ganz vergessen, wie es auf dem Land aussieht.

Wie jeden Abend kam Albert auch heute sehr spät von der Arbeit nach Hause, ihn überraschte, dass Zofija noch wach war. Ihren Vorschlag, einen Ausflug aufs Land zu machen, lehnte er mit verdrossener Geste ab, doch als es Vorwürfe hagelte, dass es für ihn nichts gibt außer dem Bergwerk und der Gewerkschaft und er zu Hause nichts kennt als Bett und Teller, entschied er sich rasch um. »Ich würde ja allein gehen«, sagte Zofija etwas versöhnlicher, nachdem ihr Mann eingewilligt hatte, »aber Angela kann nicht so weit laufen, man wird sie zumindest einen Teil der Strecke tragen müssen.«

Die Kinder, die sich für die Morgenmesse zurechtmachten, blickten Zofijas Mann verwundert an, der griesgrämig am Tisch saß und sie antrieb. Sie hatten ihn noch nie in die Kirche gehen sehen. Er verließ als Erster die Wohnung und lief zehn Schritte vor ihnen. An der Gabelung, wo der Weg zur Kirche den Hügel hinaufführte, ging er geradeaus weiter. Die Zwillinge lachten, da geht's doch nicht lang, Zofija aber legte den Zeigefinger auf die lächelnden Lippen und sagte leise, sie sollen ihm folgen. Bald verließen sie die Siedlung, der Pfad begann anzusteigen. Sie kamen an einigen Bauernhöfen vorbei, die Kinder platzten vor Neugierde, wohin gehen sie denn, doch Zofija schmunzelte nur still.

Sie marschierten bereits zwei Stunden, als Angela mit Tränen in den Augen stehen blieb, sie schafft keinen einzigen Schritt mehr, ihre Beine schlottern und knicken um. »Es ist nicht mehr weit«, brummte Albert, »es ist keine halbe Stunde mehr bis zum Maiglöckchen.«

»Sie kann nicht mehr weiter«, sagt Zofija mit Betonung auf jedem Wort. Ihr Mann reichte ihr gereizt seinen Rucksack und nahm das Mädchen huckepack.

Das Maiglöckchen war eine Felswand, teils kahl, teils mit Moos und Pflanzen bewachsen. Vom Rand des Weges führte sie steil hinauf, weiter oben mündete sie in Wald. Stets rieselte Wasser über den Felsen, es versiegte nicht einmal bei größter Dürre. Unter den Leuten kursierte die Geschichte, dass das Maiglöckchen über Zauberkräfte verfügt, das Rinnsal sollen die bitteren Tränen einer Heiligen sein. Früher waren die Einheimischen zu allerhand Anlässen zum Maiglöckchen gepilgert, dann geriet es langsam in Vergessenheit.

Dicht am Felsen setzten sie sich, Zofija legte Brot, Speck und Äpfel auf ein Tischtuch. Die Zwillinge gingen noch mit vollem Mund auf Entdeckungsreise in den nahen Wald, die anderen blieben auf dem Graspolster liegen. Matija streichelte Angelas Beine, wobei sie überlegten, wann diese denn so kräftig geworden sind: Früher hatte sie nur wenige Schritte geschafft, jetzt trugen ihre Beine sie stundenlang. Frančiška fragte, warum sie gerade diese Stelle als Ausflugsziel gewählt haben, aber Zofija wollten die Worte nicht über die Lippen kommen. Sie nahm das Mädchen an der Hand und führte es zur Felswand, wo sie ihr die Legende von der heilenden Kraft des Maiglöckchens erzählte, das kranke Augen gesund macht, wobei sie zwischendurch immer wieder beteuerte, dass sie selbst kein bisschen an derartige Ammenmärchen glaubt, dass sie nie an Wunder geglaubt hat.

Zum Felsen gewendet, merkten sie nicht, wie Matija sich zu ihnen gesellte. Zofija lächelte schief, wie bei einer Missetat erwischt, Frančiška aber führte ihren Bruder zur Felswand. Sie hielt ihre Handfläche unter den dünnen Strahl und rieb ihm das Wasser sanft über die Augen. Es ist sehr kalt, war alles, was er sagte, während sie noch einige Male nach dem Wasser schöpfte und es über seine Augen goss.

Der anstrengende Weg und die warme Sonne hatten Angela müde gemacht, Frančiška pflückte Blumen, die sie kannte, gemeinsam mit Matija roch sie daran, und sie kosteten von denen, die angenehm dufteten. Hin und wieder kamen die Zwillinge, um sich zu überzeugen, dass die anderen noch da waren, und liefen dann sofort wieder zurück ins Gehölz. Zofija flocht einen Kranz aus Gänseblümchen und schaute abwechselnd Matija und ihren Mann an, der brummend an einem Haselast schnitzte. Sie hätte sich gern für ihren dummen Einfall entschuldigt, wollte sich aber nicht eingestehen, dass ein winziger Hoffnungsschimmer sie zu diesem Felsen gezogen hatte.

Ein schriller Pfiff ließ sie zusammenzucken. Mit einer Flöte im Mund lachte Albert sie an und pfiff gleich noch einmal. Die Kinder versammelten sich um ihn, die Zwillinge kamen aus dem Wald gelaufen und begannen, laut um das schlichte Instrument zu betteln. Albert machte ein düsteres Gesicht, wie ein Zauberer breitete er trillernd die Hände aus und ließ sie behutsam auf die Wiese sinken. Als er sie wieder hob, hielt er in jeder Hand zwei Flöten, was bei den

Kindern große Begeisterung hervorrief. »Ich muss sie noch ausprobieren«, dämpfte er ihre Erwartung, »keine klingt wie die andere, wir müssen für jeden den passenden Ton finden.«

Während er die Flöten ausprobierte und das Holz zurechtstutzte, schmückte Zofija Angela und Frančiška mit Blumenkränzen. »Soll ich euch beiden auch welche machen?«, fragte sie die Zwillinge, die sich darin überboten, dieses Angebot in möglichst drastischer Form abzulehnen.

Über die Wiese legte sich ein schreckliches Quietschen, jedes Kind versuchte, die anderen zu übertönen. Albert hielt sich die Ohren zu und schimpfte gespielt: »Wer hat uns bloß diese wilden Pane und Nymphen untergeschoben?«

Zofija hielt seine Taille umfangen und nickte ihm lächelnd zu. »Dem können wir nur zutiefst dankbar sein; aber den, von dem sie die Flöten haben, müsste man auspeitschen.« Sie drückte ihn fester, ihr ging durch den Sinn, dass sie lange nicht mehr so glücklich gewesen war.

Bergab ging es viel schneller, sie hielten nur bei einem Alten an, der auf einen Stock gestützt schwer schnaufend Richtung Gipfel lief. »Ist es noch weit bis zum Maiglöckchen?«

»Nur eine Viertelstunde, für Sie vielleicht ein Minütchen mehr, weil Ihnen das Gehen so schwerfällt.« Sie wollte ihm gutes Vorankommen wünschen, als ihr bewusst wurde, dass ihm auch noch der Rückweg bevorstand. »Vielleicht wäre es besser, wenn Sie mit uns ins Tal zurückkehren, sonst kommt Ihnen noch die Nacht dazwischen.«

Der Alte lachte sie verschwörerisch an. »Sie haben wohl nicht mitbekommen, dass sich erst vor wenigen Tagen ein gelähmter Mann die Beine beim Maiglöckchen gewaschen hat und im nächsten Augenblick laufen konnte. Ich kann noch laufen, zurück ins Tal werde ich wohl regelrecht fliegen.« Er lachte laut über seinen eigenen Einfall, dann beugte er sich zu Zofija und fuhr etwas leiser fort, dass die Quelle in diesen Tagen am kräftigsten ist, deshalb soll sie sich nur keine Sorgen um ihn machen.

Er tat zwei Schritte, blieb stehen und rief lachend hinter Zofija her: »Alle haben mich schon abgeschrieben. Ei, wie sie schauen werden, wenn ich tanzend vor ihrer Tür stehe.«

•

Frančiška und die Zwillinge waren schon die ganze Woche zu Hause. Die ägyptische Augenkrankheit grassierte, die Schule war vorübergehend geschlossen. Zofija untersuchte jeden Tag ihre Augen, wie vom Arzt angeordnet. Auch Matija wurde dieser Prozedur unterzogen, obwohl die Zwillinge nie zu fragen vergaßen, was das bringen soll, er kann schließlich nicht noch einmal erblinden. Zofija hatte sie stets nur mit einem stummen Blick zurechtgewiesen, an jenem Tag aber schimpfte sie laut. Weil sie nicht gewohnt waren, dass sie schimpfte, verkrochen sich die Kinder in ihr Schneckenhaus und blickten sie verstohlen an, als sie absichtlich mit den Töpfen klapperte, wie um die drückende Stille zu übertönen und das Zucken in den Mundwinkeln und das Zittern der Hände verbergen. Alles ist gut, sagte sie tief atmend, nur ihre Nerven streiken, weil sie den ganzen Tag auf engstem Raum zusammenhocken.

Noch knapp eine Woche waren sie gemeinsam eingekerkert, dann klopfte der Schuldiener an ihrer Tür und gab bekannt, dass die Schule am nächsten Tag wieder losgeht. Er hatte eine übertriebene Ordnungsliebe, womit er allen Kindern auf die Nerven ging, diesmal aber freuten sich Alojzij und Ludvik über ihn, als wäre er der heilige Nikolaus, begeistert übernahmen sie die Aufgabe, die anderen Kinder aus der Kolonie zu benachrichtigen.

Das Leben verlief wieder in seinem alten Trott. Nach einigen Tagen, die Zwangsferien waren bereits vergessen, bat der Religionslehrer, dass Frančiška morgen ihren blinden Bruder in die Schule mitbringen soll. Mehr sagte er dazu nicht, deshalb zermarterte sich Zofija noch bis spät in die Nacht das Hirn, was es mit dieser ungewöhnlichen Einladung wohl auf sich hat, während sich Matija in freudiger Erwartung im Bett wälzte.

Schon bei seiner Ankunft in der Schule war Matija eine Attraktion, viele Kinder begegneten dem blinden Jungen zum ersten Mal. Sie stellten ihm unzählige Fragen, die Skeptischen winkten vor seinem Gesicht, um zu prüfen, ob das mit seiner Blindheit wirklich stimmte, einige ahmten amüsiert seinen zögernden Schritt nach, weshalb Frančiška den Tränen nahe war.

Im Religionsunterricht erinnerte der Pfarrer zunächst an die Augenepidemie, gemeinsam sprachen sie ein Dankgebet für den glücklichen Ausgang, keines der Kinder war dauerhaft erblindet. Er bat Frančiška, ihren Bruder vor die Tafel zu führen, damit sich die Kinder selbst davon überzeugten, welch böses Ende ihnen drohte, hätten sie die hygienischen Maßnahmen nicht befolgt.

Vor der Tafel stehend, hielt Frančiška Matijas Hand fest umklammert, als der Pfarrer seine Stimme erhob: »Doch eines ist noch wichtiger als die Pflicht zu körperlicher Reinheit. Man muss über einen reinen Geist verfügen, sündenfrei sein und den Schöpfer bedingungslos lieben. Die körperliche Blindheit ist schlimm, weil sie dem Menschen die Fähigkeit raubt, zu arbeiten und sich frei zu bewegen, aber eine noch viel schlimmere Blindheit trifft diejenigen, die sich von Gott abwenden.«

Sein Blick schweifte durch die Klasse, er wollte schauen, wie seine Worte auf die Kinder wirkten, doch er fand auf ihren Gesichtern nicht den erwünschten Schrecken. »Dieser schöne Junge soll euch immer daran erinnern, dass euch nach dem Tod die ewige Finsternis der Verzweiflung erwartet, so ihr nicht nach Gottes Geboten lebt.«

Aus Frančiška quollen Tränen ohnmächtiger Wut. Als der Pfarrer sie aufforderte, ihren Bruder wieder nach Hause zu bringen, konnte sie ihren Abscheu nicht verbergen: »Deshalb musste ich ihn mitbringen, damit Sie eine Schreckgestalt aus ihm machen?«

Erst als er Frančiškas Tränen bemerkte, wurde ihm bewusst, dass er in seinem innigen Verlangen, Gott zu preisen und den Kindern Angst vor der Sünde einzuflößen, den blinden Jungen gedemütigt hat. Doch schon im nächsten Moment war nichts mehr übrig von seinem Mitgefühl, Ideale stehen über dem Individuum, sagte er sich, der Sohn Gottes hat ganz andere Qualen gelitten und seinen Leidensweg schweigend ertragen. Er selbst heult auch nicht wie ein verwöhntes Kind, obwohl ihn die Arbeiter ständig auslachen, was ist ihm nicht schon alles zu Ohren gekommen. Als die Klassentür hinter Frančiška und Matija ins Schloss fiel, dachte er, dass er den Blinden und vor allem seine Schwester im Grunde bestrafen sollte, denn sie haben ihm die Vorstellung von der gewaltigen Manifestation des Glaubens verdorben.

Schweigend geleitete Frančiška ihren Bruder, wütend und beleidigt beschloss sie, dass sie nie wieder in die Schule zurückkehrt. Matija spürte, wie bestürzt seine Schwester war, sie schwieg und zerrte mehrmals unvorsichtig an seiner Hand, doch sie nach dem Grund zu fragen, traute er sich nicht.

Am Abend saßen sie unter dem Kastanienbaum im Hof der Kolonie, sie war wieder die gesprächige Frančiška, die er liebte. Behutsam kam er auf den Morgen in der Schule zurück: »Gut, dass man diese Krankheit geheilt hat, sonst wären irgendwann alle blind.«

Frančiška stimmte ihm zu, die Erinnerung an den Pfarrer machte sie nicht mehr zornig, nur noch betrübt.

»Du darfst nie erblinden. Du bist die beste Erzählerin, dank dir weiß ich Dinge, die ich sonst nie erfahren hätte. Manche Menschen verstehe ich überhaupt nicht, aber wenn ich dir zuhöre, wird mir alles klar. Ich sehe förmlich, was du mir erzählst.«

Sie bemerkte, dass ihre Augen erneut feucht wurden. »Es wäre so schön, wenn auch du sehen könntest.«

»Für mich ist es nicht weiter schlimm. Ich weiß nicht, wie es ist, wenn man sieht, deshalb fehlt es mir nicht. Für dich ist das anders, du bist daran gewöhnt zu sehen.«

Sie umarmte ihn und sah zu, ihre Rührung nicht durch ihre Stimme zu verraten.

»Ich habe ein großes Geheimnis«, sagte er nach einer Weile. Er steckte sein Ohrläppchen in die linke Ohrmuschel. Frančiška lachte auf, versuchte, es dem Bruder nachzumachen, vergeblich, ihr Ohrläppchen wollte nicht stecken bleiben.

»So kann ich hören, was im Inneren vor sich geht.« Er lehnte sein rechtes Ohr an die Brust seiner Schwester. »Ich habe schon der Erde, den Bäumen, auch Angela gelauscht.«

»Was hörst du?«

»Dass du traurig bist.«

»Bin ich doch gar nicht.« Frančiška wich ruckartig zurück, als hätten die Worte des Bruders sie erschrocken. »Vielleicht ein bisschen.«

»Soll ich dir ein fröhliches Liedchen spielen? Soll ich die Konzertina holen?«

Frančiška drückte ihn fest an sich und heulte plötzlich los wie ein Schlosshund. Den ganzen Tag hatte ein Gefühlschaos in ihr geherrscht, zu dem sie keinen Zugang gefunden hatte, nun floss es aus ihr heraus.

»Wenn du aufhörst, traurig zu sein«, sagte Matija, als sich ihr Schluchzen beruhigt hatte, »erzähle ich dir, wie wir in den Himmel kommen können. Wir müssen nicht warten, bis wir sterben, wir können jetzt schon dorthin.«

Frančiška sah ihren Bruder verwundert an und sagte, dass sie ihn nicht versteht. Matija neigte sich ihrem Kopf zu. »Luka hat mir einmal erzählt, dass dieser Kastanienbaum bis zum Himmel reicht. Wenn du mir hilfst, bis in seinen Wipfel zu klettern …«

Frančiškas musste lachen. »Du Dummerchen, das sagt man nur so, kein Baum reicht wirklich bis zum Himmel.« Schnell tat ihr diese Reaktion leid. »Wobei Luka gar nicht so sehr übertrieben hat«, sagte sie daher, »der Kastanienbaum ist wirklich schrecklich hoch, aber der Himmel ist noch etwas weiter oben.«

»Und wenn wir auf dem Wipfel dieses Baumes noch einen zweiten Kastanienbaum pflanzen würden, der genauso hoch wächst – könnten wir dann in den Himmel gelangen?«

»Dann wahrscheinlich schon, aber nicht so bald, Bäume wachsen sehr langsam«, sagte Frančiška, die ihren Bruder nicht noch einmal enttäuschen wollte.

»Wir haben ja Zeit, jetzt sind wir noch Kinder. Wenn er gewachsen ist, können wir Luka besuchen gehen. Der wird Augen machen. Und wie er sich wundern wird, wenn ich ihm auf seiner Konzertina vorspiele. Ich habe mir schon viele neue Lieder selbst beigebracht.«

VOJTEH

Der Januar war so kalt, dass sogar der große Fluss am Rand des Tals vollständig zufror. Die Alten schlurften dorthin, keiner erinnerte sich, dass je zuvor eine Eisdecke über dem gesamten Fluss gelegen hätte. Auf ihre Stöcke gestützt, standen sie wie Reiher auf schwachen Beinen und dick vermummt am Uferrand und versuchten, durch die milchigen Nebelschwaden, die vom gefrorenen Wasser emporstiegen, bis ans andere Ufer zu sehen. Niemand betrat die glatte Fläche, die mäandernd mit Raufrost bedeckt war; weiter hinten, wo sie glatt war und nicht zu Platten gestuft, bekam sie einen stählernen Glanz. Der Dunst verhinderte den Blick auf die Stromschnellen flussabwärts, wo sich der eisige Panzer zu einer länglichen Spalte aus schäumendem Wasser öffnete, mit kristallförmigen Klumpen am Rand.

Wo die Alten ehrfürchtig stehen blieben, hielt die Kinder nichts ab, weder das Verbot ihrer Mütter noch die Tracht Prügel hinterher. Seit die Schule geschlossen worden war, um Heizung zu sparen, stürmten sie jeden Tag aus den Wohnungen und rannten zum Fluss. Über dem Becken, wo ein Sturzbach in den Fluss strömte, schlugen sie Eiszapfen von den Felsen und Ästen der Bäume. Begeistert trieben sie dieses sinnlose Spiel, bei dem das sprühende Wasser und die Kälte nach jeder noch so gründlichen Arbeit rasch wieder für eine gläserne Zierde sorgten.

Sie traten unter die Ausbuchtungen, um dem Tosen zu lauschen, das aus der Spalte mit dem herabrauschenden Wasser drang – ihr allein vermochte der Winter keine glänzende Rüstung anzulegen. Dort war es besonders glatt, die Kinder krochen auf allen vieren zum wütenden Schlund, die mutigsten näherten sich bis auf wenige Schritte, sodass ihnen eisige Spritzer im Gesicht klebten.

Es war Sonntag, als auch Vojteh kam, um sich das Wunder anzusehen, das selbst die Ältesten so nie erlebt hatten. Er hielt auf dem Hügel bei den Alten, das Treiben der Kinder war ihm zu albern, seit mehreren Monaten schon arbeitete er beim Bergwerk. Für die Arbeit in der Grube war er noch zu jung, aber schon kräftig genug, um die Hunte draußen mit Holz und anderem Material zu beladen und über die rostigen Schienen zu schieben. Er arbeitete mit Altersgenossen zusammen, die wie er für die Arbeit in der Grube heranreiften, wie auch mit den Versehrten und Alten, die es im Stollen erwischt hatte oder denen die Kräfte schwanden.

Ludvik entdeckte den ehemaligen Befehlshaber als Erster, bald war fast die gesamte Kindertruppe um ihn versammelt. Vojteh überhörte schweigend ihre Einladung, mit zum Fluss zu kommen, und wurde ihm ihr beharrliches Betteln zu dumm, wies er sie barsch ab. Der geschlossene Ring um ihn herum wurde ihm lästig, schließlich war er älter als sie. Er zündete sich eine Zigarette an, um sich als bald Erwachsener von der lauten Kinderschar abzugrenzen, doch ohne Erfolg: Der gefrierende Atem, den die Kinder aushauchten, indem sie seine Bewegungen nachahmten, unterschied sich vom Zigarettenrauch nicht im Geringsten.

In das Spektakel platzte ein Junge, der vom Fluss heraufkam und schon von Weitem schrie, dass bei den Stromschnellen eine Krähe festsitzt. Die Jungen traten gegen die vereisten Kieselsteine und füllten sich die Taschen mit ihnen, dann eilten alle zu den Kaskaden. Auch Vojteh wurde unruhig, mit seinem schweren Schuh riss er zwei größere Steine aus dem Boden und lief ihnen hinterher. Am liebsten hätte er gerufen, dass sie stehen bleiben und auf ihn warten sollen, damit er sie als ihr ehemaliger Kommandant geordnet antreten lassen und zu den Stromschnellen führen konnte.

Die Krähe musste schon länger auf der Eisfläche am Rand der

Spalte festgefroren sein, denn sie unternahm nur noch wenige schwache Versuche, die Flügel auszubreiten und sich vom Boden zu lösen. Aus ziemlich großer Entfernung kamen Steine geflogen, aber keiner traf sie. Ohne die Alten am Hügel neben sich, übernahm Vojteh nun das Kommando: Er befahl den Kindern, sich in einer Reihe aufzustellen, er bestimmte die Stelle, von der aus sie den Vogel zu treffen versuchen sollten. Von Sticheleien begleitet, schossen die Steine am Ziel vorbei, ein Junge traf die Krähe, aber sein Stein war zu klein und entlockte dem Vogel nicht den leisesten Pieps.

Als Letzter stellte sich Vojteh an die bestimmte Stelle. Der große Stein, den die anderen niemals bis zum Vogel hätten werfen können, flog knapp über ihn hinweg. Einen noch, sagte Vojteh und stieß den Ungeduldigen weg, der als Nächster werfen wollte. Er zielte lange, bevor der Stein sich von seiner Hand löste. Er landete dicht beim Vogel und zerbrach mit seinem Gewicht die dünne Eisschicht am Rand der Spalte; im Nu wurde die Krähe in die Tiefe der Stromschnelle hinabgezogen. Die Jungen jauchzten begeistert, Vojteh aber streifte sie nur stumm mit triumphierendem Blick und ging schlitternd zum Hügel zurück.

Mit den Kindern gelangte die Nachricht von der Krähe in die Siedlung, sie erregte jedoch kein großes Aufsehen; die Erwachsenen beschäftigte seit einigen Tagen vor allem die Frage, ob die Bergmänner streiken werden. Nur die Nachbarin sagte zu Vojtehs Mutter, als sie sich beim Holzschuppen trafen, dass Krähen zu nichts taugen, gut also, dass es eine weniger gibt; wenn er sich mal nur kein Pech eingehandelt hat, fügte sie hinzu, Krähen bringen Unglück.

Um die Krähe entzündete sich auch ein heftiger Bruderstreit. Ludvik fand, dass Vojteh schlecht gezielt hat, schließlich hat er die Krähe nicht getroffen, Alojzij dagegen warf seinem Bruder vor, nur neidisch zu sein. Erst Matijas Frage, warum sie die Krähe überhaupt mit Steinen beworfen haben, schweißte sie wieder wie gewohnt zusammen: So dumme Fragen werden sie nicht beantworten.

•

Die Gewerkschaften stritten bis weit in den Februar hinein, als die schlimmste Kälte überstanden war und die günstigste Zeit zum Streik damit vorbei. Doch die Sozialisten riefen die Bergmänner weiter zum Streik auf, der ihnen bessere Löhne bringen wird, während die Führer der christlichen Gewerkschaft vehement dagegenhielten. Gutes wird mit Gutem vergolten, riefen sie, Undank ist der Welten Lohn, schallte es aus den Reihen der anderen. Die Arbeiter waren ziemlich ausgeglichen auf beide Lager verteilt, sodass die Streikdrohung im Raum stehen blieb, nichts passierte.

Je länger die Ungewissheit anhielt, desto häufiger kehrte Albert abends gereizt oder betrunken heim. Zofija zog sich mit den Kindern ins Schlafzimmer zurück, wo sie einzuschlafen versuchten, während er schimpfte und mit den Töpfen klapperte. Einmal war er noch lauter als gewöhnlich, beim Abendbrot ahmte er einen Gegner nach, rief aus voller Brust seine Parolen und wiederholte in höhnischem Tonfall, was er gesagt hatte. »Mit Besonnenheit erreichen wir mehr als durch Streik. Glaubt nicht den lügnerischen Sozialisten, dass uns das Bergwerk aushungern wird. Hat nicht letzte Woche im Genossenschaftsladen jeder gratis Fett bekommen, wurde nicht verkündet, dass diese Woche Mehl ausgeteilt wird? Auch die Löhne kommen noch an die Reihe, aber es geht einfach nicht alles auf einmal. Schon jetzt kann jeder, der willens ist zu arbeiten, mehr verdienen als je zuvor, jede Überstunde wird anständig bezahlt. Fragt die sozialistischen Hetzer, wem das Bergwerk die Kohle verkauft, wenn es wegen des Streiks seine Abnehmer verliert! Bieten die euch dann Arbeit und Lohn? Die fleißigen Hände jedes Bergmanns werden dringend gebraucht, die Führung schätzt unsere Loyalität und wird auch unsere Probleme verstehen, sollten sich die Zustände in Zukunft verändern. Was jedoch nicht geschehen wird, davon träumen nur die sozialistischen Hetzer, die mit ihren utopischen Versprechen die Arbeiter noch mehr umgarnen. Das Vorgehen der Sozialisten ist für die Bergmänner nutzlos und schädlich. Während die Sozialisten die Regierung attackieren und mit ihren feindseligen Parolen die Arbeiter verwirren, haben unsere Abgeordneten den Minister dazu gebracht, dass die Eisenbahn demnächst noch mehr Kohle aus unserem Tal kauft. Lasst den Sozialisten ihre Tagträumerei, die einzige Wahrheit ist, dass es auch nach Ende des Winters genug Arbeit für alle geben wird, Züge fahren immer, gleich ob es kalt oder heiß ist.«

Albert stand auf und stellte sich in die Mitte der Küche. In seiner spontanen Darbietung gab er nun sich selbst. Lügende schwarze Schurken, rief er, sie lügen wie die Zigeuner. Wer ist so blind, dass er hereinfällt auf das Gewäsch über die Herrschaften, die sich das Brot vom Munde absparen, damit die Bergmänner auf Federbetten schlafen können, fragte er lautstark. Für ein paar Löffel Fett rackern sich die servilen Idioten ab, schon bald wird es keine Überstunden und kein Mehl mehr geben, auch Arbeit gibt es bald nicht mehr genug für alle. Dann werden sie ihm wieder die Ohren volljammern, wie mies die Löhne sind, dass ihre Kinder hungern. Blind sind sie, blind wie die Nacht, sagte er mit erhobener Stimme.

Wütend kam Zofija aus dem Schlafzimmer und ermahnte ihn, sich zu beruhigen, mit seinem Geschrei weckt er noch die Kinder.

»Sie sollen es ruhig hören, damit sie nicht selbst zu solchen Idioten werden.«

»Geh dorthin schreien, wo du dich betrunken hast, und lass uns schlafen. Wenn du es nicht nüchtern nach Hause schaffst, brauchst du besoffen erst recht nicht zu kommen.« Zofija hielt ihren Zorn nicht mehr zurück.

»Ich müsste noch viel mehr saufen, um zu begreifen, wie ein Arbeiter Beifall klatschen kann, wenn man ihm predigt, dass er nichts braucht als Fleiß und Glauben. Ist die Arbeit auch noch so hart, werden sie abgespeist mit der allgemeinen Floskel, dass sie mit der Hilfe von oben alles schaffen. Dabei sagen sie nicht mal klar, an wen sie sich eigentlich wenden sollen: an Gott, den Kaiser, einen Hauptmann oder den Bergwerksdirektor? Alle raffen nur und können gar nicht genug in ihre Taschen stopfen; geht es jedoch um die Rechte der Arbeiter, werden sie plötzlich blind und taub. Für sie sind wir

Sozialisten nur Müßiggänger und Krawallmacher, die man alle der Reihe nach einsperren müsste, Ordnung schafft nur ihr neu erdachter, gerechter Apostel mit dem goldenen Mantel und dem scharfen Säbel am Gürtel, dem auch die Minister in Wien zuhören. Heilige Einfalt!«

»Hast du mich nicht verstanden, soll ich es noch einmal sagen?«

»Hör mir zu, bitte, du bist eine vernünftige Frau«, sagte er mit nunmehr doch leicht gesenkter Stimme. »Das Bergwerk rüstet sich sorgsam gegen einen Streik, wir aber streiten miteinander. Schon seit zwei Wochen, seit es wärmer geworden ist, lassen die Herren beim Bahnhof Kohlereserven anhäufen unter dem Vorwand, dass es nicht genug Waggons gibt, um diese regelmäßig abzutransportieren. Eine Weile mästen sie die schwarzen Judasse noch, die Unruhe stiften unter den Bergmännern, aber dann wird ein anderer Wind wehen: Es gibt nicht genug Arbeit für alle, dafür sind die Löhne zu hoch. Dann werden alle den Streik gutheißen, der aber zum Scheitern verurteilt ist. Sobald der erste Bergmann genug hat, werden sie die Armee rufen, wenn der Vorrat schrumpft, werden sie Streikbrecher auftreiben oder die Behörden bestechen, damit sie eine Arbeitspflicht einführt. Ich sehe so klar, was kommt, als wäre es schon geschehen. Ich erkläre und erläutere es ihnen, aber nein, wir Sozialisten lügen und übertreiben, schon morgen werden ihre süßen Märchen vom Himmel auf Erden in Erfüllung gehen. Zofija, etwas Zeit haben wir vielleicht noch, ein wenig, ganz, ganz wenig, ein paar Tage, eine Woche, höchstens zwei. Die Kohlereserven sind zu klein, und der Winter ist noch nicht vorbei, aber man kann diese Heuchler nicht zum Schweigen bringen und ihren dummen Schafen nicht die Augen öffnen.«

»Jetzt hör mir mal genau zu, früher warst du schließlich ein zugänglicher, vernünftiger Mann«, stoppte Zofija seinen Wortschwall. »Ich werde dir von etwas erzählen, das du bei all dem vergessen hast. Beginnen wir bei den Kindern. Es sind fünf an der Zahl, die älteste ist Frančiška. Seit dem Herbst ist sie in der Lehrerbildungsanstalt und kommt nur an den Wochenenden nach Hause.«

Albert schaute seine Frau verdutzt an und sagte, dass sie sich nicht über ihn lustig machen soll.

»Unterbrich mich nicht!«, fuhr Zofija ihn an. »Sie fehlt mir sehr. Ihre Ausbildung und allerlei anderes bezahle ich dadurch, dass ich dem Bergwerk Holz aus den Wäldern verkaufe, die ich geerbt habe. Alojzij und Ludvik, die Zwillinge, sind bald fertig mit der Volksschule. Beide sind sehr klug und ungestüm. Lasse ich sie nur für einen Moment aus den Augen, entwischen sie mir, und vor dem Abend habe ich sie dann nicht wieder eingefangen. Angela hat eine ungewöhnliche Krankheit, sie ist gebrechlich und krumm, eine unbekannte Kraft zieht sie eigenartig nach unten, sie bewegt sich schwer. Sie tut mir sehr leid. Matija ist ein fröhlicher Junge, stundenlang spielt er auf seiner kleinen Harmonika oder tastet sich mit seinem Stock voran. In der Schule wollen sie ihn nicht haben, wir werden uns entscheiden müssen, ob er in eine Anstalt soll oder daheimbleibt. Matija ist blind.«

»Warum erzählst du mir das alles, ich lebe schließlich nicht hinterm Mond!«

»Hör mir zu!«, brachte Zofija ihren Mann erneut zum Schweigen. »Vergessen hast du auch, dass ich deine Frau bin, dass ich für dich koche und wasche. Du nennst die anderen blind, dabei siehst du selbst nichts anderes mehr als deine Gewerkschaft und eure Streitereien. Unter Tage hast du deine Sehkraft eingebüßt, du findest nicht mehr heraus aus dem Stollen. Ich verstehe, dass das alles wichtig für dich ist, darum war ich sehr geduldig, zu geduldig. Auf dieser dummen Welt gibt es aber nicht nur das Bergwerk, sondern noch viel anderes.«

»Andere Frauen sind auch daheim und beschweren sich nicht«, sagte er mit einem Mal trocken, behutsam in die Stille hinein.

»Natürlich, die anderen Männer betrinken sich auch alle und verpassen ihren Weibern eine Tracht Prügel …«

»Ich habe dich nie geschlagen …«

»Nein, aber du hast mich abgestreift, du hast mich im Stich gelassen. Dein Sendungsbewusstsein habe ich satt. Wenn du mir nichts anderes zu sagen hast, dann brauchst du auch nicht vom Streik zu reden. Wenn du mir nichts zu geben hast, brauchst du nicht nach Hause zu kommen, um mir alles zu nehmen. Mir reicht's! Ich bin alt geworden, ich bin müde, ich drehe noch durch wie Terezija. Wirklich, bald werde ich noch wie sie ins Unbekannte entschwinden.«

•

Als Ende März die Großzügigkeit des Bergwerks ebenso schnell erlosch, wie sie drei Monate zuvor eingesetzt hatte, lichteten sich rasch die Reihen derer, die den Streik befürworteten. Überstunden wurden nicht mehr bezahlt, die verringerten Löhne waren wieder ernüchternd niedrig, im Genossenschaftsladen hatte jede Handvoll Zucker wieder ihren Preis. Die Bergmänner drangen auf Albert ein, dass er nicht länger zögern und zum Streik aufrufen soll, um das kommende Elend aufzuhalten. Barsch wies er sie ab, dass sie den richtigen Zeitpunkt verpasst haben, sie aber nannten ihn einen Zauderer. Die Angriffe auf ihn nahmen zu und wurden von Tag zu Tag unverschämter, besonders vorlaute Frauen der Kolonie fragten Zofija, ob sie ihren Mann mit Karotten füttert, dass er solch ein Angsthase ist.

Selbst Ludvik und Alojzij waren insgeheim wütend auf Albert, denn ihre Freunde verspotteten sie, womit sie nicht gut klarkamen, und wenn sie sich mit den zahlenmäßig überlegenen Altersgenossen prügelten, zogen sie immer den Kürzeren. Wahrscheinlich wäre es auch an einem Samstagabend nicht anders gewesen, hätte nicht Vojteh sich ihrer Gruppe genähert und gerade sie beide zu sich gerufen. Jungen, die den Zwillingen folgten, jagte er grob davon. Er führte die beiden zu den Baracken und befahl ihnen ohne weitere Erklärung, am nächsten Morgen bei Sonnenaufgang dort auf ihn zu warten. Wie zwei Pfauen kehrten sie zu ihrer Gruppe zurück, mit ernster Miene trotzten sie still ihrer Neugier.

Im Morgengrauen stahlen sie sich aus der Wohnung und warteten aufgeregt auf Vojteh. Als er kam, zog er einen Kohlenkorb aus der Baracke und hängte ihn Ludvik wortlos um. Schweigend führte er sie über die Wiese am Bach zum Bahnhof. Wenn sie auf der Straße ein Mütterchen auf dem Weg zur Morgenmesse sahen, duckten sie sich hinter einen Busch.

Sie hielten am größten Strudelloch kurz vor der Stelle, wo der Bach in den Fluss mündete. Vojteh schickte die Zwillinge etwa zehn Schritte weiter vor und befahl ihnen, den von der Kohle schmutzigen Korb mit Ästen und Grün auszulegen. Darauf kommen die toten Fische, die sie, jeder auf seiner Seite des Bachs, aufsammeln werden, wenn die Strömung sie ihnen zuträgt. Er wird nämlich Dynamit ins Wasser werfen, und das tötet die Fische, er hat schon gesehen, wie man das macht. Um kein Aufsehen zu erregen oder gar jemand anzulocken, wirft er den Sprengstoff hinein, sobald die Kirchenglocken zur Messe rufen.

Die Zwillinge nickten und stiegen zu der ihnen angewiesenen Stelle hinab. Hinter Bäumen versteckt, beobachteten sie Vojteh, der sich am Hügel über dem Kolk eine Zigarette anzündete. Die Zeit blieb stehen wie zuvor beim Warten an den Baracken.

Die Glocke erklang ziemlich leise, sie waren weit von der Kirche entfernt, und Vojteh setzte mit seiner glühenden Kippe die Zündschnur in Gang. Mit dem Dynamit in der Hand wartete er auf den nächsten Ton, als ob sein Wurf den Zeitpunkt der Explosion bestimmte und nicht die abbrennende Zündschnur. Als die Glocke erneut schlug, holte er aus, im selben Moment knallte es laut. Starr stand er über dem Wasser, wie um zu begreifen, was da eben passiert war. Die Zwillinge, obwohl zehn Schritte entfernt, sahen deutlich, dass es ihm die Hand zerfleischt hatte, dass ihm ein Teil seines Arms fehlte. Sie eilten zu ihm, der wie hypnotisiert zusah, wie das Blut aus der Wunde strömte. Machtlos blieb Ludvik vor dem ehemaligen Befehlshaber stehen, auch er konnte seinen Blick nicht von der blutenden Wunde lösen, Alojzij aber lief schnell davon. Vojteh ging unwillkürlich in die Hocke und versuchte vergeblich, seinen Arm mit den Knien zusammenzudrücken, um die Blutung zu stillen.

Der Bahnhofsvorsteher, den Alojzij geholt hatte, zog den Gürtel aus seiner Hose, hob einen kurzen abgeästeten Stock auf und legte geschickt einen Verband an. Die Blutung stoppte, ohne etwas zu fragen oder ihm eine Standpauke zu halten, legte er den Verwundeten hin. Alles ging schnell und leise vor sich, bald kamen auch die Gendarmen und der Arzt, die der Bahnhofsvorsteher rufen ließ.

Vojteh war kreidebleich, sein Heldenmut und Erwachsensein waren mit dem Blut verronnen, vor Angst und Schmerz biss er die Zähne zusammen, er war verletzlich geworden, schwach, ganz klein. Alojzij blickte verstohlen auf seine zerfleischte Hand, der Arzt erklärte mehr sich selbst als den anderen, dass wahrscheinlich amputiert werden muss, was von der Hand noch übrig war. Fast trug man ihn zum Wagen, der den Verletzten zum Bahnhof fuhr, der andere Gendarm brach mit den Zwillingen zu Fuß in Richtung Siedlung auf.

Der Gendarm plauderte freundlich mit den Jungen, die halbtot vor Angst waren, er fragte sie, was sie getrieben hatten, und da sie schwiegen, fuhr er selbst fort, dass alles ziemlich eindeutig ist, es hat überhaupt keinen Sinn, irgendetwas abzustreiten. Ihnen wird wohl nichts Schlimmes passieren, sie sollen keine Angst haben, ermutigte er sie, sie sind noch Kinder, Vojteh hat sie verleitet. Er ist ihnen wohlbekannt, sie wissen, wozu er fähig ist, sie hatten schon öfter mit ihm zu tun, er ist ein Nichtsnutz, besser, sie hätten einen großen Bogen um ihn gemacht. Während der Gendarm redete, fragten sich die Zwillinge gequält, wo ihr Bußgang wohl enden wird, ob er sie, die große Schuld auf sich geladen hatten, durch die ganze Siedlung treiben und dem Hohn und Spott aussetzen wird. Alojzij ging durch den Kopf, dass er am liebsten tot wäre, während Ludvik davon träumte, in der Zeit reisen zu können, er stellte sich vor, wie er dann den Verlauf des Geschehens vom Morgen verändern würde.

Als sie sich der Gendarmerie näherten, brachte Alojzij unter Tränen heraus, dass sie überhaupt nicht wussten, wohin es ging und was sie tun sollten; nachdem der Gendarm verständnisvoll genickt hatte, bekräftigte Ludvik die Worte seines Bruders. Sie fühlten sich besser, aber nur kurz, die betretene Beichte änderte nichts, sie mussten wohl den gesamten Kreuzweg gehen. Im selben Moment hatten beide das Gefühl, dass Vojteh sie übertölpelt und in eine höchst beschämende Lage gebracht hat, während er selbst mit dem Zug ins Krankenhaus fuhr. Sie allein werden die ganze Schmach ertragen müssen, sie beide erwartet der dornige Weg vom Kläger bis zum Richter, die Schuldlosen werden schuldig gesprochen. Für Vojteh dagegen, der mit seiner zerfleischten Hand im Krankenhaus liegt, werden sie Mitgefühl aufbringen.

Zwischen den Häusern richteten sie ihren Blick zu Boden, als könnten sie mit gesenkten Köpfen noch kleiner werden und so weniger auffallen. Keiner soll sie sehen, betete Alojzij, Ludvik aber dachte, wie viel einfacher es gewesen wäre, hätte ihnen der Gendarm schon beim Bach mit seinem Stock eine Tracht Prügel verpasst und sie dann fortgejagt mit der Drohung, dass so etwas ja nie wieder vorkommt. Sie freuten sich, als sie von der Straße hinein in die Gendarmerie durften, doch im selben Moment wurde ihnen klar, dass ihnen der eigentliche Ärger erst noch bevorstand.

Bald darauf erschien Albert auf der Wache. Sie wagten nicht, ihn anzusehen, als der Gendarm nun auch ihn fragte, ob er etwas von der Absicht der Kinder wusste und wo sie den Sprengstoff herhaben könnten. Albert zeigte keinerlei Angst vor dem Gendarmen. Bei anderer Gelegenheit wären sie furchtbar stolz auf ihn gewesen, diesmal aber wirkte er schon zu schnippisch auf sie, fast schroff. Er bat nicht um Verzeihung für sie, ließ gänzlich unerwähnt, dass sie keine Probleme in der Schule haben, dass sie Zofija helfen, nicht oft, aber immerhin, dass sie eine kranke Schwester haben und einen blinden Bruder. Als es keine Fragen mehr gab, bettelte er nicht inständig um sie, er verabschiedete sich kalt und trieb sie nach Hause.

Die Begegnung mit Zofija wird anders, wussten sie, sie wird nicht schweigen, sie wird Antworten auf alle Fragen haben wollen, sie wird verlangen, dass sie ihr dabei in die Augen schauen, während sie ihr auszuweichen versuchen, sie werden das Geschehen nicht erklären und sich nicht von der Schuld reinwaschen können. Ludvik dachte erneut, um wie vieles leichter es doch wäre, wenn Zofija sie erbarmungslos grün und blau schlagen würde. In allen anderen Wohnungen bekäme die Tragödie einen solchen Schlussakt, nach dem letzten Schlag wäre alles vergessen, und man würde neu anfangen. Aber Zofija schlägt nie, wussten die beiden, sie legt nur eine bittere Enttäuschung an den Tag, die einem die Kehle zuschnürt.

•

Die Untersuchung ergab, dass Vojtehs Vater den Sprengstoff aus dem Lager des Bergwerks genommen hatte. Er und alle drei Söhne wurden sofort entlassen, die Bergwerksleitung gab ihnen zwei Tage Zeit, um die Wohnung zu räumen, ebenso schnell vertrieb sie die Gemeinde aus ihrem Gebiet. Vojteh war noch nicht aus dem Krankenhaus zurück, da musste die traurige Karawane schon ihre erzwungene Pilgerfahrt antreten.

Es war ein trüber, kalter Tag, als sie die Kolonie verließ. Auf einem mickrigen Leiterwagen lagen die wenigen Habseligkeiten. Vojtehs bucklige Mutter spannte sich vor die Deichsel, von hinten schoben die jüngeren Töchter den quietschenden Wagen, der Vater wankte griesgrämig hinter ihnen her, nur die beiden Söhne hielten bei der neugierigen Schar, die auf dem Hof stand.

Niemand mochte sie so richtig, sie waren problematische, streitsüchtige Nachbarn, aber ihr kläglicher Umzug genügte, dass sich die aufgestaute Unzufriedenheit Bahn brach. Die Nachtschicht der Bergmänner wollte nicht unter Tage, sie blieben in der Kaue sitzen. Albert war als einer der Ersten zu ihnen geeilt, er stritt heftig mit den Anstiftern, fieberhaft erläuterte er ihnen, dass der Streik zum Scheitern verurteilt ist, vergebens, er überzeugte sie nicht. Nach langem Reden ging er wütend davon, kam jedoch bald wieder. Das Blut kochte in seinen Adern, die rebellierenden Bergmänner und die Gewerkschaft hatten ihn in der Hand, gegen seine Überzeugung übernahm er die Aufgabe als Verhandler. Jede Entscheidung war hier von vornherein eine falsche. Hätte er sich ihnen nicht angeschlossen, wäre er zum ewigen Verräter geworden, der nichts mehr unter ihnen zu suchen hat, weil er sich ihnen aber anschloss, wird er die Schuld am Fehlschlag des Streiks tragen. Er ließ nicht den kleinsten Raum für die Möglichkeit, dass er sich in seiner Schwarzmalerei täuschte.

Das Ende kam schnell und noch schlimmer als erwartet. Die Leitung des Bergwerks lehnte jegliche Verhandlungen strikt ab, den streikenden Bergmännern wurde ein Ultimatum gestellt, bis wann sie zur Arbeit zurückkommen müssen, wer nicht kommt, verliert seine Stelle. Gendarmen bewachten die Werksanlagen, nach Ablauf der Frist ließen sie die Arbeiter nicht mehr auf das Gelände. Einige erregte Bergmänner durchbrachen die schwache Abriegelung und schritten lauthals rufend auf den prächtigen Verwaltungsbau zu. Sie versuchten, die schwere Eingangstür aufzubrechen, dies misslang, vor Zorn schlugen sie einige Fensterscheiben ein und stoben auseinander.

Noch am selben Tag kam Gendarmerie-Verstärkung in das Städtchen, am nächsten Morgen trafen auch zwei Militäreinheiten ein. Versammlungen wurden verboten, Gasthäuser geschlossen, eine Sperrstunde verhängt, die streitsuchenden Störenfriede wurden aufgespürt und hinter Gitter gesteckt. Das effiziente System der bewaffneten Macht prallte gegen ein chaotisches Gemisch aus Angst, Unzufriedenheit und ohnmächtiger Wut. Die Ordnungshüter lauerten auf jeden Verstoß, um ihre Überlegenheit demonstrieren zu können und den kleinsten Ansatz von Revolte im Keim zu ersticken.

Albert war völlig zerrissen: Er war überzeugt, dass der verspätete Streik ein dummer Fehler war, der zu einer Tragödie führt, zudem hatte seine Frau die Geduld mit ihm verloren, auf der anderen Seite spürte er die Erwartung der verzweifelten Bergmänner, dass nur er, ein bewährter Arbeiterführer, die Zügel ergreifen und sie aus dem

Sumpf ziehen kann. Jetzt waren alle bereit, ihm zuzuhören; was immer er anordnete, sie würden ihm ohne Widerrede folgen.

Wie jedes Mal zuvor kam er ihren Bitten nach, ihn wunderte, dass ihm die Unausweichlichkeit eines Fiaskos ein zusätzlicher Ansporn war. Bergmänner streiften vom Morgen bis zur abendlichen Sperrstunde still rund um den Bergwerksbetrieb, sie verschickten Protestbriefe, in denen sie ihre Situation erläuterten und einzelne Schicksale darstellten, forderten die Solidarität der anderen Arbeiter und Gewerkschaften ein. Was anfangs einem Chaos glich, verlief bald in den Bahnen eines ruhigen Protests, die aggressive Zerstörungswut wandelte sich in den Augen der Beteiligten wie der Beobachter von außen in berechtigten Widerstand ausgenutzter Menschen in Not.

Das Bergwerk gab nach, lud zu einer Verhandlungsrunde ein, was sich jedoch als üble Falle entpuppte, denn Albert und die anderen Abgesandten wurden nicht von der Leitung des Bergwerks empfangen, sondern von Gendarmen, die sie wegen mutmaßlicher Aufwiegelung der öffentlichen Ordnung festnahmen. Schon am nächsten Tag kam die erste Gruppe von Streikbrechern. Als sie in Begleitung von Soldaten zur Arbeit erschienen, wurden sie zunächst mit Schimpfworten übersät, dann prasselten Steine auf sie herab. Im Verlauf des Konflikts gab es auf jeder Seite einige Verwundete, Grund genug, dass die Gendarmen und Soldaten weitere hundert Arbeiter festnahmen und hinter Gitter steckten.

Die Behörden verboten den Händlern, Waren auf Kredit zu verkaufen, und drohten ihnen mit Entzug ihrer Konzession, zugleich bot das Bergwerk den streikenden Bergmännern großzügig eine Amnestie an: Den Arbeitern, die am nächsten Tag vor die Verwaltung treten und unterschreiben, dass sie unter den geltenden Bedingungen zu arbeiten bereit sind, wird man die Entlassung widerrufen. Die Ungeduldigsten eilten schon in aller Früh dorthin, gegen Abend kamen dann noch jene, die besonders von Zweifeln gequält waren. Mit der Frühschicht begann die Arbeit im üblichen Trott. Alle inhaftierten Bergmänner wurden bald freigelassen, für keinen von ihnen gab es mehr Arbeit, wer in einer Bergwerkswohnung hauste, bekam gesagt, bis wann man auszuziehen hatte. Einige Unterhändler und Aufrührer wurden zu einer Gefängnisstrafe verurteilt und verbannt.

Zofija lehnte am Herd und blickte zum Tisch, an dem Albert und alle fünf Kinder zusammengedrängt saßen. Man hat sie aus der Wohnung geworfen, sagte sie, in der Kolonie bleiben sie trotzdem, sie ziehen in Matijas Wohnung, aus der sie niemand vertreiben kann. Die Zwillinge fielen sofort mit der Frage über sie her, wie es möglich ist, dass Matija eine Wohnung hat, er ist doch noch ein Kind. Die Geschichte ist lang und bemerkenswert, irgendwann wird sie ihnen alles erzählen, versprach sie und brachte die Zwillinge, die laut forderten, dass sie sie gleich erzählen soll, mit ihrem Blick zum Schweigen. Die Geschichte kann warten, die Aussprache mit Albert jedoch nicht. Sie haben wichtige und auch sehr persönliche Dinge zu bereden, sagte sie und schickte die Kinder hinaus, und weil diese weiter wie festgenagelt am Tisch saßen, setzte sie unmissverständlich hinzu, sie müssen unter vier Augen reden.

Die Kinder zottelten zur Tür. Matija hielt bei Zofija und fragte, ob sie über den Umzug in seine Wohnung sprechen werden. Auch, sagte sie, ihm den Kopf kraulend, und noch über viele andere Dinge. Die Zwillinge löcherten sie erneut mit Fragen, weshalb sie in gespielter Wut aufstampfte. Jeden Tag all diese Fragen zu Frančiška, sie sollen ihre Schwester selbst fragen, jetzt wo sie daheim ist und ihnen antworten kann.

Die Küche leerte sich, Zofija setzte sich zu Albert. Lange war es totenstill, keiner schien zu wissen, mit welchen Worten das tiefe Schweigen zu brechen war. Zofija begann als Erste zu sprechen, ihre Stimme war heiser, sie räusperte sich, sie redete ihm zugewendet, aber mit einem Blick, der zur Tür und noch weiter wanderte. Langsam, als sortiere sie ihre Gedanken und die richtigen Worte, die sie zugleich noch abwog, formte sie Sätze, obwohl sie schon lange wusste, eigentlich die ganze Zeit, seit er per Dekret für zwei

Jahre verbannt worden war, was sie ihm sagen wird. Sie kann ihn nicht ins Ungewisse begleiten, die Kinder sind noch zu klein.

Er grinste spöttisch, sie aber fuhr fort, als hätte sie nicht bemerkt, dass er seinen Mund verzog. Selbst wenn er Arbeit und eine Wohnung findet, werden sie nicht nachkommen. Sie möchte Frančiškas Pläne nicht durchkreuzen, sie ist zur Lehrerin geboren. Die Zwillinge werden höchstwahrscheinlich vor der Besserungsanstalt bewahrt bleiben – sie hat mit dem Richter gesprochen, wenn sie arbeiten gehen, dürfen sie zu Hause bleiben. Im Glaswerk nehmen sie kleine Jungen zum Glaswegtragen. Sie wird hingehen und sie überzeugen, die Jungen sind keine schlechten Menschen. In der Schule ginge es ihnen besser, sie sind gescheit, aber das Glück hat sie verlassen, sie werden eine bittere Jugend durchlaufen. Niemand kann allen harten Bewährungsproben ausweichen. Selbst wenn sie eine Lösung für die älteren drei Kinder fände, sagte sie und sah ihn dabei an, bleiben noch Angela und Matija, die süßen armen Tröpfe, die sie auf keinen Fall mit sich herumschleppen kann.

Das sind weder ihre gemeinsamen Kinder noch ihre eigenen, sagte er.

Das sind ihre Kinder, entgegnete sie so forsch, dass es kein Widerwort duldete, Terezija kann nicht einmal für sich selbst sorgen.

Sie wirft ihm vor, dass er sie vergessen hat, bemerkte er gallig, recht besehen aber ist sie diejenige, die sich neben den Kindern nicht mehr um ihn gekümmert hat.

Sie sind ihr viel näher als er, sagte sie nickend. Was zwischen ihnen war, ist schartig geworden, hat sich abgenutzt. Vielleicht liegt die Schuld bei der Gewerkschaft, vielleicht bei der Kinderschar, wie auch immer, das ist jetzt unwichtig. Vielleicht wird es irgendwann anders, und sie werden getrennt erneut einander liebgewinnen, sagte sie, ihn anlächelnd. Die Kinder werden groß, vielleicht finden sie eines Tages wieder zueinander.

Auch Albert lächelte leicht, und nach einer Weile versprach er, ihnen Geld zu schicken.

Abermals nickte sie und fügte hinzu, dass Geld nicht das größte

Problem ist. Sie hat einen großen Wald, auch die Ersparnisse ihres Bruders sind beträchtlich, sie wird diese vernünftig für die Kinder nutzen, wenn nötig.

Mit einem Seufzer zerriss Zofija die leise Wehmut, die sich eingeschlichen hatte. Vielleicht wirkt sie schwach auf ihn, aber da irrt er sich. Sie hat sich verändert, ist aber noch immer stark, sie fürchtet niemanden, das hat sich nicht geändert. Sie werden ihr Schicksal schon meistern.

Wie eine alte Frau stützte sie sich beim Aufstehen am Tisch ab. Über die Tischplatte geneigt und ihm zugewandt, hielt sie inne. Die Verlegenheit, die sie zuvor am Sprechen gehindert hatte, war verschwunden, die Spannung ist zu grenzenloser Geborgenheit, Leichtigkeit verschmolzen, sie wichen einander nicht mehr aus. Vielleicht wird es gut für ihn sein, dass er für sich selbst sorgen muss. In zwei Jahren soll er zurückkommen, ergänzte sie leiser, wenn das Bergwerk ihn nicht komplett verschlingt und er wieder ihr Mann sein wird. Andernfalls soll er fortbleiben.

»Ich weiß, worüber sie reden.« Ludvik blickte selbstgefällig zu seinen Schwestern und Brüdern.

»Wer weiß das denn nicht«, sagte Alojzij spöttisch lächelnd. »Albert wurde wegen des Streiks verbannt.«

Die Zwillinge stießen einander mit den Ellbogen, bis Frančiška sie ermahnte: »Was passiert ist, ist überhaupt nicht lustig, sondern sehr traurig.«

»Traurig«, wiederholte Matija wie ein Echo. »Die Bergmänner haben für höheren Lohn gestreikt, stattdessen haben viele ihre Arbeit verloren, viele wurden festgenommen, einige aus der Kolonie verwiesen. Davor war Vojteh beim Angeln, und ihr beide habt ihm geholfen. Ihr habt nichts gefangen, nur Vojteh hat seine Hand verloren, ihr landet beide in einer Besserungsanstalt oder müsst arbeiten. Irgendwas läuft hier sehr schief, aber ich weiß nicht, was. Frančiška, was machen wir falsch?«

Frančiška streichelte ihm über den Kopf, sie hatte keine Antwort auf seine Frage.

»Ich kann mir nicht vorstellen, wie schlimm es ist ohne Hand. Man kann nichts greifen.«

»Du übertreibst wieder mal, er hat ja noch eine zweite«, winkte Alojzij ab, »nur Kohle wird er nicht mehr abbauen können.«

»Du hast mir einmal erzählt«, sagte Matija, sich Frančiška zuwendend, »wie Kohle entstanden ist. Dass hier das Meer war und dass sich die Pflanzen und Tiere unter den Ablagerungen in Kohle verwandelt haben. Die Bergmänner sprengen Kohle, die ehemalige Fische sind, Vojteh aber wollte die Fische sprengen, die das noch immer sind. Besteht da vielleicht ein Zusammenhang?«

Die Zwillinge lachten laut und zeigten mit komischen Grimassen, was sie von den Überlegungen ihres Bruders hielten. Frančiška durchbohrte sie mit strengem Blick, Angela dagegen gefiel der Gedanke, dass auch Fische eine Art König oder zumindest einen Beschützer haben könnten.

Ludvik hielt seine Zunge nicht mehr im Zaum und erklärte beide für verdreht. »Wie können Fische einen König haben? Und wie können Dinge miteinander zusammenhängen, die Tausende Jahre auseinanderliegen?«

»Ich weiß nicht, es ist mir einfach in den Sinn gekommen. Wahrscheinlich ist es wirklich komisch, so zu denken.«

»Deine Überlegungen sind überhaupt nicht komisch, Matija, dumm sind eure Anmerkungen und euer Benehmen.« Frančiška blickte zu den Zwillingen. »Manchmal sind die Dinge auf ungewöhnliche Weise verflochten. Warum sollen Dinge, die weder zur selben Zeit noch an demselben Ort geschehen sind, nicht verbunden sein können?«

»Du hast auch gesagt«, richtete sich Matija erneut an Frančiška, »dass die im Dunkeln lebenden Tiere nicht sehen, weil sie keine Augen brauchen. Unter Tage sieht man nichts, Vater kam ums Leben, als er Bergmann wurde. Zofija sagte, dass unsere Mutter fortgegangen ist, weil sie nicht mehr klar sehen konnte. Ich wurde blind geboren. Glaubst du, dass es da einen Zusammenhang gibt?«

»Ich weiß nicht, Matija, ich weiß nicht.« Sie drückte ihn fest an sich. »Manche Dinge kann man einfach nicht verstehen, sie sind zu kompliziert.«

»Vermutlich kommen sie mir noch komplizierter vor, weil ich blind bin. Vermutlich würde ich sie leichter verstehen, wenn ich sie sehen würde, nicht wahr?«

DAS GLASWERK

Schon knapp einen Monat arbeiteten Alojzij und Ludvik als Lehrlinge im Glaswerk, dennoch wollten die spöttischen, manchmal auch persönlich verletzenden Witze kein Ende nehmen. Sie hatten sich halbwegs an die höllische Hitze gewöhnt, die herrschte, wenn sie die geblasene Ware zum Kühlofen trugen, auch an den Umstand, dass die Länge des Arbeitstages von der Schmelze in der Schmelzwanne abhing, die einfach nicht weniger werden wollte. Müde wankten sie den ganzen Tag vom Ofen auf die andere Seite der Halle, doch die Pausen waren hundertmal schlimmer. Fast immer fand sich jemand, der sich nicht in eine Decke hüllte, um in einen kurzen Tiefschlaf zu versinken, sondern böse Streiche trieb, um auf Kosten der Zwillinge für Heiterkeit unter seinen Leidensgenossen zu sorgen.

Irgendwann hörten aber selbst die Hartnäckigsten auf, sie zu necken, und für die Jungen gab es einen neuen Aufgabenbereich, am Samstagnachmittag mussten sie in die Lehrlingsschule. Der Unterricht diente nur dazu, ihren Status zu rechtfertigen, was den pensionierten Lehrern genauso klar war wie ihnen selbst. Etliche Schüler konnten weder lesen noch schreiben, gewöhnlich schliefen sie während der zwei Stunden Unterricht. Alojzij und Ludvik wussten viel, als ihr alter Lehrer jedoch begeistert feststellte, dass die beiden auch ziemlich gut Deutsch sprachen, präsentierte er sie den anderen Schülern als Vorbild. Ludvik gab dem Lehrer bald nichts mehr preis, er hielt sein Wissen zurück, während Alojzij aus stillem Trotz mit ihm prahlte, als helfe ihm der glänzende Erfolg beim nutzlosen Unterricht, die Beleidigungen und Schläge zu verschmerzen. Die Schule wurde zum Hauptthema ihrer Dispute und zur Quelle ständigen Streits: Alojzij hielt seinem Bruder selbstsüchtige Verstellung vor, Ludvik konterte mit dem Vorwurf eitler Angeberei.

Als sich die halbwüchsigen Lehrlinge Ende Juni zur letzten Unterrichtsstunde versammelten, war das Klassenzimmer dezent geschmückt, der alte Lehrer erläuterte ihnen mindestens zehn Mal, wie sie sich zu verhalten hatten, wenn gleich die Gattin des Glaswerkdirektors zu Besuch erschien.

Sie sollen bloß keine Fragen stellen, und wenn sie etwas gefragt werden, müssen sie in ganzen Sätzen antworten und am Schluss unbedingt die Anrede gnädige Frau hinzufügen. Er spazierte langsam durch die Klasse und stellte den Schülern spontane Fragen, schaute dabei die ganze Zeit aus dem Fenster, sodass ihm völlig deren freudige Erregung entging, als sie ihn mit »gnädige Frau« ansprachen. Ich heiße Ludvik Knap, gnädige Frau. Ich bin vierzehn Jahre alt, gnädige Frau. Mit einem Mal richtete sich der Lehrer auf, ging ungewöhnlich schnell zur Tür und sagte noch rasch, dass sie nicht vergessen dürfen, bei ihrer Ankunft aufzustehen und sie im Chor mit Guten Tag, gnädige Frau zu begrüßen.

Einige Schüler drängten sich an der offenen Tür, um nach der Besucherin Ausschau zu halten. Mit blassem Gesicht und Wespentaille trat sie in einem Kostüm aus violetter Jacke und knöchellangem Faltenrock ins Klassenzimmer, sie war so anders als die Alltagsgestalten, dass die meisten Kinder die Anweisung vergaßen, nur vereinzelt waren Grüße zu vernehmen. Mit ihrem prächtigen Hut erschien sie viel größer als der Lehrer, der neben ihr ging. Sie nickte ausdruckslos, als er ihr seinen Stuhl anbot, blieb zur Klasse gedreht stehen, ihr Blick schweifte über die Kindergesichter, viel dunkler als ihr heller Teint. Übertrieben artig bedankte sich der Lehrer bei ihrem Gatten, dass er den Kindern Arbeit gibt und sie Geld verdienen können. Und bei ihr für die Gnade ihres Besuchs. Als Pädagoge empfindet er eine ganz besondere Dankbarkeit, deklamierte er pathetisch, weil das Glaswerk den Kindern ermöglicht, den Unterricht zu besuchen und zumindest eine Allgemeinbildung zu erlangen. Bei dem einen oder anderen Lehrling tragen seine Bemühungen zwar nur wenig Früchte, manche Kinder haben eine schlechte oder gar keine Bildung, doch verringert das nicht den Edelmut in den Absichten des Herrn Direktors. Viele Kinder sind fleißig und aufgeschlossen, sie werden leicht in einen der verschiedenen Glasberufe hineinfinden.

Als hätte die Besucherin nicht bemerkt, dass der Lehrer fertig war mit seinem Monolog, schweifte ihr leerer Blick weiter durch die Klasse. Um die Befangenheit zu lösen, die sich mit der Stille im Klassenraum breitgemacht hatte, rief der Lehrer Alojzij zur Tafel. Er stellte ihm ein paar Fragen aus verschiedenen Fächern, die der Schüler stotternd beantwortete. Dabei lief er tiefrot an, wofür ihm wieherndes Gelächter aus den Bänken entgegenschlug. Die bleiche Frau lächelte ihn an, strich ihm sanft über den Kopf – ihre Linke, die in einem schneeweißen Handschuh steckte, berührte sein Haar kaum – und nahm mit demselben stummen Lächeln, mit dem sie eingetreten war, von den Schülern Abschied. Sie schritt zur Tür, der Lehrer sprang ihr dankend hinterher, die Schüler aber drängten sich wieder an der Tür, reckten ihre Hälse und wiegten die Köpfe im Rhythmus ihrer Schritte.

An jenem Abend konnte Alojzij lange nicht einschlafen, er träumte davon, wie die behandschuhte Hand der gnädigen Frau sein Gesicht berührt, sich auf seine Jungenbrust legt, über seinen weichen Bauch streicht; er ertastete etwas Feuchtwarmes, seine Erregung mündete in einer Mischung aus Lust und Scham.

Am Montag fuhr ihm in der Pause einer der Jungen über den Kopf und rief mit hoher Stimme: Was für ein schöner Junge. Er ist wirklich hübsch, gnädige Frau, pflichtete ihm ein Freund bei. Obwohl Alojzij sich wütend zur Wehr setzte, zerzausten ihm während der spitzbübischen Schmeichelei immer neue Finger das Haar. Das Spiel hatte sie dermaßen gepackt, dass sie nicht merkten, wie die Gattin des Direktors und ihre Dienstmagd des Weges kamen.

Ob sie die Arbeit denn gar nicht ermüdet, dass sie so ausgelassen sind, sagte sie silberhell lachend. Verdutzt rückten sie zur Mauer der Fabrikhalle und lehnten sich mit ihren Rücken an sie, nur Alojzij blieb hochrot und tränennass vor Wut wie angewurzelt stehen.

Die Madam stellte sich neben ihn, drehte sich zu den Jungen und begann ruhig zu erklären, dass sie neulich ohne Gaben in die Schule gekommen ist, denn beim Backen war ihr etwas missglückt, diesmal kommt sie, um das wiedergutzumachen. Sie winkte die Dienstmagd zu sich, die den großen Korb aufdeckte und dicke Stücke Potica-Gebäck in die schmutzigen, ausgestreckten Hände zu legen begann.

Ob sie ihn hänseln, weil sie ihn im Klassenraum gestreichelt hat, sagte die Madam zu Alojzij gewendet. Knallrot schüttelte er mehrmals den Kopf. Er möchte also seine Freunde nicht verraten, sagte sie ihn anlächelnd. Sie sind nicht seine Freunde, sprudelte es aus ihm hervor. Schließlich arbeiten sie zusammen, wunderte sie sich, und weil er schwieg, fuhr sie fort, wahrscheinlich bleibt ihr euer Leben lang Arbeitskameraden. Er hat nicht vor, Glasarbeiter zu werden, sagte Alojzij und schüttelte so entschieden den Kopf, dass sie fröhlich auflachte. Der Lehrer hat ihr gesagt, dass er sehr klug und fleißig ist, vielleicht wird er wirklich nicht bei den Öfen arbeiten müssen. Mütterlich drückte sie seinen Kopf an ihre Brust und versetzte den Jungenkörper damit unbewusst in Erregung. Fieber und Scham überkamen Alojzij, wie betrunken übersah er, dass sie in den Korb gegriffen hatte und ihm ein Stück Potica anbot, das sie ihm schließlich in die Hand drückte.

In der zweiten Pause reichte der Werkmeister Alojzij den Besen mit dem Auftrag, die Scherben wegzufegen. Das war ungerecht, er war noch nicht an der Reihe, die Aufgabenverteilung war geregelt, trotzdem widersprach er nicht, so blieb er wenigstens vor den dummen Scherzen verschont. Er erzitterte, als er sich vorstellte, wie sie ihn zum Spaß an ihre Knabenkörper drücken, die Umarmung der Madam imitierend, auf seinem Gesicht spürte er den zarten Stoff ihres Kleides und die elastische Brust darunter.

Ludvik erzählte ihm erst zu Hause, dass ihnen der Werkmeister unter der Androhung, sie rauszuwerfen, jegliche Scherze auf Alojzijs Kosten verboten hatte. Vermutlich hat sich die Gnädige in ihn verliebt, ließ er noch fallen, was eine Balgerei unter Brüdern auslöste. Viel schlimmer war es am nächsten Morgen, als sie noch im Dunkeln gemeinsam zum Glaswerk gingen. Unweit der Fabrik passte sie eine Kinderschar ab und fiel über Alojzij her. Tritte und Schläge gingen auf ihn und Ludvik nieder, der sich zum Schutz seines Bruders auf die Angreifer stürzte. Zerzaust und voller frischer Striemen schleppten sie sich danach zur Arbeit, stur schwiegen sie, als der Werkmeister auf sie einredete, ihm die Namen der Schläger zu nennen. Während sie schweigend das Glas wegtrugen, überlegte Ludvik, dass sich Alberts Schicksal wiederholt, Arbeiter, die einander niedermachen, statt sich in einer großen Revolte zu verbünden, während Alojzij tagträumte, dass das Band zwischen ihm und der Madam nur noch stärker und edelmütiger geworden ist, da er stumm den Schmerz erduldet, den sie verursacht hat, und ritterlich die Täter schützt.

Einige Tage später, am Samstagnachmittag, führte der Werkmeister Alojzij ohne jegliche Erklärung auf den Hof, wo die Dienstmagd der Madam auf ihn wartete. Er traute sich nicht zu fragen, wohin sie gehen, er hätte es nicht einmal gekonnt, weil ihm die Ahnung, sie könnte ihn zur Gnädigen bringen, die Kehle zuschnürte, sein Herz pochte heftig. Sie hielten beim Trog, wo er Hände und Gesicht gründlich waschen musste, sie selbst glättete ihm mit nassen Händen die kurzen Haare.

Sie traten in das Haus des Direktors, die Diele war kühl und die Decke wirkte ungeheuer hoch, durch die Tür mit bemalten Glaseinsätzen kamen sie in ein großes Zimmer, größer als ihre ganze Wohnung, wo am Ende des langen Tisches der Direktor des Glaswerks und seine Frau saßen. Alojzij senkte den Blick, seine schmutzigen Schuhe kontrastierten mit dem glänzenden Parkettboden, er blieb vor dem großen Teppich stehen, obwohl ihn die Hand der Dienstmagd vorwärts schob. Die Ehefrau des Direktors trat auf sie zu, lächelnd fragte sie den stocksteifen Alojzij, ob er sich etwa vor dem Teppich fürchtet, und nachdem er mit Mühe ein leises Nein, gnädige Frau herausgebracht hatte, fasste sie an der Schulter und führte ihn zum Tisch.

Der Direktor drehte sich im Stuhl dem Jungen zu, musterte ihn von Kopf bis Fuß und stellte mehr fest, als dass er fragte, du bist Alojzij. Ja, Gnädiger, Alojzij bemerkte seinen Fehler, wurde schamrot und korrigierte sich, Ja, Herr Direktor. Die Madam drückte ihn auf einen Stuhl, trug der Dienstmagd auf, dem Jungen einen Kakao zu bringen, und schob ihm eine große Glasschale mit Plätzchen vor die Nase.

Der Direktor war ein Mann in fortgeschrittenem Alter, sein eleganter Anzug konnte nicht verbergen, was seine grauen Koteletten, die tiefen Falten und die kahle Stirn preisgaben. Alojzij erschien er schrecklich alt, die Madam müsste seine Tochter sein und nicht seine Gattin.

Er kann seiner Frau kaum einen Wunsch abschlagen, begann er mit ungewöhnlich tiefer Stimme zu sprechen. Sie hat ihm erzählt, dass sie in der Schule einem Jungen begegnet ist, den der Lehrer ausgesprochen klug und fleißig nannte. Sie meint, dass die anderen Kinder diese Eigenschaften nicht schätzen und dass der Junge deswegen freche Bemerkungen zu erdulden hat. Wenn er sein von Striemen durchzogenes Gesicht so betrachtet, scheint ihm, dass den Worten manchmal auch Taten folgen. Alojzij hätte sein Gesicht am liebsten in den Händen vergraben, leise antwortete er, dass er ungeschickt war, das ist aus Versehen passiert. Der Direktor schmunzelte und nickte, seine Gattin hat ihm zudem erzählt, dass er niemanden dafür anschwärzen möchte.

Die Dienstmagd rettete Alojzij aus der peinlichen Lage, indem sie eine große Tasse Kakao vor ihn hinstellte, dem Direktor schenkte sie aus der Kanne auf dem Tisch neuen Tee ein. Dreimal fuhr der Direktor mit dem Löffel in die Zuckerdose, er rührte lange in der dunklen Brühe, nahm einen Schluck, trat zur Kommode und wählte eine Zigarre aus der Zigarrenkiste. Wie verzaubert verfolgte der Junge seine langsamen Bewegungen, bis ihn die Madam ermahnte, seinen Kakao zu trinken und ein Plätzchen zu nehmen.

Er soll nicht vorhaben, Glasarbeiter zu werden, sagte der Direktor, stieß eine große Rauchwolke aus, wartete, dass sich diese wie ein Schleier ausbreitete, und fügte die Frage an, was den Jungen denn interessiert. Alles Mögliche, sagte er und schluckte den himmlisch süßen Kakao hinunter, auch Glas ist interessant, es hat etwas Geheimnisvolles an sich. Der Direktor blickte verwundert, im Spiel des Rauches wurde Alojzij entspannt, er redete vor sich hin, wie es möglich ist, dass Glas durchsichtig ist, wo Quarzsand doch weiß wie Mehl ist, warum es sich schon durch einen geringen Zusatz von Salz blau, rot, grün oder gelb färbt, wieso es hart wie Eisen ist und trotzdem so spröde, dass es schon bei einem leichten Schlag zerbricht. Er stockte, als der Direktor und seine Frau wegen seiner fieberhaften Eile gemeinsam auflachten.

Der Direktor holte ein dickes Buch aus dem Regal, angeblich versteht Alojzij Deutsch. Ziemlich gut, antwortete Alojzij, der Unterricht findet in deutscher und slowenischer Sprache statt. Die Bemerkung des Direktors, dass es schade ist, wenn junge Menschen ihre Talente nicht nutzen, ließ den Jungen erneut erröten.

Stotternd brachte Alojzij heraus, dass dem Direktor bestimmt bekannt ist, dass er mit seinem Bruder eine riesige Dummheit angestellt hat, im Grunde war es ein unglückliches Ereignis, deshalb mussten sie die Schule verlassen und eigentlich müssten sie von zu Hause weggehen, doch hat ihre Tante darum gebeten, dass man sie im Glaswerk anstellt. Ob er schon mal deutsche Bücher gelesen hat, unterbrach der Direktor seinen ungeordneten Redeschwall. Alojzij schüttelte den Kopf und fügte schnell hinzu, dass er Zeitungen gelesen hat, er zählte einige Titel auf. Kleiner Sozialist, lachte der Direktor, der Junge aber schüttelte den Kopf entschiedener als zuvor und erklärte noch verwirrter, dass Albert diese Zeitungen hatte, der Mann seiner Tante, sie haben zusammen gewohnt, dann wurde Albert aus der Kolonie verwiesen, und die Tante hat diese Zeitungen nicht mehr. In diesem Buch steht viel über Glas, unterbrach der

Direktor aufs Neue Alojzijs konfusen Versuch darzustellen, was sein Leben so auf den Kopf gestellt hatte. Er wird ihm das Buch für eine Weile borgen, darin werden zahlreiche Geheimnisse über Glas leicht fasslich dargestellt, ihm wird so manches Licht aufgehen.

Der Direktor verabschiedete sich, die Pflicht ruft, er stand jedoch noch am Tisch, als seine Gattin ihn fragte, ob er nicht etwas vergessen hat. Er lächelte und sagte scherzhaft zu Alojzij, dass er sich vor den Frauen in Acht nehmen soll, sie verstehen es, Männer mühelos um den Finger zu wickeln, dann jedoch fuhr er ernsthaft fort, dass Alojzij in die Schleiferei wechseln wird. Die Arbeit ist weniger kräftezehrend, außerdem ist es dort nicht so heiß, er wird etwas Energie fürs Lesen übrig haben.

Wie ein Traumwandler kehrte Alojzij nach Hause zurück. Unter seiner Achsel klemmte das Buch über die Chemie von Glas, in der anderen Hand trug er in eine Serviette gewickelte Plätzchen. Bilder der prächtigen Wohnung und der schönen Madam schwirrten ihm durch den Kopf, er ersann Dialoge mit dem Direktor und suchte nach klugen oder geistreichen Antworten auf seine Fragen.

•

Zofija schaute verblüfft, als sie Den, der den Akrobaten vom Seil schlug, vor der Tür stehen sah. Terezija hatte sich schon fast drei Monate nicht mehr gemeldet, sie hatte überlegt, sie zu besuchen, jedoch angesichts all der anderen Sorgen nicht die Zeit dafür gefunden. Der, der den Akrobaten vom Seil schlug, beantwortete ihre Fragen zu Terezija mit Floskeln, blickte sich schweigend im Zimmer um und wechselte zu allgemeinen Themen von den Preisen für Nahrungsmittel bis zu den Löhnen im Bergwerk, bis Zofija mit ihrer Geduld am Ende war und mit Nachdruck eine Antwort darauf verlangte, wo ihre Schwägerin steckt und was sie so treibt.

Terezija hat ihm schon lange zugeredet, dass sie nach Lourdes müssen, wo sie Maria bitten werden, ihm sein Bein zurückzugeben, wie auch, dass sie Angelas Knochen kräftigt und Matijas Augen heilt. Er wusste die ganze Zeit, dass es ihr um die Kinder geht und nicht um sein Bein, sie wünschte sich, dass er sie begleitet, weil sie die Fremde nicht gewohnt war. Er war gegen diesen Gang, er glaubt nicht an solchen Hokuspokus, aber sie kam jeden Tag mit einer neuen Geschichte an, wie Gelähmte wieder gehen konnten, blutende Wunden verheilten, Stumme wieder sprachen. Wahrscheinlich war alles ein Hirngespinst, obwohl sie die Menschen immer mit Vor- und Nachnamen kannte, aber die hätte sie sich letztlich auch ausdenken können. Sie warf ihm vor, dass er ihr nicht helfen will, Maria um Hilfe zu bitten, die dort schon Hunderte Wunder vollbracht hat. Sie behauptete sogar, ihre große Gnade über die weite Entfernung hinweg spüren zu können. Die heilige Mutter Gottes wird ihr den Segen nicht verweigern können, wenn sie vor ihr auf die Knie fällt. Er soll sie nur begleiten, sie wird dort für ihn und die Kinder beten und bitten, sie ist bereit, Tage und Wochen auf den Knien auszuharren, er wird keinen Finger rühren müssen.

Lange hat er sich gewehrt, dann ertrug er ihre verzweifelten Blicke nicht länger. Vor knapp zwei Monaten sind sie nach Lourdes gefahren. Er traute seinen Augen nicht, wie viele Menschen dort zusammenkommen, an Gottesdiensten teilnehmen, die direkt aufeinanderfolgen, heilige Felsen küssen, Wasser trinken oder darin baden. Er glaubte da nicht an diese Wunder und tut es auch jetzt nicht, doch als er in einer Felshöhle Krücken hängen sah und andere Zeichen von überraschenden Heilungen, wurde auch in ihm ein Flämmchen der ehrlichen Hoffnung entzündet. Die Verzückung dauerte mehrere Tage, gemeinsam mit Terezija und Hunderten anderen betete er innig für das Wunderwerk der Gnade, aber nichts passierte, und das alte Misstrauen kehrte in ihn zurück. Die Holzkrücken und Mieder, durchfuhr es ihn, sind genauso ein großes Lügenmärchen wie Terezijas Stumme und Blinde, mit denen sie ihn auf diese Wallfahrt schleppte.

Stumm geduldete er sich ihretwegen noch vierzehn Tage, dann konnte er nicht länger schweigen. Eine wilde Wut stieg in ihr auf, sie warf ihm vor, kleingläubig zu sein, er soll verschwinden, sie aber wird bleiben, auf den Knien liegen und beten, wenn nötig, Monate und Jahre, das fällt ihr nicht schwer. Sie wird für alle Sünden Buße tun, egal wie lange es auch dauert, solange Maria ihre Bitten nicht erhört, kommt sie nicht zurück. Am nächsten Tag befahl sie ihm, dass er sofort gehen soll, denn wegen seiner Zweifel will sich die Mutter Gottes ihr nicht nähern und sie anhören. Sie hielt sich die Ohren zu, als er sie zu überzeugen versuchte, gemeinsam mit ihm heimzukehren, sie antwortete, dass er sie nicht einmal mit einem Fuhrwerk hier wegbekommt, solange ihr Maria nicht ihre Wünsche erfüllt hat. Er hat es nicht sofort aufgegeben, sondern sie in den nächsten Tagen noch mehrmals umzustimmen versucht, aber wenn er sich ihr näherte, wandte sie sich jedes Mal ab. Beim Abschied sagte sie nur, er soll ihre Nähmaschine zu Frančiška und Angela bringen.

•

»Du meinst für einen, der nie zur Schule ging, der weder lesen noch schreiben kann?«

»Nein, Matija, du weißt unheimlich viel, du bist neugierig, machst dir ständig Gedanken über etwas. Das ist alles!«, betonte Frančiška.

»Das sagst du nur, weil du meine Schwester bist.«

»Das sage ich als angehende Lehrerin, die weiß, wie man Wissen bewertet.«

Frančiškas Worte gefielen ihm, er hätte ihren Lobreden gerne noch länger gelauscht. Er könnte ihr erklären, warum man Asche mit Quarzsand vermischt und viele andere Geheimnisse über Glasgemische, die er von Alojzij hat, auch könnte er ihr so manches von dem wiedergeben, was ihm Ludvik von der Ausbeutung der Arbeiter und dem Kampf für eine gerechtere Gesellschaft erzählt hat. Wichtiger erschien ihm jedoch die Frage, ob sie auch das Gefühl hat, dass ihr Zuhause zerfällt. Frančiška verstand seine Frage nicht.

»Seit wir ins Tal gezogen sind, ist so viel Schlechtes passiert. Vater kam im Bergwerk ums Leben, Albert, bei dem wir wohnten, wurde ins Ausland verbannt, Mutter ist krank im Kopf und hat uns wahrscheinlich vergessen, obwohl Zofija etwas anderes behauptet, du bist nach Ljubljana gegangen und kommst immer nur für ein oder zwei Tage nach Hause, wer weiß, wohin sie dich schicken, wenn du mit der Schule fertig bist, Alojzij und Ludvik sind zwar der Besserungsanstalt entwischt, sie haben sich aber sehr verändert, jeder steckt mit dem Kopf in einer eigenen Welt, und sie streiten nur noch, obwohl sie früher wie Pech und Schwefel zusammengehalten haben.«

»Ich habe nicht darüber nachgedacht, sehe aber nicht alles so schwarz. Manches kann sich noch zum Guten wenden, schon jetzt gibt es auch schöne Dinge.« Sie hielt inne und fragte mit einem Mal: »Hast du Angst, dass dir oder Angela etwas Schlimmes zustoßen könnte?«

»Nein, ich habe überlegt, ob es anders wäre, wenn jedem von uns etwas fehlen würde. Schau, Angela hat kaputte Beine, ich bin blind, und nur wir beide sind bei Zofija geblieben, alle anderen sind weggegangen oder gerade dabei. Denkst du, dass wir zusammengeblieben wären, dass niemand weggegangen wäre, wenn wir alle verkrüppelt wären?«

»Angela und du, ihr seid daheim, weil ihr die Jüngsten seid.«

»Stimmt, wir sind wirklich die Jüngsten, daran habe ich nicht gedacht.«

Frančiška beobachtete ihn still dabei, als er sich mit der Hand die Stirn massierte wie um sich die Antwort aus dem Kopf zu drücken. »Trotzdem scheint mir, dass ihr gesunden ...«

Sanft drückte sie ihm mit den Fingern die Lippen zu und sagte Silbe für Silbe: »Ich möchte nicht mehr darüber sprechen, verstehst du?«

»Ich verrate dir ein Geheimnis«, sagte Matija leise, als ihr Griff nachließ, »aber du musst schweigen wie ein Grab. Zofija hat mit der Schneiderwerkstatt vereinbart, dass sie Angela in die Lehre nehmen.«

»Das ist kein Geheimnis ...«

»Das Geheimnis ist, dass Angela als Erstes einen Anzug für mich nähen wird. Der wird das erste sein, was sie näht. Das hat sie nicht einmal Zofija erzählt, nur mir. Sie hat gesagt, dass dies der schönste Anzug wird, den es je gegeben hat, und dass ich darin wie ein feiner Pinkel aussehen werde. Ich weiß nicht, ob ich ein feiner Pinkel sein möchte, aber ich hätte gern einen neuen Anzug.«

28. JUNI 1914

Früh morgens, Zofija hatte den Ofen eben eingeheizt, stand Albert in der offenen Eingangstür. Schmal ist er geworden, schoss es ihr bei seinem Anblick durch den Kopf, er dagegen dachte als Erstes, dass alles genauso ist wie vor drei Jahren, nur Zofija war gealtert, sehr gealtert. Sie setzte Milch und Zichorienkaffee auf, und als er am Tisch saß, sagte sie zu ihm, dass er sich lange nicht gemeldet hat. Es ging ihm nicht gut, sagte er, er konnte ihr kein Geld schicken. Auf die Frage, warum er nicht schon früher zurückgekehrt ist, erhielt sie keine Antwort, er starrte nur auf den Tisch und zuckte mit den Schultern. Ob er auf Arbeitssuche ist, sagte sie, wobei sie eine heiße Tasse Milchkaffee und ein großes Stück Brot vor ihn hinstellte. Sie müsste sich freuen, sagte er und ergriff ihre Hand, sie haben sich lange nicht gesehen, er ist wieder daheim. Sie lächelte leicht und setzte sich neben ihn.

Langsam tunkte er das Brot in seinen Kaffee. Er hatte lange Finger, seine Hände haben ihr schon immer gefallen, sie sind dunkel, mit sehr hellen, kurz geschnittenen Nägeln, ausgeprägten Gelenken, kräftig, ohne schmutzige Schwielen und Falten. Einst, vor langer Zeit, hat sie sich in seine Hände und in seine durchdachte, gewandte, einnehmende Art zu reden verliebt. Seine Hände sind immer noch schön, sie sind weniger ramponiert als ihre, ging ihr durch den Kopf, die Worte aber sind ihm ausgegangen.

Er legte den Löffel aus der Hand, als eins nach dem anderen die Kinder durch die Schlafzimmertür kamen. Er umarmte den spindeldürren Matija und Angela, das Kind mit dem zarten Gesicht und dem krummen Körper einer Greisin. Frančiška, die zu einem grazilen Fräulein mit melancholischem Blick herangewachsen war, nickte er bei der Begrüßung anerkennend zu und tätschelte einen der Zwillinge, einen großen Jungen mit dunklem Flaum unter der Nase. In der Hoffnung, seine Verlegenheit verbergen zu können, weil er nicht genau wusste, ob er Ludvik oder Alojzij vor sich hatte, zwinkerte er dem Jungen vergnügt zu, wo denn seine andere Hälfte steckt. Alojzij ist schon früh am Morgen mit der gnädigen Frau ins Schwimmbad gefahren, Ludvik verbarg seinen Spott nicht.

Zofija reichte den Kindern Milchkaffee und Brot, sie freute sich, weil sich Albert mit einem Mal veränderte, mit einem Lachen löste er die anfängliche Befangenheit, er fragte die Kinder Löcher in den Bauch, staunte herzlich über ihre Antworten, kommentierte wortreich ihre Geschichten oder trieb Scherze mit ihnen. Als er erfuhr, dass Frančiška ihre Ausbildung in der Lehrerbildungsanstalt bereits abgeschlossen hatte, redete er sie mit Fräulein Lehrerin an, und er wunderte sich nicht im Geringsten, als Matija stolz hinzufügte, dass sie ihr Studium bravourös gemeistert hatte, er war überzeugt, dass sie auch ihre Befähigungsprüfung mit Auszeichnung bestehen wird. Angela hatte ihre Lehre in der Nähwerkstatt absolviert, Frauen aus der Kolonie und von anderswo bringen ihr Kleidung, die sie umändert oder ausbessert. Frančiška zeigte ihm eine Fetzenpuppe, die ihre Schwester genäht hatte, sie war himmlisch schön, weshalb sie sie Engelchen nennt. Die Kinder und erwachsenen Frauen bitten sie ständig um so eine, Angela wird nie genug davon nähen können, gemeinsam bewunderten sie, wie präzise und sorgfältig die Minikleider des Püppchens gefertigt waren. Matija spielte ihm ein flottes Ständchen auf der Konzertina vor, das er sich selbst ausgedacht hat, als er von der Theatergruppe eingeladen wurde, bei deren Vorstellung zwischen dem ersten und zweiten Akt zu spielen. Albert schien es, dass er ein Glänzen in den toten Jungenaugen entdeckte, was eigentlich nicht sein konnte, aber auch die Mienen der anderen waren sichtlich gerührt. Ohne Zweifel wird auch Ludvik eine Überraschung für ihn parat haben, schloss Albert die Befragung. Seit drei Monaten ist er Kumpel im Bergwerk, mehr noch, Genosse, er macht eine Lehre zum Hauer, drängte es Ludvik zu berichten. Als sich Albert nach Alojzij erkundigte, sagte Ludvik verächtlich prustend, dass der ein Verräter der Arbeiterklasse ist, aber Zofija schnitt ihm sofort das Wort ab: Alojzij arbeitet im Glaswerk, studiert viel, ist überaus tüchtig, er wurde Gehilfe des Schmelzmeisters und sorgt für die richtige Mischung der Stoffe, die sie in den Glaswerköfen schmelzen. Er umgarnt die Frau des Direktors, unterbrach sie Ludvik, weshalb er gerügt wurde, dass er ein gemeines Lästermaul ist. Sie plauderten lange, so nahe waren sie einander nicht einmal früher gewesen, als sie zusammenwohnten. Er hat ihnen nichts mitgebracht, er lädt sie jedoch zu einem Fest ein, das die Sozialisten veranstalten, er wird für alle so viel zu essen und trinken bestellen, wie in ihre Bäuche passt.

Die Sonne brannte heiß auf die kleine Karawane, die langsam über die staubige Straße in Richtung Gasthaus auf der anderen Seite der Siedlung lief. Albert und Ludvik gingen voraus, sie unterhielten sich laut und gestikulierten lebhaft, während die anderen ihr Tempo der hinkenden Angela anpassten. Es wird doch wohl nichts verkehrt daran sein, wenn du auf ein Fest der Sozialisten gehst, fragte Zofija Frančiška, die nur gleichgültig mit den Achseln zuckte, niemand kann ihr vorschreiben, was sie zu tun hat und wohin sie gehen darf.

Das Gasthaus war zu klein für alle Besucher, deshalb waren im Obstgarten viele provisorische Tische und Bänke aus Fichtenbrettern aufgestellt, die noch nach Harz rochen. Albert kaufte ihnen am Eingang rote Papierhüte, er suchte einen Tisch für sie, der zumindest teilweise im Schatten stand, und verabschiedete sich für einen Augenblick.

Als allmählich auch die Mitglieder der Kapelle eintrafen und sich so mancher mit einem Tuten ankündigte, trat der Leiter der Bergbaugewerkschaft auf den Tanzboden und kündigte den Redner an. Dessen Name ging im Lärm der Hochrufe unter, weshalb Zofija und die Kinder einander verblüfft ansahen, als Albert die Bühne betrat. Angela neigte sich zu Matija, um ihm die Neuigkeit zu erzählen, Ludvik stand auf und äußerte lautstark seine Begeisterung.

Nachdem er begrüßt und vorgestellt worden war, trat Albert zu den beiden Gendarmen, die am Tanzboden standen, schüttelte ihnen die Hand und verkündete mit kräftiger Stimme unter allgemeinem Johlen, wie sehr es ihn freut, dass die Regierung nicht mehr zwischen Anhängern verschiedener Weltanschauungen unterscheidet und Gendarmen zu allen politischen Versammlungen schickt. Auf den Kundgebungen der Liberalen und Klerikalen müssen sie die Redner beschützen, damit der berechtigte Volkszorn sie nicht zerreißt, auf den sozialistischen Versammlungen müssen sie dafür sorgen, dass die Wahrheit nicht ans Licht kommt. Aber das ist eine Sisyphusarbeit, die Wahrheit kann nicht mehr übertönt werden, selbst wenn die Gendarmen mit Ratschen versehen wären.

Was ist die Wahrheit, überschrie er die laute Zustimmung. Die Tatsache, dass all die technischen Errungenschaften und elektrischen Maschinen nicht dem Volk dienen, sondern allein den Besitzenden. Es stimmt zwar, dass diese so manche Schwerstarbeit leisten, die noch gestern von Menschenhand verrichtet wurde, doch angeschafft wurden sie nicht, um die Arbeiter in den Bergwerken und Fabriken zu entlasten, sondern um deren Zahl zu verringern. Die Arbeitstage sind noch immer unmenschlich lang, Kinder und Frauen sind wegen der beschämend kargen Bezahlung als Arbeitskräfte weiterhin besonders willkommen, die Anzahl der Unglücksfälle war noch nie so hoch wie jetzt. Die Maschinen sorgen nicht dafür, dass die Arbeit leichter und sicherer ist, die gewissenlosen Besitzer haben sie angeschafft, damit ihre Brieftaschen noch schneller noch dicker werden. Nicht alle profitieren vom gewaltigen Fortschritt, die Armen sind nicht weniger arm, die Reichen dagegen sind immer vermögender. Wer zehn Paar Schuhe hat, fährt mit der Kutsche oder noch lieber in diesem neuartigen Automobil, wer barfuß ist, läuft weiterhin zu Fuß.

Es gibt nur eine einzige einfache Wahrheit, donnerte er, ohne die

Schwielen der Arbeiter wären ihre Vorratskammern und ihre Bankkonten leer, die Altäre hätten keine Vergoldung. Wollte ihr Gott erneut einen Arbeiter erschaffen, gäbe er ihm anstelle von Verstand ein zweites Paar Hände. Aber dafür ist es jetzt zu spät, es gibt keinen Weg zurück. Sie sind nicht länger furchtsam und brav, sie schenken den Predigten, dass es ihr Schicksal ist, auf dieser Welt zu arbeiten und zu leiden, keinen Glauben mehr, sie geben sich nicht mehr mit dem leeren Versprechen von reichem Lohn im Jenseits zufrieden. Sie sind nicht länger blind und naiv, sie werden ihre Forderungen noch lauter in die Welt hinausschreien, noch entschlossener Gerechtigkeit verlangen; und wollen die Herrschaften sie dann noch immer nicht hören, werden sie sich selbst nehmen, was ihnen zusteht.

Die Gendarmen warfen sich einen Blick zu, doch der ältere winkte nur ab. Eine Weile beobachteten sie, wie Albert von einer Gruppe Arbeiter mit roten Hütchen belagert und unter Jubelrufen von der Bühne begleitet wurde; als die Kapelle die ersten Paare auf die Tanzfläche lockte, gingen sie zurück Richtung Gendarmeriestation.

Albert kehrte zu Zofija und den Kindern zurück, er bestellte Essen und Getränke für alle. Bald gesellten sich der Leiter der Bergbaugewerkschaft und ein Arbeiter zu ihnen. Ludvik sog mit gespitzten Ohren auf, was sie sagten, er wollte sich so umfassend und genau wie möglich merken, mit welchen Begriffen sie die Knechtschaft von oben benannten: Staatsgewalt, Kapitalistenschweine, Raffgier, Arbeiterklasse, Proletariat. Als er diese Schlagworte selbst anwenden wollte, stellte er fest, dass seine Geschwister nicht mehr am Tisch saßen, sondern sich beim Karussell amüsierten.

Angela klammerte sich lachend an die Kette ihres Sitzes, das schnelle Kreisen raubte ihr den Atem; als der Junge hinter ihr ihren Sitz packte und sie noch höher schubste, schloss sie die Augen und kreischte ausgelassen. Matija spürte, wie die Luft kräftig über seine Wangen strömte, in die Musik mischten sich Geschrei, Lachen und das Stampfen auf der Tanzfläche, mal lauter, mal leiser. Ohne Boden unter den Füßen empfand er eine Leichtigkeit, wie er sie noch nie erlebt hatte, er umarmte die gesamte Szenerie, in rasendem Tempo drehte er inmitten der unzähligen Stimmen seine Runden und dachte, dass die Erde in ihrem Inneren sicher kochend heiß ist, da sie die ganze Zeit so wild um die Sonne rast.

Am späten Nachmittag, als die Hitze langsam nachließ und selbst die hartnäckigsten Diskutanten die politische Rhetorik einstellten, um sich dem ausgelassenen Treiben hinzugeben, kehrten die beiden Gendarmen zurück. Der ältere trat zum Kapellmeister, er brauchte ihm nur einige ins Ohr zu schreien, und die Musik verstummte. Die Tanzenden blieben verwundert stehen, nur wenige Paare drehten sich noch einige Male, als hätten sie in ihrer Entrücktheit nichts gehört und dem Schwung der Drehung nicht gleich Einhalt gebieten können. Der Gendarm trat auf die Tanzfläche, in strammer Haltung und mit todernster Miene verlangte er streng ihre ungeteilte Aufmerksamkeit. Bei einem Attentat in Sarajevo wurde der Thronfolger Franz Ferdinand erschossen, sagte er laut deklamierend und löste damit bei den Feiernden eine Stille aus, in die nur das Quietschen des anhaltenden Karussells drang. Routinemäßig fügte er noch an, sie sollen nach Hause gehen, das Fest ist zu Ende.

Ludvik sah fragend zu Albert, bat stumm, dass er ihn über die ihm verschlossene Tragweite dieser Nachricht aufklärt, Albert aber murmelte mehr für sich als für die anderen, dass es Krieg geben wird.

Die Kinder verschwanden ins Bett, es wurde nicht viel gesprochen, selbst Alojzij und Ludvik lieferten sich kein Wortgefecht mehr. Zofija und Albert, der ein leeres Schnapsglas zwischen den Fingern drehte, saßen bei einer Petroleumlampe, die lange zittrige Schatten in den Raum zeichnete.

Er ist gar nicht heimgekehrt, er hat nur Zwischenstation gemacht, weil er eine Rede auf der Versammlung zu halten hatte, sagte Zofija. Ihre Stimme war frostig, sie fragte nicht, das Gesagte war eine Feststellung. Er griff nach der Flasche und schenkte sich Schnaps nach, als bewahre ihn diese Aufgabe vor einer Antwort.

Als sie ihn auf der Versammlung gehört hatte, war ihr das schlagartig klargeworden. Sie machte sich Vorwürfe, dass sie mit 41 Jahren noch immer so naiv war. In all den Jahren hatte sie kein einziges Mal auch nur einen Bruchteil jener Hingabe und Leidenschaft erfahren, die er in seine Rede gelegt hatte, wie er sie wahrscheinlich tagtäglich hält. Er hat die Bergmänner aufmerksam zur Situation im Bergwerk, im Tal, in der Gewerkschaft befragt. Er hätte zumindest nicht so zu tun brauchen, als würde ihn interessieren, was seine Frau in den drei Jahren gemacht hat, die sie getrennt gewesen waren. Es hätte nichts geändert, jetzt wird er sie nicht mehr mit seinem Gerede einlullen, er könnte allenfalls noch für ein wenig Ablenkung sorgen. Sie wirft ihn nicht hochkant aus der Wohnung, er ist schließlich gerade erst gekommen, er kann einige Tage bleiben, aber das ist auch alles.

Warum wird man wehmütig, fragte sie ihn und sich selbst nach einer Weile, wenn man das Vergangene heraufzubeschwören versucht. Sie holte noch ein Gläschen für sich, schenkte sich ein und trank den Schnaps in einem Zug. Sie verzog das Gesicht, atmete tief ein und wischte sich die Augen.

Als sie vor drei Jahren getrennt wurden, hatte sie gesagt, dass sie noch immer stark ist, das war gelogen. Sie hat sich über Nacht verändert, damals, als all diese Kinder kamen. Sie haben sie völlig vereinnahmt, ihr Leben komplett durcheinandergeworfen. Davor ist sie Chorleiterin gewesen, sie hat Tempo und Dynamik bestimmt, wer laut singen und wer seinen Mund nur stumm bewegen soll. Die Kinder haben alles auf den Kopf gestellt, sie hat versucht, jede ihrer Bewegungen zu erfassen, jeden Blick zu deuten, ihren Gesichtern abzulesen, ob sie etwas leiser, schneller, begieriger wünschen. Auch wenn eins müde war oder zwei sich miteinander beschäftigten, waren immer noch genug da, die ihre Münder verzogen, mit den Armen fuchtelten, den Körper verkrampften oder herumhüpften.

Sie sind zu spät gekommen und gehen jetzt zu früh, sie kann

nicht mehr so sein, wie sie einmal war. Sie hat Angst, dass die Nachbarinnen herkommen, um sie erneut als Schlichterin einzusetzen oder sie bitten, dies oder jenes zu regeln, und allein bei dem Gedanken, sich wieder so aufmüpfig zu verhalten, wird ihr unwohl zumute. Wenn sie heute jemanden sagen hört, dass die besseren und gewissenhafteren Frauen daheimbleiben und für Ordnung im Haus sorgen, nickt sie insgeheim; wie vehement hätte sie früher solchen Predigern widersprochen, wie laut hätte sie darüber gespottet.

Sie schüttelte den Kopf, atmete tief durch und sagte lächelnd, dass sie manchmal etwas Selbstmitleid überkommt, aber das ist nicht weiter schlimm.

Die gesamte Monarchie trauert, aber manche amüsieren sich. Der Gendarm baute sich breitbeinig vor Matija auf, der auf der Türschwelle auf seiner Konzertina spielte. Der Apfel fällt nicht weit vom Stamm, fügte er noch hinzu und fragte den Jungen, ob sein Vater zu Hause ist. Matija begriff nichts, er wusste nicht einmal, wer ihn ansprach. Zofija, die aus der Wohnung kam, erlöste ihn und fragte den Gendarmen barsch, was er von Matija will. Er ist gekommen, um mit seinem Vater Albert zu sprechen, er möchte ihn fragen, ob ihm bekannt ist, dass in der Nacht die Trauerflagge auf dem Gemeindeamt zerrissen wurde, so wie ihn auch interessiert, wer dahinterstecken könnte. Zofija schüttelte den Kopf, der Gendarm ist vollkommen falsch im Bilde. Albert wohnt schon seit drei Jahren, seit seiner Verbannung, nicht mehr bei ihnen, Albert ist auch nicht Matijas Vater, und es ist nichts falsch daran, wenn ein Kind Harmonika spielt. Sie soll ihm bloß keine Lügen auftischen, wurde der Gendarm kiebig, am Tag des Attentats hat er sie gemeinsam auf dem Fest gesehen. Und sie hat ihn dort in Gesellschaft eines älteren Wachmanns gesehen, jetzt aber steht er allein vor ihrer Tür.

Ihre Erwiderung verwirrte den Gendarmen, ebenso ihr Ton, der nicht mehr schroff-aggressiv war, sondern nüchtern-höflich. Alle sind nervös, am frühen Nachmittag wird der kaiserliche Zug mit den sterblichen Überresten empfangen, und dann noch dieser Vorfall mit der Flagge, versuchte er, sich zu erklären oder gar zu entschuldigen, deshalb wurde die Kontrolle verstärkt.

Ob er wusste, verblüffte sie ihn erneut, dass die ermordete Herzogin Sophie hieß, wie sie. Er blickte sie verwundert an, schüttelte den Kopf und verabschiedete sich rasch.

»Spiel ruhig, Matija, der Herr Wachtmeister hat sich geirrt«, sagte sie und streichelte den Jungen, als sie dem Gendarmen schelmisch lächelnd nachsah.

»Gehen wir auch zu dem Zug?«, fragte er sie.

»Möchtest du?«

Matija nickte: »Schilderst du mir das Geschehen? Frančiška wird wahrscheinlich keine Zeit haben.«

»Nein, Frančiška muss sich um ihre Schüler kümmern. Ich werde mir Mühe geben.«

»Kommt Angela auch mit?«

»Wir können sie fragen, aber ich glaube eher nicht. Für sie ist der Weg zum Bahnhof viel zu weit.«

Einige Stunden später gingen sie los, die Straße zum Bahnhof war voller Leute, die in dieselbe Richtung unterwegs waren.

»Glaubst du, dass es wirklich Krieg gibt?«, fragte Matija. »Das war das Erste, was Albert gesagt hat, als er von dem Attentat erfuhr. Auch Alojzij und Ludvik streiten darüber.«

»Wir müssen leiser reden«, sagte sie, seine Hand drückend, »anscheinend sind einige hier ein wenig überspannt. Du hast es in der Früh ja selbst mitbekommen, dass man wegen eines schwarzen Fetzens die Leute verhört, dem Gendarmen war sogar deine Musik zu viel.«

Am Bahnsteig hatte sich bereits eine große Menschenmenge versammelt. Vor dem Eingang zum Bahnhofsgebäude war die Stelle, wo die Lokalprominenz in dunklen Anzügen und die Pfarrer in ihrem Ornat standen, mit schwarzem Stoff abgehängt. Rechts und links waren die Mitglieder beider Sportvereine in ihren Trikots angetreten, mit Trauerbändern an den Bannern, die Schüler standen neben dem Gleis Spalier, vor ihnen liefen Gendarmen und Feuerwehrmänner in Uniform umher und ordneten die Reihen. Frauen, Alte und andere Schaulustige drängten sich in größeren und kleineren Gruppen, jeder kämpfte um eine möglichst gute Aussicht auf das Geschehen.

Zofija beugte sich zu Matija und beschrieb ihm flüsternd, was sie sah. Sie wurde immer wortkarger, in der Stille, in der nur Hüsteln und das Zwitschern der Schwalben zu hören waren, schien jedes ihrer Worte laut widerzuhallen. In die beklemmende Erstarrung brach das Geräusch des nahenden Zuges, die Menge begann, sich auf die Zehenspitzen zu stellen und die Hälse zu recken, um ihn gleich zu sehen.

Nachdem der Zug hinter dem Abhang zum Vorschein gekommen war, brauste er durch den Bahnhof, ohne sein Tempo irgendwie zu verringern, schwarz vermummt, schoss er an der wartenden Menge vorbei und war kurz darauf hinter dem Felsmassiv schon wieder verschwunden. Eine Weile rührte sich niemand, als sei das alles nur ein schlechter Witz gewesen und schon im nächsten Moment werde diesem Geisterzug der echte kaiserliche Trauerzug folgen und feierlich langsam durch das Spalier winkender Kinder einfahren, sodass die Turner der Sokoli und Orli ihre Banner senken, die Prominenten ihre Hüte abnehmen und die Pfarrer ihre Hände zum Gebet falten konnten, und dann wird der Bürgermeister zum offenen Waggon treten und sich vor den beiden Särgen verneigen, und die gerührten Höflinge an den Fenstern des Zuges werden winken, wenn sich seine Räder langsam wieder in Gang setzen.

Zofija und Matija hatten bereits die Hälfte des Heimwegs zurückgelegt, als er fragte, warum der Zug nicht am Bahnhof gehalten hat, wo doch so viele Menschen auf ihn gewartet haben.

»Sie hatten es wohl eilig, bis Wien ist es noch weit. Wenn sie auf jeder Station haltmachen würden, kämen sie heute nicht mehr dort an.«

»Ist es nicht egal, ob heute oder morgen? Sie sind tot, für sie gibt es nichts mehr zu holen, sosehr sie sich auch beeilen.«

»Wahrscheinlich hat man sich schon vor Tagen so entschieden, als niemand dachte, dass sich Menschen an der Strecke versammeln.«

»Sie hätten wenigstens kurz anhalten müssen. Man hätte die vielen Menschen, die ihretwegen gekommen sind, nicht so außer Acht lassen dürfen. Es war ganz sinnlos, zum Bahnhof zu gehen.«

»Dir erscheint es sinnlos, ein anderer findet es vielleicht richtig, dass er hinging, um dem Herrscherpaar die letzte Ehre zu erweisen.«

»Man hätte auch den versammelten Menschen Respekt erweisen müssen. Man kann von niemandem Abschied nehmen, der wie ein Windstoß vorbeibraust.«

Sie blieb stehen und drückte seinen Kopf an ihre Brust.

»Nur gut, dass Angela daheimgeblieben ist«, sagte er, als sie ihn wieder losließ. »Sie hätte sich mühsam zum Bahnhof geschleppt, wo der Zug dann einfach an ihr vorbeigesaust wäre. Furchtbar!«

VALENTINA

Frančiška schüttelte den Kopf und schimpfte lächelnd mit sich, dass sie an diesem kalten, nebligen Morgen unnötig Kraft vergeudete. Obwohl sie die Schule schon vor einem Monat den verwundeten und kranken Soldaten hatte überlassen müssen, bemerkte sie erst kurz vorm Eingang zum Schulgebäude ihren Irrtum. Sie kramte in ihrer Handtasche, als suche sie eifrig nach etwas – ein überflüssiges Getue vor Leuten, die sie eventuell sahen –, drehte sich langsam um und ging Richtung Haus der Turner, wo sie an jenem Tag unterrichtete.

Nach wenigen Schritten hörte sie, dass jemand ihren Namen rief. Sie blieb stehen, und noch bevor sie ihren Vorgesetzten sah, erkannte sie die Stimme des Oberlehrers. In dickem Mantel und mit einer Pelzkappe auf dem Kopf, trottete er auf seinen kurzen Beinen eigenartig auf sie zu. Statt wie erwartet zu fragen, was sie zur Schule geführt hatte, lamentierte der Oberlehrer, dass er lieber im Schützengraben liegen würde, als jeden Morgen durch diese beißende Kälte zu stapfen. Jahrelang war er ein feiner Herr gewesen, nur der Flur und ein paar Stufen hatten sein Bett vom Katheder getrennt, auf seine alten Tage aber wird er wie der letzte Straßenkehrer behandelt; komisch, dass ihm noch keine Schaufel an den Stock gesteckt wurde. Mit seinem gespielten Missmut brachte er sie zum Schmunzeln.

Das Schulhaus war einkassiert, sodass sie jetzt wie Obdachlose allerhand Ersatzräume nutzten, die im ganzen Ort verstreut lagen.

Die Verhältnisse sind eine Zumutung, sie müssten dringend zusätzliche Kräfte erhalten, aber das Gegenteil passiert, sicher hat sie schon gehört, dass bei der letzten Musterung zwei weitere ihrer Lehrer ›kriegsdiensttauglich‹ geschrieben wurden. Vielleicht haben sie recht, und es gibt wirklich zu viele Lehrer, mittlerweile zählt ja allein, dass sie genug Socken und Ohrenschützer stricken, danach werden sie Brombeeren und Himbeeren sammeln müssen, Brennnesseln pflücken, wer beschäftigt sich da noch mit Rechnen. Und wozu auch, fragte er theatralisch. Gestern Abend ging es auf der Sitzung der Approvisationskommission um die Lebensmittelbestände im Umkreis: Der erste Bauer hat nichts im Getreidespeicher, der zweite und alle weiteren sind so arm, dass er ihnen am liebsten einige Scheffel Mehl aus eigenen Beständen geben würde. Es gibt nichts mehr zu rechnen, um Nullen zusammenzuzählen, braucht man nicht zur Schule zu gehen. Alle verstecken Lebensmittel und horten Vorräte, jeder Blinde sieht, dass bald Lebensmittelkarten eingeführt werden, der Blumenpark vor dem Bergwerksgebäude wird bald weniger wert sein als ein Misthaufen, auf dem Kürbisse sprießen.

Sie blieben kurz stehen, das Gehen und sein pausenloses Gerede ermüdeten ihn, er ist ein alter Nörgler geworden, lieber soll sie von zu Hause erzählen, er hat gehört, dass Alojzij erfolgreich in Deutschland studiert. Frančiška nickte, der Oberlehrer fügte hinzu, dass der Junge es sicher weit bringen wird, im Direktor des Glaswerks hat er einen Gönner gefunden, und er ist fleißig und schlau. Ihm fiel der Name des Zwillingsbruders nicht ein, Ludvik, auch ein kluger Junge. Beide waren außerordentlich begabt, sie hätten alles werden können, hätte ein läppischer Vorfall nicht ihr ganzes Leben verändert. Es tat ihm in der Seele weh, aber damals hatte er keine andere Wahl, als sie schweren Herzens von der Schule zu verweisen.

Sie schwiegen während einiger Schritte, er spürte, dass sie etwas entgegnen wollte, und ermunterte sie, offen ihre Meinung zu sagen. Sie begann langsam, schien zu überlegen, wie aufrichtig sie sein kann: Vor vier Jahren war es verboten, Sprengstoff in einen Bach voller Fische zu werfen, auch nur dabei zu sein, war ein Verbrechen. Die Strafe war hart, nach dem Verweis von der Schule mussten ihre Brüder jede Hoffnung fahren lassen, und sie können Zofija nicht genug dafür danken, dass sie ihretwegen um die Besserungsanstalt herumgekommen sind, dort wären schlechte Menschen aus ihnen geworden. Jetzt aber ist das Werfen von Granaten auf Häuser und Menschen, das Morden für Gott, Kaiser und Vaterland eine Heldentat, für die man eine Tapferkeitsmedaille bekommt.

Im Stillen schalt sie sich, dass sie zu weit gegangen war, dass sie zu viel gesagt hatte, ihre Klage galt nicht nur der Staatsmacht, die es sich leicht gemacht hatte; während der Oberlehrer schwieg, dachte sie, dass sie auch ihm feigen Gehorsam vorwarf, der im Abstand einiger Jahre betrachtet allzu drakonisch erschien.

Für derlei Äußerungen kommen Menschen ins Gefängnis, erwiderte er mit einem vielsagenden Lächeln, aber harte Strafen ordnen das Chaos, beseitigen den Hunger, rotten die Dummheit aus, dämmen den Blutzoll ein, schaffen den Wohlstand aus den Palästen in die Baracken. Das Gefängnis löst alle Probleme, dabei ist unerheblich, ob der Sünder hinter Gitter gelangt oder der, der seine Tat bezeugt. Er hielt kurz inne, dann fügte er hinzu, dass sie einander preisgegeben haben, nun kann nicht nur er sie ans Messer liefern, sondern auch sie ihn.

Drei Monate später eilte Frančiška an einem kühlen Sonntagmorgen erneut zum Schulgebäude. Sie lief beschwingt, der Frühling belebte sie, ihr schien, dass sie vor Kraft sprühte. Diese Energie empfand sie, seit die Krankenstation in der Schule erweitert worden war und nun in jeder freien Ecke Betten standen, sogar in der Wohnung des Oberlehrers. Von den Schlachtfeldern kamen immer mehr Verwundete und Kranke; der eine auch noch für die Ortsansässigen zuständige Arzt und zwei Krankenschwestern waren zu wenig, deshalb hatte man die Lehrerinnen gebeten, sie nach dem Unterricht zu unterstützen. Alle verstanden diese Bitte als Befehl.

Frančiška gab die Arbeit im Frauenverein auf; sie hatte genug davon, ständig Veranstaltungen zu planen und Spenden zu sammeln, die an irgendeine wildfremde Hilfsorganisation gingen, vor allem hatte sie die Gesellschaft der ehrenwerten Damen satt. Deshalb ging sie bald täglich zur Krankenstation und blieb dort bis spät in die Nacht. Sie versorgte Wunden, wusch Bettlägerige, berührte vor Fieber kochende Leiber und empfand ihre Erschöpfung und Angst, die manche mit Scherzen und einem gewinnenden Lächeln überspielten. Die viel besungene Barmherzigkeit, in ihren Augen eine billige patriotische Phrase, bekam reale Ziele, Menschen mit Gesichtern und Wunden.

Hingerissen war sie auch von Olga, einer Krankenschwester in ihrem Alter, deren Ehrlichkeit und Direktheit sie begeisterten. Mit dem Arzt redete sie nicht anders als mit den Feuerwehrmännern, die die Verwundeten vom Bahnhof herbrachten, im selben Ton schimpfte sie mit einem Kranken, der sich nicht waschen wollte, und hochstehenden Frauen, wenn diese beim Inspizieren der Krankenzimmer weise Ratschläge zur Pflege für sie parat hatten. Wenn am Abend alle Lichter in den Schlafräumen gelöscht wurden, ging Frančiška oft immer noch nicht nach Hause, in einer Mansardenkammer des Schulgebäudes plauderte sie mit Olga bis spät in die Nacht.

Für Olga gab es keine Tabuthemen. Oft sagte sie, dass sie ihre Arbeit gegen nichts auf der Welt eintauschen würde. Sie erhält einen Lohn, der sie unabhängig macht, zugleich erinnert ihre Arbeit sie stets daran, wie ausgeliefert der menschliche Körper ist. Eine Bleikugel, ein Stoß mit dem Bajonett, ein Granatensplitter genügt, und im nächsten Moment wird der einst so begehrte Leib zu einem bejammernswerten Objekt. Wie schnell Haut platzt, wie wenig es braucht, dass das Gehirn kollabiert, zählte sie auf, einen Menschen zu brechen ist nicht schwieriger, als einen Grashalm auszureißen.

Frančiška hatte einmal erwidert, dass sie sich von gebrochenen, hilfsbedürftigen und niedergestreckten Soldaten angezogen fühlt, von ihrer Verwundbarkeit, wenn sie nach einer Operation genesen oder mühsam gegen ihre Krankheit ankämpfen, dass sie ihr näher sind als die stattlichen Sieger und triumphierenden Recken auf den Postkarten und in illustrierten Zeitungen. Olga widersprach ihr vehement, dass die Pflege verwundeter Körper eine Arbeit ist, das Umarmen von Gesunden dagegen die pure Freude.

Wenn sie an Olga dachte, überlief sie ein angenehmer Schauer. Die Freundin bat sie, ihr beim Untersuchen der russischen Gefangenen zu helfen, die eine Seilbahn zum Transport des Holzes aus den Wäldern des Bergwerks bauen sollen. Ein paar kopflose Autoritäten, sagte sie eilig, werden sie um den ersten freien Tag nach drei Wochen bringen; sie denken bestimmt, dass die Armen Typhus oder etwas ähnlich Schlimmes, garantiert Ansteckendes haben, weil sie Häftlinge sind und Russen noch dazu. Sie muss nur die Angaben des Arztes mitschreiben, sagte sie flehend, was vollkommen unnötig war, da ihr Frančiška gern jeden Wunsch erfüllte.

Ihren freien Tag verbringt sie mit ihrem Freund, am Montagabend berichtet sie dann ausführlich, wie es im Bett mit ihm war, sagte Olga dann noch aufgekratzt. Frančiška machten diese Gespräche verlegen, zugleich waren sie überaus anziehend. Olga amüsierte, wie unerfahren sie war. Als sie auf ihr Drängen gestand, dass sie noch nie einen Mann geküsst hat, drückte sie ihr die Lippen auf den Mund, sog und knabberte daran, drang mit der Zunge in ihren Mund. Frančiška errötete und schnappte fassungslos nach Luft, dann erklärte ihr Olga ganz zwanglos, auf welche Weise sie durch Selbstbefriedigung zum Orgasmus kommt.

Weg mit diesen Gedanken, befahl sie sich selbst, sie stand bereits vorm Gebäude, offenbar war sie vor dem Arzt eingetroffen, denn das Portal war noch zugesperrt. Sie könnte nach einer Schwester rufen oder zum Hintereingang gehen, in der Küche wurde bestimmt schon gearbeitet, sie blieb jedoch auf dem Schulhof und schweifte mit dem Blick zwei lange Fensterreihen entlang. Mühelos sah sie die in Krankenzimmer verwandelten Klassenräume vor sich, sie spazierte gedanklich zwischen den Betten umher und versuchte, sich an die Namen derer zu erinnern, die darin lagen. Wie sehr sie sich von den Männern unterschieden, denen sie anderswo begegnet war. Einige gaben schon wieder den Schwerenöter, dermaßen aufgesetzt, dass sie nicht für den kleinsten Moment darauf hereinfiel, die meisten aber, denen ein oder beide Beine amputiert worden waren, stierten nur ausdruckslos vor sich hin, fast allen stand Angst auf die Stirn geschrieben. Wie schlimm musste es erst in den Feldlazaretten sein, fragte sie sich, zu ihnen kommen immerhin nur diejenigen, die fast genesen sind, die das Schlimmste überstanden haben. In all der Zeit sind bei ihnen nur zwei Verwundete gestorben, einer von ihnen hat Selbstmord begangen.

Stimmen unterbrachen ihren Gedankenstrom, vom Betriebshof des Bergwerks näherte sich eine achtlose Kolonne Häftlinge, mindestens fünfzig Gestalten, vorneweg zwei ältere Landsturmmänner, die heftig miteinander debattierten. Von der anderen Seite kam langsam der Arzt auf die Schule zu, ein älterer Mann, der gar nicht zu verbergen versuchte, dass die Anstrengungen der letzten Monate über seine Kräfte gingen. Frančiška klopfte laut an die Tür, sie hörte den Widerhall ihrer Schläge im Flur, auf den bald schlurfende Schritte folgten. Der Arzt wies einem der Bewacher den Weg zum Behandlungsraum, in den er Gruppen aus je fünf Häftlingen führen sollte.

Frančiška wog die bis zum Gürtel entblößten Häftlinge und maß ihre Größe. Sie hielten die Köpfe gesenkt, doch als sie ihre Namen und Daten ins Heft notierte, spürte sie ihre Blicke auf sich. Die Untersuchung ging rasch voran, der Arzt schaute ihnen in den Mund, tastete den Bauch ab, hörte Lunge und Herz ab. Die ersten zehn Häftlinge waren in einer knappen Stunde durch. Der Arzt befahl dem Bewacher, mit der nächsten Gruppe im Flur zu warten, er ließ sich in den Stuhl fallen, zündete sich eine Zigarette an und paffte den Rauch in Richtung Decke. Reine Zeitverschwendung, sagte er zu Frančiška, ohne sie dabei anzusehen, alles, was ihnen fehlt, ist Nahrung. Schreiben Sie das in den Bericht, sie müssen sich waschen, was kein Problem ist, da ihnen der Duschraum des Bergwerks zur Verfügung steht, und sie brauchen genug zu essen, sonst werden sie langsam krank und sterben wie die Fliegen. Das ist alles, was es zu sagen gibt. Er widmete sich wieder seiner Zigarette, und als sie fast aufgeraucht war, rappelte er sich mit einem Seufzer auf, untersuchen müssen wir sie trotzdem, im Krieg diskutiert man nicht über den Sinn von Befehlen.

Gegen Mittag verschoben sich Frančiškas Gewichte schon wie von allein, sie las die Zentimeter ab und trug die Zahlen mechanisch in die Tabelle ein. Sie hätte selbst nicht sagen können, warum sie in der eintönigen Routine den Blick von der unbehaarten, fast kindlichen Brust hob und dabei in ungewöhnlich helle, bläuliche Augen sah. Sie kannte die fast gläserne Farblosigkeit, so waren Matijas Augen, die nichts sahen.

Seit diesem Sonntag verlangsamte sie ihren Schritt auf dem Weg zur Krankenstation, wenn sie an den Baracken der Häftlinge vorbeikam. Das Gelände mit den Bretterbuden war nur zur Straße hin umzäunt, auf der anderen Seite grenzte es direkt an die Bergwerksgebäude, weshalb man problemlos dorthin gelangte. Den zwei wachhabenden Landsturmmännern – immer waren es ältere Männer in Zivil mit einem gelb-schwarzen Band über dem Ärmel – war egal, was die Häftlinge taten, sie konnten ohnehin nirgendwohin fliehen. Wenn sie am späten Nachmittag von der Arbeit kamen, traten bald immer mehr Einheimische auf sie zu. Die meisten trieben Handel mit ihnen, die Häftlinge bekamen außer etwas Kleingeld auch Tabak, den sie gegen Essen oder noch lieber gegen Schnaps eintauschten – das war verboten, doch niemand beachtete das mehr; es kamen Angehörige von Soldaten in russischer Kriegsgefangenschaft, die meinten, dass sie ein gemeinsames Schicksal verband, und immer häufiger kamen Frauen, die schon zu lange allein waren. Vom Pathos zu Kriegsbeginn war längst nichts mehr übrig, immer größere Not ließ die Treue zur Monarchie und die sittlichen Normen aus Friedenszeiten erodieren.

Wenn Frančiška Valentin auf dem Hof erspähte, blieb sie einen

Augenblick stehen und sah ihn an. Ihr gefiel, dass er schüchtern war, zumindest war das ihre Erklärung dafür, dass er sich ihr trotz der Sticheleien und des Gelächters seiner Kameraden nie näherte.

Ab und an stahl sie dem Arzt eine Zigarette, die er im Untersuchungsraum liegen ließ. Eines Nachmittags nahm sie all ihren Mut zusammen, um Valentin mit einer Geste zum Zaun zu winken. Sie drückte ihm die Zigaretten in die Hand, strich über seine glatten Wangen und rannte davon zur Schule. Als sie am Abend wiederkam, wartete er bereits auf der Straße, ungeduldig, fast gewaltsam umarmte er sie. Sie stieß ihn energisch weg, er blieb wie ein dummer Volksschüler vor ihr stehen. Sie nahm seine Hand, legte sie sich auf die Stirn, strich damit langsam über ihre Augen, über die Nase, seine Finger rochen nach nichts, über die trockenen Lippen bis zum Kinn, über den Kiefer und am Ohr vorbei zurück zur Stirn. Er muss zärtlich sein, langsam, erläuterte sie, sie braucht viel Berührung, ihr Bruder Matija, Valentin hat seine Augen, ist blind, er hat sie mit Berührungen verwöhnt. Ob er sie versteht, fragte sie ihn, sie ist verwöhnt, sie muss unendlich viel gestreichelt werden, sie hatte noch nie etwas mit einem Mann, sie wünscht es sich und hat Angst davor. Sie wird reden, und er wird sie streicheln, sie werden so langsam sein, dass sogar die Erde aufhört, sich zu drehen. Sie wird noch oft kommen, ihm Zigaretten bringen, Olga bitten, ihnen ihr Zimmer zu überlassen, aber er muss versprechen, die Zeit anzuhalten, wenn sie zu ihm spricht und er mit seiner Hand sanft über ihren Körper gleitet.

Frančiška betrachtete das eingefallene, erdfarbene Gesicht des Oberlehrers, das von hinten auf seinen Rücken fallende Licht verstärkte den Eindruck, dass er schrecklich alt war. Obwohl sie ihn täglich sah, seit die behelfsmäßige Krankenstation stillgelegt war und sie das Schulgebäude zurückbekommen hatten, dachte sie bei jeder Begegnung, dass er im nächsten Moment vor ihren Augen zusammenbricht. Die schöne Büroeinrichtung hatte etliche Kratzer bekommen, die Arbeiter waren beim Hereintragen nicht besonders vorsichtig gewesen, ein Schrank war sogar verschwunden, was ein Quadrat in hellerer Farbe deutlich anzeigte, doch die Möbel hatten den Krieg besser überstanden als deren Eigentümer.

Der Oberlehrer war ins Schreiben vertieft, dann und wann hob er den Blick und sah in ihre Richtung, wie um zu sagen, dass sie sich nur noch ein klein wenig gedulden soll. Sie fragte sich, ob er wirklich etwas Dringendes schrieb oder nur das Gespräch hinauszögerte; sie wusste, warum er sie gerufen hatte und was er ihr zu sagen hat, aber sie hilft ihm nicht dabei, er wird sie fragen müssen.

Sie versteckte ihren Bauch nicht, bislang hat nur Zofija gefragt, ob sie schwanger ist. Etwas später hat sie es Angela und ihren Brüdern erzählt und schon viel früher Olga, als die Schwangerschaft noch gar nicht zu erkennen war. Die Freundin bot ihre Hilfe an, sollte sie abtreiben wollen, sie kennt einen Arzt, der das macht, sie soll bloß nicht auf die Idee kommen, zu irgendeiner Engelmacherin zu gehen. Zofija war über die Neuigkeit ehrlich erfreut, stellte jedoch keine Fragen, Angela schmunzelte vielsagend, Matija aber legte seinen Kopf auf ihren Bauch und schob zuvor das freie Ohrläppchen in die Ohrmuschel. Was er hört, fragte sie ihn, als er auf ihrem Bauch zufrieden schnurrte.

»Ich höre eine Art Gesang, ein leises Lachen, aber ich bin mir nicht sicher, ob es deins ist oder das Lachen der kleinen Frančiška.«

»Dummkopf, das Kind bekommt doch nicht meinen Namen«, sagte sie und wuschelte ihm sein kurzes Haar. »Wenn es ein Junge wird, nenne ich ihn vielleicht Matija.«

»Aber nicht, dass er deshalb blind zur Welt kommt«, sagte er und hob den Kopf, wie um sie anzusehen.

»Heute bist du aber wirklich ein Dummerchen. Niemand ist blind nur wegen des Namens, den man ihm gibt.«

Sie drückte seinen Kopf zurück auf ihren Bauch und fragte, was er sonst noch hört.

»Viele Geräusche, einige habe ich noch nie gehört. Vielleicht übe ich, sie auf meiner Konzertina zu spielen. Ich versuche es ganz bestimmt. Was ich gehört habe, hat mir gefallen.«

Er hob erneut seinen Kopf: »Darf ich deinem Kind noch öfter zuhören?«

Sie lächelte sanft, doch der Blick des Oberlehrers holte sie im Nu in die Gegenwart zurück. Wahrscheinlich weiß sie, warum er sie gerufen hat. Ihre Blicke trafen sich, Frančiška schwieg. Der Oberlehrer nahm die Brille ab, trat ans Fenster und blickte auf die öde Landschaft. Der Winter nahm Abschied, nur in den schattigen Zonen lagen noch vereinzelte dreckige Schneefetzen, das Frühlingsgrün zauderte noch. Die Wege waren matschig, die Wiesen braun, die Bäume kahl.

Er seufzte und begann, noch immer zum Fenster gewendet, dass sie eine hervorragende Lehrerin ist, die Kinder haben Respekt vor ihr, und zugleich mögen sie sie, was nur wenigen gelingt, gewöhnlich erreichen Lehrer nur eins von beidem. Auch ist allen wohlbekannt, wie sehr sie sich auf der Krankenstation verausgabt hat, er redete weiter, wie um das Unausweichliche zu umgehen. Auf der anderen Seite, sagte er, um letztlich doch mit der bitteren Nachricht herauszurücken, gilt in diesem Land, das vor ihren Augen auseinanderfällt, ein dummes Gesetz, das Lehrerinnen untersagt, zu heiraten und Kinder zu haben.

Kollegen haben ihn auf ihren Zustand hingewiesen, er nennt keine Namen, es spielt keine Rolle, sagte er, nun zu ihr gedreht, deshalb muss er sie fragen, ob sie schwanger ist. Sie nickte, er wich ihrem Blick aus. Es tut ihm leid. Ihr tut es nicht leid, erwiderte sie und entlockte ihm damit ein winziges Lächeln. Wahrscheinlich ist er feige, fuhr er fort, er kann sich nicht für Menschen einsetzen, um die es sich zu kämpfen lohnte, er begeht wieder einen Fehler, wie damals bei ihren Brüdern.

Er wünschte, sie würde irgendetwas sagen, ihm widersprechen, ihn bitten, aber sie schwieg nur. Wäre sie mit einem Lehrer verheiratet, ließe sich vielleicht etwas einrichten, solche Ausnahmen sind schon vorgekommen. Sie ist aber nicht verheiratet, und der Vater des Kindes ist auch kein Lehrer, sagte sie. Dann sieht er keine Möglichkeit, überhaupt, das Kind ist dann ja … Er hielt inne und schluckte mit Mühe, sodass Frančiška den Satz mit dem fehlenden Wort selbst beendete: unehelich.

Es tut ihm aufrichtig leid, sagte er und klang bitter dabei, dass er ihr die Stelle kündigt, aber er kann diesen Schritt nicht unterlassen und dafür seine eigene riskieren. Er wünschte ihr viel Glück, Frančiška aber dachte, dass er, so gebrechlich er war, noch immer einen ungewöhnlich festen Händedruck hatte.

•

Zofija setzte Matija einen Korb auf die Schultern, danach sich selbst, sie blickte fragend zu Frančiška, die Valentina auf dem Schoß hielt, und die bescheidene Karawane brach auf.

»Wahrscheinlich kommen wir nicht weit«, lachte Matija plötzlich auf. »Ich bin der einzige Mann, aber blind.«

Zofija und Frančiška konnten ihr Lachen kaum unterdrücken, als sie gemeinsam über ihn herfielen, wieso er denkt, dass der Erfolg ihrer Reise vom einzigen Mann im Tross abhängen sollte.

Bis zu Dem, der den Akrobaten vom Seil schlug waren es mehrere Stunden Fußmarsch. Bereits im zweiten Kriegsjahr, als die Vorräte schrumpften und die Not immer größer wurde, hatten Zofija und Matija zu seiner Hütte aufzusteigen begonnen. Anfangs tauschten sie nur Petroleum und Tabak gegen Essen, bald aber übernahm Zofija das Regiment in der Hütte. Der, der den Akrobaten vom Seil schlug ordnete sich schnell unter, sollte das Teufelsweib doch tun und lassen, was es wollte, er selbst taugte ohnehin zu nichts.

Zofija zauberte ein Paradies aus der kleinen Hofstelle. Das Feld brachte jedes Jahr zweimal eine gute Ernte, es gab genug Kartoffeln, Buchweizen, Hirse, Bohnen. Sauerkraut und saure Rüben legten sie selbst ein, zu den Hühnern und Hasen gesellten sich ein paar Ziegen, sie trockneten Äpfel und Zwetschgen. Der, der den Akrobaten vom Seil schlug brannte Schnaps.

Nach der Entlassung hatte Zofija häufig auf Frančiška eingeredet, dass sie in die Berge ziehen könnten, Frančiška hatte sie jedes Mal ohne Erklärung abgewiesen. Jetzt war Valentina schon fast ein Jahr alt war, und sie hatte sich umentschieden. Ludvik hatte – es scheint nun einmal alles mit allem verbunden – beiläufig erwähnt, dass Russland aus dem Krieg ausgestiegen ist, weshalb man die russischen Häftlinge in einen Zug gesteckt und Richtung Norden abtransportiert hat. Auf halber Strecke gönnte sich die Karawane eine längere Rast. Frančiška stillte Valentina und stellte Matija, der wortreich den idyllischen Wohlstand an ihrem Bestimmungsort schilderte, hin und wieder eine Frage.

»Es ist so abgelegen, dass die Gendarmen die gesamte Kriegszeit hindurch nie bei ihm waren. Selbst der Volkszähler kam nur einmal. Er hat sich mit einer Flasche Schnaps verabschiedet und ist nie wiedergekommen.«

»Dir gefällt dieser Gauner, stimmt's?«, reizte ihn Frančiška.

»Er ist gar kein Gauner. Zusammen mit Zofija habe ich fast alles Verkaufbare ins Tal getragen, aber er verlangt keinen Anteil daran. Manche Besitzer sind schrecklich reich geworden, er aber hat nie Geld von uns genommen.«

»Vielleicht führt er etwas anderes im Schilde«, provozierte sie ihn weiter.

Matija schüttelte entschlossen den Kopf: »Weißt du, was er mir gesagt hat? Das Erste, was er im Leben gelernt hat, war: Hochmut kommt vor dem Fall. Er selbst hat den Akrobaten, der über den Köpfen der Menschen spaziert ist, mit einem Stein vom Seil geschlagen, in Sarajevo wurde der Thronanwärter abgeknallt. Und noch viele weitere Beispiele beweisen, sagte er, dass man besser bodenständig bleibt.«

Zofija und Der, der den Akrobaten vom Seil schlug zeigten Frančiška den bescheidenen Bauernhof; Matija aber saß auf der Bank vor dem Häuschen und hielt Valentina auf dem Schoß. Sanft strich er mit seiner Hand über ihr Gesicht und staunte, wie klein alles an ihr war.

»Hier werden wir auf das Kriegsende warten. Es heißt, dass es bald kommt, aber so sagt man schon seit drei Jahren. Bis Weihnachten kehrt Frieden ein, hieß es, als das nicht geschah, wurde die Frist bis Ostern verlängert. Danach begann ein neuer Zyklus. Alle hassen den Krieg und wünschen sich sein baldiges Ende, gekämpft wird trotzdem weiter. Als würde der Krieg über die Menschen bestimmen und nicht die Menschen über den Krieg. Komisch, nicht wahr?«

Er spürte, dass Valentina unruhig wurde, deshalb wiegte er sie sanft, bis sie sich wieder beruhigt hatte.

»Im Krieg passieren grässliche Dinge. Viele Menschen kommen ums Leben, andere bleiben für immer verletzt und entstellt, einige sind vermisst, und vielleicht wird man nie erfahren, wo sie sind. Letztens dachte ich, dass uns all dies schon vor Kriegsausbruch widerfahren ist. Mein Vater, dein Großvater, ist im Bergwerk ums Leben gekommen. Meine Mutter ist verschwunden. Früher hat sie auf diesem Hof gelebt, aber das wusste ich damals nicht. Obwohl sie so nah war, war sie weit weg, viel zu weit. Ich habe sie nie gesehen. Das sage ich so, obwohl ich blind bin und meine Augen tatsächlich nichts sehen. Dann ist sie nach Lourdes gepilgert, und seither weiß niemand, wo sie ist. Zofija denkt, dass sie in einem Kloster ist oder in eine Irrenanstalt gesperrt wurde, und doch bittet sie jeden, der dorthin pilgert, sich über sie zu erkundigen. Sie hat noch nie eine Antwort erhalten. Vielleicht hat sie jegliche Spuren hinter sich verwischt, vielleicht ist sie tot. Pilger haben genug zu tun und nehmen sich bestimmt nicht noch die Zeit, sich nach einer Frau zu erkundigen, die sie nicht kennen, die ihnen nichts bedeutet.«

Er ergriff das winzige Händchen und lächelte, als die Kleine im Schlaf seinen Finger fest umschloss. »Möchtest du wissen, ob sie mir fehlt? Ja und nein. Es ist wie mit meinem Augenlicht, ich hatte es nie. Mich wird immer interessieren, wie es wäre, sehen zu können, ich werde jedoch nie erfahren, ob mir das gefallen würde. Ich und Angela waren schon von Beginn an invalide, wir brauchten keinen Krieg, um es zu werden. Eigenartig, nicht wahr, in unserer Familie gab es schon früher Opfer, Vermisste und Entstellte, deshalb hatten wir in diesem Krieg keine Verluste. Ganz im Gegenteil.

Vor dem Krieg wurden die Zwillinge von der Schule geschmissen, und jetzt, wo Krieg ist, studiert Alojzij in Deutschland. In vielen Familien hat man Angehörige begraben, bei uns aber kamst du zur Welt. Das ist das Schönste. Wirklich seltsam, als hätten wir schon früher im Krieg gelebt, als es noch keinen gab. Und jetzt, wo andere unter ihm leiden, sind wir in diese idyllische Zuflucht gezogen.«

III. Teil

DAS LIED VOM KRIEG

Schläft Valentina?«, fragte Matija und hielt im Musizieren inne, als er hörte, dass Frančiška die Tür schloss und sich neben ihn setzte.

Sie nickte und sagte dann rasch: »Ja, sie schläft.« Sie legte ihre Hand auf seine Schulter: »Du wirst langsam zum Mann. Dir sprießen die ersten Schnurrbarthaare, und dein Gesicht ist nicht mehr so kindlich. Und du bist mindestens einen halben Kopf größer als ich.«

»Ich bin fast neunzehn.«

»Ich bin schon vierundzwanzig.« Sie blickte über den Hof der Kolonie. »Manchmal denke ich, wie ungeheuer schnell wir erwachsen geworden sind, dass wir noch gestern kleine Kinder waren, die sich zwischen den Häusern herumtrieben; ein andermal dagegen scheint mir, dass wir schon unendlich lange auf dieser Welt sein müssen, weil wir so viel erlebt haben.«

»Mich verwirren die vielen Wechsel, ständig verändert sich etwas. Für einen, der das Ganze sieht und überblickt, ist es vielleicht nicht schlimm, aber wenn man das Bild mühsam aus Bruchstücken zusammensetzen muss, bringt dich die andauernde Bewegung, das ewige Anbranden von etwas Neuem an den Rand der Verzweiflung. Ich fühle mich ganz hilflos, weil ich mir vergeblich ein Bild zu machen versuche, das den Raum irgendwie eingrenzt, mir zumindest ein wenig Gewissheit bietet, eine Marschroute. Dieser ständige Wandel legt sich wie dichter Nebel über das einmal Erkannte und verdeckt es, löscht aus, was gesichert war. Ich kann es nicht genau erklären, wahrscheinlich kannst du mich nicht verstehen.«

»Ich glaube, ich verstehe dich ziemlich gut. Das, wovon du erzählst, kann man nicht mit den Augen sehen, du sprichst von Beziehungen, von Empfindungen und Kraftfeldern, die unsichtbar wirken. Du denkst über Dinge nach, die viele von uns, die wir vom Leben vereinnahmt sind, von all dem, was uns umtreibt, überhaupt nicht bemerken. Es mag eigenartig klingen, aber manchmal bist du weniger blind als wir.«

»Ich habe ein Lied geschrieben, in das ich Szenen eingewebt habe, die mir im Kopf umherschwirren. Ich dachte, dass ich alles besser verstehe, wenn ich die Ereignisse einmal auf den Punkt bringe. Mein Lied ist wie so ein Brief von Alojzij aus Deutschland, in dem er fragt, wie es uns geht, und beschreibt, was er macht und wie er sich fühlt, wie es im Studium läuft, wie die Situation dort ist. In meinem Lied steckt demnach alles und nichts, vieles ist offen und nur weniges erledigt. Würdest du es dir anhören, wenn ich es dir vorspiele? Aber mein Lied ist lang, musst du wissen, sehr lang, weil so viele Dinge darin verarbeitet sind.«

»Ich höre es mir gern an. Valentina schläft schon, ich habe alle Zeit der Welt.«

»Es ist nicht besonders liedhaft, manchmal kommen ungewöhnliche Töne darin vor, harte Übergänge, der Takt wechselt mehrfach, die Melodie endet manchmal abrupt und geht vollkommen anders weiter. Ich hoffe, dass du es nicht zu absonderlich findest. Vielleicht wäre es besser, wenn ich dir zuerst sage, wovon es handelt.«

»Das dürfte mir helfen, wenn es wirklich so absonderlich ist«, sagte sie mit Betonung auf dem vorletzten Wort.

»Es ist eigenartig, weil meine Gedanken verwirrt sind. Das Lied steckt voller zarter Miniaturen, Eindrücke und noch mehr Fragen. Wir haben ungeduldig auf das Ende des Krieges gewartet, aber es kehrte keine Ruhe ein, vielmehr entstand ein furchtbares Chaos. Zuvor war es so, wie wenn Luka zu Besuch kam. Er ging träge, ständig blieb er stehen und verschnaufte, wenn man ihn noch nicht gesehen hatte, hörte man schon das Poltern seiner Krücken und seinen schweren Atem. An der Türschwelle stockte er, räusperte sich, klopfte und trat langsam ein. Er grüßte, setzte sich an den Tisch, schaute sich im Raum um, lobte oder fragte etwas oder sagte nur, dass es draußen kochend heiß oder schrecklich kalt ist.«

Matija schüttelte unmutig den Kopf, zudem sprach er so erregt, dass er vermutlich kaum zu verstehen war. »Ich will damit sagen, dass sich dies alles ganz langsam und vorhersehbar als Besuch ohne große Überraschungen gestaltete. Nach dem Krieg aber war es, als öffne sich ein unersättlicher Abgrund, in den alles ohne Maß und Sinn hineingezogen und bis zur Unkenntlichkeit entstellt wird. Von allen Rändern rauscht es in ihn hinab, Worte und Taten, aber nichts fügt sich zu einem erkennbaren Sinn. Und genauso ist mein Lied. All diese Gedanken, Fragen, Erinnerungen, Zweifel habe ich darin gestaltet. Mir ist wichtig, dass die Dinge nicht wild durcheinanderfliegen, dass sie ihre Ordnung finden. Als Blinder brauche ich eine feste Gewissheit, sonst verirre ich mich.«

»Mir gefällt, was du erzählst, du sprichst wie ein Dichter«, sagte Frančiška und lächelte. »Ich habe das Gefühl, dass ich dich zutiefst verstehe, wobei es mir schwerfiele, dies alles noch einmal selbst in Worte zu fassen.«

»Mir scheint, dass ich schon groß und vernünftig sein müsste, in Wahrheit aber tappe ich wie ein Kind im Nebel. Schau dir nur diesen verfluchten Krieg an. Österreich gibt es nicht mehr, es hat sich einfach aufgelöst. Ich habe keine Ahnung, wie ein Land so einfach verschwinden kann, es ist schließlich kein Baum, den man fällt. Und was ist überhaupt ein Staat: Ist das der Kaiser, sind das Armee und Polizei, Gesetze, die vorschreiben, was man darf und was nicht? Oder sind es die Menschen und der Boden, auf dem wir leben? Letzteres doch wohl, denke ich, aber all das besteht noch, der Boden ist nicht verschwunden, und wie früher leben wir noch immer auf ihm.«

Er hielt kurz inne, als hätte er des Rätsels Lösung gefunden, dann jedoch fuhr er im selben Ton fort. »Gestern noch haben die Menschen geschimpft, dass die Monarchie ein furchtbares Gefängnis ist, aber heute sehnen sie sich schon wieder nach ihr. Sie wollten, dass etwas verschwindet, doch die Angst vor der Leere, die sich dabei auftat, ist noch viel größer. Im Krieg gab es Hungersnot, viele Menschen wurden getötet oder werden weiter vermisst. Uns kann nichts Schlimmeres zustoßen, wir haben nichts mehr zu verlieren, sagten sie, einzig und allein der Frieden zählt, jetzt aber haben sie Angst, dass das Geld, das sie nicht besitzen, wertlos wird, dass die neue Regierung sie bestiehlt, obwohl gar nichts da ist, was man ihnen nehmen könnte. Gestern wollten sie einen slawischen Staat, jetzt fürchten sie sich vor ihm. Für Ludvik bedeutet ein Sowjetsystem nach russischem Vorbild vollkommene Gerechtigkeit und Gleichheit, für Alojzij dagegen ist es eine Sintflut, vor der sich nicht einmal Noah retten könnte.«

»Und das ist alles in deinem Lied?«

Matija nickte entschlossen. »Es beginnt mit dem Tross, als ein langes Gespann das Schwungrad für das Kraftwerk durch die Stadt zog. Weißt du noch?«

Frančiška nickte: »Wir sind den ganzen Tag in dieser langsamen Prozession mitgepilgert.«

»Ich dachte damals, so viele Menschen und Pferde werden nie wieder auf einem Platz zusammenkommen. Dabei war es nichts im Vergleich zu der Horde entlassener Soldaten und abgezehrter Pferde, die vorigen Winter durch unseren Ort strömten. Aus den Zügen drangen Flüche und Rufe in mir unbekannten Sprachen. Was sie sagten, habe ich nicht verstanden, doch ich hörte ihre Wut, Ungeduld, Angst, Enttäuschung, ihren Überdruss. Ohne Wasser und Luft waren sie in die überfüllten Waggons gepresst, trotzdem stieg keiner aus, weil niemand garantierte, sie später wieder hineinzulassen. Es waren fahrende Hasenställe, die die ausgedienten Soldaten wie eine Fracht nach Hause schafften, wo möglicherweise niemand mehr auf sie wartete, vielleicht waren sogar ihre Häuser abgebrannt, die in ihrer Vorstellung noch standen. Sehr wahrscheinlich trieb sich auch dort eine Armee herum, die mordete, raubte und niederbrannte. Die ausgedienten Soldaten eilten zottelig und schmutzig zu den Feldern, die vielleicht gar keine Lebensgrundlage mehr boten, weil Granaten den Äckern tiefe Furchen und Gruben zugefügt hatten, womöglich ist der Boden vergiftet und wird nie wieder Früchte tragen. Neben dem Treibgut der Soldaten wurden wir von zahllosen Pferden überflutet. Unüberschaubare Herden abgezehrter Gäule aus den Kanonengespannen von gestern, die in die Hungerfreiheit geschickt worden waren, sprossen eine ganze Woche lang aus dem Boden. Das Lied nimmt deren gebrochenen Gang auf, und der verschmilzt mit dem Ächzen der Soldaten, die auf der Suche nach einem Platz aufeinander herumklettern, um wegzukommen aus diesem blutdurchtränkten Land, und der Beklommenheit, die ihnen die Kehlen zuschnürt, weil ihre unvorstellbar langen Wege vielleicht umsonst gewesen sein werden, da an der Endstation niemand und nichts mehr davon da ist, was sie dort zurückgelassen haben.«

Frančiška nahm seine Hand, sie brachte kein Wort über die Lippen.

»Ein Teil des Liedes ist sehr sanft, du wirst ihn leicht erkennen. So stelle ich mir dich vor, wenn du auf der Bank sitzt und Valentina stillst. Überall zwitschern Vögel, man hört das Aufschlagen einer Hacke, weil Zofija den Garten umgräbt, ich spaziere langsam mit Dem, der den Akrobaten vom Seil schlug am Rand des Weizenfeldes entlang, gleite mit der Hand leichthin an den Ähren hoch, spüre trotzdem ihre üppige Fülle. Angela füttert und streichelt die Häschen, die Wärme ihres Fells überträgt sich auf ihre Handflächen, deshalb werden ihre Fetzenpuppen noch weicher und zarter. Etwas weiter entfernt streiten Ludvik und Alojzij laut, sie schleudern einander fröhlich Schimpfwörter an den Kopf, die ihnen so einfallen. Um sich als Feinde geben zu können und damit ihre Kraftausdrücke mehr Wucht haben, spielen sie Fabrikbesitzer und revoltierender Arbeiter. Hinter diesen Masken liegt innige Bruderliebe verborgen. Doch allein der Gedanke daran lässt sie sich in eine neue Runde von Attacken stürzen, noch hasserfüllter fauchen sie nun ihre Schmähungen, um ihre Liebe zu verdrängen, um ihre Liebe zu verstecken, weil das für Männer unangebracht ist, nicht zu ihnen passt, weil es Schwäche bedeutet.«

»Ein Lied vom Krieg, von seinem Ende, von uns. Spiel es mir vor.«

»Ein Lied, weil ich bald neunzehn Jahre alt werde und nicht weiß, wie ich aus dem gewaltigen Wirrwarr von Eindrücken eine Antwort ableiten soll. Wäre ich in der Lage, einen Ausweg aus diesem Labyrinth zu finden, diese Verwirrung zu fassen zu bekommen, dann könnte ich das auch anständig in Worte fassen, vielleicht sogar manchem Geschehen eine Wendung geben. So aber endet das Lied damit, dass alle fortgehen: Alojzij geht, Ludvik geht, du wirst gehen.«

»Ich gehe fort, weil ich herausfinden muss, ob Valentina noch einen Vater hat. Sobald ich die Antwort weiß, komme ich zurück. Ich kann diese Frage nicht länger mit mir herumtragen, sie lastet zu schwer.«

In das Schweigen brach das Spiel von Matijas Konzertina. Er spielte lang, die Musik entführte sie zu dem zuvor Beschriebenen, sie ließ alte Bilder aufleben, wie ein Fluss rann sie über den Hof und schlängelte sich zwischen den Reihen der Koloniehäuser hindurch, wurde laut und dann wieder so weich wie Angelas anmutige Fetzenpuppen, sie marschierte wie eine Armee junger Burschen, donnerte mächtig wie eine wütende Kaskade, spritzte wild auf, ging schwankend, verwundet, gebrochen.

Der frühe Frühlingsabend war kühl, doch noch lange, nachdem das Lied ausgeklungen war, saßen Frančiška und Matija, einander in den Armen liegend, auf der Treppe vor Matijas Wohnung und schwiegen.

•

»Bist du allein?« Alojzij musterte das kleine Zimmer.

»Ich bin fast immer allein, es dürfte dich nicht überraschen«, sagte Zofija lächelnd. »Hast du schon gegessen?«

Alojzij nickte und trat dicht an die Schlafzimmertür: »Schläft Valentina?«

»Nein, Angela und Matija sind draußen mit ihr. Sie kommen bald.«

Alojzij setzte sich an den Tisch, sah zu Zofija und schaute jedes Mal weg, wenn sich ihre Blicke trafen. »Ludvik ist auch nicht da?«

»Ihr beide seid nie da, daran habe ich mich schon gewöhnt. Du lebst im Glaswerk und beim Direktor, und Ludvik verbringt seine Zeit bei den Bergmännern, im Arbeiterverein und bei Ana.«

Alojzij begann zerstreut mit der Schüssel zu spielen, in der getrocknete Birnen und Apfelscheiben lagen.

»Möchtest du etwas trinken, wenn du schon keinen Hunger hast?«

Er schüttelte den Kopf und spielte weiter mit dem Dörrobst. Zofija setzte sich ihm gegenüber, sah ihn stumm prüfend an und fragte ihn schließlich nach dem Grund für seinen Besuch. »Gehst du wieder irgendwohin, ist dir etwas Schlechtes widerfahren?«

»Nein« – er schüttelte rasch den Kopf –, »im Gegenteil, ich habe eine gute Nachricht, in ihrem Kern eigentlich eine ausgezeichnete.«

»Aber noch zu heiß, um dir von der Zunge zu gehen?«, scherzte Zofija.

»Ich weiß nicht, warum ich so zögere, die Nachricht ist wirklich gut. Bestimmt hast du schon von Verstaatlichung gehört, die Regierung wird fremde Unternehmen verstaatlichen, jene, deren Besitzer aus Ländern stammen, die im Krieg auf der anderen Seite standen. Sie sollen mindestens die Hälfte ihres Besitzes heimischen Eigentümern übertragen.«

Zofija sah ihn überrascht an: »Seit wann beschäftigst du dich mit Politik, das ist doch Ludviks Gebiet?«

»Es geht ja nicht um Politik. Direktor Schwarz lebt und arbeitet schon zwanzig Jahre hier, aber laut Gesetz ist er Ausländer, Deutscher, deshalb betrifft die Verstaatlichung auch das Glaswerk. Zuerst wollte er Strohmänner unter den hiesigen Händlern und Banken suchen, er sagt, dass alle so vorgehen, doch dann fiel ihm eine einfachere und vollkommen risikolose Möglichkeit ein.«

»Er hätte auch einfach mich fragen können«, lächelte Zofija. »So reich, wie er ist, erhält er ohne Probleme über Nacht eine Staatsangehörigkeit. Ansonsten glaubt den Märchen über die Verstaatlichung keiner so recht.«

»Nein, nein« – Alojzij schüttelte ungeduldig den Kopf –, »die Verstaatlichung kommt ganz bestimmt. Die Unternehmer, mit denen er Handel treibt, könnten einen Teil seines Besitzes übernehmen, aber natürlich nur zum Schein, für diese Anteile müssten sie ihm entsprechende Schuldscheine ausstellen. Auch die Bankkredite könnte er vorübergehend in Eigentümeranteile umändern, die wieder ihm gehören würden, sobald er den Kredit abbezahlt hätte. Solche Umstellungen sind jedoch mit gewissen Risiken verbunden, vor denen man sich nicht gänzlich schützen kann. Die Sache könnte schiefgehen, zum Beispiel wenn ein Unternehmer mit einem erfundenen Anteil bankrott ginge. Jemandem, der sich damit nicht auskennt, ist das schwierig zu erklären.«

»Dann hör endlich auf mit dem Erklären und sag mir lieber, was du damit zu tun hast? Bist du in Schwierigkeiten?«

»Ich habe keinerlei Schwierigkeiten, überhaupt nicht, doch Direktor Schwarz ist in einer misslichen Lage. Er will die Fabrik nicht verkaufen, weil sie sein Lebenswerk ist, er möchte sie weiter selbst verwalten. Er möchte sie auch nicht irgendwo anders hin verlegen, er sagt, er ist zu alt, um noch einmal neu anzufangen, aber auch zu jung fürs Rentnerdasein.«

»Alojzij«, Zofija nahm seine Hand und rüttelte sie leicht, »was willst du mir sagen?«

»Die Schwarzes würden mich gern adoptieren«, brachte er heraus und blickte ihr einen Moment lang in die Augen.

»Adoptieren?«

»Sie haben keine eigenen Kinder. Der Direktor sagt, dass ich für seine Frau schon lange wie ein Sohn bin, er selbst hat volles Vertrauen in mich als Glasexperte, Geschäftsmann und Mensch. Er sagt, dass ich schon enorm viel gelernt habe, weshalb er mich zum stellvertretenden Direktor ernennen würde, und ich dürfte damit beginnen, selbstständig das Optik-Programm zu entwickeln.«

Zofija schaute ihn verstört an, damit sie ihm aber nicht ins

Wort fiel, redete Alojzij rasch weiter. »Optik ist die Zukunft, glaub mir. Während meines Studiums in Deutschland habe ich sie lieben gelernt, ich habe von einer kleinen Werkstatt geträumt, die ich langsam vergrößere, nun aber kann ich alles bekommen, Öfen, Maschinen, Arbeiter. Enorm viel Arbeit wartet auf mich, komplexe Prozesse, Linsen und Prismen sind keine Gläser und Flaschen. Für diese Gelegenheit würde ich ganz auf Schlaf verzichten, denn jede Minute, die ich nicht für Versuche und Messungen nutzte, wäre eine verschwendete Minute. Zuerst müssen die Grundlagen gelegt werden, von den Stoffen und Gemischen bis zum Schmelzen und Abkühlen, den Rezepturen und allen technologischen Prozessen. Normales Glas wird bald der Vergangenheit angehören, in diesem Bereich wird es weder Arbeit noch richtigen Gewinn mehr geben, es gibt bereits vollautomatische Maschinen zur Herstellung von Gläsern. Mit der Optik jedoch ist das völlig anders, jeden Tag werden neue Geräte entwickelt, die andere und bessere optische Fabrikate erfordern.«

»Alojzij, Alojzij, bitte, halt ein. Jetzt mal langsam. Das Ehepaar Schwarz würde dich gerne adoptieren …«

»Ich habe dir doch gesagt, dass er die Hälfte der Fabrik auf jemanden übertragen muss, der …«

»Das hast du mir schon erklärt, sag …«

»Sie haben keine Kinder, ich aber bin Waise.«

»Du hast mich, deine Brüder und Schwestern.«

»Ich habe keinen Vater und keine Mutter.«

»Die Schwarzes würden deine neuen Eltern werden?«

»So wäre die Rechtslage, und ich hieße dann Alois Schwarz.«

»Alois Schwarz?«

»Zwischen uns wird sich nichts ändern, es ist völlig unwichtig, ob ich Knap oder Schwarz heiße. Entscheidend ist, dass ich endlich meinen Traum verwirklichen kann. Alois und Alojzij sind nur Namen, sie bedeuten nichts, meine Liebe zu euch bleibt dieselbe, ich werde euch helfen, dir einen Teil meines Lohns geben, obwohl ich nicht mehr hier leben werde.«

»Du wirst nicht mehr bei uns leben?«

»Ihnen scheint angemessen, dass ich als Adoptivsohn in deren Haus wohne. Sie haben das Gästezimmer etwas umgestaltet, später kann ich mir eine Wohnung im oberen Stockwerk einrichten, das leer steht. Aber das wird noch nicht so bald sein, jetzt werde ich erst einmal den ganzen Tag im Glaswerk verbringen, ich habe so viele Ideen, die ich gerne angehen möchte, mein Kopf ist voller Pläne ...«

Zofija nahm seine Hand: »Du bist gekommen, um mir zu sagen, dass du von nun an Alois Schwarz heißt, neue Eltern und einen Teil des Glaswerks bekommst und aus dieser Wohnung in die Villa des Direktors ziehst. Ist das so?«

Er nickte ungeduldig.

»Wahrscheinlich benehme ich mich wie eine Irre, aber ich bin ziemlich überrascht, bei einer solchen Nachricht kann man schlecht gefühllos bleiben. Es wird viel Gerede geben, du wirst so manches böse Wort einstecken müssen.«

»Was die anderen sagen, ist mir egal.«

»Auch zu Hause werden sie reden, besonders Ludvik ...«

»Er ist der Letzte, der mir etwas vorwerfen könnte. Er hat niemanden gefragt, als er sich den Kommunisten anschloss, obwohl er damit alle in Gefahr bringt. Die Gendarmen klopfen nicht meinetwegen jeden Monat an eure Tür. Jetzt hat er sogar Matija in deren umstürzlerischen Verein mit reingezogen. Einen Blinden zu den Blinden, ein Verein der roten Dunkelheit. Hast du ihm auch Vorwürfe gemacht? Er hat sich nicht nur seines Namens entledigt, er hat alles aufgegeben«, sagte Alojzij zunehmend lauter.

»Etwas leiser, bitte! Ich habe weder dir noch ihm irgendetwas vorgeworfen. Ihr seid erwachsen, ihr löst euch beide von zu Hause, es ist richtig, dass ihr selbst wählt, wohin ihr geht. Genauso werdet ihr allein klären müssen, wie es zwischen euch stehen wird.«

•

»Jetzt gehst du noch komischer als ich«, sagte Angela kichernd, als Matija taumelnd neben ihr auf die Bank sank.

»Hör auf, ihm ständig nachzuschenken« – Zofija knuffte Ludvik –, »du siehst doch, dass er sich schon nicht mehr auf den Beinen halten kann.«

»Auf meiner Hochzeit soll niemand Durst haben. Man heiratet nur einmal, nicht wahr, Ana?« Er umarmte seine Braut und rappelte sich selbst etwas ungeschickt hoch. »Kameraden, auf unser Wohl und das des kleinen Proletariers, der sich schon heftig wehrt, obwohl er noch nicht einmal geboren ist!«

Lautes Lachen machte die Runde, Ludvik neigte sich zu Anas dickem Bauch und küsste ihn, sie umarmte ihn fest.

»Sie sind so ein schönes Paar«, flüsterte Angela Zofija ins Ohr; die nickte lächelnd und drückte den Kopf des Mädchens an ihre Brust.

Rund dreißig Leute saßen an dem langen Tisch im Saal des Arbeitervereins, nur Anas Eltern und Zofija waren in den mittleren Jahren, alle anderen waren Altersgenossen von Ludvik und Ana, ihre Kollegen und Kameraden aus dem Arbeiterverein. Über die feuchten Tischdecken voller Backhähnchenreste hinweg herrschte fröhliche Ausgelassenheit. Wenn das laute Hallo einmal abebbte, trat rasch einer der Anwesenden auf die Bühne, gab eine witzige Einlage, und schon rollte eine neue Lachwelle durch die Menge, begleitet vom Aneinanderstoßen der Gläser.

Zofija neigte sich zu Ludvik und fragte ihn, warum denn Alojzij nicht gekommen ist. Sie wollte ihm nicht die Laune verderben, aber die Frage nagte schon den ganzen Nachmittag an ihr, jetzt war sie ihr einfach aus dem Mund entfahren.

»Ich habe ihn eingeladen«, sagte er und sah ihr starr in die Augen, »was hätte ich sonst noch tun können?«

»Was hast du zu ihm gesagt?« Sie hielt seinem Blick stand.

»Dass er zum Hochzeitsfest kommen soll.«

»Was hat er dir geantwortet?«

»Das ist unwichtig, wie du siehst, ist er nicht gekommen. Keiner vermisst ihn, den Karrieristen.«

»Ich vermisse ihn.«

»Wahrscheinlich ist es besser, dass er nicht gekommen ist. Wir würden nur streiten, so feiern wir wenigstens schön.«

Ludvik stand auf und rief: »Wer ist dran mit Witzeerzählen? Zofija schaut mürrisch drein, also fix ein Spaßvogel auf die Bühne, damit wir uns nicht bei ihr anstecken. Der Wein ist schon sauer genug; wenn wir es auch noch werden, ist der Spaß dahin.«

Ein Mädchen und ein Junge eilten lachend auf die Bühne. Er gab einen schüchternen Liebhaber, der nur noch stotterte vor Verlegenheit, während das ungeduldige Mädchen seine Worte unter gellendem Gelächter zu Ende brachte. Nur Zofija blieb todernst.

»Sag mir, was du zu ihm gesagt hast. Mit welchen Worten hast du ihn eingeladen?«

Er sah sie verdrossen an: »Ich habe gesagt, dass ich Alojzij Knap herzlich zu meiner Hochzeit einlade, dass der Stuhl neben meinem auf ihn wartet. Der schwarze Alois aber soll bloß wegbleiben, den würde ich wie einen Hund fortjagen.«

»Wenn ich das gewusst hätte, wäre ich auch nicht gekommen.«

»Seit wann hältst du denn zu ihm?«

»Ich halte zu allen, Ludvik. Ich urteile auch nicht über dein Verhalten.«

»Meins? Kannst du mir etwas vorwerfen? Ist es etwa falsch, wenn ich mich für die Arbeiter einsetze, für eine gerechtere Gesellschaft kämpfe?«

Ludvik stand unvermittelt auf und begann laut zu singen:

»Reinen Tisch macht mit dem Bedränger!
Heer der Sklaven, wache auf!
Ein Nichts zu sein, tragt es nicht länger
Alles zu werden, strömt zuhauf!«

Er hielt inne und wendete sich an seinen Bruder: »Matija, hast du deine Harmonika dabei? Spiel die Internationale. Aufstehen! Alle hoch! Sind eure Gläser gefüllt? Du hast keine Harmonika? Egal.«

Lauter Gesang erfüllte den Saal. Als sie wieder Platz nahmen, drehte sich Ludvik zu Zofija, er sah sie kampflustig an und fragte viel zu laut – es war eindeutig, dass er sich damit vor seinen Freunden aufspielen wollte: »Was sagst du jetzt? Würde der schwarze Alois mit einstimmen?

Es rettet uns kein höh'res Wesen,
kein Gott, kein Kaiser noch Tribun
Uns aus dem Elend zu erlösen
können wir nur selber tun!

Was denkst du? Würden diese Worte unserem frischgebackenen Fabrikanten über die Lippen gehen? Sag was, warum schweigst du?«

Es brachte ihn auf, dass Zofija nur müde lächelte, deshalb bedrängte er sie weiter, ihre Meinung zu äußern.

»Ich denke, dass du eine schöne Stimme hast.«

Alle lachten, nur Ludvik glotzte dumm, aber schon im nächsten Moment nahm er Zofija lachend in den Arm.

Draußen wurde es dunkel, die ersten Gäste machten schlapp, zwei lagen völlig erledigt auf der Bühne. Man witzelte über ihre Trinkfestigkeit, Ludvik torkelte mit zwei Gläsern und einer Literflasche Wein zu ihnen. Genau da erschien Alojzij im Eingang, mit einem großen Tablett voller Gläser in den Händen. Er nickte seinem Bruder zu, stellte das Geschenk vor Ana ab und umarmte sie linkisch, wie in Sorge, ihren sich wölbenden Bauch zu zerdrücken. Er drehte sich zu seinem Bruder, reichte ihm die Hand und klopfte ihm auf die Schulter.

Ludvik füllte die Gläser und stellte die Flasche auf die Bühne.

»Du weißt doch, dass ich keinen Alkohol mag«, wehrte sich Alojzij.

»Jetzt wirst du trinken. Auf Ana und unsere Ehe.«

Sie kippten die Gläser, Ludvik schenkte nach, obwohl Alojzij sein Glas zaghaft wegzog.

»Jetzt trinken wir auf den kleinen Knap hier.« Ludvik deutete mit dem Kopf auf Anas Bauch.

»Ich kann nicht mehr.«

»Du willst nicht auf meinen Karel anstoßen? Du trinkst nicht mehr auf die Knaps?«

»Er wird Vladimir heißen, nicht Karel«, versuchte Ana, die heftige Anspannung zu lösen.

»Auf Vladimirs Wohl«, sagte Alojzij und leerte das neue Glas mit sichtlichem Widerwillen.

Ludvik wollte ihm erneut einschenken, doch Alojzij zog sein Glas zurück, sodass der Wein auf den Boden floss. Er kehrte seinem Bruder den Rücken zu und setzte sich zu Angela. Als Ludvik hinter ihm her taumelte, nahm ihm Zofija energisch die Flasche aus der Hand und donnerte sie auf den Tisch. Seinem verärgerten Einspruch kam sie zuvor: »Angela, Matija, wir gehen! Wir haben unserer Nachbarin versprochen, Valentina noch vor Einbruch der Dunkelheit abzuholen.«

Die kleine Parade – die staksende Angela, der trunken wankende Matija und Zofija, die einzige Ältere in der Familie Knap – hatte den Saal noch nicht verlassen, als sich Ludvik neben Alojzij setzte und ihm vergeblich das Glas zu füllen versuchte.

»Ist der saure Proletarier-Wein nicht mehr gut genug für dich?«

»Hör auf, Ludvik, du bist betrunken.«

»Ich sage, was ich will und was ich denke. Niemand befiehlt mir, was ich sagen darf.«

»Werd endlich erwachsen, du bist nicht mehr allein. Du hast eine Frau und erwartest ein Kind. Fang an, dich um deine Familie zu kümmern …«

Ludvik brach in Gelächter aus. »Hast du das gehört, Ana? Er sagt, ich muss mich um meine Familie kümmern. Der schwarze Alois, der für die Hälfte des Glaswerks und das Lächeln der Gnädigsten seinen Namen verkauft hat, der will mir von Familiensinn erzählen.«

Voller Zorn stieß Alojzij seinen Bruder so, dass er von der Bank kippte. Zwei rauflustige Gäste sprangen herbei, aber Ludvik stoppte sie: »Das ist etwas zwischen uns beiden. Das geht keinen von euch etwas an. Helft mir lieber hoch.«

Er überhörte Anas Bitte, sich wieder zu setzen, packte Alojzij an der Schulter und stolperte neben ihm hinaus in den Garten vor dem

Vereinshaus. »Wie früher, auf einem Bein, ohne Hände. So lange, bis einer nicht mehr aufstehen kann.«

Sie stellten sich einander gegenüber auf, aber kaum hatte Ludvik sein Bein gehoben, verlor er das Gleichgewicht und fiel zu Boden. Nach mehreren Versuchen sich aufzurappeln, gab er auf und blieb sitzen. »Siehst du, alles ist faul. Du hast die Prügel verdient, aber jetzt bin ich der, der im Dreck sitzt.«

Alojzij antwortete nicht, er drehte seinem Bruder den Rücken zu und ging in den Saal. Ludvik versuchte wiederholt, auf die Beine zu kommen, die ihm nicht gehorchten, und als es ihm fast gelingen wollte, drückte ihn eine feste Hand auf seiner Schulter erneut zu Boden. Alojzij setzte sich zu ihm und füllte zwei Gläser, die er geholt hatte.

»Der gute Judas«, murmelte Ludvik, »du versuchst mich zu bestechen, damit ich bei dir Gnade walten lasse, wenn wir euresgleichen, die ihr uns in den Dreck stoßt, eines Tages alles nehmen.«

»Mit deinem Bolschewiken-Gerede wirst du für immer im Dreck liegen bleiben und noch andere mit reinziehen. Was hat Albert sein Kampf für die gerechte Sache eingebracht? Wohnung, Arbeit und Frau hat er dabei verloren.«

»Respekt hat ihm das eingebracht. Prächtige Wohnungen und Silberbesteck sind nicht die einzigen Dinge von Wert.«

»Du verstehst gar nichts«, fiel Alojzij in seine schleppenden Worte, »das alles kannst du sofort haben, ich brauche nichts davon.« Er leerte langsam sein Glas und schenke sich nach. »Niemand hat mich gekauft, das sollte dir klar sein, ich habe die Umstände genutzt. Meine einzige Leidenschaft ist die Optik, alles andere ist mir gleichgültig. Für eine solche Chance, wie sie Schwarz mir geboten hat, hätte ich alles getan, mein neuer Name ist ein unwichtiges Detail. Einen Vertrag dieser Art würde ich auch sofort mit deinem Lenin abschließen, mit gereckter Faust würde ich mich unter seine komischen Banner stellen und die Internationale singen, wenn er mir nur einen Schmelzofen überließe.«

Ludvik tat dies mit einer Geste ab. »Heb dir deine Märchen für die

Frau Direktorin auf. Du bist verrückt geworden in dem goldenen Käfig.«

»Weißt du, wann ich morgens ins Glaswerk komme? Im Dunkeln. Auch wenn ich es verlasse, ist es dunkel. Ich arbeite zwanzig Stunden am Tag, kein Glasmacher kann mit mir Schritt halten. Ich bin in der Mischerei, bei den Schmelzöfen, in der Schleifwerkstatt, ich rechne, messe, studiere, plane. Ich liege nicht faul in der Villa herum, du kannst sie haben. Ich gehe nirgendwohin, nimm ruhig noch die Kutsche. Du kannst gern auch die Dienstmagd haben, wenn sie gehen möchte, hinter mir hat sie nichts aufzuräumen. Du müsstest mich verstehen, verdammt, wenn mich einer verstehen sollte, dann du, weil du genauso fanatisch bist wie ich.«

»Lass uns auf Vojteh anstoßen.« Ludvik hielt sein Glas Alojzij hin.

»Vojteh?«

»Du weißt doch, der Dynamitzündler. Du stehst tief in seiner Schuld. Er hat seinen halben Arm eingebüßt und dich damit ganz nach oben katapultiert. Du könntest ihm eine Flasche Wein schicken.«

DER ZUG OHNE FAHRPLAN

Über einen Weg, breit wie eine Straße, doch so matschig wie ein Trampelpfad, wälzte sich eine Menschenmasse. Tausend und mehr Leiber, braun, grau, schwarz gekleidete Gestalten, düster wie ein trostloser Herbstnachmittag, wateten durch den dreckigen Schlamm. Sie kamen voran wie ein schleichender Erdrutsch, bei dem sich kaum etwas oder gar nichts zu regen scheint, während man hinstarrt. Wer messen wollte, wohin und um wie viel die Lawine gerutscht ist, müsste zum Markieren einen Stock in die Erde stecken, nach einer Weile wieder hinschauen, und dann verriete ihm die Neigung des Stocks oder seine veränderte Lage die Verschiebung.

Vor gut einer Woche hatte sich die pulsierende Masse zwischen den Reihen der überfüllten Baracken zu verdichten begonnen. Die Gendarmen kamen regelmäßig, um sie zu warnen, dass jegliche Art von Zusammenrottung und Versammlung verboten ist, doch die Menge öffnete sich vor ihnen und schmolz hinter ihnen erneut ineinander, die Neugierde und der Wissensdrang waren stärker als alle Anordnungen, obwohl sie mehr oder weniger nur auf Mutmaßungen stießen. Manche reagierten schweigend auf die Antworten, die sie erhielten, andere kritisierten sie lautstark und prophezeiten einen anderen Ausgang, wobei sie sich auf frühere Lohnkonflikte, die Lage weltweit oder ihr untrügliches Gefühl beriefen. Die Zuversichtlichen rieben sich an den Pessimisten, die einen schrien ihre Meinung laut heraus, andere raunten fast schon verschwörerisch.

Die Not war groß, an jedem Zahltag schien der Lohn geringer zu sein als beim letzten Mal. Wenige Monate zuvor war ihnen ein Teuerungszuschlag gewährt worden, der jedoch rasch ähnlich wertlos wurde wie der eigentliche Lohn. Die Unterhändler waren fern, die Zeitungen brachten einander widersprechende Nachrichten und Aussagen. Man las, dass die Leitung des Bergwerks bessere Löhne zahlt, sobald ihnen das Ministerium erlaubt, den Kohlepreis zu erhöhen. Auch die Regierung billigte die Forderungen der Arbeiter nach angemesseneren Löhnen, wollte jedoch keine Preiserhöhungen genehmigen, gestattete noch weniger irgendwelche Einstellungen von Kohleabbau, da es sogar den Lokomotiven an Kohle mangelte, es gab längst nicht mehr genug für alle Fabriken, und bald sollten auch die Ämter und Wohnungen ihren Anteil zum Heizen fordern. Ein Zeitungskommentator unterstützte die Forderungen der Bergmänner und sah sie im Elend, ein anderer hielt es für gespielt und herbeigeredet, für einen dritten wiederum zeichnete sich im Protest ein kommunistischer Umsturz ab, der Gott und dem König den Garaus zu machen trachtete. Es gab unzählige Wahrheiten, sie waren wie lauter perlende Blasen, die in einer Pfütze emporstiegen, um sich an der Wasseroberfläche in Luft aufzulösen.

Am frühen Nachmittag kursierte unter den Menschen die Zeitungsmeldung, dass die Besitzer der Bergwerksgesellschaft zwölf Prozent Dividende ausschütteten. Irgendjemand machte die Nachricht konkret, indem er die Prozente in Millionen Dinar umrechnete, die ihre Anteilseigner unter sich aufgeteilt hatten. Jemand anderes rechnete die Dinar in Kronen um, was die Summe ein Stück handfester machte, doch die Zahl war so hoch, dass sich kaum eine Vorstellung mit ihr verband. Die Meldung hing wie eine Blase in trübem Wasser fest, sie war viel zu schwer, um aufsteigen zu können.

In Scharen strömten die Menschen nun auf die Straße und steuerten entschlossen auf das Bergwerksgelände zu mit der Sieberei und den Bunkern, mit Werkstätten hier und da, der Arztpraxis, dem

Lebensmittelladen, der Gaststätte, allerhand Gleisen, ummauerten schwarzen Löchern, die hinab zu den Kohleflözen führten, und mit dem festungsartigen Bau der Bergwerksverwaltung oberhalb der armseligen Gebäude im matschigen Hof. Viele Leiber formten eine dichte, schwere, sich langsam voranschiebende Masse, die kurz davor stand, sich aufzulösen, vor innerer Anspannung zu zerbersten und eine ganz neue Situation zu schaffen.

Der Bergwerksbereich war eingezäunt, doch das breite Tor war stets geöffnet, es diente den Leuten als Abkürzung, wenn sie die Siedlung betraten oder verließen. Die Menschenlawine rollte auf dieses Tor zu, wo sich Gendarmen, die bald nach den ersten Lohnforderungen der Bergleute angefordert worden waren und nun schon seit gut einer Woche untätig dort herumstanden, in zwei Reihen aufstellten. Ihr Kommandant trat unsicher auf die wilde Meute zu und hielt Ausschau nach einem Unterhändler. Sie müssen stehen bleiben, sie sollen nicht weitergehen, die Gendarmen haben den Befehl, sie zu stoppen, sie werden auf sie schießen müssen, niemand will eine Eskalation, sie sollen einen Ausschuss gründen, er kann nicht mit Tausenden diskutieren, Gewalt führt zu nichts.

Seit zehn Tagen schon suchen sie den Dialog, doch sie haben niemanden, mit dem sie sprechen könnten, hieß es aus der weiter vordrängenden Menge, Versprechen sind noch kein Mehl und Fett, kein hungriger Magen wird von ihnen satt. Der Abstand zwischen dem Menschenfluss über die gesamte Breite der Straße und den Reihen der Gendarmen wurde immer kleiner, Mützen, Hüte und Kopftücher rückten zu den olivgrünen Gendarmenkappen vor. Inzwischen sprach nicht nur der Kommandant mit einigen Arbeitern, Tausende Münder redeten auf die Gendarmen ein, dass sie ihre Gewehre runternehmen und sie vorbeilassen sollen, sie teilen alle dasselbe Schicksal, sie müssen gemeinsam vor die profitsüchtigen Herren treten.

Da knallte es. Vielleicht hatte einer der Arbeiter einen Revolver und drückte ungeduldig ab, vielleicht schoss ein dussliger Gendarm, vielleicht krachte es in einer Werkstatt des Bergwerks, vielleicht spielte ein Kind in der Nähe mit Karbid, vielleicht löste sich ein Schuss versehentlich. Die Läufe einiger Gewehre wurden zum Himmel gerichtet, andere zielten in die Menschenmasse, als erlaube der erteilte Befehl verschiedene Möglichkeiten. Ein lauter Knall aus zehn Schüssen stoppte die Bewegung, die Leiber in den ersten Reihen fielen hin, sanken in den gräulichen Schlamm und färbten ihn rot.

Der Strom kam zum Stehen, die Masse erstarrte, nur langsam kehrte Leben in sie zurück. Ein kleinwüchsiger Mann fuchtelte mit den Armen, wie um den Rückzug anzuordnen, doch seine Gebärden verloren sich zwischen den Menschen. Eine Frau heulte auf und beugte sich zu einer zerfetzten Leiche hinab. Ein junger Gendarm ging in die Hocke und erbrach sich. Aus der Bergwerkspraxis eilte ein grauhaariger Arzt herbei, die Schwestern konnten ihm kaum folgen. Ein breitschultriger Hüne hob mit schaufelähnlichen Armen seinen Kameraden empor und drückte ihn wie ein Kind an die Brust. Die Menge wich zurück, die zuvor so dichte Masse begann sich aufzulösen, zerfiel schließlich in Grüppchen, eine Frau schob ungeduldig zwei kleine Kinder vor sich her, als könne sie diese mit ihrem schmalen Rücken vor neuen Kugeln schützen, und drehte sich immerfort um, wie um mit ihrem Blick auf die Flugbahn der Bleikugeln einwirken zu wollen.

Eine große Gruppe Arbeiter, angeführt vom Hünen mit dem toten Kollegen in den Armen, ging Richtung Gemeindehaus. Der Schock ließ nach, an die Stelle der Wut trat zunehmend Angst, das Weinen wurde von wütenden Rufen übertönt, dass man ihnen Waffen aushändigen soll. Sie traten ins Haus, einige Beamte liefen davon, der Bürgermeister versuchte, ihnen klarzumachen, dass er keine Waffen besitzt, er wurde beiseitegedrängt. Sie durchsuchten das Haus vom Keller bis zur Mansarde, hissten die rote Fahne und ernannten einen Kameraden zum Leiter des revolutionären Rates. Eine Gruppe junger Kommunisten brachte etwa zehn Gewehre aus ihrem Versteck und verteilte sie an die frischgebackenen Gardisten mit dem Befehl, den Räte-Stützpunkt unter Einsatz ihres Lebens zu verteidigen. Eine kleinere Gruppe brach auf, um das Postamt zu besetzen, wo der Amtsleiter auf sie einredete, dass sie sich verstecken sollen, solange noch Zeit ist, der abgesetzte Bürgermeister hat der Regierung telegrafiert und sie über das Geschehen ins Bild gesetzt, das Militär ist mutmaßlich bereits auf dem Weg.

Etwa hundert Arbeiter marschierten in Richtung Bahnhof. Als sie eintrafen, war der Stationsvorsteher bereits geflüchtet. Die Aufständischen begannen sofort damit, Schienen zu lösen und in den Fluss zu werfen, zwei größere Gruppen gingen die Strecke entlang, um mit gefällten Bäumen die Gleise zu blockieren und schwere Felsen vom Steilhang auf sie zu wälzen.

Unter denen, die das Gemeindehaus besetzt hielten, entstand ein revolutionäres Hochgefühl, voller Leidenschaft malten sie sich eine neue Zukunft aus. Sie überlegten, in welcher Stadt man wohl als Erstes ihrem Vorbild folgen werde, wie lange sich die unrechtmäßige Regierung noch halten werde, ob Tage oder Wochen. Ihr Vorbild ermutigt Gleichgesinnte in anderen Arbeiterstädten, waren sie überzeugt, überall werden die Kameraden verlangen, dass die Fabriken denen ein besseres Leben verschaffen, die darin arbeiten. Sie glaubten, dass auch die Bauern einen gerechten Anteil ihrer Mühen einfordern werden, dass die Soldaten und Gendarmen vor Grauen erzittern werden, wenn sie die Nachricht erreicht, dass ihre Kameraden auf unschuldige Menschen geschossen haben.

Die Bilanz der Schießerei war bedrückend. Zehn Leichen hatten sie abtransportiert, sechs Bergmänner und zwei Arbeiterinnen, einen Alten und ein kleines Mädchen. Beim Arzt des Bergwerks sollen noch zwei weitere Menschen gestorben sein. Zwölf Tote für eine Dividende von zwölf Prozent, sagte Ludvik zynisch, und manche Kameraden griffen seine Worte auf, die das tragisch-zufällige Geschehen emotional weiter aufluden.

Ludvik ärgerte, dass sie sich wie ein scheues Rudel zurückgezogen hatten. Sie hätten vor den Läufen der Waffen verharren sollen, statt sich zu retten, würdevoll darauf warten sollen, dass die Schüsse sie niedermähen oder die Schützen klein beigeben und mit ihnen ihr brutaler Machtapparat. Nein, alles war von Beginn an falsch gelaufen, sie hätten nicht unbewaffnet hingehen dürfen, man beschwört Gendarmen nicht laut rufend oder auf Knien, dass sie ihre Waffen niederlegen. In ihren Verstecken haben sie etliche Gewehre, weggeworfen von den Soldaten nach ihrer Rückkehr aus dem Krieg. Jetzt halten sie Waffen in den Händen, der Kampf findet nun auf Augenhöhe statt, sie werden nicht mehr weichen, sie werden die Arbeitermacht verteidigen.

Was wohl die ersten Maßnahmen der Räte sein werden, fragte er sich. Er hatte großes Vertrauen in Vinko. Er war um einiges älter als er und leitete den Kulturverein, den er trotz ständiger Polizeirazzien vor der Zwangsschließung zu bewahren wusste. Er war ein überzeugender Redner und Lehrer, Ludvik verdankte ihm viel Wissen über gesellschaftliche Zusammenhänge, mithilfe seiner Lehre konnte er wie ein Röntgenstrahl in das Gewebe der Gesellschaft eindringen und ihre Eiterherde ausfindig machen. Er selbst würde an Vinkos Stelle zuallererst den Herrschaften das Bergwerk und die Fabriken wegnehmen. Jeglicher Produktionsbetrieb würde in Volkseigentum übergehen, die Arbeiter würden für ihre Arbeit gerecht entlohnt werden. Keine Dividenden, keine Toten, jedem nur die Bezahlung für die von ihm geleistete Arbeit.

Er dachte an Alojzij. Sein Bruder zählte zu den Herrschaften, deren Privilegien von mörderischen Gendarmen geschützt wurden, er selbst aber war einer von denen, die durchschaut hatten, wie ruchlos diese Ordnung war. Hier stand er nun mit einem Gewehr in der Hand und war dazu bereit, es zu benutzen, um eine gerechtere Ordnung herzustellen. Auch gegen Alojzij?, fragte er sich, was ihn zutiefst beunruhigte. Alojzij ist eigentlich kein Kapitalist, er ist durch eine ungewöhnliche Verkettung von Umständen auf ihre Seite geraten. Er macht sich nichts aus Luxus, ihn interessiert allein die Entwicklung von optischem Glas, dachte er und strich seinen Bruder von der Liste der Herrschaften. Alojzij weiß enorm viel über Glas, für ihn und sie alle wäre es am besten, könnte er sich ganz seiner Arbeit widmen. Hoffentlich wird ihn sein sturer Kopf nicht zu

Gezänk und zum Verfechten unhaltbarer Theorien verleiten, denn von der Gesellschaft und den Antagonismen, die in ihr wirken, hat er nicht die leiseste Ahnung. Könnte er, Ludvik, jemals die Tatsache ausblenden, dass sie Brüder waren, könnte Alojzij diesen Umstand verleugnen, keimten neue, schwierige Fragen auf, während er nachdachte.

Was wohl morgen in den Zeitungen steht, versuchte er die Gedanken an seinen Bruder zu verdrängen. Obwohl sie der Arbeiterschaft nicht wohlgesinnt sind und den Kommunismus vehement ablehnen, werden sie dieses Massaker nicht in Schutz nehmen können. Was immer sie schreiben, jedem Leser wird sofort klar sein, was bei ihnen geschehen ist, die Menschen werden damit konfrontiert, dass sie auf der Schwelle zu etwas sehr Großem und Bedeutendem stehen. Niemand mit gesundem Menschenverstand kann Mörder verteidigen, mögen sie auch Uniformen mit den Symbolen des Königreichs tragen. Es war ein ruhiger Protest, sie wollten Antworten auf die Frage, wie sie überleben sollen, doch sie bekamen nichts als tödliche Kugeln. Die Nachrichten darüber werden die Prozesse immens beschleunigen. Niemand kann von den Arbeitern verlangen, dass sie den Gewinn der Herrschaften mit ihrem Leben bezahlen, jeder urteilsfähige Mensch wird sich abwenden von diesem blutigen Terror und dem Morgenrot einer gerechteren Welt entgegensehen.

Zwölf Leichen erhoben sich erneut zum Totentanz. Der Pfarrer wird nicht länger gegen den gottlosen Kommunismus wettern können, denn nichts kann gottloser sein, als Gewehre auf ruhige, unbewaffnete Menschen zu richten und abzudrücken. Einer von denen hatte ein kleines Mädchen im Visier, wahrscheinlich ging es noch nicht einmal zur Schule. Mag sein, dass die Kugel jemandem vor ihr gegolten hatte, was das Verbrechen um nichts verringert.

Er dachte an Ana, an ihren gewölbten Bauch, die Zeit war reif. Zofija bestand darauf, dass sie das Baby bei ihr zur Welt brachte, denn in der Baracke, in der sie wohnten, hatten sie nicht einmal eine eigene Küche, sie teilten sie sich mit einem jungen Paar, das ebenfalls sein erstes Kind erwartete. Es war ihm recht, niemandem sonst hätte er sie so leichten Herzens anvertraut. Zofija hatte viel für sie getan. Es war unrecht gewesen, Albert hinauszuwerfen, sie hatte nicht verstanden, mit welcher Leidenschaft er für das Recht der Arbeiter kämpfte und dass er sich mit der Ungerechtigkeit einfach nicht abfinden oder mit ihr leben konnte. Das war das Einzige, was er ihr hätte vorwerfen können, aber er tat es nicht und würde es auch niemals tun, dafür schätzte er sie viel zu sehr, er wollte sie nicht kränken.

Ana weiß, wie wichtig der Kampf der Arbeiter ist, und sie versteht, dass er dabei nicht nur ein Zuschauer sein kann. Es macht vieles leichter, wenn Mann und Frau dieselbe Sicht auf die Welt haben. Nur beim Namen gehen ihre Meinungen auseinander, dachte er lächelnd, er würde seinen Sohn Karel nennen, Ana dagegen möchte, dass er Vladimir heißt. Natürlich wird sie sich durchsetzen, und mit Lenins Vornamen wird er sicher zu einem willensstarken Kämpfer für das Menschenrecht heranwachsen. Doch dann wird man nicht mehr kämpfen müssen, korrigierte er sich eilig, er selbst muss die herrschaftsfreie Gesellschaft erringen, in der sein Sohn aufwachsen wird.

Plötzlich fiel ihm ein, dass Ana vielleicht schon niedergekommen war, schließlich hatte er sie seit dem Morgen nicht mehr gesehen. Er verscheuchte den Gedanken, sicher hätte ihn jemand vom freudigen Ereignis unterrichtet. Trotzdem konnte er mal kurz bei ihr vorbeischauen, er ist nur einer von zehn Posten, die das belagerte Gemeindehaus gerade vor niemand verteidigen müssen. Die Gendarmen werden die Bergwerkszone nicht verlassen, die Armee ist noch nicht da und kommt vielleicht überhaupt nicht. Wahrscheinlich würden seine Kameraden ihn aufziehen, wenn er sie fragte, ob er nach seiner Frau sehen darf, sie würden sticheln, dass er wohl Angst vor den Soldaten bekommen hat und sich in den Schoß seiner Frau verkriechen will.

Er glaubte nicht, dass das Militär jeden Moment vor ihnen auftauchte. Der Bürgermeister hatte telegrafiert, was bei ihnen los war, oder auch nicht, der Leiter des Postamts konnte gelogen haben, um sie einzuschüchtern. Und sollten sie auch das Militär gerufen haben, ist überhaupt nicht klar, ob es wirklich über ihre Brüder herfällt. Er hatte von Fällen im letzten Krieg gehört, wo sich die Soldaten ihren höheren Rängen widersetzt hatten, auch in Petrograd hatte sich ein Teil der Armee den Bolschewiken angeschlossen. Warum sollte den Soldaten, die da eventuell kommen, der reiche König in Belgrad näher sein als der notleidende Bergmann, fragte er sich.

Er träumte von einem zweiten Petrograd, dass sich die gerechtere Herrschaft von der kleinen Bergwerkssiedlung über das ganze Land ausbreitet, Städte und Dörfer beglückt, über Gleise und Straßen dahinsaust und sogleich jeden überzeugt, der bereit ist, Verstand und Herz zu öffnen. In Gedanken sah er, wie er Ana umarmte, und seine Fantasie weckte den innigen Wunsch, dies wirklich zu tun. Er war kein Feigling, aber er brauchte ihre Umarmung – in welch schwierige Lage ihn die neue Zeit doch brachte, die eben anbrach. Abgesehen davon, dass er neugierig war, wie es um ihr Kind stand, hatte er sie doch so lieb. So sehr, dass er nicht mehr an sie denken durfte, jetzt war er Wachtposten, er musste wachsam und konzentriert sein. Zofija wird ihm sicher eine Nachricht schicken, falls etwas passiert, Angela und Matija werden sie ihm überbringen.

Zu ihnen hatte er nie so engen Kontakt gehabt wie zu Alojzij. Manchmal bewunderte er ihren starken Willen, noch öfter aber hatte er Mitleid mit ihnen; und in dieser Gemengelage gab es offenbar nicht genug Platz für eine tiefe Bruderliebe, wie er sie für Alojzij empfand. Selbst der Sozialismus wird Matija kein Augenlicht schenken, und Angela wird keine starken Beine bekommen, sie werden beeinträchtigt bleiben, dennoch werden sie es leichter haben. Er wird auch für sie schuften, alle werden auch für diejenigen arbeiten, die mit Problemen und Leiden geboren wurden. Jeder wird so viel arbeiten, wie er kann, und so viel erhalten, wie er braucht.

Er selbst wird Alojzij auf die richtige Bahn lenken. Der dankt dem Direktor und seiner Frau blind dafür, dass sie ihm eine Ausbildung ermöglicht haben, obwohl sie, die selbst keine Kinder haben, wohl eher die ganze Zeit eigennützig nach der Gelegenheit Ausschau hielten, einen begabten Jungen an sich zu binden. Bei ihrem nächsten Treffen wird er ihm das so sagen, was zweifellos erneut für heftigen Streit sorgen wird. Ihr Verhältnis ist wirklich ungewöhnlich: Wenn sie getrennt sind, empfindet er eine gewaltige Zuneigung; sind sie jedoch zusammen, sind sie in allem unnachgiebige, sogar feindselige Kontrahenten.

Im Morgennebel besetzten Soldaten den Hof und die Straße vor dem Gemeindehaus. Es waren nicht nur etwas über zehn wie bei den Gendarmen vor dem Bergwerk, Hunderte Soldaten marschierten heran und immer neue kamen dazu, obwohl es keinen Platz mehr gab. Als stürze sich eine mächtige Welle auf eine Nussschale voll hilfloser Schiffbrüchiger. Die Soldaten stellten kein Ultimatum, es gab keine Verhandlungen, sie traten einfach in das Gemeindehaus, sammelten fast wortlos ihre Waffen ein, drängten die Männer zu einem Pulk zusammen, der von einer deutlich größeren Gruppe Soldaten umkreist und zum Bahnhof getrieben wurde. Auf ihrer armseligen Prozession trafen sie nur Gendarmen, die an der Straße Wache hielten, es war eindeutig, dass den Leuten verboten worden war, ihre Wohnungen zu verlassen.

Ludvik kam in den Sinn, wie die Gendarmen ihn und Alojzij als junge Burschen in entgegengesetzter Richtung abgeführt hatten. Damals hatte er sich vergeblich gewünscht, dass sie niemandem begegnen, diesmal blieb sein Wunsch ungehört, dass die Bewohner seines Ortes mitbekamen, was hier vor sich ging. Als Kind hatte er maßlose Angst gehabt, jetzt war er maßlos überrascht, wie seine noch frischen Träume im Nu zerstieben, wie lächerlich ihr nächtliches Gerede gewesen war, wie machtlos, klein und schwach sie waren im Vergleich zum großen Goliath.

Auf dem Bahnhof scheuchte man sie in den Viehwaggon eines kurzen Zugs auf dem Abstellgleis. Sie schwiegen, ihren Gesichtern war Verwunderung abzulesen, manchem auch Schmach. Nur selten hörten sie ein Wort von draußen oder das Knirschen von Sand unter den Sohlen von Soldatenstiefeln. Nach einer Weile wurde die Tür geöffnet, im Schein des kargen Lichts erschienen ein paar Gestalten, dunkel und nicht zu erkennen. Unsichtbare Hände schnitten das Licht hinter ihnen wieder ab, und als sich ihre Augen erneut an die Finsternis gewöhnt hatten, erkannten sie in den schwarzen Schatten ihre Arbeitskameraden. Die Gendarmen machen Razzien in den Häusern, suchen ganz bestimmte Leute, sie kennen ihre Namen. Noch einmal öffnete sich die Tür ihres Waggons, die Zahl der Verhafteten stieg auf zwanzig. Danach passierte stundenlang nichts, einige Male hörten sie das knarrende Öffnen und Schließen der Tür vom Nachbarwaggon. Sie werden wohl die gesamte Siedlung abtransportieren, sagte jemand, es wäre Verschwendung, wenn der Zug halb leer fährt. Ein anderer stimmte ihm zu, in der Reihung hat er Personenwagen bemerkt, die wahrscheinlich für die Bergwerksbeamten gedacht sind. Witze hoben die Stimmung, ständig kamen neue Einwürfe aus dem Dunkel. Das Land wird noch in den Ruin getrieben, weil sich die Wirtschaft mit all den Sonderzügen verausgabt. Diesen Prozess können sie beschleunigen, schlug der Nächste vor, wenn sie wegen der Verspätungen Klage einreichen, weil sie sich nicht vom Fleck rühren. Er soll nicht kleinlich und undankbar sein, kam zur Antwort, niemand sonst wäre bereit, sie kostenlos zu transportieren.

Während sie immer lauter ihre Witze rissen, hörten sie Schläge gegen den Waggon und eine schroffe Stimme, die ihnen still zu sein befahl. Sie spotten über die Drohung, sie waren jetzt viele, sie fühlten sich stark, die Wände des Waggons hüllten sie in sicheres Dunkel und nahmen dem Gegner den Schrecken einer hundertköpfigen Hydra.

Vinko wurde wieder zu dem gescheiten Anführer, den sie kannten. Die Polizei hatte ihn schon öfter inhaftiert und verhört. Man wird den Prozess hinauszögern, war er überzeugt, bis die Schüsse auf die wehrlose Menge in Vergessenheit geraten sind. Sie warten, bis sich die Aufregung unter den Leuten gelegt hat, denn die Regierung hat sich in einen Bluthund verwandelt und ihre Wut an den unglücklichen Menschen ausgelassen. Keine dem Regime noch so wohlgesinnte Zeitung kann dieses Gemetzel irgendwie gutheißen. Deshalb müssen sie geduldig sein, im Prozess jedoch willensstark und einig auftreten. Sie müssen aussagen, dass sie unter Schock standen, unmöglich kühlen Kopf bewahren konnten, als rundherum geschossen und geschrien wurde, als um sie herum tote Freunde wie unter der Sense umfielen und das Stöhnen der Verwundeten durch die Luft hallte. Panik war ausgebrochen, sie hatten sich ins Gemeindehaus zurückgezogen, um sich in Sicherheit zu bringen. Im Keller hatten sie Gewehre gefunden, das ist von zentraler Bedeutung, die Waffen gehörten ihnen nicht, sie hatten sie nur genommen, um sich zur Not zu verteidigen. Und natürlich weiß keiner etwas von zerstörten Gleisen, so seine Version der Geschichte, die jeder im Verhör erzählen sollte.

Nach einer halben Ewigkeit setzte sich der Zug in Bewegung, und nun begann man zu fragen, in welches Gefängnis man sie wohl bringt. Als sie anhielten, passierte lange nichts, dann ging die Tür auf, und sie mussten aussteigen. Der Zug bestand aus insgesamt fünf Waggons: Vorn waren einige Personenwagen, genutzt offenbar von den Soldaten, es folgten zwei Viehwaggons und am Schluss noch ein Güterwagen. Sie standen neben einem rostigen Gleis, das wenige hundert Meter weiter von der Hauptstrecke abging, jenseits der Schienen erhob sich ein größeres, baufälliges Gebäude, wahrscheinlich ein altes Lager, das niemand mehr benutzte.

Ein Soldat geleitete sie zum Güterwagen, wo sie Strohsäcke, Decken und einen größeren Eimer mit Deckel erhielten. Den Kübel stellten sie in eine Ecke an der Tür und machten sich rasch ihr Lager, der Soldat drängte schon ungeduldig. Er führte sie zur Lokomotive, sie sahen, dass dort zwei Soldaten in einem Kessel ein spätes Mittagessen oder frühes Abendessen kochten. Plötzlich packte sie großer Hunger, an diesem Tag hatten sie noch nichts gegessen.

Derweil wurde die Tür des zweiten Viehwaggons geöffnet, weitere Kameraden und Nachbarn stiegen aus. Einer kam grüßend auf sie zu, wurde vom Soldaten jedoch grob gestoppt, jeder Kontakt zwischen den Gruppen ist verboten. Niemand wusste, wozu Schlaflager, Kübel und Kessel dienen sollten, die Soldaten antworteten nicht auf ihre Fragen, jeder bekam eine Portion wässriger Gemüsesuppe und ein Stück Brot.

Die Ritzen seitlich der Waggons, durch die Licht von außen eindrang, waren längst verschwunden, und noch mehr Zeit war vergangen, seit die Tür des Nachbarwaggons laut zugefallen war, aber noch immer bewegte sich der Zug nicht von der Stelle. Ob sie etwa einfach auf dem toten Gleis darauf warten, bis die Vorfälle in der Siedlung vergessen sind, überkam sie eine düstere Ahnung. Einige fragten immer wieder, warum sie in einen Waggon gesperrt waren, Züge sind doch zum Transport gedacht, andere steuerten ihre verschiedenen Meinungen dazu bei, bis das Gerede auf der vergeblichen Suche nach Antworten verstummte. Die Gleichmütigen fielen in den Schlaf, sie können nichts ändern, alles, was ihnen jetzt bleibt, ist abzuwarten, die weniger Unbekümmerten wälzten sich unruhig auf den schlecht gefüllten Strohsäcken und versuchten, ihre rastlosen Gedanken zu beruhigen.

Ludvik fragte sich, was Ana wohl gerade tut, ob sie sich Sorgen um ihn macht. Gewiss hat jemand bemerkt, wie sie bei Tagesanbruch zum Bahnhof getrieben wurden, und bestimmt haben Augenzeugen die Nachricht in der Siedlung verbreitet. Dort dürfte das Leben wieder seinen gewohnten Gang gehen, Ana hat andere Sorgen vor ihrer Niederkunft. Als er sich ihren Bauch vorstellte, empfand er Rührung und dachte im nächsten Moment, dass sie vielleicht schon entbunden hat. Was, wenn sie wegen der Ausgangssperre der Armee die Hebamme nicht holen konnten, erschrak er, tröstete sich jedoch sofort damit, dass ihr Zofija zu helfen wusste, sie war schon bei vielen Geburten dabei gewesen, und Ana ist gesund und stark, da sind Probleme oder Komplikationen nicht zu erwarten. Die düsteren Gedanken wollten nicht enden, auch seine Oma war gesund und stark gewesen, trotz allem war sie bei der Geburt zusammen mit den Föten gestorben, mahnten sie ihn, und seine Mutter hatte Angela zur Welt gebracht, die kaum laufen kann, und den blinden Matija, und von all diesem Kummer ist sie verrückt geworden.

Mit einem Ruck unterband er das quälende Rätselraten; um die herandrängenden Gedanken zu überlisten, stellte er klare Fragen, er versuchte, das Rätsel zu lösen, in dem sie eine Rolle zu spielen gezwungen waren. Vinko hat recht, die Regierung fürchtet sich vor ihren Aussagen, weil sie die Mördergendarmen entlarven werden, die kriminelle Regierung. An den Wänden der heimischen Gefängnisse machen ihre Vorwürfe nicht halt, deshalb möchte man sie weit wegbringen, vielleicht bis nach Belgrad. Unklar ist bloß, warum sie auf einem toten Gleis stehen, wo sie es eigentlich sehr eilig haben müssten. Wahrscheinlich haben sie eine lahme Lokomotive und ausgediente Waggons zusammengespannt, sie werden mit großer Mühe bis ins Ziel schnaufen und auch nur, wenn es den Fahrplan nicht stört. Die ihm eingefallenen Antworten haben ihn nicht zufriedengestellt, aber zumindest war er der in den Wahnsinn treibenden Schwarzmalerei entflohen.

Im Gefängnis wird es einfacher, redete er sich ein. Sie werden nach Hause schreiben und Briefe von der Familie bekommen können, alle Ungewissheit wird sich auflösen. So warten sie leichter auf den Prozess, den man schließlich nicht bis in alle Ewigkeit hinauszögern kann. Vinko hat recht, die Regierung hat größere Angst vor ihnen als sie vor der Regierung, die Potentaten fürchten ihre Aussagen, ihr Bericht zu den Schüssen auf eine ruhige Menschenmenge wird, vierzig Mal wiederholt, schmerzhaft widerklingen. Ihn durchfuhr, dass man sie vielleicht nur verstummen lassen will, dass man sie nach einer Weile ohne jeglichen Prozess nach Hause schickt. Der Gedanke war angenehm, er wirkte, nach der zweiten durchwachten Nacht glitt er endlich in den Schlaf, aber da wurde auch schon die Waggontür geöffnet, und ein Soldat befahl schroff, sie sollen sich gefälligst nach draußen bewegen.

Den ganzen nächsten Tag hockten sie am Abstellgleis, die Irritation stieg, niemand suchte mehr nach Erklärungen, da die größten

Schwarzmaler jeden Versuch scharfzüngig zerlegten und den verhöhnten, der ihn unternommen hatte. Als sie am Abend in den Waggon gesperrt wurden, konnte Ludvik nicht einschlafen, erneut beschlichen ihn die alten Fragen und Zweifel und die düsteren Ahnungen. Dann setzte sich der Zug in Bewegung, und obwohl er schon nach wenigen Metern wieder zum Stehen kam, machte sich Erleichterung breit. Während seine Mitgefangenen darüber spekulierten, dass der lange Aufenthalt seine Ursache in einem Defekt an der Lokomotive oder einem Waggon haben konnte, sank Ludvik in den Schlaf. Er verschlief den sehnlich erhofften Moment, als der Zug dann doch ins Rollen kam, und bekam nicht mit, dass er nach einer Weile erneut stoppte, deshalb sah er sich am Morgen verwundert um. Auch diesmal waren sie an einem gottverlassenen Ort gelandet, an den rostigen Gleisen lagen Holzreste wie in einem Sägewerk, aber weit und breit kein Gebäude. Die Gendarmen waren taub für ihre Fragen, sie sorgten nur für einen reibungslosen Ablauf des immer gleichen Rituals: Öffnen der Waggontür, Leeren des Kübels, Schlange stehen vor dem Waschtrog, Aufstellung vor dem Kessel, aus dem sie zweimal täglich eine Gemüsebrühe erhielten, die immer gleich schmeckte, Rückkehr in den engen, dunklen Waggon und Geräusche, die verrieten, dass nun ihre Nachbarn aus dem anderen Waggon dran waren.

Der Zug fuhr nur nachts und niemals lange. Manchmal verharrten sie zwei Tage an derselben Stelle, meist jedoch ging es nach einem Tag weiter. Niemand zählte mit, wie lange sie schon auf dieser irrwitzigen Reise waren, bestimmt seit zwei Wochen oder sogar drei. Die Topografie veränderte sich, die Berge wurden flacher, aber selbst die Ebenen, stets in graue Nebelschwaden gehüllt, öffneten sich nicht zum Horizont. Stumpfheit nistete sich in ihnen ein und tötete die hochfliegenden Visionen von einer besseren Zukunft – ein boshafter Befehlshaber ließ sie an endlosen umgepflügten Feldern rasten, mit kahlen, schwarzen Bäumen hier und da, auf denen Greifvögel hockten. Ludvik fragte sich immer häufiger, ob er wirklich in einem Güterwagen festsitzt oder in einem bösen Albtraum gefangen ist, aus dem es kein Entrinnen gibt. Im Dunkel des Waggons plagte ihn die Vorstellung, dass die Wände immer enger zusammenrücken und sich die Decke auf sie hinabsenkt; wenn er vor dem Waggon hockte, versuchte er vergebens, mit seinem Blick die triste Bewölkung zu durchdringen. Sie sind abgeschrieben, verloren zwischen toten Gleisen. Ob er Ana jemals wiedersehen wird, fragte er sich, sicher hat sie schon entbunden und einen kräftigen Vladimir auf die Welt gebracht. Alles ist gut, es geht ihnen bestens, schrie er stumm in sein Gehirn hinein, das ihm feindlich gesinnt war und zunehmend Bilder von Missgeburten heraufbeschwor. Er eilte hin, löschte sie eins nach dem anderen aus, doch hinter jedem gelöschten drängten noch schrecklichere Bilder nach, begleitet vom höhnischen Gelächter des Gehirns. Auch die anderen wurden immer gereizter, jemand schubste einen Mitgefangenen, der ständig von einer Wand zur anderen schritt und dabei versehentlich auf seinen Strohsack trat, die Wachen stießen die, die laut schnarchten, einer ging zu oft zum Kübel, ein anderer saß zu lange darauf.

Eines Nachts dachte Ludvig, dass die Revolution im Land unaufhaltbar heraufzieht. Die Regierung hat Angst vor ihnen, deshalb schafft man sie schrittweise vom Zentrum fort, wo sie das Feuer des Aufstands entfacht haben. Vielleicht ist die Zeit schon nahe, in der sie nichts mehr vor ihrem Freiheitsdrang wird abhalten können, ihr Zug wird gegen die Landesgrenze prallen, unter den Eisenrädern werden sich die Schienen biegen. Es war ein Traumbild, das keiner Überprüfung standhielt, aber verlockend genug war, um seinen Kameraden davon zu erzählen.

Seit vier Tagen rasteten sie am selben Ort, nirgendwo sonst hatten sie sich so lange aufgehalten. In den Waggons gefangen, hörten sie in der Frühe zwei überdrüssige Soldaten, die sich fragten, wie lange sie noch an der rumänischen Grenze festsitzen werden. Demnach waren sie also am äußersten Punkt angekommen, überlegte Ludvik, weiter geht es nicht mehr. Und doch rollte der Zug in der Nacht los, Männer mit Orientierungssinn meinten, dass sie in die entgegengesetzte Richtung fahren. Sie entfernten sich also nicht von dem roten Brand, der sich in Ludviks Fantasie unaufhaltbar in das junge Königreich fraß und es in eine proletarische Republik wandelte, aber auch, dass es heimwärts ging, war eine gute Nachricht.

Es stellte sich heraus, dass ein Transport ins Gefängnis für sie gar nicht vorgesehen war, kranke Hirne in der Regierung hatten für sie einen Knast auf Rädern ersonnen. Man wollte nicht, dass es sie gibt, deshalb hatten sie ihnen wortwörtlich den Boden unter den Füßen weggezogen, sie hatten sie in Geister verwandelt, in Trugbilder, Chimären, mehr noch, in Hirngespinste ohne Vergangenheit. Und wenn sie reine Erfindung sind, dann ist auch alles, was sie erzählen, erlogen: Es gab keine Besetzung des Gemeindehauses oder des Bahnhofs, keine Soldaten und keine Gendarmen davor, weder Schüsse noch unschuldige Opfer. Wie tollwütige Hunde wurden sie aus dem gesunden Rudel gerissen.

Die Rückfahrt ging ähnlich langsam vonstatten, kurze Fahrten in der Nacht und Herumhocken an unwirtlichen Orten den ganzen Tag hindurch. Kahle Ackerfurchen, aus denen nichts spross, reichten fast bis an die Schienen, die wechselnden Ebenen, von Nebelschwaden um ihre Weite beraubt, glichen einander wie ein Ei dem anderen. Ludvik erschauderte bei der Vorstellung, dem Wahnsinn zu verfallen, denn ihn hatte der Gedanke gepackt, dass man mit voller Absicht nur trostlos trübe Tage für sie bereithielt. Das wäre nicht weiter ungewöhnlich, wo noch das kleinste bisschen Hoffnung fehlt, kann man nur den Verstand verlieren, es geht nicht anders. Der sie auf diesen Kreuzweg geschickt hatte, wusste das nur zu gut. Er darf also nicht verrückt werden, schärfte er sich ein, schon allein um seinetwillen nicht, vor allem aber wegen Ana und Vladimir. Bestimmt wird er durchdrehen, es kann gar nicht anders enden, weil er nicht weiß, wie es um Frau und Kind steht. Das Gefängnis auf Rädern leistet hervorragende Arbeit, es erweicht ihre Gehirne, zerstört ihren Zusammenhalt und formt die Bluttat von gestern beharrlich zum Lügenmärchen von morgen. Sollten sie auch heimkehren und die Regierung womöglich auf einen Prozess verzichten, so werden sie eine drakonische Strafe zu verbüßen haben, die sie von allem abschneidet, was sie einmal hatten, waren und wollten.

Nach einer ungewöhnlich langen Fahrt öffnete sich die Waggontür bereits mitten in der Nacht, draußen erwartete sie eine größere Anzahl Soldaten. Die Nacht war klar und hell, sodass sie nur einen Katzensprung entfernt die Silhouette einer Stadt sahen. Die Kolonne struppiger Gespenster marschierte bis zum Gefängnisbau.

In den folgenden Tagen erfuhren die Häftlinge, dass ihre Reise fast drei Monate gedauert hatte, genau zweiundachtzig Tage. Ihnen war sie noch länger erschienen, sie hatte sich hingezogen wie ein ganzes Leben. Sie hatten in dem bösen Irrtum gelebt, dass die Zeitungsberichte zum Geschehen in ihrem Ort für gewaltige Empörung sorgen. Die Wahrheit war zutiefst ernüchternd, es gab überhaupt keine Zeitungsberichte, niemand schrieb über Schüsse oder Tote, von einer Besetzung des Gemeindehauses und des Bahnhofs, nirgendwo gab es auch nur den kleinsten Hinweis auf über vierzig aufständische Arbeiter, die nach dem krankhaften Willen eines Machthabers in Viehwaggons gesteckt und durch das ganze Land transportiert worden waren, damit die Erinnerung an sie und was sie zu erzählen hatten zu albernen Wahngebilden würden. Nichts von dem, was knapp drei Monate zuvor geschehen war, hatte stattgefunden, im Dunkel ihres Gefängniswaggons war alles versunken.

In den folgenden Tagen erfuhr Ludvik, dass Ana genauso leicht, wie die Soldaten die Aufständischen entwaffnet hatten, und fast zum selben Zeitpunkt Zwillinge geboren hatte, Karel und Vladimir, die einer nach dem anderen aus ihrem gewaltigen Bauch geflutscht waren. Dass sie ihn gesucht und nach ihm gefragt hatten, aber überall auf Schweigen gestoßen waren, dass sie die Bezirkshaftanstalt und andere Gefängnisse in der Nähe aufgesucht hatten, aber nirgendwo hatte man etwas von ihm und den anderen Verhafteten gewusst. Es war, als hätten sie sich in Luft aufgelöst.

In den folgenden Tagen wurde hinter verschlossenen Türen kurzer Prozess mit ihnen gemacht. Sie wurden des Besitzes und der Verbreitung verbotener kommunistischer Literatur angeklagt, der

Staatsanwalt verlor kein Wort über Waffen, die rote Fahne und die zerstörte Eisenbahnstrecke. Das Gericht wies allen Angeklagten denselben Verteidiger zu. Dieser verteidigte sie gar nicht, sondern bat nur um ein mildes Strafmaß, weil die meisten jung und impulsiv waren. Vinko, der kaum einen Tag als Leiter des revolutionären Rates aktiv gewesen war, wurde zu zwei Jahren strenger Haft mit einem Fastentag pro Monat und hartem Lager verurteilt, zehn Gardisten erhielten ein Jahr Knast, alle anderen bekamen drei Monate Haft, die sie schon fast abgebüßt hatten, weshalb sie ein paar Tage nach dem Verfahren heimkehrten. Nur wenige hatten es eilig, die Geschichte ihrer ungewöhnlichen Reise zu erzählen, und selbst diese wurden im Wesentlichen mitleidig angeschaut.

RÜCKBESINNUNGEN

»Wie klein sind Musikzwerge?«

»Sehr, sehr klein.« Matija suchte Valentinas Hand und betastete sorgfältig alle ihre Finger. »Schätzungsweise etwas kleiner als dein kleiner Finger.«

»Wachsen sie denn gar nicht?«

»Natürlich wachsen sie, vielleicht bis zur Länge deines Zeigefingers.«

»Wirklich groß werden sie dann aber nicht.«

»Für einen Zwerg ist das schon ziemlich groß. Im Vergleich zu Fliegen und Ameisen sind wir beide gigantische Riesen, für den Kastanienbaum hier aber nur zwei kleine Wichtel. Wenn wir uns gegenüberstellen, bin ich groß, und du bist klein.«

»Ich werde noch lange wachsen, und vielleicht bin ich einmal sogar größer als du.«

»Kann sein, jedenfalls wird der Unterschied zwischen uns beiden jeden Tag kleiner, weil ich nicht mehr wachse.«

»Bist du älter als diese Zwerge?«

»Nein, die Zwerge sind älter als ich. Die Konzertina hat mir Luka geschenkt, als ich ein bisschen größer war als du. Davor hat er schon jahrelang auf ihr gespielt, wahrscheinlich hat sie sogar schon vor ihm jemand gehört. Diese Zwerge sind mit Sicherheit auch viel älter als Zofija, es ist gut möglich, dass sie mehr als hundert Jahre alt sind.«

»Sterben sie denn nicht?«

»Das weiß ich nicht, offenbar werden sie aber sehr alt.«

»Und wie wissen sie, wann sie sich melden müssen?«

»Jeder hat ein Stühlchen, das mit einem bestimmten Knöpfchen verbunden ist. Wenn ich draufdrücke, wird das Stühlchen angehoben. Der Zwerg, der darauf sitzt, schnurrt dann vor Behagen, weil ihm das so gut gefällt.«

»Er schnurrt?«

Matija drückte das kleine Mädchen fest an sich und kitzelte es, sodass es fröhlich juchzte. »Genau so«, sagte er lachend. »Jeder Zwerg hat eine eigene Stimme, und daraus mache ich dann ein Lied.«

»Und warum sind ihre Stimmen manchmal traurig, wenn es ihnen doch so gefällt?«

»Ich weiß nicht«, sagte er nach längerer Überlegung. »Vielleicht bewegt sich das Stühlchen auf unterschiedliche Weise, mal bringt es sie zum Lachen, ein anderes Mal macht es sie traurig, vielleicht erschreckt oder verärgert es sie auch. Ich habe die Konzertina noch nie geöffnet, um mir das anzusehen.«

»Du könntest es gar nicht sehen. Aber du kannst sie aufmachen, und ich schaue nach.«

»Ich traue mich nicht, denn ich will nichts kaputtmachen. Außerdem glaube ich, dass es den Zwergen nicht gefallen würde, wenn wir sie stören.«

»Ich würde sie sehr gerne sehen.«

Frančiška nahm Valentina in den Arm. »Weißt du, Mäuschen, manchmal ist es besser, wenn Kisten mit Geheimnissen drin verschlossen bleiben, selbst wenn man vor Neugier zu platzen droht. Komm, es wird Zeit, dass du ins Bett gehst.«

»Ich habe aber noch so viele Fragen zu den Zwergen, Mama.«

»Matija läuft dir nicht weg, ich dagegen habe das Märchen vom Musikzwerg, der so dick war, dass er auf zwei Stühlchen sitzen musste, bis morgen vergessen. Weil er gleich zwei Stühlchen besetzte, machten die Nachbarknöpfe auf der Harmonika den gleichen Ton, was den Musiker schrecklich ärgerte, weil er kein Lied fehlerfrei spielen konnte.«

Frančiška war gut eine Woche zuvor heimgekehrt und versuchte nun, langsam das Eis zu brechen, das während ihrer Abwesenheit zwischen ihr und Valentina gewachsen war. Sie litt, weil sie das Herz ihrer Tochter nicht im Sturm rückerobern konnte, das Mädchen ließ sie nur zögerlich an sich heran. Zugleich sorgte sie der Umstand, dass sie sich in ihrer Wohnung bereits nach der ersten Woche beengt fühlte, sie tröstete sich mit dem Gedanken, dass bald alles anders wird. In der Schule wurde ihr gesagt, dass sie an sich sofort mit der Arbeit beginnen konnte, es gab großen Lehrermangel, man musste nur erst das Amtliche regeln, sie hatte jeden Tag mit einer Vorladung zu rechnen.

Sie schloss behutsam die Schlafzimmertür und blickte Zofija fragend an, die über Matijas Geschichte sanft lächelte. Sie hat gerade erfahren, sagte sie Frančiška zur Erklärung, dass sie in all den Jahren nicht nur große und kleine Kinder beherbergt hatte, sondern auch einen ganzen Trupp Musikzwerge.

»Ich beneide dich richtig«, sagte Frančiška und zauste Matija das Haar, »Valentina ist verrückt nach dir.«

»Sie ist dir extrem ähnlich« – Zofija blickte zu Frančiška –, »auch du warst redselig, wissbegierig und artig. Ich habe immer gesagt, dass du ein Engel bist.«

»Ein gefallener«, meinte Frančiška grinsend.

»Warum denkst du so?« Zofija ergriff ihre Hand.

»Eine uneheliche Mutter, die ihr Kind verlässt und unter die Landstreicher geht, eine ›schöne Vida‹ der Kolonie«, sagte sie erneut grinsend und fuhr schnell fort, damit Zofija ihr nicht ins Wort fiel. »Weißt du noch, wie du mir die Geschichte von der schönen Vida in der Fremde zum ersten Mal erzählt hast? Es war kurz, nachdem uns unsere Mutter verlassen hat. Du hast beteuert, dass sie bald zurückkommt. Ich habe dich gefragt, ob du mich zu trösten versuchst, weil Mama gestorben ist, du aber hast mir diese Ballade erzählt. Sie hat mich erschüttert, und ich habe mir geschworen, niemals so zu handeln, wenn ich selbst einmal Mutter bin. Ich habe diesen Eid gebrochen.«

Zofija streichelte ihre Hand.

»Ich wollte sie nicht alleinlassen, aber bleiben konnte ich auch nicht. Ich musste herausfinden, ob Valentina noch einen Vater hat. Ich war so lange weg, weil ich ihn gesucht habe. Es war nicht leicht. Noch schwieriger war es, mich ihm zu nähern, als ich ihn endlich aufgespürt hatte. Da bekam ich grässliche Angst, ich fürchtete mich vor seinen Antworten, obwohl ich genau deshalb gekommen war. Ich kreiste um ihn wie der Mond, der sich um die Erde dreht.«

Frančiška schüttelte den Kopf. »Vorhin habe ich zu Valentina gesagt, dass man manche Kisten lieber nicht öffnen sollte, weil Enttäuschung, Schmerz und Groll darin stecken könnten.«

»Du musst uns nichts erklären …«

»Doch«, unterbrach sie Frančiška, »ich bin euch durchaus eine Erklärung schuldig. Schließlich bin ich verschwunden und habe euch die Sorge für Valentina überlassen. Eben hat Matija erzählt, dass in der Harmonika kleine Zwerge hausen. Da dachte ich, wie schön es ist, Kind zu sein, wenn sich der Verstand noch nicht gegen solche Eingebungen wehrt, wenn seine Fantasie aus dem Nichts solch kleine Gestalten herzaubert. Wenn man erwachsen wird, bringt man sich selbst um diesen Zauber, dann hat man den zerstörerischen Drang, der Sache auf den Grund zu gehen, und vertreibt damit allen mystischen Nebel, der sie umgibt. Vielleicht würden die Dinge ewig funktionieren, könnte man nur seine kindlichen Vorstellungen bewahren, so aber öffnen wir Harmonikas, um ihren Aufbau zu verstehen, den ganzen Mechanismus, durch den Musik erzeugt wird, wir verwandeln das märchenhafte Zwergenland zurück in eine öde Holzkiste mit Metallzungen.«

Frančiška trat zur Kommode und schenkte sich Wasser aus einem Krug ein. »Der russische Gefangene, von dem ich schwanger geworden bin, heißt Valentin. Er hat deine hellen Augen, Matija. Ich hatte eine fast farblose Bläue in Erinnerung, aber alles, was ich vorfand, war eisige Kälte. Vielleicht hatte ich sie in meiner Einbildung neu eingefärbt vor oder bei unserer erneuten Begegnung. Mir genügte nicht, dass wir uns einst umarmt und verführt hatten, dass ich mich erneut an ihn schmiegen konnte, ich wollte genaue Antworten. Warum er mich begehrte, warum seine Hand auf meiner Hüfte innehielt, was ihm da durch den Kopf ging? Ich hatte zahllose Fragen, mit denen ich die Vorstellungen meiner Fantasie abglich. Kaum eine Antwort bestätigte diese, die Unstimmigkeit zwischen dem, das ich für die Antriebskraft unserer Beziehung gehalten hatte, und dem, was er nun sagte, verursachte dünne Risse zwischen uns. Warum er in einem bestimmten Moment lustvoll aufgeschrien hatte? Stur bohrte ich weiter und verlangte Antworten auf Fragen, die wahrscheinlich niemand je beantworten kann. Es hätte genügen müssen, dass er in diesem Moment einfach dagewesen war, er gehörte dorthin, war Teil des gefälligen Bildes, hatte seinen Platz, erst das Analysieren verdarb ihn mir. Ich quälte ihn und mich selbst, das Ganze glich dem Häuten eines getöteten Tieres, eifrig vertiefte ich die winzigen Risse, bis ein breiter Spalt zwischen uns aufklaffte.«

In der Stille war ihr langsames Nippen zu hören, im Grunde neigte sie ihr Glas nur, um sich die Lippen zu kühlen. »In einem solchen Labor überlebt keine Beziehung. Bei jedem Zweifel, der den Gedanken nur zu gern eine finstere Sackgasse öffnet, verlangst du neue, präzise Antworten. Dir wird bewusst, wie naiv die Vorstellung ist, dass du bis zur letzten Wahrheit durchdringst, trotzdem bohrst du weiter. Du weißt, dass du den Dingen ihren ursprünglichen Märchenglanz später nicht mehr zurückgeben kannst, und dennoch gibst du keine Ruhe, nichts hält dich auf.«

Frančiškas Blick glitt an den Wänden entlang, sah jedoch nichts, blieb nirgendwo haften. »In den letzten Monaten bin ich viel herumgereist, ich habe Städte und Landschaften gesehen, über die ich in Büchern und Zeitungen gelesen habe. Von jedem Ort hatte ich eine bestimmte Vorstellung, aber offenbar bin ich nicht besonders gut darin, Beschreibungen in Bilder zu übertragen, was meine Augen sahen, stimmte nicht mit den Vorstellungen in meinem Kopf überein. Die Abweichungen ärgerten mich, die Realität zerstörte meine herrlichen Fantasiebilder. Erst da verstand ich, was du mir etliche Male gesagt hattest, Matija, dass du nicht wirklich weißt, ob du überhaupt sehen möchtest. Du hörst eine Stimme, ertastest etwas und machst dir eine Vorstellung davon. Du kannst nicht überprüfen, wie sehr sie mit der Realität übereinstimmt, nichts kann sie erschüttern.«

»Auch in meinen Vorstellungen verändern sich die Dinge, sie sind nicht starr.«

»Ja, du wandelst sie sicher um, fügst etwas hinzu und nimmst etwas weg, aber es bleiben deine Vorstellungen, niemand zieht den Vorhang auf und entblößt, was dahinterliegt. Du kannst mich danach beurteilen, was ich dir erzähle, wie ich mich verhalte, was du von anderen hörst, was du an mir ertastest. Ich weiß nicht, vielleicht liege ich falsch, aber ich glaube, dass es anders ist, wenn man blind ist. Die Sehkraft ist eine Mordwaffe, jäh breitet sie alles vor dir aus. Es gibt kein langsames Gießen in Formen, sie ist ein Erdbeben, das urplötzlich ein vertrautes Bild ausradiert, an dessen Stelle etwas ganz Andersartiges tritt.«

Frančiškas Blick löste sich von Matija und fixierte etwas irgendwo in der Ferne. »Manchmal denke ich, man müsste alle Dinge in zwei Arten unterteilen, auf einer Seite wären die Dinge, denen man auf den Grund gehen muss, und auf der anderen die, bei denen man das lieber sein lässt. Wenn Alojzij Linsen fertigen möchte, muss er chemische und physikalische Prozesse verstehen, unter welchen Bedingungen etwas reagiert, was die Ursache dafür ist, welche Wirkung die einzelnen Stoffe haben, was passiert, wenn man ein Verfahren langsamer oder schneller vollzieht. Was zwischen mir und Valentin geschehen ist, gehört zur zweiten Art. Wir sind uns mit kindlicher Begeisterung in die Arme gesunken, ein heftiges Begehren hat uns den Boden unter den Füßen weggezogen, erstaunlicherweise sind wir nicht gestürzt, wir blieben in einer Art Vakuum hängen. Wir hätten nicht daran rühren dürfen, um dieses wundervolle Schweben zu erhalten, ich aber habe geprüft, gegrübelt, analysiert. Ich habe ein Attentat auf unsere Beziehung verübt, den Zauber getötet, der uns einst von jeder Schwere befreit hat. Ich habe geahnt, dass es dazu kommt, mehr noch, ich war überzeugt, dass es geschehen würde, dennoch flog ich unermüdlich wie ein Nachtfalter gegen eine Kerze, bis ich mir die Flügel versengte.«

»Warum genügt es nicht« – sie sah Zofija in die Augen –, »dass es schön, hell, warm ist? Ist das eine Art Verdammnis, ist das die menschliche Natur? Es gab nichts zu verstehen, ich hätte mich nur dem Wohlgefühl hinzugeben brauchen. Wozu Märchen überprüfen, warum sie mit dem Skalpell des Verstandes aufschneiden, dass ihre Handlung kindlich komisch wird? Es ist schließlich nichts verkehrt an Musikzwergen.«

Zofija glaubte, dass Frančiška eine Antwort von ihr verlangte. »Wahrscheinlich weißt nur du allein, warum du so unerbittlich gewühlt hast in dem, was ihr tatet.«

»Ich dachte, ich muss verstehen, damit mich das tiefere Wissen bei den nächsten Bewährungsproben schützt. Ich bin eine dumme Gans, keine Erkenntnis schützt dich vor irgendwas. Mir ist vollkommen unvorstellbar, Valentina zu verlassen, doch genau das habe ich getan. Was, wenn es mich wieder hinaus in die Welt zieht?«

•

Ludvik hatte seine Strafe bis zum letzten Tag abgesessen. Seit zwei Wochen wartete er schon darauf, ob man ihn erneut beim Bergwerk anstellen würde. Bei seinem ersten Besuch hatte es so geklungen, als sei dies so gut wie sicher, bewährte Hauer brauchte man immer. Als er nun nachfragte, wann er zur Arbeit erscheinen sollte, hielt ihm ein anderer Dienstherr in würdevollem Ton einen Vortrag, dass sie noch überlegen, auch ohne ihn gibt es genügend Zänker, die hier über den Lohn meckern und dort über die Arbeitsbedingungen, ständig intrigieren sie gegen das Unternehmen. Nur mit Mühe behielt Ludvik für sich, was ihm auf der Zunge lag.

Er wusste, was Anas Blick ihn fragte, als sie von der Arbeit kam, aber er stellte sich dumm, lieber lästerte er über seine Schwester.

»Ohne Angela läuft wieder mal nichts im Pfarrhaus. Du solltest ihr die Augen öffnen, auf mich will sie nicht hören.«

»Du musst nicht frech werden, nur weil ihr verschiedener Ansicht seid. Angela ist eine Seele von Mensch.«

»Gerade deshalb könntest du ihr erklären, dass man sie nur ausnutzt.«

»Sie ist gerne dort und hilft ...«

»Und den Lohn dafür bekommt sie im Himmel, den noch niemand gesehen hat«, fiel Ludvik seiner Frau wütend ins Wort.

Sie wollte fragen, welchen Lohn sie eigentlich von ihm bekommt, wendete sich jedoch ab und atmete tief ein. Seit er zurück war, mündeten ihre Gespräche meist schon nach wenigen Sätzen in Streit. Sie hatte ihm schon zehnmal gesagt, dass Angela jetzt bei ihnen lebt, für Karel und Vladimir sorgt und für alle kocht, während sie selbst in der Separation arbeitet. Sie musste arbeiten gehen, weil man sie sonst aus der Wohnung geworfen hätte und weil sie das bisschen Geld, das Angela mit Nähen verdiente, nicht länger annehmen konnte. Sie wünschte sich, dass auch er tiefe Dankbarkeit empfand und sie zumindest ein bisschen zum Ausdruck brachte, stattdessen war er immer gemein und verletzend zu seiner Schwester. Damit wollte sie Ludvik nur sagen, dass sie es nicht leicht hatten, weshalb sie sich umso mehr über seine Rückkehr und auf bessere Zeiten freute, er aber war überzeugt, dass sie ihm das Gefängnis zum Vorwurf machte und ihn tadelte, weil er sie und die Kinder im Stich gelassen hatte.

Obwohl sich aus seinem schnippischen Verhalten unschwer herauslesen ließ, dass er erfolglos gewesen war, und obwohl sie wusste, dass er heftig reagieren würde, fragte sie ihn, was er beim Bergwerk hatte ausrichten können. Sie irrte sich nicht, es sprudelte nur so aus ihm hervor, und das Gift, dem der schulmeisternde Dienstherr entgangen war, versprühte er nun über Ana. Erst als die Kinder weinten und Ana mit ihm schimpfte, dass er die Jungen geweckt hat, nahm der Platzregen ein Ende.

Wutentbrannt stürmte er zur Tür hinaus und kehrte erst in der

Nacht zurück, als er an Angela und den Zwillingen vorbei zu Ana schlich. Er schmiegte sich an sie und entschuldigte sich, küsste ihre salzigen Tränen und nässte sie mit den seinen, er ist so verdammt machtlos neben ihr, er liebt sie so sehr, er hat sie gar nicht verdient, er ist ein selbstsüchtiger Schuft, sie aber ist so gut zu ihm. Sie küsste ihn, damit sein Geheul nicht Angela und die Kinder weckte, er zog sie fest an sich, seine Hände schoben die überflüssige Kleidung ungeduldig beiseite, sie flüsterte ihm ins Ohr, dass sie leise, sehr leise sein müssen.

Am nächsten Morgen erwachte er spät, Ana war schon zur Arbeit gegangen. Angela legte ihre Näharbeit beiseite, stand mühsam auf und schlurfte gebeugt in die Küche, sie wird ihnen einen Milchkaffee kochen. Ihr zartes Gesicht passte nicht zu ihrem entstellten Körper und den gebrechlichen Schritten. Sie erschien ihm schrecklich alt, unbegreiflich, dass sie erst in Anas Alter war. Am liebsten wäre er ihr gefolgt und hätte sie tröstend umarmt, aber das hätte künstlich gewirkt. Schon als Lausbuben waren er und Alojzij getürmt, wenn es um Gefühle ging, sie hatten lauthals gespottet über die Zuneigung zwischen Matija und seinen Schwestern.

Schweigend tunkten sie Brot in die braune Flüssigkeit, aus der ein duftender Dampf emporstieg. Er müsste sich für ihre Sorge dankbar zeigen, ihren Schmerz mitempfinden, freundlich zu ihr sein, ging ihm durch den schmerzhaft pochenden Kopf, doch alles, was er über die Lippen brachte, war die Frage, wie es um ihre Beine steht. In der Frühe kommt sie schwer hoch, erzählte sie nüchtern, aber schon nach wenigen Schritten ist es besser. Sie kann nicht lange an der Nähmaschine sitzen, keine größeren Strecken gehen oder länger stehen, aber im Wechsel geht es irgendwie. Es gibt bessere und schlechtere Tage, man muss dann die Zähne zusammenbeißen.

Sie war ihm zu weitschweifig, die völlige Ergebenheit, die aus ihren Worten sprach, ärgerte ihn. Eine Weile kratzten sie schweigend mit den Löffeln in der Blechschüssel herum. Er darf sie nicht für sein Scheitern strafen, durchfuhr es ihn. Als eine Art Entschuldigung, als könnte sie seine Gedanken hören, fragte er sie freundlich, was es Neues im Verein gibt.

Man plant den Bau des Vereinshauses, ein großes, schönes Gebäude neben dem Pfarrhaus. Im Saal soll es eine Bühne geben, sie werden Theaterstücke aufführen, singen, Musik machen, Bälle organisieren, und draußen wird ein Sportplatz gebaut, berichtete sie ausführlich. Ihr Vereinshaus wird nicht so groß sein wie das von den Turnern, aber doch größer als das Arbeiterheim. Diese Relation verstimmte Ludvik, aber er biss sich auf die Zunge und fragte, wann man denn mit den Arbeiten beginnt. Sie wusste es nicht, jetzt wird erst einmal Geld gesammelt, man hat schon Bingo gespielt, die Vorbereitungen auf den Nikolausmarkt und eine Tombola laufen gerade. Manche sammeln Geschenke und Geld oder formulieren Bittschreiben, während sie nur die Geschenke verpackt und beim Schmücken hilft. Für die Tombola wird sie einige ihrer Fetzenpuppen beisteuern, die Kinder mögen sie. Sie hat keine Ahnung, wie viel Geld bereits zusammengekommen war und wann die Bauarbeiten beginnen, schloss ihren langen Bericht jedoch noch mit dem Sprichwort *Kommt Zeit kommt Rat* und der Ansicht, dass es unvernünftig wäre, etwas zu überstürzen.

Ludvik war genervt von Angelas Schilderung und noch mehr von ihrer grenzenlosen Ergebenheit, deshalb sagte er, dass er letzte Woche daheim vorbeigeschaut hat, wo er nur Matija und Valentina vorfand, Frančiška war noch in der Schule, während Zofija bei Dem, der den Akrobaten vom Seil schlug war.

Matija und Valentina kommen manchmal vorbei, griff Angela das neue Thema auf, wie er vorige Woche selbst gesehen hat. Den Buben gefällt es, wenn ihnen Matija auf seiner Konzertina etwas vorspielt, Valentina dagegen möchte ihnen ständig etwas beibringen, obwohl sie selbst noch nichts kann. Nein, so darf sie nicht über das Mädchen reden, schalt sie sich sofort, Valentina ist sehr klug und freundlich, ganz wie Frančiška. Zofija geht oft zu Dem, der den Akrobaten vom Seil schlug. Wenn es viel zu tun gibt, bleibt sie manchmal auch für ein paar Tage dort, ab und zu kommen auch

Matija und Valentina mit. Auf dem Feld bauen sie alles Mögliche an, sie halten Ziegen, Hühner und Hasen, es gibt viel Obst. Sie selbst war schon lange nicht mehr dort, der Weg ist zu lang, den schafft sie nicht. Zuletzt fuhr sie hin, als man Holz für das Bergwerk zusammentrug. Zofija kennt alle Fuhrmänner und Holzfäller, als sie ohne Alberts Lohn auskommen mussten, haben sie öfter in ihrem Wald gefällt. Aber jetzt ist es leichter, Frančiška ist zurück und arbeitet wieder. Alle wissen, dass Zofija die Güte in Person ist, das muss nicht extra gesagt werden, sie hat immerzu wie eine richtige Mutter für sie gesorgt, im letzten Jahr hat sie auch Ana viel geholfen.

Seine Frau hat ihm erzählt, dass auch sie, Angela, ihr sehr geholfen hat, nutzte Ludvik die Gelegenheit, seine Schwester zumindest mit Worten zu herzen.

Es war nicht viel, sagte Angela und senkte verlegen den Kopf. Gelegentlich flickt sie Kleidung für die Frauen aus der Nachbarschaft und ändert sie um. Sie haben nicht viel, was immer sie ihr geben, ist gut, wenn sie nichts haben, wird sie vielleicht im Jenseits dafür entlohnt, sagte sie lächelnd.

Erneut verspürte er eine Wut, verkniff sich jedoch einen bösen Kommentar zur Vergeltung im Jenseits. Er wird zum Nörgler, dachte er, in letzter Zeit ärgert er sich andauernd, oft genügt schon ein einziges Wort. Er hat kein Recht, Angela um die Erfüllung zu bringen, die sie bei diesen Kirchenleuten gefunden hat, dort macht sie sich nützlich und fühlt sich gebraucht. Ihr Leben verläuft anders als seins, die geschwisterliche Bindung zwischen ihnen ist nie eng gewesen.

Und Alojzij, erwähnte er zuletzt noch ihren Bruder, über den Angela nichts gesagt hatte, obwohl gerade dieser ihn am meisten interessierte. Letztens wollte er ihn besuchen, aber ihm wurde gesagt, dass er in Deutschland ist.

Auch Angela sah ihn nur selten, nach Hause kam er kaum noch, manchmal schaute er kurz vorbei, sagte ein paar Worte und eilte wieder davon. Nie hat er Zeit, sich zu setzen. Er hockt von morgens bis abends in der Fabrik, heißt es, mit den Linsen sollen sie große

Fortschritte machen. Er ist oft in Deutschland unterwegs, in einer Fabrik, die Apparaturen herstellt, für die man Linsen braucht. Angela kennt sich mit diesen Dingen überhaupt nicht aus. Er war der Taufpate seiner Kleinen, jedem hat er eine Goldmünze geschenkt, und er hat einen großen Korb mit Süßigkeiten bringen lassen, so voll, dass sie ihn nicht hochheben konnte.

Sie zählte ausführlich auf, was für Gebäck sich im Korb befand, bis Geräusche aus dem Bett sie unterbrachen. Er war schneller als Angela, hockte sich neben das Bettchen, in dem die Kinder wach wurden. Er betrachtete die eng gewickelten Würmchen, Karel gähnte und gab Laute von sich, Vladimir wachte erst langsam auf. Sanft streichelte er Karel und bemerkte, dass auf ihrem Kissen zwei kleine Reliquien lagen. Er nahm eine in die Hand und sah sie prüfend an.

Sie hat sie gestern gekauft, sagte Angela stolz, Marienreliquien, um Unglück von ihnen fernzuhalten. Er winkte ab, Larifari. Angela bekreuzigte sich, so darf er nicht reden, sonst zieht er Unglück auf sich. Maria ist die erste Fürsprecherin, sie betet jeden Abend zu ihr, um bei Gott Gesundheit zu erbitten für die Kinder und alle anderen, auch für ihn. So ein Gott ist ihnen keine Hilfe, fiel ihr Ludvik ins Wort, ein gerechter Gott müsste Angela auf Händen tragen, stattdessen hat er ihr kaputte Beine verpasst. Angela bekreuzigte sich erneut, so darf er nicht reden, Gott hört ihn. Ihr Gott hört schlecht, sagte er und lächelte, seine Ohren sind taub für das Weinen der Armen, für die Wünsche der Herrschaften dagegen sind sie weit aufgesperrt. Wer kein Leid annimmt, kann sich auch nicht über das Gute freuen, schwatzte sie innig, das Leid auf Erden wird mit ewiger Freude im Himmel belohnt. Das sollte sie mal Gottes Hirten sagen, die schon auf Erden reich gebettet sind, sagte er laut lachend über den Starrsinn seiner Schwester, vielleicht schafft sie es noch, sie vor dem Höllenfeuer zu bewahren.

Sein Hohnlachen erschreckte Karel, er verzog das Gesicht und begann zu weinen, Vladimir, kaum erwacht, schloss sich seinem Bruder sogleich an. Ludvik beugte sich zu ihnen, schüttelte den

Kopf und schnitt Grimassen, er plapperte Wörter und Unsinn in Babysprache daher, mit der Angela sie immer eindeckte, aber die Kinder gaben keine Ruhe. Angela war erstaunlich flink am Bett, sie setzte sich auf die Kante und hatte die Schreihälse im Handumdrehen beruhigt. Sie drückte sie an sich, wiegte sie sanft und sang leise.

Nicht mal seine eigenen Kinder bekommt er still, warf er sich vor, wenn sie ihn sehen, schreien sie, als wäre er ein schrecklicher Unhold. Sie haben sich noch nicht an ihn gewöhnt, er ist gerade erst zurückgekommen, sie erkennen in ihm nicht ihren Vater, für sie ist er ein Fremder, der von weiß Gott wo dahergelaufen kam. Sie sind zu klein, um zu verstehen, was im letzten Jahr los war, dass man ihn verhaftet hat, weil er sich gegen die Ungerechtigkeit auflehnte, für eine bessere Welt kämpfte. Auch für sie hat er an einer Gesellschaft mitgebaut, in der niemand in Armut aufwachsen muss, in der ihnen einmal alle Türen offen stehen.

Blumiges Gerede und leere Ausflüchte, dachte er, in sich hineinlächelnd, die nackte Wahrheit ist, dass er sie im Stich gelassen hat. Ana hat seine Rolle übernommen; weil er nicht in die Grube ging, musste sie sich in der Separation schinden, und die beschädigte Angela hat sich zu einer Ersatzmutter gewandelt.

Von nun an wird alles anders, schwor er sich, die Kinder betrachtend, die an den Schultern seiner Schwester ruhten. Er wird sich eine Arbeit suchen, egal welche, er wird seine Zunge hüten und sich für eine Weile zurückziehen, um Karel und Vladimir ein Vater zu sein. Damit sie sich nicht mehr vor seiner Stimme fürchten und ihn erkennen, wenn er sie umarmt, er wird die Fremdheit überwinden, die sich in ihre Familie eingeschlichen hat. Es ist ihm verdammt wichtig, in was für einer Welt sie aufwachsen, doch diesen Kampf wird er für eine Weile vertagen müssen, jetzt kämpft er um seine Söhne und Ana, er will sie nicht verlieren.

DIE DENKMÄLER

Auf einer kleinen ebenen Fläche an einem Hügel stapften zwei Gendarmen hin und her und hauchten in ihre Hände, die Morgensonne taute den Frost nur langsam weg. Sie bewachten eine fast zehn Meter hohe, in schwarzen Stoff gehüllte Stele, als sei zu befürchten, dass sich ein gottloser Schelm anschleicht und den mehrere Tonnen schweren Stein herausreißt. In den frühen Morgenstunden zog das Denkmal noch niemanden an, der ein oder andere schlaflose Greis schlurfte vorbei, auch eine Kinderschar kam dahergelaufen, die sich jedoch bald auf die Suche nach etwas Aufregenderem machte.

Drei Männer in schweren Soldatenmänteln kamen langsam den Steilhang hinauf. Die Gendarmen beobachteten sie nur neugierig, als sich aber einer von ihnen an den Betonsockel setzte, traten sie an ihn heran und forderten sie auf, sich zu entfernen, der Zutritt zur ebenen Fläche ist aufgrund ihrer geringen Größe nur den Rednern, der Blaskapelle und dem Chor gestattet. Einer der Ankömmlinge griff in seine Manteltasche und zog ein Dokument hervor, dass er Kriegsinvalide ist und die Genehmigung hat, Ansichtskarten zu verkaufen. Die Wachmänner waren in Verlegenheit, sie hatten den Befehl, niemanden bis zum Denkmal zu lassen, die Fremden aber waren Kriegsinvalide mit gültigen Nachweisen. Sie betrachteten die Postkarten mit Porträts vom König und Bildchen mit Invaliden beim Verrichten verschiedener Tätigkeiten. Der eine kaufte eine Postkarte mit der Königsfamilie, der andere bot allen eine Zigarette an. Beim Rauchen vereinbarten sie, dass einer bleiben kann, der zweite zur nahegelegenen Kirche geht, wo die Messe stattfindet, und dem Dritten wurde ein Platz an der Straße zugewiesen, wo sich die Teilnehmer versammeln werden.

Begleitet von lautem Glockenläuten, stiegen anderthalb Stunden später Gruppen und Grüppchen von Menschen den Hügel zum Denkmal und weiter zur Kirche hinauf. Vom Bahnhof her kamen Vertreter der Vereine aus den benachbarten Orten anmarschiert, etliche trugen Uniformen und Banner, weniger geordnete Gruppen und einzelne Menschen näherten sich aus Richtung der Siedlung, Kinder liefen umher, Alte stützten sich auf ihre Stöcke und machten oft Pause.

Unter dem Glockenläuten waren gelegentlich Töne der noch entfernten Blaskapelle zu hören; sie führte den Umzug der Turner aus eigentlich zerstrittenen Vereinen an, weshalb Feuerwehrmänner und Reservisten zwischen ihnen schritten. Hinter dem Umzug fuhren die Automobile des Bergwerks und des Glaswerks, die Kinder wie Stechmücken umkreisten.

Der Umzug blieb vor der Kirche stehen, aus den Autos stiegen der Leiter des Bergwerks mit zwei Beamten und der Direktor des Glaswerks mit seiner Gemahlin und Alojzij. Gemeinsam mit den Vertretern der Gemeinde- und der Bezirksverwaltung begaben sie sich an den Schaulustigen vorbei langsam zur Kirche. Es waren nur zehn Schritte, doch Alojzij kamen sie vor wie ein Kreuzweg. Die Frau des Direktors, seine Adoptivmutter, blickte sich die ganze Zeit um und erzählte ihm eifrig etwas, er aber starrte nur stumm in das Schwarz des Kirchenportals und betete, dass es ihn so bald wie möglich verschluckte.

Die Kirche war viel zu klein für alle Besucher. Frančiška und Ana folgten einfach den Kindern, die glänzenden Instrumente der Blaskapelle und die Limousinen zogen sie in den Bann. Erfolglos versuchten die Chauffeure, die Kinder zu verscheuchen, die das polierte Blech berühren wollten, besonders dreiste ärgerten sie damit, dass sie gegen die Speichen traten. Ludvik und Matija blieben bei dem Invaliden stehen, der am Straßenrand saß und zu seinen Füßen allerlei Ansichtskarten ausgelegt hatte.

»Falls ihr Anhänger der königlichen Majestäten seid: König Alexander im Halbprofil rechts, unser edler König im Halbprofil links, der hundertfach dekorierte Alexander von Kopf bis Gürtel, natürlich mit seinen Orden, Alexander und seine schöne Maria. Leider habe ich keine Ansichtskarte, auf der nur Königin Maria abgebildet ist, selbst innerhalb der Königsfamilie ist auf die Hierarchie zu achten.«

Ludvik lachte laut: »Wie bist du zu einem derart glühenden Anhänger der Krone geworden?«

»An meiner Stelle wäre es jeder. Der Kaiser hat mir den Arm genommen, der König aber hat mich dafür mit seinen Bildern entschädigt, der herzensgute Mensch ist überzeugt, dass sie mich satt machen. Wenn die Bildchen dick mit fettigem Schmalz bestrichen wären, ginge das leichter, aber selbst Könige können nicht an alles denken.«

Ludvik lachte erneut, der Invalide aber hob seinen Blick und betrachtete Matija: »Bist du blind?«

»Von Geburt an«, sagte Matija und nickte, »ich habe nie gesehen. Und was fehlt dir?«

»Mir hat es den Arm abgerissen. Davor war ich Maurer. Ich weiß nicht, warum, aber jetzt will man mich nicht mehr zurück.«

Matija legte seine Hand auf seine Schulter und begann ihn abzutasten. Der Invalide wunderte sich einen Moment, lachte dann aber rasch und sagte: »Du willst dich davon überzeugen, dass ich kein Simulant bin, stimmt's?«

»So sehe ich«, erwiderte Matija, der nun auch lächelte. »Darf ich noch dein Gesicht abtasten?«

»Und was hast du gesehen?«, fragte der Invalide, als sich Matija wieder aufrichtete.

»Du bist jünger, als ich dachte.«

»Wie alt seid ihr beiden denn?«

»Ich bin dreiundzwanzig, Ludvik ist drei Jahre älter.«

»Bist du der Armee entwischt?« Der Invalide musterte Ludvik.

»Ich bin Bergmann, wir wurden für die Arbeit im Bergwerk abgeordnet. Die meisten hier sind Bergmänner, trotzdem sind Hunderte Namen in diesen Stein gemeißelt.«

Sie sahen Richtung Schauplatz, wo der Vorsitzende des Komitees zur Errichtung des Denkmals mit hehren Worten über die Toten sprach.

»Es wäre viel sinnvoller, dieses Geld an die Kriegsinvaliden und Waisen zu verteilen, um ihnen ein würdigeres Leben zu ermöglichen«, sagte Ludvik. Einige Zuschauer in der Nähe drehten sich zu ihm.

»Unsinn«, sagte der Invalide, »man weiß nie, wann der nächste Krieg kommt, die Kolonien in Übersee sind noch immer nicht richtig aufgeteilt, im Osten muss die Revolution gestoppt werden, und unsere Nachbarn bestehlen uns am helllichten Tag. Da ist es gut, Gedenkstätten wie diese zu haben, die Rekruten sollen ruhig wissen, welche Ehre ihnen zuteilwird, wenn sie für die Heimat ihr Leben opfern. Der Staat liebt tote Helden, denn die verursachen ihm keinerlei Kosten. Man kann nicht erwarten, dass er Invalide durchfüttert, damit unsereiner noch jahrzehntelang bettelnd durchs Land streift. Nicht zuletzt wäre das auch für den Anblick fatal. Das Volk müsste sich statt der zu pompöser Musik einherschreitenden strammen Recken in glänzenden Uniformen, die vor Gesundheit und Kraft nur so strotzen, klägliche Prozessionen von Blinden, Lahmen und anderen Verstümmelten ansehen. Kannst du dir das vorstellen?«

Der Bürgermeister und der Bezirkshauptmann zogen unter lautem Getöse der Blaskapelle an dem schwarzen Stoff, vor der Menschenmenge ragte nun ein fast zehn Meter hoher Obelisk aus Marmor in den Himmel.

»Unsere Steinmetze enttäuschen mich immer wieder, sie haben überhaupt keine Fantasie. Ihr könnt mir glauben, ich habe nur wenige Einweihungen verpasst. Drei Viertel dieser Denkmäler sind alle gleich, sie sehen aus wie ein in den Himmel ragendes Rohr.«

»Vielleicht wollen sie uns damit sagen, dass wir unsere Waffen gegen die da oben richten sollen«, meinte Ludvik.

»He du, Blinder«, der Invalide wendete sich an Matija, »hol einen Gendarm oder lieber gleich zwei, wir haben es hier mit einem Umstürzler zu tun. Ich weiß ja nicht, wie dein Bruder auf die Welt blickt, aber er hat überhaupt keinen Schimmer. Die Mächtigen müssen Einheiten aufstellen und drillen, Depeschen schreiben, Champagner trinken, besorgt dreinblicken, Zigarren rauchen, Krankenhäuser eröffnen und Bataillone kommandieren. Wir armen Teufel können nichts von alldem. Unser Niveau ist: in Schützengräben ducken, Läuse fangen, nach Artilleriebeschuss im Dreck wälzen, Masken aufsetzen bei Gasangriffen, dass wir auf die Feldküche schimpfen, die irgendwo zurückgeblieben ist, und auf den Platzregen, weil die Klamotten nicht schnell genug trocknen werden.«

Der Militärgeistliche trat zum Denkmal und segnete es, dann drehte er sich zu den Versammelten und rief, dass Kriege wider den christlichen Glauben sind, deshalb segnen seine Hirten die Soldaten und gedenken der Opfer unter ihnen, ihren Mordwaffen jedoch werden sie nie ihren Segen erteilen.

»Das ist mein Mann«, meinte der Invalide darauf, »er hat all den bösen Zungen, die behaupten, dass Kirchenglocken in Kanonen und Munition umgeschmolzen wurden, das Maul gestopft. In Wirklichkeit hat man Näpfe und Löffel für gesegnete Soldaten daraus gegossen.«

Zum Abschluss spielte die Blaskapelle noch ein Lied, dann zerstreuten sich die Menschen, einige betrachteten das Denkmal aus nächster Nähe, lasen die eingemeißelten Namen und erinnerten sich an die, die sie getragen hatten, andere gingen talwärts, viele standen um den Invaliden herum, der wortreich seine königlichen Ansichtskarten anbot. Karel und Vladimir fanden ihren Vater und zogen ihn mit sich fort. Ludvik gelang es gerade noch, den Invaliden zum Mittag einzuladen; Zofijas Küche wird ohnehin voll sein, ein Esser mehr macht da keinen Unterschied.

Die Straße unterhalb des Denkmals war schon nahezu leer, als sich der Invalide langsam aufrappelte und gemeinsam mit Matija in Richtung Kolonie trottete.

»So eine halbe Sache ist besonders schlimm, wenn man einen Arm, ein Bein oder das Sehvermögen verloren hat. Wenn es einen schon trifft, dann bitte möglichst voll rein. Die Mutter oder die Frau bekommt dann einen anteilnehmenden Brief, dass dein Opfer nicht umsonst gewesen ist, dein Name landet auf einem Denkmal und im Jahrbuch der Helden, du hast nie wieder Hunger oder Durst, empfindest keine Kälte mehr und bist all deiner Sorgen ledig.«

Das Granteln des Invaliden amüsierte Matija, und er bedauerte, dass sie bald zu Hause ankamen.

»Ihr zivile Versehrte habt es besser als wir invalide Soldaten. Ich weiß fast nichts von meinem fehlenden Arm. Ein Teil von ihm ist im Schützengraben geblieben, Fleischfetzen flogen ringsumher, und die letzten Überreste wurden im Krankenhaus weggeworfen. Er ist für immer verloren, kein Zauberer fügt ihn mehr zusammen. Vergleiche nun meinen Fall mit der Geschichte eines Unbekannten, der bei der Eisenbahn arbeitete. An einem Wintertag rutschte der aus, als er am Bahnsteig so vorm Zug herumscharwenzelte. Schätzungsweise war er sogar etwas angetrunken, egal, jedenfalls hat sich der Zug da langsam in Bewegung gesetzt und ihm das Bein abgeschnitten. Ein sauberer, glatter Schnitt. Sein Bein ist damit zwar unbrauchbar geworden, es blieb aber zumindest in einem Stück, nicht einmal Kratzer hatte es. Er hat es im Familiengrab beigesetzt, es könnte ihm im Jenseits ja vielleicht noch nützen.«

Noch bis zum späten Nachmittag saßen sie eng aneinander bei Zofija, der redselige Invalide hatte stets lustige und traurige Geschichten und eigentümliche Kommentare parat, gleich zu welchem Thema. Beim Abschied steckte ihm Zofija eine Flasche Schnaps in die Tasche.

»Liebe Frau, ich schwöre, sie nicht bei den Abstinenzlern zu verpfeifen. Alkohol tötet, wie man behauptet, doch er geht äußerst freundlich ans Werk. Der Kaiser oder König wirft dich in ein Erdloch, und dann musst du schippen, schießen, Schutzwälle bauen, Stacheldraht spannen. Der Alkohol wirft dich auch in ein Erdloch, das ist nicht zu bestreiten, doch dort hüllt er dich in seliges Vergessen und wiegt dich in den Schlaf.«

•

Angela war nicht wiederzuerkennen. Sie war immer noch bucklig und ihre Glieder waren nicht weniger krumm, aber sie schien keinerlei Schmerz mehr zu verspüren, sie war fröhlich und gehobener Stimmung, als hätte sie sich wie durch ein Wunder von ihrem entstellten Körper getrennt. Sie kaufte Stoff und nähte sich ein modisches Kleid, ließ sich von Ana bewundern, festlich gekleidet zeigte sie sich Zofija und Frančiška, bat sogar Valentina um ihre Meinung. Auf die Frage nach der Ursache für ihr Aufblühen schmunzelte sie geheimnisvoll oder scherzte, dass der Frühling zeigt, was er kann.

Ihr auffälliges Glücksgefühl war kein Zeichen von Verliebtheit, worauf die Fragen anspielten, es waren die Fortschritte beim Bau des Vereinshauses, der langsam dem Ende zuging, die Angela in nie zuvor erreichter Weise frohlocken ließen. Aufgrund ihres guten Geschmacks war sie zur unbestrittenen Chefin beim Ausschmücken von Haus und Gelände geworden. Sie wählte die Farben des Papiers und leitete das Basteln von Blumen, Bändern und anderer Dekoration. Es entstanden riesige bunte Haufen. Auf den Einwurf, dass es schon zu viel von allem gibt, antwortete sie lächelnd, dies und jenes fehlt noch. Sie sprühte nur so von Energie, dass man sie einfach machen ließ, als sie die Fenster oder den Abstand zwischen den Zaunpfeilern draußen am Sportplatz maß. Niemand bezweifelte, dass in ihrem Kopf schon lange ein ausgefeiltes Bild der festlich geschmückten Räume existierte.

Das Treiben nahm zu, die Turngruppe trainierte draußen für ihren Auftritt, der Kirchenchor übte Volkslieder, die Schauspieler studierten kurze Possen ein. Eine Woche vor der Eröffnung begann man, den Saal zu schmücken. Angela war von morgens bis abends im Haus, wenn ihr die Beine nicht mehr gehorchten, setzte sie sich, aber schon im nächsten Moment stand sie wieder auf und erledigte irgendetwas. Der Schmuck putzte die schlichte Fassade des Gebäudes auf, der kahle Saal wurde von einer angenehmen Wärme erfüllt, der Sportplatz verwandelte sich in einen bunten Garten. Auf Angelas Rat schuf man am Samstagmorgen ein Gebilde aus Buchsbaum- und Stechpalmenästen vor dem Vereinshaus, um das Meisterwerk zu vollenden.

Der Pfarrer, der sich etwas später dazugesellte, verbarg seine Bewunderung nicht. Wiederholt sagte er, dass die Damen mit ihrem Schmuck ein Paradies auf Erden erschaffen haben, sein Lob schien vollkommen aufrichtig. Ein erfahrener Organisator wusste, was alles zu erledigen und worauf zu achten ist, damit eine Veranstaltung reibungslos abläuft und man sich im Tal noch lange an sie erinnern wird. Mit dem Leiter der Turngruppe vereinbarte er, dass seine Burschen die ganze Nacht hindurch vor dem Vereinshaus Wache halten. Er kannte die Missgunst und Bosheit der Menschen nur zu gut, er wäre nicht überrascht, sollten Widersacher aus den Reihen der Liberalen versuchen, ihnen die Feier zu vermiesen, nicht einmal die Arbeiter ließ er außen vor. Deren Vereine waren zwar verboten, aber schnell sind Krawallmacher zur Hand, die es für angebracht halten, das Paradies zu beflecken.

Er trat zu einer Gruppe junger Männer, die auf der Straße vor dem Vereinshaus einen Torbogen errichteten. Auf dem Brett, das auf der Wiese neben der Straße lag, stand ein Willkommensgruß für den Bischof. Vor Tagen hatte er noch überlegt, ob ein solcher Gruß den Bezirkshauptmann und andere wichtige Gäste verstimmen könnte, worauf er sich für einen Mittelweg entschied: Der Torbogen am Eingang zur Siedlung soll alle Besucher begrüßen, der beim Vereinshaus dagegen dem hohen kirchlichen Würdenträger gelten.

Der Blick auf das Vereinshaus, der sich den Besuchern morgen bieten sollte, war einfach herrlich. Er entschloss sich gegen seine sonstige Art, eine Entscheidung zu ändern. Das Gruppenfoto bei der Eröffnung wird vor dem Vereinsheim aufgenommen und nicht auf dem Sportplatz. Er ließ den Kaplan rufen, um ihn genau anzuweisen, wie er die Gesellschaft aufstellen und platzieren soll; die Fotografie muss rasch im Kasten sein, die Aufstellung darf nicht aufhalten, sonst verdirbt das der Gesellschaft die Laune.

Auf seine Anordnung wurden zwölf Stühle aus dem Haus gebracht, die Anspielung auf die Apostel gefiel ihm, er begann, dem Kaplan die Anordnung zu diktieren. Links von den Stühlen soll er die Turner in ihren Trikots in drei Reihen aufstellen, auf der anderen Seite die Sänger des Kirchenchors und die Schauspieler, in der Mitte die Spender und alle, die mitgeholfen haben. Sie traten zu den Stühlen, auf denen der Pfarrer die imaginären Gäste positionierte: den Bischof und den Bezirkshauptmann, den Bürgermeister und den Schulleiter, die Vorsitzenden des Vereins und des Bauausschusses, den Vertreter des Bergwerks und den des Glaswerks und zwei der großzügigsten Gutsbesitzer. Darin sah er einen taktischen Zug, denn für den Bau hatten sie sich erheblich verschuldet. Das sind zehn, zählte er schnell, er selbst ist Nummer elf, der zwölfte Stuhl, fand er in seiner Begeisterung, soll bestimmt sein für eine der Frauen oder Mädchen, die für die schöne Dekoration gesorgt haben.

Die Frauen, die eben mit dem Schmücken der Bühne beschäftigt waren, wählten, ohne lange nachzudenken, Angela aus. Sie wehrte ab, diese Ehre steht doch mehr einer der feineren Damen zu, aber damit erntete sie nur weitere Lobreden, dass der Raum so märchenhaft schön geworden ist, ist in erster Linie ihr Verdienst. Als der Kaplan wieder fort war, zogen die Frauen sie auf, sie soll zur Eröffnung etwas Schickeres tragen als die langweilige Alltagskleidung, da sich bedeutende Männer um sie versammeln.

Angela lag wach bis zum Morgen, vor Unruhe hatte sie die ganze Nacht kein Auge zugetan. Langsam und still brachte sie ihren Körper in Gang, schlüpfte in ihr neues Kleid, gab den schlafenden Zwillingen einen sanften Kuss. Erst vor Zofijas Tür dachte sie, dass sie wahrscheinlich viel zu früh dran war. Zofija, die ihren Ofen einheizte, brachte sie mit der Bemerkung zum Lachen, dass sie eine waschechte Braut ist, hübsch und ungeduldig.

Allen Hinauszögerns zum Trotz und obwohl sie unnötige Aufgaben erdachten, brachen Angela, Frančiška und Valentina mindestens eine Stunde zu früh von zu Hause auf. Langsam zuckelten sie den Hang hinauf Richtung Vereinshaus, Valentina flatterte unermüdlich um sie herum und deckte Angela mit Fragen ein. Bei ihrem Anblick erinnerte sich Frančiška daran, was Matija einmal gesagt hatte, dass Angela wie Glas ist, spröde und stark zugleich, man kann sie noch so stark drücken, sie wird nicht zersplittern, aber schon ein leichter Schlag genügt, dass ein Sprung entsteht und sie zerbricht.

Beim Vereinshaus standen nur ein paar junge Wachleute, sie erzählten, dass die Sorge des Pfarrers unnötig war, die Nacht war ruhig gewesen, keiner hatte sich auch nur in die Nähe des Hauses gewagt. Frančiška hatte bereits am Vortag das geschmückte Vereinshaus und den Sportplatz besichtigt, Valentina lief begeistert von einer Dekoration zur anderen, man konnte kaum mit ihr Schritt halten. Auf die Liste vermeintlicher Schulden, die Angela bei ihr zu begleichen hatte, setzte sie noch die für gebastelte Papierblumen.

Langsam strömten die Menschen zusammen, hin und wieder schwebten Melodiefetzen heran, ein Zeichen, dass sich der Umzug schon in Gang gesetzt hatte, doch noch ziemlich weit weg war. Der Fotograf kam und positionierte sein Stativ mit der Kamera so, dass der Neubau fast das gesamte Bildformat füllte. Dann wies er die Jungen an, wo sie das Dutzend Stühle hinstellen sollten, sie hatten noch genügend Zeit, um Linien in den Sand zu ziehen, sie bezeichneten die Grenzen des Bildausschnitts.

Frančiška umarmte Angela und sagte, es wird Zeit, dass sie sich absetzt, sie steht nicht allzu hoch im Kurs bei den Herrschaften. Wegen ihrer Artikel und Vorträge zur Stellung der Frau bekommen die meisten hohen Gäste Atemnot, wenn sie sie sehen, sagte sie lächelnd, und es ist nicht nett, jemandem die Feier zu verderben.

Wahrscheinlich ist das eine unnötige Vorsichtsmaßnahme, so wie die Nachtwache, fügte sie hinzu, weil sie neben der strahlenden Angela ohnehin niemand bemerken würde, zwischen den vornehmen Grauköpfen in ihren dunklen Anzügen wird ihre Schwester ein erfrischender Anblick sein.

Hinter der Biegung kam der Umzug in Begleitung der Blaskapelle zum Vorschein, er marschierte durch den Torbogen und hielt auf halber Strecke zwischen Vereinsheim und Kirche. Das Fotografieren sollte vor der Messe und dem Festakt im Haus stattfinden, die Gäste und die Vereinsmitglieder begaben sich zum aufgereihten Dutzend Stühle. Der Kaplan wies den Gästen ihre Plätze an, lachend zwinkerte er Angela zu, die schüchtern etwas abseits stand, und lud sie mit einer Kopfbewegung ein, sich zu setzen. Er trat zum Fotografen, der den Turnern zuwinkte, sie sollten etwas zusammenrücken, Angela forderte er auf, sich hochzusetzen. Sie ist so krumm, erläuterte ihm der Kaplan leise, sie hat kaputte Glieder. Mit ihrer Erscheinung wird sie sehr herausstechen, sagte der Fotograf und rückte an seinem Balg, solche Details können die gesamte Harmonie zerstören, am Ende sieht man auf dem Bild nur noch eine krumme Gestalt. Natürlich bestimmt er nicht darüber, wer wo sitzen soll, er möchte ihn jedoch auf diesen Umstand hingewiesen haben.

Der Kaplan musste sich in Sekundenschnelle entscheiden. Er trat zu Angela und regte flüsternd an, ihren Platz der Dame hinter ihr abzutreten, sie selbst soll ihre Stelle einnehmen. So rät der Fotograf, kamen ihm die Worte schwer über die Lippen, wegen der Bildkomposition. Ob er meint, ihre Beine könnten zu viel Aufmerksamkeit erregen, fiel ihm Angela ins Wort, und ob das auch seine Meinung ist oder nur die des Fotografen, sagte sie mit brechender Stimme. Ihm schien, dass alle Augen auf sie gerichtet waren, als er ihr zuflüsterte, dass sie den Platz in der ersten Reihe durchaus verdient hat, andererseits haben sie für das Vereinshaus ziemlich viele Schulden gemacht, sie müssen auf jedes Detail achten, sie hängen von den Wohltätern ab, denen diese Bilder zugedacht sind. Sie fixierte ihn streng, als er immer fahriger erklärte, ihre Gegner nutzen mit größter Freude jede Kleinigkeit aus, um den Wert ihrer Leistung herabzusetzen, ihre Zungen sind infam und ungerecht, es könnte jemandem einfallen, ihre Verkrüppelung böswillig auf den gesamten Verein zu übertragen, sich einen gemeinen Witz zu erlauben, dass der Verein und alles, was mit ihm zusammenhängt, missgestaltet ist.

Das war zu viel, in Angela brach alles zusammen, sie konnte ihre Tränen nicht zurückhalten, vor bitterer Enttäuschung und heftiger Scham stand sie unversehens auf den Beinen und hastete mit ihrem seltsamen, ruckartigen Gang davon, sah nicht wohin, blind vor Tränen wollte sie nur weg, so schnell und so weit wie möglich.

Der Kaplan sank in den leeren Stuhl und blickte scheu in die Versammlung. Die hohen Gäste sahen nahezu reglos in Richtung Fotograf, als hätte niemand das wankend fortstürmende Mädchen bemerkt. Der Kaplan reckte sich empor und lächelte, als der Fotograf die Hand hob und seine Finger ausstreckte, um die Zeit abzuzählen.

DAS NAMENSFEST

Zofija stellte eine Schüssel Mehlbrei auf den Tisch. Alle drei löffelten emsig, als Der, der den Akrobaten vom Seil schlug die Schale kaum hörbar wegzog, sodass Matijas Löffel ins Leere stach. »Willst du uns noch immer weismachen, dass du dir nicht wünschst, zu sehen?«, sagte er lachend.

Zofija riss ihm die Schale aus der Hand und schob sie zu Matija. »Warum bist du nur so gemein? Wenn sich einer das Abendbrot verdient hat, dann Matija, er hat mindestens doppelt so viel geschafft wie du.«

»Stimmt«, nickte Der, der den Akrobaten vom Seil schlug, »mich verlassen allmählich die Kräfte. Es geht zu Ende mit mir, nicht einmal einem Blinden schnappe ich mehr das Abendessen weg.«

Beide lachten über seinen Scherz, in die gute Laune mischte sich Müdigkeit. Vier Tage lang hatten sie hart geschuftet, Kartoffeln und Kohl angepflanzt und auf beiden Seiten des Feldes der Länge nach Bohnenstangen gesteckt.

»Auch ich bin alt und langsam geworden. Ich dachte, dass wir heute ins Tal zurückkehren, aber wir werden noch einmal hier übernachten müssen.«

»Warum bleibt ihr nicht so lange, bis alles erledigt ist, was ihr euch vorgenommen habt. Kein verständiger Mensch würde ständig wie eine Ziege auf und ab rennen.« Nach dem nächsten Bissen fügte er hinzu: »Aber um mir da ein Urteil zu erlauben, bin ich wohl der Falsche. In Sachen Fortbewegung haben wir ganz unterschiedliche Ausgangspunkte, bei euch ist kein einziges Holzbein mit im Spiel.«

Matija lachte über seinen Galgenhumor, Zofija merkte nach einer Weile an, dass sie schon sehr jung von einem reichen Bauernhof weggelaufen ist, es wäre doch sehr abwegig, wenn sie auf ihre alten Tage in eine armselige Hütte zieht.

»Du hast jetzt schon zum zweiten Mal gesagt, dass du alt bist«, ermahnte sie Matija.

»Bin ich ja auch, ich rechne lieber gar nicht nach.«

»Zweiundfünfzig.«

»Das wäre wirklich nicht nötig gewesen«, erwiderte sie lächelnd auf Matijas prompte Antwort.

»Und wie alt bist du?« Er drehte sich zu Dem, der den Akrobaten vom Seil schlug.

»Ihr lauft nicht nur wie blöd rauf und runter, sondern findet auch kein unterhaltsames Gesprächsthema. Ich hol uns jetzt einen Sliwowitz, und du schnappst dir deine Harmonika, damit wir hier nicht wie beim Leichenschmaus rumsitzen.«

Er humpelte los, nahm unterwegs den großen Kellerschlüssel vom Haken am Türstock und verschwand zur Tür hinaus.

»Weißt du, wie alt er ist?«, fragte Matija Zofija.

»Nein, er hat es mir nie gesagt. Er muss schon ziemlich angejahrt sein, mindestens so alt wie ich, nein, bestimmt noch älter. Ich erinnere mich noch genau, wie er aus Amerika zurückkam. An einem Sonntag, als wir dich getauft haben. Rund um die Kirche hatten die Krämer ihre Stände aufgestellt, aber alle Aufmerksamkeit galt ihm, als er nach amerikanischer Mode gekleidet mit einem riesigen Hut auf dem Kopf dort auftauchte. Er erzählte seine Lebensgeschichte, und obwohl alles faustdick gelogen war, lauschten wir ihm mit offenem Mund. Wahrscheinlich würde er auch über sein Alter lügen.«

Der, der den Akrobaten vom Seil schlug hatte eine tiefe, kräftige Stimme, er sang mit geschlossenen Augen und nach hinten geneigtem Kopf, machte rhythmische Bewegungen mit dem Kinn. Matijas Melodien entstanden spontan aus dem Spiel heraus, manchmal stimmte Zofija murmelnd mit ein. Nach wenigen Gläschen des starken, duftenden Schnapses war sie berauscht; Matija und Zofija waren schlecht im Trinken, Der, der den Akrobaten vom Seil schlug überschritt bereits die Schwelle zur Trunkenheit.

»Ich vertrage keinen Alkohol mehr, schon nach zwei, drei Gläschen beginnt die Welt zu schwanken«, sagte er kopfschüttelnd, »wenn das so weitergeht, werde ich meine Vorräte nie aufbrauchen.«

Benebelt redeten sie weiter, Zofija und Der, der den Akrobaten vom Seil schlug kamen wieder einmal auf die unbezwingbare Macht des Zufalls, die sie gegen ihren Willen durchs Leben führte, sie trauerten ungenutzten Chancen hinterher und denen, die sich ihnen gar nicht erst geboten hatten, sie wechselten zu oberflächlichen Weisheiten über die Unbeständigkeit menschlichen Zusammenlebens und schlossen mit Klagen darüber, wie langsam, träge, geradezu lahm sie geworden waren, alles Folgen des Alters. Matija hörte ihnen gelangweilt zu, kommentierte das Gesagte nicht weiter und hielt sich heraus aus dem Gespräch.

Mitten in der Nacht erwachte er mit schrecklichen Kopfschmerzen. Er wickelte sich in eine dicke Decke und verließ leise das Haus, Kälte wird das Stechen vielleicht etwas mildern. Tief atmete er die kalte Luft ein, er wollte über nichts nachdenken, doch wie von allein gingen ihm Fragmente des abendlichen Gesprächs durch den Kopf. Der, der den Akrobaten vom Seil schlug und Zofija sind wirklich gealtert und träge geworden. Ihr trunkenes Lamento bezeugte, dass sie sich dem Schicksal ergeben hatten, dass jeglicher Antrieb zum Erliegen gekommen war und die klare Erkenntnis, dass sie all ihre Chancen genutzt oder vertan hatten, dass sich alte nicht wiederholen und neue nicht mehr bieten werden. Keine Frau findet den Weg in diese abgelegenen Berge, sagte Der, der den Akrobaten vom Seil schlug, und sollte es doch noch eine hier hoch verschlagen, ist er zu alt und schwach, um sie sich zu greifen.

Auch seine eigene Welt ist begrenzt, überlegte Matija. Frančiška hat ihm gesagt, wie Menschen, die sehen, regelrecht überflutet werden von Bildern, die ihnen blitzartig weite Ausblicke öffnen und kleinste Details preisgeben, während er mühsam schmale Horizonte aneinanderfügt, für ihn geht es nicht weiter als bis zu seinen Zehen oder der Spitze eines Stocks, alles Neue dringt extrem langsam in ihn ein.

Zum ersten Mal dachte er, dass er vielleicht wirklich benachteiligt ist, weil er nicht sieht. Wenn sich dir die Gelegenheit bietet, hatte Der, der den Akrobaten vom Seil schlug gesagt, musst du schnell und entschlossen sein, musst wie eine Katze auf ihre Beute springen, sonst entwischt sie dir oder jemand anderes packt sie am Schopf. Stimmt schon, er ist noch jung und stark, doch aufgrund seiner Blindheit ist er langsam. Wird er deshalb für immer um die Glücksgefühle gebracht sein, zu denen es seine Geschwister so leidenschaftlich zieht, und zugleich vor den schlimmsten Enttäuschungen bewahrt werden? Schließlich hat er nicht einmal wahrgenommen, dass Der, der den Akrobaten vom Seil schlug ihm beim Abendessen die Schüssel vor der Nase weggezogen hat. Zofija hätte gesagt, dass er ihm bloß nichts glauben soll, er denkt sich ständig etwas aus, dass selbst seine Weisheiten dazu, wie das Leben allein von Zufällen gelenkt wird und dass sich jeder seinen Lebensweg überwiegend selbst pflastert, reine Erfindung sind. Aber auch ihre Worte sind oftmals nur eine Lüge, ein Trost in guter Absicht.

Immer häufiger ist er allein mit Zofija. Als Kind war ihm ihre große Gemeinschaft – sie hatten gleich zwei Wohnungen in der Kolonie belegt – ewig und vor allem unveränderlich erschienen, doch der jahrelang gefestigte Zusammenhalt begann zu zerfallen. Dafür hatte ihnen der Zufall den einbeinigen Unglücksraben geschickt, der voller Lebensläufe steckte. War das Kommen von Dem, der den Akrobaten vom Seil schlug eine Art Entschädigung für all die Abschiede? Niemand bemühte sich gezielt um starke Bindungen, sie entstanden von selbst, wie von Geisterhand. Führen der Zufall oder unergründliche Kräfte Menschen mit ähnlichen Schicksalen zusammen? Und wenn ihn und Zofija eine Ähnlichkeit verbindet mit Dem, der den Akrobaten vom Seil schlug, ist es dann ihre Andersartigkeit, die seine Geschwister vertreibt?

Alojzij hat sich schon völlig distanziert. Matija glaubte, dass eine unersättliche Wissbegierde ihn antrieb, dass die winzigen glatten Gläschen ihn vollkommen in den Bann gezogen hatten, dass er beweisen wollte, es schaffen zu können. Weil ihm niemand ehrlich glaubte und sogar die Arbeiter laut über ihn spotteten, war er umso hartnäckiger. Es war ihm gelungen, er hatte die Fabrik ganz neu aufgezogen und sie damit vor dem Schicksal mehrerer Glaswerke in der Umgebung gerettet, wo das Feuer in den Öfen hatte erlöschen müssen. Matija wollte glauben, dass seinen Bruder allein der Wille zum Erfolg antrieb, doch er wurde das Gefühl nicht los, dass seine besessene Fixierung auf die Optik ein Vorwand war, um gehen zu können, wie auch eine Ausflucht und Entschuldigung sich selbst gegenüber.

Sie treffen sich fast gar nicht mehr. Er hat Alojzij noch nie vom Direktor und seiner Frau reden hören. Im Palais des Glaswerks verhält er sich bestimmt ähnlich, er erzählt nicht von ihnen. Matija glaubt nicht, was Ludvik sagt, dass der Direktor und seine Frau ihn gegen die Familie aufhetzen, ihm einreden, dass er keine Geschwister mehr hat, dass er ein Einzelkind geworden ist. Ihm scheint, dass Alojzij allen aus dem Weg geht, um sich nicht für eine der beiden Seiten entscheiden zu müssen, und dass er sich tröstet, damit eine Art faires Gleichgewicht hergestellt zu haben. Er gehört weder dem Glaswerks-Ehepaar noch der Familie, vielleicht nicht einmal mehr sich selbst.

Genau das wird er Alojzij einmal fragen, obwohl er vermutlich auch vor solchen Fragen davonläuft. Er hat unzählige Fragen, die er ihm stellen möchte. Ob er manchmal Schuldgefühle ihnen oder dem Direktor und seiner Frau gegenüber hat? Ob er jemandem etwas schuldig zu sein glaubt? Ob er müde ist von der ständigen Flucht? Ob er mit sich selbst streitet? Vielleicht wird er ihn nichts davon fragen, höchstwahrscheinlich nicht. Alojzij möchte diese Fragen sicher nicht hören. Und er selbst weiß gar nicht so genau, ob er die Antworten kennen möchte.

All das sind nur Vermutungen, schien es Matija plötzlich. Alojzij und Ludvik kennt er viel schlechter als Frančiška und Angela; man kann aneinander vorbeileben, selbst wenn man die ganze Kindheit gemeinsam unter einem Dach verbringt. Möglicherweise irrt er sich auch vollkommen über ihn, vielleicht zweifelt Alojzij an gar nichts und ist nur furchtbar stolz auf seine Erfolge. Vielleicht findet er sich großartig, weil er die sich ihm gebotene Chance so gut genutzt hat.

Bei Alojzij kann er nur vermuten, dass er zwischen seinem alten und dem neuen Heim hin und her gerissen ist, dass aber Ludvik in einer üblen Zwickmühle steckt, davon ist er überzeugt, seine Notlage scheint ihm offenkundig. Er ist Vater und Ehemann, aber auch glühender Revolutionär. Zwei sich vollkommen ausschließende Passionen, weshalb jedes noch so angenehme Hochgefühl bereits im nächsten Moment in heftige Wut umschlagen kann, jeder Sieg ist zugleich eine Niederlage.

Ludvik fühlt sich verpflichtet, für die Herrschaft des Proletariats zu kämpfen. Ihn ärgert, dass die Menschen nach jenen Schüssen und den Verhaftungen Angst haben, dass sie schweigen. Die Ungleichheit schmerzt ihn, er sieht das Unrecht und die Not deutlich vor sich und glaubt fest an eine gerechte sozialistische Gesellschaft. Ständig macht er sich Vorwürfe, dass er noch mehr tun müsste, andere agitieren und auch selbst mit aller Kraft kämpfen sollte. Stattdessen schaut er weg, verschließt bewusst die Augen, weil Ana sagte, dass sie eine erneute Festnahme nicht überlebt, und ihm der bloße Gedanke, abermals von Karel und Vladimir getrennt zu sein, unerträglich war. Dinge, die ihm alles bedeuten, schließen einander aus wie Feuer und Eis. Seine zähneknirschend erduldete Ohnmacht bringt ihn um, es brodelt in ihm, und eines Tages wird er zerplatzen.

Frančiška ist weniger temperamentvoll, sie ist nicht so ungeduldig wie er, sie scheint alle Zeit der Welt zu haben, beharrlich und unbeirrbar geht sie ihren Weg. Frančiškas Antrieb lebt nicht irgendwo in der Ferne, er steckt nicht in vollständig durchdrungener und beherrschter Glasmasse, ist kein himmlischer Allmächtiger und kein sowjetischer Revolutionär, sie folgt allein ihrem Verstand und ihren Gefühlen. Sie schert sich nicht um Regeln oder erwartete Wohlanständigkeit. Sie streitet sich nicht und schreit nicht, und selbst im schlimmsten Getöse findet sie einen Moment der Stille, um ihre Ansicht zu erläutern. Was sie sich vorgenommen hat, setzt sie auch immer um. Ihre Ruhe und freundliche Art erwecken einen falschen Anschein, sie ist vollkommen konzentriert und unnachgiebig entschlossen, nichts kann sie aufhalten.

Angela ist komplett anders, sie ist ganz auf äußere Reize angewiesen. Sie erscheint einem langsam, fast regungslos, aber wenn sie für etwas entflammt ist, lodert sie himmelhoch. Egal was es ist, eine Puppe, ein Mensch, ein Ereignis, sie setzt sich wie eine Zecke darauf fest, dann gibt es in ihrem kleinen Kosmos plötzlich keinen Platz mehr für etwas anderes. Sie verausgabt sich mit Hingabe über jedes Maß, sie vermag dabei alle körperlichen Einschränkungen auszublenden, sogar ihre Schmerzen. An einem bestimmten Punkt kippt jedoch die überschäumende Begeisterung, dann beginnt sie zu schwanken und kann kühl und sogar feindselig werden, obwohl sie dies nicht einmal sich selbst gegenüber zugeben würde. Es scheint, als würde sie sich nie wieder aufrappeln, ihr Schritt wird müder und langsamer denn je zuvor, ihre Atmung ist ein einziges Seufzen, selbst ein Blinder nimmt diesen Umschwung wahr. Jede Phase der Verzückung verändert sie, nach jeder ist sie sich fremder. Frančiška geht aus jedem Kampf als Siegerin hervor, Angela wird keinen Einzigen gewinnen.

Ihm wurde kalt, er wickelte sich noch fester in die Decke. Ihre Wesen und Handlungen zu sezieren hat keinen Sinn. Es ist normal, dass sie fortziehen, ungewöhnlich ist, dass er selbst die ganze Zeit an einer Stelle hockt. Es ist richtig, dass sie tun und lassen, was sie wollen und können, es wäre eigennützig zu erwarten, dass sie starr an einer Stelle verharren, nur weil er festgewurzelt ist wie ein Baum. Sogar Angela macht mit ihren kaputten Beinen längere Schritte als er. Niemand gibt sein Leben dafür her, ihm eine Stütze zu sein, niemand wacht in seiner Nähe, nur weil er Angst davor hat, allein zu bleiben. Alle hegen den innigen Wunsch nach einem besseren Leben, zumindest einem anderen, alle sind rührig, versuchen, ihr Umfeld zu verändern, sich einzuordnen, sie kämpfen um ihre Ideale, auch wenn es aussichtslos scheint. Geht es ihm einfach zu gut, dass er sich nichts wünscht, oder ist seine Blindheit vielleicht nicht nur körperlich?

Zwar hat er nicht die besten Karten bekommen, aber schließlich braucht er nicht viel. Er wird fünfundzwanzig Jahre alt, hat so manches gelernt, dann ist er weggenickt, ins Stocken geraten. Er kann mehr. Die Kolonie und die Nachbarschaft kennt er wie seine Westentasche, nicht einmal die Schritte muss er mehr zählen, problemlos gelangt er bis zur Kirche, zum Glaswerk. Er wird lernen, sich auch in jenen Bereichen der Kolonie fortzubewegen, die momentan in Nebel gehüllt sind, bis zum letzten Gebäude wird er sich im Gehirn einen Ortsplan zeichnen. Von nun an wird er sich allein rasieren, er wird Ludvik bitten, es ihm beizubringen. Und Zofija wird ihm zeigen, wie man kocht und wäscht. Er hilft ihr gern, aber das ist einfach zu wenig. Womöglich protestiert sie lautstark, dass es völlig unnötig ist, sie hat selbst nicht genug Arbeit, tatsächlich aber wird es ihr gefallen. Blindheit bedeutet nicht, dass man hilflos ist, Blindheit bedeutet nur, dass man anders ist. Es wird höchste Zeit, erwachsen zu werden, dass er die weißen Flecken in seinem Atlas mit allem füllt, was man können muss, um selbstständig zu überleben.

Als Kind hat er nicht verstanden, wie die kleine Kiste seiner Konzertina so viele verschiedene Lieder singen kann. Mittlerweile weiß er, dass ihre Zahl unerschöpflich ist. Auch in ihm steckt unendlich viel ungenutzter Raum, den man herrichten muss. Manchmal urteilt er schonungslos über das Handeln anderer, doch auch sein eigenes muss er abwägen.

Er wird Alojzij fragen, ob sie im Glaswerk Arbeit für ihn haben. Sicher gibt es Aufgaben, die selbst Blinde schaffen. Der, der den Akrobaten vom Seil schlug spricht von dummen Zufällen und verpassten Chancen, eigentlich müsste er über das Überwinden von Hindernissen sprechen.

Er zuckte zusammen, als ihn Zofija rief und dabei leicht an der Schulter rüttelte.

»Guten Morgen, frierst du nicht?« Sie setzte sich neben ihn.

»Ich habe nachgedacht und bin dabei offenbar eingeschlafen.«

»Bestimmt über etwas Schönes?«

»Über so mancherlei. Ich möchte dich bitten, mir ein paar Dinge beizubringen. Gleich heute, wenn wir wieder im Tal sind, würden wir damit beginnen. Außerdem waren wir schon lange nicht mehr alle beisammen. Ich habe mir überlegt, dass wir an einem Sonntag vollzählig hier hochkommen könnten.«

Zofija dachte lange nach. »Bald ist mein Namenstag. Ich habe ihn schon lange nicht mehr begangen, daran ließe sich etwas ändern.«

•

»Ich habe selbst schon überlegt, ob es hier eine Arbeit für dich gibt«, log Alojzij, als ihm Matija sein Anliegen vortrug. In Gedanken überflog er die Tätigkeiten in der Fabrik. »Wir stellen immer noch Flaschen und Gläser her, wenngleich nur noch in einem Ofen. Was wir mit der Eisenbahn in weiter entfernte Orte versenden, wird mit Stroh ausgepolstert und in Holzkisten verpackt. Das würdest du vermutlich schaffen. Was meinst du?«

»Das schaffe ich bestimmt.«

»Schau einfach mal vorbei, irgendwann, und dann versuchst du es.«

»Am liebsten gleich heute, wenn ich schon hier bin.«

»Du verlierst wirklich keine Zeit«, sagte Alojzij und lachte, »ich werde dich begleiten und mit dem Versandleiter sprechen.«

Sie kamen auf Zofijas Feier zum Namenstag zu sprechen. Alojzij sagte, dass er an dem Sonntag einen Freund und Arbeitskollegen aus Deutschland zu Besuch haben wird, sie wollen Optimierungen beim Messen der Linsenstärke testen, es tut ihm leid, aber er kann nicht kommen.

»Sicher lässt sie sich um eine Woche verschieben«, überlegte Matija laut.

»Das würde nichts ändern, die Versuche dauern den ganzen Mai.«

»Einen ganzen Monat? Dann sehe ich wirklich kein Problem«, sagte Matija freudig. »Einen Tag wird man dich wohl entbehren können, oder dein Freund gönnt sich ebenfalls einen freien Tag.«

»Daraus wird nichts, Matija, es tut mir leid, es geht um eine sehr wichtige Sache.«

»Zofijas Namenstag ist noch viel wichtiger«, erwiderte Matija entschlossen. »Du musst kommen, wir alle müssen kommen.«

Alojzij versuchte noch lange, den Worten und den blinden Augen seines Bruders auszuweichen, zuletzt sagte er widerwillig zu.

Bei den anderen war Matija ebenso unnachgiebig: Ludvik versuchte es mit der Ausflucht, dass sie genau an dem Tag eine dringende Gewerkschaftssitzung haben, Angela redete sich auf ihre schmerzenden Beine heraus. Nur Frančiška freute sich sofort über die Einladung, ihr schien, dass sie bei all ihren Zielen, Problemen und den Versuchen zu ihrer Lösung zu schnell vergessen hatten, was sie Zofija alles verdanken. In einem langen Monolog hielt sie Rückschau auf Zofija. »Ich bin die Älteste und erinnere mich nur zu gut, wie es war, als wir ins Tal gewankt kamen. Sie war mein Vorbild, eine moderne, selbstständige Frau. Wie unbekümmert sie jegliche Autorität abgelehnt hat, sie hat niemanden gefürchtet und keinem erlaubt, ihr Grenzen zu setzen. Als wir allein blieben, hat sie auf alles verzichtet und die Rolle einer typischen Koloniefrau angenommen, die für ihre Kinder sorgt, sie verleugnete sich, handelte konsequent danach, was gut für uns ist. Sie war willensstark, wenn es um unser Recht ging, sie hat unsere Entscheidungen respektiert und uns immerfort unterstützt. Wahrscheinlich musste sie auf vieles verzichten, um mir die Lehrerin-Ausbildung zu ermöglichen, doch sie freute sich aufrichtig, als ich schwanger wurde, obwohl dies bedeutete, dass ich nicht mehr unterrichten durfte, wegen des damals geltenden Lehrerinnenzölibats. Die Zwillinge hat sie vor der Besserungsanstalt bewahrt, obwohl das ganz unmöglich schien.

Sie hat Angela auf die Beine geholfen. Solchen Menschen müsste man Denkmäler setzen.«

Der, der den Akrobaten vom Seil schlug staunte nicht schlecht über den Anblick, der sich ihm bot. Zofija knetete Teig und erklärte Matija etwas, der an der Tür zum Brotofen ein Reisigbündel lockerte, auf dem Herd dampfte es aus mehreren Töpfen. Langsam sank er in den Stuhl neben dem Küchentisch, sein Blick wanderte über das bunte Treiben in seiner Küche und blickte Zofija dann fragend an.

»Du erinnerst dich wirklich an nichts, oder?« Zofija konnte sich ein Lachen nicht verkneifen. »Wir sind gestern Abend gekommen, wie vereinbart. Matija hat dir begeistert erzählt, was in letzter Zeit passiert ist, aber seine Worte sind anscheinend alle im Schnaps ertrunken. Du hattest ganz schön einen in der Mütze.«

»Ich weiß nicht, ich habe gar nicht viel getrunken.«

»Du wolltest unbedingt in der Küche schlafen, du hast sie für das Schlafzimmer gehalten.«

»Bring mir ein Schlückchen Schnaps, damit ich dir leichter folgen kann.«

Zofija schüttelte den Kopf. »Erst gibt es Frühstück, dann bekommst du ein Gläschen zur Stärkung, denn du musst mit Matija Tische und Bänke vorbereiten.«

Der, der den Akrobaten vom Seil schlug nickte zweifelnd und wendete sich auf dem Stuhl Matija zu. Zofija packte ihn mit mehligen Händen am Kinn und drehte sein Gesicht zu sich. »Natürlich hast du auch vergessen, dass wir heute feiern. Alle Kinder kommen, von den Großen bis zu den Kleinen.« Sie ließ ihn los. »Mir scheint, selbst die Allerkleinsten sind längst nicht so schusslig wie du.«

Auf der silbrig-taufrischen Wiese zeichneten sich immer neue grüne Pfade. Matija und Der, der den Akrobaten vom Seil schlug durchkämmten das kleine Anwesen kreuz und quer und trugen unterschiedlich dicke und lange Bretter, zwei Sägeböcke und mehrere Hauklötze, leere Bottiche und Eimer zusammen. Sie rollten ein altes Fass vors Haus und zogen einen kleinen Karren herbei. Matija erzählte von der Arbeit im Glaswerk, Der, der den Akrobaten vom Seil schlug hörte ihm nur flüchtig zu, er sah sich weiter nach brauchbaren Dingen um, die sie zum Haus tragen konnten. Er hatte keinen Schimmer, wie er aus dem herangeschleppten Haufen Holz, der an ein Schiffswrack erinnerte, stabile Tische und Stühle bilden sollte, aber er zweifelte nicht, dass Zofija schnell eine Lösung fand.

»Vermutlich wird sie sich bekreuzigen, die Hände ringen und mit den Augen rollen, aber das ist egal«, erklärte er Matija. »Hauptsache, wir haben etwas zur Hand. Aus dem Material bauen wir mindestens zehn Meter Bänke und Tische. Was meinst du?« Weil keine Antwort kam, musterte er den großen Haufen: »Mit hinreichend Material baut ein geübter Arbeiter, was sein Herz begehrt, ein Schiff oder ein Schloss, aber ohne Baustoffe bringt er nicht mal einen simplen Schafstall zustande, stimmt's?« Auch diesmal sagte Matija nichts dazu, trotzdem wurde Der, der den Akrobaten vom Seil schlug beim Anblick des Holzhaufens immer zuversichtlicher. »Material gibt es mehr als genug, die Aufstellung überlassen wir Zofija. Es ist schließlich ihre Feier, sie soll selbst entscheiden. Wir richten uns ganz nach ihren Wünschen.«

»Na dann, ganz nach meinen Wünschen.« Zofija hatte neugierig an der Tür gelauscht und gesellte sich nun lächelnd zu ihnen. Der, der den Akrobaten vom Seil schlug drückte die Beine der Sägeböcke etwas in den Boden, dann legten sie Bretter darauf, und der Tisch war fertig. Plötzlich war alles kinderleicht, Der, der den Akrobaten vom Seil schlug trällerte fröhlich, als er mit Matija die Hauklötze und Bottiche zurechtrückte und mit Brettern abdeckte.

Der, der den Akrobaten vom Seil schlug stand breitbeinig vor der Holzmenagerie und nickte zufrieden: »Wenn Zofija in der Küche auch so erfolgreich war, dann erwartet uns ein Fest, an das wir uns noch lange erinnern werden.«

Zofija, die weiße Tischtücher über den Karren und das hochkant aufgestellte alte Fass deckte, rief zur Erwiderung: »Wenn du es schaffst, Apfelmost und Schnaps aus deiner Schatzkammer zu holen, dann vielleicht. Und vergiss den Saft für die Kinder nicht.«

Zwischen Wiesenblumen stellte sie Schüsseln mit Trockenobst und Potica-Kuchen auf den Karren, aufs Fass kamen Gläser, Flaschen und Krüge mit Getränken. Sie umarmte Matija und tanzte ausgelassen mit ihm über die Wiese: »Sie sollen endlich kommen und schauen, was wir vorbereitet haben.«

Gegen Mittag kündigte Kinderlachen die Gäste an. Alojzij hatte sie mit dem Auto gebracht, das er einige hundert Meter tiefer bei einem Haufen Rundholz lassen musste, weil der Feldweg ab da unbefahrbar war. Karel und Vladimir hatten es schrecklich eilig zu erzählen, wie sie die Langsamen überholt hatten, wobei Valentina sie sanft ermahnte, wenn sie die Sache zu sehr aufbauschten. Angela, die in letzter Zeit noch etwas mürrisch gewesen war, lachte lauthals über ihre Begeisterung. Kurz darauf folgten alle anderen. Ludvik spielte den total Erschöpften und taumelte zur Freude der Kinder zum Tisch, Frančiška und Ana legten ihre Sträuße aus Wiesenblumen auf den Tisch und sangen Zofija ein Ständchen, das sie unterwegs ersonnen hatten.

Tief gerührt führte Zofija sie zum alten Fass. Sie stellten sich rundherum hin, Zofija schenkte Getränke ein und betrachtete ihre lachenden Gesichter, sie überlegte, wer ihr wohl gleich mit einem Trinkspruch gratulieren wird: Frančiška, Matija, auf dessen Anregung sie sich versammelt hatten, vielleicht Valentina oder sogar Der, der den Akrobaten vom Seil schlug. Eben als sie ihren Blick auf ihn richtete, packte ihn der Husten, und im nächsten Moment spie er in hohem Bogen eine Fontäne Blut auf den Tisch.

Alle erstarrten, als sich der rote Fleck über das schneeweiße Tischtuch ausbreitete. Alles Lachen und die gute Laune, die in Erwartung des munteren Treibens schon seit dem Morgen in der Hütte und auf der Wiese geherrscht hatte, gingen jetzt darin unter. Zofija überwand als Erste den Schock, zerriss ihre Schürze und drückte sie Dem, der den Akrobaten vom Seil schlug auf den Mund, aus dem noch immer Blut schoss. Ludvik packte ihn wie ein Kind und rannte den Weg abwärts, wortlos verständigte er sich mit Alojzij, der neben ihm herlief. Noch bevor es Frančiška gelungen war, Matija zu erklären, was vor sich ging, waren sie aus ihren Augen verschwunden.

Als sie sich später an den Tisch setzten, aßen nur die Kinder mit großem Appetit, alle anderen stocherten im Essen herum, als wären sie satt und wählerisch. Matija, dem der Anblick der Blutlache erspart blieb, sträubte sich vergeblich gegen die sichere Einsicht, dass Der, der den Akrobaten vom Seil schlug zum letzten Mal ins Tal zurückkehrte. Er hatte ihm nicht mehr sagen können, wie sehr sich sein Leben im letzten Monat verändert hatte, und er wird keine Gelegenheit mehr dazu bekommen. Er war dankbar, dass Zofija den Kindern des Langen und Breiten die spektakuläre Geschichte von dem Helden erzählte, der Betrüger, Räuber und ganz Amerika überlistet hatte, wobei sie deren unsichere Grundlage für sich behielt.

Die kindhafte Wissbegierde schlug bald in Überdruss um, es schwand noch der letzte Grund, auf der missratenen Namenstagfeier zu bleiben. Schon am frühen Nachmittag machten sie sich zu Fuß auf den Heimweg. Die Zwillinge klagten, sie hätten lieber auf Onkel Alojzij gewartet, Matija versprach Angela, sie zu stützen. Nur Zofija blieb auf dem Hof, sie wird den ersten Nachbarn benachrichtigen und ihn bitten, sich eine Weile um die Ziegen, Hasen und Hühner zu kümmern, sie selbst kehrt am nächsten Tag ins Tal zurück.

•

Zofija kehrte überrascht von der Gemeinde zurück, wo sie die Formalitäten für die Beerdigung hatte regeln wollen. Der, der den Akrobaten vom Seil schlug hatte schon vor Jahren für alles gesorgt. Er hatte ein Grab gekauft und die Bestattung bezahlt, sein Testament notariell hinterlegt. Er hatte keinerlei Schulden hinterlassen, und ihm schuldete auch niemand etwas, er hatte keine Verwandten, weshalb er seine Hütte mit dem dazugehörigen Grund, sein einziges Vermögen, Zofija hinterließ.

Zur Beerdigung erschienen nur wenige Menschen, das Ansehen von Dem, der den Akrobaten vom Seil schlug war schon vor langer Zeit verblasst, kaum jemand erinnerte sich noch an den ungewöhnlichen Unfall, nicht einmal an seine triumphale Rückkehr. Frančiška schrieb auf Zofijas Zureden eine Trauerrede, doch eine Erkältung raubte ihr die Stimme, weshalb sie ihre Gedenkworte Ludvik gab. In kleinem Kreis verlas er die Geschichte eines Jungen, den eine Dummheit vor eine harte Bewährungsprobe gestellt und auf eine abenteuerliche Reise bis ins verlockende Amerika geführt hatte, wo ihm in einer Fabrik eine Maschine ein Bein abriss.

Die Worte seiner Schwester bewegten ihn, in all den Jahren seiner Bekanntschaft mit dem Verstorbenen hatte er die tragische Geschichte nie so bewusst wahrgenommen. Eine heftige Wut überkam ihn. Der, der den Akrobaten vom Seil schlug wurde verstümmelt, weil eine Maschine ungesichert in Gang gesetzt worden war, der Profit der Kapitalisten ging über das Leben eines Habenichts. Er ließ die Hand mit dem Blatt sinken. »Leere Versprechen werden nicht nur im reichen Amerika gemacht, sondern auch hier und jetzt. Geschützt von Gendarmen und Soldaten, verlangen die Besitzer des Bergwerks und der Fabriken, dass wir uns noch mehr beugen, noch schneller arbeiten, noch weniger essen. Ihre nüchternes Kalkül ist einfach: Je weniger sie uns geben, desto mehr bleibt für sie selbst übrig. Deshalb ist unser Elend abgrundtief, und sie selbst sind unermesslich reich. Lange, viel zu lange geht das schon so. Mit Bitten, Weinen, Händeringen ist es da nicht getan, Forderungen und Verhandlungen sind vollkommen sinnlos. Wir haben alles versucht, und nichts hat funktioniert. Der, der den Akrobaten vom Seil schlug hat uns schon vor langer Zeit ein Vorbild gegeben, nur haben wir ihn nicht verstanden. Bereits als Junge wusste er, dass die dort oben viel zu entrückt sind, um sich für niedere Sphären zu interessieren. Höchste Zeit, dass wir seinem Beispiel folgen, dass wir den Stein aufheben und die abschießen, die uns auf dem Kopf herumtanzen.«

Erde prasselte auf den Sarg, Frančiška flüsterte Ludvik heiser zu, dass es nicht richtig war, seine Gedenkrede zur politischen Agitation zu nutzen. Ludvik sah sie verwundert an, sie aber fuhr ruhig fort, dass Der, der den Akrobaten vom Seil schlug nur ein armer Wicht war, der zu einem Vorkämpfer für Arbeiterrechte nicht taugt. Er war ein armer Wicht, das fand auch Ludvik, und damit einer von ihnen. Solange sie alle nur dabei zusehen, wie jemand andere ungestraft ins Unglück stürzt, wird es solche traurigen Schicksale geben. Nur das hat er gesagt, er musste es sagen.

Als Ludvik am nächsten Tag zur Nachmittagsschicht aufbrach, erhielt er Besuch von zwei Gendarmen. Sie forderten ihn auf mitzukommen, ihnen wurde gemeldet, dass er gestern auf der Beisetzung eine Hetzrede gegen die Regierung gehalten hat. Er hat die Regierung überhaupt nicht erwähnt, verteidigte er sich, doch die Gendarmen zuckten nur mit den Schultern, darüber entscheidet der Richter, sie müssen ihn in Untersuchungshaft nehmen. Angela war besorgt, wollte Ludvik in den Arm nehmen, aber er winkte ab. Sie nehmen hier nicht Abschied, er wird bald wieder zu Hause sein, es handelt sich offensichtlich um ein Missverständnis. Sie soll auch Ana Bescheid sagen, dass sie sich keine Sorgen machen soll.

DAS ATTENTAT

Dora sortierte die Post. Die Gnädigste hatte eine Postkarte aus Opatija bekommen, wo ihre Schwester Urlaub machte, was Dora schon wusste, und eine deutsche Modezeitschrift. Vorsichtig linste sie hinein, doch sie sah fast nichts, der Aufkleber mit der Adresse hielt die Seiten genau in der Mitte des offenen Randes zusammen. Wie immer war der größte Poststapel für den Direktor – allerhand Briefe und noch mehr Zeitungen, die sie nicht interessierten. Drei Briefe waren für Alois Schwarz, alle kamen aus Deutschland, auf den bedruckten Umschlägen standen die Namen der Firmen, die sie versandt hatten, außerdem war da eine plattgedrückte und angerissene Sendung in braunem Umschlag, umwickelt mit schlichter Schnur. Ihr stachen die großen, ungelenken Buchstaben ins Auge, sie waren so ganz anders als die gewöhnlichen Adressen, die fast ausnahmslos in Schönschrift oder mit Maschine geschrieben waren.

Zwei Jahre vor Kriegsbeginn hatte Dora beim Direktor des Glaswerks und seiner Frau zu dienen begonnen, sie war gerade achtzehn Jahre alt geworden und hatte ihre Lehre zur Hauswirtschafterin mit Bravour absolviert. Für die Gnädigste mangelte es ihr in einigen Bereichen an Schliff, weshalb sie Dora für einen Monat zu ihren reichen Verwandten nach Wien schickte. Sie lebten in einem prunkvollen Palais mit großem Park, und sie hatten sieben Bedienstete und eine Gouvernante, sodass Dora die Villa des Glaswerks nach ihrer Rückkehr noch eine Weile bescheiden erschien.

Beim Direktor des Glaswerks waren drei Bedienstete angestellt, sie erledigten ihre Arbeit ohne größere Mühe. Die Köchin war eine ältere, schweigsame Frau, sie sorgte für alles rund um die Küche und kaufte die Lebensmittel ein. Obwohl sie anständig und überaus sorgfältig war, vertraute ihr die Gnädigste nicht ganz, regelmäßig überprüfte sie die Einkaufslisten, mehrmals musste die Köchin ihr Rechnungen erläutern. Waren Gäste angekündigt, wählte sie besondere Gerichte aus ihren Kochbüchern aus und schaute häufig in der Küche vorbei, um ihre Arbeit zu kontrollieren und die vorbereiteten Speisen zu kosten.

Der Chauffeur war der jüngste Bedienstete. Vor drei Jahren hatte man ein Auto gekauft und den Kutscher entlassen, seither war er angestellt. Zu seinen Aufgaben gehörten auch Reparaturen im Haus und die Gartenpflege. Letzteres war nicht seine Sache, die Blumenbeete und die Pfade zwischen ihnen hatten sichtlich an Reiz eingebüßt. Die meiste Zeit verbrachte er im Automobil oder daneben, er konnte fast alles selbst reparieren. Nach jeder Fahrt wischte er gründlich den Straßenstaub ab oder entfernte Schlamm, wie besessen polierte er das Blech. Meist fuhr er die Gnädigste, die unzählige Wege zurückzulegen hatte, seltener den Direktor und fast nie Alojzij, der sich lieber selbst ans Steuer setzte. Das ärgerte den Chauffeur maßlos, er war überzeugt, dass die diversen Schäden und Defekte am Auto insbesondere auf Alojzijs geringe Fahrkünste und sein Ungeschick zurückgingen.

Dora räumte auf und sorgte für Ordnung im Haus, sie servierte das Essen, empfing Besucher und kündigte sie an. Wie die Köchin und der Chauffeur wohnte sie in einem der kleinen Zimmer im Erdgeschoss. Die Regeln waren klar, Besuch musste angekündigt und von der Gnädigsten genehmigt werden, Liebesbeziehungen waren verboten. Um angestellt zu werden, musste man ledig und jederzeit verfügbar sein.

Die Bediensteten waren zurückhaltend, sie hatten kaum Kontakt miteinander. Nur die Mahlzeiten nahmen sie gemeinsam an einem kleinen Tisch in der Küche ein, wobei es nicht selten vorkam, dass sie kein einziges Wort wechselten. Der alte Kutscher hatte noch ständig Witze erzählt, sämtliche Gerüchte gekannt und war über alles Neue im Bilde gewesen. Bei der Arbeit halfen sie einander nur, wenn die Gnädigste dies ausdrücklich anordnete.

Dora wusste enorm viel über die Frau des Direktors, sie war sehr neugierig und wusste Fragmente von Telefonaten oder Wörter auf Postkarten mit Sinn aufzufüllen. Zudem verfügte sie über ein feines Gehör, weshalb ihr kaum ein Streit im Haus entging. Der Direktor und seine Frau galten als glückliches, harmonisches Paar, in der Öffentlichkeit begegneten sie einander stets mit Respekt und Zuneigung. Zu Hause war so manches anders. Die Gnädigste war höchst gebieterisch, sie stammte aus einer viel reicheren und mächtigeren Familie als ihr Gatte. Sie hatte sich nie ganz damit abfinden können, dass sie keine Kinder hatten. Außerdem war sie recht temperamentvoll, ihr freundliches Lächeln konnte im Handumdrehen in wütende Impertinenz umschlagen. Mit zunehmendem Alter hatte sich das gelegt, und was immer sie als Versiegen von Schönheit wahrnahm, noch die kleinste und belangloseste Veränderung an ihrem Äußeren, stürzte sie in lang anhaltende Apathie und Migräne.

Alojzij gegenüber war Dora lange sehr wohlgesinnt, sie freute sich über die Tatsache, dass es einem einfachen Jungen der Arbeiterklasse gelungen war, zur herrschaftlichen Schicht aufzusteigen. Mit seiner traurigen Kindheit, seiner Bescheidenheit, scheuen Art und putzigen Tapsigkeit hatte er die Gnädigste gerührt. Manchmal dachte Dora, dass er vielleicht sogar wusste, wie sehr die Gnädigste sich Kinder wünschte, und dass er dies ausnutzte, um in ihrer Welt aus Sehnsucht den freien Thron zu besteigen. Beim Direktor hatte er sich mit seinem Wissensdurst und hellen Verstand beliebt gemacht. Auch die Bediensteten mochten ihn furchtbar gern, der Chauffeur alberte oft mit ihm herum, und die Köchin steckte ihm heimlich Süßspeisen zu. Alojzij war wirklich liebenswert, er hatte immer ein Lob übrig, bedankte sich stets und lächelte ihnen zu.

Ihre Sympathie für ihn begann abzukühlen, als er aus Deutschland zurückkahm. Sein Betragen hatte sich vollkommen verändert, seine einstige Herzlichkeit war verschwunden. Nachdem die Herrschaften ihm ihren Nachnamen gegeben hatten und er ins obere Stockwerk des Hauses gezogen war, waren die Bediensteten Luft für ihn. Selbst der Direktor bedankt sich jedes Mal, wenn sie ihm Tee einschenkt, überlegte Dora, Alojzij nie, er wirkt immer abwesend. Niemand ist mehr gut genug für ihn, für keinen hat er ein freundliches Wort übrig, wenn überhaupt ein Wort. Ohne jegliche Erklärung nimmt er das Auto, überhört die Fragen des Chauffeurs, sodass sich der Arme später die Vorwürfe der Gnädigsten anhören muss, wie es kommt, dass er von nichts weiß. Abends steckt er seinen Kopf in Bücher, die unaufhörlich an seine Adresse geschickt werden. In letzter Zeit bekommt er auch viele andere Dinge geschickt, er kleidet sich auffallender und hat sich ein Radio gekauft. Er hat sie alle betrogen, jeder hat ihm gegeben, was er konnte, während von seiner Seite nichts kam.

Neugierig betrachtete Dora das braune Päckchen, drehte es in den Händen und betastete es. An der Stelle, wo die Verpackung angerissen war, zog sie diese weiter auseinander. Es schien eine Art Blechdose oder so etwas darin zu sein. Sie bemerkte, dass die Schnur an einer Stelle ziemlich locker war, sodass sie die Schlaufe leicht lösen konnte. Sie zog an der Schnur, ein donnernder Knall, ein greller Blitz, dann war alles nur noch dunkel.

Nach anfänglichem Rätseln, wo die Bombe herkam und für wen die tödliche Botschaft tatsächlich gedacht war, erhielten die Gendarmen erste Antworten. Die Postbeamtin gab ihnen eine exakte Beschreibung des ungewöhnlichen Päckchens, das an Alois Schwarz adressiert war. Sie wusste nicht, wer es abgegeben hatte, in der Früh hatte es im Briefkasten gelegen. Ans Glaswerk wird viel unterschiedliche Post geschickt, auch größere und kleinere Pakete sind nicht selten. Es war ihr nicht verdächtig erschienen, obwohl sie es als nachlässig verpackt beschrieb. Sie hatte keinen Grund zum Handeln gesehen, es war korrekt frankiert, der Empfänger klar angegeben.

Der Direktor gab an, im Glaswerk keine Drohungen erhalten zu haben, er hatte keine Idee zu den mutmaßlichen Tätern. Die Post wurde immer von Dora in Empfang genommen und sortiert, er sah stets erst durch, was ans Glaswerk gerichtet war. Die Frau Gemahlin stand unter Schock, deshalb verzichteten die Gendarmen darauf, sie zu sprechen. Sie fanden verständlich, dass sie auf Kur fahren soll, sobald ihr Zustand das zulässt, und erst wieder zurückkommt, wenn der verwüstete Eingangsbereich und das Empfangszimmer renoviert sind. Man bat sie lediglich, ihnen Mitteilung zu machen, sollte ihr etwas einfallen, das mit der Explosion im Zusammenhang stehen konnte.

Der Chauffeur und die Köchin hatten niemanden gesehen. Er war in der Garage hinter dem Gebäude; als er eine laute Explosion hörte, rannte er in Richtung Eingang und sah zunächst eine dicke Rauchwolke, die sich langsam legte und den zerstörten Eingangsbereich freigab. Auch die Köchin hörte einen ohrenbetäubenden Knall, es gab eine starke Erschütterung, die Töpfe im Schrank klirrten, in einer Wand zeigte sich ein Riss. Sie dachte, dass sie ein schlimmes Erdbeben heimgesucht hat. Erst als sie in den verqualmten Flur trat, sah sie, dass in der Decke ein riesiges Loch klaffte, der Boden des Empfangszimmers war ins Parterre gestürzt.

Alojzij war sichtlich erschüttert, als man ihn darüber informierte, dass die Briefbombe an ihn adressiert war. Er hatte keine Feinde, davon war er ziemlich überzeugt, natürlich gab es unter den Arbeitern Vorbehalte gegenüber den Fabrikanten, überlegte er laut, Tatsache ist, dass sie an entgegengesetzten Ufern stehen, doch diesen Konflikt würde er nicht als feindselig bezeichnen. Die Arbeiter sind nie zufrieden, sie wünschen sich höhere Löhne und bessere Arbeitsbedingungen, dennoch glaubt er nicht, dass dies jemanden zu kriminellen Taten verleiten könnte.

Der Lagerbestand an Dynamit zeigte, dass im Kalksteinbruch mehr als zwanzig Kilo Sprengstoff fehlten. Erst trafen weitere Gendarmen ein, danach kamen auch noch Soldaten, gestohlener Sprengstoff bedeutete Gefahr, ähnliche Angriffe konnten sich wiederholen, ein Großteil der Siedlung konnte zerstört werden, ein Zehntel der Menschen getötet. Aus Sicherheitsgründen wurden im Bergwerk und den Steinbrüchen, wo Dynamit im Einsatz war, alle Arbeiter entlassen, die in der Vergangenheit wegen Umsturzversuchs oder kommunistischer Agitation verurteilt worden waren.

Ludvik sah sich in dem großen Büro um, überall lagen aufgeschlagene Bücher, Zeichnungen und Pläne, auf dem Tisch waren ein kleines zerlegtes Teleskop und ein Stapel Linsen.

»Ich wurde entlassen«, sagte er zu Alojzij, der eine kleine Linse in seiner Hand drehte.

»Das tut mir leid.«

Ludvik winkte ab. »Die Explosion kam wie gerufen, sie hat ihnen einen hervorragenden Anlass geboten, jeden auf die Straße zu setzen, den sie wollen.«

»Ich finde, dass zwanzig Kilo Sprengstoff, von dem man nicht weiß, wo er versteckt ist, eine ziemlich ernste Bedrohung sind.«

»Findest du vernünftig, dass das Bergwerk wegen eines ungeklärten Diebstahls haufenweise Arbeiter auf die Straße setzt, die ihnen ein Dorn im Auge sind, dass die Gendarmen tags und nachts in Wohnungen eindringen und Ermittlungen anstellen, Leute verhören?«

»Ermittlungen anstellen, Informationen sammeln und überprüfen ist ihre Arbeit. Sicher tun sie das nicht aus Vergnügen, sie wollen die Täter finden.«

»Na klar«, sagte Ludvik spöttisch lächelnd. »In vier Tagen haben sie mich gleich zweimal verhört, und eine Nacht habe ich auf der Station verbracht, obwohl ich drei Tage nach der Explosion aus dem Gefängnis kam.«

»Sie ermitteln gegen dich, weil du wegen deiner früheren Arbeit verdächtig bist, objektiv betrachtet, könntest du mit den Geschehnissen in Zusammenhang stehen oder gewisse Informationen darüber haben. Wir haben dich gewarnt, dass dein Treiben riskant ist …«

»Sehr einfach, nicht wahr? Da gibt es unüberschaubar viele Gründe, warum ein Mensch umgebracht wird, und sie fördern mit völliger Gewissheit einen kommunistischen Umsturzversuch an den Tag. Dabei wissen sie gar nichts und haben auch nicht den kleinsten Beweis dafür, aber bestimmt steckt so einer dahinter, der schon mal mit einer Anstecknadel der Bolschewiken auf der Jacke erwischt wurde oder sich Zigaretten aus einem verbotenen Flugblatt gedreht hat.«

»Erzähl ruhig zu Ende. Wer posaunt denn die ganze Zeit heraus, dass die bestehende Ordnung gestürzt werden soll, dass man den Kapitalisten die Fabriken und den Gutsbesitzern ihr Land nehmen muss, den Königen ihre Herrschaft?«

»Natürlich, alle sollen lieber ruhig zusehen, wie uns die Fabrikanten ausbeuten, mucksmäuschenstill soll man sein, damit sich der König ja nicht an einem Bissen vom reich gedeckten Tisch verschluckt.«

»Immer wenn du keine Antwort weißt, flüchtest du dich in Sarkasmus und Übertreibungen. Es wurde noch niemand verhaftet, nur weil er sich das Maul über etwas zerrissen hat.«

Ludvik lachte laut auf. »Da wüsste ich sofort einen: ich. Bis vor genau einer Woche habe ich wegen einer Trauerrede bei einer Beisetzung einen ganzen Monat Gefängnis abgesessen.«

»Du weißt sehr gut, dass dies keine Trauerrede war, sondern der Aufruf zu einem gewaltsamen Putsch. Du hast die Anwesenden dazu aufgehetzt, Potentaten zu steinigen.«

»Ja klar, die Regierung darf uns nach Lust und Laune kleinhalten, und wir müssen das schweigend hinnehmen. Die Herrschaften vom Bergwerk können die Löhne senken und uns entlassen, unser einziges Recht ist, noch mehr zu arbeiten und noch weniger zu essen.«

»Du wieder mit deiner Parteirhetorik. Sag, ist es Gewalt, Steine auf Menschen zu werfen, oder nicht?«

»Sag du zuerst: Ist das Gewalt, was die Regierung gerade gemeinsam mit den Herrschaften vom Bergwerk tut, oder nicht? Sie wissen nicht, wer das Attentat begangen hat, wer den Sprengstoff gestohlen hat und warum, sie wissen überhaupt nichts, nicht den kleinsten Hinweis haben sie, trotzdem wurden Leute inhaftiert, über ein Dutzend wurden entlassen und mit ihren Familien aus den Wohnungen geworfen.«

»Niemand kann dem Direktor vorschreiben, wie viele Arbeiter er beschäftigen und wem er die Wohnung der Gesellschaft vermieten soll. Er muss solide wirtschaften, er trägt Verantwortung gegenüber den Besitzern des Bergwerks, die bestimmte Erwartungen haben.«

»Na wunderbar! Für dich ist ein Arbeiter weniger wert als ein Zugtier. Man spannt ihn ein und wirft ihm eine Handvoll Mehl hin, wenn er laufen soll, alle anderen Tage soll er sich selbst helfen, so gut er kann, oder er wird ein Fall für den Metzger.«

»Die ganze Zeit verdrehst du meine Worte. In deinem schwarzweißen Bilderbuch bin ich ein Ungetüm und du ein guter Zwerg. Nicht ich habe zum Ungehorsam aufgerufen, dass man mit den Mächtigen kurzen Prozess machen muss, du hast das getan.«

»Nein«, sagte Ludvik aufbrausend, »ich habe gesagt, dass man die Regierung stürzen soll, die gegenwärtige Gesellschaftsordnung austauschen, weil sie faul ist.«

»Hat sich eine Gesellschaftsordnung jemals von selbst ausgetauscht, ohne Gewalt? Deine bolschewistischen Vorbilder haben den Winterpalast auch nicht mit Blumen beworfen.«

»Nach Beispielen von Gewalt musst du gar nicht so weit entfernt suchen. Auf dem Denkmal bei der Kirche stehen Hunderte Namen von Nachbarn und Bekannten, die der Kaiser ermorden ließ. Er hat sie nicht gefragt, weder er noch jemand anderes in seinem Namen, ob sie für ihn sterben oder für ihren Glauben und ihre Heimat in den Tod marschieren wollen. Oder noch näher dran: Im Bergwerk kommt es jedes Jahr zu mehreren Unglücken, jedes Mal gibt es Tote und Verletzte. Dieses Morden ist natürlich erlaubt, mehr noch, die Mörder erhalten Dividenden und Ehrentitel.«

»Wieder bringst du alles durcheinander. Arbeitsunfälle passieren, aber niemand wünscht sich Unglücke und Opfer. Dein Attentäter dagegen wollte mich umbringen.«

»Bald behauptest du noch, dass ich die Arbeiter dazu aufgerufen habe, einen Palast durchzulüften, und dass ich am Tod eurer Dienstmagd schuld bin«, winkte Ludvik ab. »Ich habe keinen Attentäter, Alojzij. Du siehst nur noch so viel wie ein Pferd mit Scheuklappen, nur in die Richtung, in die es die Zügel befehlen.«

Wie nach einer Prügelei unter Kindern blieben sie sitzen, sie schwiegen lange. Ludvik starrte durchs Fenster, sah jedoch nichts, Alojzij ließ eine Linse ständig von einer Hand in die andere gleiten.

»Was hast du jetzt vor?«

»Wir gehen nach Frankreich, es ist schon alles geregelt. Jetzt können noch ganze Familien auswandern, das ändert sich bald. Der Staat wird Auswanderungen einschränken, dann werden nur noch Männer ins Ausland gelassen, ihre Familien müssen daheimbleiben.«

»Wann geht ihr?«

»In zehn Tagen.«

•

Frančiška stand vor dem Tisch des Schulverwalters, der verkrampft ein Blatt Papier hielt, als wollte er Baumsaft aus ihm pressen, und starrte unverwandt darauf. Seine Stimme kam von weit her, er verlas ein Dekret über ihre Versetzung in eine abgelegene Schule mit zwei Klassen, in einen Ort, dessen Namen sie zum ersten Mal hörte.

Hier wiederholt sich die Sache vor fast neun Jahren, dachte sie. Sie konnte das schnell und präzise in der Vergangenheit festmachen, kaum ein Zeit- und Orientierungspunkt war so klar wie der von Valentinas Geburt. Dieselben Büromöbel, nur die auffällige Lücke zwischen den Schränken ist verschwunden, sie wurden anders hingerückt, sagte sie zu sich, oder der fehlende Schrank ist wieder aufgetaucht. Was für Details einem manchmal in Erinnerung bleiben, wunderte sie sich. Ihr fiel ein, wie trist der Tag damals gewesen war, der Oberlehrer hatte am Fenster gestanden, und sie war seinem Blick gefolgt, der über den dreckigen Abhang glitt. Diesmal war die Aussicht vollkommen anders, die Wiesen waren saftig grün, das Stück Himmel, das sich im oberen Fensterrahmen abzeichnete, enthielt nicht das kleinste Wölkchen.

Auch sie hat sich verändert. Damals ist sie sehr jung, doch kein kopfscheues Mädchen mehr gewesen. Wegen Olga, sie hat sie aus der Balance gebracht, sie auf den Kopf gestellt. Oder auf die Füße, ja, das ist besser, dachte sie lächelnd. Davor war sie ein braves Mädchen gewesen, gefügig, ohne den Drang, sich gegen etwas aufzulehnen, sie hatte stets und jedem gefallen wollen. Olga hatte ihrem Ich vollkommen neue Dimensionen erschlossen, fast ohne es zu merken, wurde sie in unbekannte Räume geschoben, die sie erstaunlich mühelos betrat. Zum Teil war vermutlich auch der Krieg mit Schuld daran gewesen, diese sonderbare, nicht ganz reale Zeit, als vieles wirkte wie nur geträumt, eine Zeit, in der selbst besonders schwierig zu erstürmende Festungen wie Ehre, Glaube, Respekt, Regeln, Stand ins Wanken gerieten.

Der Vorgesetzte las noch immer den Text des Bescheids, es war leichter, fremde Worte auszusprechen, eine Anordnung der Regierung zu verlesen. Sie suchte nach Schadenfreude oder einer anderen Emotion auf seinem Gesicht, aber es war vollkommen leer, überaus langweilig. Der vorige Oberlehrer war galant, verdrossen, sarkastisch, klug gewesen. Obwohl er auch unangenehme Aufgaben gewissenhaft umsetzte, war er ihr menschlich erschienen, manchmal sogar herzlich. Dem jetzigen gegenüber hegte sie keinerlei Gefühle, nicht einmal Verachtung oder Mitleid, er war völlig unwichtig. Sie wusste nicht, woher er kam, die regierenden Politiker hatten ihn angestellt, bei der nächsten Veränderung wird der ergebene Diener gemeinsam mit ihnen zum Teufel gejagt. Auch die Oberlehrer waren Bestandteil des Kosmos Schule, dachte sie, wo nichts und niemand stillsteht, alles auf berechenbaren Bahnen kreist, die vorgezeichnet sind durch die Sonne der aktuellen Regierung.

Endlich hatte er sich bis zum Ende des gar nicht sehr langen Textes durchgeschlagen und legte das Dokument beiseite. Sie bleiben also noch knapp zwei Monate bei uns, fasste er zusammen, bis zum Ende des Schuljahres, dann werden wir uns von Ihnen verabschieden müssen. Sie schwieg, er aber fügte mit viel zu langer Verzögerung hinzu, dass es ihm leid tut.

Sie tat einen Schritt nach vorn, um das Dekret an sich zu nehmen, vermutlich hängt ihre Versetzung damit zusammen, dass sie sich offen für die Gleichberechtigung der Frau einsetzt, ihm ist doch sicher bekannt, dass sie auf Versammlungen darüber referiert, Artikel schreibt. Er sah ihr weiter in die Augen und schüttelte übertrieben eifrig den Kopf. Da besteht kein Zusammenhang, die Gründe für ihre Versetzung und die Versetzungen generell sind im gravierenden Mangel an Lehrkräften auf dem Land zu suchen. Der pädagogische Ansatz, dass der Bauer nur ein paar fleißige Hände haben muss, ist tot, auch auf dem Land hält mangelnde Bildung die Entwicklung auf. Die Aufteilung in gebildete Bürger und unwissende Bauern muss endgültig abgeschafft werden, das waren andere Zeiten und ein anderes Land.

Ohne dazu aufgefordert worden zu sein, setzte sie sich auf den Stuhl vor seinem Tisch. Ich darf doch, erwiderte sie auf seinen verwunderten Blick und sprach sofort weiter, ob er ihr sein Konzept zur Bildung der Landbevölkerung einmal erläutern kann. Sie lächelte still angesichts seines verstörten Blicks. An der Schule, an die sie versetzt wird, unterrichtet bereits jemand. Und ihre Stelle wird vermutlich ein neuer Lehrer besetzen. Die Zahl der Lehrer verändert sich nicht, sie wechseln nur die Schulen, an denen sie unterrichten.

Er konnte nicht verbergen, dass ihre Widerworte und das unverschämte Infragestellen sachlicher Gründe ihn bis aufs Blut reizten, aber er zügelte seine Wut. Das ist weder ihre noch seine Sache, im Ministerium gibt es Personen mit Expertise, und die wissen mit Sicherheit, was für den Staat am besten ist. Dem will sie doch wohl nicht widersprechen, sagte er, zufrieden damit, wie er sich aus der gestellten Falle herausgewunden hatte.

Sie übersah bewusst, dass für ihn das Gespräch damit beendet sein sollte, ruhig wartete sie, bis sich ihre Blicke begegneten. Ob er ihr sagen kann, was er von ihrem Einsatz für die Rechte der Frau hält, fragte sie. Bündig erwiderte er, dies hat nichts mit der Schule zu tun. Sie interessiert seine persönliche Meinung, beharrte sie. Es amüsierte sie, wie mühsam er seinen Zorn unterdrückte. Gott schuf Mann und Frau, begann er langsamer und betonter, er hat sie unterschiedlich gestaltet, er gab ihnen je eigene Körper und Seelen, weil er ihnen verschiedene Aufgaben zudachte.

Frančiška wollte ihm antworten, aber er unterbrach sie bereits beim ersten Wort, eine weitere Befassung mit diesen Fragen ist für eine Schulanstalt unnötig und nicht angebracht.

Sie stand auf, griff nach dem Bescheid, überflog das Dokument. Sie muss ihn fragen, ob die Gerüchte stimmen, dass er sich persönlich um ihre Versetzung bemüht hat. Er wurde rot vor Wut, sie hoffte, dass er platzt, doch er bekam sich wieder in den Griff. Er hat bereits gesagt, dass die Lehrer ganz nach dem Bedarf der ländlichen Schulen verteilt werden, Kommentare in den Zeitungen, dass dabei politisch abgerechnet wird, sind niederträchtige Lügen. Er schritt zügig an ihr vorbei und hielt die Tür seines Büros weit auf. Sie lächelte ihn an, er aber nickte kaum bemerkbar zum Abschied.

DER FLIEHENDE GOTT

Matija, spürst du die Spannung in der Luft?«

Angelas Frage überraschte ihn. Sie saßen seit einer Weile schweigend am Ofen der Kolonie. Er hatte schon überlegt, warum ihn seine Schwester an jenem Aprilsonntag in aller Früh auf den Hof geführt hatte. Trotz der morgendlichen Kälte wartete er geduldig darauf, dass sie ihn einweihte.

»Es wird etwas geschehen, etwas Schreckliches naht«, fuhr Angela fort. »Seit Langem schon mehren sich die schlechten Dinge, aber es hat uns nicht gekümmert, wir haben das verdrängt. Ich spüre, jetzt sind sie so nah, dass uns nicht mehr zu helfen ist.«

»Das erscheint dir nur so, weil die Zeiten nicht allzu erfreulich sind. Nach jeder Krise hellt es sich auf, und die Sonne scheint wieder, heute ist es schlecht, morgen wird es gut.«

»Nein, Matija, diesmal geht es nicht um übliche Schwankungen, etwas Grauenvolles naht, etwas, vor dem wir vollkommen hilflos sind. Die Menschen haben sich verändert, du hast es sicher auch bemerkt, überall Gottlosigkeit, Sauferei und Prostitution, Verrohung und völlige Gleichgültigkeit, als käme morgen das Ende der Welt. Es geschehen Dinge, die vor Jahren nicht hätten passieren können. Das Böse erwacht, Matija, etwas dermaßen Finsteres, wie wir es noch nie erlebt haben.«

Er legte seinen Arm um ihre Schulter und drückte sie an sich: »Du bist zu pessimistisch, Angela, es passiert nichts, was nicht auch schon früher passiert ist.«

»Das stimmt nicht, du willst mich nur trösten. Immer öfter geschehen schlimme Dinge, und sie sind immer fataler. Als ob wir von den eingetretenen Pfaden in faulige Sümpfe geraten, wo wir mit jedem Schritt tiefer einsinken.«

Matija schwieg, er wollte das quälende Gespräch auf keinen Fall befeuern, aber Angela war nicht aufzuhalten. »Erinnerst du dich an den Mann aus der Kolonie des Glaswerks, den die Nachbarn gemeldet haben, weil er seinen altersschwachen Vater mit dem Riemen schlug? Als die Gendarmen kamen, sagte er ihnen, dass sein Vater geistig verwirrt ist und die Schläge ihn zumindest für eine Weile kurieren. Aha, so ist das also, sagten sie nickend und gingen. Damit war die Sache erledigt, obwohl er seinen hilflosen Vater weiterhin wie besessen prügelt, alle haben sich reingewaschen.«

Sie beobachtete ihn aufmerksam, wartete auf eine Reaktion von ihm, vergeblich, dann fuhr sie fort: »Vor etwa zwei Monaten sind vier Männer, volljährig, aber viel jünger als wir beide, in ein abgelegenes Haus eingedrungen, wo sie den Hausherrn ermordeten und seine erwachsene Tochter mit einem Stein erschlugen. Sie nahmen etwas Kleingeld und Kleidung mit, mehr nicht. Nur ein, zwei Wochen später schwemmte der Fluss die Leiche eines Mädchens an. Sicher erinnerst du dich, dass die Untersuchung ergab, dass es auf dem einsamen Pfad über dem Fluss drei Männern begegnet war, wieder deutlich jünger als wir, die sie alle der Reihe nach vergewaltigt und dann über die Steine in den reißenden Fluss hinabgerollt hatten.«

Sie sah, dass er unmutig wurde, dass er die Aufreihung erschütternder Beispiele stoppen wollte, deshalb brachte sie rasch weitere Geschichten zum Beweis, dass die Schrecknisse zunahmen und immer schlimmer wurden. »Kurz vor Neujahr sind zwei Mädchen mit einem Agenten losgegangen, der nach Zimmermädchen für ein Hotel in einem bekannten Kurort suchte; von ihnen hat sich jegliche Spur verloren. Auch der Agent ist wie vom Erdboden verschluckt. Wahrscheinlich war er ein Zuhälter, der sie zwang, sich in einem Bordell zu verkaufen. Vor rund einem Monat kam die einundzwanzigjährige Magd eines Wirts in Haft, weil sie ihr Neugeborenes in den Abtritt geworfen hatte. Bald wurde bekannt, dass sie bereits als Siebzehnjährige wegen Kindsmord in ihrem Geburtsort bestraft worden war.«

Sie fragte ihn, ob er sie immer noch zu pessimistisch findet. Vielleicht hätte er den Kopf geschüttelt, nur damit sie mit dem Auffrischen der tragischen Ereignisse aufhört, als er sich plötzlich an ihre Gespräche aus der Kindheit erinnerte. Angela hatte mehrmals von ihm verlangt, er soll zugeben, dass sie bemitleidenswerter ist als er, eingeschränkter, schwächer, und allemal Mitgefühl verdient. Meist wollte er nicht mit ihr wetteifern; konnte er ihr jedoch nicht zustimmen, schwieg er trotzig. So auch diesmal.

»Zamler ist der rücksichtsloseste Werkmeister des Bergwerks. Warum hat es ausgerechnet ihm das Recht übertragen, die beim Aufschütten des Grubenabfalls anfallende Kohle einsammeln und verkaufen zu dürfen? Seit Urzeiten haben Frauen, Kinder und Rentner im Abraum nach Kohle gewühlt, jetzt empfangen Zamlers Aufseher sie mit Schimpfworten und Tritten. Werden diese paar zusätzlichen Körbe mit Kohle das große Bergwerk retten? Ist eben dieses Bergwerk reicher, weil es im Herbst fünf Familien auf die Straße gesetzt hat und ihre armseligen Möbel auf einem Karren vor das Gemeindehaus bringen ließ? Weißt du, dass ein aus seiner Wohnung vertriebener Vater von sechs unversorgten Kindern den Wachmann gebeten hat, im Gefängnis der Gemeinde wohnen zu dürfen?«

»Angela, du fragst mich, als trüge ich Schuld an all diesen bitteren Schicksalen«, sagte Matija protestierend. »Du steigerst dich so sehr hinein in diese traurigen Geschichten, dass deine Fragen zu Vorwürfen werden.«

»Wenn du mir doch nicht glaubst.«

»Selbst ich sehe, wie oft es zu allerhand Schandtaten kommt, und vielleicht hast du recht, dass sie noch brutaler sind als früher. Doch sie sind nichts Neues, sie sind schon immer passiert, auch wir selbst haben schon so manches erlebt.« Matija wollte Beispiele nennen, hielt sich jedoch zurück, um ihren Schwall düsterer Prophezeiungen nicht noch zu verstärken. »Manchmal denke ich, wir bauen Hass und Gewalt ab anstelle von Kohle.«

Dieses Bild gefiel Angela, in Matijas Satz sah sie alles zusammengefasst, was in letzter Zeit im Tal vor sich gegangen war. Immer mehr Menschen, dachte sie, versinken im Morast der Armut und Verzweiflung, den die große Krise herangespült hat, was einmal verlässlich gewesen war, steht nun Kopf, die Menschen haben sich verändert.

Plötzlich hörte sie gellendes Geschrei. Besorgte Frauen und Neugierige traten aus ihren Türen. Kinder sahen empor zum Himmel und streckten ihre Arme aus. Angelas Blick folgte ihrem Fingerzeig: Hoch oben am Himmel, fast direkt über ihren Köpfen, bewegte sich ein längliches Flugobjekt. Auf Matijas Frage, was da los ist, antwortete sie abwesend in den Anblick versunken, dass Gott sich ein riesiges Schiff gebaut hat und mit seinem Engelschor genau jetzt ihr trauriges Tal verlässt.

»Angela, ich verstehe nicht, von was für einem Schiff redest du?« Matija ergriff die Hand seiner Schwester.

»Wir sind verloren«, überhörte sie seine Frage. »Gott verlässt uns, nun sind wir auf Gedeih und Verderb dem Teufel ausgeliefert.«

Angela war vermutlich die Erste, die im Luftschiff den fliehenden Gott erkannte, vielleicht sogar die Einzige. Andere Köpfe hätten sich das ebenso gut so zurechtlegen können, da sogar diejenigen, denen Gott egal war, oft sagten, dass er ihnen den Rücken zugekehrt hat. Als sie sich anderthalb Stunden später zur Sonntagsmesse vor der Kirche versammelten, waren die meisten bereits völlig davon überzeugt, dass das himmlische Schiff ihren unwiderruflichen Untergang ankündigte. Erfolglos versuchte der Pfarrer, die verstörten Gläubigen zu beruhigen, selbst die Informationen, die am nächsten Tag in den Zeitungen standen, konnten den neuen Glauben nicht erschüttern. Angela und Ihresgleichen tauschten ihre Wahrheit über den verzweifelten Gott nicht gegen die Geschichte von Nobile, einem italienischen Abenteurer, den es über ihren Ort geführt hatte, als er mit einem gut hundert Meter langen Luftschiff auf dem Weg war, den Nordpol zu erobern. Warum sollten sie der Lügenpresse glauben, die vor Jahren mit keinem Wort erwähnt hatte, dass Gendarmen auf eine ruhige Menschenmenge schossen, obwohl alle Bewohner des Ortes die Opfer mit eigenen Augen sahen?

Lehrer, Priester und selbsternannte Kämpfer gegen den Aberglauben waren überzeugt, dass der Anblick des Luftschiffs, das die ungebildete Bevölkerung als göttlichen Exodus deutete, in wenigen Tagen verblassen wird. Dabei bedachten sie nicht, dass Sorgen in schwerer Zeit allerhand Fantasien wecken, die rasch den Nimbus von Wirklichkeit erhalten. Und sie konnten nicht wissen, niemand konnte es, was die nahe Zukunft bringt.

Drei Tage nach dem Überflug des Luftschiffs fand man auf der Sandbank beim Fluss die Leiche eines pensionierten Bergmanns. So mancher kannte ihn, er war einer von denen, die von ihrer kargen Rente nicht leben konnten, deshalb hatte er Gelegenheitsarbeiten erledigt. Viele Quellen für solche Arbeit waren in der Krise versiegt, die Armut zeigte sich in ihrem vollen Ausmaß. Die Nachricht, dass er dem Elend für immer entflohen war, hatte noch gar nicht die ganze Siedlung erreicht, als bekannt wurde, dass sich die dreißigjährige Frau des örtlichen Händlers und Grundbesitzers von der Brücke gestürzt hatte. Schaulustige ritten zum Fluss, wo Augenzeugen wieder und wieder erzählten, was sie gesehen hatten, und beteuerten, dass man nichts hatte tun können, die Selbstmörderin war sofort von einem Strudel erfasst worden, ihr Leichnam trat nicht mehr an die Oberfläche.

Etliche Leute standen lange am Ufer, schauten den trüben Fluss entlang, ob er ihren Körper doch noch hergibt. Manche wussten, dass sie nervenkrank gewesen war, andere erinnerten sich, wie schön sie gewesen war, dritte hatten Mitgefühl mit ihrem Mann und den drei Kindern. Im Gewirr der Meinungen und Eindrücke sahen sie nicht, wie ein Arbeiter, fünfzig Jahre alt, bis zur Mitte der Brücke trat, Jacke und Schuhe auszog. Erst da bemerkte es jemand, und er brüllte los, als könnte ein Mensch, der eine Entscheidung getroffen hat, sich davon abhalten lassen. Alle Blicke hoben sich und begleiteten den gebogenen Körper, der wie ein Stein von der Brücke fiel, ins Wasser platschte, noch einmal kurz an der Oberfläche erschien und verschwand.

Im Hof der Kolonie sprach man bis spät in die Nacht über diese Selbstmord-Serie. Ob der mittellose Rentner sich von der Brücke geworfen hatte oder ins Wasser gegangen war, wusste niemand, dennoch wurde er zum Ahnherrn der Sprünge von der Todesbrücke erklärt, wie jemand das Bauwerk für alle Zeit taufte. Eigentlich konnte es auch ein Unfall gewesen sein, da man nichts über die Todesumstände wusste, doch niemand wagte diese Vermutung zu äußern. Mehr Gerüchte gab es von den anderen Opfern. Einer wollte gehört haben, dass der Bergmann in einem Abschiedsbrief, der in seiner Jackentasche steckte, seiner Frau zahlreiche Seitensprünge vorwarf, ein anderer behauptete, dass der eifersüchtige Händler seine viel jüngere Frau, die seine Tochter hätte sein können, immer geschlagen hatte.

Angela beteiligte sich nicht an diesem Gespräch, sie folgte dem Gerede ohne rechtes Interesse, auf sie wirkte das alles unerheblich. Seit Nobiles Zeppelin hoch oben am Himmel erschienen war, hatte sich ihr alles erschlossen, und als eine der Frauen sie fragte, was sie über die Selbstmord-Serie denkt, gab Angela zur Antwort, dies ist erst der Anfang. Totenstille trat ein, bis sie mit ungewöhnlich dumpfer Stimme, als würde jemand anderes durch ihren Mund sprechen, fortfuhr: »Der Leib ist träge und schwer, der Geist aber fliegt wie ein Vogel. Die Menschen wollen sich von ihren Körpern befreien, um unserem Herrgott zu folgen.«

Die Behörde reagierte nervös auf die Geschehnisse und deren Deutungen. Weil es nicht möglich war, die Brücke zu sperren, wurde sie rund um die Uhr bewacht. Gendarmen patrouillierten pausenlos, wachsam beobachteten sie die Leute und überprüften jeden, der ihnen irgendwie verdächtig erschien.

Drei Tage lang geschah nichts, in der vierten Nacht kam es nahe der Brücke zu einem Zugunglück. Bei Tagesanbruch fand man die grässlich verstümmelte Leiche eines der Gendarmen, der zum Wachdienst in die Siedlung gekommen war. Die Gerichtsmediziner, mit dem Frühzug angereist, untersuchten die formlos-blutige Masse und stellten fest, dass der Gendarm den Kopf und seine ausgebreiteten Arme auf das eine Gleis gelegt hatte, die Beine mit den Knöcheln überkreuz auf das andere Gleis. Die Lokomotive hatte ihm den Kopf zerquetscht, die Hände am Gelenk abgeschnitten und beide Füße, danach hatte der Zug die Leiche noch eine Weile mitgezogen, da Körperteile auf einer Länge von zwanzig Metern verstreut lagen.

Niemand in der Siedlung fragte sich, warum der Gendarm den Tod gewählt hatte, doch es verwirrte sie, warum er so grausam hatte enden wollen, schließlich hatte er seine geladene Dienstwaffe bei sich. Warum zerstört man seinen Körper auf diese Weise, wenn er doch nur noch eine tote Hülle ist, die selbst die widernatürlichste Seele nicht mehr interessiert? Wozu eine solche Extravaganz, als wären im Tod nicht alle gleich? Mit solchen Fragen kamen sie zu der bislang still in sich verschlossenen Angela, ihnen schien, als wüsste sie mit einem Mal mehr, dass sie über Antworten verfügte, die anderen nicht zugänglich waren, dass sich die Gnade allwissender Weisheit auf sie herabgesenkt hatte.

In dieser Rolle als Prophetin enttäuschte Angela sie nicht. Der Gendarm hat die Stellung des gekreuzigten Jesus nachgeahmt, sagte sie, und alle waren verblüfft, dass sie diese offensichtliche Tatsache übersehen hatten. »Die Kraft des Christentums entspringt der Kreuzigung und dem Leiden Jesu, wir aber konnten uns nicht länger in Geduld üben. Gottes Stellvertreter auf Erden haben ihre Berufung vergessen, statt einfache Notleidende zu trösten und ihnen zu helfen, dienen sie den Mächtigen und ihren Schergen, welche die Ersten ans Kreuz nageln. Deshalb hat Gott kapituliert und ist mit dem Himmelsschiff davongesegelt. Der Tod des Gendarmen ist ein Schrei aus der Tiefe, eine demütige Bitte, dass er zurückkehrt und mit seiner Liebe erneut über uns herrscht.«

Wie lange das noch geht, wie viele Tote es brauchen wird, wollten sie von ihr wissen. »Wir haben noch nicht für die zahlreichen schlimmen Sünden gesühnt«, antwortete sie ihnen, »der Altar grenzenloser Gottesgnade fordert noch mehr Gaben und Opfer. Die Kirche ist nicht länger Gottes Haus auf Erden, die Seelsorger haben ihn verraten, deshalb werden wir den Weg zu ihm allein finden müssen. Lasst uns beten und mit den Seelen der Toten sprechen, die mit ihm in Kontakt stehen, sie geben uns Rat, wie wir seine Zuneigung gewinnen und ihn zur Rückkehr bewegen können.«

Immer weniger Menschen gingen zur Kirche, sie versammelten sich in den Höfen und Häusern der Kolonie. Der Pfarrer und sein Kaplan wetterten gegen diese Ketzerei, doch der krummen Angela schenkten die Leute plötzlich mehr Glauben als den kirchlichen Predigern. Sie kündigte neue Todesfälle an, die wirklich eintraten. Oft kam es zu Selbstmorden wie in einem Wettstreit, wer sich auf die ungewöhnlichste Weise aus dem Leben verabschiedet.

Der Sprengmeister im großen Steinbruch am Bahnhof zündete wie gewohnt Dynamit, doch statt in Deckung zu gehen, blieb er sitzen und winkte seinen Kollegen ein letztes Mal lachend zu. Als die Rauchwolke nach der Explosion verflogen war, fand man den bis zur Unkenntlichkeit zerschundenen Arbeiter im Geröll am Fuß des steilen Steinbruchs, den Mund des toten Gesichts aber umspielte noch immer ein Lächeln.

Der Bäckergehilfe aus dem nahen Dorf, der nachts zu seiner Arbeit in der Bäckerei aufbrach, kletterte auf einen Strommast und berührte beide Kabel. Der Himmel erstrahlte wie bei einem gewaltigen Brand, der Strom versengte den jungen Mann derart, dass seine Haut gänzlich verkohlte. Als man ihn am Morgen aus den Drähten zog, riss seine Kleidung, spröde wie durch Verwitterung.

Im öffentlichen Kühlhaus beim Markt fand man in der Früh die Leiche der Frau eines Metzgers. Sie war wohl am Abend zuvor, nachdem ihr Mann eingeschlafen war, aus dem Haus geschlichen und ins Kühlhaus gegangen. Dort sperrte sie den Raum auf, in dem ihr Mann sein Fleisch aufbewahrte, zog sich nackt aus und erfror. Neben ihrer Leiche fand man eine fast leere Schnapsflasche.

Während der Bäckergehilfe und die Metzgersfrau in einer einsamen Nacht unbemerkt in den Tod gingen, legte ein Gymnasiast im letzten Schuljahr, begeistertes Mitglied der Theatergruppe, vor zahlreichem Publikum Hand an sich. Bei seinem letzten Auftritt stellte er einen Helden dar, der gnadenlos alles und jeden vernichtet, im Schlussakt jedoch unter der Last seiner Schuld zusammensinkt und sich selbst richtet. Auf der Bühne krachte ein Schuss, die Zuschauer erhoben sich und applaudierten, lange bemerkte niemand die rote Lache, die unter seinem Gesicht zusammenfloss.

Den Reigen der Selbstmorde hatten ein hungernder Pensionär, eine geschlagene Frau und ein betrogener Mann eröffnet, deren Motive sich die Menschen erklären konnten, die weiteren Fälle aber wirkten völlig absurd. Die so ganz ungebräuchlichen Todesarten waren rätselhaft, sie ließen nahezu alle Fragen unbeantwortet, die Namen auf der Liste gaben keinerlei Aufschluss, sie gehörten gesunden, berufstätigen, beliebten, jungen, angesehenen Personen.

Angelas Überzeugungskraft ließ nun nach, sie wiederholte, dass die bizarren Tode nur ein verspäteter Widerhall ihres Fehlverhaltens waren, sich von Gott abgewendet zu haben. Auf die Frage nach dem Ende dieser Pechsträhne und wen sie noch alles zur Opferstätte werden tragen müssen, hatte sie keine Antwort. So mancher hatte genug von ihrer immer gleichen Litanei, dass sie schreckliche Sünder sind und die Buße entsprechend hart ausfällt. Ihr priesterliches Ansehen verblasste, in der Kolonie wurde sie immer seltener aufgesucht.

Der Lokführer des Bergwerks bemerkte bei einer seiner langsamen Fahrten von der Separationsanlage zum Bahnhof, dass sich ein großer schwarzer Kater dem Gleis näherte. Er blieb stehen, sah die nächste Lokomotive kommen, legte seinen Kopf auf die Schiene und wartete ruhig, bis ihn das eiserne Rad zerquetschte. Als Angela davon hörte, bekreuzigte sie sich und sagte, dass der Teufel schließlich doch die Schlacht verloren hat und das Feld räumt. »Das Schlimme ist noch nicht vorbei, zumindest die Selbstmorde aber werden aufhören. Wir sind der Sintflut entronnen, vor uns liegt die Zeit der aufrichtigen Bitten, der innigen Vaterunser und GegrüßetseistduMarias, damit wir Gottes Zuneigung zurückgewinnen.«

Wie Unkraut schossen Gebetsgruppen aus dem Boden, sie umfassten höchstens ein Dutzend Menschen – erst fast nur Frauen, später kamen Rentner und Arbeitslose dazu, schließlich auch ein paar Arbeiter. In immer mehr Wohnungen der Arbeiterkolonie und in Zimmern der Barackensiedlungen setzte man sich abends an den Tisch, stützte die Ellbogen auf, vergrub das Gesicht in den Händen und betete gottergeben mit geschlossenen Augen. War eine Gruppe fest im Glauben, dann kamen die Geister der Verstorbenen zu Besuch, sie fuhren in die bebenden Körper der Betenden und sprachen durch ihre Stimme.

Die Geister kamen von überallher, aus der Nachbarschaft und aus Orten, die niemand kannte, sie stellten sich mit Namen von Menschen vor, die schon jahrzehntelang tot waren oder deren Grabhügel sich noch nicht gesetzt hatten. Mal beantworteten sie Fragen, ein anderes Mal erinnerten sie sich mit Bedauern an die Fehler aus der Zeit ihres Erdenlebens oder erzählten von Erlebnissen im Jenseits. Eine Hölle gibt es nicht, lautete ihre erfreuliche Nachricht, einige müssen auf Eis gehen, andere auf Dornen und über groben Sand laufen, den dritten brennt ein ewiges Feuer in den Eingeweiden, den schrecklichen Schmerz lindert jedoch die Ahnung, dass sie sich mit jedem Schritt der Tür zum Himmelreich nähern, dass bald die ewige Seligkeit erreicht ist.

Den Pfarrer beunruhigte diese Zunahme vulgären Glaubens als Erster. Schon zuvor hatten sich viele Arbeiter von der Kirche abgewendet, Strafpredigten über die Pest der Gottlosigkeit und ihre furchtbaren Folgen bekehrten niemanden mehr, der Scherz von gestern, dass man Missionare in die Arbeiterkolonien und Baracken schicken sollte, verlor an Witz. Der Pfarrer schickte einen Kaplan zu Angela, doch die Einladung zu einem Gespräch im Pfarrhaus lehnte sie rundweg ab. Obwohl er gekränkt war und dies nur schwer verbarg, besuchte er Angela wenige Tage später selbst in Begleitung eines anderen Kaplans.

Er entschuldigte sich für sein ungeschicktes Handeln vor Jahren bei der Eröffnung des katholischen Vereinsheims; dass dies ihre zuvor so enge und tiefe Verbundenheit zerstört hatte, tat ihm leid. Er schätzte sehr, was sie für die Kirche getan hatte, in all den Jahren hat sie ihm sehr gefehlt, alle müssten jene Verbitterung vergessen, schließlich preisen sie denselben Gott. Angela gefiel, dass er sich Asche aufs Haupt streute, vielleicht hätte er sie sogar herumgekriegt, hätte er nicht vorgeschlagen, ihr gleich die Beichte abzunehmen und die Absolution zu erteilen. Dieses Angebot erfolgte in hochmütigem Ton, sodass es eine klare Trennlinie zog zwischen dem Vergebenden und der geringeren Sünderin und mit voller Wucht den einstigen Affront, den Schmerz und Zorn zurückrief. Warum sollte ein Sündiger einem anderen Sündiger beichten, vielleicht sogar einem größeren, als er selbst ist, fragte sie den Pfarrer. Sie bereut ihre Sünden sehr, jeden Tag bittet sie den lieben Gott um Vergebung. Der Pfarrer stand auf, Angela versprach ihm, an jenem Abend auch für ihn zu beten.

Mit einem Seitenhieb auf Angelas Messen beklagte sich ein älterer Arbeitskollege bei Matija, dass es vorbei war mit dem Arbeiterkampf wie in früheren Zeiten. Mit Polizeigewalt und dem Verbot von Klassenorganisationen hat der Staat ihn abgeschafft, die Epidemie der Gebete und des Geisterbeschwörens hat ihrer Revolte den Rest gegeben. Weder Gott noch die Geister werden ihre Lage verbessern, bessere Löhne erkämpfen, die Arbeiterschaft muss sich gegen die Herrschaft erneut auflehnen. Kämpfer wie sein Bruder Ludvik wären bitter nötig und Anführer wie sein Onkel Albert, um diesen Mystikkram hochgehen zu lassen. Keiner macht Angela Vorwürfe, weil sie diese Bewegung in Gang setzt hat, alle wissen, dass sie sich nichts Böses dabei gedacht hat, aber selbst der Weg in die Hölle ist mit guten Absichten gepflastert.

Was sein Kollege gesagt hatte, leitete Matija nicht an Angela weiter, erwähnte es nicht einmal, er wollte sie nicht beunruhigen, verletzen. Seit Zofija die Zeit vom Frühling bis zum Spätherbst in der Hütte verbrachte, die Der, der den Akrobaten vom Seil schlug ihr vermacht hatte, wussten sie respektvoll zusammenzuleben, sie kümmerten sich fürsorglich umeinander. Angela war wieder voller Kraft und Antrieb, sie stand im Zentrum des Geschehens und der Aufmerksamkeit wie nie zuvor, die Menschen kamen mit Fragen zu ihr oder einfach, um zu plaudern. An den Abenden versammelten sie sich zum Gebet und um Geister zu beschwören. Matija fürchtete sich schon vor dem Tag, da dieses Feuer erlosch. Er wusste, wie empfindlich sie war, nach der Episode mit dem katholischen Vereinsheim hatte sie mehrere Jahre gebraucht, um sich wieder aufzurappeln, er ahnte, dass diese Niederlage, die unumgänglich schien, sie vermutlich restlos und für immer brechen werde.

Sie waren viel zusammen, auch oft allein, er hatte also Zeit, ihr das mögliche Ende vor Augen zu führen, mit ihr darüber ins Gespräch zu kommen, sie auf spätere Zeiten vorzubereiten, doch er fand nicht den richtigen Zugang. Im Grunde bezweifelte er, dass es überhaupt möglich war, ihrem leidenschaftlichen Einsatz mit vernünftigen Einwänden zu begegnen. Er liebte sie sehr und hatte Angst um sie, doch er sah sich nicht im Recht, sich in ihr Leben einzumischen. Auch Alojzij, der im technologischen Fortschritt die Lösung aller Probleme und den Weg in ein besseres Leben sah, sagte er nie, wie utopisch er das fand. So wie er auch Ludvik nicht widersprochen hatte, dem Gläubigen vom Hügel nebenan, der alles auf den Machtwechsel setzte und dann eine neue Zeit anbrechen sah, in der sich die Solidarität der Arbeiterherrschaft über die gesamte Menschheit erstrecken wird, in der niemand mehr zu wenig und niemand mehr zu viel haben wird. Auch an Frančiškas Zielen, der Gleichstellung von Mann und Frau als Grundlage einer gerechteren Gesellschaft von morgen, hatte er nie laut gezweifelt. Die anderen waren nicht so sensibel, so verletzbar wie Angela, ihr Glaube jedoch, dass sich die Dinge zum Besseren wenden, wenn die Menschen erst in völligem Einklang mit Gott leben, alle Mittler verstoßen haben und ins Gebet versunken vor ihn treten werden, war ähnlich tief wie der ihrer Geschwister.

Dass die vielen selbstgenügsam betenden Frauen einmal verschwanden, schien damals unmöglich oder zumindest unendlich weit entfernt, denn ständig entstanden neue Gruppen, Geister wurden bald auch in benachbarten Arbeitersiedlungen beschworen. Auf Bitten kirchlicher Würdenträger und örtlicher Granden verhörte der Bezirkshauptmann Angela und andere Frauen, bei denen zu Hause sie sich zum Beten trafen. Er wohnte auch zwei Treffen bei, doch er sah nichts, was die Staatsordnung gefährdete, irgendwie gegen den König gerichtet war oder Auflehnung schürte. Er versuchte, ihnen freundlich die Augen zu öffnen, vermerkte er im Protokoll, für ein anderes Vorgehen sah er keine Veranlassung. Er fügte hinzu, dass die Teilnehmer größtenteils ungebildet und sehr arm sind, ihr Elend und Leid haben in der Krisenzeit noch zugenommen, weshalb sie sich umso leichter Illusionen hingeben.

Die lokale Elite war erschüttert, dass die Behörden nichts auszurichten wussten gegen diese verdummenden Umtriebe, wenig später änderte sich die Lage für sie wunschgemäß. Die Zeitungen berichteten ausführlich: Ein Bewohner hatte am Sonntagabend dicken Rauch bemerkt, der aus dem Leichenschauhaus quoll. Er spazierte dorthin, trat ins Gebäude und stellte entsetzt fest, dass der Totengräber einen Menschenschädel kochte. Er ergriff den Grabschänder, der ihm sagte, dass die Geisterbeschwörer oft Menschenschädel kaufen und gut dafür zahlen.

Bis dieser sensationelle Vorfall aufgeklärt war, verbot der Bezirkshauptmann das Versammeln in Häusern, Gruppengebete und das Beschwören von Geistern. Der geistig zurückgebliebene Totengräber wurde in ein Irrenhaus gesteckt und kam nicht mehr zurück. Nie erfuhr man den Namen des Bewohners, der die Affäre aufgedeckt hatte. Unbeantwortet blieben Fragen wie: Zu welcher Leiche gehörte der Kopf, wer hatte den Schädel bestellt, wurden Gräber des heimischen Friedhofs geschändet? Offiziell wurde die

Sache nie abgeschlossen, das Verbot der Gebetsgruppen und des Geisterbeschwörens nie aufgehoben.

Angela glaubte, dass sich die Anschuldigungen rasch als Lüge oder irgendjemandes Wahnvorstellung erweisen würden, als dummes Versehen, doch für sie war jeder neue Tag enttäuschend. Gut eine Woche nach Beginn der Affäre bat sie Matija, am Abend mit ihr zu beten. Seinen Einwand, dass er nicht an Geister glaubt, überging sie.

»Hat dich im Traum schon einmal ein Toter besucht?«

»Im Traum schon.«

»Das bedeutet, dass dieser Weg offensteht«, sagte Angela eilig, »du musst nur aus dem Wachzustand in die Ekstase wechseln. Es ist nicht schwer, du musst nur fest daran glauben.«

»Das ist es ja, ich glaube nicht daran.«

»So manches auf dieser Welt lässt sich nicht erklären, was jedoch nicht heißt, dass es nicht existiert oder bedeutungslos ist. Warum solltest du nicht versuchen, dich etwas zu nähern, obwohl du es nicht verstehst oder verrückt findest?«

Matija schüttelte weiter den Kopf, doch Angela spürte, wie seine Entschlossenheit nachließ. »Wahrscheinlich bist du ein ideales Medium, weil du blind bist, wir sind alle zu sehr auf Bilder fixiert und begreifen manchmal schwer, dass die Stimme keinen dazugehörigen Körper hat, dass sie in einen anderen Körper schlüpfen und durch seinen Mund sprechen muss. Du siehst nicht, ob die Stimme zu einer leiblichen Masse gehört oder nicht, du hörst einfach nur zu, was sie zu sagen hat.«

Am Abend setzten sie sich an den Tisch, lange beteten sie, aber kein Geist weit und breit. Sie sind zu verunsichert wegen des Kesseltreibens, sagte Angela zuletzt, deshalb reagieren sie nicht.

In den nächsten Tagen vertiefte sie sich ganz ins Gebet, wie um mit einem endlosen Vaterunser die Zeit zurückzudrehen. Nichts geschah. Dennoch verharrte sie im unaufhörlichen Gebet, in dem sich jedoch kein Glaube mehr mitteilte, es war reine Sprachroutine geworden, vielleicht sogar als Ausrede, um nicht mehr mit ihrem

Bruder sprechen zu müssen. Matija spürte, wie rasch sie verdorrte, in jeglicher Hinsicht dahinschwand, er fürchtete sich davor, dass sie sich in sich zusammenzieht und gänzlich erstarrt. Wenige Tage später fand er sie bei seiner Heimkehr tot auf.

JOSIPINA

Valentina beschrieb Josipina, so gut sie konnte, Angelas krumme Beine und wie sie mit ihnen gestakst war. Matija dachte, dass Frančiška das unterbinden müsste, er fand es höchst unangebracht, nicht einmal eine Stunde nach ihrer Beisetzung von Angelas Gebrechen zu reden, auch wenn dies ein Kind tat; fast unanständig fand er, dass sie ihr Hinken nachahmte, was vermutlich das Gekicher auslöste. Schluss damit, wollte er in die Vorführung eingreifen, doch er verkniff es sich kurzerhand. Warum denn sollte es unangebracht sein, warum keine Rolle spielen? Eben ihre Beine hatten ihr Leben maßgeblich geprägt, nein, sie im Grunde am Leben gehindert, korrigierte er sich. Mit gesunden Beinen hätte sie wahrscheinlich geheiratet und wäre woanders hingezogen, ihre Verkrüppelung aber hat sie zu seiner Gefährtin gemacht.

So viel zu ihren Beinen, sagte sich Matija. Keiner will die Erinnerung an sie schänden, und ihm sollte gefallen, dass auch niemand sie in den Himmel hob. Er kannte ihre Güte und ihre grenzenlose Hingabe, doch sie waren sich so lange derart nahe gewesen, dass ihm auch ihre heftigen Wutausbrüche und ihre boshaften Schmähungen nicht verborgen geblieben waren.

Als würde sie seinen Gedanken folgen und wie um Angela in Schutz zu nehmen, merkte Zofija an: »Sie war eine außerordentlich starke Frau. Wenn sie an etwas glaubte, konnte nichts sie aufhalten. Auch andere sind so«, sagte sie Josipina, »aber da versteht man das eher, denn sie sind physisch stark, während sich Angela kaum bewegen konnte. Ich und Matija wissen am besten, durch was für eine Hölle sie jeden Morgen gehen musste, aber ihm war der Anblick erspart, wenn sie sich mühsam aufrappelte. Sie musste einen zähen Willen haben, den sie auch jedes Mal aufbrachte, Morgen für Morgen biss sie die Zähne zusammen und verdrängte den Schmerz, um ihren leidenden Körper in Gang zu setzen.«

Irgendwie wollte kein Gespräch zustande kommen, ständig verhaspelte er sich, er war langsam und vorsichtig, als würden so lockere Bindungen zwischen ihnen bestehen, dass man jedes Wort gut bedenken musste, bevor man es aussprach. Vielleicht war es wegen Josipina, vor der sie Zurückhaltung übten, weil sie zum ersten Mal beisammen waren, vielleicht aber fehlte Angela hier einfach: Nach einer Beisetzung brauchte es Menschen, die viel reden und laut weinen, und beides hatte sie gekonnt.

Den spontanen Jux, wie unentbehrlich seine Schwester doch war, drückte Matija fort, indem er sich fragte, wann diese gewisse Distanz zu ihr eingetreten war. Vor etwa fünf Jahren, nachdem Der, der den Akrobaten vom Seil schlug gestorben war, hatte eine Verkettung der Ereignisse dafür gesorgt. Zofija war auf dem kleinen Bergbauernhof sesshaft geworden, den er ihr hinterlassen hatte, Frančiška war nach Ljubljana gegangen, Ludvik nach Frankreich. Wie wird er die Nachricht vom Tod seiner Schwester aufnehmen, und Ana? Angela hatte ihnen all ihre Zeit und Kraft gewidmet, während Ludvik im Gefängnis saß, das war eine der großen Phasen ihrer unbegreiflichen Selbstaufopferung gewesen, selbstlose Hingabe ohne ein Körnchen Berechnung.

Ob sich Karel und Vladimir, die beiden Kleinen, jetzt überhaupt noch an sie erinnern, überlegte Matija und gab sich dann selbst zur Antwort, dass in ihren Köpfen bestimmt eine Vorstellung von ihr vorhanden ist, denn als sie fortgingen, waren sie bereits fünf Jahre alt, solche Erinnerungen bleiben erhalten. Einem der letzten Briefe seines Bruders hatte ein Bild beigelegen. Angela hatte ihm gesagt, dass Ludvik etwas gealtert ist, dass Anas Schönheit reifer geworden ist und die Buben zu attraktiven Männern heranwachsen. Dieser

Brief hatte in allen die Frage aufgeworfen, ob sie wohl jemals zurückkehren.

Alojzij war schon lange vor ihnen gegangen. Wie sehr räumliche Entfernungen doch täuschen können; obwohl er in einer Villa nur wenige hundert Meter von hier lebt, ist er kein bisschen näher als Ludvik, der tausend und mehr Kilometer entfernt ist. Seine Linsen werden in Apparaturen eingebaut, die das, was man durch sie betrachtet, deutlich vergrößern. Alojzij schweigt die ganze Zeit, und ihn holt man mit keinem Gerät näher heran. Er kann ihn berühren, doch der wahre Alojzij ist nicht hier, der skizziert, rechnet, verändert Rezepturen, ist in Aufzeichnungen vertieft, steht am Ofen und denkt nach, verhandelt mit Auftraggebern. Die Beerdigung und dieses traurige Beisammensitzen sind eine Störung, ihm wurde ein Körper genommen, mehr nicht. Er hat nicht nur auf Angelas Grab ein Schäufelchen Erde geschüttet, vor langer Zeit schon hat er sämtliche Knaps zu Grabe getragen.

Nichts ist ihm recht. Kritisch seziert er alles, was sie sagen, aber wenn sie schweigen, ist es auch nicht in Ordnung. Dass Alojzij still ist, deutet er so, dass er in Gedanken beim Glaswerk und seinen Problemen ist, sein eigenes Schweigen dagegen bringt sein Gedenken und seine aufrichtige Trauer zum Ausdruck. Warum erzählt er ihnen nicht, wie ihre letzten zwei Jahre gewesen waren, ihre gemeinsamen Jahre? Wie sie Hunderte von Frauen infiziert hat, die gesamte Siedlung, wie die Welle der Geisterbeschwörung und der Gespräche mit Toten über die Hügel bis in die Nachbarorte schwappte? Sie wissen nur wenig von dem Geschehen, in dem er mitten drin steckte. Oder schweigt er, weil er insgeheim nie an ihre Rache geglaubt hat, obwohl damals, als sie die Selbstmord-Epidemie und auch deren Ende richtig voraussagte, seine Überzeugung stark ins Wanken geraten war? Beneidet er sie, weil sie unter den Menschen enormes Vertrauen genoss, während sich die kirchlichen Herrn vor ihr fürchteten, weil ihre Religion der ruhelosen Geister größer geworden war als die amtliche? Warum erzählt er ihnen nicht, dass man sie durch einen Schwindel kaltgestellt hat, so gewaltig war ihre Angst, dass man ihr und der spiritistischen Bewegung jenen verrückten Totengräber unterjubelte wie auch die abgeschmackte Geschichte von gekochten Menschenschädeln?

Zofija sagte, es ist weder gut noch recht, wenn Kinder ungeduldig aus der Reihe tanzen, sie müssen warten, bis ihre Väter und Mütter aus der Welt geschieden sind. Zwar ist sie nicht ihre leibliche Mutter, sie ist eingesprungen, weil sich die Dinge so gewendet haben, doch das gibt ihnen noch lange nicht das Recht, sie zu überspringen. Angela hätte sie abwarten müssen, und das gilt auch für alle anderen, man muss das Alter respektieren, soll erst gehen, wenn zuvor andere gegangen sind. Oder meint gar jemand, dass sie schon zu lange unter ihnen weilt und ihnen im Weg steht, fragte sie.

»Eine berechtigte Frage«, erwiderte Frančiška in ähnlich ernstem Ton, »wir machen uns auch schon längst Gedanken darüber, wie viel Zeit du noch brauchst, was du eigentlich noch alles vorhast.«

»Gut, ich habe verstanden.« Zofija nickte. »Darf ich vorher wenigstens noch die Fenster putzen?«

Der derbe Scherz löste die Stimmung, befreite sie aus dem Griff der toten Angela. Josipina, der sie Löcher in den Bauch fragten, erklärte, dass sie aktive Feministin ist und aus einer wohlhabenden Kaufmannsfamilie stammt. Ihre Eltern vertreten ziemlich liberale Ansichten, ihr Vater steht der Idee von der Gleichstellung der Geschlechter sogar offener gegenüber als ihre Mutter. Sie und Frančiška kommen gut klar unter einem Dach, sie wohnen günstiger, können sich die Aufgaben teilen. Frančiška hat oft über ihre Familie gesprochen, Valentina so manches über Matija erzählt, sie haben sich jedoch nie die Zeit genommen, sie einmal gemeinsam zu besuchen. Es ist nicht leicht, alle Verpflichtungen unter einen Hut zu bekommen, die meisten Versammlungen finden an den Wochenenden statt, sie haben nicht viele Kolleginnen bei der Zeitung, vieles müssen sie allein schaffen.

Nach einer Weile war man durch mit Fragen, und Josipina sagte, dass sie Zofija in ihrer Zeitung porträtieren möchte. Die wehrte sich, aber auch Frančiška gefiel die Idee, mit vereinter Kraft brachen sie Zofijas Widerstand. In dem ausgeprägt männlichen Umfeld des Bergwerks hat sie tatkräftig einer Gruppe Waisenkinder auf die Beine geholfen. Selbstständig, entschlossen, stark, unbeugsam, zählten sie ihre Tugenden auf, sie sind überzeugt, dass ihre Lebensgeschichte so mancher Frau, die noch zu wenig Selbstvertrauen in sich trägt, als Inspiration dienen wird.

»Du kommst allein?« Zofija konnte ihre Enttäuschung nicht verbergen, als sie Josipina an der Tür sah.

»Vielleicht kommen sie am Sonntag.« Mit Schultern und Armen machte Josipina eine Ich-weiß-es-nicht-Geste. »Valentina hat morgen Unterricht, Frančiška hält einen Vortrag über Frauenrechte.«

»Es wäre am besten, wir beide verschieben diese Reportage …«

Josipina unterbrach sie laut lachend: »Auf gar keinen Fall, dieses Porträt ist eher überfällig, als dass es sich weiter aufschieben ließe, es hätte schon vor vielen Jahren jemand machen sollen. Frančiška hat mir diese Woche noch so manches erzählt …«

»Bestimmt hat sie übertrieben, wie neulich. Ich bin eine ganz normale Frau aus der Kolonie wie hundert andere auch. Wir lärmen ein bisschen mit den Töpfen und etwas mehr mit dem Mund, wir kümmern uns um unsere Kinder und Männer, solange und soweit sie es erlauben. Schau, es zieht mich zurück in die Berge, dort fühle ich mich wohl, aber ich bin hiergeblieben, weil ich das Gefühl habe, nach Angelas Tod für Matija sorgen zu müssen. Ich habe nichts gemein mit den starken, entschlossenen, selbstbewussten Frauen, die ihr in deiner Zeitung vorstellt. Ich sitze hier fest und sorge für jemand, der allein zurechtkommt, so vertue ich das bisschen Zeit, das mir noch bleibt.«

»Morgen gehen wir gemeinsam in die Berge. Eine hervorragende Gelegenheit für ein langes Gespräch, und ich würde gerne diesen Bauernhof sehen.«

Zofija schüttelte den Kopf: »Daraus wird nichts, ich bin vorgestern ungeschickt aufgetreten und habe mir den Knöchel verstaucht.

Zur Not schleppe ich mich durch die Küche und über den Hof, weiter kann ich nicht, solange die Schwellung und der Schmerz anhalten.« Sie streckte das Bein aus, wie um Josipina zu beweisen, dass sie sich das nicht ausgedacht hatte.

»Versprich mir, dass du Matija nichts sagst«, fuhr sie nach kurzer Pause fort. »Ich bin mit Absicht ungeschickt aufgetreten, ich brauchte eine Ausrede, weil Matija nicht möchte, dass ich seinetwegen im Tal bleibe. Er ist davon überzeugt, dass er alles allein schafft. Morgens macht er sich zurecht und geht zur Arbeit, furchtlos streift er durch die Kolonie, kocht und erledigt die Hausarbeit. Für einen, der ständig umsorgt wurde, ist er ungewöhnlich selbstständig. Er war nie in einer Anstalt, wo er etwas gelernt hätte, eigentlich hat er keinen einzigen Tag getrennt von uns verbracht. Ich weiß nur zu gut, wie tüchtig er ist, und vertraue ihm voll und ganz, dennoch hätte ich Angst, wenn ich ihn allein lassen würde.«

Zofija rappelte sich auf und ging zum Herd: »Ich musste es dir sagen, jetzt ist dir zweifellos klar, warum ich nicht wie die Frauen bin, die ihr in eurer Zeitschrift vorstellt.«

»Warum sollte die Fürsorge für einen blinden Waisenjungen deine Lebensgeschichte weniger interessant für eine Frauenzeitung machen?« Josipina gesellte sich zum Herd. »Allerdings werde ich meinen Plan etwas ändern müssen. Am Nachmittag drehe ich eine Runde durch die Kolonie, ich möchte mit so vielen Frauen wie möglich sprechen, am Abend besuche ich ein Gasthaus, um noch ihre Männer kennenzulernen, morgen beginnen wir beide mit einem ausführlichen Gespräch, und später spaziere ich zum Bauernhof. Glaubst du, dass ich ihn finde?«

»Matija könnte dich hinbringen, wenn er von der Arbeit kommt.«

»Matija? Bietest du mir etwa einen blinden Führer an?«

Zofija lächelte und nickte: »Sein Gehirn kennt jeden Schritt dieses Wegs. Er verfügt über ein eigenes System der Orientierung in den Bergen, genau wie wir Sehende. Wir haben uns nie darüber unterhalten, aber ich schätze, es würde auch nichts bringen, er hätte Mühe, es mir zu erläutern, und ich würde doch nichts verstehen.«

Es war Spätnachmittag, als bereits mehr als die Hälfte des Weges hinter ihnen lag, eben nahmen sie den steilsten Hang.

»Ruh dich etwas aus, du dampfst wie eine Lokomotive. Falls du Durst hast, findest du am Waldrand eine kleine Quelle.«

»Ich weiß gerade nicht, ob es eine gute Idee war, den Bauernhof zu besuchen, ob diese Tour sinnvoll ist. Was bringe ich dort über Zofija, über die Bergwerksfrauen in Erfahrung?« Josipina ließ sich zu Boden sinken. »Ich bezweifle auch, dass du mich auf dem richtigen Pfad führst. Wir gehen die ganze Zeit bergan, als wollten wir in den Himmel kommen. Es ist ein Wunder, dass in solcher Höhe noch Gräser und Bäume wachsen, eigentlich müssten wir in nacktem Fels klettern.«

Matija lächelte fröhlich. »Ab hier wird es weniger steil, wir können aber auch umdrehen, wenn dich der Bauernhof nicht mehr interessiert. Ich denke, er würde Zofijas Geschichte schön abrunden. Als junges Mädchen ist sie vom Bauernhof abgehauen, hat sich dem ihr vorgezeichneten Leben entzogen, im Alter hat sie sich vom Treiben im Tal abgewendet und ist zur Scholle zurückgekehrt.«

»Geschichten könntest du wahrscheinlich besser konzipieren als unsere Redaktion, aber in dieser Sache bist du wirklich schlecht, nimm mir das nicht übel. Ohne sinnvolle Einteilung hast du mich gleich zu Beginn der Strecke über sämtliche Steilhänge ringsum geführt. Du musst sie ausgewogener anordnen, im Wechsel mit ebenen Abschnitten, Wandern darf nicht dermaßen forsch und lebendig sein, wenn es angenehm sein soll, man will es fast etwas langweilig.«

»Ich verstehe vollkommen, dass dich das mitnimmt. Es muss eine schreckliche Erkenntnis sein, dass du einem Blinden auf Gnade und Verderb ausgeliefert bist, der dich als Einziger aus dieser menschenleeren Welt retten kann.«

»Größere Sorge bereitet mir, dass ich bei ihm nicht den kleinsten Willen bemerke, mir aus diesem Schlamassel wieder herauszuhelfen, ach schlimmer, nicht einmal die Absicht, mich noch tiefer hinein zu befördern. Du bist völlig gleichgültig, liegst da ausgebreitet auf der Wiese, als wolltest du nie wieder aufstehen.«

Matija war flink auf den Beinen: »Du hast recht, gehen wir fix weiter. Vielleicht gibt es doch noch einen Hang, wo das heftige Keuchen deine schlauen Bemerkungen übertönt.«

Sie marschierten weiter, und Josipina legte ihren Arm um seine Hüfte: »Wir sind so hoch gestiegen, aber nirgends gibt es eine Aussicht, komisch, oder? Du musst nicht antworten, dir ist das natürlich egal. Erzähl mir aber mehr über meine zu porträtierende Person.«

Sie unterhielten sich über Zofija, und er ertappte sich dabei, dass er ihr viel mehr erzählte, als er selbst guten Bekannten anvertrauen würde, obwohl sie sich erst zum zweiten Mal getroffen hatten.

Auf die Frage, was sie interessiert, was sie für ihren Artikel braucht, antwortete sie auf seine Anmerkung, dass sie im Verhör große Klasse ist. Weißt du, was ich die Frauen in der Kolonie gefragt habe? Nicht nur, wie viele Kinder sie haben und wie groß die Wohnung ist, in der sie leben, ob sie arbeiten oder zum Arzt gehen. Ich habe sie auch gefragt, ob ihre Männer trinken, ob sie selbst auch trinken, ob ihre Partner sie prügeln, ob sie ihren Männern je den Geschlechtsverkehr verweigern, ob sie eine Fehlgeburt hatten, wer über das Haushaltsgeld verfügt. Du wirst dich wundern, aber viele Frauen haben Probleme mit diesen Fragen, bei einigen hat man das Gefühl, sie warten regelrecht darauf, dass sie jemand mal etwas in dieser Art fragt.«

»Schwierige Fragen.«

»Wichtige Fragen.«

»Aber was hat das mit Zofija zu tun? Schreibst du den Artikel nicht über sie?«

»Zofija ist früher ihre Vertrauensperson und ihr Sprachrohr gewesen. Der erste Artikel geht über sie, das Porträt einer furchtlosen, starken, unter diesen Umständen ungewöhnlich modernen Frau, daneben schreibe ich noch eine Reportage über die Frauen, die Arbeiterinnen von hier. Wie sie leben und vor allem, welche Möglichkeiten sie haben. Jungs haben zumindest eine winzige Chance, dass jemand sie zur Schule schickt, Mädchen dagegen sind bereits mit ihrer Geburt in der Barackensiedlung dazu verurteilt, dortzubleiben und das traurige Schicksal ihrer Mütter zu wiederholen.«

Zur Bestätigung von Josipinas Worten donnerte es laut, aus dem Wald hörte man das gedehnte Ächzen eines Baumes, in den ein Blitz eingeschlagen war. »Wie viel wirksamer ist doch die Natur. In der Gesellschaft ziehen sich die untragbaren Verhältnisse durch ganze Generationen, und doch passiert nichts, die Natur dagegen löst jede Spannung mit einem Schlag. Eine kühle Brise verjagt die Schwüle, schwarze Wolken bedecken den Himmel, der eben noch klar war. Und schon im nächsten Moment prasseln schwere Tropfen aus ihnen.«

Sie beeilten sich, zur Ermutigung sagte Matija, dass sie schon fast am Ziel sind, doch die Hütte sahen sie erst, als schon die ersten Tropfen fielen. Sie waren nur noch ein-, zweihundert Schritte von ihr entfernt, als es dermaßen zu schütten begann, dass sie bis auf die Haut durchnässt wurden.

Josipina bewunderte schweigend, wie geschickt sich Matija ans Werk machte, sie mochte sogar daran zweifeln, dass er blind war. In der Küche schnürte er das Bündel mit Anmachholz auf und heizte im Kachelofen ein. Während sie darauf warteten, dass das Feuer in Gang kam, führte er sie in die Stube, wo er aus einem Schränkchen in einer Mauernische über dem Tisch eine Flasche Schnaps und ein Gläschen nahm. Jeder trank ein Stamperl, er bat sie, sich auszuziehen und ins Bett zu legen. Sie darf nicht krank werden, damit Zofija nicht leer ausgeht, sie verdient eine schöne Darstellung.

Es schüttelte sie, ihre Kleidung ließ sie auf der Sitzbank beim Ofen liegen, dann rollte sie sich in die dicke Decke ein, während Matija Holz nachlegte. Er kam in die Stube zurück, der Ofen ist bald warm. Er schenkte ihr ein neues Gläschen Schnaps ein und ging wieder zum Ofen. Wäre es nicht schlüssiger, dass sie sich um ihn kümmert, fragte sie. Er ist zwar blind, deshalb kann er ja wohl trotzdem einheizen, ihr ein Getränk reichen und ihre Kleidung zum Trocknen auf den Ofen legen, nur sehen kann er sie nicht, sagte er etwas verlegen lächelnd. Die Verlegenheit nahm zu, als er ihre Unterwäsche nahm und auf dem Ofen ausbreitete.

Er setzte sich in den noch kalten Ofenwinkel und umschlang seine Knie. Er soll sich sofort ausziehen und ins Bett schlüpfen, befahl sie. Der Platz reicht für beide, ihr ist schon etwas wärmer, sie legt seine Kleidung zum Trocknen aus. Resolut wies sie seine Widerrede ab, sie schließt die Augen, hat sie bereits zugedrückt und sieht nichts, log sie. Sie verkniff sich ein Lachen, als er sich mit Mühe auszog, weil die nassen Klamotten an seiner Haut klebten. Er war ein angenehmer Begleiter, jetzt erwies er sich auch als stattlicher Mann.

Sein Rücken war ihr zugekehrt, als sie sich wieder ins Bett legte. Sie berührten einander nicht, aber ihr schien, dass seine Haut brannte. Sie legte ihre linke Hand auf seine Schulter, es war wie in Glut zu fassen. Sie glitt über seine Lende, grub ihre Finger in seine Brust. Matija wagte nicht einmal zu atmen. Sie amüsierte, wie schüchtern er war, sein heißer Körper erregte sie. Sie schmiegte sich leicht an ihn, hier und da berührte sich ihre Haut. Er drückte sich gegen ihren gebogenen Körper, sie wuchsen zusammen wie siamesische Zwillinge. Sie biss in seinen Hals, in den Rücken, mit der Linken kratzte sie ihn sanft über Brust und Bauch, als er immer schwerer atmete, schob sie ihre Hand unter seine Gürtellinie und suchte sein steifes Glied. Kaum hatte sie es gut berührt, spürte sie, wie sich sein gesamter Körper anspannte, aus der Brust drang ein zufriedenes Glucksen, über Josipinas Hand floss eine warme Nässe.

Sie drehte ihn zu sich und legte sich seine Hand auf die Brüste. Schweigend führte sie sie über ihren Körper, gemeinsam erkundeten sie ihn von den klebrigen Lippen bis zu ihren kitzligen Füßen. Das kurze Donnerwetter, das sie entkleidet und zusammengeführt hatte, fand eine Fortsetzung, heftig entlud sich die Energie, die sich nach jedem orgiastischen Krampf in ihren verschwitzten Leibern wundersam rasch erneuerte, müde fielen sie in einen kurzen Schlaf, und schon im nächsten Moment griffen sie halb wach wieder gierig nacheinander. Ihr blinder Tanz der Körper, die hundertarmige

Leidenschaft, das ungezügelte Verschleudern ihrer Kräfte hielt bis zum Morgengrauen an.

Wortlos zog sie sich an, setzte sich auf die Stufen vor der Eingangstür und atmete den frischen Morgen tief ein. Ob sie böse auf ihn ist, fragte er sie, als er sich zu ihr gesellte.

»Warum sollte ich böse sein?« Sie verstrubbelte ihm das Haar. »Es war sehr schön. Aber jetzt ist ein neuer Tag, wir kehren ins Tal zurück und erzählen niemandem, was wir angestellt haben.«

Sie spürte, wie ihre Worte ihn überraschten, ihm zusetzten, sodass sie sich fragte, ob er das Gesagte richtig verstanden hatte. Seine Enttäuschung stand ihm deutlich ins Gesicht geschrieben, deshalb sagte sie eilig: »Wir sind keine Liebhaber, nicht Mann und Frau, und werden auch nie etwas in der Art sein. Wir haben uns geliebt, weil wir Lust darauf hatten. Diese Nacht geht niemanden etwas an, nur uns beide, und dabei wird es auch bleiben. Wir werden keinem davon erzählen, erst recht nicht Frančiška.«

»Ich habe Frančiška noch nie belogen.«

»Das wirst du auch jetzt nicht tun, wir werden nur schweigen.«

»Wenn sie mich aber fragt …«

»Sie wird dich nicht fragen«, unterbrach sie ihn. Sie sah in das Gesicht eines Menschen, für den gerade die Welt unterging. »Ich wusste nicht, dass es dir so viel bedeutet. Es war sehr, sehr schön, aber jetzt tut es mir vor allem leid. Es war nicht richtig, mit dir zu schlafen.«

Sie schwiegen den ganzen Weg ins Tal hindurch. Josipina stürzte sich mit aller Kraft in Zofijas Porträt, sie skizzierte Szenen, probierte es mit einem chronologischen Ansatz und einer etwas freieren Form, überlegte Überschriften und Untertitel. Trotz aller Emsigkeit beim Befragen und Ausarbeiten gelang es ihr nicht besonders gut, die frischen Erinnerungen zu vertreiben, in ihre emanzipatorischen Parolen drangen lebendige Bilder von der blinden Leidenschaft der vergangenen Nacht.

Matija war bemüht, jedes Detail ihres Aktes zu memorieren, die Erfahrung der Weichheit und Form ihrer Brüste in seinen Händen genau festzuhalten, ihr Atmen, Schnauben, Stöhnen und alle sonstigen Töne von letzter Nacht im Ohr zu behalten, die Berührung ihrer Fingerspitzen und der sich bald darauf in ihn einsenkenden Nägel zu bewahren, die feuchten Spuren seiner Zunge, mit der er ihre heiße, glitschige Scheide verwöhnte, die Salzigkeit ihrer schweißnassen Haut, den geheimnisvollen Duft ihres Haars. Er wollte jedes Detail einfangen und dabei doch nicht die Empfindung der Ganzheit verlieren, die kühl durchweht wurde von der Ernüchterung am Morgen durch Josipinas harte Ansage, dass das Geschehene auf ewig zu verschweigen ist, unaussprechbar, gleichsam gar nicht gewesen, vor allem unwiederholbar.

GEHEIMNISSE

Nach seinem üblichen Rundgang kehrte Alojzij zum neuen Schmelzofen zurück, er erklärte einem älteren Meister etwas so eifrig, dass er ganz dicht an sein linkes Ohr rückte, danach deutete er mit dem Finger auf bestimmte Stellen in den Aufzeichnungen, die er vor sich ausgebreitet hatte. Er sprach ziemlich lang und mit lebhaften Gesten, und allein daraus konnte ein Beobachter schließen, dass er nicht einfach nur etwas erläuterte, sondern eher schimpfte, weil etwas schiefgegangen war und geändert, repariert werden musste.

Das Verhältnis der Arbeiter zu Alojzij war schwer zu bestimmen. Er wurde nie laut, lächelte aber auch nie jemanden an, sein Benehmen war voller Wertschätzung, aber zurückhaltend-distanziert. Die meisten Arbeiter kannten noch den Jungen, der früher Glas weggetragen hatte, einige waren sogar in seinem Alter, aber dass der Bursche, der knapp der Besserungsanstalt entgangen war, wenn auch nicht ihren Fäusten, identisch sein sollte mit dem Besitzer des Glaswerks, erschien ihnen unglaublich. Auch ihre einstigen Zweifel an Alojzijs Fachkompetenz und Geschäftstüchtigkeit befremdeten sie, schon lange fiel keinem der einmal beliebte Scherz ein, dass sie Linsen nur fertigen, weil der Direktor so extrem kurzsichtig ist. Sie respektierten ihn, befolgten seine Entscheidungen und setzten sie um, auch die störrischen alten Meister. Schließlich herrschte überall Wirtschaftskrise, Armut und schlechte Aussichten verbreiteten sich rasend schnell, während sie dem Sumpf der Realität enthoben waren, bei ihnen gab es weder Entlassungen noch Lohnkürzungen.

Der alte Direktor hatte sie schon früher nicht oft aufgesucht, doch seit Alojzij die Zügel in der Hand hielt, sahen sie ihn nur noch beim Sonntagsspaziergang oder wenn man ihn mit der sonstigen Prominenz der Gemeinde bei Feiern neben der Bühne platzierte. Anders als er hatte sich Alojzij sein Büro direkt in der Fabrik eingerichtet, oft spazierte er zwischen den Öfen, Maschinen und Arbeitern umher, er schien die ganze Zeit nur zu überlegen und nach besseren Lösungen zu suchen. Er hatte es immer eilig, nie benutzte er Höflichkeitsfloskeln oder riss einen Witz, jedes Gespräch war auf streng technische Fragen begrenzt. Sein Blick irrte hin und her, dabei ging es ihm nicht um die Menschen, ihre Gesichter, er schaute die Maschinen an, die Werkstücke, Formeln und die Hände, die zugriffen, ausmaßen, markierten, schliffen, polierten, ablegten.

Wenn eine Kollegin im neuen Kleid oder auffallend geschminkt daherkam, scherzten die Frauen gerne, dass sie eine Kandidatin für Alojzijs Aschenbrödel ist. Hatte man genug gelacht und gestichelt, fragten sie sich zum hundertsten Mal, warum sich der nette, ziemlich junge und sehr wohlhabende Herr keine Frau suchte. Vor Jahren hatte die eine oder andere noch Anspielungen gemacht, dass Alojzij ein Techtelmechtel mit der Frau des Direktors oder mit Dora, der Dienstmagd hat, was jedoch mehr ein Lästern aus Verzweiflung war, denn sie konnten ihn schlichtweg keiner Frau zuordnen. Es war unschwer zu erkennen, dass ihn Frauen nicht interessierten, im Glaswerk ging er selbst an den hübschesten Mädchen vorbei, als wären sie nur Schatten. Der einzige Graubereich waren seine häufigen Auslandsreisen, vor allem nach Deutschland, wohin ihr neugieriger Blick nicht reichte.

Der Meister ging nach dem Gespräch zur Gemisch-Abteilung, Alojzij überlegte es sich nach wenigen Metern in Richtung Büro offenbar anders, machte kehrt und schlenderte erneut durch die Fabrikhalle. Am anderen Ende hielt er wenige Schritte vor einem

Tisch, an dem Matija Linsen in längliche Holzschachteln mit zahlreichen Fächern sortierte. Er konnte den Blick nicht von den Händen seines Bruders abwenden. Flink erkannten sie die Linsen, sortierten sie in Schachteln und sonderten jene mit zu ertastenden Fehlern aus.

Matija hatte schöne, elegante Hände mit langen Fingern – Alojzij trat zwei Schritte näher – und gepflegten Fingernägeln. Wie schneidet er sich bloß die Fingernägel, dachte er. Die Blindheit seines Bruders, früher lediglich eine Tatsache, wurde mit seiner Anstellung zu etwas Großem, Geheimnisvollem. Er kann nicht auf die Uhr schauen, kommt aber nie zu spät zur Arbeit, er verfehlt nie den Weg, er erscheint immer sauber und ordentlich, kocht allein und sorgt für seine Kleidung, die Schuhe. Ein gewaltiger Stolz überkam ihn.

Wie unglaublich Optik doch ist, überlegte er, während er Matijas Händen zusah. Linsen vergrößern die winzigsten Dinge, machen sie sichtbar und erkennbar, mit ihrer Hilfe werden unvorstellbar weit entfernte Objekte der Finsternis entrissen. Dann ist es wohl ein schlechter Witz, würde Matija ihm wahrscheinlich antworten, dass ihm ein ganzer Stapel Linsen keine Sehkraft verleihen kann. Seine Augen sind tot, aber das Problem kann Optik nicht lösen, vielleicht wird die Medizin ihm irgendwann gewachsen sein. Manchmal treiben die Natur und das Leben wirklich ein seltsames Spiel. Matija wurde der Sehkraft beraubt, ihm dagegen wurde ein Glaswerk gegeben. Nein, so ist das ganz falsch dargestellt, tadelte er sich selbst, ihm wurden Strebsamkeit, Intelligenz, Fleiß gegeben, und mit diesen Eigenschaften hat er es zum Direktor gebracht. Natürlich waren viele Zufälle und auch etwas Berechnung mit im Spiel gewesen, aber ohne das geht es nicht, Erfolg hängt oft von guter Vorausschau ab. Wie auch immer, Grundlage seines Aufstiegs waren die Anlagen seiner Persönlichkeit, seine Fähigkeiten, das gewaltige Wissen, das er sich erwarb, und sein Mut, kühn zu handeln. Er hat viel riskiert, wohl nicht oft wandelt jemand, der bei klarem Verstand ist, ein florierendes Glaswerk, bekannt für seine hochwertigen, schönen Gläser und Flaschen, in eine Fabrik für optische Gläser um.

Niemand weiß, wie sehr er dafür geschuftet hat, dass nach so kurzer Zeit eine so hohe Reinheit und Festigkeit von Glas erreicht wurde, eine solche Präzision in der Herstellung. Rasch haben sie sich in der Welt der Optik einen Namen gemacht, alles, was sie produzieren, ist erstklassig. Sie brauchen nur noch einen großen Auftraggeber, der ihnen langfristige Sicherheit bringt, sie müssen zum exklusiven Lieferanten eines großen internationalen Herstellers optischer Geräte werden. Alojzij weiß, dass zwei Wege zu diesem Ziel führen. Der erste ist leicht, schnell und sicher, er heißt Ursula und ist die älteste dreier Töchter aus einem großen deutschen Unternehmen. Der zweite Weg ist schwieriger, riskanter und braucht länger. Wahrscheinlich hätte er mit seinen Fabrikaten früher oder später einen der anderen Großen der Branche überzeugt, vielleicht hätte Ursulas Vater sogar eine Ablehnung geschluckt und das Private gar nicht mit dem Geschäftlichen vermischen wollen. Doch Alojzij war nicht bereit, sein Glück noch einmal herauszufordern, im Grunde seines Herzens war er kein Hasardeur, das hatte er bereits abgeklärt. Ursula wird ihn von allen geschäftlichen Sorgen befreien, er wird seine gesamte Zeit der Optik widmen können, dem Testen verschiedener Verfahren und der Suche nach besseren Lösungen.

Mit Ursula hatte er sich vor etwa einem Jahr eingelassen, auf einem jener großen Empfänge, wo ihr Vater Geschäftspartner und allerlei einflussreiche Persönlichkeiten zu Gast hat. Wahrscheinlich waren beide von Berechnung geleitet: Alojzij verringerte schon lange auf allerlei Arten das Misstrauen, das ihr Vater allem gegenüber hegte, was nicht deutsch war. Ursula stand mit Anfang dreißig vor der Frage nach einer eigenen Familie. Sie war hochgebildet, beherrschte mehrere Sprachen, konnte reiten, spielte Klavier, malte. Aber dies alles tat sie lustlos, gelangweilt, ohne Anmut.

Nichts an ihr reizte ihn, ihre Eitelkeit und ihre Verachtung gegenüber fast allem, was nicht direkt mit ihr im Zusammenhang stand, widerten ihn an. Sie trafen sich selten, und nach jedem Mal fand er sie noch abstoßender. Er ertrug ihren Anblick nicht mehr, wandte die Augen ab, um seine Gefühle nicht zu verraten. Wenn sie allein waren und sich schlaff umarmten, hielt er seine Augen geschlossen, trocken küsste er ihre zusammengepressten schmalen Lippen. Nach Treffen oder vornehmen Geselligkeiten, zu denen Ursulas Vater nicht selten einlud, kehrte er nicht ins Hotel zurück, stets bog er ab ins Bordell. Dort war er grob zu den Mädchen, sie bekamen all seine verleugnete Wut und die ungesagten Schimpfworte ab, morgens verachtete er sich selbst dafür und entschuldigte sich mit großzügigen Trinkgeldern.

Natürlich handelt er eigennützig, dachte er, um die unerwünschten Bilder zu vertreiben, aber er denkt dabei nicht an sich, es geht ihm allein um die Firma. Er wünscht sich Ursula nicht, aber er wird sich opfern, er wird sie heiraten, weil sie ihm die Tür zu diesem Hersteller optischer Geräte öffnet. Bestimmt wird sie die meiste Zeit in Deutschland verbringen, die schmutzige Siedlung und die derben Arbeiter wären eine zu schlimme Beleidigung ihres erlesenen Geschmacks. Wahrscheinlich werden sie Kinder haben, selbst das wird sein Leben nicht stark verändern.

Hundertmal hat er alles gedreht und gewendet, dachte er kopfschüttelnd, komme, was wolle, er hat sich entschieden, genug gequält, er war des Nachdenkens überdrüssig. Sein Blick folgte Matijas Händen. Ob er wohl noch die kleine Harmonika hat, überlegte er, Musik hat ihm viel bedeutet.

Er kauft ihm ein Radio, kam ihm eine Eingebung. Die Idee gefiel ihm sehr. Das wird sein Hochzeitsgeschenk, er tauscht die Rollen derer, die schenken und beschenkt werden. Noch heute wird er mit dem Elektriker sprechen, damit er alle nötigen Leitungen legt. Bevor er nach Deutschland reist, wird er Matija von seiner Verlobung erzählen und ihn bitten, die Nachricht Zofija zu überbringen, Ludvik wird er eine Postkarte aus Deutschland schicken, Frančiška telefonisch informieren.

Plötzlich wurde alles leichter. Er schenkte Matija, der in der Stille seiner Dunkelheit Linsen sortierte, ein kleines Lächeln, drehte sich schweigend um und marschierte in Richtung Büro.

•

Der Chauffeur stand breitbeinig neben dem Auto, das er am Bahnhof geparkt hatte, Zofija saß auf der Bank vor dem Eingang und unterhielt sich mit dem Verkehrspolizisten, der mit der Kelle rhythmisch auf seine behandschuhte Hand klopfte. Mit jedem Schlag besiegelte er eine erwiesene, simple Wahrheit. Immer mehr kehren zurück. Unsere Krise ist zu einer Weltkrise geworden. Milch und Honig fließen nirgendwo mehr.

Matija stapfte wie ein ungeduldiges Kind vom Chauffeur zu Zofija, bis er, deutlich früher als alle anderen, den sich nahenden Zug hörte. Der Verkehrspolizist schaute auf die Uhr und nickte, es stimmt, der Zug kommt, er klopfte mit der Kelle gegen die Handfläche, überquerte die Abstellgleise und ging zur Eisenbahnstrecke.

Aus der großen Dampfwolke, die von der Lokomotive über den Bahnhof geweht wurde, traten die Gestalten weniger Passagiere hervor, die letzten, die ausstiegen, waren Ludvik, in jeder Hand einen riesigen Koffer, Ana mit zahlreichen Umhängetaschen und die Jungs, die eine längliche Kiste trugen. Die Begeisterung und das Staunen gingen einher mit Umarmungen und Scherzen, Schulterklopfen und Haarezausen. Zofija bemerkte für sich und Matija, dass Ana noch schöner geworden ist, dass die Jungs sehr gewachsen sind und sie an Ludvik und Alojzij in ihren Lausbubenjahren erinnern, Ana stellte fest, dass sich Zofija und Matija in den sieben Jahren kein bisschen verändert hatten. Als sie die Zahl nannte, wunderten sich alle, dass schon so viel Zeit verstrichen war, Ana streckte sogar die Finger aus und zählte die Jahre vor. Wahrscheinlich hätten sie die Rechnung noch eingehender überprüft, hätte der Chauffeur sie nicht mit der Feststellung unterbrochen, dass er nicht alle auf einmal fahren kann und das Gepäck noch dazu.

Karel und Vladimir rannten eine Weile locker hinter dem Auto her, weil auf dem Rücksitz die Koffer lagen, Ana und Zofija saßen eng zusammengedrängt auf dem Vordersitz, Ludvik und Matija schlenderten langsam Richtung Siedlung.

»Wir werden dir nicht lange zur Last fallen. Wenn ich eine Arbeit im Bergwerk bekomme, steht uns eine Wohnung zu, ansonsten hat sicher jemand etwas Passendes zu vermieten.«

»Ihr könnt bleiben, so lange ihr wollt, Monate, Jahre. Ich lebe allein, Zofija ist fast durchgehend in den Bergen. Ein bisschen Trubel wird mir guttun.«

»Ich weiß nicht warum, aber ich habe das Gefühl, dass sich die Dinge bald zu unseren Gunsten regeln werden. Vielleicht aufgrund unserer Rückkehr zeigt sich mir die Zukunft von ihrer Sonnenseite, kann gut sein, dass ich die Schwarzmalerei in Frankreich gelassen habe.«

»Hattest du Heimweh? Du hast nie darüber geschrieben.«

»So manches vermisst man, für alles andere ist man dankbar, es los zu sein.«

»Wie ist Frankreich?«

»Groß«, sagte Ludvik und lachte. »Allein in unserem Bergbaubezirk lebten ein paar tausend Slowenen und mindestens zehnmal so viele Polen. Die Bergwerke sind riesig, bei einem Unglück sind mehr als tausend Bergmänner ums Leben gekommen. Nicht jetzt, als wir dort waren, schon früher, noch vor dem Krieg. Alles ist größer als hier, die Häuser und die Straßen, aber man verdient auch mehr, obwohl es nun schon seit einer Weile bergab geht. Die Krise hat sich ernsthaft auszuwirken begonnen, die Zahl der Arbeitstage sinkt, ständig werden die Löhne gedrückt, viele werden entlassen. Natürlich kommen die Ausländer als Erste dran.«

»Wurdest du entlassen?«

»Nein, bestimmt hätte ich noch einige Zeit genug zu tun gehabt, erfahrene Hauer sind begehrt. Die Franzosen wollen nicht im Bergwerk arbeiten, sie sind sich zu fein dafür, und unter den Einwanderern gab es nicht viele kundige Bergmänner. Aber jetzt gibt es schon von allen zu viel, deshalb wurden uns, den Ausländern, kostenlose

Fahrkarten angeboten, damit wir heimkehren können. Das sind beträchtliche Kosten, besonders für die mit großen Familien, auch deshalb haben sich viele zur Rückreise entschlossen. Dazu konnte man seine Möbel, Töpfe und alle möglichen Sachen verkaufen, die zu groß oder sperrig zum Mitnehmen sind. Mal sehen, wer schlauer war: Wir haben unsere Karten so ausgespielt, dass wir gingen, andere wetteten darauf, dass es ihnen dort weiter besser geht, als es zu Hause der Fall wäre.«

»Auch hier ist die Lage nicht rosig. Seit du weg warst, hat sich die Zahl der Bergmänner mehr als halbiert, wer noch angestellt ist, arbeitet zwei, drei Tage die Woche. Die Menschen sind um mehrere Monatslöhne verschuldet, es fehlt an allem, es gibt nicht einmal mehr genug zu essen. Die Leute arbeiten für ein bisschen Kartoffeln und Bohnen auf Bauernhöfen, aber selbst dort werden sie nicht mehr mit offenen Armen empfangen. Alle sorgen sich, es gibt immer mehr Einbrecher und Betrüger, wir misstrauen uns gegenseitig.«

»Und die Gewerkschaft, die Politik? Sagen die nichts?«

»Nichts ist wie früher, keiner lehnt sich mehr auf. Eine gewisse Abstumpfung hat sich breitgemacht, völlige Apathie, stellenweise auch Angst. Es gibt immer mehr Arme, und mit dem Elend erlebt die Fürsorge ungeahnte Konjunktur: Für Arbeitslose werden lauthals Suppenküchen eröffnet und nach einer Weile, wenn die Vorräte ausgehen, ganz still wieder geschlossen. Von irgendwoher kommen neue Wagen mit Essen, mit Pomp beginnt man Milchpausen an arme Kinder zu verteilen, bis der Wagen leergeräumt ist oder das Lokal schließt. Im ersten Verein sammelt man Schuhspenden für Kinder, die barfuß laufen müssen, im zweiten Geld, um kranken Kindern Ferien zu ermöglichen. Abgeordnete, Lokalgrößen, Fabrikanten stolzieren zwischen den Hungernden einher und schlagen sich auf die Brust: Der hat einen Waggon Mais bereitgestellt, dieser einen Wohltätigkeitsabend organisiert, jener Spenden gesammelt, das ist immer honorig, und immer wird erwartet, dass die Armen ihnen Loblieder singen, sich vor ihnen verneigen.«

Matijas Schimpfkanonade überraschte beide derart, dass sie eine Weile schweigend weitergingen.

»Alojzij würde dich mit Sicherheit im Glaswerk anstellen«, ergriff Matija als Erster wieder das Wort. »Dem Glaswerk geht es gut, die Löhne sind geblieben, wie sie waren, es gab keine Entlassungen, wir arbeiten alle Tage.«

Ludvik schüttelte entschieden den Kopf. »Dort will ich nicht arbeiten. Ich werde beim Bergwerk fragen. Ich bin ein erfahrener Hauer, gesund, in den besten Jahren.«

»Man hört, dass die alten Bergmänner entlassen werden, an ihre Stelle tritt dann hier und da ein jüngerer, der noch gut bei Kräften ist und bereit, eine geringer qualifizierte Arbeit zu leisten, tja, aber gegen geringeren Lohn.«

»Und keiner widersetzt sich?«

»Es hat sich wirklich einiges verändert. Mal gab es mehr Geld, dann wieder weniger, aber nie hat es an Arbeit gemangelt. Es wurde hart geschuftet, aber auch verdient hat man mehr als anderswo. In dieser Hinsicht waren wir schon ein bisschen verwöhnt. Jetzt ist es wirklich schwer, es sind immer mehr, die nichts haben. Nicht einmal Wein, mit dem sie früher alles hinuntergespült haben.«

»Ich habe gewusst, dass die Situation ungut ist«, sagte Ludvik, »aber so schonungslos hat uns die Dinge niemand geschildert.«

»Mag sein, dass ich übertreibe, vielleicht habe ich mir die Schwarzmalerei von dir abgeschaut«, scherzte Matija. »Alojzij kann dir sicher Arbeit beim Bergwerk besorgen. Die Direktoren kennen sich.«

»Möglich, aber auch das möchte ich nicht. Damit würde ich jemandem die Stelle wegschnappen, der den Lohn dringender braucht als ich.«

»Bist du etwa reich heimgekehrt?«, sagte Matija lächelnd.

»Nein, ich habe vor, dich auszusaugen. Du bist ideal dafür. Du hast eine Wohnung, Arbeit«, zählte Ludvik auf, »und du wirst es gar nicht bemerken, weil du blind bist.«

»In der Kirche warnt man nicht umsonst vor den raubgierigen

Kommunisten, die den Menschen nicht nur Gott, sondern auch ihren Besitz nehmen.«

Ludvik lachte laut über Matijas Scherz. »Und der Rest der Truppe? Ist Frančiška noch in Ljubljana?«

»Sie wohnt mit Valentina bei Josipina, einer Mitstreiterin, und kommt sehr selten nach Hause. Beide sind ziemlich berüchtigt. Frančiška schreibt viel, hält Vorträge, kämpft für Frauenrechte, sie lässt niemanden kalt.«

»So war sie schon immer, stimmt's? Und wie ist Alojzijs Frau? Ursula, so heißt sie doch?«

»Sie war, glaube ich, nur einmal hier, Ende letzten Jahres, einige Monate nach der Hochzeit. Mit einem deutschen Architekten. Sie haben alles gründlich ausgemessen und skizziert, wie sie das obere Stockwerk herrichten wollen, den künftigen Wohnbereich. Hinter dem Palais soll noch etwas drangebaut, der Garten deutlich vergrößert und Sportplätze angelegt werden. Mit den Arbeiten haben sie erst vor Kurzem begonnen.«

»Ist sie schön?«

»Ich habe sie nicht gesehen«, sagte Matija lächelnd und fuhr nach einer Weile fort: »Es heißt, dass sie nicht besonders attraktiv ist, aber die Meinungen der Männer über die Schönheit einer Frau gehen ziemlich weit auseinander, die der Frauen sogar noch stärker.«

»Sie ist die Tochter eines reichen Fabrikanten, nicht wahr?«

»Ihr Vater hat ein riesiges Unternehmen, eines der größten im Bereich optischer Geräte. Wir produzieren viel für ihn. So haben sich wahrscheinlich auch Alojzij und Ursula kennengelernt. Man munkelt sogar von einer Beziehung aus reinem Kalkül.«

»Wird das im Glaswerk herumerzählt?«

»Ab und zu, aber ich glaube es nicht. Alojzij ist gut zu den Arbeitern, er wird nie laut, erklärt geduldig alles. Und obwohl er sehr eingespannt ist, hat er uns nicht vergessen. Gestern ist er nach Deutschland gefahren, trotzdem hat er daran gedacht, dem Chauffeur zu sagen, dass er uns vom Bahnhof abholen soll. Ich halte ihn für gut und aufrichtig. So würde ich ihn auch einschätzen, wenn er nicht mein Bruder wäre. Die Leute reden allerhand, bestimmt kursiert auch über Alojzij so manches Lügenmärchen, das ich selbst noch nicht kenne.«

Die Leute reden allerhand, doch in den nächsten Tagen war nicht Alojzij das Objekt von Gerüchten, sondern sein Zwillingsbruder Ludvik. Im Grunde nicht überraschend, die Menschen hatten immer mehr Zeit für immer weniger Aufgaben, die Tage waren öde und zäh. Ludviks Rückkehr störte das verschlafene Siechtum in der Siedlung auf. Allein die Tatsache, dass jemand aus der reichen Welt in das abgeschiedene Elend zurückkam, war unvorstellbar, wiesen doch alle Schilder Richtung bessere Zukunft zum Ort hinaus. Zudem war Ludvik kein dumpfer Sonstwer, sie kannten ihn noch, er war ihr Arbeitskollege gewesen, entschlossen, laut, kämpferisch, er hatte im Gefängnis gesessen und Verfolgung erlitten.

Für eine Rückkehr inmitten der schlimmsten Krise musste man einen verdammt guten Grund haben, Ludviks Gerede, dass auch in Frankreich inzwischen alles anders war, stellte die Bewohner nicht zufrieden. Und so ließen sie nicht nach mit ihren Fragen, obwohl er sie schon hundertmal beantwortet hatte, auch Ana immer dasselbe sagte und sogar die Kinder es schon wiederholten. Die Antwort reichte ihnen einfach nicht, sie genügte nicht ihren großen Erwartungen, sie war zu alltäglich und kein bisschen aufregend.

Die Menschen mit ihrem armseligen Leben in diesem verlorenen Ort lechzten nach bunten Antworten, in ihrer ergebenen Schicksalsgläubigkeit waren sie kindlich-naiv geworden, sogar einfältig-dumm. So hatte die Wahrsagerin aus einem kleinen Lager, das Zigeuner gut einen Monat zuvor beim Marktplatz aufgeschlagen hatten, mindestens einem Dutzend Frauen größere Geldscheine in ihre Kopfkissen eingenäht und sie magische Worte gelehrt, mit denen sich die Summe binnen zehn Nächten verzehnfachen sollte. Nach zwei Tagen machten die Nomaden sich auf und davon, und noch eine gute Woche verging bis zu der Erkenntnis, dass mit ihnen auch das für Saatgut bestimmte Geld fort war, das sich in der weichen Daunenhöhle wie die Karnickel vermehren sollte.

Die Gier nach etwas Abwechslung war so groß, dass die Menschen selbst die irrwitzigsten Dinge zu glauben bereit waren. Im Winter hatten sie häufiger zerfleischte Ziegen gefunden, und manche wollten einen riesigen Vampir gesehen haben, dem noch das frische Blut vom Kinn tropfte, andere hatten ihn sagen hören, dass nach den Ziegen bald Frauen dran glauben müssen. Zwei Monate hindurch vermehrten sich solche Geschichten parallel zu der Anzahl zerfleischter Tiere, bis ein Bergmann einen streunenden Hund erschlug. Er hatte ihn nachts dabei erwischt, als er hinter dem Haus ein Loch grub, um in seinen kleinen Ziegenstall zu gelangen.

Mit dieser ungehemmten Fantasie wurde auch unermüdlich nach den wahren Gründen von Ludviks Rückkehr gebohrt. Matija bekam es mit unzähligen Fragen und Annahmen zu tun. Eine Arbeitskollegin fragte ihn, ob nicht vielleicht die schöne Ana ein Techtelmechtel eingegangen war und sie aus Frankreich geflohen sind, um die Familie zu retten. Jemand erklärte Matija, wie geschickt die Franzosen Leute für die Fremdenlegion anwerben, Ludvik wäre nicht der Erste, der in die Fänge eines Agenten geraten wäre, und auch nicht der Erste, der Hals über Kopf davonlaufen musste, um seine Haut zu retten. Ihr Nachbar spielte auf Ludviks politische Betätigung an, Kommunisten werden bestimmt auch dort eingesperrt und vertrieben, ein anderer sah eher, dass Ludvik schon bald auf mysteriöse Weise verschwindet, weil man ihn zur Ausbildung in die Sowjetunion schickt, viele lassen sich klammheimlich für den Moment ausbilden, an dem sie die Zügel der Macht selbst ergreifen.

Matija behielt solcherlei Mutmaßungen für sich, obwohl er gern mit Ludvik darüber gesprochen hätte, auch darüber, wie Lügenmärchen manchmal konkrete Formen annehmen als das, was wirklich geschah. Für ihn war die Wirtschaftskrise, über die er Radiovorträge gehört hatte, ein vollkommen hinreichender Grund zur Heimkehr, etwaige Verwicklungen in Ludviks Familie beschäftigten ihn nicht allzu sehr; nach der Nacht mit Josipina wusste er, dass Menschen manchmal Geheimnisse haben, die sie für sich behalten wollen oder müssen.

SCHÄTZE

Karel und Vladimir hatten in der Nacht keine Ruhe gefunden, in der Früh standen sie mit dem ersten Morgenschimmer auf. Matijas Vorbereitungen fanden sie alle überflüssig, er war ihnen viel zu langsam und deutlich zu laut. Sie wussten, dass ihre Mutter lauter unnötige Aufgaben für sie zur Hand hatte, wäre sie schon auf, bevor sie fort waren. Matija versuchte, ihre Ungeduld zu bändigen, ihr müsst tüchtig essen, damit ihr die Hacke schwingen könnt. Hastig verschlangen sie das in den Kaffee gebrockte Brot, obwohl er sagte, dass der Schatz schon seit fast zehn Jahren wartet und die paar Minuten oder Stunden nur ein Tropfen im Meer der Zeit sind.

Natürlich hat er gewartet, wendeten sie hitzig ein, weil niemand nach ihm gesucht hat, aber jetzt ist die gesamte Siedlung auf den Beinen, die Leute kommen sogar von anderswo her. Jede Minute zählt, sagten sie schwer seufzend, nur weil Matija so langsam war, wollten sie die einmalige Chance nicht verpassen, sie bettelten regelrecht, dass er sich beeilen soll.

Gendarmen hatten das Suchfieber ausgelöst. Vor zehn Tagen war am Gemeindehaus ein Wagen mit zwei hohen Offizieren vorgefahren, die auffällige goldene Rangabzeichen auf dem linken Ärmel trugen. Die Gendarmerie war zu ihrem Empfang angetreten, verstärkt um einige Kollegen aus den Nachbarstationen. Der Gerent begrüßte die Gäste und führte sie hinter das Gemeindehaus. Ein langes Seil, das der technische Aufseher der Gemeindekanalisation zwischen zwei eingeschlagene Pfähle gespannt hatte, markierte den Verlauf des Wasserrohrs. Der ältere Offizier holte aus der Innentasche seiner Uniform ein Blatt und entfaltete es, sofort standen der andere Offizier, der Gerent und der Techniker um ihn herum. Lange befassten sie sich mit dem Papier, streckten die Arme nach da und dort aus, dann ging der zweite Offizier zum nahen Apfelbaum und schritt von dort zu dem Seil, das das Wasserrohr markierte. Zweimal wiederholte er die Prozedur, näherte sich dem Seil dabei aus spitzeren Winkeln, weil die Skizze zeigte, dass die Leitung mit dreißig Schritten erreicht werden musste.

Sie markierten die gesuchte Stelle, dort begannen zwei Gendarmen zu schaufeln. Sie gruben sich bis zum Rohr durch, worauf sie, dem Seil folgend, in beide Richtungen weitergruben. Die Zahl der Neugierigen stieg rasch an, Rentner und Arbeitslose standen herum und fragten sich, was da vor sich ging. Die Gendarmen schickten sie eine Zeit lang weg, dann hatten sie keine Lust mehr darauf, sie sahen keinen Anlass, gegen sie vorzugehen.

Der Kanal war schon mindestens zehn Meter lang, als der Gerent den Offizier ins Gemeindehaus führte, die Gendarmen setzten sich in den Schatten, der Techniker aber lüftete der neugierigen Menge das Geheimnis der Grabung. Gendarmen hatten bei einem Häftling einen Plan gefunden, eine Skizze, wo die Beute liegen soll, die Diebe acht Jahren zuvor aus dem örtlichen Leihhaus gestohlen hatten. Die Gruppe wurde lebhaft, alle erinnerten sich mehr oder weniger gut an diesen Vorfall oder dachten es, wegen der zahlreichen Berichte. Sie wussten, dass die gestohlene Summe enorm hoch war, denn das Leihhaus hatte das Geld zur Bezahlung der damals verlegten Wasserleitung verwahrt. Sie erinnerten sich sogar noch an das Gerücht, dass ein angesehener Bürger seine Finger dabei im Spiel hatte, der dem Vorstand des beraubten Leihhauses angehörte und darum genau wusste, wie schwer die Kasse in jener Nacht war.

Was der Techniker erzählte, stimmte vollkommen mit den Fakten und dem alten Verdacht überein: Der Raub wurde bald bemerkt, Gendarmen bewachten den Bahn- und Straßenverkehr, weshalb die Beute rasch verschwinden musste. Der frisch zugeschüttete Graben der Wasserleitung war ein ideales Versteck, man musste nur ein bisschen buddeln, die neuen Spuren am Erdreich verschmolzen unauffällig mit den alten, die Diebe hatten ständige Kontrolle über ihren Schatz, der nur wenige Schritte vom Schauplatz der Tat nicht sehr tief vergraben lag.

Die Neugierigen waren immer begeisterter vom Einfallsreichtum und der Dreistigkeit des Verbrechers, während die Offiziere im Büro des Gerenten die verschiedenen Möglichkeiten erörterten. Vermutlich sind sie einfach auf einen Streich hereingefallen; sollte die Skizze jedoch tatsächlich das Versteck markieren, hätten die Diebe schon Dutzende Gelegenheiten gehabt, es auszuräumen. Den Offizieren war klar, dass sie in beiden Fällen wie Dummköpfe dastehen werden, deshalb klammerten sie sich an die dritte Möglichkeit: Die Skizze könnte ein Nachbargebäude und einen Baum nahebei bezeichnen.

Die beiden Offiziere, der Gerent und der Techniker schritten einen Radius von einem Kilometer ab und kennzeichneten etwa zwanzig Stellen in der Siedlung, wo ein Gebäude, ein Baum und die Wasserleitung nahe beieinanderlagen. Die Gendarmen hoben in den folgenden Tagen alle markierten Stellen aus, wobei Scharen von Schaulustigen unter lautem Spott jede ihrer Aktionen verfolgten. Nach der letzten Station des Grabungskreuzwegs fuhren die Offiziere eilends davon, die Gendarmen kehrten auf ihre Stationen und nach Hause zurück. In der Nacht traten ein paar Einheimische an ihre Stelle, die für möglich hielten, dass ihre Vorgänger gewisse Möglichkeiten übersehen hatten, weshalb die Gendarmen am nächsten Tag zurückkehrten. Aus den Erdarbeitern, die gestern nach dem Diebesgut gesucht hatten, wurden die Wächter der Leitungstrasse und Hüter ihrer Unantastbarkeit.

Das spöttische Gelächter war noch nicht verhallt, als alle Glücksritter wegen eines neu aufgelebten Gerüchts in Wallung gerieten: Es ging um die alte Legende, dass während der kurzen Zeit der Franzosenherrschaft in ihrem Ort eine Postkutsche überfallen worden war. Bonapartes Soldaten sollen die Banditen rasch gefasst und hart bestraft haben, die Kasse voller Kostbarkeiten aber sei nie gefunden worden. Plötzlich hieß es weithin, dass der gestohlene Schatz am verlassenen Feldweg hinter dem Friedhof vergraben liegt, wo einst die Hauptstraße verlief. Deshalb trieben Karel und Vladimir an jenem Sonntagmorgen Matija auf den Hügel jenseits der Siedlung.

Die Jungen wählten eine Abkürzung, sodass der Weg durchgängig steil anstieg, bis er auf einem schmalen Wiesenstreifen, der in spärlichen Wald überging, rasch eben wurde. Matija blieb der Anblick der Wiese erspart, die in einer Länge von mindestens hundert Metern einem Schlachtfeld glich, von der Armee mit Gräben und Schutzwällen durchzogen, von Granaten in unzählige Mulden zerfurcht. Karel und Vladimir, die vor wenigen Minuten noch überzeugt gewesen waren, dass sie nur bis zum Hügelkamm zu klettern und dort die Schaufel zu schwingen brauchten, um bereits mit dem ersten Hieb in die Erde auf den Eisendeckel der französischen Kiste voller Kostbarkeiten zu stoßen, sahen einander bestürzt an.

»Sind wir am Ziel oder braucht ihr eine Pause?« Matija wartete vergeblich auf eine Antwort. »Offenbar hat es euch die Stimme verschlagen. Ich warte, bis ihr sie zurückhabt. Was soll ich auch sonst tun, auf mein Sehvermögen gebe ich schon lange nichts mehr.«

Nach dem ersten Schock versuchten die Jungen, den Anblick der umgepflügten Wiese kurz zu beschreiben, doch die abgehackten Sätze erzählten vor allem von ihrer furchtbaren Enttäuschung.

»Sicher findet sich noch ein grüner Fleck, wo ihr euer Glück versuchen könnt.« Matija war sich der Lächerlichkeit seines Trosts vollkommen bewusst, doch ihm fiel sonst nichts Aufmunterndes ein. Einer der Jungen wies ihn zornig zurecht, dass sie nirgends graben können, weil alles zerwühlt ist, und fügte vorwurfsvoll hinzu, dass sie zu spät sind.

»Wir sind nicht zu spät. Hätte jemand etwas gefunden, dann wüsste eine Stunde später das ganze Tal davon. Eurer Beschreibung nach haben viele Menschen ziemlich lange auf dieser Wiese gebuddelt, also könnte niemand den Schatz unbemerkt ausgraben.«

»Also ist er noch irgendwo hier«, fielen die Jungen über Matija her, als hätte er darüber zu entscheiden.

»Vielleicht, aber für wahrscheinlicher halte ich, dass er nicht hier ist und dass es ihn womöglich nie gegeben hat.«

»Sicher hat es ihn gegeben, schließlich haben alle darüber gesprochen«, widersprach Karel zänkisch, und Vladimir sprang ihm sofort bei: »Du hast selbst gesagt, dass viele Menschen hier graben mussten. Wenn es keinen Schatz gäbe, würde niemand nach ihm suchen.«

»Das ganze Tal kann kommen und den Berg durchwühlen, sie können den gesamten Hügel abtragen und alle Erde durchsieben, aber das macht den Schatz nicht mehr oder weniger wahrscheinlich. Es ist völlig egal, ob ihn eine Million Leute oder niemand sucht, entweder gibt es einen Schatz, oder es gibt ihn nicht.«

Die Jungen dachten jeder für sich über diese schlichte Aussage nach, sie bemühten sich, einen Schwachpunkt zu finden, der die Logik von Matijas Überlegung ins Schwanken brachte. Vladimir verzweifelte als Erster an der Suche: »Du hast nie daran geglaubt, dass es hier einen Schatz gibt, nicht wahr?«

»Nein.« Matija schüttelte den Kopf.

»Warum bist du dann mit uns gekommen, warum hast du nichts gesagt?«

»Gleich, was ich gesagt hätte, ihr hättet mir nicht geglaubt. Doch jetzt beim Aufstieg war euch sofort klar, dass es hier nichts gibt. Manch einer hätte wohl nicht so schnell aufgegeben, schon möglich, dass es noch jemand weiter versucht. Hier oder woanders.«

»Warum sollte er woanders suchen?«, fragte Karel.

»Warum sollte er nicht woanders suchen? Die Gendarmen haben mit ihrem Graben am Wasserrohr die Fantasie vieler entflammt. Dann hat sich jemand gefunden, der das Gerücht in Umlauf brachte, dass hier irgendwo ein französischer Schatz liegt. Schon morgen kann ein neues Lügenmärchen auftauchen, eine neue Skizze.«

»Keiner wird mehr darauf reinfallen.«

»Wer weiß. Die Menschen haben zu viel Zeit und zu wenig Arbeit, die Not ist groß, oft gibt es nicht einmal genug zu essen. Vielleicht glauben die Menschen deshalb noch schneller an Zauberstäbe und verborgene Schätze, die ruckzuck all ihre Probleme lösen. Solange man ein Fünkchen Hoffnung hat, ist alles einfacher, selbst wenn die Aussichten auf sehr wackligen Beinen stehen.«

Für den Rückweg wählten sie die längere Strecke, die in sanften Kurven leicht abfiel, jetzt hatten sie es nicht mehr eilig. Matija dozierte über Schätze, über ihre trügerische Natur. Er fragte die Zwillinge, ob Kohle für sie ein Schatz ist. Lachend verneinten sie die komische Idee, kamen jedoch kurz darauf ins Schwanken, als er aufzählte, dass Kohle Zimmer wärmt, Mittagessen kocht, Lokomotiven antreibt, Bergleuten Arbeit und Lohn einbringt. Allerdings ist mittlerweile auch auf die Kohle kein Verlass mehr, ganz wie bei den Räuberschätzen. »Wir tun uns schwer mit Schätzen, zu oft bringen sie mehr Unglück als Nutzen. Hinter glänzender Pracht, süßem Geschmack oder verführerischem Klang liegen Enttäuschung, Streit, Missgunst, Krankheit, Unglück verborgen.«

Matija erzählte ihnen, wie er als Kind, als er noch jünger war als sie, einen ganzen Tag lang hinter einer schleppenden Prozession hergegangen war, bei der acht Pferdepaare und noch viel mehr Menschen ein elektromagnetisches Rad für das Kraftwerk zogen. Auf dem Markt hat man der Elektrizität, die Licht in ihr Leben bringen wird, begeistert applaudiert. Heute würde man ihr nicht mehr so laut zujubeln, es scheint, dass ihnen die neuen Maschinen und Geräte das Leben nicht nur schöner gemacht haben, eher ist sogar das Gegenteil der Fall, sie wurden ihrer Arbeit und ihres Lohns beraubt und in ein Elend gestürzt, mit dem niemand gerechnet hätte.

Die Jungen sagten, dass er lieber von Schätzen erzählen soll. Sie haben recht, sagte er und nickte, es ist ein schöner Tag, man darf ihn nicht mit Wehklagen verderben. Er ging in die Hocke, streckte die Arme aus, fand die Zwillinge und drückte sie. »Ich werde mich bessern«, sagte er lächelnd, »und statt Buße zu tun, lade ich euch alle auf gebratene Leber ein. Wir setzen uns an einen Tisch, wischen die Teller mit Brot sauber, bestellen Wein und Brause und quatschen bis in den Abend.«

»Als Ersatz für den Schatz«, strahlte Vladimir, sein Bruder verbesserte ihn lachend: »Das wird unser Schatz. Und wir werden ihn genüsslich verschlingen.«

»Es gibt verschiedene Arten von Schätzen«, stimmte Matija in ihre Begeisterung mit ein. Er erzählte die Geschichte, wie Der, der den Akrobaten vom Seil schlug das große Amerika überlistet hatte und mit einem Goldschatz nach Hause geeilt war. Sie wollten noch mehr Geschichten hören, deshalb erzählte er ihnen vom Hausierer Raduš, der mit prächtigen Stoffen und spannenden Geschichten, mitgebracht aus fernen Ländern, das Herz der schönen Felicija erobert hatte.

Während sie sich durch die Namen der Vorfahren den Weg bis zurück zu ihr bahnten, verliefen sie sich dutzendfach. Matija erzählte ihnen auch die Geschichte von Luka, der durch die ganze Welt vagabundiert war und dabei mit seiner Konzertina Hunderte Lieder in zahlreichen Sprachen eingefangen hatte. Von Luka kam er auf die Geschichte der wandernden Näherin Terezija, die mit ihrem lieblichen Gesang die Zeit auf einem Bauernhof in Podgorje zum Stillstand bringen konnte.

Matija hielt inne, schüttelte den Kopf und lachte halblaut über sich selbst, dass er ein Erzähler weitschweifiger Märchen geworden ist, der aufgehübschte Familiengeschichten verkauft.

»Was hast du gesagt?«

»Ach nichts«, sagte Matija lächelnd, »ich rede mit mir selbst. Nur unwichtiges Zeug, Dummheiten, weil beide Gesprächspartner nichts taugen.«

»Wie, beide Gesprächspartner?«, wunderte sich Vladimir.

»Dummerchen«, ereiferte sich Karel, »kapierst du denn gar nichts? Wenn man mit sich selbst spricht, ist man erster und zweiter Gesprächspartner zugleich.«

»Du verstehst gar nichts«, versuchte Vladimir, den Angriff zu parieren, »ich habe nur Spaß gemacht, genau wie Matija.«

•

Nervös betrachtete Alojzij die Tischgesellschaft, er wurde nicht ruhig, er empfand eine starke Anspannung. Jeden Einzelnen kannte er, doch er konnte nicht einschätzen, was das hier werden sollte. Im Grunde war es anmaßend zu behaupten, dass er sie kennt, korrigierte er sich, davon, wie sie heute sind, hat er weit weniger Kenntnis als über Sand und weitere Substanzen, die er zu glühend heißem Glas verschmilzt. Dabei war er einer, der genau wusste, was er wollte, gezielt darauf zusteuerte und mit nur geringen Abweichungen zu rechnen brauchte, bei diesen Gästen jedoch war völlig offen, wer plötzlich ausfallend wird, welche Themen zu heftigem Streit und Hass führen können. Einige flüchten sich vielleicht in Ironie und Zynismus oder behalten ihre wahren Gefühle und Meinungen höflich für sich, sitzen gern nur stumm da, andere sind direkt und unverblümt, auch mal streitlustig und immer bereit, auf den Tisch zu hauen, einige springen von Thema zu Thema wie ein flatternder Schmetterling auf einer Frühlingswiese, weil sie die festliche Stimmung nicht verderben wollen, wieder andere verbeißen sich wie ein Hund in immer dasselbe Bein.

Alojzij ließ seinen Blick schweifen, er fing Bruchstücke von Gesprächen auf, um sofort einzuspringen, falls die lockere Plauderei aufgrund verschiedener Ansichten oder der Sturheit eines der Teilnehmer in Streit umzuschlagen drohte. Er hat dieses Kennenlern-Essen nicht gewollt, hier begegnen sich zwei Welten, die nichts miteinander gemein haben. Sie leben auf verschiedenen Ebenen, ihre Gleise treffen im tatsächlichen Leben nie aufeinander, sie berühren und kreuzen sich nicht, diese Zusammenkunft ist ein Trugbild, ein optischer Schwindel. Das Ehepaar Schwarz war sich dessen bewusst und zog sich diskret zurück, es hatte Geschmack und Stil und wusste genau, wie man sich angemessen verhielt.

Er muss die ganze Zeit auf der Lauer liegen, wohin das Ganze mündet, ist völlig unberechenbar, sein einziger Trost ist, dass es keine Wiederholung geben wird, es ist das erste und letzte Mal. Er wird die wenigen Stunden nervlicher Anspannung aushalten, er hat schon schlimmeren Belastungen und Prüfungen standgehalten. Er wird alles dafür tun, dass das Treffen friedfertig verläuft, das wird er schaffen. Sie sind zusammengekommen, sie werden essen und trinken, was ihnen aufgetischt wird, sich noch eine Weile miteinander unterhalten, dann werden sie sich verabschieden und alle wieder ihrer Wege gehen. Es wird weder Streit noch Schläge geben, das Familientreffen wird bis zum Schluss ruhig verlaufen. Es war richtig, sie einzuladen und zu bewirten, Ursula, gleich was man von ihr hält, ist nun einmal seine Frau und schon bald auch die Mutter seines ersten Sohnes, die Knaps dagegen, das, was von ihnen noch übriggeblieben ist, sind seine erste Familie.

Tatsächlich hatte Ursula auf diesem Treffen bestanden, nein, es war ihre Idee gewesen, korrigierte er sich. Er wird nie wissen, warum, wollte sie ihm etwas damit sagen, wollte sie seinen Blutsverwandten etwas mitteilen? Niemals streiften ihre Gespräche solch persönliche Fragen. Genau genommen hat sie ihm befohlen, dieses Treffen zu organisieren, wobei sie ihm zu verstehen gab, dass sie ihm klar überlegen war, dass sie nicht nur ein paar Stufen über ihm stand, sondern mehrere Treppen, ganze Stiegenhäuser über ihm und den Seinen. Ich bin bereit, deine Brüder, Schwestern und nahen Verwandten kennenzulernen. Exakt diese Worte hatte sie gewählt, ich bin bereit. So wie sie dazu bereit gewesen war, sich vom sittsamen Schwarz schwängern zu lassen, über den sich erst später, nach vollbrachter Tat, herausstellte, dass er gar nicht von arischer Rasse war, dass sein Deutschtum erlogen, sein Name und Nachname falsch waren. Vielleicht hatte sie es sogar gewusst und diesen Umstand verdrängt. Vielleicht hatte ihr Vater durchblicken lassen, dass sie an ihm festhalten soll: Schwarz war zwar ein kleiner Krauter, dafür aber kühn, intelligent und äußerst ergeben, er verfügte über enormes Wissen und noch mehr Glück obendrauf, da ihm sogar Dinge gelangen, die an das Unmögliche grenzten. Der Alte hätte kaum einen besseren Kandidaten für die Leitung seines weitaus größeren Fabrikimperiums finden können.

Es wäre nicht fair, ihm und Ursula irgendetwas vorzuwerfen, alle wussten, was Sache war, die Karten lagen offen auf dem Tisch. Es ging um rein geschäftliche Interessen, er hatte nie etwas für sie empfunden und nie ihre Zuneigung erhalten, beide wussten, dass sie viel zu kultiviert waren, um jemals einander diese kühle Berechnung vorzuhalten. Sie werden den Eindruck einer glücklichen Familie zu machen wissen, ein gespieltes Lächeln aufsetzen und herzliche Gefühle vortäuschen, die es nie gegeben hat.

Wann war ihm die Fähigkeit abhandengekommen, die Menschen zu bewundern, tiefe Gefühle für sie zu empfinden? Wann hat er aufgehört zu lieben? Wen auch immer. Er liebte niemanden, schon lange nicht mehr. Frau Schwarz hatte er heftig geliebt, Ludvik. Wann hatte er seine Gabe zu lieben verloren? Wo ist sie entzweigegangen, bei wem? Ist er selbst schuld daran, hat er sich irgendwann bewusst dazu entschlossen, jegliche Gefühle abzustellen, oder sind sie schlicht abgestorben? Haben sie sich abgenutzt zwischen den Fabrikwänden, hinter dem Zeichentisch, beim Abwiegen im Labor, sind sie im Inferno der Glaswerksöfen verbrannt, zu stark für den menschlichen Panzer, weil dort sogar Quarz schmilzt?

Er verscheuchte diese aufdringlichen Gedanken, ließ seinen Blick über die Tafelrunde schweifen. Zofija ist sichtlich gealtert, von ihrer aufsässigen Art ist nichts geblieben, sie wirkt müde, fast am Ende ihrer Kräfte, dem Geschehen am Tisch scheint sie nur schwer folgen zu können. Früher hat sie alles gekonnt, nie schwankte sie, sie war schlechterdings allem gewachsen. Eigene Kinder hat sie nicht, doch die Umstände haben ihr über Nacht die Sorge als fünffache Mutter aufgebürdet. Sie hat eine Familie geschenkt bekommen, er das Glaswerk. Darin ähneln sie sich, beide haben ein Geschenk erhalten und beide die damit verbundene Herausforderung bewältigt, sie haben das ihnen Bestmögliche gegeben. Und beide haben sich dabei verändert, fügte er noch hinzu, er hat den Thron im Glaswerk bestiegen, sie ihre Position als Kolonieälteste eingebüßt. Zu der Zeit hat sie noch gebrannt, die Veränderung ging später vonstatten, viel später, vielleicht nachdem Der, der den Akrobaten vom Seil schlug gestorben war. Damals ist so manches geschehen, nicht nur, dass sie in die abgeschiedenen Berge gezogen ist, etwas in ihr ist abgestorben. Zum ersten Mal fragte er sich, ob sie und Der, der den Akrobaten vom Seil schlug ein Verhältnis miteinander hatten und ob sein Tod sie womöglich tief erschüttert hat.

Wie wenig er im Grunde über sie und alle anderen weiß. Er schaut sie an wie Fremde, stumm stellt er sich Fragen, die richtigen Geschwistern ohne Scheu oder überhaupt nicht kommen, weil sie die Antworten kennen. Er hat sich ihnen völlig entfremdet. Er hat nicht nur seinen Namen geändert, er selbst hat sich verändert, Alojzij Knap und Alois Schwarz sind zwei verschiedene Personen.

Einzig Matija sieht er öfter, aber auch bei diesem Test der brüderlichen Zuneigung ist er durchgefallen. Wie wenig er bereit war, ihm zu helfen. Er hat ihm keine Arbeit angeboten, Matija kam zu ihm und bat darum. Nie wäre er von selbst darauf gekommen, er hat niemals über ihn oder seine anderen Verwandten nachgedacht. Wie groß seine Erleichterung war, als er sah, wie rasch Matija lernte, wie überaus geschickt er wurde, ein ausgezeichneter Arbeiter. Er hat sich aufrichtig darüber gefreut, aber nicht für seinen unglücklichen Bruder, als Erstes war ihm durch den Kopf gegangen, dass ihm niemand Parteinahme vorwerfen kann, dass er allen sehr viel abverlangt, nur seinem blinden Bruder gegenüber vieles nachsieht.

Mit Ludvik war es ähnlich, es war ihm recht gewesen, als er mit seiner Familie in Frankreich lebte. Man sprach nicht über ihn, er organisierte nichts, hetzte zu nichts auf, die Gendarmen fragten nicht nach ihm, er saß nicht im Gefängnis. Er war so weit weg, dass ihn alle vergaßen. Ihm gefiel, dass der aufmüpfige Ludvik ihn nie um eine Stelle im Glaswerk gebeten hat, dass er nie von ihm verlangt hat, ihm eine Anstellung beim Bergwerk zu vermitteln. Er spielte mit dem verruchten Gedanken, ihm selbst entgegenzukommen, in der völligen Überzeugung, dass er diese Hilfe empört ablehnt.

Sein Blick wanderte zu Zofija, die Frančiška anlächelte und ihr ein paar nette Worte sagte. Frančiška mochte sie zweifellos am liebsten, obwohl diese ihr hässliche Wunden zugefügt hat. Sie war die Erste, die sie verlassen und dabei alles über Bord geworfen hat, was Zofija für sie getan hat. Sie ist klug, bewandert, scharfsinnig, zugleich aber kein bisschen anpassungsfähig. Und selbstsüchtig, fügte er nach kurzem Überlegen hinzu. Nicht einmal durch Valentina hat sich ihr Eigensinn verändert, sie weicht keinen Millimeter vom Fleck, nicht einmal ihr zuliebe. Sie wird weder eine sichere Anstellung noch eine gut bezahlte Arbeit annehmen, sie wird störrisch durchs Leben stapfen, mit ihrem Kampf für Frauenrechte wird sie weiter eine Außenseiterin bleiben, Spott und sogar Armut auf sich nehmen. Sie rudert hartnäckig gegen den Strom, nichts erschüttert ihren naiven Glauben, obwohl sie praktisch nichts verändern kann. Jede Rolle, die andere ihr wohlgesinnt anbieten, lehnt sie ab, sie sagt allen offen ihre Meinung und setzt immer um, was sie sich vorgenommen hat.

Josipina neigte sich zu Frančiškas Ohr. Sie erzählte ihr lange etwas, vielleicht flüsterte sie ihr einen Liebeszauber zu, vielleicht waren zwischen Josipinas Mund und Frančiškas Ohr überhaupt keine Worte vonnöten, nur Lippenbewegungen, Atemhauch, Berührungen. Sind sie Geliebte? Er schämte sich für seine Frage, kaum dass sie gedacht war, er wollte gar keine Antwort darauf, obwohl er sie im Grunde kannte. Wenn Frančiška so fühlte, dann waren sie es mit Sicherheit. Er ertappte sich dabei, dass er sie zu offensichtlich anstarrte, deshalb drehte er sich ruckartig weg.

Ursula scherzte auf Französisch mit einem von Ludviks Kindern, mit Karel oder Vladimir, sie waren schwer auseinanderzuhalten, der andere Junge übersetzte für Valentina. Am Tisch gingen Slowenisch, Deutsch und Französisch die ganze Zeit durcheinander. Immer wenn Alojzij Französisch hörte, wurde er nervös, er hatte dann das Gefühl, dass sie ihn damit ausschließen wollten, dass sie einen Ort aufsuchten, an den er ihnen nicht folgen konnte. Ludvik unterhielt sich mit Ursula nur auf Französisch, wahrscheinlich mit Absicht, vielleicht hat er bemerkt, wie beunruhigt Alojzij war, da er mehrfach mit einem Trinkspruch zwischen sie ging, wenn Ludvik gerade etwas allzu Heikles zu sagen schien.

Die Haushälterin reichte große Tortenstücke, das verschaffte ihm eine kurze Atempause, das Treffen sollte allmählich auf sein Ende zugehen. Er wird Zofija anbieten, dass sie der Chauffeur nach Hause bringt, natürlich erst, wenn sie mag, er wird die Kinder fragen, ob die Haushälterin ihnen übrig gebliebene Leckereien zum Mitnehmen einpacken soll. Nach diesem freundlichen Anerbieten verdächtigt ihn keiner, dass er sie loswerden will, dennoch werden seine Worte sie ermahnen, den Sonntagsbesuch langsam abzuschließen.

Er seufzte, sein Spiel war niederträchtig, das Spiel des aufmerksamen Bruders, in Wirklichkeit hatte er dieses Treffen gar nicht gewollt, es war erst früher Nachmittag, und schon wollte er sie wieder loswerden. Wie seltsam er mit seiner Scheinheiligkeit, seinen Lügen doch ist. Wird er sich erneut dafür geißeln? Die ständigen Selbstvorwürfe sind ja schon krankhaft. Er ist gar kein gefühlskalter Mensch, er hat nur Angst, er möchte keinen Streit, er fürchtet sich vor Konflikten, die ihm zusetzen. Dieses Kennenlerntreffen war eine unnötige Strapaze, die niemand braucht, eine hohle Geste, die ihn jetzt schon fertigmacht.

Es stimmt, er unterdrückt seine Gefühle, doch er hat im Grunde keine andere Wahl, er muss überlegen und abwägen, muss schwerwiegende Entscheidungen treffen, für die man Klugheit und Erfahrung braucht, er darf sich nicht von Gefühlen leiten lassen. Die anderen können dieses oder jenes Steckenpferd reiten, Sozialismus hier, Frauenemanzipation dort, seine Entscheidungen betreffen jedoch nicht ihn allein, nicht nur seine Angestellten, sie haben weitreichende Folgen, sind für die Optik wie für die Wissenschaft und Wirtschaft relevant.

Er ist nicht gefühllos, dieser Selbstvorwurf ist dann doch zu arg. Er hat sich in die Entwicklung der Fabrik, des Ortes, der Optik geworfen, sich für den Wohlstand der Gemeinschaft und den technischen Fortschritt geopfert. Seine Arbeit ist wichtig, es ist kein Geschwätz, kein endloser ideologischer Streit und Kampf, seine Entscheidungen betreffen einen breiten Kreis von Menschen, die sich dessen größtenteils überhaupt nicht bewusst sind. Die Industrie bringt Entwicklung, verändert Leben, gibt Arbeit und Löhne, füllt Kassen zum Haus- und Straßenbau. Alles entspringt strategischem Unternehmergeist.

Ohne ihn stünde im Tal eine Bruchbude, von der man sich erzählt, dass einst Gläser und Flaschen darin hergestellt wurden. Wegen ihm wird dort jetzt viel und gut gearbeitet, zahlreiche Menschen haben eine Anstellung. Sie gehören unter die größten Linsen-Hersteller, und wenn die Deutschen die Kriegsindustrie wieder ankurbeln, werden sie zweifelsohne die allergrößten sein. Schon jetzt aber sind sie die Besten, er selbst hat zahllose Lösungen entwickelt, von rein chemischen bis zu technologischen Prozessen. Alle hinken ihnen hinterher, sie haben das reinste Glas, die präziseste Fertigung, die Maschinen sind hochmodern. Diese schnelle Umstellung der Produktion und der gewaltige Erfolg optischer Fabrikate tragen seine Unterschrift. Er hat alles, was er besaß, in die Arbeit gesteckt, sein ganzes Ich, die Fabrik und das, was sie heute darstellt, sind aus ihm hervorgegangen. Das ist keine Anmaßung, das ist die reine Wahrheit.

Er wirkt wohl ungesellig, kühl, aber er hatte keine Zeit, anders zu sein, immer war noch etwas zu erledigen. Und obwohl das immer noch so ist, hat er sich Zeit für sie genommen, er sitzt bei ihnen, beobachtet sie und folgt ihren Worten, ab und zu steuert er etwas zu einer Debatte bei, er bemüht sich mit aller Kraft, die gute Stimmung zu erhalten und zu verhindern, dass irgendetwas die Idylle zerstört. Er wüsste nicht, wann er sich Gästen von ihm zuletzt so innig zugewandt hat. Er hat gelernt, nur zur Hälfte, zu einem Drittel, einem Viertel bei ihnen zu sein, der größte Teil bleibt die ganze Zeit im Glaswerk, studiert Notizen, wiegt ab im Labor, hat die Öfen im Blick, konstruiert Werkzeuge. Er hat sich an diesen Spagat gewöhnt, er schläft nur wenige Stunden und oft oberflächlich, ein Teil seines

Ichs grübelt weiter, sucht nach Lösungen. Nicht einmal seine Träume bleiben ungenutzt, morgens spaziert er mit noch geschlossenen Augen durchs Traumland und entdeckt immer einen Impuls für neue Ideen. Er müsste mehrere Paar Hände haben, unzählige Köpfe, viele Körper, um all seine Ideen zu entwickeln und auszuprobieren. Er ist eine unerschöpfliche Quelle von Einfällen, die so viel zum Fortschritt der Optik beitragen, dass es schade um jeden Moment ist, den er etwas anderem widmet.

Er gleicht einem Pfarrer, der sich Gott anbefohlen hat und weltlichen Reizen entsagt, einem Asketen, der sich allem Sinnlichen verweigert, ganz seinen Zielen ergeben, die sein Ich überschreiten, er hat alles dem Wohl der Gemeinschaft geopfert. Er hat keine Freunde, hat alle Familie verloren, seine Frau ist eine Fremde, auch seine Kinder werden Fremde sein, das ist ihm bereits klar, obwohl sie noch nicht einmal geboren sind. Er weiß, dass sie nur wenig oder gar keine Zeit gemeinsam verbringen werden, Ursula wird ohnehin nie hier leben wollen, sie wird nur zu Besuch kommen, selten, und er wird wiederum sie nur selten besuchen, er wird keine Zeit für langen Urlaub haben. So wird es beiden recht sein, allen wird es so recht sein.

Mit Verspätung nahm er wahr, dass alle aufgestanden waren und ins Haus gingen. Wieder hat er sich in leere Träumereien verwickelt, hat nicht mitbekommen, was passiert ist, was sie aus dem Garten vertrieben hat. Er eilte ihnen hinterher und hörte Ursula erklären, warum sich der Architekt für diese oder jene Lösung entschieden hat. Offenbar hat sie alle zu einer Wohnungsbesichtigung eingeladen. Nun wird er noch besser achtgeben müssen, da sie nicht mehr direkt vor ihm sitzen, sondern sich auf die Zimmer verteilen, er wird vom einen zum anderen laufen müssen. Der letzte Akt wird die schwerste Probe, von dort führt der Weg geradewegs zur Haustür, das nutzlose Treffen wird vorüber sein, dann nehmen die Dinge wieder ihren gewohnten Gang. Er entschloss sich, nur für eine Minute in den weichen Sessel zu sinken.

»Eine interessante Auswahl.« Ludvik fuhr mit dem Finger über die Rücken der sauber aufgereihten Bücher. Er zog Hitlers »Mein Kampf« aus dem Regal: »Sie interessieren sich offenbar nicht nur für die Geschichte der Deutschen, sondern auch für die Gegenwart. Wird Hitler die Macht ergreifen, oder gelingt es dem alten Hindenburg, die Privilegien der Aristokratie, Gutsbesitzer und Industriellen zu verteidigen?«

»Finden Sie, dass wir Privilegien genießen?«, antwortete Ursula mit einer Gegenfrage.

»Jedenfalls teilen Sie nicht das harte Schicksal der Arbeiter und größter Teile des Volkes.«

Ludvik hatte den Eindruck, dass ihr Blick für den Bruchteil einer Sekunde starr aufgeblitzt war: »Sie schlafen in ihren Häusern, wir in unseren. Sie nehmen aus ihren, wir aus unseren Speisekammern. Jeder greift in seinen eigenen Geldbeutel. Kennen Sie die Redewendung *Wie man sich bettet, so liegt man?*«

Ludvik lächelte: »Natürlich, ich glaube jedoch nicht ganz daran. Jedenfalls weniger als der Redewendung, die besagt, dass Eigentum Diebstahl ist.«

»Darüber weiß ich nicht viel, ich kenne keinen Dieb«, sagte Ursula kalt lächelnd. »Ich habe ein wenig darüber gelesen, wie die Soldaten der Roten Armee in der Sowjetunion nahmen, was ihnen nicht gehörte, Felder, Fabriken, Maschinen. Zuletzt noch Menschenleben, die nichts mehr wert waren. Vielleicht wissen Sie etwas darüber? Manchmal ist ja kein Verlass auf das, was in den Zeitungen steht.«

»Aber ja, ich habe das mit großem Interesse verfolgt. Großgrundbesitzer haben ganze Generationen von Bauern unterjocht, ihre Frauen und Töchter vergewaltigt, ihre Vorräte geplündert. Die Fabrikanten haben ihre Arbeiter hungern lassen, Frauen und Kinder mussten arbeiten wie die Männer, zwanzig Stunden und mehr, in morschen Baracken haben sie auf dem nackten Boden gefroren. Erniedrigt und beleidigt, haben sie sich endlich doch widersetzt, ihre Herren vertrieben und sich genommen, was vom Diebesgut noch da war. Gott hat so lange weggesehen, dass sie selbst für ein gerechtes Urteil sorgen mussten.«

»Ich las auch, dass diese roten Banditen nicht besonders gut im Verwalten sind, dass in ihrem brüderlichen Sowjetreich Mangel, Seuchen und Unzufriedenheit herrschen, dass die Gefängnisse immer voller werden und sich selbst die Friedhöfe schneller füllen als je zuvor. Vielleicht hätte man einen der früheren Besitzer am Leben lassen sollen, damit er ihnen zeigt, wie man gestohlene Unternehmen führt. Das ist sicher schwieriger als zu wissen, wie man sich bis zur Besinnungslosigkeit betrinkt, seine Frau verprügelt, die Kinder mit Fußtritten traktiert und dann schläft wie ein Stein.«

Ludvik ballte seine Faust so fest, dass sich seine Fingernägel schmerzend in die Hand bohrten. »Für jemanden, der sich angeblich nicht gut auskennt, wissen Sie viel, und Sie erzählen sehr anschaulich davon. Sie haben offenkundig eine blühende Fantasie und grelle Vorstellungskraft. Und wo wir schon mal dabei sind: Sie haben mir noch nicht geantwortet, wie es zwischen Hindenburg und Hitler ausgehen wird.«

»Vielleicht wissen Sie, dass wir Deutschen Hindenburg schon einmal versenkt haben«, sagte sie mit fragendem Blick. »So hieß ein Großer Kreuzer, das mächtigste Schlachtschiff unserer Flotte, das die Besatzung kurz vor Unterzeichnung des Friedensvertrags auf den Meeresgrund geschickt hat.«

»Und jetzt werden Sie den alten Generalfeldmarschall erneut anbohren, wenn ich die Metapher richtig verstehe.«

»Die Deutschen haben genug von den Demütigungen, der Krug, der fünfzehn Jahre lang Wasser holen ging, ist gebrochen. Die alte Politik, sich traurig in sein Schicksal zu fügen, ist am Ende, eine kommunistische Erlösung interessiert allein die Armen, die über nichts zu entscheiden haben. Darum bleibt nur Hitler. Mindestens ein Drittel der Deutschen will ihn an der Spitze der Regierung sehen, auch er selbst sieht sich dort. Um vorherzusagen, was jetzt weiter geschieht, braucht man keine besondere Fantasie, finden Sie nicht?«

»Nein, dafür braucht man wirklich keine Kristallkugel. Plündern, vernichten, zerstören, niederbrennen, blutige Abrechnungen seiner Privatarmee und Privatpolizei, all das wird zur Staatsräson. Vielleicht wird es unter dem brutalen Irren schon bald jemandem nicht mehr gefallen, Deutscher zu sein.«

»Wahrscheinlicher scheint mir, dass so manch einem bald nicht mehr gefallen wird, kein Deutscher zu sein, vor allem wenn er in Deutschland oder nahebei wohnt.«

»Ich habe gehört, dass er von endlosen Weiten jenseits der Grenzen im Osten faselt, künftigem deutschem Lebensraum. Vermutlich war es das, was Sie meinten?«

»Nehmen Sie es nicht persönlich«, sagte Ursula lachend. »Manchmal ist eben jemand zur falschen Zeit am falschen Ort, da hat er dann Pech. Dann muss sich der Schwächere dem Stärkeren beugen, der Langsamere dem Schnelleren, der Trägere dem Tüchtigeren. Nichts lässt mich daran zweifeln, wie sich die Dinge entwickeln werden, schon immer hat es Herren und Knechte gegeben, und es wird sie auch weiterhin geben. Für die Ersten kommt nicht infrage, Zweiter zu sein, so wie die Zweiten nicht verstehen, Erster zu sein.«

Ludvik lief es kalt den Rücken hinab, als sie einander regungslos anstarrten. »Alojzij ist Slawe, kein Deutscher. Das ist Ihnen vermutlich bekannt?«

»Auch in diesem Punkt sind wir uns nicht einig, ich denke, dass Alois Deutscher ist. Jedenfalls ist es besser für ihn, dass er Deutscher ist.«

•

Im Februar 1933 brachte der Postbote zwei gleiche Postkarten in die Kolonie, sie waren an Ludvik und an Matija adressiert. Ana beschrieb Matija gerührt die Abbildung: Auf einer Couch oder einem Bett mit vielen Kissen sitzt Ursula und hält ein kleines Kind im Arm. Das kann sie nicht beschreiben, nur sein Köpfchen ist zu sehen. Alojzij hockt oder kniet daneben, er beugt sich weit zu seiner

Frau hinüber, mit der linken Hand berührt er das Baby. Danach musste sie unzählige Fragen von Matija beantworten und mehrmals vorlesen, dass Ursula, Alois und die süße Karin, ihr kleiner Schatz, sie herzlich grüßen.

Ludvik hörte ihnen eine Weile zu, dann erfüllte ihn mit aller Macht die Szene vier Monate zuvor, wie er sich vor dem Bücherregal gepflegt mit Ursula gezankt hatte. Er hörte wieder ihre deutlichen Worte, die unangenehm auf ihn einprasselten, spürte, wie ihm der kalte Schauer über den Rücken lief. Plötzlich war Alojzij herbeigeeilt, fast auf sie zugestürmt, Besorgnis, vielleicht sogar Angst und Schuld in seinen Augen.

Wo er denn bloß gesteckt hat, ihr werter Alois, hatte Ursula gestelzt das Wort an ihn gerichtet, und dass sie mit Ludvik eben darüber gesprochen hat, woher bei Männern die Begeisterung für Soldaten, Polizisten, Waffen, Kämpfen kommt, fuhr sie fort, noch bevor er antworten konnte. Sie musste daran denken, hatte sie fröhlich lachend gesagt, wie er ihr einmal erzählt hat, dass sie beide als Kinder, mit Spielzeug bewaffnet, in einer Art Siedlungs-Armee mitmarschiert waren. Ihr scheint, dass nur wenige Männer aus solchen Kinderspielen herauswachsen, dass die meisten noch als Erwachsene saufen, marschieren, brüllen, stehlen, prügeln, vergewaltigen und andere mit Gewehren und Bomben bedrohen wollen.

Alojzij und Ludvik hatten einander kurz angeblickt. Ursula hatte sich zu ihrem Mann geneigt. Er soll sie bei den Gästen entschuldigen, sie fühlt sich nicht wohl, sie ist schon zu lange auf den Beinen. Sie hatte Alojzijs besorgten Blick ignoriert, Ludvik zugenickt und war in Richtung Schlafzimmer gegangen. Nach wenigen Schritten hatte sie sich umgedreht, sie möchte nur noch zwei Sätze mit Ludvik sprechen. Er war auf sie zu getreten, hatte dabei Alojzij mit einer Geste und einem Lächeln signalisiert, dass alles in Ordnung ist, er soll zu den Gästen zurückkehren.

Er kann schlecht verbergen, hatte sie ihm gesagt, als er vor ihr stand, dass er ihre Ansichten verabscheut, vielleicht sogar sie selbst. Sie weiß, dass er so manches nicht erfassen kann, zu sehr unterscheiden sie sich in ihrem sozialen Rang, deshalb wird sie ihm auf die Sprünge helfen: Zwischen ihr und Alojzij besteht keine Liebe, Leidenschaft ist nur etwas für Arme, sie haben eine Abmachung, einen Vertrag. Ja, sie haben ein Kind gezeugt, mit zusammengebissenen Zähnen, und vermutlich werden sie noch ein zweites zeugen, er soll das aber nicht als vorübergehende Schwäche verstehen, der Schritt war wohlüberlegt, er galt dem Fortbestand des Geschlechts.

DAS RADIO

Rundfunkempfänger waren keine Besonderheit mehr, es gab sie in so manchem Vereinslokal und Gasthaus, unlängst hatte sich auch der Barbier einen zugelegt, er lief sogar bei allen Beamten zu Hause. In der Bergwerkskolonie war Matija der Einzige, der jetzt so eine singende und sprechende Holzkiste besaß.

In den ersten Tagen lockte das Radio die Nachbarn an, die genügsam jedem Konzert und sämtlichen Vorträgen, sogar Sprachkursen lauschten. Nachdem die Erwachsenen ihre Neugier gestillt hatten, versuchten ihre Kinder, hinter das Geheimnis der kleinwüchsigen Redner und Musikanten zu kommen, doch mit der Zeit verlor die tönende Kiste auch für sie an ihrem ursprünglichen Reiz.

In jenen Tagen kam der Lehrer Slavko in den Ort. Bald schaute er in der Kolonie vorbei und richtete ihnen Grüße von Frančiška aus. Später kehrte er öfter wieder, mit Matija lauschte er verschiedenen Sendungen. Sie mochten sich, waren gleich alt, manchmal unterhielten sie sich bis spät in die Nacht.

Slavko erzählte Matija, wie verzweifelt er gewesen war, als er erfuhr, wohin man ihn versetzt, erst Frančiška, die er schon eine Weile kannte und sehr schätzte, hatte ihn trösten können. Sie hatte gesagt, dass er zwar nicht in die Großstadt zieht, aber auch nicht in die Einöde. »Bei uns gibt es ein großes Gefälle, auch die Menschen sind sehr verschieden, es gibt extrem starke Spannungen, man handelt leidenschaftlich und mit aller Kraft, hat sie gesagt. Wir kennen kein Maß: Es wird viel gearbeitet, laut Unmögliches gefordert, gierig getrunken, mächtig auf den Tisch gehauen, unflätig geflucht, viel gestritten und noch mehr wieder friedlich beigelegt.«

Beide lachten, als er ihre Worte aus seinem Gedächtnis kramte. »Sie hat gesagt, dass kaum jemand im Ort das besser verkörpert als eure Familie. Ein Extrem im Extrem, ich erinnere mich noch genau an ihren Ausdruck, ein Extrem im Extrem. Frančiška findet es furchtbar schade, dass man keinen Film über sie dreht. Die Besitzer eines großen Hofes, die im Barackenviertel abtauchen, ein Blinder mit scharfem Sehvermögen, die Lehrerin, die erst als Schwangere fortgeschickt wurde und später noch einmal als Frauenrechtlerin, und eineiige Zwillinge, von denen einer der größte Fabrikant im Ort ist und der andere ein berüchtigter Antikapitalist, der die meiste Zeit im Exil und im Gefängnis gelebt hat. Als sie mir das erzählt hat, war mein Kummer verflogen«, fuhr er fort, nachdem sich ihr heiteres Gelächter beruhigt hatte, »mehr noch, ich wollte möglichst schnell hin, das schwarze Revier der ungehemmten Leidenschaften sehen und diese filmreifen Typen kennenlernen.«

»Und?«, fragte Matija, »bist du jetzt enttäuscht? Hast du einkalkuliert, dass sie ein Teil all dieser Extreme ist, von denen sie gesprochen hat, dass sie selbst ein bisschen maßlos ist?«

Eine neue Welle Gelächter trug sie hinweg.

Ihre gute Stimmung schlug um, als sie im Radio jemanden voller Überzeugung davon reden hörten, dass der Staat zu zögerlich ist, Gesetze zur Erbgesundheit zu erlassen. Dass es sie bereits in Amerika, Deutschland, Skandinavien und in vielen fortschrittlichen Ländern der Welt gibt. Der, der da sprach, forderte im Namen einer glänzenden Zukunft, minderwertigen Menschen das Recht zur Fortpflanzung abzusprechen und sie dieser Fähigkeit zu berauben. Slavko sprang in einem Satz zum Gerät, zog wütend am Stromkabel und brachte so den Mann zum Schweigen.

»Ich hoffe, ich habe nichts kaputt gemacht, aber das wurde mir zu viel. Ich komme notfalls auch für den Schaden auf, ich konnte mich nicht zügeln«, sagte er nach einer Weile entschuldigend, worauf ihn erneut die Wut packte. »Mir dreht sich der Magen um bei solchen Schurken übelster Sorte, die einer Pseudo-Wissenschaft anhängen und für sie töten würden. Tut mir leid, aber wenn einer faselt, dass sein Leben mehr wert ist als das Leben anderer Menschen, bringt mich das völlig aus der Fassung.«

Matija versuchte, ihn zu beruhigen, mit seiner Hand tastete er nach Slavkos Schulter und klopfte sie einige Male. »Ich müsste mich wohl eher aufregen als du. Wir Blinden gehören zu den Minderwertigen, wie die Tauben, Säufer, Kriminellen, die Verrückten …«

»Wir alle können dazugehören, Matija, wir alle«, unterbrach Slavko seine Aufzählung. »Jedes Verhalten lässt sich als Abweichung ansehen, man kann jeden Menschen diesem Kreis zuordnen. Es ist wie bei den Hexen im Mittelalter: Hatte dich einmal jemand der Hexerei beschuldigt, konntest du dem Scheiterhaufen nicht mehr entgehen. Solche Kämpfe sind von Anfang an verloren, deshalb dürfen wir es gar nicht erst zu ihnen kommen lassen.«

»Und wie tritt man ihnen entgegen? Meinst du, du müsstest sie nur übertönen, wenn sie davon reden, dass man bestimmte Menschen wegsperren und unfruchtbar machen muss? Um bei ihnen als minderwertig zu gelten, genügt wahrscheinlich schon, dass du nicht in ihr Geheul mit einstimmst, nicht mitmarschierst hinter ihrem Banner des Hasses.«

Slavko schwieg eine Weile. »Du hast recht, sich im geschützten Raum und unter Gleichgesinnten aufzuregen, ist nur Wortgeklingel. Es hilft keinem und hält niemanden auf. Man muss in die Öffentlichkeit treten, sich zeigen, preisgeben. Und die Schläge einstecken, die es zweifellos geben wird.«

»Es gibt verschiedene Arten von Heldentum«, sagte Matija zweifelnd.

»Manchmal gibt es nur einen Weg, alles andere sind Ausflüchte und Versteckspiele. Nimm Frančiška: Fürchtet sie sich vor etwas oder irgendwem, würde sie die möglichen Konsequenzen in Betracht ziehen? Stell sie vor ein rasendes Rudel erklärter Frauenhasser; sie wird abwarten, bis sie aufhören mit ihrem sinnlosen Knurren, dann wird sie ihnen auf den Kopf zusagen, was den Frauen zusteht. Ich bin zu sanft, zu unentschieden, nicht robust genug, ich habe weder den nötigen Mut noch die Kraft dafür. Wenn in der Gesellschaft aber derart umwälzende Verschiebungen stattfinden, ist das keine Entschuldigung …«

Diesmal packte Matija seine Schulter, drückte sie fest und beendete so seine Litanei: »He, hör auf, du verwendest schon deren Sprache, nur dass du dich selbst verachtest. Auch wenn du nicht in der ersten Reihe mitmarschierst, kannst du hartnäckig und von Bedeutung sein, deshalb bist du nicht weniger wert. Letztlich passen gar nicht alle in die erste Reihe, das ist schlicht unmöglich.«

Wenige Monate später wartete Slavko beim Ausgang des Glaswerks auf Matija. Er stürzte sich grußlos auf ihn und erzählte sofort begeistert, dass sie bald Besuch vom Radio bekommen. Den ganzen Weg bis zur Kolonie tänzelte er um ihn herum, er sprach unsortiert, voller Auslassungen, die er später nachholte und erläuterte. Wortreich berichtete er Matija, dass das Radio eine Reihe mit Sendungen vor Ort startet, und sie werden als Erste mitmachen. Er hat sich auf ihren Aufruf hin gemeldet, man will bekannter werden, Hörer und Mitarbeiter anziehen und an Profil gewinnen. Er wurde ausgewählt, nun muss er ein zwei- oder dreistündiges Programm planen, in dem er den Ort und vor allem die Menschen vorstellt. In seiner Bewerbung hat er seine Themen nur grob skizziert, jetzt muss er sie näher ausarbeiten, mit den Akteuren ins Gespräch kommen, es treten nur Einheimische auf. So eine Chance gibt es nur selten, die Geschichten des Ortes werden weiter hinausdringen denn je, so weit, wie die Radiowellen sie tragen.

Von Beginn an hatte er eine klare Vorstellung von der Veranstaltung. Sein Lehrerkollege erläutert in einem kurzen Vortrag, wann und wie die Kohle entstanden ist, seit wann man sie abbaut und wie der Bergbau das Leben im Ort zu prägen begann, kurz, alles, was wichtig ist. Er hat keine Sorge, dass es zu langatmig wird, sein Kollege ist der geborene Redner, er beschreibt so anschaulich, dass man ihm stundenlang zuhören kann, selbst wenn er nur harte Fakten aufzählt. Zuvor wird die Blaskapelle spielen, sie steht für die Tradition der Arbeiterschaft, außerdem sorgt laute Marschmusik für die nötige Aufmerksamkeit. Der Lehrer kann zwar wunderbar reden, trotzdem werden die persönlichen Geschichten dreier Bergmänner in den Vortrag eingeschoben: Der Erste könnte einen großen Streik schildern, bei dem er mitgemacht hat, der Nächste könnte jemand sein, der ein schlimmes Unglück überlebt hat, er würde ihn fragen, ob es stimmt, dass ein Bergmann stets sein Totenhemd trägt, wie man hierorts sagt, der Dritte wiederum wäre jemand, der sein Geld in der Fremde verdienen musste, einer, der die Verhältnisse daheim und anderswo kennt. Was er denkt, ob drei Bergmänner zu viel wären, fragte er Matija beiläufig, um im selben Atemzug fortzufahren, dass er vielleicht die Geschichte des Aufständischen und des Migranten zusammenlegt, da dies oft einander bedingte, Ludvik könnte darüber sprechen, er ist ein guter Redner. Auf jeden Fall wird er Frančiška bitten, etwas zum Kampf für Frauenrechte zu sagen. Interessant wäre auch, wenn Alojzij erzählen würde, wie er die einst Gläser produzierende Fabrik in eine enorm erfolgreiche Linsenfabrik umgewandelt hat. Am Ende hält ihm noch jemand vor, dass er nur Knaps vors Mikrofon setzt, sagte er und musste schmunzeln. Jedenfalls würde er neben Frančiška noch eine Helferin miteinbeziehen, die konkret für Arme sorgt, in einer Küche für hilfsbedürftige Kinder arbeitet oder Spenden sammelt. Auch der Jugendchor tritt auf, hervorragende junge Sänger, sie haben genug Programm für eine ganze Stunde und allerhand unterhaltsame Nummern, er hat sie kürzlich erst gehört. Ihre Musik dient zum Auflockern der Reden und der Rezitationen hiesiger junger Dichter. Er hat überlegt, Vida und France einzuladen, sie ist zartfühlend, sanft und schmachtet nach Liebe, er hingegen ist derb, auffahrend, lässt seine Worte donnern wie Hammerschläge auf den Amboss. Diesen Kontrast muss er irgendwie lösen, das wird einer der Höhepunkte, im Finale spielt Matija ein Stück von sich. Der wendete ein, dass es im Ort weit bessere Musiker gibt, aber Slavko unterbrach ihn sofort, dass er keine Virtuosen sucht, Matija ist der geeignetste, denn seine Lieder sind vertonte Bilder von der Ortschaft und ihrer Bewohner.

Als Slavko gut einen Monat später wieder zu Besuch in der Kolonie war, sagte er sofort, dass er am liebsten alles absagen würde, die Redakteure haben die Hälfte seines Programms gestrichen, angeblich auf Grundlage streng sachlicher Kriterien, was er leeres Gerede nannte, er war überzeugt, dass sie vor einigen auftretenden Personen Angst bekamen. Sie haben Frančiška von der Liste genommen, Frauenrechte sind für sie kein Thema, das typisch ist für den Ort. Er hat eingewendet, dass sie es mindestens so sehr sind wie *Hamlet*, aus dem letztens bei einer anderen Ortsübertragung die lokale Theatergruppe eine Szene aufgeführt hat. Er hat sie für die Schilderung der spezifischen Lage schlecht bezahlter Industriearbeiterinnen zu gewinnen versucht, aber das wollte man nicht. Sie haben auch die Frau gestrichen, die den Zuhörern Einblicke in den traurigen Alltag der Armenküche für Kinder geben sollte. Ihrer Meinung nach ist das ein Thema für Zeitungsreportagen. Auch Ludvik wurde von der Liste genommen, was sich nach Slavkos Meinung die Gemeindeverwaltung als Verdienst anrechnen kann, wobei durchaus möglich ist, dass sogar das Bergwerk dies von ihnen verlangt hat.

Viel ist nicht übriggeblieben, sagte Matija nach einer Weile, die Liste war offenbar durch. Nichts ist übriggeblieben, korrigierte ihn Slavko bitter, nur ihr Musiker und Sänger habt die Abnahme durch die Redaktion überlebt. Sein Porträt eines Arbeiterortes und seiner Menschen, ihr Leben, ihre Beschwerlichkeiten und Nöte, will man zu einem Musikfestival mit einem Vortrag über Kohle machen, sagte er säuerlich lächelnd.

Wieder knapp einen Monat später erzählte Slavko Matija, dass das Programm nun steht. Seine Stimme klang zufrieden-verschmitzt, als er eilig erzählte, dass die Radioredakteure zwar daran gedreht haben, er aber den Spieß umgedreht hat. Dem Vortrag über Bergbau hat er zur Veranschaulichung eine Szene aus dem Schauspiel *Unglück im Bergwerk* beigegeben. Seine Idee war auf Zustimmung gestoßen, niemand hatte etwas zum Autor oder dem Inhalt gefragt. Er verstummte, es lag in der Luft, dass damit nicht alles gesagt war, dass er mit seinem Schweigen Neugier erregen wollte, dass er auf Matijas Frage wartete, was es denn auf sich hat mit diesem Schauspiel. Das Besondere an *Unglück im Bergwerk* ist, gab er zur Antwort, dass es das Schauspiel gar nicht gibt, noch nicht gibt. Er hat ein paar Tage Zeit, eine Szene zu schreiben, und freie Hand dabei, selbst der Titel legt ihn auf nichts fest, als Unglück zählt auch, wenn ein Bergmann seine Arbeit verliert. Die Beiträge der Bergmänner wurden gestrichen, dann sagt er eben in seiner Theaterszene, was im Bergwerk los ist.

Er verstummte erneut und wartete, dass ihn Matija aufforderte zu sagen, was er noch im Schilde führt. Das Schauspiel wird nur ein harmloses Spielzeug sein im Vergleich zu der Mine, die er ihnen noch gelegt hat. Anstelle von Frančiška und der Frau aus der Armenküche für Kinder hat er vorgeschlagen, dass der ansässige Arzt über Gesundheitsfürsorge spricht und Einblicke in die Lage gibt. Sein Vorschlag wurde gebilligt, Gesundheit wird zu wenig thematisiert, sagten sie, und jemand fügte hinzu, was für ein schlimmes Problem in Industrieorten der Alkoholismus ist. Daraufhin rechneten sofort alle mit einem Kurzvortrag über die Schädlichkeit von Alkohol, der eine so große Rolle im Leben der Bergmänner spielt. Er hat sie in diesem Glauben gelassen, warum sollte er ihnen die Laune verderben, sagte Slavko zufrieden schmunzelnd.

Wieder zwei Monate vergingen, dann verlegten die Elektriker Kabel, stellten im Saal des Turnerhauses, dem größten im Ort, ihre Mikrofone auf und testeten alles. Die Blaskapelle spielte in den frühen Sonntagnachmittag hinein, ihre Musik spazierte als Radiowellen weit über den Ortsrand und sogar die Staatsgrenze hinaus. Beim Ansagen und Erläutern bekam Slavko das Beben in seiner Stimme zunächst kaum in den Griff, sein Lampenfieber legte sich jedoch nach dem stürmischen Applaus für *Unglück im Bergwerk*. Die Szene war ein scharfer Angriff auf die Profiteure des Bergwerks, der Vortrag des Arztes setzte dem noch einen obendrauf. Seine Auskünfte fuhren in die Zuhörer wie eisige Nägel: Schlechte Ernährung führt zu Immunschwäche und erhöhter Anfälligkeit für Krankheiten, besonders Tuberkulose, die Erkrankungen dauern länger und sind gefährlicher, Magen- und Darmleiden sind verbreiteter als je zuvor, vor allem Rentner und Arbeitslose sind untergewichtig, Kinder sind bei der Einschulung körperlich schlechter entwickelt, anämisch, rachitisch, unzureichende Ernährung beeinträchtigt auch das seelische Befinden von Erwachsenen und Kindern. Von Alkohol war überhaupt nicht die Rede. Danach musizierte Matija, noch langsamer als gewöhnlich spielte er eines seiner wehmütigen Stücke, das Atmen des Balgs fuhr ins Mark, war voller Schmerz. Slavko band den blinden Harmonikaspieler in sein recht pathetisches Schlusswort ein. Er sagte, überall im Land verkünden Eugeniker, dass der Staat rascher für einen gesunden Volkskörper und die Reinheit seines Blutes sorgen soll, es mehren sich Forderungen danach, die Menschen durchzuzählen und ihren Wert zu ermitteln. Für sie ist Matija minderwertig, dieses Urteil ist unumstößlich, obwohl sie nichts über ihn wissen. Es stimmt, er hat beschädigte Augen, aber es stimmt auch, dass die Pseudo-Wissenschaftler an Verstand und Seele beschädigt sind. Matijas Blindheit ist tragisch, sagte er abschließend, ihre dagegen ist gefährlich.

Gut einen Monat nach der Radiosendung saß Slavko vor der Tür zur Kolonie-Wohnung und wartete auf Matija. Er erzählte ihm, dass er eben über seine Versetzung informiert worden war. Es hat ihn nicht überrascht, im Grunde hat er die Anordnung längst erwartet, Mächtige sind nachtragend. Es tut ihm leid, dass er fortgehen muss, Matija wird ihm fehlen. Es würde ihm sehr wohltun, könnte ihn jemand wie einst Frančiška trösten, dass er in keine ferne und verschlafene Einöde geht.

•

Ludvik schüttelte erneut den Kopf, er überlegt es sich bestimmt nicht noch einmal anders, er wird das Komitee nicht leiten und sich ihm auch nicht anschließen. Sie können sich darauf verlassen, dass er nicht in den Streik eingreift, er wird ihre Beschlüsse oder Einigungen respektieren, aber jetzt sollen sie ihn in Ruhe lassen. Er liegt falsch, wies er einen stichelnden Kameraden zurecht, er hat sich kein bisschen verändert, aber er schuldet niemandem eine Erklärung zu seinen persönlichen Gründen. Er hat recht, lassen wir ihn in Ruhe, ätzte der laute Störenfried weiter, wie soll der mit der Regierung verhandeln, wenn er sogar vor seiner eigenen Frau Angst hat. Ludvik schwieg, nur die weißen Fingerglieder, mit denen er die Schaufel fest umklammert hielt, verrieten seine mühsam unterdrückte Wut.

Gut einen Monat zuvor hatten die Arbeiten zum Ausbau einer Straße am Flussufer begonnen. Ludvik war einer der zweihundert arbeitslosen Bergmänner, die dazu eingestellt worden waren. Sie bildeten zwei Gruppen, die sich alle vierzehn Tage abwechselten. Die Arbeit war anstrengend, der Boden steinig, die Augustsonne brannte, sie bekamen ein karges Mittagessen, dasselbe wie in der Küche für Arbeitslose, sie verdienten nur zweieinhalb Dinar pro Stunde. Schon eine Weile sprachen sie in kleineren Gruppen darüber, dass es so nicht weitergehen kann, sie verdienten zu wenig, um ihre Familien ernähren zu können, an Kleidung und Schuhe war überhaupt nicht zu denken. Sie werden verlangen, dass der Stundenlohn um einen Dinar erhöht wird oder zumindest drei Dinar beträgt. Sie bestimmten vier Delegierte und gingen zum Leiter der Baustelle. Die Besprechung war kurz, der Leiter hatte keinerlei Befugnis, über den Lohn zu bestimmen, deshalb verlangten sie, dass er dazu bevollmächtigte Unterhändler ruft. Die Arbeiter beschlossen, jede Tätigkeit bis zu deren Eintreffen einzustellen, alle Kollegen werden auf der Baustelle auf sie warten.

Ein Abgeordneter der Regierungspartei erschien am Nachmittag mit zwei Mitarbeitern der Banschaft, dem Gerenten und dem Gemeindesekretär, aufmerksam hörten sie die Delegierten der Arbeiter an. Der Abgeordnete erwies sich als vernünftiger und mitfühlender Mann, die harten Bedingungen der arbeitslosen Bergmänner sind ihm bekannt und dass sie in schlimmer Not leben, aber auch den Staat plagen zahlreiche Sorgen, gab er zur Antwort, in der Staatskasse ist einfach nicht genügend Geld, dass alle so viel bekommen könnten, wie sie brauchen. Er versprach, sich für sie einzusetzen, er will eine Ausnahme für sie zu erwirken versuchen, da die Löhne bei staatlichen Aufträgen im ganzen Land gleich sind. Dazu muss er aber einiges besprechen und erläutern, das geht nicht von heute auf morgen, darum bat er um Geduld, vor allem aber empfahl er ihnen, jeglichen Konflikt zu vermeiden. Schon der kleinste Verdacht, dass sie undankbar auf ein Stück Brot spucken, das der Staat ihnen reicht, würde seine Aufgabe zweifellos unmöglich machen und sie selbst in noch größeres Elend stürzen.

»Man muss behutsam anklopfen und demütig auf Antwort warten, hat er wie ein Pfarrer gepredigt, wenn ihr dagegen schlagt, macht niemand auf, man wird den Eingang sogar blockieren. Seitdem ist eine ganze Woche vergangen, auf die Straße gehen wir nur, um uns zu sonnen und zu überlegen, wie lange dieser Akt hoher Diplomatie noch dauern wird«, sagte Ludvik grinsend.

»Und alle nehmen ruhig hin, dass …«

»Was bleibt uns denn anderes übrig«, unterbrach er Matijas Frage schroff. Ana legte entschuldigend ihre Hand auf Matijas Arm und sah ihren Mann ärgerlich an. Sie saßen am Tisch, es war spät, Karel und Vladimir schliefen bereits.

Ludvik fuhr gemäßigter fort: »Wir lernen einfach nichts dazu. Als wir in der Position waren, etwas Wichtiges erreichen zu können, haben wir uns mit kleinen Gaben und Häppchen zufriedengegeben, statt die Verhältnisse von Grund auf zu verändern und uns dauerhaft stabile Bedingungen zu erkämpfen. Wir lehnen uns nur immer dann auf, wenn etwas unmöglich zu erreichen ist, womit wir den Herrschaften sogar einen Gefallen tun, weil wir ihnen damit ein Argument an die Hand geben, uns noch stärker auszupressen.«

»Und in diesem Moment ist nicht der richtige Zeitpunkt, um sich aufzulehnen?«

»Natürlich nicht, weil man uns jetzt nicht braucht.« Ludvik sah zu Matija. »Diese Straße ist schon seit zwanzig, dreißig Jahren in

Planung ohne die ernste Absicht, sie zu bauen. Man hat etwas Kleingeld für die Notkasse zusammengekratzt, damit wir Arbeitslosen ab und zu auf den Felsen rumhämmern und Sand hin und her schaufeln können. Die Politiker brüsten sich, was für ein großes Herz sie doch haben, und in der Siedlung ist die Stimmung besser, weil ein arbeitsloser Nörgler weniger herumlungert und andere aufstachelt. Schau, ich gehe schon die ganze Woche hin zu dieser Straße, unsere Anführer haben es so verlangt, still und brav hocken wir wie die Mäuschen inmitten von Felsen, um die hohe Diplomatie, die uns vielleicht einen halben Dinar mehr Lohn einbringt, bloß nicht mit einem Quieken zu stören. Alles Larifari.«

»Ein halber Dinar ist wirklich nicht viel, trotzdem macht es zusammen vier Dinar am Tag …«, meldete sich Ana vorsichtig zu Wort.

»Die wir mit irgendetwas bezahlen müssen. Eigentlich haben wir das schon getan. Jeden Tag, seit wir nicht arbeiten, haben sie hundert Tagelöhne gespart. Sie müssen das Ganze noch ein bisschen hinauszögern, dann wären die höheren Löhne gedeckt, bis zum Spätherbst, wenn es regnet und kalt wird und man die Arbeit einstellt.«

Jeder hing schweigend seinen Gedanken und Sorgen nach, bis sich Ana bittend an Ludvik wandte, dass er nicht zu laut sein soll. Wie von der Nadel gestochen, stand er ruckartig auf und ging ohne Gruß ins Schlafzimmer.

»Ich habe solche Angst«, schluchzte Ana und lehnte sich an die Brust des Blinden. Matija drückte sie an sich und streichelte ihr Haar, ihr Weinen nahm kein Ende. Sie hat solche Angst, schluchzte sie, dass sie es nicht erträgt, wenn Ludvik wieder ins Gefängnis käme oder man ihn verbannt. Es hat genügt, lieber leidet sie Hunger, als dass sie wieder allein bleiben müssen. Sie hat ihre Arbeit noch, Matija unterstützt sie ja, sie wohnen bei ihm, auch Zofija hilft ihnen. Es ist nicht allzu schlimm, etlichen geht es viel schlechter. Aber wenn er gehen muss, geht sie auch, dann wird sie alles aufgeben, sich ertränken oder vor den Zug werfen.

Nach zehn Tagen untätigen Herumsitzens erschien der Abgeordnete erneut zu Besuch. Von Helfern und Kollegen umringt, trat er vor die Arbeiter. Sie haben sich durchgesetzt, teilte er ihnen fröhlich mit, der Stundenlohn beträgt nunmehr drei Dinar. Im ganzen Land erhalten nur sie diese Erhöhung, darum müssen sie vorsichtig sein, man wird ihnen überall auf die Finger schauen. Die Arbeitsleistung wird genau verfolgt, man erwartet absolute Disziplin, Widerspruch ist nicht erlaubt, jeglichem Verdacht auf Schikanen gehen ihre Delegierten und die Leitung gemeinsam nach.

Nach drei Wochen erhob sich neuer Protest, als der Bauleiter zehn Arbeiter fortschickte, angeblich hatten sie für ihren Lohn immer weniger geleistet. Die Beratung mit den Delegierten der Arbeiter brachte nichts, sie lehnten das Angebot ab, die Drückeberger und Faulpelze selbst auszuschließen. Wieder ruhte die Arbeit, bei der kleinsten Veränderung an der verlassenen Baustelle hagelte es Vorwürfe, dass die Arbeitslosen Markierungen verschieben und entfernen oder anderweitig sabotieren. Von Zeit zu Zeit hieß es, dass die Arbeit sehr bald wiederaufgenommen werden soll, doch erst nach gründlicher Überprüfung der Liste mit den Arbeitslosen.

Im kalten Herbst wurde selbst den Naivsten klar, dass das Kapitel Straße erledigt war, unerwartet bot sich den Arbeitslosen jedoch eine Verdienstmöglichkeit in einem kleinen, schon seit Jahren verlassenen Bergwerk. Dessen Besitzer boten den Bergmännern Löhne an, die viel niedriger waren als die des großen Bergwerks im Tal, zudem umfassten die Verträge keine Beiträge zur Sozialversicherung, und die Schwerstarbeit war noch gänzlich von Hand zu verrichten.

Ludvik zögerte lange, unter dem Druck des demütigenden Angebots der Bergwerksbesitzer hier und Anas gewaltiger Sorge dort glaubte er jeden Moment platzen zu müssen. Er nahm die Arbeit an, schuftete wie noch nie im Leben, um seine rebellische Wut abzureagieren. Kaum zwei Monate später kaufte das große Bergwerk im Tal den primitiven Stollen und schloss ihn, die Bergmänner erhielten das Angebot, unter denselben Bedingungen im Tal weiterzuarbeiten. Ludvik nahm es nicht an, er konnte es nicht annehmen, er schalt sich blind und dumm, weil er das schmutzige Spiel der Bergwerksbesitzer nicht durchschaut und ihnen sogar geholfen hatte, es zu spielen.

Er besoff sich wie noch nie zuvor, nach drei Tagen kam er in die Kolonie getorkelt, wo er niemanden vorfand. Er irrte umher, ging mit einem Bekannten zur Armenküche, die mit Einbruch des Winters geöffnet hatte. Ihm wurde gesagt, dass er Schüssel und Löffel selbst mitbringen muss. Wortlos machte er kehrt, ging in die Kolonie, nahm den Schlüssel aus dem Versteck und betrat die Wohnung. Er legte sich hin und schlief diesen und auch den nächsten Tag durch. Mürrisch streunte er durch die Kolonie und brach bereits am Samstag erneut auf, sie sollen sich keine Sorgen machen, in ein paar Tagen ist er zurück.

Er kam auf einem Wagen angefahren, von dem er mit einer Unbekannten größere Webstühle aus Holz lud. Irgendwie manövrierten sie diese in die Küche. Er sagte niemandem, wem die Webstühle gehören, wo er sie gekauft, gestohlen oder ausgeliehen hat, wo er gelernt hat, wie man webt. Von nun an webte er von morgens bis abends Teppiche, Vorhänge, Tischdecken und ging dann und wann mit vollem Korb durch die Siedlung, später in die umliegenden Berge und Nachbarorte. Der Verdruss schwand langsam aus seinem Gesicht, immer häufiger pfiff er bei der Arbeit. Seine Zufriedenheit war ansteckend, Ana blühte wieder auf, an den Abenden unterhielt er sich oft bis spät in die Nacht mit Matija.

Der Frühling erwärmte sich zum Sommer, Ludvik lud sich noch im Dunkeln den Korb auf und brach zu einem vier Stunden entfernten Dorf auf. Er erreichte die ersten Häuser, nahm den Korb von den Schultern und stillte im Hof seinen Durst. Zwei Gendarmen traten auf ihn zu, er soll ihnen zeigen, was er mit sich führt, sie kontrollieren wandernde Krämer, immer häufiger finden sie kleine Schmuggelware bei ihnen, vor allem Saccharin und Tabak, außerdem Spielkarten, Feuerzeuge, Feuersteine. Ludvik lachte, er hat noch nie gehört, dass jemand Teppiche schmuggelt. Er stellt sie selbst her, er hat seine Stelle im Bergwerk verloren und zum Webstuhl gegriffen, redete er auf die schweigenden Gendarmen ein, die damit begannen, seine Ware aus dem Korb zu nehmen und auf dem Boden auszubreiten. Dabei zogen sie auch ein Leinensäckchen hervor, der überraschte Ludvik behauptete, es zum ersten Mal zu sehen. Die Gendarmen öffneten es und schüttelten etwa zwanzig Schächtelchen heraus, in allen war Saccharin.

Ludvik kam ins Gerichtsgefängnis. Beim Verhör sagte er, dass ihm das Säckchen unbekannt ist, er weiß nicht, wer es ihm in den Korb gesteckt hat und warum. Der Richter gab zur Antwort, dass er die immergleichen langweiligen Ausflüchte satthat, höchste Zeit, dass Sachverständige einmal das Phänomen von Gedächtnisschwund ergründen, das mindestens vier von fünf verhafteten Hehlern befällt. Auf Ludviks Hinweis, eine so hohe Strafe nicht bezahlen zu können, brummte ihm der Richter statt des extrem hohen Bußgelds vierzig Tage Gefängnis auf.

DER MARSCH DER FRAUEN

Ich kann es kaum glauben, denn unsere Ansichten zur Stellung der Frau stimmen in kaum einer Frage überein, was aber nichts an der Sachlage ändert: Man hat mich eingeladen, und ich werde sagen, wie die Dinge wirklich stehen.«

»Es wird ihnen nicht gefallen«, sagte Ludvik, Frančiška zuckte nur mit den Schultern. »Natürlich habe ich nicht den geringsten Zweifel, dass du ihnen sagst, was du denkst ...«

»Mach dir keine Sorgen um mich«, unterbrach Frančiška ihren Bruder. »Vielleicht sind sie ihrer Dogmen und der Treue ihrer Zuhörer völlig gewiss, vielleicht aber wollen sie sich wirklich mit verschiedenen Positionen befassen, oder sie sind ahnungslos und naiv ...«

»Du bist naiv«, stoppte diesmal Ludvik sie, »bestimmt führen sie etwas im Schilde. Sie waren immer gegen die freie Meinung, Andersdenkende wurden gewaltsam unterdrückt.«

»Ich werde ihnen sagen, dass Industriearbeit kein physischer oder moralischer Mord an Frauen ist, wie gerne geschimpft wird; dass es dagegen zum Himmel stinkt, wenn jemand nur aufgrund seines Geschlechts weniger verdient. Vermutlich werde ich noch etwas hinzufügen, das vielleicht nicht ganz zum Thema des Abends gehört, aber wer hat die Fülle seines Denkens schon ganz im Griff«, sagte sie lachend. »Man hat mich eingeladen, also wird man mir auch zuhören müssen. Und ein für alle Mal: Du musst dir keine Sorgen um mich machen, ich fürchte mich kein bisschen.«

»Ich rede nicht von Feigheit, das käme mir überhaupt nicht in den Sinn, aber du weißt selbst nur zu gut, wie hässlich diese Wortgefechte werden können, wenn sie mit Lügen beginnen, mit Unterstellungen …«

»Ich verstehe dich ja, Ludvik, du hast üble Erfahrungen gemacht, aber deshalb bleibt die Welt nicht stehen. Und du selbst hast deine Ansichten auch nicht verändert, du siehst die Dinge immer noch so wie früher …«

»Du bist wirklich naiv. Weißt du, was sie mit dir machen, Frančiška? Sie kleben dir einen Zettel auf den Rücken oder an die Stirn, wo du es nicht siehst, auf dem steht, dass du verrückt bist. Keiner glaubt dir noch irgendwas, sie hören dir nicht einmal mehr zu, die Menschen wenden sich von dir ab oder lachen dir ins Gesicht. Mit ein paar untergejubelten Schachteln Saccharin bringen sie dich um deine Glaubwürdigkeit, du bist nicht mehr der Kämpfer für Arbeiterrechte und politische Häftlinge, sie radieren alles aus, was du einmal warst, plötzlich bist nur noch ein schäbiger Schmuggler und Hehler, ein schnöder Übeltäter.«

Frančiška erhob sich, blickte zu Ana, die ihren Kopf unbewusst an Ludviks Schulter gelehnt hatte, vermutlich, um ihm und sich selbst Trost zu spenden: »Hast du es dir anders überlegt?«

»Nein, natürlich nicht, ich komme mit.«

»Du hast mich zwar nicht gefragt, aber ich möchte euch begleiten«, sagte auch Matija und stand auf.

Am nächsten Tag kehrte Frančiška nicht nach Ljubljana zurück. Am Morgen besuchte sie die Milchküche für arme Schüler und später die öffentliche Küche für Arbeitslose, dazwischen traf sie sich mit ein paar Jugendfreundinnen und war bei dem Arzt, dessen Radiovortrag noch monatelang nachgehallt hatte, sie besuchte die Schule, wo sie einige Kollegen aus ihrer eigenen Lehrerzeit antraf, sie klapperte fast den ganzen Ort ab. Als sie zurückkam, waren Ana und Matija gerade bei Frančiškas Vortrag, sie erzählten Ludvik begeistert, dass sie den Organisatoren mit Sicherheit furchtbare Kopfschmerzen bereitet hat.

»Die neutrale Presse sagt, dass du der Star des Abends warst«, begrüßte sie Ludvik lachend. »Ich freue mich, dass meine Angst unbegründet war. Vielleicht hat man wirklich naiv geglaubt, dass du schwaches weibliches Wesen im Sturmwind ihrer Klugscheißerei zu schwanken beginnst, deine zahlreichen Irrtümer zugibst und sie zutiefst bedauerst.«

»Ganz davon abgesehen, dass ich nicht auf dem Scheiterhaufen verbrannt wurde, haben sie mich sogar auf eine ausgezeichnete Idee gebracht, was man machen müsste. Deshalb bin ich heute kreuz und quer durchs Tal gelaufen.«

Was sie vorhat, wollten sie wissen.

»Erst einmal wird es langweilig, denn ich muss warten«, sagte sie und tat damit so, als hätte sie ihre Neugierde nicht erkannt, »weil ich allein keine Versammlung einberufen kann. Unser Frauenverein wurde vor Kurzem verboten, deshalb müssen wir eine Versammlung der anderen nutzen. Nur gut, dass die noch bestehen, sonst könnte ich nirgendwo auftreten«, sagte sie lachend.

»Du wirst sehen, wie kämpferisch die Frauen hier geworden sind«, erzählte Ana, als sie mit Frančiška zur großen Mühle am Rand des Marktplatzes ging. »Mehl austeilen gehört inzwischen zu den Haupttätigkeiten im Ort. Die Regeln ändern sich ständig, wohl, damit man sich immer über etwas streiten kann. Mal ist das Mehl kostenlos, mal nur viel günstiger als im Laden, aber immer gibt es Listen, wer es abholen kann und wie viel. Die Namen der Berechtigten werden ausgerufen, die Abstände zwischen den Nennungen sind groß genug, um sich laut darüber auszulassen, was man über jeden Einzelnen weiß.«

Auf dem Marktplatz waren schon mehr als hundert Leute versammelt, überwiegend Frauen. Die Mühle war auf der Vorderseite umzäunt, ein aus Stangen und Latten gebildeter schmaler Korridor führte zum Eingang. In diesem Trichter formte sich das Menschenmeer zu einer Schlange, die sich bis zu der Stelle schlängelte, wo man jeden Moment damit beginnen sollte, Mehl abzuwiegen und in Säcke zu füllen. Auf der Liste standen die Namen von Arbeitern, die im letzten Monat zu wenig zum Leben verdient hatten. Bei der bevorstehenden Austeilung sollten sie der Liste zufolge Anrecht auf vier Kilo Mehl haben, ihren Frauen stand die Hälfte davon zu, den Kinder ein Viertel.

Die Versammelten wurden schon ungeduldig, die Menge drückte auf diejenigen, die im Korridor vor der Mühle eingeklemmt waren, immer häufiger äußerte jemand laut seinen Unmut. Der Gemeindesekretär winkte vom Holzbalkon aus mit der Liste und versuchte, den ansteigenden Lärm zu überschreien. Laut wiederholten die Gendarmen seine Worte, dass man mit dem Mehlverteilen erst beginnt, wenn sich die Menge so weit beruhigt hat, dass der Sekretär und der Gerent ihnen vorlesen können, was sie mitzuteilen haben.

Der Sekretär beschrieb, wie die Austeilung abläuft, er erläuterte, wer berechtigt ist und andere Formalia, der Gerent bedankte sich im Namen der Notleidenden bei den werten Mitstreitern, die verschiedene Sammelaktionen angestoßen, und den Wohltätern, die zu einem neuen Waggon Getreide beigesteuert haben, um das Leid im Bergwerksrevier zu lindern. Beide riefen die Versammelten dazu auf, ruhig vorzutreten und wieder zu gehen, sollte es zu Tumulten kommen, müssen sie die Austeilung abbrechen. Der Gerent betrachtete die Ansammlung vom Balkon aus, der Sekretär eilte mit den Papierbögen zur Verteilstelle.

Ana führte einen der auf dem Marktplatz wartenden Männer an den Korridor, wo er seinen Korb neben dem Zaun umstülpte und Frančiška wie ein kleines Mädchen darauf hob. Bald nach ihren ersten Worten verstummte das Schnattern ringsum, nach wenigen Sätzen stoppte auch die Mehlausteilung. Es ist nicht richtig, sagte sie, dass die Behörden solch feierliche Anlässe zur Lobhudelei einberufen, die edlen Geberhände werden unangebracht in den Himmel gelobt, und erst recht unangebracht wird abfällig über die hungrigen Mäuler gesprochen, die nichts als überleben wollen. Richtig wäre, dass die Mächtigen an den Türen der Arbeiterwohnungen Lebensmittel verteilen und sich dabei jedes Mal entschuldigen. Schuld an diesen elenden Verhältnissen sind schließlich die unfähigen Machthaber, die die Leute in schlimmes Leid stoßen. Wenn Menschen Hunger leiden, hat die Regierung ihre Arbeit nicht richtig getan.

Der Gerent schrie vom Balkon, sie soll schweigen, niemand hat ihr das Wort erteilt, die Menschen sind gekommen, um Mehl zu holen, und nicht, um sich politische Agitation anzuhören. Er rief die Gendarmen zum Einschreiten auf, sollte sie nicht sofort aufhören, gegen die Gesellschaftsordnung zu sprechen. Frančiška antwortete ihm, dass sie nicht gegen die herrschende Ordnung spricht, ihre Worte richten sich gegen die Unordnung, die sie geschaffen haben. Die Machthaber befassen sich schon seit Jahren nicht mehr mit den wirklichen Problemen, sondern lösen politische, gewerkschaftliche und sogar kulturelle Organisationen auf, die ihnen die Stirn bieten, enthalten den Frauen das Wahlrecht vor, und statt die gewählten Bürgermeister und Räte zu bestätigen, setzen sie korrupte Gerenten und Berater auf den Thron.

Das Geschrei und heftige Fuchteln des Gerenten setzte zwei Gendarmen in Gang, die sich jedoch nicht durch die zusammengepferchten Körper im schmalen Korridor drängen konnten.

In einer Sache liegt er richtig, antwortete Frančiška dem Gerenten, dies ist tatsächlich keine politische Versammlung. Auch ihr Auftritt ist nicht politisch, deshalb soll er die Gendarmen nicht auf sie hetzen, sondern dabehalten, damit sie beim Austeilen für Ordnung sorgen. Als hätten ihre Worte sie der Pflicht zum Einschreiten entbunden, verzichteten die Gendarmen auf weitere Versuche, in den Korridor vorzudringen.

Fordert, dass noch in diesem Herbst eine Bürgerschule im Ort eröffnet wird, fuhr Frančiška fort. Die mechanisierte Arbeit im Bergwerk verdrängt Menschenhände, damit steigt unentwegt die Zahl der Arbeitslosen und jener, die den Broterwerb in der Fremde suchen müssen. Hunderte kluge Kinder sind deshalb dazu verurteilt, das traurige Leben ihrer Eltern zu wiederholen, die ihnen keinen Schulbesuch in benachbarten Städten ermöglichen können. Die

Bürgerschule ist der erste Schritt zu Berufen, die eine Anstellung und soziale Sicherheit ermöglichen. Die Gemeinde, Banschaft, Schulbehörden, alle werden sich darauf hinausreden, dass es an Platz, Lehrern, Geld fehlt. Im besten Fall ginge es nächstes oder übernächstes Jahr. Glaubt ihnen nicht, kam Frančiška mit ihrer Rede zum Schluss, wenn ihr es schafft, mit wenigen Kilo Mehl eure Kinder und Männer durchzubringen, dann schaffen auch die Machthaber ihre viel leichtere Aufgabe: alles Nötige vorzubereiten, damit im Herbst die erste Klasse der Bürgerschule beginnt.

»Mich interessiert vieles, aber darüber reden wir später. Ich bin gekommen, weil ich deine klare und öffentliche Unterstützung bei der Gründung der Bürgerschule brauche.«

Alojzij wich dem Blick seiner Schwester aus, als könnte er so ihr und ihrer Absicht entkommen, ihn in ihren Plan mit einzubeziehen. »Ich befasse mich nicht mit Politik, mit meiner Arbeit in der Fabrik bin ich derart ausgelastet, dass mir für alles andere die Zeit fehlt.«

»Nimm dir die Zeit und denke nach. Wie furchtbar wichtig diese Fabrik auch ist, sie sollte nicht das Einzige in deinem Leben sein. Was die Bürgerschule betrifft, gibt es nichts zu überlegen. Vor allem darfst du nicht dem Vorbild des Bergwerksdirektors folgen, der etwas gegen die Schule hat, weil er höhere Gemeindesteuern fürchtet und ein Heer von Arbeitslosen die beste Garantie dafür ist, dass er die Menschen weiterhin ausnehmen kann. Du bist kein Bluthund.«

»Hör zu, Frančiška …«

»Nein, erst hörst du mir zu. Du leitest ein Unternehmen, das sich schnell entwickelt, es wird immer mehr verschiedene Fachleute brauchen. Besser als irgendjemand sonst kannst du den Fabrikanten und den Mächtigen klarmachen, warum Wissen etwas Gutes ist und überaus wichtig fürs Geschäft.«

»Wir alle wissen, dass es so ist, aber in allen Kassen klaffen tiefe Löcher, und es macht keinen großen Unterschied, ob es dieses oder nächstes Jahr geschieht …«

»Natürlich macht es einen Unterschied, es macht einen gewaltigen Unterschied, Alojzij. Jedes hinausgeschobene Jahr bedeutet mehrere Dutzend oder hundert Kinder, denen die Möglichkeit vorenthalten wird, in die Schule zu gehen. Willst du weiter behaupten, dass es egal ist? Nicht alle Karels und Vladimirs haben eine gute und kluge Tante Zofija.« Frančiška wartete, dass ihr Bruder sie ansah. »Wenn dich nicht überzeugt, was ich dir gesagt habe, denk an deine eigene Geschichte. Du hattest die Möglichkeit, und du hast sie mit beiden Händen ergriffen. Ich wollte es nicht aufwärmen, aber du kannst nicht einfach all diesen Kindern solch eine Chance verweigern.«

Der Rat der Gerenten hatte gerade seine Sitzung begonnen, als sich vor dem Gemeindehaus die ersten Frauen versammelten. Die Räte stellten sich seitlich an beide Fenster des Sitzungsraums und beobachteten verstohlen die Frauen. Die bildeten einen Halbkreis, der sich vom Eingang bis weit in den Hof erstreckte, worauf sie laut zu skandieren begannen, dass sie eine Schule verlangen. Der Lärm nahm zu und lockte Neugierige vor das Gebäude, im Sitzungsraum konnte man sich nicht mehr unterhalten. Vielleicht eine Viertelstunde verging, dann erschien der Gerent in der Tür, gefolgt von drei Beratern. Sie traten in das hohle Halbrund, zwei, drei Meter vor ihnen forderte die Mauer aus Frauen laut skandierend eine Schule. Dann rückten sie ein bisschen auseinander, Frančiška trat vor die Machthaber. Regungslos musterte sie den Gerenten. Als die Frauen verstummt waren, fragte sie ihn, ob es stimmt, dass man auf der eben begonnenen Sitzung gar nicht über die Gründung der Bürgerschule entscheidet. Die Tagesordnung steht am Schwarzen Brett angeschlagen, sie sollen dort nachschauen, sagte er spöttisch lachend und drehte sich um, wie um ins Gebäude zurückzugehen. Herr Gerent, stoppte ihn Frančiškas Ruf, es liegt in seinem Ermessen, dass er die Tagesordnung erweitert und man auf der Sitzung verbindlich beschließt, im Herbst eine Bürgerschule zu eröffnen. Sie trat dicht an ihn heran, sie waren fast gleich groß. Wenn sie eine Schule gründen wollen, zählt jeder Tag, sie müssen schnell handeln, es bleibt nicht mehr viel Zeit; wenn sie dies jedoch nicht vorhaben, sagte sie, ihn kalt anblickend, sollen sie das Regieren sofort denjenigen überlassen, die mehr Mut haben und mehr Teilnahme für ihre Mitbürger aufbringen.

Der Gerent konnte nicht ruhig bleiben, mit bebender Stimme riet er Frančiška und den Versammelten, fortzugehen und ihre Arbeit nicht länger zu stören, andernfalls wird er wegen der Störung und Bedrohung gezwungen sein, die Gendarmen zu rufen.

Als er Bedrohung sagte, schüttelte Frančiška verwundert den Kopf. Herr Gerent, sprach sie ihn an und wartete ab, bis ihre Blicke sich trafen, die allergrößte Bedrohung für den Ort und seine Bewohner stellt er selbst dar mit seinem abweisenden Verhalten gegenüber den Armen.

Am Sonntag trafen sich die Frauen schon in aller Früh am Bahnhof, es waren sicher mehr als tausend. Dieser großen Menge zum Trotz waren ihre Absprachen den Behörden verborgen geblieben, am Bahnhof war kein Gendarm zu sehen, nur der Stationsvorsteher betrachtete ungläubig die Masse der Menschen vor dem Gebäude. Frančiška begrüßte ihn und empfahl ihm, die Nachbarstationen zu informieren, dass sie die Züge stoppen, sie gehen nämlich auf dem Gleisbett nach Ljubljana. Sie werden vor nichts und niemandem weichen, sie sind entschlossen, der Regierung eine unwiderrufliche Zusicherung abzuringen, dass im Herbst der Unterricht in der Bürgerschule beginnt. Der Stationsvorsteher flehte sie nervös an, sie sollen keine Dummheiten machen, Frančiška gab zur Antwort, dass sie nichts davon abbringen kann als die erwähnte Zusicherung, deshalb soll er lieber dafür sorgen, dass kein Zug zwischen sie fährt.

Zumindest anfangs betrieben sie das Gehen auf der Eisenbahnstrecke als Spiel. Insbesondere die jüngeren Frauen wetteiferten darin, wie lange sie das Gleichgewicht auf den Gleisen halten konnten, andere passten die Länge ihrer Schritte dem Abstand der Holzschwellen an, wieder andere gingen einfach den ausgetretenen Pfad neben der Strecke entlang. Der Morgen war warm, der Himmel ohne den kleinsten weißen Fetzen, eine der mitmarschierenden Frauen prophezeite ihnen einen heißen Tag. Hoffentlich nur wegen der Sonne, wünschte sich Frančiška.

Im letzten Monat war sehr viel passiert, aus der beiläufig entstandenen Idee, eine Bürgerschule zu gründen, war eine breite Bewegung erwachsen, sie wurde zum Dauerthema in den Zeitungen und zu einem politisch heftig umkämpften Schlachtfeld. Frančiška war überzeugt, dass die Obrigkeit der Sache weiterhin aus dem Weg gehen und sich unsichtbar machen wird, die Rolle der verhassten Gegner den niederen Chargen überließ, deshalb gab es nur eine aussichtsreiche Möglichkeit, sie musste die Frauen vor den hohen Hof führen. Sie werden Fallen ausweichen müssen, dürfen über keines der zahlreich gestellten Beine stolpern; wenn ihnen das gelingt, erwarten sie am Ende ein gespieltes Lächeln, ein offenes Ohr und eine Zusage, die sie mit einer Rede mühelos als verbindlich festschreiben wird.

Die Zuneigung der Leute ist ihre stärkste Waffe, vielleicht sogar ihre Einzige, das wusste Frančiška, deshalb müssen sie die ganze Zeit präsent sein und ihre Sympathie aufrechterhalten. Dies brachte sie auf den Einfall, auf tausend und mehr Paar Beinen zu marschieren, in Gemeinschaft und immer die Eisenbahnstrecke entlang, wo niemand sie übersehen kann. In der Nachbarstadt, die sie nach gut zwei Stunden Fußmarsch erreichten, wurden sie von Gleichgesinnten bereits erwartet und lauthals begrüßt, die Nachricht von ihrem Marsch war schneller als ihr Schritt. Der Vertreter der Eisenbahngesellschaft warnte sie förmlich, dass sie gesetzwidrig fremdes Eigentum besetzen, weshalb sie sich sofort vom Gleis entfernen und den Verkehr freigeben sollen. Die Frauen ignorierten seine Worte, auch zehn Gendarmen, die über die Strecke verteilt dastanden, waren ein derart bescheidenes Hindernis, dass diese der lebenden Woge von selbst aus dem Weg gingen.

Gegen Mittag, als sie bereits die Hälfte des Weges hinter sich hatten, wurden sie in der zweiten größeren Stadt erneut von einer

Menschenmenge erwartet, einige hundert Frauen schlossen sich ihrem Marsch an. Die Maßnahmen der Regierung, um sie aufzuhalten, waren ebenso dürftig wie in der Stadt zuvor. Warum versucht man sie nicht einmal zu stoppen und von der Strecke zu vertreiben, fragte sich Frančiška und ahnte augenblicklich die Antwort: Sicher plant man, sie vor der Eisenbahnbrücke aufzuhalten, die wenige Kilometer weiter den Fluss querte. Eine einzige Lokomotive auf den Gleisen genügte, und der Übergang war unmöglich. Eine solide Eisenwand, ein unüberwindliches Hindernis würde ohne Gendarmen, ohne Drängeln und Stoßen, ganz ohne Gewalt ihren Weg beenden.

Sie fragte eine der Frauen, die sich ihnen auf der Station angeschlossen hatten, nach der nächsten Straßenbrücke. Sie müssten bis zur ersten Stadt auf dem Weg zurück, in ihrer Richtung liegt sie ziemlich weit hinter der Eisenbahnbrücke.

Wie hatte sie eine so offensichtliche Falle übersehen können, pochte es in ihrem Kopf. Wenn sie weitergehen, endet ihr Weg bei der Eisenbahnbrücke, kehren sie zur Nachbarstadt zurück, wird unterdessen schon die Nacht hereinbrechen, sie haben weder einen Schlafplatz noch zu essen, immer tiefer wird Müdigkeit in ihre Entschlossenheit einsickern, und Konflikte zerrütten dann die allseitige Verbundenheit. Die Ankunft in Ljubljana am späten Sonntagnachmittag war ein Baustein ihres Erfolgs, ihr sollte eine Parade durch die Stadt folgen, die Solidarität des Volks, die imposante Versammlung vor dem Parlament und der unvorbereiteten Regierung.

Frančiška fluchte unflätig, verzweifelt starrte sie die Unterstützerin an. Sie können den Fluss noch immer mit dem Fährkahn überqueren, erklärte die Frau fast entschuldigend. – Bis so viele Menschen über den Fluss geschafft sind, ist es längst dunkel. – Wenn die neue Brücke einmal fertig ist, wird alles anders. Kinder benutzen manchmal verbotenerweise einen Steg, der an den bestehenden Pfeilern hängt. Die Arbeiter brauchen ihn zum Bau der Brücke, für … Alles Weitere verklang in einer festen Umarmung, denn Frančiška drückte die Frau mit aller Kraft an ihre Brust.

Sie verließen die Stadt, die hinter dem Horizont verschwand, dann bog die Frauenkolonne scharf ab zum Fluss, spazierte eine Weile sogar in entgegengesetzter Richtung am Ufer entlang, um zur Baustelle zu gelangen. Die halbfertige Brücke stand verlassen da, ebenso der kleine Fährkahn etwas weiter vorn, der Steg aus Brettern, den die Arbeiter zum Transport von Material und als Baugerüst benutzten, wirkte stabil. Schrittweise überquerten sie eine nach der anderen ohne Probleme den Fluss, eine ganze Weile setzten sie den Weg auf einer schmalen Straße fort und gingen dann über einen Feldweg zum Flussufer. Weit jenseits der Eisenbahnbrücke stießen sie erneut auf das Gleis, vor ihnen gab es kein Hindernis mehr, sie näherten sich der dritten größeren Stadt, auf die bald Ljubljana folgen sollte.

Knapp vor der Stadt schlossen sich vereinzelt Frauen dem Umzug an, jede war willkommen, es wurde gescherzt und laut gesungen, die Müdigkeit verflog, das Ziel rückte immer näher, die heiße Sonne hatte den Zenit überschritten, die Frauen schritten immer entschlossener aus. Einige fassten sich an den Schultern oder um die Taille, es wuchsen der Stolz und die gute Laune in der staubigen Karawane, sie waren stark, eine Macht, Lachen begleitete sie, niemand konnte sie mehr aufhalten oder zur Umkehr bewegen.

Der Bahnhof war voller Menschen, die auf dem Bahnsteig versammelte Masse begrüßte den Umzug laut wie einen über das Gleis rollenden König oder anderen hohen Herrn. Die Schar zählte nun schon mehr als zweitausend Frauen, mit immenser Sogwirkung zog sie ständig neue Mitstreiterinnen an. Frančiška bemerkte in der Menge nur zwei Gendarmen, die beim Eingang zum Bahnhof standen, zwischen ihnen der Stationsvorsteher, der sich erkennbar über den Protestmarsch wunderte.

Die Eisenbahnschienen verliefen nun vollkommen gerade, in der flirrenden Hitze begann sich die letzte Station ihres Marschs abzuzeichnen. Auf der langen Zufahrt auf die Stadt, mindestens zwei Kilometer vor der Station, wo die Gleise auseinanderzulaufen begannen, erstreckte sich ein Trupp Gendarmen über die gesamte Breite, ganz am Rand saß hoch zu Ross ihr Kommandant. Die Frauen verlangsamten weder ihr Tempo noch verkürzten sie ihre Schritte, zahlenmäßig weit überlegen, traten sie singend auf den Wellenbrecher der Gendarmen zu.

Schwer, ja unmöglich lässt sich genau beschreiben, was in dem Moment geschah, da das Menschenmeer gegen den Wall aus Gendarmen prallte, denn in den Zeitungen überboten die Reporter einander geradezu in Übertreibungen. Einer berichtete, dass die Soldaten auseinanderrückten wie das Wasser des Roten Meers, auf dass Moses sein Volk retten konnte. Ein anderer wollte gesehen haben, wie sich das Pferd des Kommandanten auf die Hinterbeine stellte und davongaloppierte, gefolgt von den in alle Richtungen auseinanderlaufenden Gendarmen. In einer dritten Zeitung wurde behauptet, dass eine Kompanie riesiger Mädchen auftauchte, bis zu zwei Meter groß und mit ebenso großem Bauchumfang, die sich bei den Gendarmen unterhakten und ein breites Spalier bildeten. Der vierte schrieb, dass die Woge der Frauen wie körperlos durch den Wall aus Gendarmen hindurchging, ganz wie ein geistiger Strom. Und tatsächlich schien die Flut so schonend über die aufgereihten Gendarmen hinwegzuströmen, dass sich diese, als die Welle vorüber war, noch an exakt derselben Stelle befanden.

Die anwachsende Menschenmenge flutete den Hauptbahnhof, sie strömte über die Straßen, sog alles auf, was ihr nahekam, und bildete schließlich vor dem Hof der Banschaft ein weites Meer. Es geschah, wie es sich Frančiška vorgestellt hatte. Bald öffnete sich die Eingangstür, der Ban reichte Frančiška die Hand, die sagte, dass er vermutlich weiß, warum sie den ganzen langen Weg auf sich genommen haben, sie sind gekommen, um sich die unwiderrufliche Zusicherung zu holen, dass in ihrem Bergwerksort im Herbst eine Bürgerschule eröffnet wird. Der Ban nickte, drinnen warten bereits drei enge Mitarbeiter von ihm, um alle Einzelheiten zu besprechen, auch sie soll drei Begleiterinnen dazu auswählen.

»Ich freue mich, dass euch das gelungen ist, zugleich ist es mir völlig unverständlich.« Ludvik betrachtete Frančiška. »Erinnerst du dich noch, wie der ruhige Protest bald nach dem Krieg geendet hat? Die Gendarmen haben zwölf Menschen getötet, einige waren verwundet, viele von uns sind im Gefängnis gelandet. Ich hatte Angst. Ich freue mich wirklich, dass deine Geschichte so ausgegangen ist.«

»Was verstehst du nicht, Ludvik?«

»Ich bin mir nicht sicher, ob sie euch überhaupt aufhalten wollten. Wann immer ich gegen sie gekämpft habe, waren sie eisern und brutal, und ging es nicht mit roher Gewalt, hängten sie uns etwas an oder betrogen uns. Jetzt aber haben sie sich für euch fast zum Spalier aufgestellt. Vielleicht hat sie verwirrt, dass es eine Schar Frauen war, weil du eine Frau bist.«

»Ich sage schon lange, dass vieles anders wäre, wenn Frauen mehr Macht in der Gesellschaft hätten«, sagte Frančiška lachend. »Ich finde das Rätsel nicht so schwierig. Diese Frauen mit ihren traurigen Schicksalen und ihrer großen Hingabe lassen sich nicht besiegen. Jeder auf sie niedergehende Schlag trifft den Schlagenden doppelt so heftig.«

»Ich weiß nicht, das klingt viel zu schön. Die Regierung, wie ich sie sehe und wie ich sie zu spüren bekam, ist vollkommen anders. Immer geht es um Macht, um ein Kräftemessen, robustes Auftreten, Gewalt. Aber lassen wir meine Geschichte, führ dir nur vor Augen, wie man Angela gequält hat. Eine Frau, die dich zu Tränen rühren müsste, wurde ohne die kleinste Spur von Respekt und Feingefühl verstoßen, im Finale haben sie ihr dann noch dieses verrückte Kochen von Menschenschädeln untergejubelt.«

»Klar, wenn es um Fundamentales geht, um Glauben, das politische System, Werte, dann ist keine Nachsicht zu erwarten, dann wird immer bis aufs Blut gekämpft.« Frančiška sah ihren Bruder an. »Weißt du, wie lange wir schon vergeblich für das Frauenwahlrecht kämpfen? Weißt du, wie furchtbar weit wir noch von dem Recht entfernt sind, dass Frauen selbst darüber entscheiden können, ob sie ein Kind gebären?«

Sie unterbrach selbst die Stille, die nach ihren Fragen eingetreten war. »Natürlich macht das unseren Erfolg kein bisschen kleiner.« Sie lachte ihn an. »Wollen wir darauf anstoßen?«

»Aber sofort«, sagte Matija, »ich habe auch noch Fragen.«

DIE VIERZIGER JAHRE

Der Athlet war mit seinen rund zwei Metern um mindestens einen Kopf größer als die Zuschauer, die einen großen Kreis um ihn gebildet hatten, mit weitem Schwung warf er den bunten Mantel ab und sorgte mit seinem muskulösen Körper für noch mehr Aufsehen. Ein zierliches Mädchen mit dem Gesicht einer reifen Frau, das komplette Gegenteil seiner Wucht, zählte seine glänzenden Welterfolge auf, höchste Adelskreise hatten ihm applaudiert und sogar gekrönte Häupter. Warum er denn in diese Armut zurückgekehrt ist, wenn man ihn an den Höfen so sehr wertschätzte, rief jemand aus der Menge. Das Mädchen ließ sich nicht beirren, er ist zurückgekommen, um ihrem Elend ein Ende zu bereiten, brachte sie die Menge zum Schweigen, und was er sich vornimmt, schafft er auch, er kann jeden besiegen, nicht umsonst trägt er den Namen Leo. Er hat übermenschliche Kräfte, wie sie einst den Göttern vorbehalten waren. Ihre Worte lösten eine Welle des Gelächters aus, einige riefen etwas Unverschämtes. Wie schwer ihre Krise auch sei, übertönte sie die Leute erneut, soll er sie fortschleudern, unrettbar in einen Abgrund ziehen, soll er sie ihnen mit seinen Fingern oder Zähnen von den Leibern ziehen, was ist ihnen lieber, fragte sie. Die im Kreis dastehenden Zuschauer kamen in Schwung, sie wetteiferten im Antworten und Stellen neuer Fragen.

Mitten auf dem Schauplatz lag zwischen allerhand Requisiten ein ziemlich großer Felsbrocken. Das Mädchen schritt vor den Zuschauern entlang und fragte herausfordernd, ob jemand stark genug ist, ihn anzuheben. Mehrere junge Männer versuchten es, aber der Fels blieb wie festgeklebt auf dem Boden, rot vor Anstrengung und Scham wandten sie ein, dass er zu glatt ist, nirgends Halt bietet. Sie sollen es zu zweit versuchen. Dem ersten Paar gelang es, ihn etwas anzuheben, wobei er ihnen seitlich wegrollte, die nächsten beiden waren nicht viel erfolgreicher.

Leo ging in die Hocke und packte den Felsen knapp über dem Boden. Inmitten der Totenstille, die sich über die Menge legte, richtete er sich auf. Mit der Last vor dem Bauch ging er durch die Runde, es gelang ihm sogar zu lächeln wie mit einem Kindlein im Arm.

Im Steinheben sind sie ihm nicht gewachsen, scherzte das Mädchen, aber es gibt noch genügend andere Gelegenheiten, sich mit ihm zu messen. Ist unter den Versammelten ein Zimmermann, ein Meister im Nägel-Einschlagen, fragte sie. Schon kam ein Mann hergeeilt, trat nach vorn, die Assistentin bat ihn, drei große Nägel bis zur Hälfte in ein starkes Stück Holz zu schlagen. Niemandem gelang es, einen von ihnen auch nur ein bisschen zu lösen, obwohl etliche es versuchten. Leo nun zog den rechten Nagel mit seiner Rechten heraus, den auf der anderen Seite zog er mit der Linken und den mittleren mit seinen Zähnen.

Erste Münzen fielen in das Säckchen, welches das Mädchen herumreichte, die spöttischen Bemerkungen verstummten, an ihre Stelle traten Jubelrufe, die von Nummer zu Nummer lauter wurden. Leo nahm eine Eisenstange dick wie ein Finger, bog sie um seinen Hals und formte eine Krawatte daraus. Eine zweite Stange wickelte er sich so um den Arm, dass ein Armreif mit zehn Umwicklungen entstand. Das Mädchen spornte sie dazu an, ihm den Schmuck abzunehmen, sie können ihn dann behalten, doch keinem gelang es, die Eisen aufzubiegen. Warum wundern sie sich über ihr Elend, schimpfte Leos Assistentin aus Ulk, wenn sie sich nicht einmal nehmen, was man ihnen zum Geschenk anbietet.

Gegen Ende der Vorstellung zerriss er eine Kette, mit der sich zuvor vier rüstige Männer abgeplagt hatten, danach zerriss er spaßeshalber noch ein Bündel Spielkarten. Er teilt alles in zwei Hälften, erklärte das Mädchen, die eine Hälfte des eingesammelten Geldes gehört ihm, die andere spendet er dem Kinderschutzverein. Das Mädchen drehte eine letzte Runde mit ihrem Säckchen und sammelte, der dichte Ring begann auseinanderzufallen, einige Männer wollten die strammen Muskeln des Kraftmenschen befühlen, so manche Frau zeigte ganz offen ihre Bewunderung für ihn.

Ob noch jemand glaubt, sagte das Mädchen und klimperte mit den Münzen, dass er etwas nicht entzweibrechen kann oder jemand gegen ihn ankommt. Ihm, der mit Felsen jongliert, der Eisenstangen wie Strohhalme verbiegt, Leo, auf den ihr mit den schwersten Hämmern einschlagen könnt. Könnte die Krise sich gegen ihn auflehnen oder zieht sie den Schwanz vor ihm ein, sagte die Ansagerin herausfordernd. Die Leute lachten, es war ein herrlicher Tag, sie waren noch nie einem derart starken und schönen Mann begegnet, sie wussten, dass nichts sich ihm widersetzen konnte, er ist zu ihnen gekommen und wird die schlimmen Zeiten fortjagen.

Die Schicksalsergebenheit, die sich während der langen Depression in den Menschen eingenistet hatte, brach nun auf. Niemand kann wissen, inwiefern der Muskelprotz Leo ihre traurige Gleichgültigkeit aufgepeitscht hatte, doch im folgenden Monat gab die Gemeinde weniger Lebensmittelkarten für Arbeitslose aus, im Bergwerk kam man zum ersten Mal nach acht Jahren erneut auf zwanzig Werktage, Theatergruppen lebten wieder auf, alte und neue Kapellen und Gesangsgruppen veranstalteten Konzerte. Niemand kann wissen, um wie vieles heftiger sich nun die Meldung, dass Krieg bevorstand und mit ihm große Ungewissheit, auf die Menschen auswirkte. Das Verhältnis unter den Nationen war extrem angespannt, was manche einfach verdrängten und andere den ganzen Tag hindurch umtrieb; so oder so, das bunte Karussell bimmelte immer lauter, die Sitze schossen in schwindelerregendem Tempo hoch in die Luft.

Selbst den Maßnahmen der Behörden folgte man wie einem Freizeitvergnügen. Während einer abendlichen Verdunkelung sagte

Matija scherzend zu Ludvik – der hatte wieder eine Stelle beim Bergwerk und auch eine Wohnung zugeteilt bekommen –, dass sie ihn jetzt wirklich nicht allein lassen können, er kann schließlich nicht überprüfen, ob das Licht noch eingeschaltet ist, wofür drakonische Strafen drohen. Wann immer die heulenden Sirenen des Bergwerks und der Feuerwehr die Menschen dazu aufriefen, in ihre Bunker und Keller zu gehen, als Übung für einen Luft- oder Gasangriff, strömten sie massenweise auf die Straßen, um sich die kostenlose Vorstellung anzusehen, bei der Sanitäter den Verwundeten Gliedmaßen abbanden und sie abtransportierten, während die Feuerwehr unsichtbare Flammen bekämpfte. Gingen sie nach dem Sirenengeheul und den Glockenschlägen wieder auseinander, gratulierten sie einander fröhlich, dass die Gefahr vorbei ist und sie dem Tod noch einmal entronnen sind. Niemand wollte auf die Beschwörungen der Obrigkeit hören, welch schlimme Bedrohung Luftangriffe darstellen und dass im Fall eines wirklichen Angriffs alle teuer bezahlen werden für den Leichtsinn einzelner Personen. Es wurde bekannt, dass sich der Chor sogar offiziell beschwert hat: Während eines Konzerts waren zum Zeichen eines Luftangriffs die Glocken wild geläutet worden, womit ihnen der Katastrophenschutz zu unpassender Stunde den Auftritt verdarb.

•

»Ich ging zum Haus, das Gefühl, dass jemand auf mich wartet, wurde immer stärker. Ich war nur noch wenige Schritte von der Tür entfernt, als mich eine Kinderstimme ansprach, wahrscheinlich ein Junge, es konnte jedoch ebenso gut ein Mädchen gewesen sein, dass ich zu Zofija kommen muss. Also bist du Zofijas Bote, sagte ich schmunzelnd und lud ihn zu mir ein. Ich wollte ihn nicht sofort mit Fragen eindecken, warum er gekommen ist, ich dachte, er ist wohl etwas schüchtern, weil er weiter schwieg. Ich schloss auf, holte eine Schachtel Süßigkeiten aus dem Schrank und rief, er soll reinkommen, ich habe Bonbons für ihn. Ich fragte ihn, ob er allein da ist, wer seine Eltern sind, ob er Durst hat; während ich all dies fragte, ging mir ein Licht auf, dass da gar keiner ist, der mir antworten kann, dass ich mich selbst gehört hatte.«

Ana runzelte die Stirn: »Kam es dir nur vor, dass du ein Kind gehört hast, oder denkst du, dass es wirklich dort war und sich einfach ohne Abschied wieder verzogen hat?«

»Ich bin davon überzeugt, dass die Kinderstimme gesagt hat, dass ich zu Zofija gehen muss.« Matija hielt inne wie im Versuch, sich das Treffen von neulich in Erinnerung zu rufen. »Zugleich bin ich mir zunehmend sicher, dass niemand an der Tür war. Ich war ihm ganz nah, ich hätte ihn beim Aufstehen hören müssen, ich hätte den Luftzug gespürt, wäre er gegangen. Meine Gefühle sind vollkommen verwirrt, ich weiß nicht, was wahr ist.«

»Wir könnten einen Nachbarn fragen«, schlug Ludvik vor.

»Ich werde Zofija fragen«, sagte Matija und lächelte, »das ist am sichersten. Im Grunde spielt es keine Rolle, ob es eine wirkliche Einladung war oder ein Hirngespinst, morgen ist Sonntag, ich habe frei. Ich habe sie schon eine Weile nicht mehr gesehen. Vielleicht kann ich ihr bei etwas behilflich sein, es ist Frühling geworden, im Garten gibt es immer etwas zu tun.«

»Ich würde dich gern begleiten, aber ich kann nicht, morgen arbeite ich.« Ludvik schüttelte den Kopf. »Jetzt sind schon sieben Tage in der Woche zu wenig, vor nicht allzu langer Zeit gab es im ganzen Monat nicht viel mehr Tage mit Arbeit. Zum Teufel mit einem derart von reiner Profitgier getriebenen System …«

»Ich kann mitkommen«, unterbrach Ana ihren Mann. »Die Kinder sind bis spät in die Nacht im Klub, du gehst in der Früh zur Arbeit. Am Vormittag helfe ich Zofija, und wenn ich nach Hause komme, koche ich ein spätes Mittagessen. Bis dahin werdet ihr das Kind schon schaukeln. Im Sozialismus, von dem du die ganze Zeit redest, wirst du so oder so auch selbst kochen müssen, dort müssen alle alles tun.«

»Ich weiß nicht, wo du das herhast«, sagte Ludvig und nahm sie fest in die Arme, »du fällst mir ständig ins Wort, bevor ich über die

Regierung lästern kann, und jetzt belehrst du mich auch noch darüber, wie es im Sozialismus sein wird.«

»Von dir würde ich das nie erfahren, selbst wenn du mir zwei Wochen lang Vorträge darüber halten würdest.« Ana löste sich aus seiner Umarmung. »Frančiška hat es mir erzählt.«

Die Wanderer hielten auf dem Hügelvorsprung mit der weiten Aussicht. Ana ließ ihren Blick über die graue Siedlung schweifen, die der Frühling noch kein bisschen eingefärbt hatte, Matija kramte in seinem Gedächtnis, was diesen Abend im Klub der Akademiker wohl auf dem Programm steht. Er ging oft dorthin, manchmal, weil ihn das Thema interessierte, meist aber, um Karel, Vladimir und Valentina zu treffen.

Er drehte sich zu Ana: »Kommt Valentina oft zu euch? Bei mir schaut sie nur alle vierzehn Tage vorbei, ach, nicht einmal das, eher noch seltener. Und sie hat es immer eilig.«

»Sie ist im Herbst ins Tal gekommen, oder?«

Matija nickte verwundert, dann korrigierte er sich: »Schon früher, im August, sie musste alles vorbereiten, damit sie im September die Sonderschulklasse öffnen konnten. Warum fragst du?«

»Seit August, jetzt haben wir Anfang April; also in fast acht Monaten«, zählte sie an den Fingern ab, »war sie wahrscheinlich keine zehnmal bei uns.«

»Etwa so oft wie bei mir.«

»Ganz falsch gerechnet, Matija. Sagen wir, dass sie dich in dieser Zeit tatsächlich zehnmal besucht hat und dass sie auch bei uns zehnmal war. Aber drei- oder viermal ist sie nur wegen des Webstuhls gekommen, sie wollte einem ihrer Schüler das Weben schmackhaft machen, ständig hat sie Einfälle. Vier- oder fünfmal war sie da, weil sie mit den Jungs über die Veranstaltungen im Klub sprechen musste. Rein aus Freundschaft hat sie uns höchstens zweimal besucht, und selbst da war sie unruhig.«

Schweigend setzten sie den Weg fort, Matija war immer noch nicht eingefallen, über welches Thema man an diesem Abend im

Klub diskutierte, doch Ana wollte er nicht danach fragen. Er zählte die Titel der Vorträge auf, die er bereits gehört hatte, im Stillen für sich, aber anscheinend doch wahrnehmbar für seine Gefährtin.

»Heute Abend gibt es einen Vortrag zum aktuellen Kriegsgeschehen, wo er überall wütet und wer das jeweils eingebrockt hat. Militarismus und irgendwas, so lautet der Titel.«

Sie kann ja Gedanken lesen, dachte Matija, als Ana sein Rätsel unerwartet löste.

»Soweit ich das mitbekommen habe, fürchten sie, dass man ihnen den Vortrag im letzten Moment verbietet. Und sie glauben, wenn man sie heute Abend in Ruhe lässt, dann nur, damit man später einen Grund hat, ihnen ihre Aktivitäten zu verbieten.«

»Hältst du das für möglich?«

»Ich weiß nicht, Ludvik hat sofort gesagt, dass es sicher so kommt, aber er wittert auch überall Verfolgung. Ich verstehe ihn, er hat so viele schreckliche Erfahrungen gemacht. Ich mache mir Sorgen um ihn. Und um die Kinder.«

»Was sagen die Jungs?«

»Sie sagen, sie können keinen Rückzieher machen, selbst wenn ihnen etwas droht. Sie erklären mir nichts, ich schnappe das eine oder andere Wort auf, wenn sie sich unterhalten. Soweit ich verstanden habe, wollen die meisten am Vortrag festhalten, aller Konsequenzen zum Trotz. Mir scheint, dass es am Ende immer so kommt, wie der Arzt es bestimmt.

Matija wusste, dass der Arzt der Initiator des Klubs und ihr geistiger Kopf war. Ab und zu wechselten sie ein paar Sätze miteinander, fanden jedoch nie wirklich ins Gespräch. Entweder hatten sie kein genügend interessantes Thema oder es kam jemand dazu, der lauter und redseliger war und Matija das Gegenüber ausspannte. Der Arzt hatte sich bei den Leuten rasch beliebt gemacht; sein Vorgänger war sehr unzugänglich gewesen, er dagegen hatte Umgang mit jedem, mit Armen und Reichen, vor allem half er allen ohne Ausnahme. Bereits nach dem Radiovortrag hatten ihn die Oberen im Ort loswerden wollen, doch vergeblich, sie mussten davon ablassen, die Leute hätten sich widersetzt.

Auch Ana dachte an den Arzt, im Ort wurde schon seit Monaten gemunkelt, dass er und Valentina ein geheimes Verhältnis miteinander haben. Sie wollte Matija fragen, ob er so etwas auch gehört hatte, doch sie hatte Sorge, dass die Frage ihn verletzte. Frančiška und Valentina sind ihm heilig, weshalb er vielleicht wütend auf sie würde, obwohl sie nur neugierig ist. Sie hat nichts Schlechtes im Sinn, wenngleich der Arzt verheiratet ist. Matija würde die Gerüchte sicher für üble Nachrede halten, war sie überzeugt, trotz allem reizte es sie, ihn zu fragen.

»Valentina ist schon fast fünfundzwanzig. Sie muss sich langsam mal vom Klub lösen, wenn sie eines Tages eine Familie gründen will.«

Matija erwiderte nichts, Ana war sich nicht sicher, ob er ihr zugehört hatte.

»Vielleicht geht sie ja in den Klub, weil ihr dort jemand gefällt, obwohl sich dort hauptsächlich Studenten aufhalten.«

Wieder kam keine Antwort. Ana fragte sich, ob er ihre Worte überhörte oder ihm die Gerüchte noch nicht zu Ohren gelangt waren und er also keinen blassen Schimmer hatte, worauf sie hinauswollte. Noch mehr verwirrte sie, als er nach einer Weile anmerkte, dass Kinder furchtbar schnell erwachsen werden. »Deine beiden werden bald einundzwanzig.«

Ana nickte, sie wusste nur zu gut, dass sie ihre Jungs verliert, sie wahrscheinlich schon verloren hat, dass sie keinen Einfluss mehr auf sie hat. »Sie sind schon lange keine kleinen Kinder mehr.«

»Nur Alojzijs Mädchen sind noch klein. Aber mal gibt es sie und mal nicht.« Ana verstand ihn nicht, sie sah ihn erwartungsvoll an, ob er seine rätselhafte Feststellung vielleicht erläutert, aber Matija war schon wieder in Gedanken versunken. Er rechnete gerade nach, wie alt die Mädchen sind: Karin war acht, Lotte war zwei Jahre jünger und Viktoria noch mal zwei Jahre jünger. In diesen acht Jahren hatten sie ihre Ferien kein einziges Mal bei ihnen verbracht, waren nicht einmal auf einen Kurzbesuch erschienen.

Matija dachte nicht zum ersten Mal darüber nach, er fragte sich des Öfteren, warum Alojzij ein solches Verhalten zulässt. Er hatte schon einige Male mit ihm darüber sprechen wollen, fand aber nie den Mut dazu. Er war besorgt, dass Alojzij und seine Töchter sich auseinanderleben, so wie Alojzij sich ihnen entfremdet hatte. Matija war überzeugt, dass manches anders wäre, würde die Frau des Direktors noch in der Villa leben. Bald nach Karins Geburt war der alte Direktor gestorben und seine Witwe zu Verwandten nach Wien gezogen. Das prächtige Gebäude wurde zum Geisterhaus, bis drei Geschäftsführer aus Deutschland kamen und in die Wohnung des Direktors zogen, wo man für jeden ein großes Schlafzimmer und ein Bad einrichtete, die anderen Räume blieben zur gemeinsamen Nutzung.

Matija würde Alojzij gern fragen, ob er diese Neulinge, die die Leitung der Fabrik übernahmen, selbst angestellt oder ob sein deutscher Schwiegervater sie geschickt hatte. Alojzij sorgte lediglich für die Technologie, die Entwicklung der Verfahren und Produkte, er hockte alle Tage und wohl auch Nächte in der Fabrik, nur selten verreiste er. Matija hoffte, dass er Frau und Kinder besuchte, vielleicht schaute er gelegentlich auch bei der Gnädigsten in Wien vorbei, spekulierte er.

Oft quälte er sich mit all diesen Verhältnissen herum. Hat die Frau des Direktors Alojzij die Villa geschenkt, sie ihm verkauft, ist sie vielleicht noch immer in ihrem Besitz? Schmerzt es sie, dass ihr der große deutsche Fabrikant Alojzij nicht in vergleichbarer Weise vertraut wie sie damals ihm? Hat sie diese Tatsache verdrängt, wenngleich die bestehende Fabrik fast nichts mehr gemein hat mit dem alten Glaswerk? Wem gehört die Fabrik jetzt eigentlich? Matija stoppte den wild tosenden Gedankenfluss und ermahnte sich: Er hat eine Vermutung, und die nimmt er als Wahrheit. Warum lässt er Bedenken aufkommen, wenn es am wahrscheinlichsten ist, dass Alojzij die Verwalter selbst engagiert hat, um all seine Zeit der technischen Leitung der Fabrik widmen zu können, seinem Herzensprojekt. Womöglich hat sich die Gnädigste schon lange nach Wien gesehnt, dort hat sie Verwandte und Freunde, nach dem Tod ihres Mannes hat sie nichts mehr an diesem Ort gehalten. Und vielleicht, dieser Gedanke war besonders bitter, haben Frau und Töchter einfach keinen Platz in Alojzijs Leben, er möchte sich in Ruhe mit Optik beschäftigen, die ihm sogar wichtiger ist als die Familie.

Matija stolperte, Ana fing ihn noch rechtzeitig auf. »Wo bist du nur? Du schweigst schon die ganze Zeit und kommst ständig vom Pfad ab. Du könntest stürzen und dir wehtun.«

»Ich habe nachgedacht«, antwortete Matija, während er überlegte, was er sagen sollte, »darüber, wie sich die Dinge bei Alojzij entwickelt haben. Mit seinen Töchtern und all dem. Spricht Ludvik darüber?«

»Nein, vielleicht beiläufig, wenn wir zufällig darauf zu sprechen kommen. Ich glaube, dass er ihm sehr leidtut. Aber man könnte ihn foltern, und er würde trotzdem nicht zugeben, wie sehr er ihn liebt.«

Zofija freute sich aufrichtig, als sie unverhofft in ihrer Tür standen. »Ich habe mich schon gefragt, was ihr mir übelnehmt, dass keiner vorbeikommt.«

»Also hast du keinen Kurier mit einer Einladung ins Tal geschickt?«, fragte Matija.

Zofija machte ein derart komisches Gesicht, dass Ana in Lachen ausbrach. Matija schilderte ihr seine akustische Täuschung, woraufhin Zofija scherzte, dass ihre Nachbarn alle ziemlich kindisch sind und sie mit ihren sechsundsechzig Jahren die Jüngste ist. »Mir fehlt nur eine sechs zur Satanszahl, vielleicht kann ich ja jetzt schon ein Teufelchen herbeizaubern, das dich auf den falschen Weg geführt hat.«

Sie unterhielten sich bis spät in die Nacht. Ana erzählte, dass es ihnen jetzt gut geht, Ludvik könnte tage- und nächtelang arbeiten, nie ist es der Kohle genug. Die Jungs studieren fleißig, sie wird Zofija bis an ihr Lebensende dankbar sein, sie alle, weil sie das den beiden ermöglicht hat. Sie arbeitet jetzt an den Webstühlen und vermisst die Separation kein bisschen, dort war es kalt und schmutzig, beim Weben ist es warm und weich, sie verdient auch nicht weniger, alle vierzehn Tage kommt ein Kaufmann, er nimmt und bezahlt immer alles, was sie herstellt. Da sie abgelegen in den Bergen wohnte, wusste Zofija nichts darüber, dass der Staat einen Freundschaftspakt mit Deutschland geschlossen und diesen fast im selben Atemzug wieder aufgekündigt hat, sodass sich Optimisten und Pessimisten nur noch in der Einschätzung unterscheiden, wann das Geballer losgeht. Im Tal kursiert der Witz, dass dem verstorbenen König zum Glück nur eine Büste gestiftet wurde, sagte Matija schmunzelnd, die Deutschen können die Bronze ganz leicht herunternehmen, sie brauchen ihn nicht zu köpfen.

In die Stille des Morgens fuhr der Lärm von Flugzeugen, die das einsame Häuschen in ganzen Geschwadern überflogen. Matija eilte zur Tür, wie um zu schauen, wer da die Ruhe durchbrach. Bald hörte er Detonationen, die Flugzeuge warfen ihre vernichtende Ladung ab. Mit voller Wucht traf es ihn wie ein Schlag in die Magengrube und direkt auf den Kopf; er wusste, dass es im Kessel des Krieges heiß brodelt, dass der aufsteigende Dampf den Deckel immer lauter klappern lässt, dennoch wollte er das Ganze nicht so recht wahrhaben.

Er hörte, wie Ana sich näherte; er hörte keine Schritte, sondern ihr Weinen. Er drückte sich ihr nasses Gesicht an die Brust und atmete tief ein. Ihm fielen keine tröstenden Worte ein, er hielt den von Schluchzern geschüttelten Körper fest und lehnte seine Wange an Anas Scheitel. Nachdem sie sich halbwegs beruhigt hatte, begann sie, langsam Wort für Wort zu erzählen, dass Zofija ihr auf die Frage, ob sie den Lärm auch hört, nicht geantwortet hat und sie deshalb an ihr Bett getreten ist und ihre Hand genommen hat, die kalt war, sie hat sie noch einmal geschüttelt und dann der Stille in ihrer Brust gelauscht. Matija traf es noch einmal härter als zuvor, er umklammerte Anas Leib, wie um ihr die Seele aus dem Leib zu pressen, aus seiner Brust entfuhr ein grässlicher Schrei des Schmerzes.

LUDVIK UND ALOJZIJ

Beim Anblick der deutschen Fahne, die schlaff am Gemeindehaus hing, zuckte Ludvik zusammen. Es war Morgen, und es wehte nicht die kleinste Brise, die das Gewebe entfalten konnte, das Hakenkreuz verbarg sich fast komplett zwischen den Falten des weiß und rot bemalten Stoffs.

Vierundzwanzig Jahre waren seit ihrer roten Republik vergangen, rechnete er aus. Halb so alt wie heute, hatte er damals gedacht, dass sie Wache hielten auf dem Gipfel des Seins, dass sich ihr Idealismus mit einem Schlag Bahn gebrochen hatte und jeden Moment den ganzen Erdkreis in einen gerechteren Ort verwandelte. Für seinen naiven, nicht einmal einen Tag währenden Glauben, dass sie die Welt aus den Angeln hoben, hatte er das ganze Jahr bezahlen müssen. Und noch Jahre später.

Er dachte an Vinko, der sie angeführt hatte. Er hatte die höchste Strafe erhalten, zwei Jahre Haft, und war nicht ins selbe Gefängnis gekommen. Später hat er nichts mehr von ihm gehört, vielleicht ist er im Knast verreckt, vielleicht ist er in die Sowjetunion oder zum Arbeiten ins Ausland gegangen und dortgeblieben. Menschen schwinden allmählich aus dem Gedächtnis der Gemeinschaft, ob sie eine zentrale Rolle gespielt haben oder nicht. Er selbst hat in den Jahren in Frankreich den Kontakt zu seinen hiesigen Kameraden vollständig verloren. Die meisten von ihnen mussten ihr Einkommen in der Fremde suchen, viele, die daheimblieben, waren nicht mehr politisch und gewerkschaftlich aktiv oder jedenfalls nicht mehr offen, denn die Regierung hatte Arbeiterorganisationen verboten und sie unnachgiebig verfolgt. Die Polizei vergisst dich nie, korrigierte er diesen Gedanken, wie alle anderen mit einer politischen Akte wurde er unausgesetzt beobachtet, und jedes Mal, schon beim kleinsten Verdacht umstürzlerischer Bestrebungen, klopfte man laut an seiner Tür.

Nicht nur die Umstände haben sich verändert, auch er selbst hat sich verändert, aber die Polizei wollte das nicht sehen. Auf Anas Gesicht stand geschrieben, dass sie stirbt, sollte er erneut hinter Gitter müssen. Die Situation war nicht leicht für ihn, er glaubte an Gerechtigkeit, er tut es noch immer, doch ihm war vollkommen klar, dass sie nicht von allein kommt, dass er für sie kämpfen muss, wobei ihm das stumme Flehen seiner Frau Fesseln anlegte. Solche Geschichten nehmen kein gutes Ende, dachte er, selbst die weitherzige und so verständnisvolle Zofija konnte irgendwann nicht mehr, obwohl Albert nicht von einem Gefängnis ins nächste geschleppt wurde. Womöglich führen Revolutionen deshalb nie zu besseren Zeiten, weil ein Revolutionär all dies nur erträgt, indem er zu Stein wird, indem er sein Herz und seine Menschlichkeit verliert im Kampf um mehr Menschlichkeit.

Sein Gedanke erstaunte ihn, er erschien ihm höchst ketzerisch, obwohl auch er so manches über die Sowjetunion gehört hatte. Sicher steckt viel antikommunistische Propaganda in den Gerüchten, aber einiges wird auch stimmen. Terror wird mit einer anderen Form von Terror beantwortet, reine Ansichtssache, welche schlimmer ist. Geht es denn nicht anders? Muss der Weg zum Guten über Scherben führen, die dir die Füße zerschneiden, dich tief beschädigen, rachsüchtig und herzlos machen? Ist denn gar nicht zu vermeiden, dass ein Mensch, zur Macht gelangt, sie schon im nächsten Augenblick missbraucht und Schwächere zu spüren bekommen lässt?

Hinter einer Reihe gedrängter Häuser, die direkt an der Straße kauerten, erfasste der Blick die etwas abgeschiedene Kolonie und die Mietskasernen des Bergwerks. Obwohl die Gebäude trostlos waren und der Morgen grau-monoton, erschien ihm die Arbeitersiedlung hübscher, frischer. Seine Augen trügen ihn, er ist schon lange nicht mehr hier gewesen, sagte er zu sich, nichts hat sich verändert. Er wendete den Kopf ab, wie um die Häuser gar nicht erst zu sehen, die er vermutlich sofort mit Gesichtern verbinden würde.

Auch an der Stirnseite der Gendarmerie hing traurig die deutsche Fahne, von Weitem war sie nur eine auffällige rote Strähne. Von den vielen Besuchen dort hatte sich ihm besonders die Szene eingeprägt, als der Gendarm zwei verschüchterte Jungs, ihn und Alojzij, auf die Station brachte. Er sah Vojtehs blutige, verstümmelte Hand, er erinnerte sich, wie lebhaft er sich damals vorgestellt hatte, dass er die Fähigkeit besitzt, in der Zeit zu reisen und Geschehnisse zu verändern. Über seinen ersten Kommandanten, was danach mit seiner Hand und seinem Leben geschah, weiß er nichts.

Hat er wirklich gelächelt, als der Fußballplatz vor ihm auftauchte? Es war mitten in der Krisenzeit geschehen, bald nach ihrer Rückkehr aus Frankreich. Das Bergwerk hatte den Jungs großherzig die Wiese abgetreten, sie sollten sich einen Fußballplatz darauf bauen. Karel und Vladimir waren so begeistert wie Dutzende weitere Kinder, auch Ältere stießen zu ihnen, irgendwo erbaten sie Holz für die Tore, einer der Kaufleute, ein großer Sportfan, besorgte sogar Fußballschuhe und einheitliche Trikots für die Junioren. In der allgemeinen Misere wurde der Fußballplatz zum Ort des Vergessens, sogar der reinen Freude.

Bald wurde der Klub auch formell gegründet, es folgten die ersten Spiele. Nach nur drei Fußballmatches begann das Bergwerk damit, Kohle auf den Sportplatz zu fahren, es hieß, dass es keinen anderen Lagerplatz gibt für den Abraum. Brauchten sie den Platz wirklich, oder erprobten sie wie schon unzählige Male zuvor einen Trick zum Erreichen ihrer Ziele, fragte sich Ludvik. Manchmal erpressten sie den Staat mit Reserven, um höhere Preise zu erzielen, ein anderes Mal benutzten sie die Preise als Druckmittel zum Senken der Löhne. Oder es ging hauptsächlich um eine Zurschaustellung ihrer Macht, um Folgsamkeit, Klarstellung der Verhältnisse: Der Bittsteller muss noch dankbar sein für die fünf Minuten, die ihm sein Herr gnädig gewährt.

Auch Ludvik war öfter zum Sportplatz gegangen, er hatte zugeschaut, wie Karel und Vladimir, hochrot im Gesicht, mit Freunden dem Ball hinterherjagten. Beim Anblick ihrer Gesichter überkamen ihn zarte Gefühle, doch gleich durchzuckte es ihn wie ein Stromschlag. Keine Gesichter, dachte er bebend, er erträgt alles, nur keine Gesichter. Bilder lassen sich nicht überschreien wie unerwünschte Stimmen, ihm fehlt der Schutz von Matijas Blindheit.

Sie stehen auf dem Fußballplatz, er starrt auf die dastehenden Männer, um mit den Lebenden die Bilder der Kinder zu vertreiben. Ihre Gesichter sind unrasiert, das Haar zerzaust, Blutergüsse und Wunden, die Gestalten sind mitgenommen, geschunden. Niemand ist von hier, man hat sie aus dem Gefängnis gezerrt, für ihren letzten Wettkampf. Er hat sie gezählt, zusammen mit ihm waren es genau zwanzig.

Er hört abgehackte Befehle und wendet seinen Kopf in die Richtung, aus der sie kommen. Hinter der Monotonie der Uniformen erkennt er eine Menschenschar. Wie hat er sie vorhin übersehen können? Er hätte wissen müssen, dass die gesamte Siedlung zusammengerufen wird. Die Versammlung bleibt diffus, er ist seinen Augen dankbar für das unscharfe Bild, dass keine erkennbaren Individuen aus der amorphen Menge ragen.

Hat er erst den Stoß in der Brust gespürt oder erst den Knall gehört, im Grunde eine Vielzahl an Detonationen, zeitlich versetzt, wie wenn man eine Handvoll Sand auf eine Eisenplatte wirft? Etwas ist in seinen Körper eingedrungen, ohne den befürchteten Schmerz, es hat nicht wehgetan, es wird nicht wehtun, nichts wird mehr wehtun, genug Schmerz und Bilder, die Dunkelheit kommt, ein Rutsch in die Blindheit, vorbei.

•

Alojzij hockte lustlos an seinem Schreibtisch, vielleicht schon seit Stunden, vielleicht nur seit wenigen Minuten, er hatte das Zeitgefühl gänzlich verloren, er kannte diese Stimmung nicht, er wusste nicht, wie man sich orientiert in der Welt müder Trägheit. Immer war er in Eile gewesen, immer voller Aufgaben und Ideen, in ständiger Angst, etwas zu vergessen, schrieb er sie fieberhaft nieder, vielleicht; er müsste sich verdoppeln, vervierfachen, das Gehirn überhäufte ihn mit Eingebungen, sah sie schon in Pläne, Messungen, Experimente münden, denen mit nur einem Paar Händen und Füßen kaum hinterherzukommen war. Diese totale Willenlosigkeit war etwas vollkommen Neues, sie hätte eine Abwechslung sein können, wäre sie nicht Folge der bitteren Erkenntnis, dass er hintergangen worden war.

Diese Lage hat er sich selbst zuzuschreiben, korrigierte er sich, er kann niemandem vorwerfen, dass er ihn belogen oder betrogen hat. Vom Erfolg berauscht, hat ihn sein krankhafter Ehrgeiz dazu getrieben, die Grenzen des Unmöglichen zu verschieben. Wieder übertreibt er, natürlich ist er ein Karrierist, doch es steckt auch viel Edelmut in ihm. Er hatte den Wunsch, der Menschheit zu helfen, um tiefer und deutlicher in die Elemente blicken zu können, aus denen wir gebaut sind, um die unsichtbaren Mechanismen kennenzulernen, sie zu verstehen, in der Annahme, so auch die Ursachen diverser Probleme ermitteln zu können und einen Weg zu deren Lösung. Und die Optik, davon war er felsenfest überzeugt, kann auch in genau umgekehrter Richtung dienen, sie kann ermöglichen, dass wir tiefer in das grenzenlose Weltall vordringen, dass wir seine unvorstellbare Größe vermindern, unbeschreibliche Entfernungen überwinden und damit unzählige Rätsel lösen.

Edelmut, ja, dachte er grinsend, hören wir doch auf, uns zu belügen, das, was er eben für Edelmut gehalten hat, dient vor allem dazu, dass die Projektile exakter sind, dass sie gründlicher vernichten, mehr töten. Verlogene Wissenschaftler stülpen den Menschen Blechkörbe über den Kopf und vermessen mit primitiven Bändern Nase, Kiefer, Stirn, sie berechnen Proportionen, die begründen sollen, warum ihre verrückten Herrn mehr wert sind. Alojzij arbeitet selbst für sie, mit seinen Linsen und komplexen Apparaturen vermessen sie zweitrangige Schädel. Die Menschenliebe, die seinen Anstrengungen Sinn gab und sein berechnendes Vorgehen zumindest teilweise entschuldigte, hat sich als bestialische Menschenverachtung erwiesen.

Am Vormittag wurde Ludvik erschossen. Man hat Alojzij auf den Aushang mit den Namen der Geiseln hingewiesen, auf dem auch der seines Bruders stand, das Plakat mit zwanzig Namen wurde an die Fabriktür geklebt. Er hat mit dem Bürgermeister telefoniert, obwohl er seine Antwort schon vorher kannte, dass er nichts tun kann. Der Bürgermeister fuhr vorsichtig fort, dass es für Alois nicht gut wäre, wenn er sagt, dass Ludvik sein Bruder ist. Im Tal weiß man es zwar, die deutschen Behörden aber haben diese Information vielleicht nicht, sie tragen unterschiedliche Nachnamen, haben einen vollständig anderen Ruf, besetzen ganz andere Positionen. Dem Bürgermeister ist vollkommen klar, wie sehr Alois der neuen Regierung zugeneigt ist, ihm ist bekannt, wie wichtig er für die deutsche Kriegsindustrie ist. Alojzij legte den Hörer auf und stoppte so den Wortschwall.

Franz, einer der Geschäftsführer, ein fanatischer Hitler-Anhänger, hat am Morgen vorgeschlagen, dass die Angestellten die Geiselparade mitverfolgen, sie sollen sehen, was jeden erwartet, der es wagen sollte, sich den Deutschen zu widersetzen. Alojzij war ihm entschlossen ins Wort gefallen, sie werden arbeiten, niemand sieht sich diese traurige Prozession an. Ein belangloser Aufstand, eher wie von bockigen Kindern.

Nur gut, dass Matija in den Bergen ist, so bleiben ihm diese Szenen erspart. Ana und Frančiška sind noch weiter weg, im Konzentrationslager, in ihrer eigenen Hölle. Warum hat ihn der Rat des Bürgermeisters verstimmt, fragte er sich, er befolgt ihn schon lange. Auf die Pakete, die er gelegentlich seiner Schwester und Schwägerin schickt, schreibt er immer den Namen seiner Haushälterin, nie seinen eigenen.

Ludviks Jungen sind bei den Partisanen. Er könnte sich auch den Partisanen anschließen, dachte er, doch schon im nächsten Moment wurde ihm bewusst, wie komisch sein Einfall war. Müsste man ihm jede Woche Zigarren und frische Wäsche liefern, würde er vielleicht noch seine Haushälterin mitnehmen?

Alojzij trat zum Papagei am Fenster. Er war alt wie die Welt, er gehörte noch der Frau des Direktors. Er hat nie sprechen gelernt, doch er gab allerhand ungewöhnliche Laute von sich. Der Papagei war alles, was ihm von seinen beiden Wohltätern geblieben ist. Wie sehr er in sie verliebt war, dachte er, wie hatte er sie so ganz aus seinem Gedächtnis tilgen können? Alles, was ihm einmal viel bedeutete, hat er vergessen, er ist menschenscheu geworden, jetzt kann er nichts mehr geben und bekommt nichts mehr. Blitzschnell rannte er los, übersprang vier Stufen gleichzeitig, obwohl ihn niemand erwartete.

Er trat zum Schrank mit den Chemikalien, las die fein beschrifteten Etiketten mit den lateinischen Namen und chemischen Formeln, nahm dies und jenes Gefäß in die Hand und drehte es leicht, wenn der Name nicht sichtbar war. Arsen(III)-oxid. Davon verbrauchen sie viel, mit dem Pulver, schon seit der Antike das meistverwendete Gift, wird Glasschmelze entfärbt und geklärt.

Er nahm das Gefäß aus dem Schrank, streute ein Häufchen auf die Scheibe der Laborwaage, drehte ein Stück Papier zu einem Trichter und schüttete etwas Pulver in ein kleines Reagenzglas. Wenn er es am Abend einnimmt, wird er in der Früh ein kalter Leichnam sein, stellte er völlig gleichgültig fest, wog danach trotzdem noch ein Häufchen ab und tat es zum vorigen. Er stöpselte das Reagenzglas zu und schob es in die Brusttasche seiner Jacke. Dazu kommt noch eine große Dosis an Schlaftabletten, damit er in seiner letzten Nacht nicht wegen Bauchschmerzen aufwacht.

Schon wollte er nach Hause aufbrechen, als ihn die Frage aufhielt, ob er einen Abschiedsbrief schreiben müsste. Wem? Seinen drei Mädchen, von denen die Jüngste noch nicht einmal lesen kann? Selbst wenn er etwas Einfühlsames schriebe, Ursula würde ihnen den Brief vermutlich nie aushändigen. Für sie ist er ein Fremder, der Herr Vater, der sie alle paar Monate besuchen kommt, der sie nie zu sich mitnimmt, obwohl er in einer großen Villa wohnt, einer ohne Bedeutung, der keine Ausflüge mit ihnen macht, weil Krieg ist. Als es noch keinen Krieg gab, waren sie wohl noch zu klein dazu, und auch da war die Zeit schon knapp gewesen.

Er müsste Ludvik schreiben, nur ihm könnte er alles anvertrauen, aber sein Zwillingsbruder hatte am Morgen damit aufgehört, Briefe zu lesen.

Dem Papagei schüttete er Körner hin und wechselte das Wasser, dass der Vogel nach seiner Hand schnappte, ignorierte er. Mit den Jahren ist er immer rabiater geworden.

Der Weg zur Villa war kurz: Ein paar Schritte über die Hauptzufahrt, ein steiler Pfad durch die Wiese, wieder ein gerader Weg, etwa hundert Schritte, eine leichte Kurve rechts um das dichte Gebüsch, hinter dem die Fabrik verschwindet, doch schon nach wenigen Schritten den Blick auf eine Ebene mit dem Palais öffnet. In der Kurve hielt er an, ihm schien, dass etwas raschelte, vermutlich ein Tier im Dickicht. Er machte noch zwei Schritte, als er einen starken Schlag auf den Kopf verspürte, etwas Kaltes, Hartes, Spitzes spaltete seinen Schädel und drang in sein Gehirngewebe ein. Als das Eisen erneut zuschlug, sackte er zusammen, der Kopf sank auf den Weg. Er wartete auf den dritten Schlag, er wollte ihnen sagen, dass sie sich beeilen sollen, er ist sehr beschäftigt, er hat keine Zeit, aber sein Körper brachte kein einziges Wort mehr hervor.

IV. Teil

DER GEFUNDENE

Der alte Mann schob seinen Hut von einer Hand in die andere und fingerte dabei nervös an der Krempe herum. Er ist gekommen, um den Bürgermeister zu sprechen, sagte er zu der tippenden Frau am Schreibtisch im Eingangsbereich. Sie drückte noch ein paar Tasten, hob ihren Blick und fragte ihn, worüber er denn mit dem Vorsitzenden des Nationalen Befreiungskomitees sprechen will. Der Alte brachte sie zum Lachen, als er nach einigem Zögern so viel verriet, dass es sich um eine sehr heikle Angelegenheit handelt, die der Bürgermeister und er von Angesicht zu Angesicht zu klären haben. Der Vorsitzende hat viel zu tun und zahlreiche Verpflichtungen, er kann nicht einfach so rund um die Uhr jeden empfangen, und manchmal, erklärte die Schreibkraft, muss man warten, oft kann einer der Kollegen des Vorsitzenden das Anliegen schneller lösen. Dann wird er warten, sagte der Alte und brachte die Frau wieder zum Schmunzeln. Warten dauert nicht nur fünf Minuten oder eine Stunde, manchmal kann es eine Woche, einen ganzen Monat dauern, wenn die Dinge kompliziert oder nicht sehr dringend sind, also soll er ihr sagen, worüber er mit dem Vorsitzenden sprechen möchte. Auf der Stelle wiederholte der alte Mann, dass er mit dem Vorsitzenden eine heikle Angelegenheit zu klären hat.

Die Frau versuchte gar nicht erst, ihr Lachen zu unterdrücken, als sich die Tür zum Büro des Vorsitzenden ruckartig öffnete. Vladimir schaute sie fragend an, und sie wies mit dem Kopf auf den Besucher. Auf die freundliche Frage, was ihn hergeführt hat, antwortete der alte Mann, er möchte mit dem Bürgermeister sprechen. Als Vladimir ihn bat, ihm sein Anliegen zu nennen, musterte ihn der Alte und wiederholte nach einer Weile, die Angelegenheit ist sehr heikel und kann nur zwischen ihnen beiden geregelt werden. Vladimir seufzte, nahm den Alten an der Schulter und führte ihn in sein Büro. Er bot ihm einen Stuhl an und rückte den seinen daneben, um den Alten durch körperliche Nähe zu ermutigen; die Gespräche an dem großen Tisch, über den ein grünes Tischtuch gebreitet war und an dessen Ecken sich Papier stapelte, hatten unabhängig vom Thema stets einen offiziellen Charakter.

Aus irgendeinem Grund fand er Gefallen an dem leicht verwirrten Alten, der sich in dem ärmlichen Büro umsah. Ich schätze, das ändert sich, wenn er irgendeine unmögliche Bitte loswird, dachte Vladimir. Die Leute kommen mit Erwartungen zu ihm, als besäße er göttliche Fähigkeiten und eine königliche Schatzkammer, in Wirklichkeit aber hatte er nichts in der Hand. Die sozialistischen Agitatoren hätten sich wenigstens von älteren Ideologien inspirieren lassen können, die Umwege zum Paradies vorzeichnen und sich der orakelhaften Rede bedienen, stattdessen haben sie die Erwartung geschürt, dass jeder örtliche Beamte wie ein Zauberer auf dem Jahrmarkt im Handumdrehen eine Lösung aus dem Hut zaubern kann.

Sie saßen sich gegenüber, sodass sie sich fast mit den Beinen berührten. Vladimir beugte sich vor, die Hände auf den Knien, und bat den alten Mann, ihm sein Problem zu schildern.

»Es ist eine ziemlich heikle Angelegenheit«, begann der Alte wieder, »ich hätte Herrn Alojzij Schwarz, den ehemaligen Leiter des Glaswerks, treffen sollen, aber ich glaube, er ist tot.«

Vladimir nickte und versuchte, seine Überraschung darüber zu verbergen, dass der Name seines Onkels gefallen war, der alte Mann fuhr fort, dass er einen seiner Nachfolger sucht. »Ich hatte nämlich einen Vertrag mit diesem Schwarz, über den Inhalt kann ich nichts sagen, weil wir absolute Geheimhaltung vereinbart haben.«

Vladimir verstand nicht, was der Alte von ihm wollte, er schob es darauf, dass die Erwähnung seines Onkels Alojzij ihn emotional aufgewühlt hatte.

»Vieles ist jetzt anders als damals, als wir den Vertrag vereinbart haben«, mühte sich der Besucher, die Geschichte am Laufen zu halten, »aber ich kann ihn nicht selbst auflösen, sondern nur zusammen mit Schwarz, der nicht mehr da ist.«

»Vielleicht wäre es am einfachsten«, bot Vladimir an, »wenn Sie mir den Vertrag zeigen. Ich gehe ihn kurz durch, und wir werden schauen, wie ich Ihnen aus Ihrer misslichen Lage helfen kann.«

»Ich habe nichts Schriftliches, wir hatten eine mündliche Vereinbarung.«

»Sollte der verstorbene Direktor Ihnen etwas schuldig sein, werde ich versuchen, das zu klären. Ich verspreche, mein Bestes zu tun, auch wenn das ohne irgendwelche Unterlagen oder einen anderen Beleg schwierig wird.«

»Ich habe ja einen Beleg.«

»Großartig, da werden wir die Angelegenheit schnell klären können. Bringen Sie mir einfach den Beleg, wir machen uns von allem ein Bild und retten, was wir können.«

Vladimir hatte den Eindruck, dass sie nun endlich von der Stelle gekommen waren, aber seine Zuversicht war verfrüht. »So einfach ist das nicht. Herr Schwarz hat jemanden geschickt, den ich verstecken soll.«

»Jemanden? Sie sollen jemanden verstecken? Einen Menschen?«

»Natürlich, einen Menschen.«

»Wen, wer soll dieser Mensch sein? Und wo ist er jetzt? Schwarz ist doch schon drei Jahre tot.«

»Ich habe ja gesagt, es ist kompliziert. Ich kann Ihnen keine Antwort geben, weil ich Schwarz geschworen habe, dass ich zu niemandem unter gar keinen Umständen auch nur ein Sterbenswörtchen sage. Ich war schon immer ein Mann, der zu seinem Wort steht, und so wird es auch diesmal sein. Deshalb möchte ich wissen, wer der Nachfolger von Schwarz ist, mit ihm werde ich reden.«

»Er hat Ihnen jemanden gebracht, den Sie verstecken sollen.« Vladimir dachte angestrengt nach und schaute dann den Alten fragend an: »Augenblick, Sie verstecken diesen Menschen immer noch?«

Der Alte seufzte, öffnete den Mund, bekam aber nichts heraus.

»Wie lange ist dieser Mensch schon bei Ihnen?«

»Fünf Jahre, seit Mai 1941.«

»Herrgott, fünf Jahre«, Vladimir packte ihn an den Schultern und schüttelte ihn, »Sie müssen mir sagen, wen und wo Sie ihn verstecken. Fünf Jahre! Sie können doch niemanden fünf Jahre lang einsperren.«

»Herr Schwarz hat versprochen, mir zu sagen, wenn die Gefahr vorüber ist, aber das kann Jahre dauern. Genau das hat er gesagt, es kann Jahre dauern. Meine Frau und ich haben neulich überlegt, dass er damit wahrscheinlich den Krieg meinte, aber der ist Gott sei Dank vorbei. Deshalb hat meine Frau vorgeschlagen, dass ich ins Tal hinuntergehe, den Nachfolger des Direktors suche und ihn frage, wie es nun weitergehen soll.«

Mit einem Mal wurde Vladimir alles klar: »Dieser Mann, den Sie verstecken, ist blind, nicht wahr?«

Der Alte schaute ihn verdutzt an und erwiderte zögernd: »Wer hat Ihnen das gesagt?«

Vladimir antwortete ihm nicht, sondern beugte sich zu ihm vor, drückte ihn fest an sich und umarmte ihn lange.

Frančiška schloss die Tür, lehnte sich an sie und sah abwechselnd zu Valentina, die das Baby an der Brust hielt, und Matija, der auf dem Stuhl neben dem Bett saß. Als ihre Tochter scherzhaft fragte, ob sie an der Tür festklebt, antwortete sie mit zittriger Stimme, dass sie ganz durcheinander ist, sie hat vergessen, wie es ist, wenn einem Menschen etwas Schönes passiert, sie hat verlernt, glücklich zu sein, und nun wanderte ihr Blick angesichts solcher Pracht weiter vom einen zum anderen. Unter Tränen gestand sie, dass alles zu viel für sie ist, einfach unbeschreiblich, so viel Gutes auf einmal, mit dem gar nicht zu rechnen gewesen war, und ein Lächeln mischte sich unter ihr Schluchzen.

Sie stellte ihre Tasche auf den Boden, hängte ihre Weste an den Türgriff und lehnte sich wieder an. »Nach solchen Strapazen ist es riskant, selbst dem tapfersten Menschen ein solches Maß an Glück zu bescheren«, stammelte sie, während sie schluchzte. Worte mischten sich unter die keuchenden Atemzüge, die davon zeugten, dass sie sich durch ein Jahrzehnt des Hungers und der Entbehrungen gequält hatten, dass sie durch Sümpfe infamsten Gespötts gewatet war, als sie entschlossen für die Stellung und die Rechte der Frauen gekämpft hatte, dass sie Angela und Zofija verloren hatten, dass sie in einen bestialischen Krieg geraten waren, in dem die Menschenwürde gnadenlos mit Füßen getreten wurde, fanatische Verbrecher haben ihr Josipina genommen, Ludvik und Alojzij wurden umgebracht, Ana ist im Lager gestorben, viele Menschen, die ihr lieb waren, sind bis zur Unkenntlichkeit verstümmelt oder tot.

Frančiška stand weiter an der Tür und redete in einem fort, wie um das Bild, das sie vor sich sah, mit Worten festzuhalten, aus Sorge, dass Schweigen es auslöscht, als trügerische Illusion entlarvt. Sie versuchte zu lächeln: »Ich bin erschöpft, ich zähle Tausende von Jahren, ich weiß nicht mehr, wie man glücklich ist. Seit dem Ende des Krieges wandle ich zwischen Trümmern und Toten, ich habe vergessen, dass das Leben überhaupt anders sein kann. Ich habe Angst, dass meine Sinne mich täuschen, ich traue dem Leben nicht.«

Valentina klatschte zweimal sanft in die Hände. »Mama, es genügt vielleicht schon, wenn du mit den Erklärungen aufhörst. Nimm Matija schon mal in den Arm und halte Zmaga, damit ich mich auf die Seite drehen kann.«

Frančiška wischte sich unter Gemurmel, dass sie wirklich albern ist, die Tränen weg. Sie ging zu Matija hinüber und drückte seinen Kopf sanft an ihren Bauch. »Ich rede zu viel, Valentina hat recht, ich schätze, ich weiß nicht, wie ich zeigen soll, wie glücklich ich bin.« Sie beugte sich zu ihm hinunter, umarmte ihn und flüsterte ihm ins Ohr, dass er nie wieder versuchen soll, sich vor ihr zu verstecken. Sie dachte, sie hätte alle ihre Geschwister überlebt, obwohl sie die

Älteste ist. »Weil du der Jüngste bist, musst du am längsten leben, das ist deine Aufgabe.«

Spät am Abend, als Valentina und Zmaga schon schliefen, saßen Frančiška und Matija am Tisch und unterhielten sich leise. Frančiška saß mit dem Gesicht zum Bett gewandt, wie schon den ganzen Tag, und betrachtete abwechselnd ihre Tochter mit dem Baby und ihren Bruder; sie muss sie immerzu ansehen, noch hat sie sie nicht in ihrem Gehirn verankert, sie hat noch immer Angst, dass sie verschwinden, sobald sie aufhört, sie anzuschauen, sobald sie nicht mehr mit ihnen spricht.

»Wirst du mit Valentina zusammen in dieser kleinen Wohnung leben?«

»Sie selbst hat mir angeboten, bei ihr zu wohnen. Sie hat niemanden, der ihr mit Zmaga hilft, vor den Geschäften stehen Schlangen, sie muss auf alles warten, und in zwei Monaten muss sie wieder zurück in die Schule.«

»Ich habe überhaupt keine Bedenken, dass du es schaffen wirst, du hattest einen tollen Lehrer«, sagte sie lächelnd. »Was ist mit unserer früheren Wohnung, ich glaube, es war sogar deine?«

»Ich schätze, diese Vereinbarung ist nicht mehr gültig, der damalige Direktor ist bestimmt gestorben, das Bergwerk ist verstaatlicht worden. Wie auch immer, jetzt wohnt dort eine Bergarbeiterfamilie, es gibt zu wenige Wohnungen, das weißt du ja.«

Frančiška nickte eine Weile schweigend. »Vorhin, als ich dich gefragt habe, wie ihr zusammenleben wollt, dachte ich an Valentinas Liebesleben. Sie ist jung, wahrscheinlich hat sie schon jemanden, Kinder fallen ja nicht einfach so vom Himmel. Ich weiß nichts über ihren intimen Umgang, aber ich kann mir schreckliche Missverständnisse und Peinlichkeiten ausmalen. Bei ihr, bei dir, bei denen, die ich nicht einmal kenne.«

»Am Ende des Ganges gibt es einen kleinen Raum, eine ehemalige gemeinsame Rumpelkammer. Die anderen Lehrer, die in diesem Haus wohnen, haben zugestimmt, dass Valentina ihn vorübergehend nutzen darf, damit sie im Notfall auch jemanden darin unterbringen kann, der ihr mit dem Säugling hilft. Das Zimmer ist sehr klein, nur ein Bett und ein Kleiderschrank passen hinein. Es ist auch ziemlich unansehnlich, aber nächste Woche kommen Handwerker, die es wieder auf Vordermann bringen. Wenn mir die beiden zu viel werden, ziehe ich mich dorthin zurück. Oder sie werfen mich raus, wenn sie die Nase voll von mir haben.«

»Anscheinend hast du daran schon gedacht.«

»Solltest du mich fragen, ob ich etwas über Valentinas Liebesleben weiß, dann muss ich dich enttäuschen …«

Frančiška hielt Matija die Hand vor den Mund: »Wie kannst du nur so etwas denken?«

»Es kommt mir vor, als würden wir ständig darum kreisen. Mir scheint aber auch, dass du sicher zu den ersten gehörst, wenn sie jemandem etwas sagen will.«

»Und du? Vladimir hat mir erzählt, dass er den Antrag für deine Invalidenrente gestellt hat. Ist dir das recht, hat er dich überhaupt gefragt, was du willst?«

»Ich habe gerne gearbeitet. Die Zeiten waren schlecht, aber ich habe meine Arbeit sehr gemocht. Das Glaswerk gibt es nicht mehr, nur Ruinen sind davon geblieben. Vladimir hat mir gesagt, dass sie die Bruchbude gerne richten und die Glasproduktion wieder aufnehmen wollen. Aber zuerst müssen sie Geld auftreiben, viel Geld, um die Mauern wieder hochzuziehen, den Ofen einzurichten, die Ausrüstung und alles andere zu kaufen. Kurz nachdem Alojzij getötet und die Fabrik angegriffen wurde, haben die Deutschen alle Gerätschaften, die Pläne und wohl auch die Aufzeichnungen von Alojzij mitgenommen.«

»Das betrifft nicht nur das Glaswerk, auch viele kleine Betriebe, es fehlt überall an Arbeitskräften, ganz sicher gäbe es Arbeit für dich.«

»Darüber haben wir ganz offen gesprochen. Es ist die Zeit der Bestarbeiter, da sind wir uns einig gewesen, für wahre Meister ihres Faches, für Muskelprotze, die ihre Kräfte bis zum Äußersten ausreizen. Jeder versucht, ihrem Beispiel zu folgen, aber solche wie ich stehen da nur im Weg. Bis das Baufieber nachgelassen hat, ist es wahrscheinlich klüger, wenn ich mich im Hintergrund halte.«

»Wie ist es, fünf Jahre in einem Bunker zu leben?« Sie legte ihre Hand auf seine. »Was hast du gemacht, woran hast du gedacht, um nicht verrückt zu werden?«

»Ich weiß nicht, ich kann noch nicht darüber reden, ich bekomme meine Gedanken, meine Gefühle nicht sortiert, ein einziges furchtbares Durcheinander ist das.« Matija drückte Frančiškas Hand: »Es ist aus heiterem Himmel geschehen, etwas muss Alojzij sehr erschrocken haben. Ich glaube, er hat instinktiv auf etwas reagiert, das er als große Bedrohung für mich empfunden hat, dass er einfach Angst um mich hatte. Gegen Abend ist er zu mir gekommen und hat mich in seinem Auto zu einem ziemlich abgelegenen Bauernhof gebracht, zu einem älteren Ehepaar. Dort hat er mir gesagt, dass sie sich eine Zeit lang um mich kümmern werden. Er tat sehr geheimnisvoll und hat sich schnell verabschiedet.«

»Hat er gar nicht angedeutet, was ihn dazu getrieben hat?«

Matija schüttelte den Kopf. »Mehr und mehr Deutsche sind in die Fabrik gekommen, und manche haben sich sehr herrisch, von oben herab aufgeführt. Vielleicht haben sie etwas zu ihm gesagt, vielleicht hat er selbst etwas über sie herausgefunden. Ich weiß es nicht.«

»Hast du gewusst, dass Vladimir nach dem Krieg Alojzij im Familiengrab hat beisetzen lassen?«, fragte Frančiška nach einer Weile. »Auf der Gedenktafel steht jetzt neben anderen Namen Alojzij Knap. Ich fand das schön, irgendwie ist er zu uns zurückgekehrt.«

»Valentina hat es mir erzählt«, sagte Matija nickend. »Aber niemand kann oder will mir sagen, nicht einmal Vladimir, wer Alojzij umgebracht hat. Weißt du etwas darüber, du befasst dich doch mit tragischen Kriegsgeschichten?«

»Mich beschäftigen andere Dinge, deshalb suche ich in anderen Quellen. Ich beschreibe die Schicksale von Frauen, ich untersuche die ausgelöschten Leben von Partisaninnen, Lagerinsassinnen, Emigrantinnen, Zwangsarbeiterinnen. Zwar habe ich natürlich auch in

Dokumenten gestöbert, in denen etwas über Alojzijs Ermordung stecken konnte, aber ich habe weder Anweisungen noch Berichte gefunden. Was nicht heißt, dass es nicht doch eine Racheaktion der Partisanen für den Tod von Ludvik war; das ist ja die vorherrschende Meinung, und auch die Polizeiberichte gehen in diese Richtung, aber Beweise dafür gibt es nicht. Gut möglich, dass ein Aktivist ihn auf eigene Faust umgebracht hat, es kann aber genauso gut ganz anders gelaufen sein, die Kriegszeit hat ja viele Gründe und Gelegenheiten gegeben.« Frančiška seufzte: »Das tragische Schicksal von Alojzij muss, wie die meisten traurigen Schicksale meiner Frauen, warten, bis die Heldenzeit vorbei ist, es gibt gerade nur Platz für die Sturmsoldaten.«

So saßen sie mit ihren jeweils eigenen Gedanken da, und nach einer langen Pause fragte Matija seine Schwester, was sie über Anas Tod weiß.

»Anas Geschichte ist unfassbar traurig. Willst du sie wirklich hören?«

Matija nickte zaghaft, er schien sich nicht ganz sicher zu sein, und auch Frančiška machte eine längere Pause, wie um sich die Geschichte erst einmal im Stillen selbst zu erzählen. »Sie wurde gleich im ersten Kriegsjahr ins Lager gebracht und dort den polnischen Arbeiterinnen zugeteilt. Um zu überleben, mussten sie alles essen, was sie kriegen und finden konnten, das nach Essen aussah, denn die Lagerrationen reichten bei Weitem nicht aus. Sie durften nicht krank werden, da nachts die Ratten im Lagerkrankenhaus selbst lebende Patienten anfraßen, und im Winter mussten sie sich gegen die Kälte schützen, da ist jeder zusätzliche Lappen willkommen gewesen. Der Soldat am Eingang des Lagers hat nämlich jeden Abend, wenn sie von der Arbeit kamen, die Schwächsten der Schwachen aussortiert, auf die der Tod in der Gaskammer gewartet hat. Bei einer solchen Selektion, es war ein kalter Wintermorgen, hat die Aufseherin Ana beschuldigt, zu viele Kleider zu tragen. Sie musste sich nackt ausziehen, und erst nach einer Stunde durfte sie sich wieder anziehen. Wie durch ein Wunder hat sie überlebt. Eine Woche später hat dieselbe Aufseherin sie beim Morgenappell erneut aufgerufen und sie gefragt, ob ihr kalt ist, und ihr wieder vorgeworfen, dass sie zu viel anhat. Ana hat den Kopf gesenkt und geschwiegen, sie wollte ihr keinen Anlass liefern. Kurz hat es so ausgesehen, als hätte sie den Test bestanden, die Aufseherin hat gesagt, dass es wirklich kalt ist und sie sich deshalb nicht ausziehen muss, woraufhin sie unter dem Gelächter ihrer Kolleginnen einen Eimer Wasser über sie geschüttet hat. Kurz darauf ist Ana mit ihren zweiunddreißig Kilo tot zusammengebrochen.«

Matija saß mit schmerzverzerrter Miene da, man schien ihm die Zweifel angesichts des eben Gehörten vom Gesicht ablesen zu können. Frančiška beugte sich zu ihm, drückte ihn und sagte, dass sie mit mehreren Frauen gesprochen hat, die mit Ana im Lager gewesen sind, zwei haben gesehen, wie sie gestorben ist. Umarmt weinten sie schweigend noch bis tief in die Nacht hinein.

SCHLANGESTEHEN

Die Milch wurde erst gegen sieben Uhr morgens geliefert und verkauft, aber Matija stand schon eine Stunde früher für sie an. Als Frančiška einmal über diese sinnlose Warterei den Kopf schüttelte, scherzte er, dass er auf seine alten Tage ein bescheidener Mensch wird, der einen Mittelweg sucht zwischen den beiden früheren Extremen: dem starken Zeitmangel in der Vorkriegszeit, als die Arbeit im Glaswerk und der eigene Haushalt ihn von früh morgens bis spät abends auf Trab hielten, und dem Leben im Krieg in dem engen Bunker unter einer Scheune mit einer einzigen Kuh, als die Zeit die frühen Morgen wie auch die späten Abende und zuletzt auch sich selbst vergaß.

Schlange stehen war Frauensache. Männer sah man höchstens für Tabak vor dem Kiosk anstehen, und vor den Tante-Emma-Läden standen manchmal Kinder, während ausschließlich Frauen auf Milch und Fleisch warteten und damit allein verantwortlich waren für diese kostbaren Güter. Matija war daher zunächst auf ein gewisses Misstrauen gestoßen, das jedoch bald schon verflog; die Frauen stellten fest, dass von ihm keine Gefahr ausging, wenngleich er ein Mann war und zudem noch der Onkel des Ortsvorstehers. Schließlich war er blind und konnte, wie eine der wartenden Frauen laut bemerkte, keinerlei Schaden anrichten, da er ja nicht einmal weiß, wer was sagt. Er korrigierte sie nicht; Matija war durchaus in der Lage, die Stimmen der immer selben wartenden Frauen zu unterscheiden, aber er hatte keinerlei Absicht, ihnen zu schaden. Er hatte sogar Gefallen an ihrem Dauergeschwätz gefunden, der endlose Wortschwall schien ihm gleichsam dabei zu helfen, die Leere von fünf Jahren Taubheit zu füllen.

Matija hatte viel Zeit. Wenn er morgens losging, schliefen Valentina und Zmaga meist noch, und auch später hatte er mit dem Baby so gut wie keine Arbeit. Valentina besuchte sie in jeder Pause, da das Lehrerhaus direkt neben der Schule lag. Zmaga erhielt lange Zeit ausschließlich die Brust, sie schlief viel, als wüsste sie um die begrenzten Kräfte und Fähigkeiten ihres Beschützers. Sie weinte nur selten, und dann trug er sie durchs Zimmer und summte oder sang Lieder für sie, später gab er ihr Tee aus der Flasche zu trinken.

Das Anstehen und Warten war von Monat zu Monat weniger erforderlich, und nur selten reichte die Milch nicht für alle, die entsprechende Lebensmittelkarten besaßen; häufiger gab es aus diesem oder jenem Grund – meist war es ein Schaden an einem schrottreifen Lastwagen – einfach gar keine, und das ganze Warten war umsonst. Dafür wurden die Warteschlangen und Menschentrauben an den Ladentüren zu Schauplätzen von Wettkämpfen in Ausdauer und Kenntnisstand, zu rhetorischen Wortgefechten rund um die richtige Auslegung der Verteilerlisten und Bestimmungen, oft zu wahren Volksuniversitäten, die erstaunliche Nachrichten und nützliches Wissen vermitteln. Aus den Debatten wurden fast wissenschaftliche Abhandlungen, sobald Regeln sich änderten oder neue Verteilerlisten herauskamen. Für die Auslegung waren viele Faktoren maßgeblich, von den persönlichen Vorlieben der Besitzer von Karten und Wertmarken bis hin zu der Art von Abschnitten, die jemand besaß. Zusätzliche Brisanz verursachte die Tatsache, dass die Gremien ungleich besetzt waren: Auf der Händlerseite des Rednerpultes waren die Interpreten geschickter, auf der anderen Seite jedoch in der Überzahl. Vermeintlich einfache Gleichungen, dass ein Kilo reines Schweineschmalz einem Kilo und zweihundert Gramm frischem Speck oder einem Kilo und dreihundert Gramm roher Butter entsprach, wie auch eindeutige Bestimmungen, dass Getreideprodukte im Verhältnis von siebzig

Prozent Weizen und dreißig Prozent Mais aufzuteilen sind, führten in einer realen Verkaufssituation mit tatsächlich vorhandenen Waren zu schwierigen Diskussionen, wobei die Bandbreite an Reaktionen von stummen Gefühlen der Benachteiligung bis hin zu lautstarken Betrugsvorwürfen reichte.

Matija amüsierte sich über die langen und meist hitzigen Debatten, mischte sich aber nicht ein. Er gehörte zu der Minderheit stiller Frauen, die für diese Konflikte zu ängstlich, zu schüchtern waren oder sich damit trösteten, dass das endlose Wiederkäuen unergiebiger Fragen sinnlos war. Die schweigende Minderheit schien mit allem zufrieden zu sein, dankbar für jede Kleinigkeit, sogar für die warme Sonne, die die wartende Menge wärmte, oder den Regen, der den Staub abwusch, wofür im täglichen Kampf niemand Lob einheimsen konnte.

Abends erzählte er Valentina, worüber die Frauen in der Warteschlange geredet hatten, wobei er ihre Gespräche manchmal wortgetreu wiedergab. Er überzeugte in der Rolle der Klatschbase, die selbst eine Kleiderkarte dafür gegeben hätte, um als Erste zu erfahren, welcher Händler beim Betrügen ertappt worden war, und die für einen prickelnden Liebesskandal vermutlich sogar eine Bezugskarte für Schuhe eingesetzt hätte. Er konnte ihre Sprechweise so gut imitieren, dass Valentina sich vor Lachen krümmte; wenn sie dann ganz benommen wieder zu sich kam, sagte sie, dass die Menschen schon seltsame Geschöpfe sind, und es war nicht klar, ob sie dabei die wartenden Frauen, sie beide oder alle zusammen im Sinn hatte.

So ausführlich er die wartenden Frauen und die beinahe filmreifen Darbietungen auch schilderte, Matija erwähnte nie die Frau, die wie er fast immer schwieg, und wenn sie doch jemandem antwortete oder etwas bemerkte, dann war ihre Stimme leise und unsicher, und oft verebbte sie, bevor sie ihren Beitrag beenden konnte. Die Frau roch unverkennbar nach etwas, das er weder benennen noch gut beschreiben konnte, am ehesten vielleicht nach Seife, nur war es nicht unangenehm feucht und warm, sondern frisch.

Ein paar Mal wechselten sie einige Sätze miteinander, er wusste nur, dass ihr Mann ein Bergmann ist, der einen Unfall gehabt hatte und deshalb zur Arbeit über Tage versetzt worden war. Matija hatte weder eine Vorstellung davon, um was für einen Unfall es sich handelte oder wann er passiert war, noch, wie alt ihr Mann und wie alt sie selbst war, er vermutete, dass ihre Beziehung im Argen liegt, er stellte sich vor, dass die wartende Frau und er sich zueinander hingezogen fühlen. Tatsächlich hatte er sich noch nie so sehr gewünscht, mehr über jemanden zu erfahren, ihr die intimsten Fragen zu stellen, ihr Gesicht zu berühren, es kennenzulernen. Schon als kleiner Junge hatte er ohne Scheu fast wildfremde Menschen gefragt, ob er ihr Gesicht berühren darf, aber bei dieser Frau lähmte ihn sein Verlangen. Nach fünf Jahren waren die Bezugskarten Geschichte, der Handel war wieder frei, doch für Matija blieb trotz unzähliger Stunden gemeinsamen Wartens als einzige Information dieser bestimmte Geruch von ihr, der sich einer genauen Benennung entzog.

Gelegentlich flüsterte eine der wartenden Frauen Matija zu, dass er seinem Neffen, dem Gemeindevorsteher, dies oder jenes mitteilen soll. Gelassen nahm er die Aufträge entgegen, wohl wissend, dass sie nicht ernst gemeint waren, dass seine Vermittlung gar nicht erwünscht war, es ging eher darum, Aufmerksamkeit zu erzeugen, dem Gesagten etwas mehr Gewicht zu verleihen. Wäre es wirklich um Meinungen, Fragen, Anregungen gegangen, hätte Matija auch Schwierigkeiten gehabt, sie zu überbringen, Vladimir war äußerst beschäftigt, und sie trafen einander nur selten.

Er besuchte ihn und Valentina samstagabends, wenn sich der letzte Termin nicht bis spät in die Nacht hinzog, an anderen Tagen war es schier unmöglich. Unter der Woche reihten sich neben seiner Büroarbeit von morgens bis abends Besprechungen, er war oft im Bezirksamt oder bei anderen Stellen, um Dinge zu klären, und sonntags wurde er bei verschiedenen Feiern oder freiwilligen Arbeitseinsätzen erwartet.

Eines Samstagabends setzte er sich sichtlich müde an den Tisch, auf den er ein paar Süßigkeiten aus seinen Jackentaschen gelegt hatte, denn er hatte immer eine Kleinigkeit für Zmaga dabei. Er hatte Matijas lustige Geschichten vom Warten und Anstellen überhört, mit denen sie gewöhnlich ihre abendlichen Unterhaltungen begannen, und war nicht einmal auf Valentinas Aufforderung zum Essen und Trinken eingegangen. Er saß still da, sammelte die Krümel auf dem Tisch ein und ordnete sie zu einfachen Mustern. Die Brotkrümel-Kunst löste seinen Unmut allmählich, und er erzählte ihnen, dass die Kontrollen den Zorn der Händler entfacht hatten und dass Strafanzeigen gegen sie gestellt worden waren. »Lieber würde ich den ganzen Tag lang im Schlamm Gräben schaufeln oder Steine klopfen. Manche Inspektoren sind wie bissige Hunde, sie würden die Leute wegen jeder Kleinigkeit am liebsten gleich ans Kreuz nageln. Auf der anderen Seite ist es auch nicht besser, fast jeder versucht zu betrügen, und sei es nur, dass er die Waage um ein paar Gramm beschwert oder Wein und Milch ein bisschen verwässert. Diese Erbsenzähler bringen mich arg in Bedrängnis, ich weiß nicht, wie ich mit ihnen umgehen soll. Ich habe Angst vor einem Prozess, da die Strafen unmenschlich hart sind, zugleich kann ich nicht einfach zusehen, denn das würde bedeuten, dass man solche Verstöße duldet, dass ein bisschen stehlen und betrügen wohl nicht so schlimm wäre.«

Valentina nutzte die Pause, stellte eine Flasche Wein auf den Tisch und schenkte jedem ein Glas ein. »Da trifft man auf einen Händler, der unglücklich zwischen völlig geplünderten Regalen hockt und den man am liebsten laufen lassen würde. Dann hebt man die getarnte Klappe unter seinen Füßen an und steigt in weitläufige Katakomben hinab, und dort hat man Mühe, sich zwischen den Regalen zu bewegen, die voll sind mit dringend gebrauchten Waren: Hunderte Paar Schuhe, mehrere tausend Meter Leinen, Loden und andere Stoffe, tonnenweise Nägel, Hunderte Reifen und Schläuche für Fahrräder, Unmengen Knöpfe, Garn, Zwirn, Nadeln. Wie kann man nur glauben, dass ein solcher Warenberg hinter der schlichten Fassade eines Kleinkrämers auf Dauer versteckt bleiben kann? Entweder lässt er seinen Reichtum von Ratten und Rost zu wertlosem Schrott zerfressen, oder er muss ständig mit Dutzenden Leuten Geschäfte machen, und da ist es in diesen unruhigen Zeiten, wo die Leute vor fast allen Geschäften anstehen, doch nur eine Frage der Zeit, bis er als Spekulant und Hehler angezeigt wird.«

Vergeblich wartete er auf Antwort. »Es macht mir Angst, wie wir sind. Jeder versucht, etwas zu ergattern oder zu verheimlichen, alle haben zu wenig, die Niedertracht schießt ins Kraut, keiner will etwas zur Gemeinschaft beitragen oder für sie opfern. Die Menschen jammern frustriert über das Leben, wie es ist, denn versprochen wurde ihnen viel mehr. Ein ganzes Jahrhundert lang haben sie dabei zugesehen, wie Kapitalisten die Arbeiter ausbluten, verfolgen, einsperren, rausschmeißen, vertreiben, ins Elend stoßen ließen; sie haben zugelassen, dass die Kirche ihnen tausend Jahre lang wertlose Ablassbriefe als Eintrittskarten ins Paradies verkauft hat, und wir sollen aus den Trümmern des Krieges von heute auf morgen ein Paradies erschaffen. Dabei stellen uns die Kapitalisten und die Kirche auf Schritt und Tritt ein Bein, weil wir ihren Maschinen und Göttern zur Produktion von Geld und Kriegen nicht mehr dienen wollen, und nun hat sich auch noch der sozialistische Block zu ihnen gesellt, weil wir die Unfehlbarkeit Stalins nicht akzeptieren wollen.«

Er griff nach einem vollen Glas und schob es langsam über den Tisch, wobei er eine feuchte Spur hinterließ. »Natürlich ist vieles von dem, was wir tun, lächerlich, und vieles davon gefällt mir persönlich nicht, doch so ist es wohl immer am Anfang. Wir fangen gerade erst an, auf die Beine zu kommen, wir haben den begierigen Wunsch, schnell, stark und geschickt zu sein, aber Wünsche formen keine Wirklichkeit, sie erfordern Taten. Vieles können wir nicht, wir haben keine Freunde, die uns helfen, uns fehlt das Geld für all die Dinge, die wir so dringend haben sollten, also müssen wir härter arbeiten, so hart wie vielleicht noch nie zuvor. Wir haben gerade erst angefangen, unser Haus zu bauen, aber bei vielen Menschen ist ihre anfängliche Begeisterung bereits verflogen, sie sind es leid und müde, sie sagen, sie haben schon vergessen, wie es früher war und was sie damals hatten, das abstrakte Gemeineigentum interessiert sie nicht, sie wollen ihre eigenen Häuser, gute Gehälter, günstige Kredite, volle Geschäfte. Sollen wir wegen verstockter Menschen mit unrealistischen Erwartungen die Flinte ins Korn werfen, sollen wir nachgeben, weil manche ein kurzes Gedächtnis oder ihre einstigen Überzeugungen und Werte verloren haben? Werden wir etwa wieder ruhig schlafen können, wenn wir nach all den furchtbaren Opfern, die wir in den Schlachten und Kriegen gebracht haben, die weiße Fahne der Kapitulation schwenken und die Burgherren und Bischöfe bitten, zurückzukommen und sich mit Feldern und Wäldern zu bedienen, während wir im Stillen wieder für sie kuschen? Wenn wir den Geldsäcken schwören, dass wir ihnen wie früher für einen Laib Brot und einen Liter Wein die Schatzkammer füllen, während unsere Frauen ihnen neue Lohnsklaven gebären? Wenn wir uns bei den einstigen Besatzern einschmeicheln, sollen sie dann mit Panzern und Bombern zurückkommen, sollen sie uns ihre Sprache aufdrücken, sollen sie uns als Knechte nehmen, damit wir gehorsam ihre blutigen Stiefel polieren?«

»Du bist müde«, sagte Valentina und nahm seine Hand, die noch immer das Glas auf dem Tisch hin und her schob, »ruh dich ein wenig aus. Und lass uns morgen zusammen einen Spaziergang machen.«

Vladimir nickte. »Ich muss früh los …«

»Gut, wir können auch früh gehen.«

Er lächelte über ihren Einwurf. »Es gibt eine Arbeitsaktion, wir sanieren die Straße durch das Dorf.«

»Wahrscheinlich kämen sie auch mal ohne dich aus, sogar du würdest es wohl überleben, wenn du irgendwo fehlst. Wann hast du das letzte Mal etwas gemacht, das nicht mit deiner Position zu tun hat, das nicht zur Arbeit gehört?«

»Ich kann Befehle nicht vom Elfenbeinturm aus erteilen. In einer Volksherrschaft ist mein Platz bei den Menschen. Ich kann nicht zu ihnen sprechen und ein bestimmtes Handeln von ihnen einfordern, wenn ich selbst nicht nach den gleichen Maximen lebe.«

Valentina schüttelte den Kopf. »Ich habe dich im Verdacht, dass auch diese seltenen Besuche am Samstag mit deiner Arbeit zu tun haben.«

»Er kommt nur«, warf Matija ein, »um den neuesten Klatsch und Tratsch aus den Schlangen vor den Geschäften zu erfahren. Er kann es sich nicht leisten, ein Vorsteher des Volkes und gleichzeitig der am schlechtesten informierte Mensch im Ort zu sein.«

»Ihr habt mich ertappt.« Vladimir breitete seine Hände in gespielter Hilflosigkeit aus. »Mich interessieren vor allem politische Gerüchte, erzähl mir die drei heißesten.«

»Spätestens zum Jahresende landen die Engländer und Amerikaner an der Adria und besetzen Jugoslawien. Die Volksanleihe wurde in Wirklichkeit deshalb ausgerufen, weil drei Viertel der slowenischen Regierungsmitglieder mit Säcken voller Geld ins Ausland geflohen sind. Das dritte Gerücht betrifft unsere Region: Nächsten Monat beginnt die Zwangsaussiedlung der Bergbaurentner, damit die Behörden über Wohnungen verfügen, die für die auswärtigen Bergleute gebraucht werden.«

»Der letzte Punkt ist ein gefährliches Signal, auch wenn das Gerede nicht für die Ohren aller bestimmt ist. Gibt es etwas Neues von Tito?«

Matija nickte. »Die Spekulationen, dass die Russen ihn aus dem Weg geräumt und durch ihren eigenen Kommissar ersetzt haben, sind seit dem Konflikt verstummt. Aber es wird bald etwas Neues geben, ein Präsident lebt schließlich von interessanten Geschichten.«

•

Die einfachen Bänke, eingesammelt bei den freiwilligen Feuerwehren ringsumher, waren in langen Reihen aufgestellt und nahmen etwa ein Drittel des Fußballfeldes ein. Die niedrige Bühne war mit Grünzeug und einer Reihe von Porträts marxistischer Denker und Praktiker des Sozialismus geschmückt, die erstmals kleiner war als

Stalins Bild. Die Musikkapelle saß vor der Bühne und blickte eher gelangweilt auf die vorbeiziehenden Bestarbeiter. Die Ansprache dauerte schon mehr als eine halbe Stunde, und sie hatten gerade erst die Liste mit den rund fünfzig einfachen Bestarbeitern absolviert. Jeder, der aufgerufen wurde, musste auf die Bühne, wo er Glückwünsche und ein paar zusätzliche Lebensmittelkarten erhielt und mit lauwarmem Beifall bedacht wurde.

»Das dauert bestimmt noch bis zum Abend«, jammerte Karel. »Ich hoffe nur, dass die Wirtshäuser nicht schon vorher schließen, ich will doch anstoßen auf die Helden der Arbeit.«

Auf diese Bemerkung hin lachten einige Zuschauer in der Nähe, jemand zischte ihm zu, dass er still sein soll, aber das kümmerte Karel nicht. Er wandte sich an Matija und erläuterte, dass die zweifachen Bestarbeiter ähnlich viele sind, während die nächsten Gruppen zwar kleiner ausfallen, dafür sind es noch jede Menge, die Zeremonie endet erst mit einem neunfachen Bestarbeiter.

Matija wollte ihm eine Reihe von Fragen stellen, da er vieles nicht verstand, aber er wartete damit lieber bis zum Ende der Feier, um keine neuen ketzerischen Sprüche zu provozieren. Doch als hätte er seine unausgesprochenen Fragen gehört, begann Karel laut zu erklären, und er war trotz des Geschehens und der Lautsprecher auf der Bühne weithin zu hören, dass das System der Bestarbeiter auch nicht ganz gerecht ist. »An manchen Stellen bricht öfter mal ein Bohrer ab, anderswo fliegt die Kohle einfach aufs Band. Aber seitdem es diese Bestarbeiterbrigaden gibt, sind alle völlig besessen von ständig neuen Rekorden. Die Nachmittags- und Nachtschicht wartet nur darauf, dass die Morgenbrigade den Rekord bricht, ihre Glanzleistung in der Lokalzeitung steht und auf der Wandzeitung ein Flugzeug neben ihren Namen gemalt wird. Natürlich können sie sich mit diesem Düsenjet genauso gut oder schlecht den Arsch abwischen wie diejenigen, die einen Motorroller oder ein Fahrrad neben ihrem Namen stehen haben …«

»Ingenieur Knap, also bitte«, unterbrach eine empörte Frauenstimme hinter Matija Karels Ausführungen.

»Stimmt doch. Die Leute arbeiten hart, sie schuften wie die Ochsen. Man kann ihnen keine bunten Bildchen austeilen, sie sind ja keine kleinen Kinder. Man sollte ihnen lieber ein richtiges Fahrrad oder ein Flugzeug schenken, und wenn man das Geld dafür nicht hat, dann lieber einen Liter guten Wein.«

»Karel, lass das, ich bitte dich«, sagte eine tiefe Männerstimme, und die Frau, die ihm schon zuvor ins Wort gefallen war, fügte hinzu, er soll sie gefälligst dem Redner zuhören lassen.

Karel brummte etwas, dann verstummte er. Die Bestarbeiter reihten sich auf der Bühne auf, Bergwerks- und Gewerkschaftsvertreter traten im Wechsel ans Rednerpult, die Kapelle spielte Kampflieder. Allmählich verebbte der Höflichkeitsapplaus ganz, einige zündeten sich Zigaretten an, viele bemühten sich nicht einmal mehr, ihr breites Gähnen zu verbergen. Drei achtfache Bestarbeiter erhielten Armbanduhren, wodurch das schläfrige Publikum wieder zumindest ein wenig in Fahrt kam, während der neunfache Bestarbeiter eine Laudatio und eine Urkunde erhielt, und der Bergwerksekretär überreichte ihm zum Zeichen seiner Dankbarkeit eine goldene Füllfeder.

»Warum zum Teufel eine Füllfeder? Der Mann verdient eine goldene Hacke«, hielt Karel dem Redner von seinem Platz aus lautstark entgegen. »Und wann soll er schreiben? Er hat gar keine Zeit dazu, weil er in einer Höhle vor sich hin hackt oder herumgefahren und vorgeführt wird wie ein Tanzbär.«

»Ach, sei doch endlich still«, versuchte eine tiefe Männerstimme, Karel abzubringen, »du weißt, wo dich dieses närrische Geschwätz noch hinführen kann.«

»Alles ist ein Zirkus, nur dass bei uns die Tribünen leer sind, weil wir alle in der Manege sind und Akrobatik vorführen, am Trapez schwingen, Clownswitze reißen und die Köpfe in die Mäuler wilder Tiere stecken«, schimpfte Karel, während er mit Matija zurück ins Dorfzentrum marschierte. Vor jedem Wirtshaus versuchte er, seinen Begleiter zur Einkehr zu überreden, aber Matija blieb stur. »Ich habe Valentina versprochen, dass ich dich nach der Feier wieder mitbringe. Wenn du jetzt ins Wirtshaus gehst, kann ich mein Versprechen nicht halten, weil man dich dann selbst mit einer Pferdekutsche nicht mehr dort herausbekommt.«

Sie hielten vor dem Gemeindeamt, da Karel den Einfall hatte, Vladimir aufzusuchen und gemeinsam mit ihm zu Valentina zu gehen. »Ich habe ihn nicht auf der Bühne gesehen, aber er war auf jeden Fall da, auch wenn er nichts gesagt hat. Und wahrscheinlich schreibt er schon wieder Berichte für mindestens zehn furchtbar wichtige Instanzen. Wir sollten ihn fragen, ob er auch den Vorfall erwähnt, zu dem es durch die Kommentare des Bergbauingenieurs Karel Knap kam.«

Er sah Matija an, der ihm eben antworten wollte, also fuhr er schnell fort: »Natürlich würde mein lieber Bruder Vladimir das nie tun, selbst wenn er in die Enge getrieben wird, nimmt er seinen versoffenen Zwilling in Schutz.«

»Er ist nicht im Büro, Karel. Er ist bestimmt noch auf dem Platz, du hörst ja, dass die Kapelle noch spielt. Komm, lass uns gehen!«

»Gleich, komm, lass uns aufs Schwarze Brett schauen«, erwiderte er und zerrte Matija zur Schautafel neben der Eingangstür. »Das ist das Beste im Ort, hier erfährst du alles. Den Zeitungen und dem Radio kannst du nicht trauen, die wiederholen nur, was andere vorgeben. Die Politiker erzählen, was sie gerne wahrhaben wollen, und das hat mit dem, was tatsächlich stimmt, oft nicht so viel zu tun. Normalsterbliche übertreiben und erfinden fantastische Geschichten, weil ihnen sonst niemand zuhören würde. Aber auf diesem Brett hier ist alles wahr, und da ist es nur recht, wenn wir uns ein paar Minuten Zeit dafür nehmen.«

Matija lächelte. »Ich schätze, du wirst nicht alle Mitteilungen lesen, sondern nur ein paar. Wahrscheinlich suchst du nach den merkwürdigsten, also wird auch deine Darstellung der Realität auf einem etwas wackligen Fundament stehen.«

»Glaub mir, du willst gar nicht die ganze Wahrheit hören, ein paar Tropfen genügen. Hier sind mindestens zehn Widerrufe von verlorenen Bezugsscheinen ausgehängt, die uns egal sind, gefolgt von diesem schönen Dementi. Hör zu: Ich, Frančiška Zupan, widerrufe hiermit, dass Genosse Rado Drnovšek der Vater meines Kindes ist. Ich bedanke mich bei ihm, dass er die Klage zurückgezogen hat. Als Erstes erfahren wir also, dass Frančiška ein uneheliches Kind zur Welt gebracht hat. Anschließend wird bekannt, dass Rado der Vater des Kindes sein könnte. Außerdem wissen wir, dass die Mutter das zuerst auch gedacht, es sich dann aber anders überlegt hat, wobei dieser Sinneswandel einen gewissen Beigeschmack hat, da er offenbar unter Zwang erfolgte, als er mit einer Klage drohte.«

»Deine Erklärung verkompliziert eine recht eindeutige Mitteilung.«

»Da hast du wohl recht, wir müssen uns an die niedergeschriebenen Fakten halten. Und die sind traurig, mein lieber Matija, wir haben eine schreckliche Vorliebe für Verleumdungen und Schlammschlachten. Es gibt sogar mehr Widerrufe als verlorene oder gestohlene Bezugsscheine. Schau, Ivan hat die Gemeindesekretärin verleumdet, Marjeta den Lehrer Davorin, Anton hat anscheinend dafür gesorgt, dass der Vater der Hribars das Haus verlassen musste, Polde hat es an der ganzen Blaskapelle ausgelassen, Angela soll Marija um ihre Uhr betrogen haben und so weiter und so fort. Aber es ist ja erfreulich, dass all diese Behauptungen zurückgenommen wurden, denn die, die sie aufgestellt hatten, waren erregt, sind reumütig und bedanken sich im gleichen Atemzug bei den unbescholtenen Klägern, dass man sie nicht vor Gericht zerrt.«

Matija wollte ihn ermuntern, diese Vorstellung zu beenden, aber Karel war schneller: »Du hast nicht zufällig einen Stift und Papier dabei, oder? Mir scheint, wir sollten diese Verleumdungen auf ein höheres Niveau heben, sie aus den schmutzigen Niederungen in geistige Höhen tragen. Kürzlich habe ich mir in einer Buchhandlung Tolstois Roman *Krieg und Frieden* angeschaut. Ich sage der Verkäuferin, dass ich diesen Wälzer gerne lesen würde. Sie wollte mehrere Tageslöhne dafür haben, worauf ich abgelehnt habe mit der Begründung, dass das Buch sicher nicht so viel wert ist. Ich ziehe diese Fehleinschätzung zurück: Ich bin es, der dieses Buches nicht wert ist, weil ich für die geforderte Summe etwa zwanzig Liter Wein gekauft und getrunken habe.«

»Komm, Karel, Valentina gibt dir Papier und Bleistift, und wenn du willst, hilft sie dir beim Formulieren.«

»Wir haben erst die halbe Tafel durch. Hier stehen noch die Bekanntmachungen der Behörden, unterschätze dieses Dokument nicht, es geht um wichtige Dinge. Und hier unten die Anzeigen, was die Leute kaufen, verkaufen, tauschen wollen, da kann einem die Chance seines Lebens entgehen. Sieh an, ein Bauer in der Kolonie hat ein größeres Angebot als die Bezirkszeitung, von einer gebrauchten Spielzeug-Harmonika bis zum fast neuen Damenfahrrad …«

»Eine Spielzeug-Harmonika. Was für eine ist das?«

»Ich weiß nicht, da steht nur lang der Trödel aufgelistet, den er verkauft. Schwarzhändler haben wohl keinen Sinn fürs Zeichnen.«

»Lass uns gehen, Valentina muss noch ein bisschen warten, wir machen einen Schlenker über die Kolonie.«

DIE KONZERTINA

Wenn ich nicht im Bergwerk war, dann war ich bei ihm. Ich habe ihm geholfen, Harmonikas zusammenzubauen und zu reparieren, ich habe gesägt und geschliffen, geklebt und gemalt. Er hat mir alles beigebracht. Schon als Kind habe ich mich sehr zur Musik hingezogen gefühlt, aber nie zuvor hatte ich die Gelegenheit gehabt, mich so intensiv damit zu beschäftigen. Ich habe alles gerne gemacht, aber das Beste war, wenn es nichts mehr zu tun gab, denn dann hat er mir das Spielen beigebracht.«

Boris erinnerte sich in allen Einzelheiten an die gemeinsame Zeit mit dem alten Vater eines Kollegen. Die zehn Jahre, die er als junger Mann in Westfalen verbrachte, wohnten sie im selben Zechengebäude. Matija konnte Boris' Stimme deutlich anhören, dass sie mehr als nur Nachbarn gewesen waren, er sprach von seinem Lehrer mit großer Zuneigung und tiefem Respekt.

»Harmonikaspieler sind von Natur aus Streuner und Flegel. Am liebsten wollen sie tanzen, also gehen sie in die Gasthäuser, wo ihnen vom vielen Wein, den schönen Mädchen oder auch manch Gesagtem nicht selten etwas übel aufstößt. Mit der Galle kommt alter Groll hoch, schon werden die Finger zu Fäusten geballt oder Messer aus den Taschen gezogen. Ich habe Harmonikas bekommen mit so tiefen Schnitten im Balg, dass ihnen weniger Luft blieb als einem Asthmatiker auf dem Sterbebett, und ganz verbeulte Instrumente mit gebrochenen Kästen und herausgefallenen Tasten. Ich habe schon viel gesehen«, murmelte er, während er die kleine Harmonika in den Händen drehte, »aber etwas so Kaputtes wie diese Miniatur-Harmonika ist mir noch nicht untergekommen. Ich bin mir nicht sicher, ob sie sich überhaupt reparieren lässt, es wäre bestimmt einfacher, eine neue zu bauen, auch wenn ich noch nie ein so kleines Spielzeug angefertigt habe.«

»Ich nehme an, dass man jeden Schaden reparieren kann.«

»Natürlich, nur bleibt ein Rätsel, wie man auf etwas so Zurechtgeflicktem spielen soll«, begann er wieder und drehte das Instrument auf seinem Schoß. »Übrigens hat mein Lehrer das Gleiche gesagt, nämlich dass eine Harmonika mit dem kleinsten Defekt nicht gut spielt, man aber jeden Schaden reparieren kann. Er hat auch gerne betont, dass Menschen und Harmonikas einander anziehen, weil sie so völlig verschieden sind: Wenn ein Mensch einen Arm oder ein Bein verliert, wachsen sie nicht nach, man kann das fehlende Glied nicht ersetzen, aber er schlägt sich trotzdem weiter durchs Leben. Nimm dich selbst als Beispiel, du hast kein Augenlicht, aber du kämpfst dich trotzdem durch.«

Matija lächelte. »Auch deshalb will ich mich von dieser Konzertina nicht verabschieden, schließlich hat sie mich einen großen Teil meines Lebens begleitet.«

»Ich kenne mich mit diesen kleinen Harmonikas nicht aus, ich kann nicht garantieren, dass du damit zufrieden sein wirst. Sie funktionieren genauso wie die großen, anders ist es nicht möglich, aber die Details können vieles verkomplizieren.« Boris zögerte, die Reparatur anzunehmen. »Das erste Mal habe ich so eine Spielzeug-Harmonika im Zirkus gesehen. Ein Clown hat auf ihr gespielt, das war noch vor dem Krieg, allerdings hat er nur mechanisch den Blasebalg auseinandergezogen und zusammengedrückt. Vom bloßen Schließen und Öffnen war sie bereits völlig abgenutzt, da der Clown ohne jedes Gefühl auf ihr gespielt hat, dennoch war sie weit weniger hinüber als deine. Was ist denn mit ihr passiert?«

»Ich habe sie, seit ich klein bin. Sie war das Geschenk eines Vagabunden, Luka. Er ist mit ihr um die halbe Welt gereist und dann in unsere Gegend gekommen, um zu sterben. Er hat mir auch beigebracht, wie man darauf spielt. Zu Beginn des Krieges, in dieser angespannten Zeit, habe ich die Konzertina verloren, doch vor Kurzem hat ein Trödler sie als Kinder-Harmonika zum Verkauf angeboten. Ich nehme an, er war froh, sie loszuwerden, er hat sie mir für einen Spottpreis verkauft. Er konnte ja nicht wissen, dass ich jede Summe dafür gezahlt hätte.«

Boris betrachtete die Harmonika noch einmal aufmerksam, zog vorsichtig am Balg und stellte fest, dass auch ihr Klang voller Wehmut war.

»Das war schon immer so, sie hat nie heiter geklungen. Vielleicht hat ein trauriger Handwerker sie gebaut, sie könnte die Verbitterung des alten Luka in sich aufgesogen haben, aber vermutlich bin ich am meisten daran schuld. Ich bin nie ein fröhlicher Mensch gewesen«, sagte Matija lächelnd. »Aber genau so mag ich sie. Ich mag ihren melancholischen Klang, der davon zeugt, dass sie an Orten und Zeiten voller Unglück gelebt hat.«

»Spiel mir etwas vor, egal was.«

Matija nahm die Harmonika und legte sie auf sein Knie. »Es hört sich seltsam an, aber ich denke, dass diese Konzertina sämtliche Lieder in sich trägt, die jemals auf ihr gespielt wurden. Natürlich stecken die zahllosen Töne nicht irgendwo in den Tasten oder im Innenleben des Mechanismus, aber ich glaube, dass Musikinstrumente eine Seele haben, ein Gedächtnis. Das ist der Grund, warum ich keine andere Konzertina will, aber für diese würde ich alles geben. Ich bin überzeugt, dass sie für immer alle Lieder kennt, die ich auf ihr gespielt habe, und die von Luka, und vielleicht auch die von irgendwem vor ihm. Das ist in ihrem Gedächtnis verankert. So wie die Dose, in der Zofija Zichorie aufbewahrt hat, für immer den unverwechselbaren Geruch angenommen hat, sind die auf dieser Konzertina gespielten Lieder in ihrem Inneren haften geblieben.«

»So habe ich das noch nie gesehen, und auch mein Lehrer hat nie so etwas gesagt. Ich kann von mir und von ihm sagen, dass wir versucht haben, jedes kleine Detail sorgfältig und akribisch auszuarbeiten, damit die Harmonika schön klingt und ansprechend aussieht. Natürlich war keine wie die andere, denn jede hatte irgendeine Besonderheit, doch ich habe nie daran gedacht, dass sie eine Seele, ein Gedächtnis haben.« Boris hielt kurz inne, er dachte offenkundig über das eben Gehörte nach. »Ich kenne alle Winkel in ihrem Inneren sehr gut, na ja, so weitläufig ist es darin ja auch nicht, und ich weiß, wo sich jedes noch so kleine Teilchen befindet und warum es da ist, aber mir würde im Traum nicht einfallen, wo da eine Seele verborgen sein könnte.«

»Ich habe dich ja gewarnt, dass es seltsam klingt. Für dich wohl noch mehr, denn du hast ihre ganzen Eingeweide gesehen, vollkommen zerlegt, du kennst ihr Innenleben bis ins Detail, verstehst die Rolle jedes einzelnen Bauteils und wie sie als Ganzes funktioniert. Aber all das erschüttert meinen Glauben nicht. Auch die Tatsache, dass ich diese Vorstellung mit nichts untermauern kann, bringt ihn nicht ins Wanken.«

Matija hielt einen Moment inne, er schien nach etwas zu suchen, das diese sonderbare Idee in den Bereich des Möglichen oder zumindest Vorstellbaren rückte. »Du hast gesagt, der Innenraum ist einfach zu klein, als dass eine Seele mit so vielen Informationen darin ruhen könnte. Mir hat ein Vergleich von Luka gefallen. Er hat einmal eine prächtige Kathedrale in Deutschland besucht, das Gewölbe war so hoch wie das Firmament, wie er erklärt hat. In der Kathedrale gab es auch eine wunderschöne Orgel, doch die Größe der Orgel erwies sich schnell als trügerisch. Sie konnte sich nirgendwohin bewegen, sie war im physischen Raum der Kathedrale gefangen und im immergleichen Repertoire, trotz ihrer enormen Ausmaße war sie eigentlich klein und begrenzt, so hat er gedacht. Die kleine Konzertina aber ist schon bald fortgezogen, hat auf Lukas Rücken lange Straßen durchwandert, hat in den Himmel geschaut, der viel höher ist als die Kirchendecke. Sie ist viel größer gewesen, als sie dem Auge erscheint, denn sie ist von Horizont zu Horizont, von Lied zu Lied gewandert, an nichts gebunden und durch nichts begrenzt. Und nach jedem Lied, das auf ihr gespielt wurde, hatte sie Platz für neue Lieder.«

»Und ich habe gedacht, ich weiß alles über Harmonikas«, sagte Boris lachend. »Spiel mal was, ich würde gerne hören, wie sich der große Zwerg so macht.«

Matija zog und drückte den Balg ein paar Mal, strich mit den Fingern über die Tasten und schüttelte die ganze Zeit den Kopf. »Es geht nicht, sie ist zu kurzatmig, einige Tasten klemmen, und auch die Töne sind nicht richtig und sauber.«

»Und dieser ungewöhnlich wehmütige, düstere Klang …«

»Das ist sie, das ist ihre Seele.«

»Ich könnte sie ein wenig aufhellen. Harmonikas sind an sich fröhlich, aber deine weint. Ich kann sie etwas munterer klingen lassen …«

»Nein, nein, auf keinen Fall.«

Boris sah Matija lange an. »Gut, ich werde versuchen, sie zu reparieren. Ich nehme sie komplett auseinander, reinige sie gründlich, repariere, was repariert werden kann, ersetze, was abgenutzt oder kaputt ist, einige Stimmzungen sind eindeutig hinüber, beim Blasebalg wird sich zeigen, ob er geflickt werden kann, sonst muss ein neuer zugeschnitten werden. Das ist viel Arbeit, und sie wird ihre Zeit brauchen …«

»Nimm dir so viel Zeit, wie du brauchst, ich bezahle alles. Soll ich dir etwas Geld im Voraus geben?«

Bis Boris ihn zu sich bestellte, verging fast ein ganzer Monat. Wieder saßen sie zusammen in der kleinen Werkstatt, in der es so angenehm nach Holz roch. Der Meister war stolz auf seine Arbeit, er erklärte sehr ausführlich, was er repariert hatte, welche Teile er hatte ersetzen müssen, weil es wirklich nicht anders ging. »Ich habe so viel Zeit mit ihr verbracht und sie so oft nachgestimmt, dass ich ihren wehmütigen Klang lieben gelernt habe. Ich weiß nicht, ob ich das auf den Preis aufschlagen oder von ihm abziehen soll.«

Sie lachten über den Scherz. Boris spielte ein paar Melodien an, dann legte er das strahlend schöne Instrument in Matijas Schoß. »Du kennst sicher passendere Lieder für diese Heulsuse.«

»Ich habe über zehn Jahre nicht mehr auf ihr gespielt, und noch länger keine bekannten Lieder, Ohrwürmer mehr. Als kleiner Junge habe ich Lieder gespielt, die Luka mir beigebracht hat, und als mein Bruder mich zum Arbeiterverein mitnahm, waren es vor allem Kampflieder, ansonsten habe ich meine eigene Musik gespielt. Ich bin sogar im Radio aufgetreten, das wurde von einem Lehrer arrangiert, der meinte, dass meine Musik unsagbare Geschichten über die Menschen hier erzählt. Das war natürlich übertrieben, wir waren befreundet, und er wollte wahrscheinlich nur nett sein, in unserer kleinen Ortschaft hätten sich viel bessere Musiker finden lassen, wäre es rein nach musikalischen Fähigkeiten gegangen.«

»So langsam habe ich den Verdacht, dass diese Spielzeug-Harmonika gar nicht von dir ist, dass du sie gar nicht spielen kannst«, sagte Boris lächelnd. »Wenn ich dich bitte, etwas zu spielen, fängst du jedes Mal an, mir etwas zu erzählen.«

Seit Boris ihm die Konzertina überreicht hatte, erkundete Matija mit seinen Händen die Oberfläche. Er griff unter die Riemen, dehnte den Balg zwei-, dreimal, wanderte mit den Fingern über alle Tasten, und nun begann er zu spielen. Er begann mit einem schlichten Motiv, das nach einer Weile in langgezogene Wehmut überging, ohne dass die zarte Einstiegsphrase je ganz verschwand. Immer wieder stieg sie aus dem Vergessen auf und bahnte sich ihren Weg an die hörbare Oberfläche. Aus dem sich wiederholenden schlichten Motiv erhob sich das riesige Panorama einer fast quälenden Suche, von einem Scheideweg mit unzähligen Pfaden, die scheinbar ins Nichts führen, aber auch ein Bild vom unablässigen Weitermachen, genährt allein von der Überzeugung, dass der Weg, wenngleich noch verborgen, doch existiert, dass der Suchende nicht aufgeben darf.

»Dies ist ein älteres Lied, das ich im Radio gespielt und vorhin erwähnt habe. Es handelt vom Aufziehen des Hasses in dieser Zeit, davon, wie unerträglich es ist, Menschen zu bewerten und in gut und minderwertig einzuteilen. Natürlich lassen sich Geschichten nicht in der Form in Lieder übersetzen, dass sie Ereignisse oder Vorfälle schildern; die Musik bringt meine Stimmungen zum Ausdruck, meine Ängste, meinen Schmerz, meine Freude. Ich weiß nicht, wer und wie viele das hören können, vielleicht jene, die Musik lieben und die ähnlich empfinden wie ich. Aber auch sie können nicht alle Geschichten kennen, sie können nicht in meine Erfahrungen eintauchen, die Musik kann ihnen nur ihre eigenen Geschichten bewusst machen, sie zu ihren Gefühlen und Erinnerungen führen.«

Matija seufzte. »Das ist sicher schwer zu verstehen, aber für mich ergeben sich schwierige Themen oft erst, wenn ich sie in Töne übersetze. Im Grunde ist es sogar für mich seltsam: Der Geist durchstreift trunken eine Unzahl von Wahrnehmungen, Eindrücken, Ereignissen, Dingen, und eine Art gedankliche Ordnung entsteht erst bei der Suche nach musikalischem Ausdruck. Die Kriegszeit und die Jahre danach sind in meinem Bewusstsein noch ein ziemliches Chaos, aber ich glaube, mit der Konzertina kann ich sie jetzt zu fassen bekommen. Und vielleicht tauchen die Zusammenhänge in der Wiederkehr eines bestimmten musikalischen Motivs wieder auf. Während des Krieges musste ich viele Todesfälle hinnehmen, ich habe meine Brüder Alojzij und Ludvik, meine Schwägerin Anna verloren. Ihre Abschiede waren sehr unterschiedlich und sich in ihrer Tragik doch unheimlich ähnlich.«

Matija stockte, wie aus Verzweiflung darüber, dass er Boris nicht verständlich zu machen verstand, wie seine Musik entsteht.

»Lass mich versuchen, es dir so zu erklären. Für mich ist Beständigkeit enorm wichtig, blind wie ich bin, gehe ich verloren an Orten und in Umgebungen, die ich nicht kenne. Ich darf nicht mehrere Dinge gleichzeitig tun, eine Aufgabe muss von Anfang bis Ende ohne Unterbrechung laufen, außerdem dürfen nicht mehrere Schubladen gleichzeitig geöffnet sein, ich muss die Dinge wieder genau dort abstellen, von wo ich sie genommen habe. Es gibt zig solcher Regeln, die ich strikt befolge. Habe ich etwas weggeräumt, besteht nicht der geringste Zweifel daran, wo es ist, ich kann es fast sehen, so sehr bin ich mir seiner Existenz und Position sicher. Genauso wichtig ist es für mich, auch all die Dinge, Menschen, Ereignisse, Beobachtungen, Meinungen, die chaotisch in meinem Kopf herumschwirren, in Abfolgen zu bringen, in Wirkung und Ursache, zu etwas ineinander Verflochtenem zu ordnen. Und das gelingt mir am besten, wenn ich ein vergangenes Kapitel meines Lebens in einem Lied zu verdichten versuche, es in einer Art musikalischer Geschichte zusammenzufassen. Ich bilde mir nicht ein, dass die Ergebnisse irgendeinen universellen Wert haben, es sind persönliche Episoden, meine Wegweiser, die ich in die Dunkelheit der Welt verteile, um mich darin leichter zu bewegen.«

Matija lachte. »Noch ein missglückter Versuch; vielleicht wäre es wirklich einfacher, wenn ich vorspiele, was ich dir sagen will. Es ist durchaus möglich, dass ich ein Scharlatan bin, der sich in die Sprache der Musik flüchtet, weil dort die Dinge nicht zu fassen sind, weil man die Botschaft nicht eindeutig auflösen kann, sie lässt sich nicht rechnerisch überprüfen, ist nicht allgemeingültig.«

Boris schwieg, er stellte weder Fragen noch hatte er Einwände, daher fuhr Matija nach einer Weile fort, dass seine andersartige Ausdrucksweise wohl in seiner Blindheit ihre Ursache hatte. »Glaubst du, dass es für einen Blinden einfacher oder schwieriger ist, die Wirklichkeit zu deuten? Schau, meine Finger erkennen die Konzertina, die in meinem Schoß liegt, alles an ihr ist mir vertraut, aber darüber hinaus gibt es fast nichts. Von deiner Werkstatt weiß ich nur, dass sie angenehm nach Holz riecht, und ich erkenne dich an deiner etwas gemächlicheren Art zu sprechen. Während durch diese gewundenen Gänge in meinem Kopf langsam eine einzige Information rieselt, dringen unzählige Formen, Farben und mehr durch den sehenden Zugang in dich ein. Nun, sag mir, ist es für einen Blinden einfacher oder schwieriger, die Wirklichkeit zu deuten? Ist es für einen Archäologen einfacher, eine zerbrochene Vase zu rekonstruieren, wenn ein paar Scherben fehlen oder wenn es zu viele sind?«

Matija seufzte, als Boris auf keine der Fragen antwortete. »Es tut mir leid, dass ich dir meine Gedanken aufdränge, statt dir unendlich dafür zu danken, dass du die Konzertina wieder zum Leben erweckt hast. Es ist nicht richtig, dich mit meinem wirren Gerede zu belästigen, es ist wohl weder meine noch deine Aufgabe, alles zu begreifen, ja nicht einmal möglich, alles zu verstehen.«

»Mein deutscher Meister hat mir offensichtlich doch nicht alles beigebracht, wie ich immer dachte. In den fast zehn Jahren unserer Zusammenarbeit hat er mir gezeigt, was das Problem einer Harmonika sein kann, was ich bei einem konkreten Problem zu tun habe. Ich kann klar hören, woran eine bestimmte Harmonika leidet, ich kenne sämtliche Wege, die die Luft durch die Eingeweide eines Instruments nimmt, und ich weiß exakt, wie sie klingen soll, was gut und was schlecht ist; ja, ich könnte fast leichter eine neue Harmonika bauen. Und all diese Kenntnisse haben uns, den Meister und mich, anscheinend ein wenig geblendet. Er hat mir nie beigebracht, Fragen zu stellen, als wären sämtliche Fragen schon geklärt und abgehakt, so haben wir nur die Antworten gelernt und nie nach neuen Fragen gesucht.«

»Dein Meister ist …«

»… mit das Beste, was mir in meinem Leben passiert ist. Irgendwann können wir auch darüber reden, aber versprich mir vorher, dass du dich wieder meldest. Wir beide haben viel Zeit. Ich werde dir das Innere der Harmonika bis in den letzten Winkel zeigen, ich bringe dir bei, was ich weiß, und du erzählst mir alles über die Dinge, die auch in einer solchen Kiste sind, aber nicht sichtbar, und darüber, wie du Empfindungen und Gedanken zu musikalischen Geschichten verknüpfst, wie du Bilder in Lieder übersetzt. Die Einsicht, dass mein Wissen doch nicht so allumfassend ist, wie ich die längste Zeit meines Lebens dachte, macht mir zwar nicht gerade Mut, aber die Sintflut kommt bestimmt noch nicht morgen. Weder meine persönliche noch die des Erdkreises«, sagte Boris lächelnd, »ich habe also noch viel Zeit, um mir von dir so manches Geheimnis erklären zu lassen.«

DER SCHWEINEKRIEG

Stane kam kurz nach dem ersten Krieg aus den Weinbergen nahe der kroatischen Grenze, um im Bergwerk zu arbeiten und in der Kolonie zu leben. Er war stark, zäh und sehr pflichtbewusst, sodass er seine Arbeit auch in den Jahren der größten Kündigungswelle behielt, obwohl er keine Familie hatte. Er lebte mit seiner Mutter zusammen, einer ziemlich gebrechlichen Frau, die nur selten das Haus verließ. In der Zeit der schlimmsten Krise, als es im Bergwerk keine Arbeit gab, rissen sich die Bauern der Umgebung um ihn. Er war ein Arbeitstier, er konnte mit Pferden umgehen, war geschickt an der Sense, obendrein gab er sich mit jeder Bezahlung zufrieden.

Kurz nach der Befreiung starb seine Mutter, und seine Schwester, die im Krieg Witwe geworden war, zog zu ihm. Trotz seines Alters war Stane noch immer ein Muskelpaket, die andauernde harte Arbeit raubte ihm nicht die Kraft, ganz im Gegenteil, sie machte ihn stahlhart. Da es im Bergwerk an fleißigen Händen fehlte, arbeitete er an allen Tagen der Woche und nahm regelmäßig an Bestarbeiteraktionen teil. Mit Mitte fünfzig ging er in den Ruhestand und wurde praktisch gleichzeitig krank, und über Nacht verabschiedete sich mit seiner Arbeit auch sein Verstand. Manchmal verschwand er für ein paar Tage, nicht einmal seine Schwester wusste, wo er steckte oder was er tat, dann zog er sich ganz in sich zurück und sprach nie wieder mit jemandem.

So wie Stane veränderte sich auch die Kolonie in jenen Jahren rapide. Die lange Reihe niedriger Wohnhäuser am Rand des Stadtkerns konnte ihr schäbiges und antiquiertes Aussehen immer weniger verbergen, im Zuge der Instandsetzung des Zentrums wurde noch deutlicher, wie andersartig sie war. Das einst einheitliche Erscheinungsbild der Kolonie war durch Anbauten an der Außenseite einzelner Wohnungen und zahlreiche andere Umgestaltungen gestört, Türen und Fenster waren in unzähligen Farbtönen grün und weiß überstrichen, die der Zahn der Zeit stellenweise völlig ausgeblichen hatte, und auf dem dreckigen Putz verzweigten sich wie Efeu Adern in verschiedenen Farben, die verrieten, wo die später verlegten Strom- und Wasserleitungen verlaufen.

Aber es war nicht nur das Äußere der Siedlung, das sich veränderte, sondern auch das Gefüge ihrer Bewohner. Einige der dort ansässigen Bergleute bauten eigene Häuser, und noch mehr Familien zogen in die neuen, vom Bergwerk errichteten Wohnblocks. Die Übrigen waren fast alle Rentner, und in die leeren Wohnungen der gealterten Kolonie wurden Arbeiter aus Bosnien gesteckt. Es waren jüngere Männer, denen teilweise ihre Ehefrauen und Kinder folgten. Meist blieben sie unter sich und hatten keinen Kontakt zu ihren Nachbarn. Einige der Einheimischen sahen auf sie herab, die selbsternannten Erzväter beanspruchten mehr Rechte für sich, sie tobten lautstark darüber, dass ihnen niemand gesagt hat, dass Arbeiter von anderswo kommen, dass sie nicht darüber informiert wurden, wie lange sie hier sein werden und welche Pläne sie haben.

Stane nahm das Geschwätz und den kleinlichen Nachbarschaftsstreit nicht wahr, er interessierte sich nicht für das Geschehen in der Kolonie, und als er von einem seiner Streifzüge ein Ferkel in einem Korb mitbrachte, war er für alles um ihn herum völlig blind.

Das Schwein wurde sofort zur Attraktion. Während in den Kolonien am Stadtrand viele Bergleute Schweine und kleinere Tiere hielten, gab es hier nur einen, der Kaninchen hatte und einen anderen mit ein paar Hühnern, da es in der Nähe keine Felder oder Gärten gab. Stane sperrte sein Haustier nicht ein, und so promenierte es im Innenhof umher, rieb sich an einer Ecke, schnüffelte und probierte, was ihm vor den Rüssel kam, auch die Stiefel und Schuhe, die vor den

Wohnungstüren standen, waren interessant. Was Stane wohlwollend verfolgte, ließ bei einigen Leuten das Blut in Wallung geraten, und der immer lauter werdende Streit eskalierte zum Schweinekrieg. Eine Zugewanderte soll die Einheimischen rüde aufgefordert haben, Stane Einhalt zu gebieten und die stinkende, Krankheiten verbreitende Missgeburt zu entfernen, weil sie ihre Kinder nicht mehr nach draußen lassen kann. Ihr soll ein Fremdenhasser geantwortet haben, dass es vielleicht zu wenige vierbeinige Leckerbissen gibt, aber auf jeden Fall zu viele zweibeinige Analphabeten, die sich einbilden, ungehindert ihre jahrhundertealten Wahnvorstellungen verbreiten zu können. Aus dem Lager der Ersteren wurde ihm angeblich scharf erwidert, dass er genauso schmutzig, unmoralisch und verfressen ist wie seine Schweinefreunde.

Die Gefechte wurden sehr laut, zu den Beleidigungen gesellten sich Drohungen, schließlich kam es zum Eklat. Im Morgengrauen stieg dichter Rauch aus der Kolonie auf, und auf seiner nur wenige hundert Meter langen Fahrt weckte das Feuerwehrauto mit seinem Gehupe den halben Ort auf. Der Rauch ließ auf einen verheerenden Brand schließen, doch das täuschte, die Feuerwehrleute und erste Schaulustige fanden Stane hinter der Kolonie, wie er sich mit einem brennenden Holzscheit an den Baracken abmühte, das aufgeweichte Holz und der an die Wände gehäufte Müll rochen einfach nur übel. Wie die Feuerwehrleute hatten auch die Polizisten nicht schwer zu tun, denn Stane leistete keinen Widerstand, lammfromm folgte er den Hütern des Gesetzes auf die Wache.

Wo die Geschichte über die unverständliche Tat eines Wahnsinnigen enden müsste, begann die wahre Geschichte erst richtig. Der Polizist, der am Schauplatz blieb und mit den Feuerwehrmännern über den falschen Alarm scherzte, wurde von jemandem aus dem Lager der Alteingesessenen zum Hof gezogen, wo Stanes Ferkel lag. Als sie näherkamen, sah der Polizist, dass das Tier nicht schlief, sein Kopf war schrecklich entstellt. Sein Begleiter erklärte ihm, dass jemand es mit einem flachen Gegenstand, einem schweren Hammer oder mit der stumpfen Seite einer Axt erschlagen haben musste.

Seltsam, denn niemand hatte etwas gehört, nicht einen Mucks, obwohl Schweine den Tod wittern können. Das verängstigte Quieken des Tieres hätte ihn sicher aufhorchen lassen, so der alte Mann, und es ist ausgeschlossen, dass er es nicht gehört hätte, da er schon von Schritten im Hof und selbst vom Heulen des Windes wach wird.

Der Polizist dachte insgeheim, dass die Kolonie wohl ein Sammelplatz für ältere Spinner ist, als ihm der Begleiter eröffnete, dass der tödliche Schlag zweifellos auf dem Mist der Zugewanderten aus dem Süden gewachsen ist. Der Polizist konnte fast körperlich spüren, wie ein eben noch unerklärliches Ereignis schlagartig an ungeheurem Gewicht gewann, wie es zu einem gewaltigen Problem wurde. Er ahnte, dass der absurde Brandanschlag und das tote Schwein auf dem Hof der Kolonie durchaus politische Dimensionen annahmen, dass viel mehr geschehen war, als es zunächst schien, viel mehr, als hätte passieren dürfen. Dem Polizeichef gelang es dann mühelos, diese Vorahnung zu einer festen Gewissheit werden zu lassen: Die bestehende Ordnung war bedroht, das äußerst empfindliche Fundament der Gemeinschaft, genannt Gleichheit und Brüderlichkeit der Völker, hatte einen Riss bekommen.

Die Lokalpolitiker waren geteilter Meinung, was den Bericht des Polizeichefs betraf. Die Vorsichtigeren meinten, dass man bei den ursprünglichen Angaben bleiben soll, wonach es sich um einen unbedeutenden Nachbarschaftsstreit und die Rache eines Hohlkopfes gehandelt hat, der niemanden beunruhigen muss. Auch mit dem letzten Trumpf, dass sie mit ihrer Übertreibung nur den Ast absägen, auf dem sie selbst sitzen, konnten sie die Übereifrigen nicht überzeugen, die eine gründliche Untersuchung der gesamten Situation und eine harte Bestrafung all jener verlangten, die Hass schürten, insbesondere derjenigen unter ihnen, die das Ereignis im Auge hätten behalten müssen, aber beim Wachehalten eingeschlafen waren.

Die hinzugezogenen politischen Berater von höherer Ebene waren alte Hasen im Lösen von Zwischenfällen. Man wird nicht nachträglich in der Sache herumwühlen, antworteten sie den Aufgebrachten augenblicklich, um dem Feind, der nur darauf wartet, dass sie einen Fehler machen, keinerlei Anlass zur Freude zu geben. Die Zeitungen werden nicht über den Vorfall berichten, da eine gescheiterte Brandstiftung und ein totes Schwein es nicht wert sind, und der Polizeibericht wird sich auf den Geisteskranken beschränken, der versucht hat, die Hütte in Brand zu stecken, und deswegen in eine psychiatrische Anstalt eingewiesen wurde. Davor hat es nichts gegeben: Was man nicht beim Namen nennt, das gibt es nicht, das Unausgesprochene existiert nicht.

Das Geschehene ignorieren, Nachsicht statt Strafe, versuchten es die nach Vergeltung Rufenden mit einem schwachen Argument, heißt das etwa nicht, dass alles so bleibt, wie es ist, und dass schon morgen wieder etwas passieren kann. Ganz und gar nicht, man hätte sie nicht richtig verstanden, sagten die politischen Berater, geringschätzig den Kopf schüttelnd, gewiss muss vieles korrigiert und so mancher ausgetauscht werden, wir brauchen wachsame und tatkräftige Menschen in Schlüsselpositionen, aber wir können keine Strafen für nichtexistierende Vergehen erteilen.

Der Erste auf der Abschussliste war der Polizeichef, da er den in der Kolonie aufkommenden Fremdenhass nicht rechtzeitig bemerkt hatte. Dem Parteisekretär warf man ideologisches Fehlverhalten vor, da das Gebaren der Menschen nicht von sozialistischen Werten, sondern von primitiver Denkungsart, religiöser Verblendung und anderem Aberglauben gesteuert wird. Zwei sind nicht genug, befanden die Kommissare angesichts der mageren Ausbeute, ein weiterer Name müsste her. Am besten würde sich der Vorsitzende des Volkskomitees eignen, der hat die größte Macht und die meiste Verantwortung, aber Vladimir Knap ist ein anderes Kaliber als ein Polizeichef oder ein Parteisekretär, an die sich schon am Tag nach ihrer Versetzung niemand mehr erinnert. Die Knaps stehen für eine lange Tradition, sie haben tiefe Spuren in der Stadt hinterlassen, auch Vladimir, der für einen Politiker ungewöhnlich beliebt ist, weil er sich für jede Kleinigkeit einsetzt und für jeden Zeit hat.

Den Kommissaren war klar, dass seine Ablösung viele Fragen

und Gerüchte aufwirft, aber es gab kein Zurück. Sie müssen eine Geschichte um seine Person spinnen, in der andere örtliche Amtsträger eine klare Warnung erkennen, die Bürger im Ort aber sollen eine völlig andere Botschaft darin finden, sie muss vom Wohlwollen hoher Behörden zeugen, die Einsatz und Aufopferung belohnen. So beschloss man, Vladimir Knap zum Studium nach Belgrad zu schicken, damit er sein durch den Krieg unterbrochenes Jurastudium abschließen konnte. Die Kolonie mit den mangelhaften Wohnungen im Stadtzentrum muss sofort abgerissen und durch moderne Wohnblocks ersetzt werden. Man wird eine oder zwei Wohnungen, vielleicht einen Ofen oder ein anderes Außengebäude erhalten, um an die ausbeuterischen Zeiten zu erinnern, es in eine Art Museum des Widerstands und des heldenhaften Kampfes für eine gerechtere Gesellschaft verwandeln und nach Vladimirs Vater benennen, dem alten Revolutionär Ludvik Knap.

»Am allerwenigsten schuld waren der verrückte Stane und sein Schwein …«

»Warum nennst du ihn verrückt?«, fiel Karel seinem Bruder ins Wort. »Im Vergleich zu den anderen Gestalten in der Geschichte scheint der Mann noch am ehesten bei Verstand zu sein. Außerdem ist Wahnsinn oft ein bequemes Merkmal, das die Behörden einem anheften, um ihn kleinzumachen oder ihm Fehler anzulasten, die sie selbst begangen haben.«

»Lass ihn doch ausreden, bitte«, unterbrach Valentina Karel. »Für philosophische Debatten bleibt noch genug Zeit, aber Vladimir reist mit dem Abendzug ab, und Gott weiß, wann er uns wieder besuchen kommt.«

»Also«, versuchte Vladimir sich zu erinnern, wo er stehengeblieben war, »noch waren die Abwartenden in der Mehrheit, aber die Unduldsamen setzten sie zunehmend unter Druck, sich zu bekennen. Keiner wusste mehr, wo die Grenze zwischen vernünftiger Meinung und frecher Provokation verlief, und als es kein Zurück mehr gab, trieben besonders Verbissene sie auf die Spitze. Die Kommentare wurden zunehmend beleidigender und bösartiger, einer der Einheimischen gab dem Schwein angeblich einen muslimischen Namen. Als sich die Beschimpfungen nicht mehr steigern ließen, griff man zu unfeinen Mitteln. Ein Zugewanderter fand am Morgen Schweinefüße in seinen Stiefeln, und der, der sie dorthin gelegt haben soll, trat am nächsten Morgen in die Gülle vor seiner Haustür. Schließlich, so hat man mir erzählt, wurde im Eifer des Gefechts dem Schwein auf den Kopf geschlagen. Von hier an ist alles bekannt.«

»Ich würde es mir anders erklären«, sagte Matija, »das Schwein ist nicht das letzte Opfer eines Krieges, mir scheint vielmehr, dass jemand es geopfert hat, damit wieder Frieden einkehrt. Ein Unbekannter hat es getötet, um dem Wahnsinn in der Kolonie ein Ende zu setzen, damit der Stolperstein fortgeräumt ist.«

»Schau an, das ist mir nicht in den Sinn gekommen«, sagte Vladimir und nickte zustimmend, »eigentlich hat niemand so gedacht, dabei ist es besonders einleuchtend. Aber selbst das hätte den Verlauf der Ereignisse nicht geändert, der Punkt ist, dass sie das Geschehen irgendwann als einen Konflikt zwischen Völkern ansahen. Ab da wurde aus einer Abfolge von Abscheulichem bis hin zu ekelhaften Schweinereien ein politisches Problem erster Güte, von da an war dieses Karussell des Wahnsinns nicht mehr ohne Beulen und blaue Flecken zu stoppen.«

»Davon habe ich vorhin geredet, als du mich unterbrochen hast«, sagte Karel an Valentina gewandt.

»Ich habe dir ja nicht widersprochen. Ich habe nur gesagt, dass diese Debatten warten können, Vladimirs Zug nach Belgrad aber nicht.«

»Auch diese Reise ist ein Zeichen des Machtwahns. Vladimir hat sich geopfert, er hat alle Ämter und die ganze Arbeit auf sich genommen, ohne mit der Wimper zu zucken, und das, obwohl ihm immer mehr zugemutet wurde. Als man ihm aufrichtig hätte danken müssen, wurde er wegen Kindereien abgesägt, die in der Kolonie von streitsüchtigen Alten und dünnhäutigen Neuankömmlingen gespielt wurden. Noch abstoßender ist, dass man ihn nicht aus eigener Überzeugung abgesetzt hat, sondern weil sie Hasenfüße sind mit Angst vor den möglichen Fragen ihrer Vorgesetzten, wie sie gehandelt haben, wen sie bestraft haben, ob sie die Ordnung wiederhergestellt haben.«

»Du übertreibst, du übertreibst maßlos«, versuchte Vladimir, seinen Bruder zu stoppen.

»Ganz und gar nicht. Die haben die Hosen so voll, dass sie über Nacht eine gesamte Kolonie ausgesiedelt haben, und jetzt wollen sie sie Hals über Kopf abreißen und zwei neue Blöcke bauen.«

»Das hat doch damit nichts zu tun, das Bergwerk hätte sowieso größere Wohnblocks bauen lassen.«

»Natürlich hätte man das, aber nicht an dieser Stelle. Der Abriss der Kolonie wäre erst in vier Jahren oder noch später fällig gewesen. Sie haben es eilig, genau wie die Deutschen im Mai 1945.«

»Manchmal habe ich Angst um dich«, sagte Vladimir zu seinem Bruder, »du redest zu viel und zu schnell, du sagst vieles, was du gar nicht so meinst. Kein Mensch bildet sich ein, dass alles perfekt ist, in jeder realen Welt gibt es Schwachstellen, Versagen. Vielleicht ist es noch schwieriger, weil wir neue Wege beschreiten müssen, weil wir unerfahren sind …«

»Willst du damit sagen, dass ich meine Zunge im Zaum halten soll?«

»Schau, du hast einen scharfen Verstand, bist sehr kritisch, aber auch furchtbar ungestüm. Du denkst in großen Zusammenhängen, manchmal erkennst du sofort, was Sache ist, aber dann lässt du dich bald dazu hinreißen, zu vereinfachen, schwarz-weiß zu malen, gewagte, fast schon extreme Begriffe zu verwenden. Dabei vergisst du, dass jede Medaille auch eine Kehrseite hat, dass man oft zwischen zwei schlechten Optionen wählen muss, wenn es gar keine guten gibt. Wir beide sind uns einig, dass die Reaktion der Kolonie übertrieben war, aber viele sehen das anders. Glaub mir, auch die haben ihre Argumente, sie glauben an sie, auch wenn du nur eine abfällige Geste für sie übrig hättest.«

»Noch einmal: Willst du mir sagen, dass ich den Mund halten soll, da mich sonst nicht einmal schützt, dass ich einer altehrwürdigen Familie von Kämpfern für den Sozialismus entstamme? Hat jemand angedeutet, dass ich mich zurückhalten soll? Soll ich vorsichtig sein, weil mein Bruder vom Thron gestürzt wurde und mich nicht mehr beschützen kann? Sag mal, hast du mich je aus der Gosse ziehen müssen?«

»Interessiert dich das wirklich, oder ist das nur rhetorisches Geplänkel?«

Die Brüder sahen sich eine Weile an, bevor Vladimir fortfuhr: »Ich habe noch nie zu deinen Gunsten interveniert. Und zur ersten Frage. Man hat es mir mehrfach angedeutet und auch direkt gesagt.«

»Wer hat es dir gesagt?«

»Egal, es waren gutgemeinte Ratschläge.«

»Das ist nicht egal.«

Wieder durchbohrten sie einander mit scharfen Blicken. »Ich habe es von Leuten gehört, die so wie ich fest an die neue Regierung glauben, ihr aber nicht kritiklos gegenüberstehen, die nicht blind für ihre Schwächen sind, aber trotzdem für sie arbeiten. Leute, die unsere Eltern geschätzt haben und uns sehr wohlgesinnt sind.«

»Ah, eine Sekte freundlicher Genossinnen und Genossen, die einen Undankbaren und Schwätzer bekehren wollen. Noble Hoheiten, die keine Gefahr scheuen, nur um den verlorenen Sohn wieder heimzuholen.«

»Allzu große Worte für diesen kleinen Raum und die Handvoll Zuhörer, lieber Bruder. Mich kannst du nicht täuschen, ich weiß nur zu gut, woran du glaubst. Nur ein Mensch, der so fest überzeugt ist, ja wahrscheinlich sogar noch mehr als ich, kann so ungestüm sein, so laut aufschreien bei Missständen und Fehlverhalten.«

Karel seufzte, dann machte er eine Handbewegung. »Ich könnte bei der Gemeinde nach dem Wagen fragen, damit wir die Koffer nicht schleppen müssen, aber das wäre wahrscheinlich schon ein Missbrauch …«

»Du wirst es nicht glauben, sie haben es mir selbst angeboten, aber ich habe abgelehnt. Ein paar Koffer können uns einen schönen Abendspaziergang zum Bahnhof nicht verderben, schau, wie jung und stark wir sind.«

•

Matijas Finger kamen zum Stillstand, das lange Wandeln auf den Knöpfen der Konzertina, die Reise melancholischer Klänge durch die Bilder der Vergangenheit war vorbei. Während sich zaghaft Beifall aus der Zuhörerschar erhob, blieb er mit der Harmonika auf dem Schoß sitzen, nur mit Mühe schien er wieder herauszufinden aus dem dichten Klanggewebe, das er eben geschaffen hatte. Durch den abklingenden Applaus drangen kurz zwei laute Pfiffe, begleitet von lautem Händeklatschen, doch niemand schloss sich Karels lautstarker Begeisterung an.

Der Ansager rief einen hochrangigen Funktionär des Veteranenbundes auf, gemeinsam mit dem Vorsitzenden des Volkskomitees und Frančiška Knap das Band zu durchschneiden und damit den Ludvik-Knap-Gedenkpark zu eröffnen. Das Interesse der etwa zweihundert Besucher galt dem niedrigen Haus, das neben den hohen Neubauten noch unscheinbarer wirkte. In der ersten erhaltenen Wohnung der Kolonie wurden die Lebensbedingungen von früher dargestellt, während die zweite zu einem Ausstellungsraum geworden war, vollgestopft mit Schautafeln und Vitrinen mit Dokumenten, Fotografien, Landkarten, Plakaten, Waffen, Uniformen, Miniaturmodellen und Medaillen.

Karel ging auf Matija zu und klopfte ihm auf die Schulter. »Die Leute wissen nicht mehr, wie man Begeisterung äußert.«

Matija lächelte ihn an. »Könnte es nicht eher sein, dass sie von meiner Musik nicht begeistert sind? Und sie müssen sich nicht verstellen, schließlich bin ich kein wichtiger Mensch, dem sie zu applaudieren haben.«

»Matija, ich verstehe ja nicht viel von Musik, aber meine Begeisterung war nicht gespielt. Ich habe es genossen, dir zuzusehen. Du wirktest wie irgendwohin entrückt, als hättest du, was immer du in diese für mich unbegreifliche Musik hineinbringst, mit Hingabe erlebt. Und dass du aufrichtig bist, aufrichtig bis ins letzte Detail.«

»Danke, Karel, du bist ein Meister darin, dich bei einem alten, blinden Mann einzuschmeicheln«, sagte Matija sichtlich gerührt.

»Hast du das gehört, Zmaga?«, sagte Valentina laut zu ihrer Tochter. »Das nennt man Selbstbetrug. Jedenfalls, wenn man den Scharfsinn deines Onkels Karel und das Feingefühl meines Onkels Matija hat.«

Karel hockte sich neben Zmaga. »Hör nicht auf sie, Lehrerinnen müssen immer ein Haar in der Suppe finden. Im Grunde kommen sie nie über das kindliche Bedürfnis hinaus, die Leute zu ärgern, statt sie zu loben.«

Valentina verdrehte theatralisch die Augen, woraufhin Zmaga in Gelächter ausbrach. »Sag mir lieber, wo Vladimir bleibt. Du hast gesagt, dass er zur Eröffnung kommt.«

»Es gab wohl ein Zugunglück.«

»Er hatte einen Unfall?«, mischte sich Matija besorgt ein.

»Nein, nein, Vladimir geht es gut, er steckt nur fest. Ein Güterzug ist entgleist und hat den gesamten Verkehr lahmgelegt. Er hätte schon in der Nacht ankommen sollen, aber er wird nicht vor heute Nachmittag hier sein. So hieß es jedenfalls am Bahnhof.«

»Schade«, sagte Valentina, »er wäre sicher stolz gewesen.«

Karel wollte ihre Annahme gerade relativieren, als ihm jemand vom Veteranenbund dazwischenkam und sie zur Tischrunde mit Ehrengästen einlud. Dort saß auch Frančiška; sie piesackte einen amateurhaften Lokalhistoriker, der ein Büchlein verfasst hatte, darin die Beschreibung der Museumssammlung, eine Übersicht der wichtigsten Meilensteine in der Geschichte des Widerstands und eine Biografie von Ludvik Knap. Frančiška warf ihm vor, dass der biografische Teil oberflächlich und voreingenommen geraten war.

»Sie schreiben, dass er eine schwere Kindheit hatte, weil er in jungen Jahren seinen Vater bei einem Bergwerksunglück verloren hat, aber seine Mutter wird mit keinem Wort erwähnt. Dann geben Sie an, dass ihn sein Onkel, ein bekannter Kämpfer für Arbeiterrechte, und seine Tante großgezogen haben, deren Sanftmut und große Fürsorge Sie ebenfalls nicht erwähnen. Sie schreiben, dass er als Kind in einer Glasfabrik arbeiten musste, wo er sich der Ungerechtigkeiten bewusst geworden ist und begonnen hat, sich dagegen zu wehren, doch Sie schreiben nicht, dass auch sein Bruder Alojzij damals dort tätig war. Weder den Namen des Bruders noch den der jüngeren Schwester und des jüngeren Bruders führen Sie irgendwo an, nur mich als Kämpferin für die Rechte der Frauen erwähnen Sie, was gelinde gesagt inkonsequent ist.«

Der Autor erwiderte sichtlich beleidigt, dass sie ihm Unrecht tut. Der Textumfang war begrenzt, er musste den Großteil seines Materials weglassen, also hat er sich auf Ludvik Knap konzentriert, den Kämpfer für Arbeiterrechte und für eine gerechtere Sozialordnung, er hat keine Familienchronik geschrieben.

»Und warum ist dann die gesamte Zeit in Frankreich nebulös geblieben?«, hakte Frančiška nach. »Sie greifen bekannte Fragen auf, geben aber keine Antworten, zumindest keine überzeugenden. Zur Frage, wann und wo er Russisch gelernt hat, mutmaßen Sie, dass er womöglich einen Teil der Frankreich-Phase in Wirklichkeit auf einer Schule in der Sowjetunion verbracht hat. So sehr Ihnen diese Idee auch gefallen mag, sie ist frei erfunden, sein Name ist auf keiner Liste zu finden, keiner der Studenten an den leninistischen Schulen erwähnt ihn. Die Wahrheit ist vermutlich ganz simpel, er dürfte Russisch gelernt haben, indem er die sowjetische Presse las; da war er nicht der Einzige, er war klug und sprachbegabt und konnte zudem fließend Deutsch, Französisch und Serbisch.«

Nur ungern räumte der Autor ein, dass er zwar nicht beweisen kann, dass Ludvik Knap in der Sowjetunion studiert hat, aber sie kann diese Annahme auch nicht eindeutig widerlegen. Es scheint ihm angemessen, diese Möglichkeit in der Biografie zu erwähnen, schließlich hat er sie in Polizeiberichten gefunden.«

»In Polizeiberichten steht, dass er in der Sowjetunion studiert hat?«, fragte Frančiška überrascht.

Der Historiker antwortete, dass die Polizei nach seiner Rückkehr aus Frankreich festgestellt hat, in der Bevölkerung würde das Gerücht kursieren, dass er seine Ausbildung in der Sowjetunion abgeschlossen hat und auf Geheiß der Kommunisten in seine Heimat zurückgekehrt ist.

»Das ist doch nicht dasselbe, das war ja schon damals offensichtlich ein Ammenmärchen.«

Frančiška fand in diesem Moment wohl, dass das Gespräch ins Leere läuft, oder ihr war langweilig geworden, denn sie wandte sich Matija zu und lauschte dem Gespräch am anderen Ende des Tisches im Kreis der Verwandten, doch der gescholtene Autor von Ludviks Porträt wollte weiter mit ihr diskutieren. Er erzählte ihr, dass er sich ausschließlich auf Dokumente gestützt hat, dass Berufshistoriker ihm davon abgeraten haben, nach Zeugenaussagen zu suchen, weil das Gedächtnis der Menschen trügerisch ist, und dass sich im Fall naher Ereignisse gerne Eigennutz, Selbstüberschätzung und der Wunsch zu gefallen dazugesellen.

»Es gibt natürlich verschiedene Zugänge«, antwortete sie, »ich persönlich halte jedes Extrem für schlecht, auch was den methodischen Ansatz betrifft. Hätte ich mich bei meinen Studien über Frauen als Kriegsopfer für eine der beiden Möglichkeiten entscheiden müssen, Dokumente oder Zeugenaussagen, dann hätte ich wahrscheinlich Letztere gewählt. Nach meinem Verständnis würde ich damit dem Inhalt gegenüber den Daten den Vorrang geben.«

Der Autor wollte etwas erwidern, aber sie kam ihm zuvor: »Beide können lügen, der Zeuge wie auch das Dokument, glauben Sie mir. Schauen Sie, Ludviks frühe und spätere Gewerkschaftsarbeit haben Sie vorbildlich beschrieben, und es ist offensichtlich, dass Sie das Material in den Polizeiakten genau studiert haben. Allerdings haben Sie von dort auch Ungenauigkeiten übernommen, etwa dass er einen Streik von Arbeitslosen in staatlichen Betrieben organisiert hat, was er in Wirklichkeit strikt ablehnte.«

Valentina stand auf und begann zu winken, rief zweimal Vladimirs Namen und unterbrach schließlich alle Gespräche am Tisch.

Ihr Cousin steuerte mit langen Schritten auf sie zu, umarmte Valentina, wirbelte sie hoch und holte eine große Tafel Schokolade für Zmaga aus seinem Rucksack.

»Ich dachte, die Eisenbahnmächte haben sich gegen deine Ankunft verschworen?«, fragte Matija, als Vladimir ihn an seine Brust drückte.

»Wenn es noch länger gedauert hätte, wäre ich wohl abergläubisch geworden«, sagte Vladimir lächelnd. »Schon als ich in Belgrad in den Zug stieg, hatte ich das Gefühl, dass etwas nicht stimmt. Und tatsächlich, nach nur zwei Stunden Fahrt blieben wir in einem kleinen Bahnhof stehen, wo man uns aufs Abstellgleis schob. Keiner hat uns den Grund für diese Maßnahme genannt, niemand hat uns erklärt, was da vor sich geht. In dieser totalen Ungewissheit habe ich mich an die Odyssee meines Vaters im Eisenbahnwaggon erinnert. Je länger wir auf dem Abstellgleis standen, desto mehr konnte ich die seltsame Wahnvorstellung meines Vaters nachempfinden, als es keine Strafe geben durfte, da dies ein Beweis dafür gewesen wäre, dass zuvor ein Verbrechen stattgefunden hat. Erst nach langer Zeit haben wir erfahren, dass in der Nähe ein Güterzug entgleist war und sehr viele Schienen zerstört hat, und dass es einige Zeit dauert, ehe der Verkehr wieder aufgenommen werden kann. Aber solange wir auf der Stelle standen, habe ich bereitwillig an dieser Erklärung gezweifelt und mich den fantastischen Vorstellungen hingegeben, in die ich mich verstrickt hatte.«

DIE SÄNGERTOURNEE

Matija erhielt Besuch von einem Mann seines Alters. Er stellte sich als Leopold vor und fügte zur Erklärung hinzu, dass sie beide kurz nach dem Ersten Krieg in Ludviks Arbeiterverein aktiv gewesen waren. Er hat bei einigen Theaterszenen mitgespielt und im Chor gesungen, den Matija auf seiner kleinen Harmonika begleitet hat.

»Ich erinnere mich an den Verein und an vieles, was da passiert ist, aber fast alle Namen und Stimmen sind aus meinem Gedächtnis verschwunden«, meinte Matija ehrlich. »Ich habe den Leuten immer das Gesicht abgetastet. Du warst wahrscheinlich keine Ausnahme, aber selbst diese Erinnerungen sind fort, falls du wie durch ein Wunder dein damaliges Aussehen behalten hast.«

Leopold erwiderte lachend, dass ein solches Wunder nicht eingetreten ist. Er selbst hat Ludvik und Matija, den Leiter und seinen blinden Bruder, in lebhafter Erinnerung behalten. Sie waren so markante Erscheinungen, erklärte er, das hat sie vor dem Vergessen bewahrt. Ludvik zuliebe hat er an der Eröffnung des Museums teilgenommen, wo er Matija wieder auf der Harmonika spielen hörte. Ihn hatte durchzuckt, dass er selbst schon seit einiger Zeit unbewusst nach etwas Ähnlichem suchte. Er wollte zu ihm treten, aber die ganze Familie stand beisammen, da wollte er nicht stören, also beschloss er, ihn später einmal aufzusuchen.

Die etwas nebulöse Einleitung weckte Matijas Neugierde, er unterbrach den Gast nicht, der weitschweifig die näheren Umstände erläuterte, wobei seine Erzählung fast ein Jahr zurückreichte, da war ihr Männerchor bei einer Feier zur Begrüßung von Auswanderern auf Besuch aufgetreten. Sie sind ein stinknormaler Chor, erklärte er, von denen es überall welche gibt, aber sie haben das Publikum für sich eingenommen, und einige Lieder wurden dann noch bis tief in die Nacht gemeinsam gesungen. Der dabei anwesende Vorsitzende des Kulturvereins der Auswanderer aus der Gegend von Lens schlug nun vor, dass der Chor eine kleine Tournee unter den Arbeitsmigranten machen soll, da viele von ihnen in den Arbeitersiedlungen in dieser Gegend leben. Als Leopold entgegnete, dass der Chor eine solche Tournee nicht finanzieren kann, wiegelte er ab; man wird ihnen Unterkünfte bei slowenischen Familien zur Verfügung stellen, und die hiesigen Behörden und Organisationen sollen die Reise bezahlen.

Leopold hatte die Pläne, im Alkoholrausch geschmiedet, längst vergessen, als er ein formelles Einladungsschreiben aus Frankreich erhielt, dem kurz darauf ein Anruf aus der Gemeinde folgte, wo ein ähnliches Schreiben eingegangen war. Der Vorsitzende der Auswanderervereinigung erklärte Leopold bei ihrem ersten Treffen als wichtigsten Punkt für den Erfolg ihres Plans, dass die Stadtoberen die Gesangstournee zu ihrer Sache machen, wobei vollkommen egal ist, ob sie darin die Gelegenheit zum kostenlosen Urlaub oder einen Beitrag zur Pflege des Slowenentums unter den Emigranten sehen. Offenbar hatte er recht, und offenbar war er in dieser Art von Diplomatie geübt, denn auf Initiative der Gemeinde wurden die Sänger zunächst von einem Vertreter der Auswandererorganisation angesprochen und wenig später von einem bekannten Chorleiter, der ihnen bei den Vorbereitungen helfen sollte. Zum Männerchor gesellte sich sofort der örtliche Frauenchor, was der Vielfalt der Stimmen und der Kraft des Klangs dienlich war. Später kam er noch einige Male wieder, mal um einen Fehler zu korrigieren, mal um etwas Aufmunterndes zu sagen, aber nie vergaß er zu erwähnen, dass die Freude am Singen das Wichtigste ist. Sie müssen nicht die Kunst des jugoslawischen Gesangs im Pariser Olympia präsentieren, ihre Aufgabe ist viel einfacher und angenehmer, zusammen mit den Migranten werden sie in den Vereins- und Speisesälen im französischen Bergbau-Norden ein Lied aus der Heimat singen.

Leopolds Erzählung schlug nun den Bogen zum Anfang. Bei der Eröffnung des Museums kam ihm bei Matijas Musik der Gedanke, wie sehr eine Harmonika ihre Konzerte bereichern würde. Er bat ihn, mit ihnen zu proben und dann mit auf Tournee zu gehen.

Matija dachte mehrere Tage lang über Leopolds Angebot nach. Er war noch nie gereist, er verspürte keine Lust dazu, die Dunkelheit jenseits des Bekannten war überall gleich tief. Dann erinnerte er sich an seine Mutter, die in Frankreich verschwunden war, und eine völlig irrationale Hoffnung setzte sich in ihm fest, dass er sie vielleicht treffen oder zumindest etwas über sie erfahren würde. Er teilte Valentina seine Gedanken mit, die seine Erwartungen sofort als völlig unrealistisch entlarvte: Die Sänger fahren in den hohen Norden, seine Mutter ist auf der anderen Seite dieses riesigen Landes verschollen, er wird niemanden fragen oder ansprechen können, weil er kein einziges Wort Französisch kann, aber selbst, wenn er einen Hinweis erhält, kann er die vorgegebene Route nicht ändern, weil sie mit dem Zug unterwegs sein werden. Zu guter Letzt erzählte sie ihm, dass seine Mutter wahrscheinlich gar nicht mehr am Leben ist, sie wäre ja schon weit über achtzig Jahre alt. Obwohl er wusste, dass Valentina recht hatte, hielt sich in Matijas Bewusstsein die imaginäre Erwartung, sie würde irgendwo auf ihn warten. Eine lächerliche, imaginäre Erscheinung, an die man nicht glauben, die man aber auch nicht ignorieren kann, brachte ihn schließlich dazu, mit in den Zug zu steigen.

Matija lauschte dem aufgekratzten Treiben, lehnte Schlucke aus den Schnapsflaschen ab, die artig zwischen den Sitzen kreisten, er atmete tief durch, als sie an den Bahnhöfen die Fenster öffneten und frische Luft in den verrauchten Waggon gelangte, manchmal summte er ein Lied mit, das sich eine Gruppe Sänger vorgenommen hatte. Nur während der Kontrollen an den Grenzübergängen verstummte der Trubel und wich einer Art Ehrfurcht, die die den Kontrolleuren in Uniform verliehene Macht erweckte. Umso mehr Freude und Genugtuung bereitete ihnen ein amerikanischer Soldat, der sich irgendwo in Bayern zu ihnen gesellte und die mit nur zwei Zwischenstopps geplante Reise fast bis zur französischen Grenze verlängerte, weil er der Magie ihres Schnapses erlegen war. Noch einen Großteil der Fahrt durch Frankreich schallten laute Witze durch den Waggon darüber, wie leicht sich doch ein amerikanischer Soldat auf die schiefe Bahn bringen ließ.

Als der Schaffner erschien, wechselten die Rollen in dieser Komödie rund um Staatsdiener in Uniform. Gründlich prüfte er die Reisedokumente des Chors und erklärte den Fahrgästen mühsam, dass sie sich verfahren haben: Sie sind in Straßburg nicht in den Zug nach Lille umgestiegen, jetzt sind sie auf dem Weg nach Paris, weit weg von ihrem Ziel. Ein Scherzbold fragte, wie viel es braucht, um einen Waggon mit leicht beschwipsten Sängern auf die schiefe Bahn zu bringen, aber niemand antwortete ihm. Noch die letzten Schlaumeier wurden ganz still, als man sie in Paris zu einem anderen Bahnhof mit abgeschlossenen Warteräumen schickte, wo sie, auf den Frühzug wartend, die Nacht auf dem Bahnsteig verbrachten.

Mit einem Tag Verspätung erreichten sie den kleinen Bahnhof hoch im Norden, das Ziel ihrer Reise. Dort erwartete sie niemand, da das Empfangskomitee die Hoffnung aufgegeben hatte, dass sie noch eintreffen. Mithilfe eines Bahnhofsbeamten, der den Vorsitzenden der Vereinigung kannte, verlief bald alles wieder wie geplant, wenige Stunden später trafen die Gäste in einem nahegelegenen Gasthaus ihre Gastgeber. Die Unannehmlichkeiten der Reise verwandelten sich in lustige Anekdoten, Zeit gab es in Hülle und Fülle, schließlich waren es noch drei Tage bis zum ersten Konzert.

Matija war von einem älteren, eher schweigsamen Ehepaar eingeladen. Ivan war ein Jahr zuvor in Rente gegangen, Pavla war ihr ganzes Leben lang Hausfrau gewesen, Kinder hatten sie keine. Beide lebten seit mehr als dreißig Jahren in Frankreich. Auf die Frage des

Gastes antworteten sie, dass sie Ludvik und Ana nicht kennen, es gibt viele Bergwerke und Siedlungen in der Umgebung, und Tausende, Zehntausende von Bergleuten aus Osteuropa und Nordafrika leben in ihrer tristen Industrieregion.

Matija bleibt ein trauriger Anblick erspart, sagte Ivan, als sie zu ihrem Haus marschierten, wie Kirchtürme ragen Schachttürme des Bergwerks überall in den Himmel, die Hügel der Abraumhalden zeichnen den Horizont, lange Reihen niedriger Häuser verstärken den Eindruck von Trostlosigkeit. Sie gingen schweigend weiter, und Matija fragte sich, ob die Horizonte hier auch Ludvik so düster erschienen waren oder ob ein Anblick vielleicht auch durch die Stimmung, die Erfahrung, den Charakter geprägt wird. Ivan und Pavla strahlten eine gewisse Trägheit, Mattigkeit, Resignation aus, während Ludvik voller Leidenschaft war und den Dingen mit Leib und Seele verfallen. Seine Söhne Karel und Vladimir hatten diesen Eifer geerbt: Der eine gab sich dem Alkohol hin, weil seine Jugendträume zerplatzt waren, der andere verausgabte sich für die Verwirklichung eben dieser gesellschaftlichen Ideale. Matija dachte, vielleicht lag der Grund darin, seinen Bruder zu bekehren.

Die Unterhaltung beim Abendessen verlief schleppend, mit einer höflichen Frage oder einer Plattitüde hier und da. Pavla ging bald zu Bett, die beiden Männer schwiegen bei einer Flasche Wein. Matija wollte sich zurückziehen, er war müde von der langen Odyssee, die Stille wurde ihm zu anstrengend, doch gerade da begann Ivan, seine Lebensgeschichte zu erzählen.

Vor knapp zehn Jahren starb ein Arbeitskollege. Seine Lunge war versteinert, was unter Bergmännern häufig vorkommt, so sind die Bergwerke in diesem Teil Frankreichs. Er sah Körper, die nicht mehr atmen konnten, robuste Männer in der Blüte ihres Lebens, deren Lungen sich in eine schwere und nutzlose Gesteinsmasse verwandelt hatten, die sie begrub. Er hatte Glück. Er besuchte die Frau seines verstorbenen Kollegen, um ihr sein Beileid auszusprechen, danach schaute er fast jeden Tag bei ihr vorbei und fragte, ob sie etwas braucht, ob er ihr irgendwie helfen kann, ob sie in Frankreich bleiben oder nach Hause zurückkehren will. Er ist kein sehr geselliger Mensch, beschrieb er sich, er tat sich schwer darin, Kontakte zu knüpfen, er hielt sich mehr für sich, aber er wünschte sich immer sehr, jemanden an seiner Seite zu haben. Nach einigen Monaten der Besuche gelang es ihm, unter die alltäglichen Fragen auch diejenige zu mischen, wegen der er die Witwe so hartnäckig besuchte: Er fragte sie, ob sie ihn heiraten würde. Es stellte sich heraus, dass sein Angebot die Falle öffnen konnte, in der Paula gefangen war, denn das Geld von ihrem verstorbenen Mann reichte nicht einmal zum schieren Lebensunterhalt. So retteten sie sich gegenseitig.

Ihr Leben war all die Jahre sehr eintönig, fuhr Ivan fort. Sie aßen zusammen, sie erzählten sich von Tag zu Tag ähnliche Erlebnisse aus der Grube und vom Markt. Es war so wenig, dass sich jeder andere wohl unerträglich gelangweilt hätte, aber für ihn war es eine Erlösung. Lange Zeit hatte er sich gefühlt wie irgendwo abgeschnitten und in eine für ihn ungünstige Umgebung verpflanzt, in einen fremden Körper gesteckt. Er war zweimal umgezogen, aber nichts hatte sich geändert. So erkannte er, dass die Fremde nicht an den Wohnort gebunden war, sondern in ihm selbst lag. Mit Pavla wurde es anders, das Gefühl einer gewissen Distanz, einer Leere, verschwand, obwohl sie ein furchtbar eintöniges Leben führen, nicht ausgehen, keine Freunde haben. Sie hat ihn geheilt, er brauchte sehr wenig, der Maßstab für Genügsamkeit kann sehr verschieden sein.

»Ich weiß nicht, wie man uns überhaupt gefunden hat, als man herumfragte, ob wir jemanden für eine Woche bei uns aufnehmen. Ich habe den Kopf geschüttelt und gleichzeitig gesagt, das mache ich. Seltsam, nicht wahr, zumal ich beides ganz automatisch tat. Vor ein paar Tagen kam dieser Mann wieder, er hatte eine Liste mit Namen dabei. Er scherzte, dass er fast keine Frauen mehr hat, aber fast alle Sänger sind noch übrig, ein paar Politiker und andere Begleiter und ein blinder Harmonikaspieler. Wir nehmen den Blinden, sagte seine Frau. So geschah es, und jetzt bist du hier.«

Matija lag unruhig auf seinem Kopfkissen. Er war furchtbar müde, aber der Schlaf wollte nicht kommen. Er sank in einen Dämmerschlaf, aus dem er im nächsten Moment wieder herausgerissen wurde. Im Halbschlaf stritt er mit Ivan und erklärte ihm gönnerhaft, dass sich Dinge nur mit leidenschaftlicher Hingabe verändern lassen, der schüttelte den Kopf und antwortete ihm mit monotoner Stimme, dass man sich fast unmerklich in andere Existenzen hineinschleichen kann und das Leben dabei kaum berührt werden muss.

Während er erneut in den Halbschlaf abglitt, wurde er gefragt, ob er von der Hingabe seiner Nächsten, jener starken Energie, die nur zum glorreichen Sieg oder völligen Ruin führen kann, derart in Bann gezogen ist, dass er dabei alle anderen Möglichkeiten übersieht. Ob sich ihm deshalb die Überzeugung herausgebildet hat, dass ein wilder Galopp die einzige Möglichkeit ist sich fortzubewegen, dass ein zartes Vortasten weniger wert ist als der stramme Schritt eines Kampfstiefels, dass Schweigen immer schlimmer ist als Worte, auch wenn es nicht die richtigen sind oder einfach zu viele? Musste ihm erst ein etwas kauziger Auswanderer am anderen Ende der Welt sagen, dass es viele Wege gibt und viele Umwege?

War ihm zu glauben, dass einer wirklich mit so wenig auskommt, solche Fragen keimten in ihm auf. Woher kam da wieder der Vorbehalt, regte er sich auf, er hatte doch selbst fünf Jahre mitten im völligen Nichts verbracht. Atmen, Herzschlag, essen und ausscheiden. Kann es noch weniger geben? Nur schwer brachte er seinen Körper zum Stillstand, seine Gedanken hingen, aller Schwere beraubt, nutzlos herum wie Hüllen aus dürren Spinnweben. Ständiger Zweifel machte sich in ihm breit, er glaubte jetzt nicht einmal mehr, was er fühlen konnte, stellte sogar den Schmerz infrage, den er sich selbst zufügte, um zu prüfen, ob sein Bein noch lebt. Der Zweifel blieb auch nach hundertmal Kneifen, nur der Drang, ihn zu vertreiben, war verschwunden. Er sank in Lethargie, betrieb schwarze Photosynthese und erzeugte durch die Abwesenheit von Licht bittere Galle.

Wäre es leichter gewesen, wenn er jemandem von dieser Zeit erzählt hätte? So offen und ungeschönt, wie Ivan ihm, einem völlig

Fremden, die Geschichte von Pavla erzählt hat? Bald sind es zehn Jahre her, dass er an die Oberfläche zurückgekehrt ist, und noch immer verscheucht er die Erinnerungen, überhört jede Frage, er kann einfach nicht an den ständigen Wechsel von Wahn und Bewusstheit denken, von dem er sich wohl nie ganz erholen wird. Alojzij hat ihn mit den besten Absichten dorthin gebracht, aus Angst um sein Leben hat er ihn aus der Welt der Lebenden gerissen. Alle finden es rührend, wie er sich um ihn gekümmert und ihn am Leben erhalten hat. Aber wenn Matija selber entscheiden könnte, wenn man ihn heute fragen würde, er würde dieser Gnade entsagen. Nichts war mehr wie früher, selbst zehn Jahre später kommt er noch immer nicht über diese Episode hinweg, seit Jahren fehlt ihm der Mut, sein persönliches Kriegslager zu besuchen. Er weiß nicht einmal, ob seine beiden Wohltäter noch am Leben sind. Er hat Angst vor dieser Stätte, als könnte ein Raum das Geschehen bestimmen, als wäre er nicht nur ein toter Schauplatz, als hätte der Ort die Macht, die Zeit zu wiederholen.

Der Schlaf erbarmte sich seiner schließlich, seine Mutter kam ihm mit leisen Schritten, fast unhörbar entgegen. Ihre Wangen waren nass von Tränen des Glücks, beide wussten, wie wenig es manchmal braucht, um den Seelenfrieden zu erhalten. Sie bat ihn um Verzeihung, dass sie ihm das Augenlicht ausgesaugt hat, wofür sie jetzt Buße tut, sie wird so lange beten, bis er endlich wieder sehen kann. Sie ist sich dessen ganz sicher. Jetzt weinte auch Matija, schluchzend betonte er, dass er ihr nicht einmal im Traum Vorwürfe gemacht hat, sie aber antwortete ihm, dass er zu gut zu ihr ist. Ivan sagte zu ihnen, dass auch die Schwächsten die erforderliche Kraft aufbringen können, er hat Pavla die Witwe gefragt, jetzt sitzen sie nebeneinander und alles ist anders, man braucht nicht viel. Die Mutter nahm Matija in die Arme, sie drückte ihn so fest, dass er ein kleiner Junge wurde. Er hörte ihr Schlaflied, sie sang so sanft, dass er einschlief, eingehüllt in das sanfte Kosen ihres Körpers und ihrer Stimme.

Am ersten Abend wirkten die Gastsänger alle ziemlich angeschlagen, betäubt von der langen Fahrt und den beiden schlaflosen Nächten, am zweiten dagegen war das wie weggeblasen. Aus nahezu jeder Wohnung, die Besucher aus der alten Heimat beherbergte, erklang ausgelassene Musik. Unzählige Lieder wurden gesungen, der Wein floss in Strömen, man nahm sich freundschaftlich in den Arm und saß oft noch bis zum Morgengrauen schunkelnd am Tisch.

Matija erschien als einer der wenigen zur verabredeten Versammlung am Morgen. Der Parteisekretär und der Bergwerkssekretär, genau die Hälfte vom Funktionärstross, ermahnten die Versammelten und vor allem sich selbst, dass sie schlecht begonnen haben, unbefriedigend weitermachen und dringend dafür sorgen müssen, dass alles noch ein gutes Ende nimmt. Niemand nahm sie ernst, fern der Heimat und nach einer durchzechten Nacht hatten selbst die Bravsten ihre Angst vor der Führung abgeschüttelt. Jemand entgegnete, dass sie allein zum Singen da sind, für alles Organisatorische und Konzeptionelle sind andere zuständig, ein Sängerkollege knüpfte an, dass sie ja nicht die sind, die fehlen, ein Dritter fügte hinzu, dass die Sänger die Noten mindestens so gut lesen können wie die Funktionäre die Landkarten.

Der Parteisekretär und der Bergwerkssekretär machten sich nun selbst auf die Suche nach den Vermissten. Sie gingen zum Vorsitzenden der Auswanderervereinigung, besorgten sich eine Liste der Gastgeber, und innerhalb weniger Stunden waren die Sänger zumindest im Wesentlichen beisammen. All ihre Bemühungen erwiesen sich als nutzlos, der Chorleiter brach das Einsingen nach wenigen Minuten ab, das nächtliche Singen und Trinken hatte die meisten um ihre Stimme gebracht. Selbst ganz heiser, wies er sie an, sich bis zum Konzert zu schonen und Maß zu halten beim Wein. Der Parteisekretär, der nach der Erfahrung am Vormittag auf patriotische Beschwörungen und aktivistische Sprüche verzichtete, brachte den Wunsch zum Ausdruck, dass sich ihre geschwächten Kehlen wieder erholen und sie am nächsten Tag eine erfolgreiche Generalprobe haben werden. Er scherzte, dass sie als langjährige, sicher nicht zum ersten Mal an dieser Krankheit leidende Sänger bestimmt wirksame Maßnahmen kannten, und vielleicht könnten die Einheimischen, deren Ruf als Zecher sogar den ihren übertraf, ihnen ein Mittel empfehlen.

Am nächsten Morgen wurden die vier Funktionäre gemeinsam mit dem Vorsitzenden des Chors vom Bürgermeister und seinen Kollegen empfangen. Um einer möglichst angenehmen Atmosphäre willen umgingen sie behutsam politische Themen und vermieden Vergleiche und Bewertungen, und die Verkostung der als Geschenke ausgetauschten Spirituosen trug zur Geselligkeit bei. Sie kamen überein, sich in ihren Ansprachen auf die Kultur und die Begegnungen zwischen Menschen zu konzentrieren, jede Thematisierung ideologischer und politischer Differenzen würde zu Konflikten oder gar Krawall führen und ihren Landsleuten, der hiesigen Vereinigung und dem künftigen Kulturaustausch einen schlechten Dienst erweisen. Unter dem unausgesprochenen Motto Weniger Politik und mehr Gesang einigte man sich schließlich sogar darauf, dass sie – natürlich nur, wer wollte – in der Sonntagsmesse singen durften, allerdings nicht als Chor, sondern als Einzelpersonen. Im Gegenzug durften die Gäste am Kriegsgefallenen-Denkmal einen Kranz niederlegen, ein paar Partisanenlieder singen und auch eine kurze politische Rede in der eigenen Sprache halten.

Das erste Konzert fand im Saal der gastgebenden Vereinigung statt, eigentlich ein großer Raum eines Gasthauses. Die Tische wurden rausgetragen, sodass sich neben den Sängern, die am Kopfende standen, einige hundert Menschen hineinquetschen konnten. Der Bürgermeister und der Vorsitzende des Volkskomitees wandten sich an die Sänger und das Publikum, sie sprachen davon, was alle Menschen verband, und über die Achtung der Vielfalt. Das erste Lied setzte ein, und die Sänger konnten nicht verbergen, dass ihre Kehlen rau waren, was aber noch das geringste Problem war. Die Akustik im Saal war miserabel, und das Publikum stimmte sofort lautstark mit ein in das Lied, wobei jeder seine eigene Variante hatte von Melodie und Text. Nach gut einer Stunde war das anfängliche

Konzert nurmehr ein gemeinsames Singen an den Tischen, die man wieder hereingebracht hatte, was sich, begleitet von reichlich gutem Wein, über den größten Teil der Nacht hinzog.

Es folgten zwei Konzerte in Nachbarorten. Nicht einmal der Chorleiter regte sich mehr darüber auf, dass immer mehr Sänger ausfielen, aus noch funktionsfähigen Stimmen stellte er situativ ein kleines Ensemble zusammen, das mit einstimmte, wenn Matija ein Volkslied auf seiner Harmonika zu spielen begann. Zu Recht erwartete er, dass die Grenze zwischen Bühne und Publikum schnell fallen würde, und nach einer Viertelstunde sangen alle so, wie ihre Stimme und ihr Gehör es zuließen.

Auf der Rückreise erarbeiteten die Funktionäre eine offizielle Version ihres Berichts über das Gastspiel und stellten darin deutlich heraus, wie verantwortungsvoll sie umgegangen waren mit den erheblichen Mitteln und vor allem dem ihnen entgegengebrachten großen Vertrauen. Völlig unwichtig, dass sie von der Strecke abgekommen waren, deswegen hatten sie ja nichts verpasst. Dass die Auswanderervereinigungen keine Kulturzentren mit Sälen haben, wie man sie in ihrer Heimat kennt, sondern ihre Konzerte in Gasthäusern veranstalten, blieb unerwähnt, dies hätte nur zu nutzlosen Erklärungen kultureller Unterschiede und wohl auch zu bösartigen Bemerkungen geführt. Sie waren sich einig, den gesamten Auftritt am Kriegerdenkmal hervorzuheben, was wirklich eine große Ehre war, den Gesang bei der Messe jedoch ganz zu übergehen, dort hätten ja auch nur ein paar Gläubige von sich aus teilgenommen. Sie werden nicht lügen, sondern nur einzelne Details fortlassen. Sie werden schildern, wie herzlich man sie empfing, wie gut ihre Konzerte besucht waren, dass ihr Publikum begeistert war und sie bereits eingeladen wurden wiederzukommen. Sie haben ihre Landsleute auch aufgefordert, so oft wie möglich ihre alte Heimat zu besuchen, die sich sehr verändert hat und den Werktätigen heute ganz andere Möglichkeiten bietet als in der Vergangenheit. In der Zeit, da die Volksfeinde regierten, hatten Grubenarbeiter ihren Broterwerb anderswo suchen müssen, den Bergleuten von heute hat die sozialistische Heimat ermöglicht, in fremde Kohlereviere zu gehen und dort Lieder über das neue Leben zu singen.

Matija fragte sich unterwegs, ob diese Reise und all das drum herum real war oder er in ein dumpfes Loch gefallen ist, auf dessen Wände er fiktive Geschichten und Stimmen projiziert. Wieder war er sich nicht einmal der Worte sicher, die er gerade hörte, oder dass er in einem Zug fuhr. War das alles nur ein Hirngespinst, waren Ivan und Pavla so erfunden wie der von einigen seiner Mitreisenden lärmend verfasste offizielle Bericht? Da waren wieder die schrecklichen Empfindungen, die er aus der Kriegszeit kannte: dass etwas ihn in die Erstarrung presste, dass er jeden Moment durchdrehte, dass er weit über die Grenzen dessen gefordert war, was sein treuer Verstand den ganzen Tag über zu verarbeiten wusste.

Müde, aber zufrieden erreichten die Sänger ihren Heimatbahnhof. Sie hatten eine spannende Reise hinter sich, sie brachten einen eindrucksvollen offiziellen Bericht mit und eine noch eindrucksvollere Reportage: Der Sonderberichterstatter hatte den Ausgewanderten in die Augen schauen dürfen und darin Rührung über die Aufmerksamkeit ihrer ehemaligen Heimat, Sehnsucht nach ihr und auch offene Bewunderung für ihre Errungenschaften erkannt. Aber weder ihre ausgetüftelte Geschichte noch ihre großartige Reportage interessierten irgendwen, überall bombardierte man sie nur mit Fragen über die Reaktion Frankreichs auf diese Affäre.

Keiner von ihnen wusste, dass drei Tage zuvor ein jugoslawischer Arbeitsmigrant verhaftet worden war, der Ausreisen aus Jugoslawien in andere Länder organisiert hatte. Der Fall war wohl vor allem da bekannt, wo der Menschenschmuggler aktiv gewesen war, sagten sie, als sie davon erfuhren. Ihre Wege müssen sich gekreuzt haben, war der nächste Versuch einer Erklärung, die Affäre kam rein ins Land, als sie es gerade verließen. Sie hielten auch für möglich, dass ihre Gastgeber die peinliche Affäre aus Scham für sich behalten haben und dass Nachforschungen etwas über ein viel größeres organisiertes Netzwerk enthüllen könnten, in das Bergbauunternehmer verwickelt sind.

»Nein, meine Mutter habe ich nicht gefunden«, sagte Matija zu Valentina, die ihn gar nicht danach gefragt hatte. »Du hattest recht, Frankreich ist so groß, dass man sich leicht darin verirrt. Man verirrt sich oft schon in seinem Umkreis, manchmal sogar in sich selbst, wie sollte man sich da in einem so großen Gebiet nicht verirren. Mir scheint, wenn man ohnehin dazu neigt, sich zu verirren, hat man keine Chance, sich dort nicht zu verirren.«

DER STREIK

Mitreißend schilderte der Bergwerksekretär den Hungerstreik vor einem Vierteljahrhundert, an die Versammelten gewandt; sie waren Teilnehmer an dem schrecklichen Kampf auf Leben und Tod und Kinder der damals Beteiligten. Er beschrieb die vor dem Stollen versammelte Menge derart mitfühlend, als wäre er selbst eine Frau oder Mutter derer, die sich in der Grube eingesperrt hatten, und verwandelte sich so in einen Leidenden, der in der Bergwerkhölle vergeblich auf die Gnade eines mythischen Satans in Form des gierigen Eigentümers wartete. Der »Tag des Bergmanns« erinnerte an dieses Drama apokalyptischen Ausmaßes, wie man es nannte, als zunehmend klarer wurde, dass kein Hindernis den Kampf der Bergleute gegen Ausbeutung und Gewalt aufhalten konnte. Niemand zweifelte mehr daran, dass Arbeiter und Bauern die Herren der Fabriken, Felder und Bergwerke werden und dass auf dem Triumphbogen des Sieges in großen Lettern geschrieben stehen wird, dass Ehre und Macht der Arbeit gehören.

Tausend Zuhörer begleiteten die Eröffnungsrede mit enthusiastischem Applaus, der später weder den Sängern noch den Mitgliedern der Kapelle zuteilwurde, auch alle anderen Redner erhielten ungeachtet ihrer bedeutenden Funktionen eher lauwarmen Beifall. Die Feier zog sich zu lange hin, die Versammelten wurden langsam ungeduldig, und die Essens- und Getränkegutscheine waren nur bedrucktes Papier in verschwitzten Fingern. Selbst Karel, der sich seit dem Morgen nach einem Schluck sehnte, wurde langsam wütend und ungeduldig. Als Vorsitzender des Arbeiterrats sollte er das Schlusswort haben, er hatte dem Direktor, dem Sekretär und noch anderen versprochen, nüchtern zu bleiben, sich für ihre vielen guten Wünsche zu bedanken und zu betonen, dass die Bergleute die Gemeinschaft noch nie im Stich gelassen haben und man weiter auf sie zählen kann. Mehrmals dachte er, dass das Defilee der Redner zu einem Ende kommt, aber es traten immer wieder neue ans Mikrofon. Sie alle hoben die Bergleute in den Himmel und ermutigten sie, noch mehr aus sich herauszuholen, um ihr Soll zu erfüllen, dem sie schon ein wenig hinterherliefen, und als Belohnung versprach man ihnen bessere Zeiten.

Irgendwann hatte Karel genug, die Veranstaltung dauerte bereits mehr als zwei Stunden, die in freundliche Worte verpackten Motivationen und der schreckliche Durst gingen ihm auf die Nerven, unaufgefordert trat er ans Mikrofon. Mindestens fünf Redner haben bereits gesagt, dass sie ein bisschen hinter dem Plan sind, sagte er einleitend, aber keiner von ihnen hat erwähnt, wie viele Arbeiter ihnen fehlen. Entweder hat er es überhört oder es hat wirklich niemand angesprochen, dass die Bergleute in andere Berufe flüchten, in denen sie besser bezahlt werden und weniger Gefahren ausgesetzt sind, sagte er und blickte fragend in die erste Reihe. Es gilt zu betonen, fuhr er fort, was viele Redner vor ihm ausgelassen haben: dass die verbleibenden Kohleflöze eine teure Produktion bedeuten und mit hohen Unfallrisiken verbunden sind.

Totenstille legte sich über die Versammlung, und Karel spürte, dass Tausende Augen auf ihn gerichtet waren. »Man muss kein Geologe sein, jeder Bergmann hier weiß, dass die Flöze stark erodiert sind, dass der Bergdruck sehr hoch ist, dass die Wände nicht fest und die Decken nicht zuverlässig sind. Deshalb muss man umsichtig arbeiten, manchmal auch langsamer, auch wenn das ein paar Kohlezüge weniger bedeutet.«

Seine Wut legte sich, er hörte mehr und mehr Klatschen im Hintergrund, die meisten Gesichter in der ersten Reihe aber wandten sich ab und wichen seinem Blick aus. »Die bessere Kohle und die besser zugänglichen Lagerstätten wurden schon vor Jahrzehnten abgebaut. Wenn es anderswo bessere Lagerstätten gibt, wo der Abbau billiger und sicherer ist, dann muss dieses Bergwerk geschlossen werden. Aber wenn der Staat diese Kohle braucht, sollte er bezahlen, was sie tatsächlich kostet, damit man solide Löhne zahlen, Wohnungen bauen und soziale Standards einhalten kann.«

Er schritt von der Bühne und ging auf die behelfsmäßige Bar am Rand des Saals zu. Er sah niemanden an und hörte auch nicht darauf, was hinter seinem Rücken vor sich ging. Er bestellte ein Glas Wein. Als die Kellnerin ausweichend meinte, dass sie nichts ausschenken darf, solange die Feier dauert, griff er selbst nach der Flasche und schenkte sich ein. Er leerte das Glas in einem Zug, schenkte sich ein neues ein, legte einen kleinen Geldschein auf den Tisch und fragte die Kellnerin, ob es reicht.

Sein Blick ignorierte das Publikum, als er sich auf den Weg in die Siedlung machte, und er sah sich auch nicht um, als er den Applaus hörte, der einem Redner galt, und so dachte er, als die Blaskapelle aufspielte, dass der lange Akt womöglich doch zu Ende ist.

Als Karel am nächsten Tag aus der Grube kam, wartete in der Waschkaue schon eine Nachricht auf ihn. Die saubere Handschrift des Direktors hätte er auch ohne Unterschrift gleich erkannt. Der kleine Zettel wies ihn kurz an, sich sofort nach der Arbeit in seinem Büro zu melden, aber Karel bog unterwegs noch in den Schankraum ab. Er wusste ja, dass sie ihn schon erwarteten und dass man ihm für seine Rede die Leviten lesen würde, aber nach zwei Gläsern Wein machte er sich dann doch gut gelaunt auf den Weg zum Büro des Direktors.

Ohne anzuklopfen, trat er ein, im verqualmten Büro erblickte er neben dem Direktor und dem Bergwerksekretär, die er beide erwartet hatte, noch zwei Gemeindefunktionäre und seinen Stellvertreter im Arbeiterrat. Er wollte sich einen Scherz über die Zusammensetzung des Empfangskomitees erlauben, aber der Direktor kam ihm zuvor. Bereits aus den ersten Worten und seinem Tonfall begriff Karel, dass dem Direktor – sie waren keine Freunde, aber sie achteten einander – die Rolle des Lautsprechers der Staatsmacht zugeteilt war. Stoisch hörte er sich eine kurze Strafpredigt an, wie er mit seinem Gerede die seit Langem versprochenen Mittel für eine neue Separation gefährdet und bei den Vertretern des Ministeriums Zweifel über die Sinnhaftigkeit einer solchen Investition gesät hat. Karel antwortete mit einem fröhlichen Lächeln auf die Vorwürfe, dass er nichts Neues über das Bergwerk gesagt hat, das Bild ist klar und für jeden erkennbar, der es denn sehen will.

»Du findest es wohl komisch, dass du uns in diesen Schlamassel gebracht hast«, antwortete der Bergwerksekretär.

»Komisch ist deine Überlegung.« Karels gute Laune verflog langsam. »Du stellst die Leute vom Ministerium als Schwachköpfe dar, die direkt vom Mond in unsere Feier gefallen sind, wo ich ihnen die Augen öffnen, die wahre Situation aufdecken sollte, die wir sorgfältig verheimlicht und vertuscht haben, um sie zu einer Fehlinvestition zu verleiten. Es wäre gelinde gesagt sehr unprofessionell und unverantwortlich, wenn ihre Entscheidungen darauf gründen sollten, dass zufällige Redner ehrlich zu ihnen sind, wo sie doch seit Jahren über die geologischen, wirtschaftlichen und alle anderen relevanten Daten verfügen.«

Niemand erhob Einwände, aber als die Stille zu quälend wurde, fragte der Sekretär in versöhnlicherem Ton, warum er sich nicht an die Abmachung gehalten hat.

»Vielleicht, weil es mir nüchtern noch schwerer fällt, die Phrasen zu verdauen, dass wir uns nur ein bisschen mehr anstrengen sollten, um noch ein paar Tonnen und Prozente mehr zu erreichen, für die wir vielleicht irgendwann im Jenseits belohnt werden.«

»Niemand hat von einer Belohnung im Jenseits gesprochen, schließlich waren wir nicht in der Messe.«

Karel entgegnete wütend: »Sie haben davon geredet, wie notwendig es ist, den Plan einzuhalten, über Prozente, über Produktivität, über Tonnen und noch mehr Tonnen, aber niemand hat den technologischen Rückstand erwähnt, die Sicherheitsrisiken, die schlechten Löhne, den Wohnungsmangel.«

»All das wird angepackt, aber zuerst müssen wir mehr Kohle abbauen.«

»Hör dir doch mal zu«, unterbrach Karel den Sekretär. »Arbeitet härter und leidet noch ein wenig länger, dann werden Milch und Honig in Strömen fließen.«

»Mit dir kann man überhaupt nicht reden«, erwiderte der Sekretär barsch. »Die Kameraden aus der Gemeinde haben uns mitgeteilt, dass deine Rede sehr schlecht aufgenommen wurde, es gab viele Fragen, wie jemand, der so denkt, den Arbeiterrat eines Bergwerks leiten kann. Die meisten sind der Meinung, dass du deine Stelle aufgeben solltest …«

»Wie gewonnen, so zerronnen«, sagte Karel lachend und löste damit allgemeines Erstaunen aus.

»Weiß denn wirklich niemand, wie ich Vorsitzender des Arbeiterrats geworden bin? Marko, kannst du es ihnen erzählen?«, wandte er sich an seinen Stellvertreter. Obwohl das Büro sehr verraucht war, konnte man sehen, wie der errötete.

»Es gab drei Vorschläge: Marko, Lojze und ich. Wir alle versuchten auszuweichen und hatten Ausreden, bis der alte Vorsitzende sagte, dass wir uns gemeinsam absprechen und am nächsten Tag berichten sollen, worauf wir uns geeinigt haben. Wir gingen ins Gasthaus und stritten uns beim Wein vergeblich, bis man uns rauswarf. Jemand schlug vor, dass wir Streichhölzer ziehen sollen, weil ja doch niemand nachgibt, und ich zog den Kürzeren. War es so, Marko?«

Karel trat zum Fenster, öffnete es weit und betrachtete den Rauch, der an ihm vorbeizog. »Der Rauch, der den Erfolg des Konklaves verkündet. Wir haben einen neuen Vorsitzenden des Arbeiterrats. Marko, ich gratuliere! Das kurze Streichholz hat seine schändliche Rolle gespielt, und die Macht und mit ihr die Ehre kehren zurück in den Schoß dessen, der sie verdient.«

Marko schwieg und richtete den Blick zu Boden, doch der Sekretär tadelte Karel für seine theatralische Einlage und sagte, dass sie völlig unangebracht ist, gleichzeitig geben sie dem Vorschlag recht, ihm eine Parteirüge zu erteilen.

»Eine Parteirüge? Wofür?«

Der Direktor stand auf und ging ein paar Schritte auf ihn zu. »Karel, nimm das nicht persönlich. Es liegt zu viel Nervosität in der Luft, man muss die Gemüter ein wenig beruhigen …«

»Nein, nein, aus dem Mehl lässt sich kein Brot backen. Ich habe nur gesagt, was ich denke …«

Der Sekretär fiel ihm ins Wort: »Du hast leicht reden, nie trägst du die Konsequenzen, sicher versteckt hinter deiner Partisanenvergangenheit und den Verdiensten deiner Familie …«

Karel trat auf den Sekretär zu, packte ihn mit beiden Händen fest am Kragen und fuhr ihn wütend an, er soll ihn nie wieder bezichtigen, dass er sich versteckt, oder seine Familie erwähnen. Der Direktor nahm ihn an der Hand und bat ihn, sich zu beruhigen. Karel holte tief Luft und stieß den Sekretär weg. Als dieser, noch immer grün vor Angst, seinen Kragen zurechtrückte, sagte er ruhig zu ihm: »Beeil dich mit der Rüge, damit du nicht zu spät kommst. Morgen früh bekommst du nämlich meine Austrittserklärung.«

»Karel, überschlaf das alles, Eile ist kein guter Ratgeber«, reagierte der Direktor mit einer besänftigenden Phrase, »nach allem, was du für unser Unternehmen getan hast, kannst du nicht einfach über Nacht gehen.«

»Natürlich kann ich das«, sagte Karel, versuchte zu lächeln und ging zur Tür.

Ein halbes Jahr später kam es im Bergwerk zum Streik. Obwohl er alle überraschte – die letzten Bergarbeiterstreiks lagen mehr als zwei Jahrzehnte zurück, in der Vorkriegszeit –, erklärten nach seinem Beginn alle eilig, dass es nur eine Frage der Zeit gewesen war, wann es krachen würde. Die meisten waren davon überzeugt, dass die schlechten Arbeitsbedingungen und die niedrigen Löhne das Fass zum Überlaufen gebracht hatten, andere, die sich derlei Ereignisse gern als Komplott erklärten, wiesen mit dem Finger auf die Bergwerksleitung, die es versäumt hat, auf politischem Weg eine Erhöhung des Kohlepreises und eine bessere wirtschaftliche Lage zu erreichen, sowie auf die Gemeindeleitung, die nie genug Geld aus den Bergwerken erhielt, um es für den Bau von Krankenstationen, Kulturhäusern und Sportplätzen zu verwenden, ferner auf die dem Sozialismus feindlich gesinnten Handwerker und Bauern, die schon zuvor mit verschiedenen Gerüchten Unzufriedenheit geschürt hatten, und auch auf die Kirche, da der Pfarrer vor seiner zahlreichen Gemeinde erklärt haben soll, sie rufen schon so lange nach dem Teufel, nun ist er da und nun kommen alle in seine Küche.

All dies und noch viel mehr hätte zutreffen können, und manches stimmte wohl auch. Diese und ähnliche Gründe wurden in zahlreichen Sitzungen genannt, in denen versucht wurde, das Geheimnis der Revolte zu lüften, und vor allem Wege zu finden, weitere zu verhindern. Das Antlitz des Streiks wurde nämlich mit jeder neuen Debatte zu einer immer hässlicheren Fratze, und einige ihrer Beiträger trieben es auf die Spitze, indem sie behaupteten, antisozialistische Kräfte würden die Kommunisten noch in die Schächte treiben, wenn sie ihnen nicht Einhalt gebieten. Als die Körbe, in die ein paar tatkräftige Frauen in Bäckereien, Gaststätten und Geschäften Hilfe für die Streikenden sammelten, schon längst leer waren, und als die paar Tausender, die der Mesner für den gleichen Zweck gesammelt hatte, irgendwohin verschwunden waren, kamen die höchsten staatlichen Funktionäre in den Ort gefahren. Sie erschienen, um den Leuten, die im Bergwerk und in der Gemeinde Posten neu übernommen hatten, die Hände zu schütteln und sie zu belehren, dass sie nicht wie ihre Vorgänger dem anarchistischen Druck und den demagogischen Forderungen nachgeben dürften. Niemand wies sie darauf hin, dass sie selbst und ihre Kollegen auf staatlicher Ebene die Vorgänger gewesen waren, die eilig so gehandelt hatten.

Die Gleichung des Streiks enthielt zu viele Unbekannte, als dass sie rasch genug gelöst werden konnte, um die daraus gezogenen Erkenntnisse entschlossen umzusetzen. Gegen wen protestierten die Arbeiter eigentlich? Sie waren doch die Eigentümer des Bergwerks und die Macht im Staat. Hat sich in ihren einträchtigen Sozialismus irgendwie eine Aufspaltung in Herrschende und Beherrschte eingeschlichen? Wer steht auf der anderen Seite, wenn es dort keine ausbeuterischen Kapitalisten und keinen Staat mehr gibt, der diesen mit seiner Polizei und Armee treu dient? Vielleicht sind die Arbeiter einfach unfähig, zu verwalten und zu regieren, unfähig, ihre Vertreter zu wählen, haben nicht die Mittel, später noch Einfluss nehmen zu können auf ihre Entscheidungen? Oder war es so, dass sie die Führung Leuten anvertraut haben, die plötzlich ganz andere, sogar völlig entgegengesetzte Interessen haben? Ändert sich ein Mensch, wenn er die Spitzhacke gegen das Zepter eintauscht? Wenn bei gewählten Personen solche Veränderungen stattfinden können, handelt es sich dann noch um die Macht der Arbeiter? Und wenn es nicht die Macht der Arbeiter ist, wessen Macht ist es dann?

Auch wegen dieser Gedankenverwirrung wurden nur wenige und eher milde Strafen verhängt. Der Bergwerksdirektor wurde an die Spitze einer Metallfabrik in einer anderen Ecke des Landes versetzt, weil er bei der Lösung von Problemen zu langsam war. Der Sekretär des Bergwerks wurde zu einem kleinen Angestellten degradiert; seinen Ausschluss aus der Partei und seinen beruflichen Niedergang betrachtete er als Heiligenschein eines Märtyrers, er war davon überzeugt, das Opfer zu starken Glaubens und totaler Hingabe zu sein. Einige Gemeindefunktionäre wurden wegen Fehleinschätzung der Lage gerügt, fast heimlich versetzte man sie auf weniger sichtbare Posten. Am schlimmsten traf es Karel und einen anderen Bergmann, die in den offiziellen Akten als Störer und Trunkenbolde bezeichnet wurden und der Aufstachelung zur Revolte und Herabwürdigung der Behörden angeklagt wurden. Es hörte sich an, als ob sie wegen Hochverrats verurteilt wären, dennoch wurden sie nur zu zwei Monaten Zwangsarbeit verurteilt.

»Du kommst also nach Hause«, wandte sich Matija an Vladimir.

»Ich weiß es selbst noch nicht. Sicher werde ich mindestens ein gutes Jahr hierbleiben, bis zu den nächsten Wahlen, dann würde ich gerne nach Belgrad zurückkehren. Ich baue mir dort eine Existenz auf, ich habe mich von der Politik entfernt, ich arbeite im Gericht, ich habe einen Bekanntenkreis und eine Freundin.«

»Eine Freundin«, klinkte sich Valentina ein, »das erzählt man als Erstes. Wie heißt sie?«

»Frag nicht, ich werde dir nichts über sie erzählen. Diese Delegierung wird eine schwere Prüfung für uns sein, unsere Beziehung ist noch recht jung. Ich will gar nicht daran denken. Ich bin vielleicht ein bisschen abergläubisch, na ja, eigentlich habe ich Angst, um ganz ehrlich zu sein.«

»Warum hast du dann die Anfrage angenommen? Du bist niemandem etwas schuldig, du warst Vorsitzender, du hast dich aufgeopfert, hast für diesen Ort gelebt, aber sie haben dich wegen einer eingebildeten politischen Affäre abgesägt, um sich selbst zu schützen.«

Vladimir antwortete nicht, auch was sie mehr zu sich selbst als an ihn gerichtet sagte, ging an ihm vorbei, es erinnerte an längst vergessene Ereignisse, obwohl sie erst fünf Jahre zurücklagen.

»Du bist wegen Karel zurückgekommen, nicht wahr?«, sagte Matija, es war mehr eine Feststellung als eine Frage.

»Ich dachte, ich könnte dafür sorgen, dass das Urteil aufgehoben wird. Keiner kennt ihn so gut wie ich. Manche halten ihn für einen Krawallmacher, weil er die Vorgänge immer so lautstark kommentiert, aber er kann einfach nicht schweigen, wenn etwas schiefläuft oder er das zumindest so sieht. Das habe ich einem sehr einflussreichen Politiker gesagt, einem Mann mit enormer Macht, der zu mir kam, um mich zu überreden, Vorsitzender des Gemeinde-Volksausschusses zu werden. Wenn Karel protestiert hat, war immer auch etwas faul, sagte ich ihm. Er entgegnete, dass so manches falsch gelaufen war, aber dass das vorbei ist und wir in die Zukunft blicken müssen. Wenn meinem Bruder Unrecht widerfahren ist, widersprach ich, können wir nicht über die nächsten Schritte sprechen, solange das nicht korrigiert wird. Sofort stoppte er mich und sagte, dass wir nicht mehr ändern können, was geschehen ist.«

Vladimir sah Matija und Valentina an: »Ich weiß nicht, ob ihr wusstet, dass es vor gut einem halben Jahr, nach der Feier zum Tag des Bergmanns, zu einem schlimmen Streit zwischen Karel und der hiesigen politischen Führung gekommen war.«

»Mehrere Leute haben mir erzählt, dass er den Funktionären auf der Feier reinen Wein eingeschenkt hat, daran kann ich mich erinnern«, sagte Matija.

»Weißt du auch, was danach passiert ist? Hat er dir gegenüber jemals etwas erwähnt? Oder dir, Valentina?«

Vladimir schilderte ihnen, wie Karel vom Vorsitz des Arbeiterrats entlassen worden und aus Protest aus der Partei und allen anderen Organisationen ausgetreten war.

»Damals ist er dafür bestraft worden, dass er laut gesagt hat, wie die Situation im Bergwerk ist, dass die Arbeiter unzufrieden sind«, wetterte Valentina. »Natürlich war es einfacher, die Augen davor zu verschließen, als darüber zu sprechen. Der Streik hat gezeigt, dass er recht hatte, und statt sich bei ihm zu entschuldigen, wurde er erneut bestraft.«

»Gerade weil er recht hatte, wurde er als Säufer und Heißsporn abgestempelt, als einer, dem man nicht trauen kann. Sonst müsste man sich fragen, warum niemand auf seine Kritik einging, warum die von ihm aufgezeigten Probleme nicht gelöst wurden. Und es waren nicht nur die lokalen Bonzen, die ihm zuhörten, es waren viele hochrangige Landespolitiker anwesend, kaum einer fehlte. Das war der wahre Grund für seine Verurteilung, und deshalb war es nicht möglich, sein Urteil aufzuheben oder zumindest zu mildern.«

»Widerspricht diese Erklärung nicht der Tatsache, dass er als einer der Anführer des Arbeiteraufstands bestraft wurde, als jemand, der sich gegen den Staat verschworen hat?«, fragte Matija. »Warum sollte man sich mit jemandem anlegen, auf den man sowieso nichts gibt?«

Vladimir und Valentina blickten einander an. »Ich weiß nicht, so hat es mir dieser Mann gesagt. Obwohl deine Argumentation absolut schlüssig ist, glaube ich seinen Worten. Auch die Strafe, die er erhielt, war eher einem Hühnerdieb angemessen als einem Umstürzler und Anarchisten. Vermutlich geht es in der Politik weniger um rationales Urteilsvermögen als vielmehr um gefälliges Auftreten und dass man gut dabei aussieht.«

»Warum hast du den Vorsitz überhaupt angenommen? Du konntest Karels Urteil nicht aufheben, du wolltest nicht in die Politik zurückkehren, du hast Angst, eine Beziehung zu gefährden, um die du ein großes Geheimnis machst«, zählte Valentina auf.

»Ich habe das Amt abgelehnt, aber dieser Mann hat mir gesagt, dass ich eigentlich keine Wahl habe. Er sagte, dass die jetzt eingekehrte Ruhe trügerisch sein könnte und sich hinter ihr ein neuer Sturm zusammenbraut. Die Begeisterung für das neue Land ist verflogen, der Idealismus ging verloren. Die Menschen interessieren sich nicht für nüchterne Prognosen, sie hören lieber auf irgendeinen dahergelaufenen Marktschreier und erklären ihn zu ihrem Heiland, wenn er ihnen nur weichere Betten, billigere Autos, hellere Häuser oder wenigstens modische Nylons verspricht. Er hat uns mit den Indianern verglichen, die den Konquistadoren für wertlose Glasperlen ihre Truhen und die Türen ihrer Schatzkammern weit öffneten.«

»Vladimir als Verteidiger der sozialistischen Ordnung …«

»Spar dir deinen Spott«, fiel er Valentina ins Wort. »Ich mag naiv sein, das bin ich auf jeden Fall, vielleicht bin ich auch einem gerissenen Politiker auf den Leim gegangen. Überzeugt hat er mich, indem er sagte, dass sie die Extremisten nach dem Streik kaum kaltgestellt haben und dass sie das beim nächsten Mal womöglich nicht mehr schaffen. Ich glaube das auch. Er sagte, dass er mein Dilemma versteht, er ist jedoch völlig überzeugt davon, dass es gut wäre für die Menschen, für den Ort, die sozialistische Ordnung, wenn ich die Leitung der Gemeinde übernehme. Er hat mir geschmeichelt, dass wir Menschen an den Schlüsselpositionen vor Ort die einzige wirkliche Garantie dafür bieten, dass man Probleme zu lösen beginnt, womit dann auch die Gefahr von Chaos oder gar Toten eingedämmt wird.«

»Und was bekommst du?«, fragte Valentina.

»Nichts«, sagte er schulterzuckend, »ich habe dir ja gesagt, dass ich diesen Posten nicht haben wollte. Daran wird sich nichts ändern.«

»Und Karel?«, fragte Matija.

»Zum Bergwerk darf er nicht zurück, das ist die einzige Bedingung. Bei uns findet er natürlich überall offene Türen, es mangelt an Bergbauingenieuren. Ich selbst werde ihm eine Stelle in einem der örtlichen Unternehmen anbieten, wenn er möchte. Ich habe da überhaupt keine Scheu.«

DIE ZIGEUNERIN

Vladimir arbeitete von morgens bis abends, besuchte Ministerien und verpasste kaum eine der Bürgerversammlungen, in denen zumeist die schon hundert Mal gehörten Beschwerden über schlammige und mit Schlaglöchern übersäte Straßen wiederholt oder ständig neue Beispiele für das miese Angebot auf dem Markt vorgetragen wurden. Am Ende der überlangen Sitzungen vertrauten ihm die sehr offenen und verständnisvollen, keineswegs hochmütigen Menschen in kleinen Gruppen oder auch nur unter vier Augen noch heiklere Probleme an, die sich auf einen bestimmten Nachbarn, einen Lehrer, einen Gastwirt, einen Bäcker oder Arzt bezogen. Immer wieder dachte er, dass wohl nicht einmal die Geheimpolizei über so viele Informationen und Fabelgeschichten verfügt.

Er liebte diese unbedeutenden Versammlungen, sie zogen ihn völlig in ihren Bann, und die Teilnehmer erwarteten ständig zumindest ein Nicken oder eine flüchtige Meinung, manchmal sogar Vorschläge, wie man einen bestimmten Übelstand lindern oder beheben könnte. Mit zunehmendem Widerwillen jedoch nahm er an den abendfüllenden Sitzungen der verschiedenen politischen Gremien teil, von denen es eine ganze Menge gab und die sich ebenfalls um ewige, wenn auch etwas abstraktere Themen drehten. Manchmal ertappte er sich dabei, dass er ewig auf einen Kratzer auf dem Tisch, ein Glas oder einen Aschenbecher starrte; er konnte den ganzen Abend auf ein Blatt Papier vor sich glotzen, ohne ein einziges Wort erkennen oder lesen zu können.

Der Grund für die Anspannung, die pausenlose Aktivität, die ständige Suche nach Aufgaben, die oft genug in diese Art von Erstarrung, geistiger Abwesenheit oder in Marathon-Sitzungen mündete, war ein und derselbe, und der hieß Ognjena. Jeden Tag erhielt er einen oder sogar zwei Briefe von ihr, in denen das ganze Papier vom Anfang bis zum Gruß am Ende mit Klagen vollgestopft war. Manchmal rief sie ihn an, aber nach ein paar Worten begann sie zu weinen, sodass nur noch Tränen durch die Leitung flossen. Das kostete ihn viel Einsatz, er überbot sich selbst immer dabei, um ihr Schluchzen wenigstens etwas zu lindern, das ihm noch lange nach dem Auflegen in den Ohren klang.

Er hatte die Leitung der Gemeinde bereits seit etwa zwei Monaten inne, als ihr ständiges Weinen ihn eines Abends zu Valentina führte. Er dreht noch durch, brach es unsortiert und ohne Vorwarnung aus ihm hervor, er erträgt den Schmerz kaum mehr, sein ganzer Körper leidet, wenn er sie in Belgrad in seiner Einzimmerwohnung sitzen sieht, wo sie einen Brief nach dem anderen schreibt. Vor ihren Tränen hat er sich in unzählige belanglose Probleme geflüchtet, mit denen die Menschen ihn aufsuchen, in den Büros der Behörden feilscht er um Investitionsmittel, mal verspricht er etwas, mal droht er, niemand will sich mehr mit rebellischen Bergmännern die Finger verbrennen. Jetzt beginnen sie mit dem Bau einer großen Stadtbäckerei, für die Erweiterung des Markts ist alles abgesprochen, und in diesem Jahr soll die Grube für das Freibad ausgehoben werden. Die ständige Betriebsamkeit den ganzen Tag über hält das grässliche Gejammer noch irgendwie im Zaum, am Abend aber ist er allein, und dass sie so traurig ist, hüllt seinen ganzen Körper in Schmerz. Er will mit ihr reden, sagte Vladimir, von Tränen übermannt, aber es geht nicht, erst schnürt der Schmerz ihr die Kehle zu, dann raubt er auch ihm die Sprache.

Valentina setzte sich zu ihm und legte seinen Kopf sanft in ihren Schoß. Als er sich beruhigt hatte, fragte sie ihn, wer denn das Mädchen mit dem seltsamen Namen ist, von dem er ihr noch nichts erzählt hat.

Sie ist fast zehn Jahre jünger als er, begann er zu erzählen. Sie ist eine Waise, im Krieg verlor sie alle ihr nahestehenden Menschen, und das hat sie nie verwunden. Sie absolvierte die Verwaltungsschule und bekam eine Stelle als Schreibkraft am Gericht. Nach Jahren eintöniger Schreibarbeit brachte eine Gerichtsverhandlung sie auf die Idee, Jura zu studieren. Sie lernte intensiv, legte die Reifeprüfung ab und schrieb sich an der Universität ein. Sie hatte einen ausgeprägten Sinn für Gerechtigkeit, aber ihre Vorstellungen von Rechtsprechung waren sehr naiv. Sie war überzeugt davon, eine Art gute Fee werden zu können, die Menschen dabei hilft, Spannungen auszuräumen, Konflikte unparteiisch zu beenden, Unschuldige freizusprechen und Schuldige zu bestrafen. Die Studienjahre haben sie schon etwas ernüchtert, verbesserte sich Vladimir, aber ihre Vorstellungen sind noch immer weit von der Realität entfernt. Sie ging zum Studium nach Belgrad, weit weg von allem, wie um mit fünfundzwanzig Jahren alle Verbindungen zu dem alten Kummer abzubrechen. Dort arbeitet sie als Protokollführerin im Gericht, trotzdem studiert sie noch immer sehr erfolgreich.

Sie ist sehr zierlich, Vladimirs Stimme wurde nun sanfter, dunkel, hat ganz schwarzes Haar und einen dunklen Teint, auch ihre Augen sind schwarz. Ihr Gesicht ist fast kindlich, obwohl einige ihrer Züge sehr scharf gezeichnet sind. Er nennt sie seine kleine Zigeunerin, und es fällt ihm schwer, ihren richtigen Namen auszusprechen, der furchtbar hart klingt, er steht zu sehr im Widerspruch zu ihrer Zerbrechlichkeit. Sie hat viel Kraft und Willen, korrigierte er sich sofort, aber es ist ihr nicht anzusehen, man muss das Ohr an ihre Brust legen, um die Glut in ihr zu spüren.

Vladimir besuchte nur die wenigen Vorlesungen zu Fächern, in denen er das Examen noch nicht bestanden hatte, und verbrachte die meiste Zeit im Gericht, wo er den Richtern assistierte und von ihnen lernte. Als sie ihm in einer Vorlesung auffiel, war sein erster Gedanke, dass da ein Mädchen vor der Tür zum Klassenzimmer falsch abgebogen war und sich zwischen Erwachsene verirrt hat. Später sprach er sie an, und sie unterhielten sich über die Vorlesung wie zwei schüchterne Studenten, die aufkeimende Sympathie füreinander in knifflige Fachdebatten zu verpacken versuchten. Sie trafen sich immer öfter, aber lange Zeit betrat sie seine Wohnung nicht. Sie waren erwachsene Menschen, unabhängig, selbstständig, doch sie verstanden sich wie Jugendliche, gingen gemeinsam ins Kino, saßen in Kneipen und machten Spaziergänge, Spaziergänge. Selbst als sie ihn in seiner Wohnung zu besuchen begann, blieb sie nie über Nacht und lehnte seine Bitten ab, bei ihm einzuziehen.

Vladimir richtete sich auf der Bank auf und scherzte, dass er aus dem Alter raus ist, wie ein Kind im Schoß gehalten zu werden. Er bat Valentina um ein Glas Wasser und erzählte weiter davon, dass man ihn schon bald nach dem Streik unter Druck gesetzt hatte, die Leitung der Gemeinde zu übernehmen. Er befand sich zwischen Hammer und Amboss: Die Politik überzeugte ihn beharrlich davon, dass das Schicksal des Ortes und der Menschen in seiner Hand liegt, während sich ihre Augen verdunkelten und ihr Blick immer flehender wurde. Sie wollte nicht mit ihm gehen, sie beherrschte die Sprache nicht, musste ihr Studium beenden, durfte ihre Arbeit nicht aufgeben, kannte in seinem Ort niemanden und wusste, dass er dort keine Zeit für sie haben wird.

Erst da wurde ihm klar, und seine Stimme begann erneut zu zittern, wie dumm er sich verhalten hatte. Ihm hatte gefallen, dass sie ihn brauchte, ihn teilhaben ließ an ihrem Weg und ihren Problemen, sie klammerte sich wie Efeu an ihn, senkte ihre Wurzeln in ihn. Sie lehnte sich dermaßen eng an ihn, dass sie ohne ihn als Stütze wie ein Wasserfall hinabstürzen musste.

Jetzt, wo er nicht mehr dort ist, lebt sie in seiner Belgrader Einzimmerwohnung. Sie geht arbeiten, Vladimir wusste nicht, ob sie noch Kraft für ihr Studium hat, bis zum Abschluss fehlen ihr nur noch zwei Prüfungen. Wenn er die Augen schloss, sah er immer dasselbe Bild, wie seine Zigeunerin wie besessen von Wand zu Wand läuft, gelegentlich den Stuhl unter dem Schreibtisch hervorzieht und ihn sofort wieder zurückschiebt, um erneut blind loszulaufen, wobei ihr Tränen die Sicht vernebeln.

Ein paar Tage später reiste Vladimir nach Belgrad. Auf der Gemeinde versprach er, in drei Tagen zurück zu sein, aber er war eine Woche lang weg. Zwei Tage verbrachte er mit Ognjena in der Wohnung, erst am dritten Tag aßen sie in einer Wirtschaft, spazierten den ganzen Nachmittag durch den Zoo und gingen abends zum Bahnhof. Sie standen vor dem Waggon seines Zuges und waren unzertrennlich. Dann riss er sich irgendwie von ihr los und stieg in den Waggon, aber schon der flüchtige Anblick der schwarzen Zigeunerin, die verloren auf dem riesigen Bahnsteig stand, raubte ihm seine ganze Entschlusskraft. Er stieg aus, und sie kehrten in seine Wohnung zurück. Am nächsten Abend vereinbarten sie, dass er zum Bahnhof geht und sie in der Wohnung bleibt, um sich den quälenden Abschied zu ersparen. Sie folgte ihm, er war überhaupt nicht überrascht, er hatte im Voraus gewusst, wie das ausgeht. Dann unternahmen sie zwei Tage lang keinen Versuch, sich zu trennen, und am siebten Morgen wachte sie allein auf: Er hatte sich nachts aus der Wohnung geschlichen und war mit dem Bus in die nächste Stadt gefahren, dort wartete er dann auf seinen Zug.

In den Ferien kam sie zu Besuch. Im Büro erledigte er nur das Nötigste, sie gingen nirgendwo hin, sie besuchten nur Valentina und Matija. Ihr Gespräch fuhr sich schrecklich fest und wurde von Minute zu Minute schlimmer. Als sie gegangen waren, sagte Matija zu Valentina, dass er seine Hand auf ihre gelegt und dabei gehört hat, dass ihr Herz wie das eines verängstigten Tieres schlug. Sein Ohr brauchte er dazu nicht an ihre Brust zu legen, den wilden Puls spürte er deutlich, obwohl er ihre Hand nur mit den Fingern berührte.

Vladimir zögerte, ob er sie Karel vorstellen sollte oder nicht, sie löste sein Dilemma, indem sie vorschlug, ihn zu besuchen. Er war immer noch leicht wütend auf seinen Bruder, weil er seine zwei Jobangebote abgelehnt hatte. Die Tischlerei und die Elektrofirma waren besonders gut florierende Handwerksbetriebe im Ort, und ein technisch versierter Fachmann hätte ihre ohnehin schon rasante Entwicklung noch erheblich beschleunigen können. Die Stilmöbelfirma konnte mit der Auftragslage nicht mehr Schritt halten, eine grundlegende technische Modernisierung war notwendig geworden, und auch die Firma, die seit Kurzem Haushaltsgeräte herstellte, ächzte unter zu großer Nachfrage. Karel spottete über das Angebot seines Bruders, er würde höchstens eine Stelle als Geschäftsführer einer abgelegenen kleinen Klitsche annehmen oder noch besser die Leitung einer Kneipe. Vladimir starrte ihn eine Weile ungläubig an, dann folgte ein Wutausbruch über vergeudete Talente und Fähigkeiten, über die Arbeit als ständige Herausforderung eines Menschen und Kern seiner Würde; er endete mit einer Art Prophezeiung, dass einer, der tätig und kreativ ist, leichter mit seinen Problemen fertigwird. Karel lachte daraufhin, seine Probleme begannen, als er nüchtern vor das Publikum trat, betrunken kommt er mit seinem Umfeld offenbar besser klar.

Sie besuchten ihn am Vormittag, Vladimir hoffte, ihn zu dieser frühen Stunde noch nüchtern vorzufinden. Karel war Geschäftsführer eines Agrarladens mit nur drei Angestellten am äußersten Rand des Dorfes. Der Fußweg dahin war lang, der schon gut modernisierte Ortskern mit seinen neuen und höheren Gebäuden wich unterwegs allmählich einem schmutzigen Außenbezirk mit alten Häusern und Baracken, die Asphaltstraße ging über in einen ausgefahrenen Schotterweg, der Bürgersteig endete, am Straßenrand wuchsen zwischen Unkrautstreifen dick mit Schlamm und Staub bedeckte Büsche. Ognjena sah sich um, stellte ab und zu eine Frage, und Vladimir dachte an die letzten Begegnungen mit seinem Bruder. Seit seiner Rückkehr von der Zwangsarbeit – Karel nannte sie konsequent gesellschaftlich nützliche Arbeit, denn Mörtel auf einer sozialistischen Baustelle zu mischen, konnte man nur aus innerer Überzeugung und zum Wohle der Gemeinschaft – war er noch zynischer und machte sich über alles um ihn herum lustig.

Karel wollte sich gerade aus dem Laden davonstehlen, als sie ankamen, dennoch freute er sich aufrichtig, beide zu sehen. Er war gut gelaunt, fast übermütig, und begrüßte Ognjena mit einer tiefen Verbeugung als Tochter Alexanders des Großen, als höchste ehrenwerte Besucherin des seiner Leitung anvertrauten bescheidenen Ladens. Zu ihrer und Vladimirs Überraschung hängte er sich bei ihr ein und ging mit ihr zwischen den Regalen entlang, zeigte ihr Spritzmittel, Saatgut, landwirtschaftliche Geräte, Nahrung für Mensch und Tier, Geschirr, Arbeitskleidung und absolvierte seinen Rundgang im Habitus eines Museumskurators, der unschätzbar wertvolle Exponate erläutert. Als sie zur Kasse kamen, konnte Ognjena ihr Lachen nicht mehr unterdrücken.

Vladimir hatte sie noch nie so fröhlich erlebt, ihr Lachen war laut und ansteckend und erhob sich mit jedem weiteren Spruch zu einer neuen Welle. Wie sehr er sie liebt, dachte er, beide, seine Zigeunerin wie auch Karel. Seinem Bruder war Unrecht widerfahren, aber er hat darüber hinwegzukommen vermocht, hat sich sein Feingefühl bewahrt, schon bei der ersten Begegnung lässt er seine Auserwählte vor heilsamem Lachen übersprudeln. Er bringt seine Zigeunerin zum Lachen, die sich vor allem und jedem fürchtet, immer in Alarmbereitschaft ist, immer gehemmt, verbittert, weil sie das Böse, das ihr widerfahren war, nie loswurde, es nie vergessen konnte, sondern unentwegt mit immer neuen verheerenden Anschlägen auf ihre traurige Existenz rechnete.

Er ging zu der Theke, auf die Karel gerade Dutzende beschrifteter Kartons legte, und erzählte, dass es sich dabei um Objekte der Irritation handelt, um den größten Schatz in diesem scheinbar so bescheidenen Laden, wie ihn weit und breit selbst die viel größeren und schöneren Geschäfte nicht zu bieten haben. »Es geht um Schilder, die ein Händler an seine Tür hängt, wenn er den Laden mal wegen einer kurzen Besorgung schließen muss. Dies sind die ältesten Typen, wie man sie vielerorts findet: Bitte kurz warten, Bin gleich wieder da. Die Kunden vor der Tür wissen so gut wie der Händler, was davon zu halten ist, deshalb reagieren sie mit Ärger und Flüchen.«

Ognjena schmiegte sich an Vladimir, suchte seine Hand, er sah die Begeisterung in ihren Augen. »Der nächste Entwicklungsschritt ist ein Schild, das klar sagt, wo der Händler steckt. Ich bin auf dem Amt, Bin bei der Gemeinde. Das klingt schon zuvorkommender, die Klagen wurden erhört, es hat sich etwas getan. Aber die nicht geringen Erwartungen werden wieder enttäuscht, die Aufschriften sind neu, sonst hat sich nichts geändert, und es wird klar, dass auch diese Informationen reine Fiktion sind.«

Karel räumte den Stapel des zweiten Kartons beiseite und breitete einen dritten auf dem Tisch aus. »Ich musste also noch einen Schritt weiter gehen, ich wollte etwas draufschreiben, das niemand als gelogen ansehen konnte, ich ließ auch die Idee fallen, in diesen Erklärungen irgendwie selbst vorzukommen. Ich begann, allseits bekannte Sätze zu verwenden, die in diesem Zusammenhang ziemlich rätselhaft waren: Wenn Fliegen hinter Fliegen fliegen, Ein Eber esse Rebe nie, Wenn das Ungeheuer furchtbar ist, was ist dann ein Geheuer? Mir fiel auf, dass die Menschen nachzudenken begannen, sich den Kopf zerbrachen, sich wunderten, nach geheimen Bedeutungen suchten, vom einfachen Fluchen des konkreten Individuums führte das Nachdenken sie zu einem schwerer zu fassenden Allgemeinen. Ich hielt es für notwendig, mir ihren erwachten Wissensdurst zunutze zu machen, und beschloss zu helfen, ihren Horizont zu erweitern. Ich begann meinen nicht ganz herkömmlichen Unterricht mit Redensarten über die Zeit und das Warten. Dumme rennen, Kluge warten. Warte nie, bis du Zeit hast. Gut Ding will Weile haben.«

Ognjena kringelte sich vor Lachen, während Karel todernst die Aufschriften las und sie mehr oder weniger geschickt ins Serbokroatische übersetzte. »Der vorerst letzte Schritt sind völlig eindeutige Aufschriften, die verwirren, weil ihre Klarheit im Widerspruch zu der tatsächlichen Situation steht. Im Sommer öffne ich den rechten Flügel meiner Tür und hänge am linken Flügel ein Schild auf, dass geschlossen ist. Manche Leute lesen das Schild und kommen nicht rein, sondern beginnen mich laut zu beschimpfen. Im Winter habe ich nach einem Schneesturm ein ›Frisch gestrichen‹-Schild an die Tür gehängt, die komplett mit Schnee bedeckt war. Viele Leute tasteten vorsichtig nach der Klinke, einige fuhren mit dem Finger über den Schnee, um zu sehen, ob tatsächlich Ölfarbe im Spiel war.«

Als sie wieder Richtung Stadt gingen, dachte Vladimir, dass vielleicht ein Wunder geschehen ist, dass Karels Auftritt seiner Zigeunerin einen Zugang zu Freude und Lachen eröffnet hat und Tränen fortan nicht mehr ihre einzige Begleitung sein werden.

Am Sonntag wanderte das Liebespaar gemeinsam mit Matija, Valentina und Zmaga zu einer nahegelegenen Berghütte. Karel sollte eigentlich auch mitkommen, aber ihn hatte wohl das Besäufnis am Samstag aus der Bahn geworfen. Es war ein schöner Tag, alle versuchten, Ognjena mit Geschichten und Scherzen zu unterhalten, aber sie war mit ihren Gedanken ganz woanders, vielleicht beim Zug, der sie am nächsten Morgen nach Belgrad bringen würde.

Am Montagvormittag erschien ein städtischer Bote mit einer dringenden Nachricht, aber Vladimir öffnete die Tür seiner Wohnung nicht. Zwei Stunden später war er wieder da, drückte erneut vergeblich auf die Klingel und hämmerte laut an die Tür. Eine Nachbarin kam auf den Flur und sagte, sie hat weder Vladimir noch die kleine schwarze Frau gesehen, die vor etwa einer Woche gekommen ist, und auch nichts gehört. Am frühen Nachmittag erschienen zwei Polizisten und ein Angestellter der Wohnungsgesellschaft und öffneten die Tür mit einem Spezialschlüssel. Starker Gasgeruch schlug ihnen entgegen, die Tür wurde sofort wieder zugezogen. Der Angestellte lief los, um einen Arzt zu holen, und die beiden Polizisten öffneten alle Fenster im Flur und begannen, die Wohnung durch die leicht angelehnte Tür zu lüften. Nach einer Weile trat einer von ihnen mit einem nassen Taschentuch im Gesicht ein, öffnete ein Fenster und kehrte auf den Flur zurück. Nach kurzer Verschnaufpause ging er erneut in die Wohnung und schloss die Gasflasche in der Küche, die ohnehin leer war. Beim dritten Mal ging er in das Schlafzimmer und öffnete auch dort das Fenster. Auf dem Bett bemerkte er zwei nackte Körper, sie waren eng umschlungen, fast ineinander verschlungen.

Der Arzt traf ein, als der eine Polizist gerade vor dem Wohnblock Schaulustige verscheuchte, während der andere vor der Wohnungstür Wache stand. Er brauchte im Schlafzimmer nur ein paarmal kurz ein- und auszuatmen, dem Mann und der Frau auf dem Bett kann niemand mehr helfen, berichtete er dem Polizisten, sie sind schon lange tot, er kann nur noch den Bestattungsdienst rufen. Die beiden Bestatter, die eine halbe Stunde später mit dem Leichenwagen eintrafen, blieben sehr lange in der Wohnung, weshalb der Polizist an der Tür mehrmals in die Wohnung spähte, ohne aber das Schlafzimmer zu betreten. Nachdem die verschwitzten Leichenbestatter erst den ersten und dann den zweiten Sarg abtransportiert hatten, schloss er die Wohnungstür ab und verließ das Gebäude schweigend, vorbei an den fragenden Gesichtern der Nachbarn.

•

Einige Monate später saß Karel eines Abends in einer Kneipe zufällig bei einem der Bestatter mit am Tisch. Der betrunkene Mann sagte lallend, dass seine Arbeit nichts taugt. Vor nicht allzu langer Zeit musste er mit seinem Kollegen einen Mann und eine Frau zurechtmachen, die sich als ihr letztes Erlebnis vor dem Tod Geschlechtsverkehr ausgesucht hatten. Nie zuvor hatte er mit einer derartigen Totenstarre zu tun gehabt, sie waren einfach nicht auseinanderzubekommen, nicht einmal, als er und sein Kollege sich mit ihrem ganzen Gewicht gegen sie stemmten. Ihre nackten Leiber waren steif und völlig hart, sie mussten sie buchstäblich zerbrechen, um sie voneinander zu trennen.

Betrunken, wie er war, war dem Bestatter vielleicht gar nicht bewusst, dass er Karel die Geschichte von Vladimir erzählte, vielleicht aber hatte ihn die brüderliche Verbindung gerade dazu verleitet. Karel stand vom Tisch auf, ein Würgereiz stieg ekelhaft aus seinem Magen auf, er kämpfte sich irgendwie bis zur Türschwelle des Wirtshauses, dort lehnte er seinen Kopf gegen die Wand und erbrach sich.

ROZINA

Das Leben ist manchmal gemein, geradezu schändlich«, sagte Frančiška, während sie Zmagas Haar streichelte, »ich komme endlich nach Hause, und in dem Moment geht meine Enkelin weg.«

»Hältst du es für richtig, dem Leben die Schuld zu geben? Soweit ich weiß, hast du dich nie an die Wegweiser gehalten, die für dich aufgestellt wurden, hast wahrscheinlich sogar mit Absicht die genau andere Richtung genommen. Die meisten von uns hier im Raum denken, dass du schon immer deinen eigenen Kopf gehabt hast.«

»Wie rasch doch junge Leute Etiketten zur Hand haben für Charaktereigenschaften ihrer Vorfahren«, gab sich Frančiška empört. Sie musterte Valentina, ergriff Matijas Hand und warf beiden vor, dass ihr Schweigen für sich spricht. Valentina entgegnete, dass sie vergeblich um Anerkennung bettelt, sie hat ihre Ration bereits erhalten, mehr wird da nicht kommen.

Frančiška war erschienen, um ihnen ihre Freundin Rozina vorzustellen. Beide waren einem Aufruf der Schulbehörde gefolgt, dass pensionierte Lehrer nach ihren Möglichkeiten dazu beitragen sollen, den gravierenden Lehrermangel zu lindern. Tags zuvor waren sie in eine kleinere Wohnung gezogen, die man ihnen zugewiesen hatte, und morgen wartete schon ein Gespräch in der Schule auf sie.

»Du sollst vorhaben, mit der Familientradition des Lehrerberufs zu brechen?«, fragte Rozina Zmaga. »Frančiška sagt, du willst Malerei studieren.«

»Familientradition ist ein sehr überzogener Begriff. Meine liebe Großmutter, die erste Lehrerin in der Familie, hat diesen Beruf schon nach wenigen Schuljahren verzweifelt wieder hingeworfen. Heute höre ich, dass sie als Pensionärin großmütig Wiedergutmachung leisten will, aber das ändert nicht viel an der Sachlage.«

»Kann mich mal jemand vor diesem zickigen Menschen in Schutz nehmen?«, sagte Frančiška lachend und streichelte ihrer Enkelin erneut über das Haar. »Den jungen Leuten stehen sämtliche Türen offen, für sie gibt es von allem reichlich und überreichlich, alles ist selbstverständlich geworden. Sie liegen in der Sonne wie Schlangen, aber wenn jemand über sie stolpert, schnappen sie giftig nach ihm.«

»Jetzt muss ich aber wirklich los.« Zmaga umarmte Frančiška, winkte den anderen zu und rannte zur Tür. »Sonst rollt noch eine Lawine von Kinderstubengeschichten aus der Steinzeit über mich hinweg. Als ich in deinem Alter war …«

Die Tür verschluckte den Satz, mit dem Zmaga Frančiškas Art zu reden perfekt zu imitieren verstand.

Nachdem Zmaga fort war, beruhigte sich das zuvor so lebhafte und spielerische Gespräch, offenbar hatten alle genug von Seitenhieben und flapsigen Bemerkungen. Man plauderte zunehmend träge vor sich hin, und vielleicht deshalb schlug Rozina vor, einen Spaziergang zu machen und die Gegend zu erkunden. Unterwegs bombardierte sie Valentina unablässig mit Fragen, wollte alles über die Schule wissen, die Kulturvereine und die Gebäude, an denen sie vorbeikamen.

Matija und Frančiška blieben bald zurück und setzten sich auf eine leere Bank vor einem Hochhausneubau. »Meine Beine wollen nicht mehr, sie rebellieren gegen die Last dieses schwächlichen Körpers, sie knicken ein, tun weh, die Gelenke sind steif und knirschen bei jeder Bewegung. Rozina ist so alt wie ich, aber an ihr geht das Alter spurlos vorbei, dabei hängt sie sich noch mit ihrem ganzen Gewicht an mich. Es ist unfair, aber ich beneide sie. Versteh mich nicht falsch, ich bin nicht missgünstig, überhaupt nicht, ich liebe sie, ich bin froh, dass noch so viel Kraft in ihr steckt, aber ich habe Angst um mich, ich spüre, wie rasch ich in die Hilflosigkeit abgleite.«

Matija suchte fieberhaft nach Worten des Trostes, aber Frančiška war schneller. »Wenn ich allein leben würde, hätte ich womöglich leichter hinnehmen können, dass mein Körper kapituliert hat. Ich würde mich mit niemandem vergleichen, würde die Dinge einfach nehmen, wie sie sind. So aber sehe ich, wie ich selbst immer schneller an Kraft, Beweglichkeit und Ausdauer einbüße, und auf der anderen Seite Rozina, die munter und tatkräftig bleibt. Wir sind beide siebzig Jahre alt, aber sie muss das nicht beschäftigen, nichts zwingt sie dazu, in Kalendern zu blättern und die Jahre zu zählen.«

Nach einem langen Seufzer fragte sie weiter, wie es zu solchen Unterschieden kommt. »Wieso strotzt der eine Mensch vor Lebenskraft, während ein anderer mit einer ähnlich langen Reise hinter sich von Schmerzen geplagt herumlaboriert. Das liegt zum einen am Erbgut, das die Stärken und Schwächen unserer Vorfahren in sich trägt, während uns zugleich prägt, wie und wo wir leben, so viel weiß ich auch. Mit solchen wissenschaftlichen Antworten soll alles gesagt sein, aber sie sind völlig unzureichend und zu begrenzt. Manchmal denke ich, dass uns nur eine bestimmte Anzahl fester Schritte und Stunden erholsamen Schlafs gegeben ist, eine Anzahl guter Ideen und aufrechter Taten. Dann tröste ich mich damit, dass einer, der viel arbeitet, seinen Vorrat schneller aufbraucht und dass es eine starke Vergangenheit voller Hingabe und Schöpferkraft belegt, wenn jemand im Alter steif und müde ist.«

»Ein Messer, mit dem man schneidet, wird schneller stumpf als eines, das vergessen in einer Schublade liegt. Meinst du es so?«

»Dein Vergleich ist sehr freundlich, genau wie du selbst, Matija«, sagte sie und lehnte sich an die Schulter ihres Bruders. »Was ich gesagt habe, war nicht ernst gemeint, ich glaube nicht an solche Fantasiebilder, auch wenn ich sie mir selbst ausdenke. Das sind nur Scherze, über die man nicht lachen kann, weil zu offensichtlich ist, dass sie eine Niederlage als Sieg darstellen sollen. Ich spiele mit ihnen, weil ich mich nicht damit abfinden kann, dass ich immer mehr verfalle.«

»Manche Dinge suchen wir uns nicht aus, sie werden uns beigemessen, ohne dass wir nach unserer Meinung gefragt werden, geschweige denn unserer Zustimmung. Sie sind weder Belohnung noch Strafe, sie kommen einfach so auf und werden ein Teil von uns, ob sie nun erbeten sind oder unerwünscht. Sie verschwinden nicht, selbst wenn wir bis aufs Blut mit ihnen ringen; indem wir uns mit ihnen auseinandersetzen, sind sie nur umso wirkmächtiger.« Matija drehte sich zu seiner Schwester, damit sie sein Gesicht vor sich hatte. »Ich bin mir sehr sicher, dass das Bild der Hilflosigkeit, das du da gezeichnet hast, ziemlich übertrieben ist. Du fühlst dich offensichtlich noch stark genug zum Unterrichten.«

»Bemühe dich nicht, lieber Matija, diese Freiwilligenarbeit ist Rozinas Verdienst. Als sie von dem Lehrermangel in den Schulen hörte, hat sie sich blitzschnell entschieden. Sie sah sich die Liste der kritischen Schulen und Orte an und fand unsere. Sie bedrängte mich, dass ich mich ihr anschließe, und war bereit, mit mir zu kommen. Sie ging davon aus, dass ich zu Hause aus meinem Stumpfsinn erwache, auch wenn ich das nicht einmal mir selbst gegenüber laut zugeben wollte. Sie hat mich zu diesem Umzug gedrängt, aber nicht einmal ihre eiserne Hartnäckigkeit kann Wunder bewirken.«

»Vielleicht sollten wir an einem späteren Tag weiterreden. Sicher bist du müde nach dem Umzug, wahrscheinlich plagen dich viele Zweifel, weil du aus der großen Stadt, die längst dein Zuhause geworden ist, jetzt in deine abgelegene Heimatstadt zurückkehrst.«

»Eigentlich hat mir Rozinas Idee umzuziehen gleich gut gefallen, aber ich habe es ihr noch nicht gesagt und werde das wohl auch nicht tun. Der Lehrermangel war für mich eine willkommene Ausrede. Als ich jung war, war eine größere Stadt die einzig mögliche Wahl, denn nur dort ließen sich Menschen mit ähnlichen Überzeugungen und Hoffnungen finden, und sie bot auch einen gewissen Schutz vor den schlimmsten Repressionen infolge unseres feministischen Kampfs. Als ich nach dem Krieg tragische Frauengeschichten aufschrieb, musste ich leben, wo es Museen, Archive und in der Zeitgeschichte engagierte Leute gab, denn es gab immer viel zu recherchieren. In der Haut, in der ich heute stecke, die so antriebslos und unzuverlässig ist, in der ich es kaum noch in die Hocke schaffe und dann unmöglich wieder hoch, gelingt mir auch das kaum noch.«

»Ich bin froh, dass du gekommen bist.«

Frančiška lächelte. »Matija, weißt du, wovor ich am meisten Angst habe? Dass es nicht nur der Körper ist, der immer mehr abbaut. Ich vergesse zunehmend Dinge, die Namen mir vertrauter Menschen verschwinden aus meinem Kopf, ich vergesse zu essen, ich gehe und weiß nicht mehr, wo ich bin oder wohin ich eigentlich wollte. Manchmal stelle ich mir Schreckensszenarien vor. Dass mir die Worte fehlen und ich nichts mehr sagen kann, dass ich dich nicht mehr erkenne …«

»Frančiška …«

»Ich denke mir das nicht aus, ich habe Menschen gesehen, die vergessen haben, wie man spricht. Sie starren dich aus tiefliegenden Augen an, du zermarterst dir vergeblich das Hirn, was sie dir mitteilen wollen. Es ist unergründlich, sie werden völlig unerreichbar; ich kann mir ausmalen, dass sie mich gerade um etwas bitten oder mir dankbar sind, dass ich bei ihnen sitze, aber das sind alles nur Spekulationen. Jeder von uns lebt in seiner eigenen Finsternis, und zwischen uns gibt es keine Verbindungen mehr.«

Vor Aufregung klang Rozinas ohnehin schon grelle Stimme noch schriller. »Dann sagte der Bezirksvorsitzende des Lehrerverbands, dass Anschauungen mindestens genauso wichtig sind wie Fachkenntnisse. Ich dachte, ich höre nicht richtig. Hier geht es doch nicht um Religionsunterricht oder eine kommunistische Geheimzelle, wir sind doch eine Schule. Es ist richtig, dass wir die alten Katecheten aus den Klassenzimmern vertrieben haben, aber das haben wir nicht getan, um Platz für neue Prediger zu schaffen.«

»Etwas leiser, Rozina, was du erzählst, hallt durchs ganze Haus«, sagte Valentina beruhigend.

»Soll doch zuhören, wer will. Ich brauche vor niemandem Angst zu haben, und an Schwejkismen glaube ich sowieso nicht.«

»Schwejkismen?«, wunderte sich Matija.

»Hast du den Schwejk nicht gelesen?«, raunzte Rozina.

»Ich habe überhaupt nichts gelesen, denn ich kann nicht sehen, und Blindenschrift habe ich nie gelernt.«

»Entschuldigung, Matija, ich wollte dich nicht kränken«, sagte Rozina und senkte ihre Stimme.

Matija winkte mit der Hand ab. »Was hast du mit Schwejkismen gemeint?«

»In dem Buch über Schwejk gibt es viele geistreiche Geschichten. Eine handelt davon, dass ein Polizeispitzel einen Wirt verhaftet, weil der sagte, Fliegen hätten den österreichischen Kaiser besudelt. Er hat nicht ›besudelt‹ gesagt, sondern einen derberen Ausdruck benutzt, und es ging nicht um den echten Herrscher, sondern nur um ein Bild von ihm, das im Gasthaus hing. Ich wollte sagen, dass solche Geschichten sich nur einen Spaß erlauben, dass niemand gleich eine Strafe zu fürchten braucht, wenn er bei der Schilderung einer Situation einen rustikaleren Ausdruck oder einen kühneren Vergleich verwendet.«

Einen Monat später lud Rozina Matija zu einem Spaziergang ein. Sie scheute sich, selbst auf Frančiškas Niedergeschlagenheit zu sprechen zu kommen, und schien darauf zu warten, dass Matija etwas Neues darüber enthüllt. Matija jedoch schwieg, wenngleich er gegen den starken Wunsch ankämpfte, Rozina von seinen Ängsten zu erzählen, von allem, was seine Schwester ihm anvertraut hatte. Er hatte das Gefühl, Frančiška damit zu verraten und ihr Vertrauen zu missbrauchen, sogar im Gespräch mit jemand, der sich offensichtlich um sie sorgte, den die Hilflosigkeit seiner Schwester genauso schmerzte wie ihn.

Vielleicht empfand Rozina sein Dilemma, jedenfalls wechselte sie ohne direkten Anlass das Thema und erzählte von ihrer früheren Theaterarbeit. Sie nannte Aufführungen, erinnerte sich voller

Zuneigung in der Stimme an Freunde und Kollegen vom Theater, spielte sogar kleine Szenen. »Wir waren alle Amateure, aber mit einer absolut professionellen Einstellung zur Bühne. Wir waren keine Unterhaltungskünstler, wie es sie in den Städten und auf dem Land gibt, die das Publikum zum Lachen bringen und mit schlichtem Humor etwas Geld verdienen wollen. Wir waren verliebt ins Theater, und es mag wie eine Ausrede klingen, aber für alles, was wir taten, empfanden wir eine tiefe Verantwortung.«

»Sprichst du von der Vergangenheit?«, fragte Matija.

»Wir wurden älter, es kamen junge Leute mit anderen, moderneren Ansichten, und wir wurden überflüssig. Niemand hat uns von der Bühne geworfen, im Gegenteil, sie waren sehr freundlich, aber auch ziemlich von sich überzeugt. Bei euch«, sagte sie zu Matija gewendet, »ist eine andere üble Sache passiert. Ihr hattet eine großartige Theatergruppe, aber alles hing zu sehr von einem Mann ab. Nachdem er vor zwei Jahren gegangen ist, brach über Nacht alles zusammen, niemand schaffte mehr den ersten Schritt, dem die anderen folgten. Nicht immer liegt die Schuld bei eingebildeten jungen Leuten, die dein Schiff kapern.«

Matija lachte und verdrängte wenigstens kurz den Gedanken, warum Rozina mit ihm so leidenschaftlich über Theater sprach. Obwohl sie sich noch nicht lange kannten, hatte er sie stets als Gesprächspartnerin erlebt, die ihre Themen vernünftig wählte, doch seine Theatererfahrung war nicht der Rede wert, nur kurz hatte er in den Aufführungen von Ludviks Arbeiterverein Harmonika gespielt.

»Ich möchte immer noch furchtbar gerne auftreten, aber ich habe nicht die Kraft, etwas so Komplexes wie eine Theatergruppe auf die Beine zu stellen.«

»Mit mir rechnest du dabei wohl nicht?«, sagte Matija im Scherz.

»Aber ja, ich zähle auf dich, sonst würde ich dir das alles nicht sagen«, antwortete Rozina ganz ernst, »aber erst habe ich noch eine Sache auf dem Herzen. Ich kann mir nicht verzeihen, dass ich dich neulich mit einer abfälligen Bemerkung gekränkt habe, dass du kein Buch gelesen hast. Ich war tags zuvor auf einer Lehrerkonferenz abgekanzelt worden, und als ich Valentina davon berichtete, war der ganze Ärger wieder da, für den du überhaupt nichts konntest. Das soll nichts entschuldigen, ich will dir nur erklären, warum ich so unhöflich reagiert habe.«

»Tut mir leid, aber ich verstehe gar nichts. Was du erzählst, ist durchweg klar, aber ich kapiere nicht, was all die Themen miteinander zu tun haben sollen. Und dann ist da noch deine unnötige Entschuldigung und diese Ankündigung, dass ich etwas zu tun bekommen soll. Du hast mich völlig verwirrt.«

»Es ist doch ganz einfach«, sagte Rozina jetzt lächelnd. »Wegen des Theaters hatte ich keine Zweifel: Ich will immer noch schauspielern, auftreten, aber die Theatergruppe hat sich getrennt, und nichts deutet darauf hin, dass hier in der Nähe etwas Aussichtsreiches existiert. Dann Frančiška. Sie war immer stärker als alle anderen, kein Hindernis konnte sie aufhalten, selbst als alle um sie herum in Verzweiflung versanken, sind ihr nie der Wille und die Energie ausgegangen. Jetzt ist sie das genaue Gegenteil von dem, was sie einmal war; wenn ich ihre Resignation, ihre Verzweiflung sehe, überkommt mich abwechselnd eine Welle heftiger Wut und tiefen Mitgefühls; das setzt mir heftig zu, wenn wir zusammen sind. Und die freche Bemerkung dir gegenüber hat mich dazu gebracht, zur Buße Leseabende vorzubereiten.«

»Leseabende?«

»Genau, ich werde lesen, laut aus Büchern vorlesen, und die Leute werden mir zuhören.«

»Lesen? Wer aber hört dir zu?«

»Du«, sagte Rozina lachend, »und hoffentlich noch viele andere. Wahrscheinlich gibt es hier noch einen, der blind oder sehbehindert ist und deshalb keine Bücher lesen kann. Es gibt bestimmt viele, die gar nicht oder nur schlecht lesen können oder Probleme haben, das Geschriebene zu verstehen. Und es gibt Leute in einem Zustand seelischer Erstarrung, denen gute Geschichten aus ihrem Sumpf heraushelfen können. Vielleicht findet jemand sehr Einsames hier die Gelegenheit, mal unter Leute zu gehen. Die Leseabende sind offen für alle und nicht zuletzt für Menschen, die einfach gern gut geschriebene und schön vorgelesene Geschichten hören.«

»Was meintest du damit, dass du auf mich zählst? Wie kann ich dir helfen?«

»Ich hoffe, dass du und einige deiner Freunde unter den Zuhörern sein werdet. Nur das habe ich damit gemeint.«

Das Klassenzimmer füllte sich schnell, und ein paar Minuten vor Beginn wurden noch ein paar Stühle aus dem Nebenraum hereingeholt. Rozina trat vor die Tafel und erntete den ersten Lacher, als sie sagte, wenn jemand in der Vergangenheit irgendwie Angst vor der Schule gehabt hat, wird er die jetzt sicher loswerden. Sie wird nicht fragen, warum sie erschienen sind, alle sind willkommen. Sie sah zu Frančiška, die mit als Erste gekommen war, sie und Matija saßen in der ersten Reihe, und sagte, dass sie zuerst die Geschichte vom alten Fischer hören werden, eine Geschichte mit der klaren Botschaft, dass man niemals aufgeben darf, dass wir für Verzweiflung und Niederlagen einfach nicht gemacht sind.

Sie setzte sich auf einen Stuhl, öffnete ein kleines Buch und begann mit kräftiger Stimme die Geschichte zu lesen. Ihre Stimme entführte sie in ein bescheidenes Fischerdorf, sie war rau, wenn der ältere Fischer durch sie sprach, und klang jugendlich, lebendig, wenn sie sie seinem jungen Freund lieh.

Fast eineinhalb Stunden lang war ihre Stimme der einzige Laut im Klassenzimmer. Dann legte sie das halb gelesene Buch beiseite, ihre Stimme hatte inzwischen an Kraft eingebüßt, und meinte, dass der alte Mann auf hoher See bis nächste Woche warten muss. An der Tür des Klassenzimmers schüttelte sie allen die Hand, bedankte sich für ihren Besuch und lud alle zum nächsten Treffen ein.

DIE FRAU MIT DEM DUFT NACH SEIFE

Matija wollte schon am Morgen zu Karels Laden, aber er wartete ab, bis Valentina in die Schule ging. Seit sie sich nicht mehr um Zmaga kümmern musste und Frančiška alle Tage in der Wohnung hockte, ohne mit jemandem ein Wort zu reden, hatte sich ihre Sorge auf Matija gerichtet. Wohin er auch ging, hatte Valentina das Gefühl, dass die Strecke für ihn zu anstrengend, zu kompliziert, zu gefährlich war. Matija versuchte immer wieder, sich aus dem Klammergriff übermäßiger Fürsorge zu lösen, aber Erklärungen halfen nicht weiter. Dann und wann stritt er sich sogar mit Valentina, aber meist wartete er auf einen günstigen Moment und schlich sich einfach davon.

An diesem Morgen hatte er beinahe ihren Zorn riskiert, denn Valentina schien überhaupt nicht fortgehen zu wollen. Ihre Mahnung wäre diesmal nicht ganz unbegründet gewesen, denn allein war er noch nie den weiten Weg bis zum Stadtrand gegangen, nur ein paar Mal war er mit Rozina dorthin spaziert. Die Straße, die im Zentrum der Siedlung noch breit und asphaltiert war und auf beiden Seiten einen Bürgersteig hatte, ging bald über in einen ramponierten Weg, der an einigen Stellen so schmal war, dass zwei Fahrzeuge kaum aneinander vorbeikamen. Aber Matija sorgte sich nicht um die Strecke, das größere Problem und das einzige Rätsel war Karel; wahrscheinlich fand er seinen Neffen morgens noch am ehesten nüchtern vor, doch es war ziemlich unwahrscheinlich, dass der um diese Zeit überhaupt im Laden war.

Seine Vermutung traf zu. Der Weg dorthin war recht unproblematisch, doch im Geschäft erklärte die Verkäuferin, dass Karel in dringenden Geschäften unterwegs ist und an diesem Tag vermutlich nicht mehr zurückkommt. Matija hatte offenbar ein langes Gesicht gezogen, und so fragte sie freundlich, ob sie ihm irgendwie helfen kann. Ihn durchfuhr, dass er diese Stimme schon einmal gehört hatte, und schon nach wenigen Augenblicken erinnerte er sich an die Frau, mit der er vor vielen Jahren vor den Geschäften Schlange gestanden hatte, an die Frau, die für ihn untrennbar mit dem frischen Duft von Seife verbunden war.

»Darf ich dich etwas fragen, Genossin?«

»Frag nur, Genosse.«

In ihrer Stimme lag eine Fröhlichkeit, eine Schalkhaftigkeit, er glaubte, sie lachte ein wenig darüber, dass er sie angesprochen hatte, was ihm nun auch als lächerlicher Versuch der Annäherung erschien. Um die ungeschickte Einleitung zu überspielen, fragte er rasch: »Sind wir uns vor fünfzehn oder mehr Jahren mal in einer Warteschlange begegnet?«

Er konnte nicht sagen, ob er sie zuerst lachen oder knapp Ja sagen gehört hatte, es war auch völlig egal, die Unruhe hatte völlig Besitz von ihm ergriffen. Das heftige Verlangen, sie wiederzusehen, das längst hätte vergessen sein sollen, kam wieder hoch, am liebsten würde er sie umarmen, ihr Gesicht berühren, ihr erzählen, wie viele Geschichten er sich über sie ausgedacht hatte, wie viele intime Dinge sie in seinen Fantasien getan hatten. Er hatte unzählige Fragen, aber ihm kam gerade die in den Sinn, die zur Eröffnung eines Gesprächs vielleicht besonders unpassend war: Was war das für ein Duft, der untrennbar mit ihrer Erscheinung verbunden war, wonach hatte sie gerochen, als sie zusammen vor den Geschäften warteten?

Stille trat ein, unterbrochen nur von einem kurzen Ausatmen, sie muss verlegen gelächelt haben, dachte Matija, wie nur sollte sie begreifen, nach was für einem Geruch er sie wie ein Irrer fragte. Völlig unsortiert beeilte er sich mit Erklärungen, dass es vielleicht albern klingt, aber er kann nicht sehen, ihr Bild von damals hat nur aus ihrer Stimme und ihrem Duft bestanden, sie hat irgendwie frisch und nach Seife gerochen.

Wieder hörte er das freudige Lachen, das wie in Kaskaden aufspritzte und sich als unzählige schimmernde Klangtröpfchen verteilte. »Das ist kein großes Geheimnis, ich habe mich mit der Seife gewaschen, die mein Mann im Bergwerk bekam. Wir haben sehr bescheiden gelebt, für andere Seife war kein Geld da, das Frische kann ich mir nicht erklären. Ich war jung, oder zumindest viel jünger«, in die Worte mischte sich wieder fröhliches Lachen, »vielleicht hast du die Jugend gerochen.«

Sie gingen hinaus und setzten sich auf eine Bank gegenüber der Ladentür, die sie so im Auge behalten konnte, obwohl es eher unwahrscheinlich war, dass am späten Vormittag noch jemand zum Einkaufen kam.

»Ich habe viel über dich nachgedacht, mir vieles überlegt, aber ich habe mich nicht getraut, etwas zu sagen«, fasste Matija vorsichtig zusammen.

»Was hast du dir überlegt?«

»Ich dachte, wir wären anders als die anderen in der Schlange. Zumindest anders als die lautesten und streitsüchtigsten«, sagte er lächelnd und holte Luft. »Ich hatte die Vorstellung, dass wir einander irgendwie zugeneigt sind.«

»Zugeneigt?«

»Es schmuggelt sich einem halt so manches in die Gedanken ein.«

»Warum hast du mir das nie gesagt?«

»Ich weiß nicht, ich wollte dich unbedingt besser kennenlernen, dir nahe sein, andererseits hielt ich es für richtig, auf Distanz zu bleiben, weil du einen Mann hast, von dem ich wusste, dass er Invalide ist.«

»Es ist bestimmt fünfzehn Jahre her, dass er gestorben ist, verschwunden mit den Schlangen vor den Geschäften.«

»Tut mir leid, das wusste ich nicht ...«

Lange Zeit sagte sie nichts. »Ich weiß nicht, warum ich dir das erkläre. Im Grunde war ich froh, als er starb, nein, das ist nicht das richtige Wort, ich war erleichtert, es war eine Erlösung.« Sie sah Matija an: »Ich mag dir schlecht vorkommen, herzlos, verachtenswert, aber so war es nun mal. Jedenfalls ist es komisch, dass ich dir das sage, denn oft fällt es mir schwer, selbst die alltäglichsten Dinge zu erzählen. Vielleicht ist es einfacher, weil du blind bist und mich nicht sehen kannst.«

»Warum warst du mit ihm zusammen, wenn es dir nicht gut dabei ging?«

»Es schien mir richtig, ich sah mich verpflichtet, bei ihm zu bleiben, auch wenn wir nie eine emotionale Bindung hatten. Ich weiß nicht, welche Erfahrungen du mit der Liebe gemacht hast, aber mir scheint, dass alles immer nach demselben Rezept ablief. Bergmannssöhne fanden schnell Bergmannstöchter, meist war mehr Lust im Spiel als Liebe, es war wichtig, mit jemandem zusammen zu sein und fortzugehen, und wenn es nur ein paar Türen weiter in eine andere ärmliche Wohnung war, es war wichtig, zu jemandem zu gehören, von jemandem Kinder und blaue Flecken zu bekommen.«

Sie grüßte jemanden lautstark, ging mit ihm in den Laden und sagte, dass die Spritzmittel reingekommen sind, die er gesucht hat. Ein paar Minuten später verabschiedete sie sich lautstark von dem Kunden, kehrte zu Matija auf die Bank zurück und erzählte weiter, als hätte nichts ihr Gespräch unterbrochen.

»Er war sehr dreist, zudringlich, schon als er sich noch um mich bemühte, manchmal fast gewalttätig. Ich beschwerte mich bei meiner Mutter, aber sie schimpfte mich aus, dass ich mich nicht wie die Jungfrau Maria aufführen und ihn behalten soll, schließlich hört man nichts Schlechtes über seine Familie, was in einem Dorf voller Halunken und Säufer an ein Wunder grenzt. Ich brachte meinen ersten Sohn zur Welt, und kurz nach der Geburt meines zweiten Sohnes hatte er einen Unfall in einer Grube. Als Invalide hat man ihn in eine Holzfabrik gesteckt.« Sie schüttelte den Kopf. »Ich konnte ihn nicht verlassen, er hat all mein Mitleid verdient, ohne mich wäre er noch ärmer dran gewesen.«

»Später, nach seinem Tod, hast du nicht …«

»Ein Witwer ist ständig um mich herumgeschlichen und hat mir angeboten, mich bei sich wohnen zu lassen, im Gegenzug würde ich für ihn sorgen, seine Wäsche waschen und für ihn kochen. Ich sagte ihm, wie armselig ich sein Angebot fand, dass er mir etwas anbietet, was ich schon habe, denn ich war ja nicht obdachlos. Er hätte wenigstens vorgeben können, dass ich ihm gefalle oder er in meiner Nähe sein wollte, ab und zu ein Kompliment reicht manchmal schon, aber er war nicht einmal zu dieser Verstellung fähig. Der zweite Verehrer war das komplette Gegenteil, er sah besser aus als der erste und war jünger, der geborene Schauspieler, furchtbar selbstverliebt, er konnte weinen, schwören, drohen, war aber nicht in der Lage, Verpflichtungen einzugehen, jemandem eine Stütze zu sein. Kurz, er war genauso egoistisch wie der Witwer, nur in anderer Form, geeignet als gelegentlicher Liebhaber, ab und zu wäre er zum Abendessen und zum Schlafen gekommen.«

»Leben deine Söhne noch bei dir?«

»Nein, nicht einmal halbwegs in der Nähe. Der ältere ist ans Meer gezogen, hat dort ein Mädchen kennengelernt und eine Stelle in einer Motorradfabrik gefunden. Der andere, der auch in Motorräder und Autos verliebt ist, ist letztes Jahr nach Deutschland gegangen, wo er in einer Autofabrik arbeitet. Der Ältere hat bereits eine Familie gegründet, der Jüngere sagt, dass er nach Hause zurückkehrt, wenn er genug gelernt und gespart hat, um hier die beste Autowerkstatt weit und breit zu eröffnen.«

Ein Lastwagen unterbrach ihr Gespräch, der vor dem Geschäft vorfuhr und dann langsam seitlich am Gebäude entlang nach hinten rangierte. Irena, so hieß die Frau, verabschiedete sich von Matija, schloss den Laden ab und ging nach hinten zum Lager. Als der Lastwagen eine halbe Stunde später laut vorfuhr und Irena den Laden wieder aufschloss, war sie überrascht, Matija immer noch auf der Bank sitzen zu sehen. Sie lächelte, als sie sich neben ihn setzte. »Du hast aber Sitzfleisch. Da du nun meine Lebensgeschichte kennst, willst du mir wohl auch deine erzählen?«

»Nein, mich interessiert etwas anderes, ich hatte es eingangs erwähnt«, sagte Matija lächelnd und suchte nach den passenden Worten. »Ich hatte damals das Gefühl, dass wir einander sympathisch waren. Ist irgendetwas dran an diesem Eindruck? Warum hast du dich an mich erinnert?«

»Ich weiß nicht, ob es nur mit einer Sache zu tun hatte. Es lag erstens zweifellos daran, dass du blind warst. Dann warst du fast der einzige Mann in einer Gruppe von Frauen, das war auch bemerkenswert.«

»Das ist noch auffälliger als der Geruch von Seife …«

Sie lachte: »Es stimmt, das spielt jetzt aber keine Rolle mehr. Du warst interessant, für einen Mann ungewöhnlich ruhig und aufmerksam, und ich fand dich ziemlich attraktiv, obwohl du viel älter warst. Zuneigung? Die schwang ein klein wenig mit, aber dass wir uns recht verstehen, nie hätte ich meinen Mann und meine Kinder verlassen, selbst wenn du es mir vorgeschlagen hättest. Die Sorge um sie war mir heilig, daran gab es nichts zu deuteln, die Pflicht kommt zuerst, erst danach ist Platz für Wünsche.«

»Schade, dass wir uns später nicht mehr begegnet sind.«

»Wir sind es ein paar Mal. Ich wusste, dass du bei deiner Nichte lebst, dass Karel dein Neffe ist. Ich habe dich auf Vladimirs Beerdigung gesehen. Ich kannte ihn nicht, aber seine und die Geschichte beider war so tragisch. Ich habe geweint.«

»Warum hast du mich nie angesprochen?«

»Was hätte ich denn sagen sollen? Hallo, Blinder, erinnerst du dich, dass wir manchmal in der Warteschlange vor einem Geschäft zusammen geschwiegen haben?«

»Es klingt wirklich blöd, aber ich bedauere sehr, dass du es nicht gesagt hast.«

In den folgenden Wochen war Matija in dem Geschäft am Stadtrand oft zu Besuch. Er wählte meist die Stunden vor Ladenschluss, dann begleitete er Irena zurück in die Stadt. Sie schob ihr Fahrrad, er half ihr dabei, indem er seine Hand auf den Sattel legte, sie unterhielten sich mit Schritten und Worten. Karel begegnete er nur gelegentlich. Wenn er im Laden war, meinte er scherzhaft, dass sein Beitrag als Kuppler unerwähnt bleiben soll, in solchen Beziehungen verkehrt sich dieses Verdienst schnell in sein Gegenteil.

Matija nahm Irena zu den Leseabenden mit, und sie genoss, die Geschichten langsam zu enträtseln. Wenn Rozina im Wochenrhythmus einen längeren Roman las, spekulierte Irena über die Handlung der nächsten Fortsetzungen und freute sich wie ein Kind, wenn sich ihre Vermutungen als richtig herausstellten. In einer Geschichte fühlte sie sich so stark von der Hauptfigur angezogen, dass sie sich ein Exemplar des Buches besorgte und es, wie sie Matija erst viel später gestand, mit einem heftigen Schuldgefühl las.

Sie überredete ihn, sie zu Frančiška zu bringen, obwohl er sich lange dagegen sträubte; er hielt es für keine gute Idee seine inzwischen sehr vergessliche und abwesende Schwester zu besuchen. Doch dann geschah fast ein Wunder: Frančiška hatte einen ihrer seltenen klaren Tage, und bis spät in die Nacht hinein erzählte sie der Besucherin sehr ausführlich von ihrem Leben. Irena erwähnte Matija gegenüber später wiederholt, wie sehr sie Frančiška mochte, ihr mutiges Eintreten für die Rechte der Frauen und vor allem für ihre eigenen. Sie sind völlig verschieden, Frančiška ist das komplette Gegenteil von ihr, sagte sie, sie selbst hat sich immer mit dem Schicksal abgefunden, die Dinge als unabänderlich hingenommen, als ein für alle Mal gegeben, sie sieht sich als Ehefrau und Mutter, die zu dienen und zu geben hat.

»Und weißt du, was das Schlimmste ist?«, fragte sie ihn nach einem dieser Gespräche. »Dass ich es wahrscheinlich genauso wieder tun würde, müsste ich mein bisheriges Leben noch einmal durchleben. Was für eine Hölle wäre dieser Zustand, dass man genau weiß, wohin es geht, was man verliert, und trotzdem zieht man keine Konsequenzen daraus.«

Die Abende verbrachten sie oft bei Valentina oder in seinem kleinen Zimmer. Eines Tages fasste er den Mut, sie zu fragen, ob sie mit ihm schläft. Sie nahm ihn bei der Hand, und es dauerte sehr, sehr lange, bis sie antwortete, dass sie diese Zeit verpasst haben. Ihr Körper hat sich verändert, sie ist alt geworden, sie will nicht, dass sie jemand nackt sieht, sie berührt. Es ist sehr schön mit ihm, fügte sie nach einer weiteren langen Pause hinzu, sie möchte nicht zerstören, was sie aneinander haben.

Matija kämpfte gegen den Drang an, sie dennoch zu überreden, er war ja blind und unerfahren, er wollte und konnte sie nicht mit anderen Frauen vergleichen, sie war die Schönste für ihn, er wollte ihren Körper berühren, weil er sie liebte, zugleich fürchtete er, dass sie sein Flehen missversteht. Vielleicht hat sie sein inneres Ringen bemerkt oder gespürt, denn von Neuem betonte sie, dass sie ihn liebt, aber nicht mit ihm schlafen möchte. Ihr gesamter Sex war schlecht, sie ist immer nur anderen Menschen zu Diensten gewesen, oft sogar gegen ihren Willen. Es geht ihr so gut wie nie zuvor, ihre Kinder sind wohlauf, sie ist gesund und gut versorgt, und sie hat einen wunderbaren Freund. Sie drückte ihn fest an ihre Brust, er soll sie verstehen, flüsterte sie ihm flehend ins Ohr, sie möchte einfach nichts verändern.

Sie waren seit gut drei Jahren befreundet, als sie ihm sagte, dass sie zu ihrem Sohn nach Deutschland ziehen wird. Der hatte sie schon seit einiger Zeit gebeten, zu ihm zu kommen. Er lebte in einer Junggesellenwohnung, wo er von seinen Mitbewohnern ständig zu Saufgelagen und in Bordelle eingeladen wurde. Es war schwer, sich dem Gruppenzwang zu widersetzen, und noch schlimmer trafen ihn die Nadelstiche, wenn es ihm einmal gelang, sich ihnen zu entziehen. Mit dem Werkmeister, der ihn sehr schätzte, vereinbarte er, dass die Fabrik ihm eine Mietwohnung anbietet, dazu müsste er jedoch eine Familie gründen. Da er keine Frau hat, kann es auch seine Mutter sein, riet er ihm, und er soll eine Art Erklärung formulieren, dass es ihr nicht gut geht oder sie ohne seine Hilfe nicht zurechtkommt.

Sie konnte ihm das nicht abschlagen, sagte sie zu Matija, sie wird zu ihm ziehen und so lange bleiben, wie er sie braucht. Vielleicht dauert es gar nicht lange, vielleicht findet er eine Frau, und sie wird überflüssig, vielleicht spart er schnell Geld, um seine Pläne bald in die Tat umzusetzen. Sie hat ihr ganzes Leben lang so gehandelt, sie kann sich nicht ändern. Nie zuvor ist sie so glücklich gewesen wie jetzt, deshalb fällt es ihr nicht leicht zu gehen.

Die Abreise verzögerte sich dann noch um zwei ganze Monate. Sie sagte ihm, dass sie erst losfahren kann, wenn Rozina den russischen Roman fertiggelesen hat, der von der Geschichte einer unglücklichen Liebe handelt. Matija war sich nicht sicher, ob das ganz aufrichtig gemeint war, aber Tatsache ist, dass sie sich nur einen Tag, nachdem sich die Heldin des Buches vor den Zug geworfen hatte, in den Zug nach Deutschland setzte.

LEOS SOHN

Auch nach Irenas Abreise besuchte Matija oft Karels Laden. Meist saß er einfach auf der Bank vor dem Geschäft und kehrte dann ins Dorf zurück. Die Verkäuferin, die auf Irena gefolgt war, fand er unfreundlich, der Lagerarbeiter war gemeinhin mit der Reparatur des kleinen Transporters beschäftigt oder mit ihm unterwegs, und Karel war völlig unberechenbar: Meist war er abwesend, manchmal redselig und lustig, ein andermal so betrunken, dass er ihn gar nicht erkannte.

Karels Einladungen in die Kneipe lehnte Matija konsequent ab, aber eines Nachmittags, als sie gemeinsam vom Laden ins Dorf gingen und sich dabei nett unterhielten, endete ihr Spaziergang doch am Tresen. Schon nach ein paar Gläsern belehrte Karel etwas stockend das kleine biertrinkende Publikum, und er ignorierte Matijas Bitte, mit ihm nach Hause zu kommen, wahrscheinlich hatte er sie gar nicht gehört. Es ist doch alles dasselbe, schwadronierte er, Monarchien, Demokratien, die Diktatur des Proletariats, überall wird der Dreck nach oben geschwemmt. Die Lösung wäre eine Art drakonische Anarchie: Wenn jemand auch nur daran denkt, sich über einen anderen zu erheben, sollte er zum Wohl der Nation sofort aus dem Spiel geworfen werden. Wie bei »Mensch ärgere dich nicht« schwang er den Arm und stieß eine Flasche um, sodass sich der Wein rot über das schmutzige Tischtuch ergoss.

Während Matija ihn mithilfe des Wirtes zum Ausgang zerrte, brummte Karel betrunken, dass jeder, den man auf einen Thron setzt, zu einer faulen Drohne wird. Die Arbeiterinnen dagegen sollen suchen und sammeln, weil nie genug da ist, mal sind die Straßen nicht breit und eben genug, mal gibt es nicht genug Wohnungen und Traktoren, das Spritzmittel ist nie stark genug, und der Dünger steigert das Wachstum nicht genug. Kein System kann so viel Scheiße produzieren, dass die Menschen sie nicht fressen, waren seine letzten Worte, entlassen ins Dunkel des Raums, bis sich die Wirtshaustür hinter ihnen schloss.

Karels häufige Saufgelage samt Beurteilung der politischen Lage interessierten die Behörden entweder nicht oder sie hatten andere Gründe, ihn nicht weiter zu behelligen. Er wurde zwar ein paar Mal zu einer Geldstrafe verurteilt, aber immer wegen seiner Streiche, die er anzettelte. Von einigen erzählte man sich in der Gegend noch lange. Eines Abends, als er aus einer Kneipe gejagt wurde, bat er an der Theke noch um ein dringendes Telefonat, er rief die Polizei an und teilte mit, dass eine heftige Schlägerei ausgebrochen ist und ein Mann tot vorm Wirtshaus liegt. Draußen wartete er auf die Polizei und sagte, dass er sie gerne auf ein Gläschen einladen würde, aber leider hatte die Kneipe inzwischen geschlossen.

Trotz verschiedener Verstöße und sehr wahrscheinlich auch Beschwerden über die Führung des Ladens war nicht einmal seine Position als Geschäftsführer gefährdet. Er ignorierte Briefe und Anweisungen, entgegen der Vorschrift verkaufte er auf Borg, und Schulden ließ er durch kreative Buchhaltung einfach verschwinden. Dies wäre wohl nicht aufgeflogen, hätte Karel am Ende der Inventur nicht sämtliche Schulden durch ein paar hundert Stücke angeblicher Unterwäsche kaschiert, die sich vom sonstigen Bestand an Sägen, Kesseln, Ketten, Gummistiefeln und Eimern auffällig abhoben. Ihm wurde eine Frist gesetzt, um seine Schulden einzutreiben, aber er tat es nie, und die Aufseher kamen nie, um zu schauen, ob er ihrer Anweisung nachgekommen war.

Wenn sich ein solcher Vorfall ereignete, wurde in der Bevölkerung jedes Mal spekuliert, ob Karel unantastbar war oder schlicht unbedeutend, ob man ihn fürchtete oder die Behörden nur blind und untätig waren. Einige waren überzeugt, dass er mit der Geheimpolizei kooperierte, ein Schnüffler, ein Spitzel war, andere dachten, dass er die Behörden mit wichtigen Informationen und Dokumenten in Schach hielt, die von Ereignissen während des Krieges bis hin zu fantastischen Geschichten darüber reichten, was wirklich mit seinem Bruder geschehen war.

Die Gerüchteküche brodelte erneut, als er eines Samstagabends betrunken zum Laden torkelte, den Pick-up nahm und durch die Gegend rumpelte, bis er auf der schmalen, zerfurchten Straße am Flussufer ins Rutschen kam. Er selbst zog sich bei dem Unfall nur ein paar Beulen und Kratzer zu, aber das Auto wurde völlig demoliert. In den nächsten Tagen lief er mit einem Kopfverband durchs Dorf, was zu Spekulationen und sogar Wetten führte, ob er wieder so billig davonkommt wie sonst.

Genau eine Woche nach dem Unfall bemerkte Karel abends, als er sich im Dorf herumtrieb, einen kleinen Transporter, der dem von ihm am Fluss zu Schrott gefahrenen sehr ähnlich war. Er betrat die Kneipe und verlangte lautstark nach dem Autoschlüssel, er muss sich vergewissern, dass der Transporter da draußen nicht der ist, den er seit einer ganzen Woche vermisst. Sein Blick schweifte durch den Raum und blieb an dem Fremden hängen, der allein mit einer Brotzeit und einem Liter Wein vor sich am Tisch saß. Der jüngere Mann stand auf, er war ein Hüne, mindestens einen Kopf größer als Karel und vermutlich doppelt so schwer. Ruhig fragte er Karel, ob er damit etwa andeuten will, dass er sein Auto geklaut hat.

»Überhaupt nicht. Als ich den Transporter vor dem Gasthaus sah, dachte ich, wie sehr uns doch so ein Fahrzeug von Nutzen gewesen war, als wir es noch hatten. Vielleicht verkaufst du es?«

Der Riese war etwas verwundert über Karels Antwort, dann verneinte er entschlossen: »Er mag nicht viel wert sein, aber für mich ist er unentbehrlich.«

»Unserer war genau so, er war nichts wert, und schon nach ein paar Tagen haben wir angefangen, ihn zu vermissen.«

»Sie haben dir also einen Transporter wie meinen gestohlen, und du glaubst, das Auto draußen könnte deins sein?«

Karel schüttelte den Kopf, setzte sich an den Tisch, ergriff ein Glas, das auf dem Tisch stand, trank es aus und begann, ihm die ganze Geschichte zu erklären. Der Fremde hörte aufmerksam zu, und als Karel fertig war, fragte er ihn, was er nun vorhat.

»Nichts, was kann ich schon machen. Eigentlich ist mir ziemlich egal, ob wir diesen Transporter haben oder nicht. Ich habe sowieso keinen Führerschein, und das bisschen Lust am Autofahren habe ich für den Moment ausgelebt. Natürlich könnte der Laden einen tadellos laufenden Wagen gebrauchen, aber unserer hat die meiste Zeit nutzlos auf dem Hof gestanden. Wir werden es also nicht sehr vermissen, und die Bauern auch nicht, denn die haben alle Pferde und Wagen, und jeder transportiert selbst, was etwas größer und schwerer ist. Und der Lagerist kann sich wieder seiner Arbeit widmen, zuvor hat er seine ganze Zeit damit verbracht, den Spritfresser zu zerlegen und wieder zusammenzubauen.«

Karel schenkte sich ein weiteres Glas ein und nahm einen kurzen Schluck. »Nichts währt ewig«, sinnierte er, »Menschen sterben, politische Systeme und Wirtschaftssysteme ändern sich, Wein wird getrunken und Flaschen werden zerbrochen. Offenbar gelangen auch Autos an einen Punkt, an dem ihre Räder keinen Straßenstaub mehr aufwirbeln.«

»Gut gesagt, nichts währt ewig. Du hast dir ein Glas Wein verdient.«

Karel lächelte, als sie anstießen. »Und du, was machst du? Warum ist ein Transporter für dich unentbehrlich?«

»Ich fahre umher und trete in Hinterhöfen als Schausteller auf, um meine Stärke zu zeigen. Ich trage Felsbrocken, verbiege Eisen, zerbreche dicke Bretter, reiße Nägel mit den Zähnen aus, auf mir werden mit schweren Hämmern Betonblöcke zerschlagen und so. Ein umherziehender Kraftmensch bin ich. Und all diese Steine und Eisen müssen von einem Ort zum anderen transportiert werden.«

»Vor dem Krieg gab es in unserer Stadt ein solches Spektakel, wo der stärkste Mann der Welt aufgetreten ist. So stand es auf den Plakaten, oder so wurde darüber geredet. Ich erinnere mich gut an die Vorstellung, der Mann war wirklich groß, ein echter Riese, sodass seine Assistentin wie ein kleines Kind wirkte. Sie nannte ihn Leo, ich glaube, das war sein Spitzname, sein Künstlername.«

»Leo. Nein, das war sein richtiger Name«, sagte der Fremde lächelnd.

Karel war von dieser Antwort überrascht, fand aber schnell selbst eine Erklärung: »Klar, ihr großen Menschen kennt euch natürlich untereinander, ihr seid ja nicht viele, die sich mit so was beschäftigen. Auch wenn dieser Leo inzwischen ziemlich abgebaut haben muss, seit dieser Vorstellung sind etwa dreißig Jahre vergangen, und schon damals war er kein junger Mann mehr. Vielleicht lebt er gar nicht mehr, wahrscheinlich ruiniert man seinen Körper bei dieser Art von Anstrengung schneller …«

»Mein Vater ist noch am Leben«, unterbrach der Fremde Karels Mutmaßung.

»Dein Vater?«

»Mein Vater. Damals, kurz vor dem Krieg, war er auf dem Höhepunkt seiner Kraft und trat in ganz Mitteleuropa auf, in großen und kleinen Städten, er wurde überallhin eingeladen. So wurde es mir gesagt, ich war damals noch nicht einmal geboren«, sagte er und lachte. »Er hatte Plakate in verschiedenen Sprachen, auf denen stand, dass er stark wie ein Löwe ist, der stärkste Mann der Welt, der König der Kraftmenschen.«

»Ich erinnere mich, dass damals darüber gesprochen wurde, wie er seine Löwenkraft einsetzen wird, um die schwere Krise zu besiegen, um sie endgültig zu vertreiben. Bald darauf änderten sich die Dinge tatsächlich, und einige Leute glaubten, dass er mit seiner Kraft auch die Gesellschaft verändern konnte.«

Der Fremde lächelte: »Ich habe schon von solchen Übertreibungen gehört. Aber er selbst hat bald erfahren, dass es nicht mehr die physische Kraft ist, die Veränderungen bewirkt. Während des Krieges ist sein Stern schnell verblasst, seine Auftritte wurden selten, und er konnte nicht einmal die kleine Frau behalten, die ihn begleitete, um die Nummern anzusagen und die Gaben einzusammeln. Als es keine Auftritte und kein Geld mehr gab, ist sie gegangen. Alle Macht liegt im Geld.«

»Du sagtest, dass er noch lebt.«

»Ab und zu begleitet er mich und hilft mir bei kleinen Sachen, aber das ist sehr selten, die meiste Zeit ist er zu Hause. Er hat einen kleinen Bauernhof mit Schafen und Ziegen. Er ist immer noch ein starker Mann, aber er ist nicht damit klargekommen, dass sein Beruf so an Ansehen verlor. Er hat nie ganz verstanden, was da passiert ist, warum er so tief in die Bedeutungslosigkeit gestürzt ist. Er war ein großer Star, die Zeitungen schrieben über ihn, viele Männer wünschten sich seine Figur und seine Kraft, viele Frauen begehrten ihn.«

»Du sagst, dass die goldenen Zeiten durch den Krieg ausgelöscht wurden.«

»Der Krieg hat ihn zerstört, mit ihm begann sein Niedergang. Er wurde nicht mehr zu Tourneen eingeladen. Wer will schon dabei zusehen, wie der stärkste Mann mit Felsbrocken jongliert, wenn um ihn herum Männer in Panzern, hinter Kanonen und mit Maschinengewehren endlose Runden mit viel schrecklicheren Kugeln spielen. Seine berühmteste Nummer, die er nur bei den größten Vorstellungen zeigte, bestand darin, sich ein Röhrchen mit Sprengstoff zwischen die Zähne zu klemmen und diese Zigarre anzuzünden. Er bedeckte sich die Augen, es gab eine laute Explosion, Feuer und Rauch schossen aus seinem Mund. Die meisten hätte das wahrscheinlich getötet, er schüttelte nur ein wenig den Kopf. Aber in Kriegszeiten war selbst das eine Kinderei, überall flogen Brücken in die Luft, Explosionen brachten mächtige Gebäude zu Fall, Eisenbahnschienen verbogen sich wie Grashalme. Er hat sich nie damit abgefunden, dass die ungeheure Anziehungskraft seiner rohen, animalischen Kraft über Nacht verloren ging, hat nie begriffen, wie das geschehen konnte. Nach dem Krieg gab es kurz Hoffnung, die goldenen Tage könnten zurückkehren, aber sie verblasste schnell wieder. Alles war zerstört, es gab keinen Platz, um Steine zu zerbrechen, Bretter zu zerschlagen und Eisen zu verbiegen, die Zeichen der Zeit standen dem völlig entgegen, man musste kitten und geraderichten.«

Karel bestellte einen neuen Liter Wein, schenkte beiden ein und sagte wie zu sich selbst, dass Macht in der Tat furchtbar verführerisch und gefährlich ist. »Jahre unmenschlicher Bürde können wohl sogar einen solchen Kraftprotz körperlich zermürben.«

Der Fremde zuckte mit den Schultern. »Seine Stärke und Zähigkeit wurde verschieden erklärt. Es hieß, dass er doppelte, ineinander verflochtene Knochen hat, und es hieß auch, dass sich in seinen Muskeln neben den üblichen Fasern auch Stahlfasern befinden. Natürlich gibt es keine medizinischen Gutachten dazu und auch keine Röntgenaufnahmen, die so etwas Ungewöhnliches bestätigen könnten. Die Leute denken sich viel aus, um das Unerklärbare zu erklären. Auch wusste er die Dinge über sich selbst übertrieben aufzublasen.«

»Wie geht es euch starken Burschen heute?«, fragte Karel nach einer Weile.

Der Fremde holte mit der Hand aus. »Zur Zeit meines Vaters haben solche Darbietungen Männer, Frauen, Alte, Junge angezogen, sie brachten gutes Geld in die Kasse. Heute interessieren unsere Auftritte nur noch Kinder, die ein paar Bonbons und Kleinmünzen in den Bettelhut werfen. Mein einziges Kapital ist dieser Pick-up, der zweimal am Tag kaputt geht, und ich repariere ihn immer wieder. Ich mache alles selbst, kann alles reparieren, ich finde auch in der Not immer eine Lösung, um mich bis zur nächsten Station zu schleppen. Wahrscheinlich würde ich besser leben, wenn ich aus den Steinen und dem Eisen, die ich herumschleppe, eine Autowerkstatt baue.«

Am nächsten Tag fuhren sie nach der Nachmittagsvorstellung zum Laden. Karel hatte dem Kraftprotz versprochen, dass er seinen Schrottwagen für Ersatzteile ausschlachten konnte, doch ihr Plan scheiterte, das Wrack des Transporters war noch nicht angeliefert.

Sie bedienten sich ein paar Mal aus der Schnapsflasche und bedauerten, Abschied nehmen zu müssen. Er soll sich melden, wenn ihn der Weg wieder einmal hier vorbeiführt, sagte Karel zu dem Fremden, sein Angebot steht.

»Ich bin sicher, dass ich vieles gebrauchen kann, in jedem Wrack gibt es nützliche Teile für meinen Laster«, sagte der Fremde. »Er geht ständig kaputt, er ist zu langsam, wie auch ich selbst nicht mehr hinterherkomme. Ich bin noch jung, trotzdem werde ich immer weiter abgehängt, ich kann nicht mit dem Strom schwimmen, und die goldenen Zeiten meines Vaters liegen für mich auch in weiter Ferne, eine absurde Situation.«

»Wir alle geraten irgendwann ins Hintertreffen, es ist schwer, mit der Zeit Schritt zu halten. Fragt sich, wer eher frustriert ist, die, die der Zeit hinterherhecheln und sich in diesem Rennen früher oder später selbst verlieren, oder wir, die wir uns weniger anstrengen, weil wir das Gefühl haben, sowieso woanders hinzugehören, und uns vorstellen, wie modern wir zu einer anderen Zeit wären?« Karel winkte ab, bedeutungsloses Zeug, was er da plappert, und hielt dem Fremden die Flasche hin: »Noch einen Schluck?«

Sie nahmen sich in den Arm, und Karel winkte, als der Transporter hupte und in einer Wolke aus stinkendem Gas davonrumpelte. Das Auto war längst außer Sichtweite, als er langsam zurück in den Laden ging. Er nahm noch einen Schluck und sagte sich, dass er selbst Künstler werden sollte. Um dicke Ketten zu zerreißen fehlte ihm zwar die Kraft von Leos Sohn, er hatte ganz vergessen, ihn nach seinem Namen zu fragen, aber man kann ja mit allem Möglichen auftreten. Vladimir hält politische Reden, er rüttelt auf und macht Mut, Matija spielt Harmonika, Frančiška führt die Frauenbewegung an. Er könnte Schauspieler sein, er mag es aufzutreten, und er kann reden.

Er trat zum Ladentisch, ließ seinen Blick über die ziemlich leeren Regale schweifen und stützte seine Finger in Rednerpose auf den Tisch, doch statt Worten waren erst einmal nur unregelmäßige

Schritte zu hören. Karel ging zur Tür, wo ein übergroßer Regenmantel an einem Nagel hing, nützlich für den seltenen Fall, dass jemand bei strömendem Regen mit vollen Händen nach draußen musste. Er zog ihn an und ging zurück zum Ladentisch. »Liebe Besucher, vor Ihnen steht eine großartige Darbietung, welche die Anatomie der menschlichen Kraft enthüllen wird, und der große Karel K. Zwei K!«

Er nahm einen weiteren Schluck und trat, um Gleichgewicht bemüht, einen Schritt zurück. »Ich frage euch, erringen wir durch tiefe Bücklinge, begeistertes Grüßen, feierliche Schwüre, Gehorsam und Ergebenheit wirklich einen Anteil an der Macht dessen, dem diese demütige Unterwerfung gilt? Egal wie heftig ihr nickt, irrt ihr euch, es sind nur wertlose Bekundungen der eigenen Machtlosigkeit.«

Er breitete die Hände aus, wie um imaginäre Einwände zum Schweigen zu bringen. »Die Kraft liegt im Menschen, deshalb ist es notwendig, unsere Struktur, die Konstitution eines jeden von uns zu untersuchen, die Tugenden und die Laster in ihm zu finden. Mein Name ist Zwei K und ich frage euch, was wisst ihr über doppelte Knochen und was über doppelte Lebern? Welches Phänomen ist seltener, wann tritt es auf und vor allem, wie sieht es aus?«

Erneut hob er die Flasche, stellte sie ab und lehnte sich an den Ladentisch. »Nein, das machen wir später. Beginnen wir mit den Grundlagen: Was ist schwerer, was wiegt mehr, das Gehirn oder der Magen? Wie viel trägt die Verpackung zum Gesamtgewicht bei und wie viel der Inhalt, um es wie ein Kaufmann auszudrücken, was einer meiner früheren Berufe war.«

Er zog aus einer Schublade unter dem Ladentisch sein Parteibuch hervor und tastete sich zur Waage am Ende des Tisches. »Dieses Heft ist ungültig, ich habe vergessen, es zurückzugeben, aber es wird trotzdem gut sein.« Er legte es auf den einen Teller der Waage, der sich ein klein wenig senkte, fuhr dann mit der Mehlschaufel in den Sack, schöpfte Mehl und schüttete es auf den anderen Teller, der sich abrupt senkte und auf die Tischplatte schlug.

Karel richtete sich auf und sah sich im Raum um. »Wir haben gesehen, aber wir wollen nicht Scheuklappen tragen wie die Pferde. Hier müsste irgendwo ein Rosenkranz sein.« Unter dem Ladentisch öffnete er Türen und Schubladen, bis er eine Halskette mit Holzkugeln und einem kleinen Kreuz fand. »Der frühere Geschäftsführer hat seinen Glauben versteckt wie die Schlange ihre Beine, doch das nimmt diesem Sakrament nichts von seiner Bedeutung.«

Er nahm das Büchlein aus der erhobenen Waagschale und legte den Rosenkranz hinein. Die Waage bewegte sich nicht. Er legte das Büchlein dazu, auch jetzt zuckte die Waage nicht, die Waagschale ragte nach wie vor in die Luft, die andere Seite war durch das Gewicht des Mehls wie festgenagelt. »Worte und Symbole haben kein wirkliches Gewicht, Die Versprechen von Partei und Kirche sind leer, schon eine Handvoll Mehl genügt, um die Waage auf die andere Seite zu kippen.«

Karel nahm die Flasche, ließ sich auf den offenen Mehlsack fallen, sodass es weiß aufstäubte, und nahm einen langen Schluck. Er wird üben müssen, sagte er sich, viel üben, das war schlecht. Er musste Leos Sohn finden, damit sie ihre Kräfte zusammentun. Einzeln können sie nicht überzeugen, er zieht keine Bewunderer mehr an, er selbst dagegen müsste sich sein eigenes Programm ausdenken, sagte er nickend. Gemeinsam wären sie stark, Leo hatte doppelte Knochen, vielleicht hat sein Sohn sie geerbt, sicher hat er eine doppelte Leber, gemeinsam würden sie es schaffen. Wieder hob er die Flasche, ein paar letzte Tropfen glitten am schmutzigen Glas herunter. Er warf sie gegen das Regal, sie prallte zu Boden, zerbrach aber nicht. Auch gut, er ist nicht abergläubisch, dachte er und drückte sich noch tiefer in den Sack.

Die Verkäuferin fand ihn am nächsten Tag. Sie konnte ihn nicht wecken, also versuchte sie, ihn auf die andere Seite zu ziehen, zum Regal mit den Werkzeugen. Erst auf halber Strecke, als sie sich ausruhen musste, wurde ihr klar, dass Karel tot war.

ABGÄNGE

Nach und nach gingen die Leute, vereinzelt trat noch jemand auf Matija und Valentina zu, um ihnen sein Beileid auszusprechen. Valentina hakte sich bei ihrem Onkel ein: »Wollen wir gehen, oder möchtest du noch am Grab bleiben?«

»Lass uns gehen, hier ist kein Platz für etwas Trost, man bekommt schnell düstere Vorahnungen«, sagte Matija und drückte ihre Hand. »Ich habe daran gedacht, wie wenige von uns noch übrig sind, wie es zu Ende geht mit unserem Stamm. Erst Vladimir, jetzt auch Karel, deine Mutter siecht dahin und kennt sich selbst längst nicht mehr, es gibt nur noch dich, Zmaga und …«

»Ich sage dir etwas, auch wenn ich Zmaga versprochen habe, zu schweigen wie ein Grab. Aber vorher musst du mir versprechen, dass du es niemandem weitererzählst.«

»Bekommt Zmaga ein Kind?« Seine Finger umklammerten fest ihren Arm.

»Darin warst du schon immer gut, Intuition, Eingebung.« Sie erwiderte seinen Druck. »Es tröstet, wenn zu Schwierigem etwas Beruhigendes kommt.«

»Manchmal kann es auch störend sein«, antwortete er nach einer Weile und merkte im selben Moment, dass das sehr ungeschickt formuliert war und Valentina ihn sicher falsch verstanden hat. »Nein, nein, ich meinte nicht Zmaga, mein Kopf ist ganz durcheinander, die Bemerkung hat sich auf die Trauerrede vom Leiter der Handelsgesellschaft bezogen. Ich nehme an, er wollte nett sein und hat deshalb gelogen, was für ein hervorragender Geschäftsführer Karel war, der ganz in seiner Arbeit und der Firma aufgegangen ist; und er hat die Heldentaten des jungen Mannes gerühmt, ohne ein Wort über die vielen Konflikte oder seinen Alkoholismus zu verlieren.«

»Jedem, der Karel gekannt hat, musste es schwerfallen, ihn in dieser Rede wiederzuerkennen. Eigentlich war es unmöglich.«

»Genau das meinte ich, dass es störend sein kann, wenn man versucht, das Bittere mit Lügen, Nachsicht, Phrasen, blumiger Sprache zu versüßen. Die lobhudelnden Worte zum Abschied hätten auf jeden zutreffen können, es war einfach keine Rede zum Gedenken an Karel. Wenn du nicht in der Lage bist oder dich nicht traust, etwas Persönliches, Unverwechselbares, Ausdrucksstarkes zu sagen, etwas, was den Menschen klar kenntlich macht, dann bist du wohl kein richtiger Redner, und deine Worte sind dann überflüssig. Es sei denn, es geht nur um das Ritual, weil es sich nun mal gehört, den Verstorbenen zu rühmen und an seinem Grab schöne Lieder zu singen. Aber dann könnte man noch einen Schritt weiter gehen und eine Rozina finden, die zum letzten Geleit kraftvoll ein passendes Stück aus der Literatur vorliest.«

Matija dachte, er hätte schon wieder schlecht erklärt, was in seinem Kopf vor sich geht, denn Valentina sagte nichts. »Du hast mich wohl missverstanden, weil ich mich so ungeschickt ausdrücke. Ich meinte nicht, dass der Redner darauf hätte hinweisen sollen, dass Karel Alkoholiker war, aber er hätte darüber nachdenken können, warum er so enttäuscht war, welche Erwartungen und Wünsche sich ihm nicht erfüllt haben. Ich weiß es nicht, gut möglich, dass es dann sogar noch schlimmer gewesen wäre. Wie in dir wirklich aussieht, ist unergründlich. Es ist nicht schwer, jemanden Kategorien wie Mann, Rebell, Trinker, Ingenieur, Redner, Junggeselle zuzuordnen, wir können aber nie wissen, was für ein Mensch sich hinter diesen Etiketten verbirgt, wie sehr diese Eigenschaften ihn wirklich prägen. Vielleicht verbirgt sich hinter dem äußeren Erscheinungsbild nur ein neues Bild, vielleicht muss man sich durch sehr viele

Schichten zu deinem eigentlichen Kern durchwühlen. Mag sein, dass dies ganz unausführbar ist und der Versuch völlig sinnlos. Uns umgeben zahllose Hüllen, wir sind aus ihnen gebildet, unser Wesen besteht aus einer Vielzahl von Erscheinungsformen, vielleicht gibt es sogar überhaupt nichts anderes.« Sie setzten ihren Weg eine Weile schweigend fort.

»Du hast recht, Valentina, die größte Ehrerbietung einem Toten gegenüber ist, sich im Unwissen vor ihm zu verneigen und zu schweigen. Mein Geplapper war völlig unnötig.«

»Ich habe geschwiegen, weil ich nichts hinzuzufügen hatte«, sagte sie lächelnd, »ich habe mich selbst noch nicht mit derlei Gedanken befasst. Aber es ist interessant, dass ich mich fast jedes Mal, wenn ich Mama besuche, genau das frage, was du gesagt hast. Was verbirgt sich hinter der immer gleichen Maske eines Gesichts, hinter ihrem Schweigen? Gibt es Ruhe in ihrem Kopf, eine dumpfe Leere? Ich habe mir dieses Bild der Leere sehr genau ausgemalt, ich stelle sie mir als einen staubigen, verlassenen Raum vor, durchzogen von Spinnweben, in dem nichts passiert, sogar die Luft stillsteht. Dann gibt es andere, ganz andere Bilder, wenn unter dem Schädeldach wilde Kämpfe ausgefochten werden, heulende Winde tosen, wenn dunkle Schatten und Schreie der Qual so heftig und brutal wüten, dass ihnen kein Blick mehr folgen kann. Ich denke immer, diese Szenen müssen echt sein, denn sie sind so schrecklich, dass Mama wegen ihnen die Worte vergessen konnte und dieser Ausdruck des Entsetzens für immer aus ihren Augen spricht.«

Matija umarmte Valentina. »Natürlich gibt es Frieden in ihr, ein taubes Dunkel. Vor Jahren, kurz nach der Aufgabe ihrer Lehrtätigkeit, hat sie mir erzählt, dass sie spürt, wie ihr Gedächtnis nachlässt, wie ihr die Fähigkeit entgleitet, Dinge zu durchdenken. Dass sie in die Dunkelheit der totalen Auflösung, Leere, des Nichts abgleitet.«

»So hat sie es angekündigt. Ich hoffe auch, dass sie in einer friedlichen Dunkelheit verweilt, aber das ist reine Vermutung, man kann sich da nicht sicher sein«, widersprach Valentina.

»Ich glaube, sie hat es selbst genau beobachtet, in ihren lichten

Momenten konnte sie gut schildern, was mit ihr geschieht. Einmal, als die Krankheit noch ganz im Anfangsstadium war, hat sie geklagt, dass sie völlig hilflos ist, mit niemandem zurechtkommt, obwohl alles schwindet, was sie einmal wusste und konnte, sie kann sich nicht dagegen wehren. Ihre Welt zerfällt wie ein spröde gewordenes Tuch, genau das ist der Vergleich, den sie benutzt hat, abgerissene Fetzen liegen sinnlos verstreut herum, es ist unmöglich, sie wieder zu einem sinnvollen Ganzen zusammenzunähen. Es gibt immer mehr dunkle Phasen, in denen sie nicht die richtigen Worte findet, sie kann keine Sätze bilden und nicht verstehen, was sie liest. Sie lässt sich weder beschwichtigen noch trösten, sie weiß am besten, dass sich ihre Fähigkeiten im freien Fall befinden, dass sie in erschreckendem Tempo an Höhe verlieren und es nur noch eine Frage der Zeit ist, bis sie in allernächster Zukunft auf dem Boden aufschlagen und endgültig zerbrechen.«

»Wenn ihr so klar bewusst war, was mit ihr geschieht und wohin die Krankheit sie führt, dann war es umso schlimmer. Dann fällt es mir noch schwerer zu verstehen, warum sie mir, ihrer einzigen Tochter, nie davon erzählt hat. Warum hat sie sich dir anvertraut, warum nicht mir?«

»Ich nehme an, ihr Mütter versucht alle, euren Kindern Sorgen zu ersparen. Oder vielleicht wollte sie sich selbst deine Klagen ersparen, deine Verhöre und dein beharrliches Drängen, diesen oder jenen Arzt aufzusuchen. All dies hättest du sicher getan«, sagte er lächelnd. »Sie hat auch Rozina nichts davon gesagt, aus dem gleichen Grund, sie sagte, dass sie dann ihren Versuchen ausgesetzt wäre, das Unaufhaltsame aufzuhalten.«

»Ich war doch kein Kind mehr, als ihre Probleme begannen. Ich weiß nicht, wozu diese ganze Heimlichtuerei, wenn man die Auswirkungen der Krankheit ohnehin nicht verbergen kann.«

»Ich glaube, sie war erschöpft von den Kämpfen, die sie mit sich selbst geführt hat, dass sie keinen Begriff von ihrem Zustand und der Entwicklung ihrer Krankheit hatte, sodass jede weitere Diskussion überflüssig war. Sie hat ja auch mit mir nicht viel darüber gesprochen. Ich kann mich nur an ein anderes Gespräch erinnern, in dem sie mir erzählte, wie viel Mühe und Arbeit sie auf sich genommen hat, um zu den Menschen zu gehören, die gehört und gelesen werden, obwohl sie Wunschbilder über die Rechte der Frauen schreibt. Sie sagte, dass für Dritte unvorstellbar ist, welche Opfer sie gebracht hat, wie sehr sie leiden musste, um als geistiger Mensch von der Gesellschaft ernst genommen zu werden. Wie viel einfacher wäre es gewesen, sich zu ergeben, mit dem Strom zu schwimmen, sagte sie, aber sie ist hartnäckig geblieben, hat ihr Leben ganz dem Kampf für die Rechte der Frauen gewidmet, obwohl niemand garantierte, dass der erhoffte soziale Wandel auch eintritt. Ihre Erfolge waren beschränkt, man erreicht nie alle seine Ziele, aber dann gab es tektonische Verschiebungen. Als die Zeit des Triumphs gekommen war, als sie mit Genugtuung auf die aktuelle Situation hätte blicken können, wurde alles innerhalb kürzester Zeit zunichte gemacht. Ihr Körper ist ins Nichts gesunken, ihr Gehirn hat sich abgeschaltet, übrig blieb nur eine leere Hülle.« Matija schluckte. »Es ist furchtbar hart und schmerzhaft, den eigenen Verfall mitzuerleben, sagte sie, es ist, als ob der Körper sich dafür rächen will, dass er überanstrengt wurde, dass man schlecht mit ihm umgegangen ist. Aber bald wird es leichter, fuhr sie fort, dann gleitet sie über den Rand des letzten Erkennens ihrer selbst, wird zu einer Pflanze, der Ausblick von der Fensterbank wird sie nicht mehr stören. Das waren ihre letzten Worte, als wir das letzte Mal darüber sprachen.«

»Lass uns zu ihr gehen«, sagte Valentina mit bewegter Stimme.

»Ist es Rozina wohl recht, wenn wir beide kommen? Sie sagt immer, dass Frančiška unruhig wird, wenn viele Leute um sie herum sind.«

»Rozina weiß mindestens so gut wie wir, dass nichts Äußeres zu Mamas Bewusstsein vordringen kann. Ich glaube, ihr ist es lieber, dass wir sie getrennt besuchen, weil sie dann weniger Zeit mit ihr allein verbringen muss.«

»Hat sie dir das gesagt?«

»Nein, aber ich sehe sie doch. Glaub mir, sie ist erleichtert, wenn ich sie besuche, ich denke, sie fürchtet sich davor, mit ihr allein zu sein. Sie kann nirgendwohin fliehen, erlebt die Situation als das, was sie ist, nämlich unerbittlich und grausam.«

»Ich weiß nicht, ich bin sicher, sie liebt sie sehr …«

Valentina hinderte Matija daran, seinen Gedanken auszuführen: »Natürlich liebt sie sie über alles, aber genau das macht ihr Zusammenleben so schrecklich. Rozina hat aufgehört zu unterrichten, dann hat sie die Leseabende aufgegeben, und seit Langem wagt sie Mama nicht mehr auch nur einen Moment allein zu lassen. Ich weiß nicht, ob sie dir jemals davon erzählt hat. Sie hat aufgehört wegzugehen, denn als sie eines Tages heimkam, fand sie sie völlig mit Exkrementen beschmiert vor. Seitdem geht sie nur noch in den Laden, wenn ich da bin. Rozina schläft seit Monaten nicht mehr, sie bleibt am Bett, und wenn sie kurz einnickt, wacht sie erschrocken auf. Es fing damit an, dass Mama eines Nachts die ganze Bettwäsche in briefmarkengroße Fetzen zerriss. Sie hatte ein Bett besorgt, bei dem man den darin liegenden Menschen mit Bändern an den Armen festbinden kann, aber das hatte sie noch nie gemacht, zu gut wusste sie, dass Mama sie vorwurfsvoll ansah, seit sie dieses Bett gekauft hatte. Dir bleibt das erspart, aber Mamas Gesichtsausdruck ist furchtbar, er ist seit mindestens einem Jahr derselbe: Regungslos starrt sie dich an, früher oder später wendest du deinen Blick ab, weil du das nicht länger erträgst.«

»Nein, das wusste ich nicht. Rozina und ich reden über alltägliche Dinge, und manchmal erzählt sie mir Geschichten über ihre schöne gemeinsame Zeit. Sie hat mir gegenüber nie offen erwähnt, wie sehr sie sich geliebt haben, aber alle ihre Geschichten handeln davon.«

Valentina lächelte: »Ich bekomme verschiedene Geschichten zu hören, aber niemals welche aus der Vergangenheit, mir erzählt sie immer von ihren aktuellen Sorgen, ihren Ängsten.«

»Bei mir findet sie keine Hilfe, aber du bist ihre Stütze. Wenn ich bei ihnen bin, diene ich als eine Art Radiogerät, die meiste Zeit spiele ich auf der Konzertina. Seitdem besuche ich sie gerne, vorher hatte ich sehr großen Widerwillen. Das begann, als sich Frančiškas Zustand rapide verschlechterte, als sie anfing, unverständlich zu sprechen, Wörter zu erfinden, Sätze zu bilden, denen kein Sinn mehr abzulesen war. Ich kann gar nicht sagen, wie schlimm das für mich war, ich konnte mit niemandem darüber sprechen. Von klein auf hatten Frančiška und ich eine besondere Beziehung zueinander, und mir scheint, dass all die folgenden Zeiten der Abwesenheit uns nie wirklich voneinander getrennt haben.«

»Warum hast du begonnen, ihr vorzuspielen?«

»Rozina hat mich gebeten, von allein wäre ich nie darauf gekommen. Eine Freundin von ihr hatte ihr gesagt, dass Musik bei Vergesslichkeit einen Erinnerungspfad öffnen kann. Eines Abends, kurz nachdem ich zu spielen begonnen hatte, war Rozina ganz aus dem Häuschen, sie sagte, dass sich Frančiškas zorniger Blick verändert hat, er ist weicher geworden, als wären ihre Gedanken in andere Zeiten gewandert. Aus ihrem Gesicht ist diese quälende Unzugänglichkeit gewichen, die Musik hat sie mitgenommen, ihr den starren Blick genommen, sie aufgemuntert, vielleicht wird sie durch sie noch geheilt. Ich glaubte ihr, was hätte ich sonst tun sollen. Seitdem, du weißt es ja, spiele ich fast jeden Tag für sie.«

»Ich erinnere mich, wie begeistert Rozina mir davon erzählt hat, sie war völlig davon überzeugt, dass Mama sich an etwas erinnerte, dass sie hörte, was du ihr mit der Musik sagtest, dass sie dich verstand. Glaubst du, dass Musik das wirklich möglich macht?«

Matija seufzte tief. »Ich weiß es nicht. Frančiška und ich haben ein paar Mal darüber gesprochen, wie sich Klänge in mir ansammeln und ich sie mit Ereignissen und Gefühlen verbinde, so wie sich bei dir und allen, die ihr sehen könnt, visuelle Bilder ansammeln und im Geist Verbindungen miteinander eingehen. Du webst diese Bilder zu Geschichten, ich webe meine Erzählungen aus Gehörtem. Natürlich sind meine Geschichten nicht so klar, eindimensional oder zumindest leicht zu verstehen, denn wir unterscheiden uns in unseren Wahrnehmungen und der Sprache, in der wir sprechen. Früher habe ich für Frančiška Musik in Worte übersetzt, jedenfalls habe ich es versucht. Ich weiß nicht, wie erfolgreich ich dabei war, aber sie wusste sicher mehr als jeder andere Mensch über die Impulse, die mich zum Komponieren von Liedern führen. Ich wollte so sehr, dass meine Lieder ihr gefallen, dass sie sich in ihnen wiederfindet, wenn sie von ihr handelten.«

»Du bist ein Liebling der Frauen«, sagte Valentina und lächelte. »Mama hat dich sehr geliebt, und auch Rozina macht aus ihrer großen Zuneigung keinen Hehl. Manchmal wünsche ich mir nur halb so viel davon für mich selbst, schließlich bin ich die einzige Tochter ihrer langjährigen intimen Freundin.«

»Rozina ist ein bisschen burschikos, aber auch wenn sie nichts sagt …«

»Manchmal habe ich deutlich das Gefühl, dass sie denkt, ich bin zu wenig unglücklich über Mamas Krankheit, zu wenig ergeben, eine nicht genügend fürsorgliche Tochter. Rozinas Leben ist durch Mamas Krankheit zum Stillstand gekommen, ich aber will weiterleben. Zum Wohle von Zmaga und des Babys, das sie bald bekommen wird, wegen der Kinder, die jeden Tag in meine Klasse kommen. An ihnen liegt es, dass ich nicht deprimiert genug wirke, denn sie haben mir beigebracht, wie man still und lautlos weint, wenn einem die Tränen innerlich über die Wangen hinablaufen.«

»Ich weiß, wie sehr du dich um sie bemühst …«

»Ich kann nicht hinnehmen, wie elend das Leben der meisten ist und wie aussichtslos ihre Zukunft. Ich versuche, dass sie zumindest in der Schule all das vergessen, dass sie sich wenigstens dort nicht wie geschlagene, verspottete, missbrauchte, benachteiligte und minderwertige Menschen fühlen. Ich bemühe mich sehr, aber oft vergeblich, denn neben jedem steht ein kleiner Rotzlöffel, der seine Überlegenheit beweisen will, und die dummen Erwachsenen wollen ständig von mir gesagt bekommen, dass für sie alles gut ist.«

»Du regst dich zu viel auf«, beruhigte Matija Valentina, »wir sind da. Unser Gespräch mag ohne jede Ordnung umhergeirrt sein, aber unsere Füße waren zielstrebig und haben uns genau vor die Haustür gebracht.«

Rozina freute sich, sie zu sehen, und kochte Kaffee für sie. Sie saßen an einem kleinen Tisch und unterhielten sich leise, sie fragte sie nach der Beerdigung, sagte über Frančiška, dass sie schon den ganzen Tag ungewöhnlich ruhig ist, sie hat die meiste Zeit geschlafen. Vielleicht war diese Ruhe der Grund dafür, dass sie ihnen einige Geschichten erzählte, die mit dem zeitlichen Abstand liebenswert amüsant erschienen. Zum Beispiel, wie Frančiška in einem Moment der Verwirrung eine Blume vom Boden aufzuheben versuchte, die ein Muster im Teppich war, und wie sie später gemeinsam über diesen Vorfall lachten.

In dieser Nacht starb Frančiška. Ein paar Tage später sprach Rozina an ihrem Grab. Es war eine außerordentlich lange und emotionale Rede, wie einer ihrer Leseabende. Ohne Buch in der Hand glitt ihre Rede ganz behutsam durch Frančiškas Leben und erzählte von ihm. Als sie auf den großen Marsch zur Gründung der Volksschule zu sprechen kam, sang sie eines der von den Demonstrantinnen damals gesungenen Lieder, und viele stimmten leise mit ein. Die Trauernden bekamen Gänsehaut bei ihren Worten, und auch die Männer versuchten erfolglos, ihre Tränen zu unterdrücken.

Knapp einen Monat später zog Rozina nach Ljubljana. Am Vorabend ihrer Abreise sagte sie zu Matija und Valentina, dass sie nicht bleiben kann, weil sie alles an Frančiškas Dahinschwinden erinnert. Sie waren hergezogen, weil Rozina hoffte, dass Frančiška zu Hause gesund wird. Es war eine vergebliche Hoffnung.

Sie weiß nicht, was sie in Ljubljana anfangen wird, sagte sie beiden, vermutlich wird sie für ihren Tod beten. Ihren Einwänden kam sie zuvor: »Jahrelang habe ich für den Tod von Frančiška gebetet, aber das ist nicht gut für mich gelaufen. Gottlose Tode und gottlose Bitten müssen offenbar warten, auch die Welt der christlichen Barmherzigkeit hat ihre Privilegien. Ich nehme an, dass die Gläubigen und Beseelten scharenweise an mir und Frančiška vorbeigezogen sind und vor uns drankamen. Vielleicht klappt das für mich nun besser, ich habe lange und hart geübt.«

APOLLO

Höchstens einen Monat, aber wirklich maximal«, sagte Zmaga auf Valentinas Frage, wie lange sie bleiben wird. »Eigentlich müsste viel schneller klar sein, ob ich den Auftrag bekomme oder nicht. Wenn ich den Zuschlag erhalte, bin ich für mindestens ein Jahr beschäftigt, und dann suche ich mir mit Davor eine Wohnung, im anderen Fall müssen wir fortziehen und woanders nach Arbeit suchen.«

»Warum fragst du nicht in der Schule? Dir bliebe immer noch Zeit fürs Zeichnen, du hättest ein regelmäßiges Einkommen und könntest dir dein Leben einrichten. Stattdessen ziehst du mit Davor von Ort zu Ort wie ein Landstreicher. Ein Kind braucht ein Zuhause …«

»Das hat er auch«, fiel Zmaga Valentina rasch ins Wort, »wenn man sich ein Zuhause auch anders vorstellen kann als in Form einiger Wände mit einem Dach darüber. Und wenn es nicht zwingend auch einen Vater vorsieht, weil sich der Mann, der sein Vater sein sollte, aus dem Staub gemacht hat, noch bevor Davor ihn kennenlernen konnte. Wir haben diese Erfahrung beide gemacht und wissen am besten, dass dies nicht das größte Problem ist. Aber was Liebe, Geborgenheit, Respekt, Miteinander und so weiter angeht, lebt Davor in einem Palast.«

Valentina lächelte. »Das weiß ich doch, aber auch für dich wäre es leichter …«

»Ich bin noch zu jung, um mich schon festzulegen. Davor geht noch nicht zur Schule, wir können wohnen, wo wir wollen, wir haben viel gemeinsame Zeit, und ich kann ganz verschiedene Dinge tun. Ich zeichne Skizzen und Entwürfe, führe Gespräche, wir werden schon nicht untergehen, auch wenn ich den Auftrag nicht bekomme. Meine Bildhauer-Kollegen stecken bis zum Hals in Arbeit, alle brauchen Unterstützung. Im Moment grassiert eine Denkmal-Epidemie, nicht nur kleine Objekte entstehen, sondern auch große Skulpturen aus Stein und Bronze und noch mächtigere Kolosse aus Beton, ganze Denkmallandschaften.«

»Was wäre überhaupt deine Aufgabe, mit wem sprichst du da?«

»Der Veteranenbund möchte einen Gedenkpark anlegen oder einen Platz, etwas Monumentales, den gefallenen Partisanen, Gefangenen, Exilanten zu Ehren. Na, vielleicht auch ein bisschen sich selbst zu Ehren, jedenfalls wünschen sie sich etwas Einzigartiges, was es noch nirgendwo gibt«, sagte Zmaga und lachte, »wobei alle Auftraggeber etwas Außerordentliches und noch nie Dagewesenes erwarten.«

»Aber sie haben doch schon ein Denkmal, ein ganz einmaliges und prächtiges sogar. Du weißt das nicht, du warst noch ein Kind, aber der Bund kennt es bestimmt. Ich erinnere mich, wie stolz Vladimir war, dass er sie davon überzeugen konnte, statt eines Denkmals für die Opfer ein Krankenhaus zu bauen. Im alten Staat, so hatte er erklärt, haben die Kapitalisten die ärztliche Versorgung von Arbeitern für eine unnötige Ausgabe gehalten, für die Arbeiter und ihre Familien war sie ein unerreichbarer Luxus, deshalb ist ein modernes Krankenhaus das allerbeste Denkmal.«

»Ich kenne die Geschichte, weil sich auch im Veteranenbund nicht alle von diesem Virus anstecken ließen, eine Minderheit findet, dass es schon genügend Stelen und Skulpturen gibt. Die meisten aber haben sich inzwischen der kollektiven Begeisterung für Denkmäler angeschlossen: Sie wollen eine Plattform mit einer prunkvollen Skulptur in der Mitte, nicht zu klassisch, aber auch nicht allzu modern, ein Springbrunnen oder irgendetwas, das noch keiner hat.«

»Und wie sind sie auf dich gestoßen?«

»Keine Ahnung, ich bin eine von hier ...«

»Das meinte ich nicht. Ich finde es ungewöhnlich, weil du dich weder mit Architektur noch mit Bildhauerei beschäftigst, du bist Malerin.«

»Das kommt drauf an, oft verschwimmen die Grenzen zwischen den Feldern der bildenden Kunst, auch meine Arbeit ist schwer zu definieren. Ich bin eigentlich Restauratorin und Konservatorin, aber in diesem Sektor herrscht Flaute. Altes wieder instand zu setzen, ist gerade nicht angesagt, alles wird neu gebaut, deshalb diene ich mich woanders an.«

»Und wo soll diese Plattform entstehen?«

»Ich hoffe, dass es sie überhaupt nicht geben wird, ich bin auf der Seite der Minderheit. Ich habe empfohlen, das edle Werk ihrer Vorgänger nicht in Vergessenheit geraten zu lassen, das Krankenhaus soll eine Gedenkstätte einer heroischen Geschichte bleiben, sie sollen es aufpolieren, seine Funktion als Denkmal herausstellen. Niemand sieht die dort in die Mauer eingelassene Gedenktafel für die Partisanen, deshalb habe ich vorgeschlagen, die langweilige Fassade mit einem riesengroßen Gemälde zu versehen, einem gigantischen Mosaik oder Relief, dessen gewaltige Bilder die Geschichte des Ortes erzählen.«

»Also seid ihr noch ganz am Anfang. Es soll monumental sein, aber ob im Hoch- oder Querformat, selbst das weiß noch niemand.«

Zmaga nickte lachend. »Es wirkt wie noch ewig hin bis zu einer Entscheidung, in Wahrheit haben sie es sehr eilig, und alles wird rasch klar sein. Ich werde sie zu überzeugen versuchen, keine leichte Sache, aber meine Chancen stehen nicht schlecht. Der Minderheit gefällt mein Vorschlag, und die Anhänger eines klassischen Denkmals könnten sich auch für meine ungewöhnliche Idee gewinnen lassen. Ich kenne weit und breit kein vergleichbares Denkmal, wir hätten wirklich einen gewaltigen und ganz einzigartigen Ort des Gedenkens.«

Valentina trat zum Fenster. »Matija und Davor sind jetzt schon seit anderthalb Stunden weg.«

»Matija ist ein freundlicher Alter und Davor ein netter Knirps.«

»Matija ist blind und Davor noch ein Kind, sie treiben sich allein irgendwo draußen herum …«

»Nicht mehr«, sagte Zmaga lachend, »ich höre sie auf der Treppe.«

Der Denkmal-Ausschuss machte seine Züge im Tempo eines Schachspielers, dem jeden Moment das Fallblättchen auf der Uhr zu kippen droht und damit seine Niederlage einläutet. Der Vorsitzende schien nach dem Ende einer Sitzung gleich mit der nächsten beginnen zu wollen. Im Ausschuss saßen zwei weitere Vertreter vom Veteranenbund, ein Gemeindereferent, der gewissenhaft mitschrieb, worüber gesprochen wurde, ohne sich selbst merklich an der Debatte zu beteiligen, sowie der Kinderarzt Bojan als Vertreter des Krankenhauses für den Fall, dass dessen Fassade zur Leinwand werden sollte. Seine Rolle war nicht klar definiert, er galt als Repräsentant des Gesundheitspersonals, dennoch mischte er ständig in der Diskussion mit und äußerte große Sympathie für Zmagas Ideen.

Der Vorsitzende und ein weiterer Vertreter des Veteranenbundes waren bemüht, alle Vorschläge, die nicht auf den Bau einer prunkvollen Plattform abzielten, möglichst rasch abzuräumen, während der zweite Vertreter und Bojan Zmagas Ansatz mochten, die äußere Hülle des Gebäudes in ein Denkmalobjekt zu verwandeln. Ganze zwei Monate brauchten sie, bis die Konzepte zerredet waren, dass die gesamte Fassade ein großes Fresko erhielt oder ein sich oben wie eine Fahne dahinschlängelndes Mosaik.

Damit schienen alle Vorschläge zum Krankenhaus als Denkmal vom Tisch, sodass man sich nunmehr der Plattform widmen konnte, für den Vorsitzenden ohnehin immer die einzig denkbare Lösung. Deshalb erzürnte ihn Zmagas neuer Vorschlag, die gesamte Wand mit Reliefs zu füllen, die von der Historie des Tals und dem Heldenmut seiner Bewohner erzählen; erkennbar widerwillig stimmte er zu, auch noch diese Möglichkeit in Betracht zu ziehen. Zmaga zählte auf, dass die Ausführung ziemlich einfach und schnell umsetzbar ist und die Arbeit im Krankenhaus nicht stört, die künstlerische Wirkung wäre gewaltig, die Reliefs könnten stellenweise auch über die Dachkante hinweg reichen, vor allem aber wäre diese Gestaltung etwas Besonderes, nirgendwo gibt es dergleichen. Zum Erstellen von Skizzen, auf deren Grundlage sie beraten und entscheiden wollten, erhielt sie nur eine Woche Zeit.

Anderthalb Stunden vor der Sitzung am Abend lud Zmaga Matija zu einem Spaziergang ein. »Ich gebe dir ein Bier aus, Eis, Kaffee, was immer du willst. Ich möchte dir meine Idee vorstellen und deine Meinung dazu hören.«

»Hast du vergessen, dass ich blind bin?«

»Du kannst gut zuhören.«

»Ich finde es trotzdem seltsam, einen, der nichts sieht, zu einem Kunstwerk zu befragen.«

»Ich fürchte, dass es so mancher nicht sieht, nur dass er das nicht zugibt.« Zmaga streichelte Matijas Arm. »Und ich nutze deine Geduld etwas aus. Ich bekomme allmählich Lampenfieber, heute geht es um Sein oder Nichtsein, ich weiß nicht, ob ich überzeugend genug auftrete. Der Spaziergang wäre eine Art Generalprobe, etwas mehr Selbstvertrauen am Abend kann mir nicht schaden.«

Matija lächelte. »Ich komme mit und bin ganz Ohr.«

Zmaga sortierte ihre Gedanken, deshalb gingen sie zunächst eine Weile schweigend. »Die Fassade ist riesengroß, deshalb unterteile ich sie in drei Felder, Fenster sozusagen, durch die man als Passant in eine andere Zeit sehen kann. Das erste Feld bildet die Vergangenheit. Aus einer formlosen Masse sprießen hohe gerade Linien: Sie lassen sich als Leitern deuten – Symbol des Wunsches, der unguten Realität zu entsteigen – oder als Masten von Segelschiffen, die an das urzeitliche Meer denken lassen, aus dem die Kohle ursächlich entstand; es lassen sich auch die einfachen Waffen der aufständischen Bauern in ihnen sehen, die sich gegen das Unrecht auflehnen. Die Vertikalen sollen an die Pracht der Bilder der Vergangenheit erinnern. Dieses Feld der Fassade wird gelb, weil wir die Kraft der Sonne so sehen und weil alte Bilder vergilben. Das Relief selbst ist aus Kupfer, weil es das älteste Metall ist, aus dem unsere Vorfahren Werkzeug hergestellt haben.«

»Klingt sehr durchdacht, bedeutsam, mich überzeugt das.«

»Ich habe Skizzen dazu, damit sie sich das Ganze besser vorstellen können.« Zmaga war in Schwung geraten. »Das zweite Bild stellt die Zeit des Kriegs und des Wiederaufbaus dar. Im unteren Bereich werden kaputte Gewehre und Kanonenrohre erkennbar, zerstörte Insignien von Königreich, Kirche und Kapitalismus, darüber folgen Spuren von Panzerketten, Risse und Trümmer. Efeu überwuchert die gesamte Struktur, die Ranken bedecken diese Wunden wie ein Verband, seine Blätter, die fünfzackigen Sternen ähneln, sind das Symbol für den Sieg sowie die Tatkraft und Entschlossenheit, mit der wir aus dem Zerstörten Neues erbauen. An dieser Stelle ist der Putz ziegelrot, weil das Bild von blutigen Zeiten und der Morgenröte erzählt, alles mit Reliefs aus Eisen.«

»Dieses Bild entscheidet vermutlich über den Erfolg deiner Idee.«

»Ganz sicher. Das erste Bild ist für sie eine Art Einführung und das dritte der Abschluss, sie werden sie nur als schmückende Klammern ihrer persönlichen Geschichte wahrnehmen. Ich selbst sehe das Triptychon als Ganzheit, aber jetzt zählt nur, dass sie das Konzept durchwinken, alles andere ist nebensächlich.«

»Und auf dem dritten Bild kommt wahrscheinlich etwas Futuristisches.«

»Genau, dies wird am abstraktesten. Ich reihe verschiedene geometrische Körper und Objekte mit ungewöhnlichen Formen aneinander, es könnte der Blick ins Innere eines Atoms, einer Galaxie sein. Was das Relief symbolisch darstellt, ist nicht streng festgelegt, doch alles wird sehr ausgewogen, geordnet, fast behaglich sein. Genau das muss gleich ins Auge springen, diese Ruhe, Harmonie, die besagt, dass unsere Reise ins Ungewisse vor allem eine Suche ist, ein Versuch, zurück ins Gleichgewicht zu finden. Die Wandfarbe wird grau, kalt, vielleicht sogar leicht bläulich, ausgefallen, das Relief diesmal aus Aluminium, dem Metall der Zukunft.« Zmaga blieb stehen. »Was meinst du?«

Matija zögerte lange. »Ich kann mir nur schlecht vorstellen, was du da entworfen hast, die Farben sagen mir nichts, ich verliere mich schon allein in den Weiten der Fassade. Was du erzählt hast, finde ich interessant, gut begründet, verlockend, weil du so begeistert davon sprichst, ich weiß aber nicht, wie es wirkt. Das ist für die Veteranen aber bestimmt das Wichtigste. Ich hoffe, es ist ihnen nicht zu modern, dass die Trennlinie zwischen Gut und Böse klar genug ist für sie.«

»Es ist das Beste, was mir in dieser Woche eingefallen ist. Ich habe nicht überlegt, was ihnen gefallen könnte, dieser Gedanke ist mir überhaupt nicht gekommen. Entweder sagen sie zu, oder wir gehen auseinander.«

»Ich drücke dir die Daumen, dass sie über Urteilskraft verfügen«, sagte Matija und zauberte Zmaga damit ein Lächeln ins Gesicht.

Zmaga kehrte erst am nächsten Nachmittag zurück, Valentina war bereits zur Arbeit gegangen. Matija fing sie schon beim Eingang ab und ermahnte sie, leise zu sprechen, weil Davor noch schläft. Fast flüsternd begann sie, sich dafür zu entschuldigen, dass sie ihnen ohne jegliche Erklärung ihr Kind dagelassen hat. Nach dem Treffen hat sie sich betrunken, ihr platzt gleich der Kopf, vielleicht weiß er, wo Valentina ihre Schmerztabletten versteckt.

Von Tabletten wusste er nichts, er stellte ein Glas kaltes Wasser vor sie hin, er kann ihr etwas zum Frühstück machen. Er hat sich nicht gesorgt, weil sie am Abend nicht zurückkam, auch Valentina hat er beruhigt, dass sie mit Sicherheit etwas trinken sind, um entweder den Erfolg zu feiern oder die Niederlage zu ertränken. Er hatte nicht gewusst, ob es das Erste oder Zweite war, aber nun scheint es ihm klar zu sein.

Zmaga warf sich vor, nicht erkannt zu haben, dass der Vorsitzende des Ausschusses nie vorhatte, etwas anderes zu bauen als eine Plattform mit Skulptur und Springbrunnen, dass sie ihn drei

Wochen lang mit ihren Vorschlägen geplagt, seine und ihre eigene Zeit vergeudet hat. Sie erhob ihre Stimme, weshalb Matija sie noch einmal bat, leiser zu sein. Sie hat sich ehrlich bemüht, frischen Wind in die edle Idee eines neuartigen Denkmals hineinzubringen, einer einladenden, lebendigen, offenen Gedenkstätte. Aber die meisten bevorzugen kalte Steine, vor denen man ein-, zweimal im Jahr Kränze ablegt, einen Trauermarsch anstimmt und pathetische Gedichte aufsagt, an allen anderen Tagen verscheucht die Stadtwache Kinder, die sich mit Wasser bespritzen oder auf dem glatten Stein Rollschuh laufen.

Bei dem Gedanken, dass man mit ihren Plänen so lange Schindluder getrieben hatte, versagte Matija der Verstand. Wer stürzt schon los auf einen Weg, von dem man weiß, dass er eine Sackgasse ist.

Sie schimpfte nicht auf alle, nur auf den Vorsitzenden, mit dem zwei Mitglieder stimmten, zwei andere nicht. Er hat ständig wiederholt, dass sie ein Denkmal brauchen, weil die heranwachsenden Generationen schon kein richtiges Verhältnis mehr zur heldenhaften Vergangenheit haben, dass selbst kleinste Worte des Danks an die Kämpfer für ihre Verdienste als unzulässige Begünstigung aufgefasst werden. Sie hat sich nicht einfach geschlagen gegeben, immer wieder hat sie gefragt, warum er meint, dass seine Plattform einem eher ein Licht aufgehen lässt als das Relief an der Fassade des Krankenhauses. Es war offensichtlich, dass er keine Antwort darauf hatte, trotzdem widersprach er endlos weiter, weshalb sie schließlich aufgab.

Matija bedauerte, dass sie mit ihrer Idee keinen Erfolg hatte, da ihm gefiel, was sie über Gedenkstätten dachte. Auch, weil sie und Davor noch eine Weile bei ihnen geblieben wären, fügte er hinzu.

Sie neigte das Glas, schlürfte das Wasser langsam und schluckte laut. Als sie das leere Glas abstellte, sagte sie, ob er sie gar nicht fragen will, wo sie die ganze Nacht gesteckt hat. Matija schwieg, deshalb fuhr sie nach einer Weile fort, dass sie mit Bojan, dem Arzt aus dem Ausschuss, trinken war und bei ihm auch übernachtet hat.

Nach einer erneuten Pause fügte sie hinzu, dass sie vielleicht für einige Zeit zu ihm zieht. Valentina würde wahrscheinlich sagen, es ist nicht gut, wenn man eine Beziehung in betrunkenem Zustand beginnt, aber diesmal wird sie nicht auf sie hören. Bojan weiß, dass sie einen Sohn hat, was ihn nicht stört, er hat gescherzt, ihn würde stören, wenn sie ihm keine Gelegenheit gäbe, noch ein gemeinsames Kind zu haben.

Gut ein Jahr darauf, Anfang August 1972, fand an einem Spätnachmittag die feierliche Einweihung der Gedenkplattform statt; auf ihr ragte eine Skulptur senkrecht in die Höhe, daneben befand sich ein seichtes kleines Becken, billiger Ersatz für einen Springbrunnen. Der mittlere Teil der Skulptur war ein aus weißem Stein gemeißelter Zylinder, recht schmal und mindestens fünf Meter hoch, der sich aus dem Klammergriff einer amorphen Eisenkonstruktion wand; der Bildhauer sagte, dass er ein Symbol des freiheitsliebenden Geistes schaffen wollte. In den Stein waren die Namen mehrerer hundert Menschen eingemeißelt, die im Kampf gegen die Besatzung gefallen oder als Geiseln erschossen worden waren.

Zwei Wochen vor der Eröffnung, genau in den Tagen, als die Zeitungen und Fernsehsender mit Bildern und Beiträgen den dritten Jahrestag der Mondlandung begingen, wurde mit der Aufstellung des Denkmals begonnen. Da es eine gewisse Ähnlichkeit mit einer Rakete hatte, bekam das Denkmal bereits in den ersten Tagen den Namen Apollo, den es nie wieder loswurde. Dieser Spitzname und allerhand Scherze rund um das Denkmal und seine Beziehung zum Mond brachten den Vorsitzenden des Veteranenbundes zur Verzweiflung, nicht einmal die nahende Einweihung beruhigte ihn.

Die Hitze hatte am Spätnachmittag bereits etwas nachgelassen, außergewöhnlich viele Menschen hatten sich versammelt, die mächtigen Klänge der Bergwerkskapelle hingen über der Plattform und schallten von den umstehenden Gebäuden zurück. Sobald die Töne verstummen, wird er, der Vorsitzende des Veteranenbundes, gemeinsam mit dem Vorsitzenden des Gemeinderats und ein paar weniger wichtigen Funktionären der Republik das große rote Samttuch vom Denkmal ziehen, mit dem man es tags zuvor bedeckt hatte. Damit wird er seinen gefallenen Kameraden und sich selbst dauerhaft einen Platz im Gedächtnis des Ortes verschaffen.

Er tat zwei Schritte auf das Denkmal zu, als ein Witzbold im Publikum laut fragte, ob sie denn einfach ohne Raumanzüge losfliegen. Zahlreiche Menschen konnten sich ein Lachen nicht verkneifen, der Vorsitzende versuchte durch tiefes Einatmen und langsames Ausatmen, seinen Groll im Zaum zu halten, während er weiter zum Denkmal schritt. Vielleicht aus blinder Wut oder weil er ganz einfach die kleine Pfütze am Beckenrand übersehen hatte, rutschte er auf dem nassen Stein aus, er stürzte der Länge nach hin und schlug sich an der Marmorumrandung ganz übel Lippe und Kinn auf. Mehrere Menschen eilten herbei, einer versuchte, mit einem Taschentuch das Blut zu stoppen, das sich über seinen Hals ergoss und sein weißes Hemd rot färbte. Vermutlich hat er für einen Moment die Besinnung verloren, als er die Augen öffnete, näherte er sich im Griff zweier Männer, die ihn mehr hinter sich herzogen als stützten, dem nur wenige Schritte entfernten Krankenhaus. Die Abendsonne zeichnete auf die Fassade die Schatten der Bäume nahebei; sie erschienen ihm wie die Reliefs der lästigen, seine Idee einer prächtigen Plattform bekämpfenden Malerin, die sie ihm hatte aufdrängen wollen. Er stöhnte und schloss die Augen wieder.

•

Manchmal geschehen eigenartige Zufälle, deren Kenntnis dem Menschen verborgen bleibt. Rund zehn Kilometer entfernt in einer anderen Gesundheitseinrichtung schrie Zmaga noch ein letztes Mal auf und schloss danach erleichtert die Augen. Sie öffnete sie erneut, als Vasja zum ersten Mal weinte.

FERIEN

Bald wird es Nacht, und niemand wird etwas sehen, dann sind wir alle blind.«

»Vermutlich gibt es Licht im Waggon«, sagte Matija spöttisch.

»Nicht im Waggon, draußen sinkt die Landschaft ins Dunkel. In etwa einer Stunde sind wir in Zagreb, zwei Stunden später fährt unser nächster Zug, in der Früh sind wir schon am Meer.«

Matija gab noch immer den Verschnupften und wollte nicht reden, schon die ganze Woche über hatte er geschmollt, seit Valentina ihn damit konfrontiert hatte, dass sie zehn Tage Ferien machen. Lebhaft erzählte sie ihm, dass das Ferienhäuschen komplett frei sein wird, weil ihre Kolleginnen arbeiten müssen, während sie selbst als frischgebackene Rentnerin wegfahren darf. Es begeisterte sie, dass sie während ihres ersten gemeinsamen Urlaubs neben ihrer Pensionierung auch seinen 75. Geburtstag feiern konnten.

Der gewöhnlich so nette Matija empörte sich nach ihrem Monolog, dass er nichts von gemeinsamen Ferien weiß, er kann sich nicht erinnern, sich dafür entschieden zu haben, mehr noch, er wüsste nicht, je darüber nachgedacht zu haben. Mokant fragte er, ob sie vielleicht noch weitere Ferien plant, weil sie diese Reise ans Meer ihren *ersten* gemeinsamen Urlaub genannt hatte. Er sagte, sie soll schön feiern, und bat sie, ihn selbst entscheiden zu lassen, wie er seine Jubiläen zu begehen wünscht. Als er fertig war, fand er sich selbst unerträglich.

Valentina brauchte eine Weile, um sich von der Verblüffung zu erholen, dann antwortete sie ruhig, als hätte es Matijas Ausbruch nie gegeben, dass ihre ersten Ferien auch ihre letzten sein können, sie versprach, ihn zu keiner Feier zu zwingen. Sie wird ihn jedoch keinesfalls zehn Tage allein daheimlassen, sagte sie ebenso klar, die Reise ist schon bezahlt, und sie werden die Tage auf jeden Fall in der Ferienanlage verbringen, wenn er möchte, können sie aber gerne so tun, als ob sie sich nicht kennen.

Erneut packte ihn die Wut, er hüllte sich in Schweigen, die nächsten Tage reagierte er nicht auf ihre Fragen oder fertigte sie kühl ab, obwohl er es kindisch fand, so stur zu sein. Wahrscheinlich würde er nachgeben, sollte Valentina ein klein wenig Reue zeigen, aber sie verhielt sich wie sonst auch, seine Trotzreaktion schien sie gar nicht zu bemerken.

Weil er so beharrlich schwieg, hingen die Ferien unbestimmt in der Luft. Wiederholt überlegte er, wie er herausfand aus seiner Befangenheit, doch er konnte nicht aufhören mit dem sinnlosen Aufmucken, oder ihn störte irgendeine Kleinigkeit und schon verfiel er wieder in den alten Trott. Als sie zwei riesige Handtücher kauften und ihn mit Badehose, Shorts und Sandalen ausstaffierten, schien all seinem Geläster zum Trotz eine Art Waffenstillstand einzutreten. Doch dann reagierte sie auf eine unbedeutende Anmerkung mit einem Lachen, und schon verkroch er sich erneut beleidigt in sich selbst.

»Wir haben die ganze Nacht Zeit, mit diesem Spiel aufzuhören. Ich weiß nicht, wem wir mehr ähneln, einem erschöpften Ehepaar oder Vater und Tochter im Streit. Wir sind aber keins von beidem, deshalb stehen unsere Chancen gut, diesen Blödsinn zu beenden. Abgesehen davon sind wir einfach zu alt für solchen Kinderkram.« Valentina hatte sich Matija zugekehrt und sprach leise und im gleichmäßigen Rhythmus des Zuggeratters. Sie wollte die anderen Passagiere nicht stören, noch weniger gönnte sie ihnen eine Teilhabe an ihrem Wortgefecht.

»Ich weiß, dass ich Erwachsene oft wie hilflose Kinderlein behandle. Ich kann einfach nicht aus meiner Haut, seit Ewigkeiten habe ich mit Kindern gearbeitet, die besondere Hilfe brauchen. Ich war unglücklich, weil ich keine hundert Hände hatte, um jedes Einzelne zu begleiten, hundert Ohren, um all ihre Bitten und Klagen zu hören, hundert Zungen, um ihnen etwas zuzuflüstern, sie zu trösten und zu ermutigen. Ich wollte immer ein Tausendfüßler sein, eine Krake, ein Drache, eine Missgeburt mit überzähligen Gliedmaßen. Irgendwann bin ich dann zu mir gekommen und habe klar das Seltsame an meinen Anstrengungen erkannt: Kaum waren die Kinder aus dem Klassenzimmer, konnte ich sie nicht mehr beschützen. Aber jede Ernüchterung ist nur von kurzer Dauer, wie ein treuer Hund kehre ich immer wieder in die Rolle der treusorgenden Mutter zurück. Es ist unheilbar. Vielleicht würden Elektroschocks helfen, aber das wird schon seit fünfzehn Jahren nicht mehr praktiziert.«

Vergeblich versuchte ihr Blick, auf der anderen Seite der Glasscheibe irgendetwas Konkretes zu erkennen, die Schwärze schleppte sich konturlos über den Fensterrahmen. »Der vernünftigen Valentina ist vollkommen bewusst, dass du trotz deiner Blindheit selbstständig leben kannst, das hast du schließlich schon unzählige Male bewiesen. Die besorgte Valentina aber malt sich deine Wege aus und sieht die möglichen Fallen, die offenen Gruben, weil ein Wasserrohr geplatzt ist oder eine neue Wohnung angeschlossen wird, einen zu schnellen oder zu unaufmerksamen Fahrer, der die Kontrolle über sein Auto verliert, einen Haufen Kohle auf dem Bürgersteig, den sein Besitzer noch nicht in den Keller geschafft hat. Niemals würde ich mir verzeihen, wenn Matija etwas zustößt, weil ich ihn furchtbar gern habe.«

Matija schluckte schwer und antwortete so leise, wie Valentina zu ihm gesprochen hatte: »Wenn du mir wirklich vertrauen würdest, hättest du keine Angst um mich, sondern würdest dich für mich freuen, dass ich eigenständig zu leben vermag.«

»Warum hörst du mir nicht zu, warum willst du mich nicht verstehen? Genau das habe ich dir doch gerade eben erläutert. Und weil ich vollkommen aufrichtig war, sei du es nun auch. Warum bist du schon die ganze Woche so störrisch? Du bist einer der angenehmsten Menschen, die ich kenne, sanft, klar, plötzlich aber verhältst du dich ganz anders. Und obwohl es dir schwerfällt, bleibst du beharrlich dabei.«

»Vielleicht erinnerst du dich daran, dass du mich eigenwillig …«

»Ich weiß, Entschuldigung, ich wollte dich überraschen, ich glaubte dir eine Freude zu machen, ein besonders schönes Geschenk, aber das war ein Fehler. Wir beide wissen, dass ich allerhand ähnliche Missgriffe auf dem Kerbholz habe, dass dies nicht der erste Ausrutscher dieser Art war, dass ich mich übertrieben in dein Leben einmische und es zu lenken versuche, doch nie zuvor hast du so heftig, sogar feindselig reagiert. Was war diesmal anders, schlimmer?«

»Ich weiß nicht, die Einladung kam wie ein Blitz aus heiterem Himmel, sie klang wie ein Befehl, du hast kein Widerwort geduldet, ich habe das als groben Eingriff in mein Privatleben verstanden und mich, ohne zu überlegen, widersetzt. Plötzlich steckte ich in der ungewohnten Lage eines Gekränkten, der sich in Schweigen hüllt. Als ich später aus dieser dummen Position ausbrechen wollte, stellte ich fest, dass das nicht so einfach ist, ich kannte den nächsten richtigen Schritt nicht und nicht die Zaubersprüche, die einen in den alten Zustand zurückversetzen. Und du warst mir auch keine Hilfe«, sagte er und lächelte.

»Du hast jeden Ansatz zur Versöhnung als Verletzung deiner Privatsphäre verstanden«, sagte Valentina und lächelte nun auch.

»Wahrscheinlich bist du mit meiner Antwort nicht zufrieden, aber ich kann es nicht deutlicher sagen. Vielleicht hat es sich so aufgebauscht, weil es um etwas Größeres ging, etwas, das viel weiter zurückreicht. Ich bin kaum je irgendwohin gereist, nur selten war ich länger von zu Hause fort, abgesehen davon, dass ich während des Krieges für fünf Jahre unter der Erde verschwand. Auch damals war es gut gemeint, Alojzij hat mich ebensowenig gefragt, er hat mich einfach eilig fortgebracht. Gut möglich, dass ich ohne sein Eingreifen nicht überlebt hätte, und doch weiß ich nicht, ob ich mich seiner Sorge abermals unterordnen oder mich lieber dem Schicksal des Krieges anheimgeben würde.«

»Matija«, ihre Stimme klang verblüfft, fast entsetzt, »das kannst du unmöglich miteinander vergleichen.«

»Ich habe nichts verglichen, es ist mir erst jetzt eingefallen, vor einer Woche habe ich mich nur erschreckt. Du hast mich in die Ecke getrieben, mir eine gewaltige Veränderung angekündigt und bis zehn gezählt. Ich hatte gar keine Zeit, mir eine Antwort zu überlegen, nur für einen automatischen Schutzreflex.«

Der Zug fuhr nun langsamer, die Menschen begannen aufzustehen, die Stimmen wurden lauter. Sie näherten sich der Station, aber Matija störte die Unruhe nicht. »Ich bin langsam, ich mag keine Sprünge, keine großen Veränderungen, Überraschungen. Mein Leben verlief ohne Eile, wohl überwiegend aufgrund meiner Blindheit, ich gehe die Dinge langsam an und mache mich schrittweise mit ihnen vertraut. Deine Ankündigung hat ein fragiles Gleichgewicht zerstört, das ich die ganze Zeit zu wahren versuche, sie bedeutete unbekanntes Terrain für mich, dass ich stolpern würde und alle Sinne anspannen müsste, um Stück für Stück eine neue Realität zusammenzufügen und behutsam in sie hineinzufinden.«

Der zweite Zug war bequemer und angenehmer, statt großer Waggons mit vielen Bänken hatte er kleinere Abteile. Obwohl sich die Schiebetüren bis zur Abfahrt ständig mit lautem Krachen öffneten und schlossen, gab es wenige Passagiere. Valentina und Matija waren allein im Abteil.

»Was ich über das Ablehnen von Veränderungen, Überraschungen, allem Neuen erzählt habe«, fuhr Matija mit seinen Gedanken fort, als wären zwischen der Ankunft des vorigen und der Abfahrt ihres neuen Zuges keine zwei Stunden vergangen, »ist natürlich die Antwort eines Alten, zu dem ich geworden bin. Als junger Mann war ich mutiger, ich habe keine Herausforderung gefürchtet, mich nach neuen Horizonten und Welten gesehnt, jeder Ausflug aus der Routine des Alltags hat mich schrecklich gereizt. Das Alter dagegen sucht Stabilität und Kontrolle, sicher fühle ich mich nur noch in einem Kokon, der mir bis in den hintersten Winkel vertraut ist. Veränderungen sind keine Herausforderung mehr, sind nicht mehr an Erwartungen geknüpft, etwas Neues zu empfinden und erleben, sie sind zur Bedrohung geworden, schüren Angst, sie bringen Ungewissheit und lassen mich fragen, ob ich das noch schaffe oder nicht.«

»Als wir uns eben am Bahnhof herumtrieben, habe ich auch über das Eintreten ins Ungewisse, über Angst, Vorsicht nachgedacht, worüber du vorhin gesprochen hast. Das ließ mich an meine Kinder denken, aber die Verbindungen sind mir unklar, ich kann sie dir nicht veranschaulichen. Die Kinder waren begrenzt darin, etwas wahrzunehmen, oder sie wählten seltsame Wege, die sonderbar wirkten im Vergleich zur Hauptstraße des Verhaltens und Denkens. Viele hatten Probleme mit abstrakten Begriffen, und etlichen gelang es überhaupt nicht, sie sinnvoll miteinander zu verbinden. Der Horizont der meisten war, dass sie einmal lesen und die einfachsten Dinge niederschreiben können, wobei sie unheimlich viele Fehler machen.«

»Und wo siehst du die Parallelen zu mir?«

»Ich habe doch gesagt, dass das Bild ziemlich unklar ist, ich kann es dir nicht sagen, vermutlich geht es gar nicht um Parallelen zu dir. Ich habe überlegt, man sollte Mechanismen schaffen, die verhindern oder zumindest eindämmen, dass benachteiligte Personen aufgrund ihrer Anlagen und Herkunft mit Angst und Unsicherheit konfrontiert sind. Unsere Gesellschaft beansprucht für sich, gerechter zu sein als andere, deshalb muss sie ihnen Unterstützung und Freiräume geben, damit sie mit ihrer Angst und Unsicherheit besser umgehen lernen. Diese Mechanismen und Mittel dürften keine Frage der Gnade oder einer aktuell guten Laune dessen sein, der über einen Fall entscheidet. Es geht nicht um Geschenke, die Empfänger dürften keine besondere Dankbarkeit zeigen müssen, es müsste zu einem Grundsatz der Gesellschaftsordnung gehören, wenn ihr der Mensch wirklich wichtig ist.«

»Selbst du bist dem Knap-Syndrom nicht untreu geworden«, sagte Matija und lächelte.

»Dem Knap-Syndrom?«

»Dem Syndrom jener Sippe, die danach verlangt, Dinge zu regeln, Systeme zu verändern, Gerechtigkeit herzustellen …«

»Ich kann einfach nicht gleichgültig dabei zusehen, wie man auf meine Kinder blickt. Es ist schwer zu glauben, aber mancher findet schon überflüssig, dass wir besondere Schulen für sie haben, und mit so einer Haltung geht das erst los. Man wird daran anknüpfen müssen, ihre Leben enden nicht mit fünfzehn Jahren, wenn sich das Schultor hinter ihnen schließt.«

Matija dachte eine Weile schweigend nach. »Natürlich stimme ich dir zu, aber ich meinte etwas anderes. Ich habe nicht von der Angst und Unsicherheit gesprochen, die die Benachteiligten begleiten, wenn sie ihren Platz in einer Welt finden sollen, die ihre Andersartigkeit häufig nicht akzeptiert, wo sie oft nicht konkurrenzfähig sein werden, wo sie viel Unfreundlichkeit und auch manche Beleidigung erfahren werden. Ich sprach von meiner Blindheit, wie besonders die Wahrnehmung der Blinden ist, dass es furchtbar lange dauert, bis ich einzelne Sinneseindrücke zu einer Ganzheit verbunden habe.«

Hier unterbrach sie der Schaffner, der mit lautem Gruß ins Abteil einfiel, ihre Fahrkarten kontrollierte und die Tür hinter sich zuknallte.

»Dennoch denke ich, dass wir von denselben Dingen sprechen oder zumindest über Ähnliches, darüber, dass man für einen gesellschaftlichen Ausgleich sorgen müsste, der ein Milieu der Gleichwertigkeit und des Anstands herstellt. In der Nachkriegszeit hast du mir mehrmals erzählt, wie es in den Schlangen vor den Geschäften zuging, als sich die Lauteren und die geschickten Vordrängler mehr Nahrung erkämpft haben. Ich weiß, dass das ein schlechtes Beispiel ist, aber eine gerechte Gesellschaft müsste einen Hebel erfinden, den man betätigt, um den still Wartenden das zu geben, was die bedrohlich Knurrenden oder laut Quatschenden zu viel einheimsen.«

»Du machst wohl Witze, das lässt sich niemals und nirgends realisieren.«

»Manchmal denke ich zu groß, ich weiß. Deshalb habe ich ja dich, damit du mich bremst«, sagte sie und lächelte, »den Mann mit dem gelöschten Blick. Ich glaube, dass dich Zmaga einst so genannt hat.«

»Unsere Künstlerin«, sagte Matija und lächelte ebenfalls, »das hat sie poetisch gesagt.«

»Passiert dir nie, dass du für einen Moment denkst«, fragte Valentina nach einer Weile, »wir könnten eine Gesellschaft erschaffen, in der alle als vollkommen gleichwertig gelten?«

»Unrecht, Dummheit, Gewalt, Missbrauch gibt es überall. Wenn das Maß voll ist, attackieren Umstürzler, erfüllt von großen Verheißungen und jugendlichem Idealismus, die Bastionen der herrschenden Ordnung. Mit einem Mal sitzen sie selbst im Sattel, beginnen zu herrschen, und plötzlich ist alles anders: Sie beseitigen Unrecht und begehen neues, sie lösen Probleme, die sie kennen, wobei jene zunehmen, die sie nicht sehen und nicht verstehen. Sehr schnell werden sie zu Regenten, die die Erwartungen nicht erfüllen, und am Rand ihres Machtzentrums beginnen sich neue Gruppen ungeduldiger Revolutionäre zu sammeln.«

»Mama hat mir einmal etwas ganz Ähnliches erzählt. Wenn man hoffnungsvoll etwas Neuem entgegensieht, dann ausgehend von den Mängeln des Alten, seiner Ungerechtigkeit und Verdorbenheit. Kann man nun etwas Neues aufbauen, betritt man völlig unbekanntes Gelände und muss mit zahlreichen Überraschungen rechnen. Es ist nicht schwer festzustellen, was alles falsch war an den Gesellschaftssystemen, in denen wir bereits lebten, man kann jedoch unmöglich exakt vorhersehen, was sich aus dem entwickeln wird, das wir guten Glaubens neu aufbauen. Ich denke, dies war der Grundzweifel, der Ludvik, Vladimir und auch Frančiška geplagt hat. Heute klingt das unglaublich, aber früher wollten viele Frauen nichts von den Rechten wissen, für die Frančiška gekämpft hat, sie glaubten, die Rollenverteilung in der damaligen Gesellschaft aufrechterhalten zu müssen.«

»Ich kann mir dich nicht als Rentnerin vorstellen. Warum hast du nicht um eine Vertragsverlängerung gebeten?«

»Warum denkst du, dass ich nicht danach gefragt habe?«, sagte sie lachend. »Wir haben abgemacht, dass ich aushelfe, wenn sie mich brauchen. So wie es Rozina gemacht hat. Ich hoffe, dass wir wirklich in Kontakt bleiben, jedenfalls werde ich unvorstellbar viel Zeit haben, sodass ich Tag und Nacht über dich wachen und dir auf Schritt und Tritt folgen kann.«

»Da wirst du deine liebe Mühe haben, vermutlich lebe ich noch sehr lange«, sagte Matija und lachte auch. »Wenn sich einem die Dinge viel langsamer offenbaren, weil man blind ist, wäre es nur gerecht, dass die verlorene Zeit irgendwie ausgeglichen wird, dass sie mit Lebenszeit vergolten wird.«

Matija lag mit dem Rücken im Wasser, Valentina stützte ihn mit einem Arm. Monoton, wie um ihn in Schlaf zu versetzen, redete sie auf ihn ein, dass er sich entspannen soll, er muss auch den Kopf auf die nasse Luftmatratze legen, er wird nicht untergehen, selbst Schiffe aus Stahl mit gewaltigen Ladungen schwimmen auf dem Wasser, sie wird ihn nicht loslassen, er muss ihr vertrauen. Gerade sie spricht jetzt von Vertrauen, lachte er auf, ging dabei unter, schluckte Salzwasser und versuchte, sich unter wildem Husten auf die Beine zu stellen. Sie überredete ihn, es noch einmal zu versuchen, er soll sich dem leichten Schaukeln hingeben, er muss sich vollkommen entspannen, in ihren Armen ist er sicher, die Wasseroberfläche ist weich, bequem.

Als ihm kalt wurde, legten sie sich auf die riesigen Handtücher. Er sagte, dass es ihm gefallen hat, er hat sich noch nie so leicht gefühlt, schwerelos ist er auf dem Meeresspiegel geschwebt. Ihr gefällt besonders, dass er am Meer offenkundig jünger geworden ist, er sträubt sich nicht gegen Veränderungen und lehnt nicht alles Neue ab wie ein kopfscheuer Greis, sagte sie provokant. Als Jüngling hat er sich ins Nass regelrecht hineingestürzt – sie hielt kaum das Lachen zurück –, hat die Füße eingeklappt und sich in einen Fisch verwandelt. Er wagt schon längst nicht mehr zu hoffen, gab er zur Antwort, dass es an ihr etwas Verlässliches gibt, das sich nicht schon im nächsten Moment ändern kann.

An Tag sieben ihrer Ferien stieß Zmaga mit ihren Söhnen zu ihnen. Matija half Davor, Sandburgen zu bauen und sie vor Vasjas Attacken zu schützen, wenn ihn das Sammeln von Muscheln und Steinen zu langweilen begann. Davor vertraute ihm an, wobei er erst unter Eid schwören musste, es für sich zu behalten, dass er einmal Baumeister wird, der riesige und schöne Häuser errichtet, in denen die Menschen wie die Adligen im Märchen leben werden.

Zmaga füllte ihren Block mit Skizzen und Zeichnungen, zahlreiche Leute blieben hinter ihrem Rücken stehen und beobachteten sie meist schweigend. Als sie am Abend auf dem Balkon saßen und den schweren dunklen Rotwein mit herber Erdnote tranken, sagte Valentina, sie wird nie verstehen, wieso Menschen in eine entstehende Skizze vom Meer starren, während eben dieses Meer direkt vor ihnen liegt. Vielleicht schauen sie ja gar nicht auf die Bilder, sagte Zmaga auflachend.

»Ich möchte ein einfaches Boot im Seesturm zeichnen. Immer sind Männer auf den Booten, auf meinen Bildern aber werden nur Frauen zu sehen sein. Eine Art biblische Sintflut und Frauen, die gegen den Sturm ankämpfen. Diese Frauen sind keine Schemen, ich werde meine Ahninnen zeichnen, deshalb müsst ihr mir helfen. Ganz hinten sind wir beide, davor Frančiška, die Kämpferin für Frauenrechte. Vor ihr ist noch alles schwarz, jedenfalls in meinem Kopf.«

»Die Eltern von Frančiška und mir«, schaltete sich Matija ins Gespräch ein, »waren Ignacij und Terezija, die singen konnte wie die sagenhafte Loreley. Unser Vater ist dem Land abtrünnig geworden, weil das Land ihm abtrünnig geworden ist, Mutter hat es aufgrund eingebildeter Schuld in eine andere Welt verschlagen, zu der uns der Zutritt verwehrt war.«

»Terezija? Steht auf dem Grabstein nicht Zofija?«

»Zofija war Vaters jüngere Schwester, nach Vaters und Mutters Tod hat sie für alle Kinder gesorgt. Sie war nicht unsere richtige Mutter, sie war viel mehr als das.«

»Kennst du noch jemand aus entfernterer Vergangenheit?«

Matija nickte. »Ignacijs Eltern hießen Neža und Jakob. Neža war die Tochter der Heilerin Štefanija, die Mensch und Tier kurierte, vor ihren Zaubersprüchen sollen sich sogar Geister gefürchtet haben. Jakobs Mutter war Johana, das als Prinzessin erzogene einzige Kind der Wirtstochter Felicija. Sie soll außergewöhnlich schön gewesen sein, doch weil sie sich als Kind das Gesicht verbrühte, hat sie sich ihr Leben lang unter Kopftüchern versteckt. Den Namen ihrer Mutter, der Wirtin, weiß ich nicht. Vielleicht steht er irgendwo geschrieben, oder auch nicht, er reicht schon rund zweihundert Jahre zurück.«

»Matija befürchtet, dass ich ihm als Rentnerin ständig im Nacken sitze, weil ich zu viel Zeit habe«, sagte Valentina, Zmaga zugewandt, »aber gerade eben schoss mir durch den Kopf, womit ich mich direkt befassen könnte. Ich stelle unseren Stammbaum auf und versuche, möglichst viele Fotos und Geschichten ausfindig zu machen. Schon die wenigen Sätze haben auch mich begeistert.«

»Ein Stammbaum umfasst Namen, die nicht viel bedeuten. Sie sagen nichts darüber, wer diese Menschen waren, was sie gemacht haben, wie sie waren.«

»Natürlich schreibe ich bei den Namen noch etwas dazu.«

»Was willst du denn finden, wo doch alles so weit in der Vergangenheit liegt? Über Terezija, die singende Näherin, bringst du wohl nicht einmal heraus, wo sie herstammt. Oder Alojzijs Töchter, was ist ihnen im Krieg und danach widerfahren? Warum sollte uns das plötzlich interessieren? In all den Jahren vor dem Krieg sind wir uns kein einziges Mal begegnet, sie sind uns völlig fremd. Trotz allem wirst du sie in den Stammbaum aufnehmen, weil die Regeln es so wollen, weil sie zur Sippe gehören, die wirklich wichtigen Menschen dagegen wirst du auslassen, weil sie nicht zur Blutsverwandtschaft gehören.«

»Wen meinst du?«

»Zum Beispiel Den, der den Akrobaten vom Seil schlug.«

»Wenn jemand nicht in den Stammbaum gehört, kann ich dessen Bedeutung immer noch in einer Anlage erwähnen. Wegen der

Daten unserer Vorfahren und Verwandten werde ich in alten Verzeichnissen stöbern, der Reiz liegt wahrscheinlich genau im Auffinden von Verbindungen, Geschichten, Schicksalen. Wüsste ich schon jetzt alles, wonach sollte ich dann noch suchen?«

»Mir gefällt die Idee«, schlug sich Zmaga auf Valentinas Seite. »Ich habe alte Stammbäume gesehen, die wie Bäume gezeichnet waren, wo sich an jedem Zweig ein Familienmitglied befindet. Du könntest so einen Baum zeichnen.«

»Wenn du ihn irgendwann zeichnest, müsste es ein Kastanienbaum sein, eine Rosskastanie«, fuhr Matija fort und überhörte das ungewöhnliche Schweigen, das er damit auslöste.

DER SCHORNSTEIN

Es war bereits Mittag, aber der Nebel hatte sich noch immer nicht gehoben, er war nur fadenscheiniger geworden, im trüben Grau verlor sich der Horizont. Vor dem Kraftwerk versammelten sich rund dreißig ältere Männer und einige Frauen. Ein schlanker Grauhaariger in dunklem Mantel diskutierte energisch mit dem Pförtner, er verlangte, dass er den Direktor rufen soll, sie müssen dringend etwas besprechen. Der Pförtner schüttelte beharrlich den Kopf und wiederholte, dass sie ihr Kommen anmelden und im Vorfeld einen Termin ausmachen müssen, zuletzt forderte er sie nachdrücklich auf, den Hof zu verlassen, sie behindern den Verkehr.

Dem Mann wurde klar, dass er beim Pförtner nichts mehr erreichte, deshalb kehrte er zu seiner Gruppe zurück, die fassungslos aufstöhnte, als er ihnen erklärte, dass sie nicht willkommen sind. Ein Alter mit brauner Pelzmütze hielt ihm ein Megafon hin, es pfiff derart schrill, dass der Grauhaarige ganz irritiert war und es erschrocken wegdrückte. Der Mann mit der Pelzmütze bekam das Pfeifen irgendwie in den Griff und sprach ein paar Zahlen in das Mikrofon: Der Ton krächzte ziemlich, war aber sehr laut.

Der Grauhaarige, offenbar der Anführer der Protestler, begann seine Ansprache mit der Feststellung, dass sie unerwünscht sind, obwohl die meisten von ihnen mit schwieligen Händen und unter zahlreichen Entbehrungen zum Aufbau des Bergwerks und des Kraftwerks beigetragen haben. Der Pförtner lässt sie nicht vor, die Leitung des Betriebs möchte sie nicht anhören. Den Versammelten gefielen seine scharfen Worte, er war ein geschickter Redner, oft legte er kurze Pausen ein, damit die Protestler ihrem Herzen Luft machen konnten.

Die Ignoranz der Kraftwerks-Oberen wird sie nicht stoppen, sagte er, das Megafon zum Gebäude auf der anderen Seite gewendet. Wenn jene, die sich feige hinter den Jalousien ihrer Büros verstecken, sie nicht anhören wollen, versammeln sie sich vor der Gemeinde, gehen nach Ljubljana oder Belgrad und geben dort der Wahrheit das Wort. Nichts kann sie aufhalten. Sie haben sich gegen die Besatzer erhoben, weil sie nichts als ihr Leid und die Ketten der Sklaverei zu verlieren hatten, und sie werden sich auch gegen die Luftvergifter zur Wehr setzen, da sie nichts als schmerzhafte Husten- und Erstickungsanfälle zu verlieren haben. Darum fordern sie, hielt er dramatisch inne, brachte den Satz jedoch nicht zu Ende, weil das Heulen einer Sirene seine Kunstpause durchschnitt.

Ein Polizeiwagen mit Blaulicht fuhr auf den Platz vor dem Zaun des Kraftwerks. Die Polizisten waren noch gar nicht ausgestiegen, da war der Pförtner bereits zum Auto gerannt, heftig gestikulierend schilderte er, was hier los war, woraufhin sie gemeinsam zum Redner traten, der das Geschehen mit gesenktem Megafon verfolgt hatte. Nein, sie haben die Versammlung weder angemeldet, noch haben sie eine Genehmigung, antwortete er dem Polizisten, der ihn darüber in Kenntnis setzte, dass er in diesem Fall wegen unerlaubten Demonstrierens Anzeige erstatten und das Megafon beschlagnahmen muss.

Der Grauhaarige sah dem Polizisten eine Weile zu, als er in sein Notizbuch schrieb, und sagte dann, dass er nicht wusste, dass sie eine Genehmigung brauchen. Hier stehen Asthmatiker, Menschen mit verengten Atemwegen oder verringerter Lungenkapazität, kurzum lauter Lungenkranke. Der Schmutz aus dem Schornstein des Kraftwerks hindert sie am Atmen, er trachtet ihnen nach dem Leben. Die Lage wird immer unerträglicher, deshalb sind sie gekommen, um mit der Leitung des Kraftwerks zu sprechen, stattdessen reden sie mit einem Polizisten. Er bedauert, dass die Volksmiliz dem Volk nicht erlaubt, der Leitung des Kraftwerks ihre berechtigten Forderungen zu überbringen.

Der Polizist mied den Blickkontakt zum Alten, der selbst die Anschuldigungen ganz ruhig vorbrachte, und starrte in das Notizbuch in seiner Linken. Als der Grauhaarige seinen Monolog beendet hatte, rang er sich fast entschuldigend ab, dass sie reagieren mussten, wenn man sie ruft, müssen sie kommen und nach den Regeln handeln. Er verabschiedete sich, übersah den Pförtner absichtlich, der ihm im Vorbeigehen noch etwas zu sagen versuchte, setzte sich ins Auto, schlug die Tür zu und fuhr davon.

Das beschlagnahmte Megafon wäre wahrscheinlich die einzige handfeste Konsequenz dieses tragikomischen Protestes gewesen, wäre nicht in der Lokalzeitung die gräuliche Fotografie eines unbekannten Urhebers erschienen mit den Konturen des Kraftwerks kaum sichtbar im Hintergrund und vorn einem Dutzend dunkler Silhouetten. Die Bildunterschrift erläuterte, dass sich eine Gruppe Lungenkranker vor dem Kraftwerk versammelt und Maßnahmen verlangt hat, die im Ort für sauberere Luft sorgen.

Die Versammlung, organisiert von einem pensionierten Handelsvertreter eines großen Exportunternehmens aus ohnmächtiger Wut nach mehreren Tagen fortwährender Hustenanfälle, die der Pförtner des Kraftwerks stoppte, ohne aus seiner Loge zu treten, ein Protestgrüppchen, dem der lokale Polizist mit etwas schlechtem Gewissen das Megafon beschlagnahmte, womit er es zum Verstummen brachte, stand mitsamt dem undeutlichen Bild und spärlichen Begleittext am Anfang der großen Welle. Es folgten Beiträge in anderen Zeitungen, die Mikrofone des Fernsehens und Radios lauschten dem, was die verzweifelten Menschen zu erzählen hatten. Ein Staatsbeamter ließ Messungen vornehmen, um die Schwarzmalerei zu entkräften, doch es zeigte sich, dass alles viel schlimmer war als vermutet, der Rauch setzte der Umwelt und den Menschen unmäßig zu.

Ein kurzer Kampf entbrannte; die einen forderten die Stilllegung des Kraftwerks, das Menschen tötet, die Gegenseite behauptete, dass bereits ein reduzierter Betrieb zu erneutem Strommangel und Sperren führt, woraus die Entscheidung hervorging, die Effizienz des Kraftwerks zu verbessern und die Menge an Giftstoffen zu verringern, die es in die Luft entlässt. Filteranlagen schloss man aus – zu teuer, zu unzuverlässig –, die Lösung fand man in einem ungewöhnlich hohen Schornstein, dessen Spitze eine unsichtbare Luftschicht durchstoßen sollte, einen Deckel, der die giftigen Abgase nicht aus dem Tal entließ. Der Schornstein, hoch wie sonst kein Schlot auf dem Planeten, war ein Kostenfaktor, gewiss, aber, so wurde argumentiert, vor allem auch ein Indikator dafür, dass die Natur wieder intakt und vital war, ein nach vorn und nach oben weisender Finger, eine neue Landmarke, die alle Zweifel zerstreut.

Nach zwei Jahren und damit noch im Verlauf der reichen siebziger Jahre stand der Entwurf vom Zeichenbrett als fast vierhundert Meter langer Koloss neben dem Kraftwerk. Wissenschaftler verschiedenster Fachgebiete erläuterten, dass der stinkende Rauch sich ganz oben am höchsten Schornstein der Welt in alle Richtungen verteilen und hinaufwinden wird, dass er in die höchsten Schichten des Himmels dringt, wo Flugzeuge und Gänse einander begegnen. Alle Wege werden ihm offenstehen, nur nach unten wird der Rauch nicht mehr gelangen können, dorthin, wo niemand ihn mag, von wo man ihn so weit nach oben gescheucht hat, weil er sich wie die Elektrizität auch über einen möglichst großen Umkreis verteilen soll. Erst kursierte der Witz, dass der Teufel sein Abzugsrohr aus der brennenden Hölle direkt zu ihnen geleitet hat, dann scherzte man obszön über die heftige Potenz ihres Tals.

Die Spitze des Schornsteins lag so furchtbar weit oben, dass selbst die ranghöchsten Politiker bei der Eröffnung auf der Tribüne winzig klein wirkten und wie tief in den Schatten des Kolosses gedrückt. In ihren Reden nannten sie unvorstellbare Mengen an Stahl und Zement, brüsteten sich schulterklopfend, zu welch gewaltigen Kraftakten man fähig ist, doch auch die höchsten und größten Worte konnten nicht mit dem Turm konkurrieren, der an das Firmament rührte. Ihre Superlative zogen sie so in den Bann, dass sie ganz vergaßen, warum der Gigant ursächlich gebaut worden war, wegen der Gesundheit nämlich.

Der grauhaarige pensionierte Handelsvertreter eines größeren Exportunternehmens hätte ihnen vermutlich die starke Verschmutzung zu Bewusstsein bringen können, oder der kleinere Alte, der drei Jahre zuvor beim Protest eine braune Pelzmütze und das Megafon getragen hatte, doch sie erlebten dieses Ereignis nicht mehr mit. Dafür öffneten sich bei der Einweihung allen anderen Menschen die Türen des Kraftwerks, und das waren nicht nur ein paar Dutzend, sondern Hunderte.

Auch Matija, Valentina und Zmaga mit Bojan und beiden Kindern waren da. Davor sagte zu Matija, dass er einmal Baumeister wird, und er will Türme errichten, die so hoch sind, dass man ihre Spitzen von unten überhaupt nicht mehr sehen kann.

Der höchste Schornstein brachte nicht die gewünschte Besserung, mehr noch, schon nach wenigen Wintern waren viele überzeugt, dass sich gar nichts verändert hatte. Das Urteil war unfair und treffend zugleich: Es stimmte, dass der Rauch des großen Kraftwerks im Talkessel über dem unsichtbaren Deckel verschwand, der Rauch aus den Häusern, Fabriken, Geschäften, wo man ebenfalls mit der Kohle heizte, aus der die Stadt erwachsen war, plagte ihre Lungen jedoch weiterhin. Der Wind mied das Tal manchmal wochenlang, sodass dichter Rauch und Gestank über die Straßen kroch, er umhüllte Häuser und Menschen, man konnte keine paar Meter weit sehen.

An einem solchen Abend waren Valentina und Matija bei Zmaga. Sie hatten schon mehrmals aufbrechen wollen, Zmaga jedoch überredete sie jedes Mal, noch ein bisschen zu bleiben, sie bringt sie nach Hause, sobald Bojan da ist. Er kam mit ziemlicher Verspätung und laut schimpfend, schon zum zweiten Mal in diesem Monat hatte er einen Unfall gehabt: »In diesem Nebel kann man nicht mal rechtzeitig bremsen, aber fährst du im Schneckentempo, rammt dich einer von hinten.«

»Ist jemandem etwas passiert?«

Bojan schüttelte den Kopf. »Nein, nur demolierte Stoßstangen und so Kleinkram, aber einer wollte unbedingt die Polizei rufen. Wir haben fast zwei Stunden gewartet, bis alles erledigt war.«

»Pass bloß auf, dass dieses Blechknutschen nicht zur Gewohnheit wird«, sagte Zmaga und lachte, »ich habe Mama und Matija versprochen, sie nach Hause zu fahren.«

»Ich fahre euch schon«, sagte Bojan, den beiden Gästen zugewandt, »ich muss mich nur kurz beruhigen. Draußen ist es gefährlich für Fahrer, Fußgänger, für jeden, der vor die Tür geht. Und was noch schlimmer ist, die schweren Erkrankungen interessieren keinen mehr.«

»Du weißt ja, was sie sagen, jetzt ist nicht der richtige Zeitpunkt dafür, wir leben gerade in schlechten Zeiten«, schaltete sich Valentina ins Gespräch ein.

»Gute Zeiten, schlechte Zeiten, der Gesundheit ist die Konjunktur egal. Ein schwerkranker Mensch muss heute behandelt werden, sonst geht er morgen über den Jordan.«

»Viele Menschen sagen, dass es früher noch viel verrauchter war. Sie sind überzeugt, dass das mit den Auswirkungen auf die Gesundheit übertrieben wird …«

»Früher war so manches anders, Matija, auch die Lebenserwartung war viel geringer. Wir haben noch nichts Handfestes, aber das wird sich bald ändern. Es soll unter uns bleiben, aber es dauert nicht mehr lang und wir gehen mit präzisen Daten zum Angriff über.«

Jenes ›Es dauert nicht mehr lang‹ nahm noch gut ein halbes Jahr in Anspruch, dann hatte der regionale Ärzteverband – so nannte er sich, obwohl es die Organisation offiziell nicht gab – ein Symposium zu den Auswirkungen von Luftverschmutzung auf die Gesundheit vorbereitet. An einem Sonntag im Spätfrühling trat Bojan, Initiator der Forschungen und Organisator der Veranstaltungen, im vollen Saal des Kulturhauses pünktlich zur genannten

Zeit ans Mikrofon. Er holte tief Luft, um das ihn packende Lampenfieber abzuschütteln, sein Blick wanderte durch den Saal.

Lange schon wird über das Waldsterben geschrieben, begann er seine Begrüßung, man spricht über verseuchten Boden und die schlechte Wasserqualität, darüber, Schäden in der Landwirtschaft zu beziffern, zur Gesundheit der Menschen aber wird geschwiegen. Gemeinsam mit sieben anderen Ärzten wird er im Detail präsentieren, wie viel häufiger es bei den Einheimischen zu Atemwegserkrankungen kommt, wie viel mehr Behandlungen im Krankenhaus erforderlich sind, wie gravierender manche Krankheiten bei ihnen verlaufen und sogar, um wie viel wahrscheinlicher Frühgeburten und Geburtsfehler auftreten.

Eine ältere, an Asthma leidende Redakteurin einer großen Tageszeitung lauschte aufmerksam allen Vorträgen. In den Wochen darauf erschienen in ihrer Zeitung eine Reihe viel beachteter Artikel, die die einzelnen Forschungsergebnisse und die gesamte Problematik allgemeinverständlich darlegten. Plötzlich boten Universitätsärzte, die zuvor selbstgefällig auf die Forscher aus der Provinz herabgesehen hatten, mit Worten der Anerkennung ihre Mitarbeit an. Politiker sagten, dass sie die ganze Zeit im Blick hatten, dass mit dem Bau des Schornsteins der Weg erst halb zurückgelegt ist, dass dies zwar ein gewaltiger Schritt war, dem jedoch viele weitere folgen mussten. Ingenieure und Leute mit Einfluss präsentierten den Menschen laut und eilfertig Lösungen, doch insgeheim berechneten sie nur, wie viel Nutzen sie selbst daraus ziehen konnten.

Die Debatte zog sich ergebnislos in die Länge, sie wurde in zu vielen Fakten und Zahlen erstickt, man stritt um kleinste Stellen hinter dem Komma und hatte dabei längst vergessen, was eigentlich ihr Auslöser gewesen war, da besetzten an einem dunstigen Wintervormittag die Lehrerinnen und Erzieherinnen mit ihren Kleinkindern und Schülern den Hauptplatz. Alle trugen Masken im Gesicht, die Schilder in ihren Händen fragten, warum ihnen eine gesunde Zukunft verwehrt wird. Niemand hatte auch nur einen Teil dessen behalten, worüber die zahlreichen Redner diskutierten, das Bild mit den maskentragenden Kindern aber und ihren Parolen, dass sie einfach nur Luft zum Atmen wollen, räumte im Nu alle Hindernisse aus dem Weg. Alle waren sich nun einig, dass sie in den nächsten Jahren ein modernes Kohlekraftwerk bauen werden, das auch die Häuser in der Stadt beheizt. Man lobte die Leiter des Kraftwerks für ihre große Weitsicht schon vor Jahren, als sie im Stil der besten Großmeister im Schach einen derart leistungsfähigen Schornstein hatten bauen lassen, dass sich ein weiterer Kraftwerksblock daran anschließen ließ.

»Wie dumm wir doch sind, Matija, lauter weltfremde Hohlköpfe. Im ganzen Tal begegne ich Leuten, die der klugen Vorausschau der Chefs von Bergwerk und Kraftwerk begeistert applaudieren. Wie Kleingeister feiern meine Arztkollegen, dass wir den Kampf für die Menschen und eine gesunde Umwelt gewonnen haben. Den Teufel haben wir gewonnen, wir waren eine kostenlose Söldnerarmee, die unter dem Banner der Kraftwerks-Oberen aufmarschiert ist. Tatenlos haben sie in ihren Logen gehockt, die Köpfe geschüttelt, das wird schwierig, sagten ihre Blicke, aber wir haben ihnen einen Schornstein gebaut, ohne den wir die gesamte Produktion hätten einstellen müssen. Naiv, wie wir sind, haben wir die ganze Übung wiederholt, wir haben ihnen ihre langfristige Existenz auf dem Silbertablett serviert, damit sie noch mehr Strom und Qualm erzeugen können, sie wurden unentbehrlich, weil wir ohne sie im Kalten sitzen.«

Bojan hob ein breites Glas mit dickem Boden und kippte das Getränk hinunter. Er schüttelte sich leicht, winkte dem Kellner und signalisierte ihm mit einer Geste, dass er noch zwei davon bringen soll.

»Wir verneigen uns vor ihrer Sehergabe und bemerken dabei nicht, wie sie uns betrogen haben. Je schlimmer es um die Menschen stand, desto besser war es für sie, die Gesundheitsprobleme waren Wasser auf ihre Mühlen, jeder zusätzliche Kranke und auch Tote hat ihre Chancen verbessert. Wir waren blind wie die Maulwürfe, Matija, wir haben die modernen Ausbeuter, die dieses niederträchtige Spiel spielten, nicht als Problem gesehen, sondern als Lösung. Dabei haben wir nicht erkannt, dass sie selbst die Lawine ausgelöst haben, unter der wir ersticken, wie verhext haben wir gutmütige Bernhardiner in ihnen gesehen, die uns mit einem Schnapsfässchen um den Hals aufopfernd zu Hilfe eilen.«

Der Kellner stellte zwei Gläser auf den Tisch und trug das leere von Bojan weg. »Ich verabscheue mich dafür, dass ich dermaßen auf das Ganze reingefallen bin, ich will diesen Ekel fortspülen. Komm, Matija, lass uns anstoßen.«

KONZERTE

Matija führte Vasjas Finger auf die Knöpfe der Harmonika. »Wir beginnen in der ersten Reihe. Mittelfinger, du drückst und ziehst dabei die ganze Zeit gleichmäßig am Balg, wieder Mittelfinger, aber kurz, und Ringfinger. Wir rücken in die zweite Reihe, Zeigefinger, ganz kurz Mittelfinger und Ringfinger, drück weiter, und jetzt ganz schnell Mittelfinger, Zeigefinger und wieder Mittelfinger. Hast du die Melodie gehört? Wir wiederholen es ein paar Mal, dann spielen wir den Teil mit der linken Hand, und am Schluss verbinden wir beides miteinander. Wichtig ist, dass du der Melodie aufmerksam lauschst, das Lied wird deine Finger bald von selbst führen.«

»Ich habe großen Durst, ich muss erst was trinken.« Vasja drückte Matija die Konzertina in die Hand und lief zum Wasserhahn, drehte ihn auf und trank mit hastigen Schlucken.

»Ich habe Zmaga versprochen, dir das Harmonikaspielen beizubringen«, rief Matija ihm gereizt hinterher, »aber Tatsache ist, dass wir überhaupt nicht vorankommen. Du kannst noch immer kein einziges leichtes Lied spielen.«

»Du hast mir versprochen, mich zu unterrichten. Es ist nicht deine Schuld, dass ich schlecht bin, wahrscheinlich bin ich nicht begabt.«

»Mit Verlaub, Vasja, viel wahrscheinlicher ist, dass ich ein schlechter Lehrer bin. Ich werde Zmaga sagen, dass sie dich lieber an einer Musikschule anmeldet.«

»Ich will nicht in die Musikschule. Ich bin auch noch zu klein dafür, nur Schulkinder dürfen dorthin.«

Vasja hatte nicht besonders viel Ausdauer, und Matija fehlte es an der Strenge eines Lehrers, deshalb verlief der Unterricht langsam und größtenteils mit Gesprächen. Oft überredete der Schüler seinen Lehrer, ihm von vergangenen Zeiten zu erzählen, immer aufs Neue wollte er hören, wie der Vagabund Luka ihn nach Ljubljana mitnahm, wo sie in Gasthäusern spielten. Mit allem Ernst, den ein Kind aufzubringen vermag, schlug er ihm einige Male vor, diese Aktion zu wiederholen: Matija würde spielen, während Vasja Geschichten davon erzählte, wie der Alte mit der Harmonika sein Augenlicht verlor.

Sich Geschichten auszudenken und sie zu erzählen war eine Möglichkeit, Unterrichtszeit zu schinden. Matija genoss die reiche Kinderfantasie, die immer neue Geschichten über seine Blindheit ersann. In seiner allerliebsten kämpfte Matija gegen eine große Gruppe Drachen. Einen nach dem anderen richtete er mit seinem Schwert, das dabei immer stumpfer wurde, während sich ständig neue feuerspuckende Biester auf den Helden stürzten. Zuletzt standen sich nur noch der Oberdrache und der erschöpfte Matija gegenüber. Dem Helden gelang es mit letzter Kraft und völlig schartiger Klinge, das Untier tödlich zu treffen, doch er entging nicht dessen letztem Feuerhauch, der ihm die Augen versengte.

In einem anderen Märchen sprengte der junge Matija kühn einen Trupp böser Hexen, die seine Siedlung terrorisierten. Die Oberhexe konnte entwischen, indem sie ihm bei der Flucht eine Handvoll Heustaub ins Gesicht warf, der ihn für kurze Zeit erblinden ließ. Am nächsten Tag erwachte der Held mit ramponierten Augen und verklebten Lidern, was die Oberhexe listig ausnutzte. Sie trat an sein Bett, imitierte die Stimme seiner Mutter und sagte, er soll ruhig liegen bleiben, sie gibt ihm Heiltropfen in die Augen, in Wirklichkeit beträpfelte sie sie mit einer ätzenden Säure, die ihm für immer das Augenlicht nahm.

Manchmal vertieften sich beide derart in die Heldengeschichten, dass sie ganze Vorführungen konzipierten: Vasja erzählte, Matija begleitete ihn auf der Harmonika und unterdrückte mit Mühe ein Lachen, wenn das eifrige Kind hundert und mehr Drachen auf ihn losschickte.

Große Freude hatten beide auch daran, Leute nachzuahmen. Es begann zufällig. Sie saßen auf einer Parkbank, Vasja beschrieb Matija munter die vorbeigehenden Menschen. Nach eingehender Darstellung eines Passanten sagte Matija, dass er sich ihn auch genauso vorgestellt hat. Auf Vasjas verwunderte Frage, wie sich denn ein Blinder Menschen und Dinge vorstellen kann, antwortete Matija lächelnd: »Blindheit bedeutet nicht, aller Sinne beraubt zu sein, es bedeutet nur, eine andere Wahrnehmung zu haben. Müde Beine klingen anders als ein zügiger Schritt, sie sind langsamer, weniger elastisch, die Sohle schlurft öfter über den Boden, weil der Fuß nicht genügend angehoben wird.«

»Das kannst du nicht hören«, sagte Vasja.

»Glaubst du nicht? Wollen wir es ausprobieren?«

Vasja nickte begeistert: »Da kommt einer auf uns zu, bald ist er hier.«

»Du musst mir erlauben, dass ich selbst auswähle. Wenn ich mir ein Bild von jemandem gemacht habe, gebe ich dir Bescheid, und du beurteilst dann, wie nah ich der Wirklichkeit gekommen bin. In Ordnung?«

So manche Leute waren schon an ihnen vorbeigegangen, als sich Matija zu Vasja neigte: »Eine Dame, wohl etwas älter, mit neuer Frisur. Eher mollig, wahrscheinlich elegant gekleidet, jedenfalls mit ziemlich hohen Absätzen.«

Vasja zog Matija mit den Fingern die Lider auseinander, wie um sich davon zu überzeugen, dass der Alte nicht wie von Geisterhand sehend geworden war.

»Das war gar nicht so schwer«, sagte Matija laut auflachend, »in diesem Fall. Die Frau hat wie ein Friseursalon gerochen, ihr Gang war nicht mehr jugendlich. Das war leicht. Hohe, schmale Absätze dagegen sind etwas für Fortgeschrittene. Das Knirschen von Kies klingt verschieden, wenn es von einer breiten Fläche herrührt oder die Kraft auf einen kleinen Punkt drückt. Schmale Absätze wüten über den Kies, sie zerquetschen ihn, versuchen, ihn zu zermalmen, der Kies wiederum wehrt sich, möchte den Absatz wegstoßen, ihn biegen, brechen …«

Vasja rieb sich hingerissen die Hände und lachte laut auf: »Absatz gegen Kies – ein unerbittlicher Kampf.«

»Jetzt haben wir die Aufgabe, auf der Konzertina ähnliche Geräusche zu finden. Du wirst sehen, wie überaus amüsant das sein kann, aber wir müssen schleunigst nach Hause, bevor die Geräusche verblassen«, motivierte Matija seinen Schützling. »Die Stimme der Konzertina unterscheidet sich sehr von Kiesgeräuschen, deshalb werden wir die Laute nicht genau wiederholen können, wir wollen aber versuchen, uns der Melodie und dem Rhythmus des knirschenden Gefechts zu nähern, die gegenseitige Spannung aufzufangen, die Aufregung. Wichtig ist die Verwandtschaft mit dem Original.«

Der lustlose Schüler verwandelte sich in einen Entdecker von Tönen. Nach zwei Jahren Unterricht, kurz vor der Einschulung, organisierte er mit Matija einen Auftritt in Valentinas Küche. Nach der Einführung seines Lehrers spielte Vasja fehlerfrei, aber auch ohne Anteilnahme, zwei Kinderlieder. Es folgte eines der Märchen über die Ursache von Matijas Blindheit, wobei das überschaubare Publikum munter wurde, Zmaga und Valentina geizten nicht mit lauten Lobesworten für den jungen Erzähler und den blinden Musikanten. Vor dem Hauptteil der Veranstaltung verteilte Vasja Tücher an die Zuhörer und forderte sie auf, sich die Augen zu verbinden, sie dürfen nichts sehen, erst im Dunkeln werden sich ihre Hörbahnen weit öffnen, mit denen sie sich den Tönen ganz hingeben.

Die beiden Frauen folgten der eigenartigen Bitte ohne Widerrede, Bojan mit einem tiefen Seufzer, Davor sagte etwas von komischen Kindsköpfen, während man ihm das Tuch umband. Vasja stellte dem blinden Auditorium genau vierundzwanzig Hörbilder vor, für jede Stunde des Tages eins, während Matija schon Routine gewann in der Rolle des Ansagers, teils auch Erklärers. Sie stellten recht alltägliche Bilder dar, Vogelgesang am Morgen, das Rauschen eines Bachs, der nach einem Regenguss angestiegen war, das nächtliche Heulen streunender Hunde, aber auch sehr ungewöhnliche, Valentinas Gespräch mit der schwerhörigen Nachbarin, Vaters Fluchen und sein Treten gegen den platten Fahrradreifen, Davors Öffnen der quietschenden Eingangstür, wenn er auf den Hof zu entwischen versucht, Mutters Pinsel, der über die Leinwand fährt. Von Zeit zu Zeit musste sogar Davor glucksen, während sich die anderen Zuhörer vor Lachen kringelten und bald fix und fertig waren.

•

Die Sommerferien zwischen Primarschule und Gymnasium verbrachte Vasja in der Ruine einer Textilfabrik. Der Betrieb war geschlossen worden, die Maschinen und was noch verwendbar war, hatte man abtransportiert, die Näherinnen arbeiteten irgendwo anders, und die Räume waren in den Besitz der Gemeinde übergegangen. Da es an Geld fehlte, konnte man die einstige Näherei nicht für andere Nutzungen herrichten, deshalb überließ man sie vorübergehend dem Jugendklub, der sich darin einen behelfsmäßigen Saal einrichtete, um Konzerte, Literaturabende und Diskussionsrunden zu organisieren.

Es waren zwei Monate Plackerei, sie schafften haufenweise kaputtes Zeug und Müll aus dem Saal, schlossen Löcher in den Wänden und im Boden, so gut es ging, strichen Wände und Fenster. Sie bauten eine kleine Bühne, nicht mehr als zwei Stufen hoch, im Saal verteilten sie rund siebzig Stühle, von überall her besorgt, die sie flickten, zusammenschweißten oder sonst wie reparierten, bemalten oder neu überzogen. Mit ihren vielfältigen Formen und vor allem ihrer Buntheit brachten sie den schlichten Raum, dessen Herkunft sich nicht verbergen ließ, zum Leuchten.

Die Jungen und Mädchen waren ein eingeschworenes Team, müde saßen sie abends noch vor dem Saal, schmiedeten Pläne für den nächsten Tag und die kommenden Monate, tranken und rauchten, wenn etwas da war. Ihnen schien, dass sie etwas sehr Wichtiges taten, dass sie sich jenseits von Katheder und Altar eine Heimstatt erschaffen hatten und über die Ferien erwachsen geworden waren.

Fürs Eröffnungskonzert hatten sie eine berüchtigte lokale Band verpflichtet, die eine schwer einzuordnende Musik spielte; sie war häufig einfach nur chaotischer Krach, worin sich das Industriezeitalter und gesellschaftliche Traumata spiegeln sollten. Vasja fand die Gruppe großspurig und viel zu laut, doch weil sich so viele für sie begeisterten, behielt er seine Meinung für sich. Er überlegte, wie rasch Entfremdung eintreten konnte, wie viel diese erste Bewährungsprobe noch mit seinen Erwartungen des Sommers zu tun hatte.

Für ein weiteres Konzert schlug Vasja den alten blinden Harmonikaspieler Matija vor. Was er von ihm schilderte, weckte unter seinen Freunden keine große Resonanz, Vasja konnte ihnen auch nicht überzeugend erklären, warum seine Musik so besonders, geradezu berückend ist. Sie vereinbarten, dass er sich das Tonbandgerät ausleiht, das der Jugendklub vor Jahren zum Dokumentieren von Sitzungen gekauft hatte und schon lange nur noch im Schrank lag, und ihnen ein paar Aufnahmen bringt.

Matija missfiel die Idee eines Konzerts, er ist alt, seine Finger sind langsam und steif geworden, er vergisst vieles, kann sich schwer konzentrieren, zählte er auf, in Tonaufnahmen sah er jedoch eine interessante Herausforderung. Natürlich hört er, was er spielt, erklärte er Vasja, aber noch nie hatte er die Möglichkeit, einfach dazusitzen und einer Einspielung seiner eigenen Musik zu lauschen. Bestimmt ist es anders, sagte er und lächelte, erst spielt der Harmonikaspieler Matija, dann hört ihm der Greis Matija mit gefalteten Händen zu.

Viele Samstage und Sonntage trafen sich nun der Tontechniker Vasja und der Harmonikaspieler Matija, wie es rund ein Jahrzehnt zuvor der Lehrer Matija und der Schüler Vasja getan hatten. Die Bänder häuften sich, viele Stunden Aufnahmen kamen zusammen, aber Vasja redete ihm immer wieder zu, noch ein weiteres Lied aufzunehmen. Er fand, dass er noch nie etwas so Gutes gehört hatte. Erst nachdem seine Leute vom Jugendklub ihn mehrfach ermahnt hatten, ob er das Tonbandgerät nicht endlich mal zurückgeben will, ging er mit dem schweren Gerät und den Bändern zu ihnen. Er rief seine Freunde zusammen und kündigte voll Überzeugung an, sie sollen sich festhalten, denn es erwartet sie das Größte, was Musik bieten kann.

Er spielte die Aufnahmen vor, wies auf einzelne Teile hin oder erläuterte sie, er wollte übersehen, dass niemand seine Begeisterung teilte. Die meisten fanden den Harmonikaspieler langweilig, was sie ihm so behutsam wie möglich zu sagen versuchten. Für Vasja, den Matijas Musik verzauberte und erschütterte, war die schulterzuckende Reaktion vollkommen unverständlich, er war furchtbar enttäuscht. Ob sie nicht hören, fragte er, wie meisterlich Matija uralte Geschichten, Ängste und Hoffnungen in einzigartige Melodien fasst. Vielleicht macht er zu viel Druck, sagte er sich, diese Musik ist doch sehr anders, sie hören sie zum ersten Mal, sie brauchen Zeit. Irgendwann wird sie ihnen unter die Haut gehen, sie mit ihrer Zauberwirkung bezirzen, davon war er überzeugt.

Die Aufnahmen blieben auf dem Tisch liegen, keiner seiner Kameraden hörte sie sich später noch einmal an, zusammen mit dem Tonbandgerät wanderten sie bald wieder in den Schrank. Vasja war beleidigt von der Ablehnung und wendete sich von seinen Leuten ab.

•

Zehn Händepaare wären mehr als genug, sagte der Sportlehrer zum Vorsitzenden des Jugendklubs. Am Vortag war er die Strecke abgeschritten und hatte dabei einige Mängel bemerkt, die noch zu beheben waren: Hier und da mussten Äste abgesägt werden, die tief auf den Weg hingen, stellenweise hatte sich Laub angesammelt, Baumwurzeln mussten entfernt werden, damit niemand stolpert, wo Wasser Rinnen ausgehöhlt hat, wäre der Boden etwas zu ebnen. Es geht um Kleinigkeiten, beteuerte er noch einmal, eine Zehnergruppe schafft alles in drei, höchstens vier Stunden.

Zehn wird er wohl auftreiben, sagte der Vorsitzende des Jugendklubs säuerlich lächelnd, wegen Werkzeug sieht er im Keller nach. Ein paar Spitzhacken und Schaufeln müssten noch dort sein, seit es keine freiwilligen Arbeitsaktionen mehr gibt, kümmert sich keiner mehr richtig darum.

Der Sportlehrer schüttelte den Kopf. Das Werkzeug leiht er sich beim Grünflächenamt, da ist alles abgesprochen, Äxte, Sägen, Spitzhacken, Schaufeln, Rechen, was immer man braucht, wird gestellt. Das einzige Problem ist, dass das Markierungsband knapp geworden ist, mit dem man sonst Wasserleitungen kennzeichnet. In den Jahren zuvor hatten sie acht Rollen Band zu je fünfhundert Metern geschenkt bekommen, so viel hatten sie gebraucht, jetzt ist nur noch eine kleine Menge da.

Der Vorsitzende des Jugendklubs überlegte angestrengt, sagte dann, dass er niemand kennt, der einige Kilometer solchen Bandes hat. Es gibt doch bestimmt noch andere Arten der Markierung, fragte er seinen Freund.

Er weiß es nicht, sagte der Sportlehrer schulterzuckend, bislang hat man die Strecke immer mit diesem Band markiert. Er schloss die Augen, wie um sich die Strecke innerlich vorzustellen, dann öffnete er die Augen wieder. Wahrscheinlich sind die Bänder nicht wirklich nötig, man sieht, wo der Weg verläuft, an kritischen Stellen, wo jemand schummeln und eine Abkürzung nehmen könnte, wird man Ordner aufstellen.

Vielleicht können wir eine normale Schnur ziehen, Wolle oder einen dünnen Draht, und Fähnchen dranhängen oder -kleben oder bunte Bänder, suchte der Vorsitzende des Jugendklubs weiter nach Lösungen.

Er soll sich nicht bemühen, sagte der Sportlehrer und schüttelte den Kopf, doch das entging dem Vorsitzenden des Jugendklubs. Sein Blick blieb am Schrank hängen, er trat vor ihn und nahm einen

Stapel Schachteln vom Regal. Tonbänder, sagte er zum Sportlehrer gewandt, davon haben sie kilometerweise, früher sollen Sitzungen damit aufgezeichnet worden sein. Er nahm eine Spule aus der Schachtel und versuchte, das Band zu zerreißen, ihn überraschte, wie stabil es war. Was meinst du, fragte er, es ist zwar weniger auffällig als die Markierungsbänder, aber besser als gar nichts.

Keine schlechte Idee, sagte der Sportlehrer zustimmend nickend. Er hielt ein Stück abgewickeltes Band gegen das Licht und drehte es. Eine Seite schimmerte, in der Sonne wird es aufglänzen. Er legte die Spule mit dem Band zurück in die Schachtel und las laut die mit dickem Stift erfolgte Beschriftung MK-I. Er fragte den Vorsitzenden des Jugendklubs, ob er sich anhören möchte, was auf den Bändern ist, um nichts Wichtiges zu vernichten.

Der schüttelte den Kopf, das Kürzel steht wohl für eine Sitzung oder so etwas und die Nummer für die Reihenfolge der Aufnahmen. Jedenfalls interessiert es keinen mehr, so oder so ist alles im Zerfall begriffen. Die einst so große Einheits-Jugendorganisation ist in lauter Grüppchen zerfallen, politische Parteien schießen wie Pilze aus dem Boden, und alle haben eine Parteijugend. Gestern saßen sie noch miteinander am selben Tisch und diskutierten in aller Freundschaft, klagte er, und heute spielen sich alle auf, welch großes Unrecht ihnen im Sozialismus widerfahren sein soll, in dem ihnen nur immer genommen wurde. Als Gerechtigkeitsfanatiker aber finden sie, sagte er lächelnd, dass die Räume der Jugendorganisation und das Inventar unter allen Parteijugenden aufgeteilt werden sollten; man verleugnet die gemeinsame Organisation von gestern, aber beerben möchten sie sie alle gern.

Der Samstagvormittag war klar und sonnig. Die Startlisten liegen bereit, die Ordner sind auf ihren Positionen entlang der Strecke, die Lautsprecheranlage funktioniert, der Schultransporter hat gerade eben belegte Brote und Saft gebracht, hakte der Sportlehrer in Gedanken ab, ob alles bereit war. Er war bestens gelaunt, als er zu einer Gruppe der jüngsten Mädchen trat, um ihnen die wichtigsten

Regeln zu erklären. Bis zum Beginn des Wettkampfs waren es nur noch wenige Minuten.

Als die vierte oder fünfte Gruppe Läufer auf der Strecke war, kam ein leichter Wind auf. Die Brise war so sanft, dass sie nur hier und dort ein Blatt zum Schaukeln brachte, das längs der Strecke angebrachte Tonband vibrierte. Kaum hörbar erklang Musik, als würde der Wind Töne von den Bäumen und Büschen schütteln, als blase er traurige Melodien auf ihrem Holz. Die meisten Läufer schüttelten den Kopf oder zogen ihn ein und beschleunigten, um vor der akustischen Halluzination fortzulaufen. Es gab auch etliche Läufer mit rasenden Herzen und Atemnot, die wild nach Luft schnappten und ihr eigenes Instrument waren, so laut, dass sich kein anderes Geräusch in ihren Ohren verfing. Einige Läufer, denen ihr Ergebnis egal war, blieben sogar stehen und staunten über die unvermutete Musik.

Es ist unmöglich, aber es ist passiert, sagte später ein Ordner, der die Serpentinen überwachte, damit die Wettkämpfer keine Abkürzung nahmen. Die zarten, dünnen Tonbänder an den Zweigen der Büsche und Bäume tänzelten nach dem Willen der Brise und sangen eigentümliche Melodien, dergleichen er nie zuvor gehört hatte. Der Atem des Windes strich über die Bänder und wandelte die unsichtbaren Aufzeichnungen in wehmütige Lieder, die Matija vor geraumer Zeit eingespielt hatte.

Obwohl Hunderte Kinder am Lauf teilnahmen, zahlreiche Lehrer am Ziel die Zeit stoppten oder als Ordner an der Strecke standen und viele andere an jenem Samstag bei dem Ereignis dabei waren und im unbewohnten Dickicht oberhalb der Siedlung Musik hörten, wollte diesem Phänomen kaum jemand Glauben schenken. In einer längeren Radioreportage und auf einer Aufnahme des lokalen Fernsehsenders war nichts zu hören als Reden, Keuchen und sich vom Boden abstoßende oder über die sandige Erde rutschende Füße.

DAS FRESKO

Als sie sich der bestuhlten Wiese näherten, fing eine junge Frau sie ab, die sie mit einem breiten Lächeln begrüßte. Sie stellte sich vor und suchte in der Liste nach ihren Namen, für Herrn Matija Knap und Frau Valentina Knap sind zwei Plätze in der ersten Reihe reserviert, sie wird sie begleiten. Valentina schaute zu Zmaga, die abwinkte, sie sollen der jungen Dame folgen, sie sucht sich weiter hinten einen Platz.

Valentina griff Matija unter den Arm, sein Gang war inzwischen recht unsicher, langsam folgten sie der Frau. Sie zeigte ihnen ihre Stühle am Rand der ersten Reihe, entfernte die Namensschilder und verabschiedete sich höflich lächelnd. Einige Menschen, die in der Nähe saßen, Vertreter verschiedener Parteien und der Führung der Gemeinde, traten an sie heran und schüttelten ihnen die Hand. Während sie sich vorstellten, sprachen sie nicht mit Matija, nur Valentina wechselte einige Worte mit dem oder jenem.

Sie saßen da und warteten, dass es noch etwas dunkler wurde, das Kernstück der Feier war nämlich die Vorführung des Dokumentarfilms über Alojzij Knap. Valentina beschrieb Matija den Schauplatz: Das kleine Haus, das als Einziges von der früheren Kolonie übrig war, war von außen komplett erneuert, sicher wurde auch das Innere renoviert. Sie hatte nachgefragt, doch man tat sehr geheimnisvoll, sie erfuhr lediglich, dass in der ersten Wohnung weiterhin die bescheidenden Wohnverhältnisse dargestellt wurden, während die zweite Wohnung, die den Partisanen gewidmet war und zu einem großen Teil auch Ludvik, angeblich umfassend neu gestaltet worden war. Die alte Sammlung hatte man komplett aufgelöst, an ihrer Stelle sollte eine Glasausstellung stehen mit Schwerpunkt auf Alojzij und seiner Rolle bei der Entwicklung des Glaswerks. Der gesamte Gedenkpark wird von nun an nach ihm benannt, nicht mehr nach Ludvik.

Matija schüttelte den Kopf und antwortete flüsternd, dass er sich schwertut, all diese Eindrücke zusammenzubringen. »Es ist schon richtig, an Alojzij zu erinnern, jedoch ist es falsch, dass man dafür einfach Ludvik austilgt. Bei der ersten Eröffnung des Museums war es genau umgekehrt, damals war nur Ludvik wichtig und Alojzij uninteressant. Wie lange ist das jetzt her? Vielleicht fünfunddreißig Jahre? In der langen Zeit haben wir keine Fortschritte gemacht, was das angeht, wir stehen noch an derselben Stelle. Meinst du, ich muss besorgt sein, was man da jetzt ins Museum und in den Film gepackt hat? Hast du ihn schon gesehen?«

»Nein, als er vor Monaten gedreht wurde, haben sie mir ein paar Fragen gestellt. Aber dir doch auch. Das ist alles, was ich über den Film weiß, später kam nichts mehr.«

»Weißt du, wer das Band durchschneidet?«, fragte er sie, bekam jedoch keine Antwort. »Bei der ersten Eröffnung hat es Frančiška gemacht, heute könntest du es tun, ihre Tochter, Alojzijs Nichte.«

»Warum nicht du, Alojzijs Bruder?«

»So tapsig, wie ich bin, könnte ich mich schneiden, die Schere ist bestimmt scharf. Damit würde ich den feierlichen Moment zerstören«, scherzte Matija.

»Damals hast du Harmonika gespielt. Wir Knaps waren ein wichtiger Bestandteil der Feier«, sagte Valentina lächelnd.

»Zmaga war auch mit, als ganz kleines Mädchen. Glaubst du, sie erinnert sich noch?«

»Du wirst es nicht glauben, aber mir ging genau das Gleiche durch den Kopf, als wir die Einladungen für heute bekamen. Sie antwortete mir, dass sie eine Sache noch ganz genau weiß.« Valentina machte eine Pause, wie um Matija zum Raten zu ermuntern.

»Sie hat gesagt, dass sie sich nur zu gut an die große Tafel Schokolade erinnert, die Vladimir ihr schenkte.«

»Vladimir«, sprach Matija sanft den Namen seines Neffen aus und tauchte ab in vergangene Zeiten. »Er hat die Eröffnung verpasst, weil wegen eines Unfalls die Züge nicht fuhren. Erinnerst du dich? Karel war auch dort, mit seiner guten Laune hat er mich zum Lachen gebracht. Was für großartige Jungs, sie fehlen mir sehr«, sagte Matija und strich sich mit der Hand über die Augen.

Ihr Gespräch unterbrach eine kleine Bläsergruppe am Bühnenrand, die die Feier eröffnete. Der Ansager begrüßte herzlich die Versammelten und nannte dabei einige Namen von Gästen aus der Politik, die es für nötig hielten, sich unter schwachem Beifall leicht von den Stühlen zu erheben, sich umzudrehen und dabei den Leuten lächelnd zuzunicken. Er fuhr damit fort, den Gedenkpark vorzustellen, der nach der Umgestaltung modernere Inhalte bietet, nun ganz im Einklang mit der neuen Zeit. Benannt ist er nach dem größten Sohn dieses Tals, verkündete er feierlich, nach einem großen Experten, der in der Vergangenheit zu Unrecht verschwiegen wurde, nach Alojzij Knap.

Alojzij Knap, fuhr der Redner nach zustimmendem Beifall fort, war ein Junge aus einer armen Bergarbeiterfamilie mit einem unglaublichen Lebensweg, er begann mit dem Aufräumen von Glas im kleinen Glaswerk am Ort und stieg langsam bis zum außerordentlich erfolgreichen Fabrikanten und hervorragenden Kenner im Bereich der Optik auf. Mit seinem überragenden Talent und übermenschlichen Einsatz kletterte er auf der Stufenleiter der Gesellschaft von ganz unten bis zum Gipfel empor.

Auf der großen Leinwand begann nun der Film zu laufen. Wie die meisten Bergarbeiterfamilien wuchs auch Alojzij Knap in ärmlichen Verhältnissen auf, erzählte der Sprecher mit einer Stimme, die furchtbare Lebensumstände heraufbeschwor. Ohne richtige Freunde, lebte er wie ein Eigenbrötler, niemand in seinem Umfeld verstand oder billigte seinen Wissensdurst, er erhielt keinerlei Unterstützung, eher setzte es Schimpfworte und Schläge. Die einzige Chance, dem zu entfliehen, war, Zuflucht beim Besitzer des Glaswerks zu suchen, obwohl er damit schweren Herzens auch dessen deutschen Namen annehmen musste.

Entsetzt von dem, was die Stimme da erzählte, schüttelte Matija den Kopf und äußerte lautstark, dass das Gesagte nicht der Wahrheit entspricht, sodass sich zahlreiche Menschen zu ihm hindrehten. Warum erfinden die so etwas, fuhr er, Valentina zugewendet, leiser fort.

Unverhältnismäßig viel Aufmerksamkeit widmeten die Filmemacher dem versuchten Attentat und der Dienstmagd Dora; sie wurde als erklärte Slowenin dargestellt, die Alojzij mit aller Kraft unterstützte und vermutlich sogar ihr Leben für ihn opferte. Ein Interviewpartner bezeichnete die Geschichte von dem Teufelsding im explodierten Postpaket selbstgewiss als so löchrig, dass sie kaum zu glauben ist. Seiner Meinung nach handelte es sich tatsächlich um einen Terrorakt, hinter dem wahrscheinlich die Konkurrenz aus der Optikindustrie stand, der Attentatsversuch an sich könnte sogar politisch motiviert gewesen sein. Diese Vermutung stützt sich auf die Tatsache, dass niemals ernsthafte Ermittlungen durchgeführt worden sind. Der Redner war überzeugt, dass der beleidigte Chauffeur das Teufelsding in irgendjemandes Auftrag platziert hatte, jedoch hat die Dienstmagd Dora sie zu schnell entdeckt, wofür sie mit dem Leben bezahlen musste.

»Diese Fantasien und Lügen höre ich mir nicht länger an. Wessen wirre Ideen sind das, wer erzählt diesen Blödsinn? Was, wenn wir einfach gehen?«, wandte sich Matija verdrossen an Valentina.

»Wir können nicht einfach gehen.«

»Frančiška hätte diesen verrückten Märchenerzähler zusammengestaucht«, flüsterte er Valentina zu. »Erinnerst du dich, wie sie diesen Historiker für seine oberflächlichen Forschungen zu Ludviks Leben zerrissen hat? Wie würde sie erst jemandem die Haut gerben, der sich einfach etwas ausdenkt.«

Der Film ging langsam zu Ende. Mit dem Krieg brach dann alles ab, hörte man den Erzähler mit dunkler Stimme sagen, nach dem verbrecherischen Mord an Alojzij Knap gab es niemanden, der seine Arbeit fortführen konnte. Eine Weile wurde es versucht, aber nach dem Angriff der Partisanen auf die Fabrik, bei dem das Gebäude und die Ausstattung stark beschädigt wurden, brachte man einen Teil der unbeschädigt gebliebenen Maschinen und Anlagen nach Deutschland. Während sie sich dort einrichteten und die Produktion neu zu starten versuchten, wurde die Fabrik bei einer Bombardierung völlig zerstört.

Es wirkt wie ein Hinweis mit Symbolkraft, wurde abschließend der Gedanke geäußert, dass ohne Alojzij Knap alle Bemühungen vergeblich blieben.

Während die Zuschauer den Filmemachern applaudierten – einige waren auf die Bühne gekommen, um sich zu verbeugen –, wandte sich Matija zu Valentina: »Als sie bei mir waren, wurde mir versichert, dass das Filmporträt unbedingt so lebendig geraten soll, dass die Leute, vor allem jene, die Alojzij persönlich gekannt hatten, ihn am liebsten ansprechen und nur darauf warten würden, wann er aus der Leinwand steigt. Jetzt könnte ich ihnen antworten, dass ihr Plan vollständig gescheitert ist; was ich über die Hauptfigur gehört habe, hatte keinerlei Ähnlichkeit mit Alojzij, der Mann, über den sie den Film gedreht haben, war nicht unser Alojzij.«

»Wahrscheinlich hast du recht, aber deine Sicht auf ihn ist natürlich ganz anders, viel persönlicher, emotionaler …«

»Es stimmt, mein Bild ist in so mancher Hinsicht verzerrt, vermutlich auch verklärt«, sagte Matija, dessen Zorn langsam abkühlte. »Es steht zwar nicht direkt damit in Verbindung, aber mir ist eingefallen, dass Frančiška bei der ersten Eröffnung des Parks fragte, inwieweit uns unser Leben wirklich gehört. Wie viel von ihm wir mit unserem Willen gestalten und lenken und wie viel die Folge unseres Umfelds ist, von Umständen und Zufällen? Damals hat sich das auf Ludvik bezogen, heute müssten wir uns fragen, inwieweit Alojzijs Leben wirklich Alojzij gehört hat …«

Pst, wies einer der Zuhörer Matija zurecht, der seine Gedanken immer lauter äußerte.

Gerade erklärte der Bürgermeister der Stadt auf der Bühne, dass er eine Eingabe auf den Weg gebracht hat, um die Umbenennung des angesehenen internationalen Preises für Leistungen auf dem Gebiet der Optik, der momentan den Namen Alois Schwarz trägt, in Alojzij-Knap-Preis zu erwirken. Vom Thema Ansehen und Ehre aufs Feld des Politischen geführt, sagte der Redner nun, dass der Sozialismus alles durch die Brille seiner Ideologie gesehen hat, weshalb die Realität oft verzerrt wirkte. Darum hat er den Gedenkpark nicht dem tatkräftigen und aufgeklärten Alojzij Knap gewidmet, der eine interessante Erfolgsgeschichte für die ganze Welt schrieb, sondern seinem Bruder Ludvik, der nach sozialistischer Terminologie als Revolutionär galt, im Sprachgebrauch einer Demokratie aber wohl eher als Zänker bezeichnet würde.

»Lass uns gehen, das höre ich mir bestimmt nicht länger an«, rief Matija und stand entschlossen auf, »bitte hilf mir, hier wegzukommen.«

Der Redner hielt kurz inne, als Matija laut schimpfte und mit dem Stock herumfuchtelte. Valentina kam mit Mühe hoch, hakte sich bei Matija unter, und, einander stützend, verließen sie langsam den Schauplatz. Lange schwiegen sie, erst als sich die Laute der Feier in der abendlichen Geräuschkulisse verloren, fragte ihn Valentina, wie er sich fühlt, ob er sich beruhigt hat.

Sein Nicken überzeugte sie nicht: »Soll ich dich zum Arzt begleiten? Du siehst …«

»Ist schon gut, Valentina, mach dir keine Sorgen, mir geht es schon viel besser. Mich hat dieses unrechte und beleidigende Wort empört, das er Ludvik verpasst hat, es verletzt mich noch immer, aber ich werde schon nicht vor Zorn platzen«, sagte er und versuchte zu lächeln. »Lass uns in den Park gehen, bestimmt hat die Konditorei dort noch geöffnet. Wir trinken einen Tee und kommen schön zur Ruhe. Ich spendiere dir die beste Torte im Angebot.«

»Du Schlaufuchs du, lockst mich mit einem Törtchen, obwohl du genau weißt, dass ich zuckerkrank bin.«

Matija lächelte noch fröhlicher. »Ich dachte, dass wir ihnen diese Information verschweigen.«

•

»Du hast also keinen Familienstammbaum aufgestellt?«, fragte Zmaga etwas enttäuscht.

»Wie kommst du jetzt auf den Stammbaum?«

Zmaga schüttelte nur kurz den Kopf, weshalb Valentina fortfuhr: »Ich habe bald nach meiner Pensionierung damit angefangen, ließ die Arbeit aber bald sein, die Suche nach fehlenden Daten war viel schwieriger und zeitaufwendiger, als ich dachte. Ich bin nicht gut in Recherche, mir fehlt die nötige Ausdauer, um in Archiven und Bibliotheken zu hocken und systematisch in alten Dokumenten zu wühlen. Als ich mir das eingestanden hatte, fehlte nur noch ein Schritt zur Entscheidung, die Perlenkette der Ahnen nicht weiter aufzuziehen. Ich war der Aufgabe einfach nicht gewachsen.«

»Du sagst, dass du die Arbeit am Stammbaum abgebrochen hast. Gesammelt hast du also doch etwas?«

»Nicht viel, ich habe mehr oder weniger festgehalten, was mir Matija erzählt hat.«

»Sei nicht so bescheiden. Du hast meine Geschichten mit etlichen Jahreszahlen und anderen Angaben versehen«, mischte sich Matija ein, »du hast alles aufgeschrieben und sortiert, hast sogar einen ordentlichen Stoß Fotos zusammengetragen.«

»Zeig mir das, bitte.«

»Es ist nichts Besonderes. Irgendwo im Schrank liegt ein Heft mit den Geschichten, das Fotoalbum muss auch dort sein. Es sind größtenteils Kopien von Fotos aus dem Museum, aus dem vorigen, dem für Ludvik. Jetzt könnte ich vielleicht sogar an die Originale kommen, wenn sie nicht alles weggeschmissen haben. So oder so waren es wahrscheinlich wir, die ihnen die Bilder zur Verfügung gestellt haben.«

»Mir ist völlig egal, ob es Kopien oder Originale sind.« Zmaga wühlte bereits zwischen den unzähligen Kisten und Heften, die ganz unten im Schrank lagen. »Weißt du noch, welche Farbe das Heft und das Album hatten?«

»Beide haben rote Einbände, das Heft ist etwas kleiner«, sagte Valentina, und nach einer Weile fragte sie: »Du hast mir noch nicht erzählt, warum dich das plötzlich so sehr interessiert.«

»Die Geschichte ist ziemlich lang und enthält viele Geheimnisse und Rätsel«, sagte Zmaga und blätterte im Album.

»Ich habe reichlich Zeit, wir beide haben sie, nicht wahr, Matija, du kannst gleich anfangen.«

»Ihr werdet euch noch ein bisschen gedulden müssen, ich muss noch ein paar Dinge klären. Ich verspreche aber, dass ich euch dann mit in unser Wochenendhäuschen nehme und alles erkläre. Am besten, wenn Bojan Bereitschaftsdienst hat, dann hätten wir unsere Ruhe.«

»So lange halte ich es nicht aus, ich sterbe vor Neugier. Gib uns zumindest einen Hinweis.«

»Na gut.« Zmaga kehrte mit Album und Heft zum Tisch zurück. »Hast du gewusst oder du, Matija, dass Alojzij ein riesiges Wandgemälde mit biblischer Thematik anfertigen ließ? Bald nach der großen Krise, als die Kirche eingesunken war und gründlich saniert werden musste.«

Valentina blickte zu Matija, der verwundert den Kopf schüttelte. »Ich weiß nichts von so einem Bild. Vielleicht, weil wir nicht zum Gottesdienst gingen. Es wurde aber viel darüber gesprochen, dass das Kirchengebäude einsinkt, daran kann ich mich noch erinnern. Das war ungefähr zu der Zeit, als Angela starb.«

»Du hast recht, die Kirche ist eingesunken, schuld war das Grundwasser, am linken Schiff war eine radikale Baumaßnahme vonnöten. Nach der Sanierung ließ man das Ganze in einem ziemlich unfertigen Zustand, man hatte entweder kein Geld oder wollte in den schlechten Zeiten nicht mit üppiger Pracht provozieren. Wo sich früher ein Seitenaltar befand, blieb eine große kahle Wand zurück. Darauf hat ein noch heute und schon damals berüchtigter

Maler auf Alojzijs Kosten ein riesiges Fresko gemalt, als Motiv diente das bekannte Gleichnis vom verlorenen Sohn.«

Valentina unterbrach ihre Tochter: »Hilf mir auf die Sprünge, ist das die Geschichte von den zwei Söhnen …«

Zmaga nickte: »Der jüngere Sohn hat von seinem Vater seinen Anteil am Vermögen eingefordert und ihn mit seinem ungezügelten Lebensstil bald verprasst. Hungrig und zutiefst reumütig kehrt er nach Hause zurück, um dem Vater seine Dienste als Knecht anzubieten, dieser aber umarmt ihn gerührt und richtet ein Festmahl für ihn aus. Der ältere Sohn ist beleidigt, weil er seinem Vater stets treu gedient hat, aber nie ähnliche Aufmerksamkeit von ihm erfuhr.«

»Genau das hatte ich im Sinn«, sagte Valentina nickend, »erzähl weiter.«

»Das ist alles, du wolltest einen Tipp und hast ihn bekommen. Tatsache ist, dass das Fresko in einem kläglichen Zustand ist, dass die Kirche aber die erforderlichen Mittel für seine Restaurierung eingeworben hat und ich das Projekt leiten werde«, sagte Zmaga lächelnd.

•

»Jetzt darf bloß kein Wind aufkommen«, sagte Zmaga, als sie auf der Terrasse aus größeren Fotoabzügen ein Bild zusammenstellte. »Das ist die Aufnahme des Freskos in seiner Originalgröße, es ist rund drei Meter breit und noch einen Meter höher.«

Valentina schritt am unteren Rand des Bildes entlang und versuchte, Matija zu beschreiben, wie riesig es ist, während Zmaga die letzten Fotos dazulegte. »Als Erstes habe ich zu ermitteln versucht, ob Alojzij in irgendeiner Form an der Motivwahl beteiligt war. Meine Antwort lautet, dass es allein Alojzijs Entscheidung war, denn ich habe weder im Inneren der Kirche noch in der Ortsgeschichte eine einzige Begründung für eine solche Darstellung gefunden. Im Seitenaltar, der während der Sanierung niedergerissen wurde, war der heilige Georg abgebildet, im rechten, der noch steht, sieht man die heilige Barbara. Beide haben eine starke inhaltliche Verbindung: Sie ist die Schutzpatronin der Bergleute, er der Drachentöter, und dem Volksglauben nach ist Kohle getrocknetes Drachenblut.«

»Du sagst, dass es keine logische Erklärung für die Wahl dieses Motivs gibt. Warum hätte Alojzij diese Geschichte dann abbilden lassen wollen?«

»Genau das habe ich mich auch gefragt, Matija, aber erlaube mir, dass ich der Reihe nach erzähle. Als Nächstes hat mich beschäftigt, ob sich Alojzij in die Wahl des Künstlers einmischen würde, und wenn ja, aus welchem Grund?«

Valentina stoppte ihre Tochter: »Ich finde das völlig unwichtig.«

»Für mich war dies von wesentlicher Bedeutung, weil mich die ganze Zeit ein vages Gefühl verfolgt hat, dass es bei dem Gemälde nicht nur um ein Geschenk an die Kirche ging, sondern um viel mehr oder sogar etwas ganz anderes. Und wenn mich mein Gefühl nicht täuscht, wenn diese Verbindung wirklich zusätzliche Dimensionen hatte, dann ist natürlich äußerst wichtig, wer alles dazugehörte.«

»Klingt plausibel«, stellte sich Matija auf Zmagas Seite.

»Ich habe den Maler und seine Arbeiten gründlich studiert und unter anderem festgestellt, dass er drei Jahre zuvor in einer Kirche in der Küstenregion das Jüngste Gericht gemalt hat, und unter den Sündern, die in die Hölle stürzen, hat er unverkennbar den faschistischen Führer Mussolini dargestellt. Mir bestätigte sich eine zuvor unklare Vermutung: Der Maler hatte anscheinend Humor und war mutig genug, dass er sich traute, kirchliche Fresken auch für profanere Aussagen zu nutzen.«

»Langsam geht auch mir ein Licht auf«, sagte Matija, Valentina aber stand auf und begann die Gesichter auf den Bildern zu inspizieren, die Zmaga über den Boden verteilte hatte.

»Matija, es ist wohl an der Zeit, dass ich dir das Bild beschreibe, das meine Mama gerade so gründlich studiert«, sagte Zmaga lächelnd. »Vorn und ganz in der Mitte steht ein Greis in Überlebensgröße. Er ist nach vorn geneigt, weil er einen vor ihm knienden Mann umarmt, der uns den Rücken zuwendet. Natürlich handelt es sich um den Vater und seinen verlorenen Sohn. Links von ihnen tritt eine Frau in den Vordergrund, die einen Krug auf der Schulter trägt, hinter ihr, etwas weiter rechts, freut sich jemand über das Wiedersehen, ein Hirte, was aus dem Stock in seinen gehobenen Armen zu folgern ist, neben ihm ist noch eine kleinere Frau, die der Alte im Vordergrund fast komplett verdeckt.«

Zmaga lehnte sich an den Zaun der Terrasse und beobachtete ihre Mutter, die um das Bild kreiste, sich darüberbeugte, und Matija, der offenbar fieberhaft nachdachte.

»Ich könnte mir vorstellen, dass sich in dieser Darstellung der biblischen Geschichte hervorragend ihre legendäre Gabe zeigt, die Dinge mit ganz anderen Augen zu sehen. Alojzij würde die Geschichte wohl so deuten, dass hier göttliche Gnade und edelmütiges Vergeben am Werk ist, während Ludvik einen Faulpelz sehen würde, der auf Kosten der Arbeiter lebt, und einen ungerechten Vater, der dem Ersten eine Feier schenkt, dem Zweiten dagegen die ganze Arbeit auferlegt.«

»Interessant, und du, Mama, was hast du gefunden?«

»Ich betrachte die Gesichter und wem sie ähneln, aber die Fotos sind so schlecht, oder meine Augen sind schuld, dass ich nichts mehr entdecke.«

»Die Fotos sind in Ordnung, der Zustand des Freskos ist so schlecht. Ich helfe dir. Verzeih, Matija …«

Matija winkte ab: »Ich höre euch ja zu.«

»Wem sieht der Vater ähnlich, der Mann in der Bildmitte, der in den Himmel schaut, wie um sich bei Gott für die Rückkehr seines Sohnes zu bedanken? Schau dir das Foto von Ludvik aus deinem Album an, seine Kopfhaltung, die Halsmuskeln vorn. Siehst du die Ähnlichkeit?«

Valentina nickte: »Er sieht ein Stück älter aus, aber das ist er, Ludvik, wahrhaftig.«

»Der verlorene Sohn, der Mensch, der vor ihm kniet, zeigt uns zwar den Rücken, aber ich bin überzeugt, dass es Alojzij ist. Das Fresko will überhaupt nicht die biblische Geschichte darstellen, sondern das Zusammentreffen zweier Brüder, ihre gegenseitige Zuneigung. Dieses Fresko ist ein Liebesgeständnis.«

»Zu der Zeit waren sie schon lange getrennt, Ludvik ist 1925 nach Frankreich ausgewandert, bald nach der Geschichte mit dem Sprengstoff. Beides hing miteinander zusammen, vielleicht fühlte Alojzij sich verantwortlich, schuldig.« Matija schwieg einen Moment. »Obwohl ich das Bild nicht sehen kann, glaube ich auch, es könnte sich um ein Bekenntnis von Bruderliebe handeln.«

»Aber damit ist es nicht getan. Das Gesicht der Frau, die einen Krug auf ihrer Schulter trägt und entschlossen in den Vordergrund tritt, ist fast völlig zerstört, aber es ist sicher Frančiška. Schon einige Zeit zuvor hat sie ihre Arbeit als Lehrerin verloren, sie gibt sich aber nicht mit einem Platz im Hintergrund zufrieden, sie kämpft für Frauenrechte, das Geschlecht darf weder Hindernis noch Beschränkung sein, kühn strebt sie in die vordere Reihe. Der Mann hinten, der vor lauter Freude die Arme hebt, hat einen Stock, das Attribut eines Hirten. Der Stock aber ist schon das ganze Leben hindurch Matijas Gefährte.«

»Die kleinere Frau, wie du sie beschrieben hast, könnte Angela sein. Sie ist in jenen Tagen gestorben«, schloss Matija die Deutung.

»Vielleicht hat ihn gerade ihr Tod zu diesem Bild inspiriert, wer weiß«, sagte Zmaga. »Womöglich hat er sich diesen Narrenstreich umso leichteren Herzen erlaubt, weil sich die Kirche Angela gegenüber so unverschämt verhalten hat. Wie auch immer, ich lege meine Hand dafür ins Feuer, dass das vordergründig biblische Motiv nichts anderes bezweckt als die Darstellung von Bruderliebe, einen Lobgesang.«

»Das wird wohl unser Geheimnis bleiben«, sagte Valentina mehr feststellend als fragend.

»Anders geht es nicht«, stimmte Zmaga zu, »vor allem mit Blick darauf, dass ich drei fast komplett ausgelöschte Gesichter neu darstellen muss. Dein Fotoalbum ist da mehr als willkommen.«

DAVOR

Er kann im Büro des Direktors warten. Die Sekretärin öffnete Davor die gepolsterte Tür, entschuldigte sich erneut für die Verspätung des Direktors, bot dem Gast einen Kaffee an, vielleicht möchte er in der Zeitung blättern. Er bedankte sich und blieb kurz in der Tür stehen, weil ihn das starke Licht blendete, das durch das große, fast bis unter die Decke reichende Fenster in den Raum flutete. Als sich seine Augen daran gewöhnt hatten, machte er ein paar Schritte auf den großen, massiven Schreibtisch des Direktors zu, auf dem fast nichts lag. Die Schränke aus ebenfalls rötlich glänzendem Holz bedeckten fast die gesamte Wand hinter dem Tisch. Er konnte nicht entscheiden, ob die Möbel wirklich antik waren oder er Repliken vor sich hatte, der Sitzungstisch war zweifellos ein modernes Produkt, obwohl er in Farbe und Form ein wenig dem Schreibtisch im gleichen Stil glich.

Er trat an die Tür und sagte zur Sekretärin, dass kein Aschenbecher da steht. Der Direktor duldet keine Zigaretten, gab sie zur Antwort, er verabscheut Rauchen, so sehr, dass sich einige ihrer rauchenden Mitarbeiter wie Kinder vor ihm verstecken. Der Vergleich ließ ihn schmunzeln, er kehrte in das Büro zurück, von den zehn Stühlen am Konferenztisch wählte er den, von dem aus er die Sekretärin durch den Türspalt im Blick hatte. Sie war vermutlich etwas älter als er, er würde sie auf 30, höchstens 35 Jahre schätzen, sehr elegant, gute Figur. Lange ließ er seinen Blick über ihren Körper wandern, um ihre Aufmerksamkeit zu erregen, doch sie reagierte nicht.

Er rief ihr zu, ob sie und die anderen Angestellten es nicht eigenartig finden, dass ein in der Gegend so lange und derart präsentes Handwerk nun wie auf Knopfdruck mit einem Mal erlöschen soll. Sie gab keine Antwort auf seine Frage, sie sagte, dass seit den Anfängen zweihundertfünfzig Jahre vergangen sind, ein Vierteljahrtausend. Inzwischen ist es vollkommen unwichtig, ohne jede Bedeutung. Sie trat zur Tür und lehnte sich mit der Schulter an den Stock. An der Wand hinter ihm hängt eine vergrößerte Kopie der ersten Konzession, falls ihn das interessiert.

Er wusste nicht, warum er aufstand und zu dem großen Rahmen schlenderte, einen Blick auf das Dokument darin warf und sich zu ihr wandte. Damit kann er nichts anfangen, die Handschrift ist schön, aber unlesbar, und sein Deutsch ist auch schlecht. Wenn ihn interessiert, was auf dem Blatt steht, kann sie nach der Übersetzung suchen, sagte sie zuvorkommend. Kopfschüttelnd lächelte er sie an, er sieht es wie sie, dass nur die Gegenwart zählt.

Von der Tür, wo sie stand, erstreckte sich ein großer Plan über die gesamte Wand bis zur Ecke des Büros. Ganz offenkundig handelte es sich um eine ziemlich alte Karte vom Bergbaugebiet und dem gesamten Tal, in der die Tagesanlagen und die Grubenobjekte eingezeichnet waren. Da und dort standen Ortsnamen, die Namen mancher Objekte waren später nachgetragen, was die Verwalter wahrscheinlich sehr lange praktiziert hatten, denn es gab unterschiedliche Handschriften und Tinten.

Das Kartenlesen liegt ihm offenbar besser als das Lesen von Handschriften, sagte nun sie, die ihn beobachtet hatte. Ein ziemlich altes Stück, sagte er und nickte, schade, dass es keine Hinweise darauf gibt, wann was eingezeichnet wurde. Ihm schien bewusst geworden zu sein, dass diese Aussage im Widerspruch stand zu der gerade eben erst geäußerten Meinung, dass die Vergangenheit unwichtig ist, deshalb lächelte er, sein Interesse ist rein beruflich, er ist Bauingenieur. Als er auf sie zutrat, roch er die angenehme Duftwolke, die sie umgab.

In diesem Moment wurde die Tür zu ihrem Büro aufgerissen, ein kleiner Mann mittleren Alters drückte der ihm schon entgegeneilenden Sekretärin einen Papierstoß gegen den Bauch, er müsste sich vierteilen, um alles zu schaffen, was man vor seiner Tür ablädt, regte er sich laut auf. Er nickte zur Begrüßung, als er am verwunderten Davor vorbei ans große Fenster trat und die Rollladen herabließ, zu seinem Besucher zurückkehrte und sich mit einem kräftigen Händeschütteln als der Bergwerksdirektor vorstellte. Er wies ihm einen der Stühle am langen Tisch zu und setzte sich ihm gegenüber.

Wenn Entscheidungen Hals über Kopf getroffen werden, ist immer mit Chaos zu rechnen, setzte er ohne Erklärung sein zorniges Selbstgespräch fort, alles basiert nur auf groben Schätzungen, die ohne jegliche Studien oder technische Dokumentation gemacht werden, ohne eine systematische Analyse, die etwas Grund reinbringen würde in die Prognose. Tausend Dinge wurden vergessen, man wird sie nachträglich ins Programm reinquetschen müssen, vieles ist in dieser Phase noch völlig unvorhersehbar, außer, dass man garantiert damit rechnen muss. Ständig bekommt er Briefe und Anrufe vom Staat, er will dies erklärt, jenes bewertet, das beurteilt haben, die Gemeinde bedrängt ihn und legt fest, was er noch alles ins Programm aufnehmen soll, jeden Tag kommen sie mit neuen Ideen, die Gewerkschaft schimpft, dass er sie nicht über den aktuellen Stand der Dinge und Veränderungen informiert, die Journalisten stellen tausend dumme Fragen und erwarten schlaue Antworten. Er seufzte tief auf und winkte ab.

Davor nutzte die Pause, die sich sein Gesprächspartner gönnte. Sie können ihr Treffen auch um einen Tag verschieben. Kommt überhaupt nicht infrage, flammte der Direktor erneut auf, und er soll ja nicht denken, dass es sonst viel anders ist. Man lässt ihn hängen, fuhr er fort, er weiß, wie man Kohle abbaut, neue Sohlen erschließt, diese Dinge haben sie seit Jahrhunderten drauf, aber ein Bergwerk zu schließen, ist etwas vollkommen anderes. Das ist kein Spaß, sondern ein gewaltiges und sehr kompliziertes Projekt, man braucht viel Geld, Wissen und Zeit dafür, man muss an die Angestellten denken, an die zahlreichen Objekte, die Sanierung von Gelände. Die Erwartung des Staats, dass man in fünf Jahren durch ist mit der ganzen Geschichte, ist utopisch. Als hätte er mit seinem Besucher über Fristen zu debattieren, fügte er etwas versöhnlicher an, dass es vielleicht möglich wäre, die Örtlichkeiten des Bergwerks in fünf Jahren zu schließen, alles andere wird mehr Zeit in Anspruch nehmen.

Erneut hielt er inne, diesmal schwieg vorsichtshalber auch sein Gast, um keinen neuen Wortschwall auszulösen. Für einen Unternehmer ist er ziemlich jung, sagte der Direktor und verwirrte Davor etwas mit dieser unerwarteten Äußerung. Er hat trotzdem schon recht viel Erfahrung mit Erdarbeiten und Tiefbau, gab er zur Antwort, unternehmerische Erfahrung hat er bereits als Student gesammelt. Den Direktor interessierte das offenbar nicht besonders, er reagierte gar nicht auf die kurze Präsentation, sondern neigte sich zum Besucher vor und sagte mit gesenkter Stimme, man hat auf der Gemeinde eine stille Abmachung getroffen, dass man mit Arbeiten, die von externen Baufirmen durchgeführt werden müssen, ganz überwiegend lokale Unternehmen beauftragen wird.

Davor nickte, der Direktor aber fuhr fort, dass er mit der Sanierung von Gelände in jenen Regionen beginnen möchte, wo schon längere Zeit kein Bergbau mehr betrieben wird und die Messungen keine größeren Verschiebungen anzeigen. Podgorje kommt als Erstes an die Reihe, ein besonders umfangreiches und kritisches Gebiet mit schlimmen Schäden. Der Bau von Entwässerungssystemen ist vorgesehen, Einstürze und Risse müssen zugeschüttet werden, geplant sind bestimmte kommunale Objekte und eine Straße. Bauen aber wird dort noch auf lange Sicht keiner, eventuell könnte man kleinere Holzhäuser aufstellen. Das Gebiet soll später für Freizeitaktivitäten oder Gärten genutzt werden, da es sich direkt oberhalb der Siedlung befindet und hervorragend gelegen ist, früher standen dort große und reiche Bauernhöfe.

Davor hatte noch viele Fragen, aber sein Gesprächspartner erzählte eilig weiter. Die technischen Unterlagen werden im Schnellverfahren vorbereitet, in drei Monaten etwa wird er die Ausschreibung veröffentlichen. Wenn ihn das Projekt interessiert, sagte er, den Blick auf seinen Gast gerichtet, wird er ein Treffen mit dem Bürgermeister vereinbaren, der zudem Vorsitzender des Aufsichtsrats ist. Sie beide wissen, dass bei Bewerbern für einen Auftrag jede Ausrichtung willkommen ist. Er wartete seine Antwort nicht ab, sondern stand auf und sagte, dass es ihm eine Freude war, sich mit ihm so gründlich ausgesprochen zu haben. Er begleitete ihn zur Tür und sagte noch zum Abschied, dass sie sich in wenigen Tagen bei der Besprechung mit dem Bürgermeister wiedersehen.

Den mächtigen Geländewagen parkte er am Zaun des Tennisplatzes. Er war ein bisschen zu früh dran, doch der Direktor und der Bürgermeister saßen bereits am Tisch, sie waren die einzigen Gäste. An ihrer Kleidung und den hochroten Gesichtern erkannte er, dass sie sich vor dem Treffen noch ein Tennismatch gegönnt hatten, wahrscheinlich gab es noch Details zu klären. Er rechnete mit einer mühsamen Besprechung; als er den Direktor vor knapp einem Monat kennengelernt hatte, hatte sich dieser als jemand erwiesen, der andauernd spricht und nie zuhört, zudem hatte er von Bekannten erfahren, dass die Forderungen des Bürgermeisters oft jenseits dessen liegen, was sich akzeptieren ließ. Auch hatte er erfahren, dass man beim Bergwerk schon seit Längerem Nachforschungen über ihn anstellte.

Sie begrüßten sich und stellten einander vor, Davor bestellte einen Kaffee – die beiden hatten bereits zwei große Gläser mit Erfrischungsgetränken voller Eiswürfel vor sich stehen – und legte eine Schachtel Zigaretten auf den Tisch. Der Direktor schaute konsterniert, Davor nahm die Schachtel wieder vom Tisch und entschuldigte sich, natürlich wird er in seiner Gegenwart nicht rauchen, er wusste ja nicht, dass er so sehr etwas gegen das Rauchen hat. Es ist nicht klug, jemanden zu erzürnen, mit dem man Geschäfte machen will, erwiderte er lachend und steckte damit sogar den Bürgermeister an, der anmerkte, dass der Direktor früher dermaßen leidenschaftlich geraucht hat, dass er es wahrscheinlich noch im Schlaf tat, später ist er vom einen Extrem ins andere verfallen. Rauchen ist nicht nur selbstzerstörerisch, es ist auch unverantwortlich der Gesellschaft gegenüber und ein Gewaltakt an der Umwelt, sagte der Direktor und untermauerte dabei jedes einzelne Wort mit einem Schlag auf die Stuhllehne. Der Bürgermeister stoppte ihn, er soll sich nicht aufregen, niemand qualmt ihm hier ins Gesicht, er soll den jungen Unternehmer gern bei anderer Gelegenheit umzuerziehen versuchen, dieses Treffen ist rein geschäftlich.

Nach diesem turbulenten Auftakt ging es ruhiger weiter. Wie bereits angekündigt, wird er in drei Monaten die Ausschreibung für Podgorje veröffentlichen, begann der Direktor und ging zu einem unbestimmten Plural über, vielleicht kennt man ja Wege, wie eine bestimmte Bewerbung auf jeden Fall gewinnen könnte. Obwohl die Frage nicht laut ausgesprochen wurde, erwiderte Davor ungerührt, dass ihn das Verfahren interessiert. Vielleicht müsste der beauftragte Unternehmer ein Drittel der Vertragssumme weiterreichen, machte nun der Direktor seinen Zug. Davor antwortete, dass ihm dieser Prozentsatz sehr hoch erscheint. Vielleicht wird die Kalkulation zu Arbeitsstunden und Materialeinsatz für die Sanierung von Podgorje um denselben Prozentsatz erhöht. In diesem Fall, meinte Davor, wäre alles in bester Ordnung, zu Problemen könnte es dann nur noch kommen, wenn sich herausstellen sollte, dass die Kalkulation nicht genau genug war. Niemand wird gerechtfertigten Ergänzungsverträgen widersprechen, versicherte der Direktor. Davor interessierte, ob zumindest im Ansatz bekannt ist, wie und an wen der Auftragnehmer die gewissen Mittel weiterzuleiten hat. Kein Bargeld und keine Auslandskonten, sagte der Direktor, nur die Übernahme von Rechnungen, Sponsoring, Planungs- und Durchführungsverträgen, nichts Verdächtiges und nichts, was Neugierde erregen könnte. Und natürlich nichts Schriftliches, schaltete sich der Bürgermeister ein, alles gründet auf gegenseitigem Vertrauen.

Davor nahm einen Schluck Kaffee, obwohl er schon kalt war, schmeckte er gut. Der Direktor wartete, bis er die Tasse abgestellt hatte, erinnerte ihn dann daran, dass die Schließung des Bergwerks fünf Jahre dauern sollte, doch die Geländesanierung wird mindestens noch einmal so viel Zeit in Anspruch nehmen. Bedeutet zehn Jahre gesicherte und gut bezahlte Arbeit, was sich wohl nur schwer ausschlagen lässt. Niemand, der bei gesundem Menschenverstand ist, würde ein derartiges Angebot ausschlagen, antwortete Davor, woraufhin sein Gesprächspartner lachte.

Der Bürgermeister erklärte, dass für alle externen Auftragnehmer ähnliche Bedingungen gelten. Es geht hier durchaus nicht um unfaire Spielchen oder etwa das Abzweigen von Geld, ihm scheint geboten, dieses Verfahren in Schutz zu nehmen, es handelt sich lediglich darum, einen kleinen Anteil der alten Schulden zu begleichen, die der Staat dieser Region gegenüber hat. Es werden Rechnungen aus der Zeit beglichen, als sie zu kurz kamen und benachteiligt waren, weil sie sich nicht nach eigenem Wunsch und Bedürfnis entwickeln konnten, sondern von der Gunst und dem Diktat des Staats abhängig waren.

Nur widerwillig lauschte Davor dem Sermon des Bürgermeisters, er glaubte nicht im Geringsten an derartige Missionen zum Wohle des Volkes, an edelmütige Räuber, die Unrecht wiedergutmachen, den Reichen nehmen und den Armen geben, die Machtlosen rächen. Warum gibt er nicht einfach zu, dass auch ihn Eigennutz und Gewinnsucht antreiben? Das liegt doch in der Natur des Menschen. Niemand kann ihm befehlen, dass er anderen zu Diensten sein soll, er ist schließlich kein Sanitäter oder Pfleger im Altersheim.

Der fragende Blick des Bürgermeisters holte Davor zurück aus seinen Gedanken. Er schluckte und sagte, dass der Direktor jeden zweiten Satz mit vielleicht begonnen hat. Er selbst will anders beginnen, er glaubt fest daran, dass seine Gesprächspartner über Methoden verfügen, den Staat zur möglichst großzügigen Behebung alten Unrechts zu bringen. Der Bürgermeister und der Bergwerksdirektor lachten laut auf, der Bürgermeister klopfte ihm anerkennend auf die Schulter.

Als der Tennisplatz aus seinem Rückspiegel verschwunden war, fuhr Davor an den Straßenrand und schüttelte ein kleines Aufnahmegerät aus seiner Zigarettenschachtel. Er schaltete es ein, hielt es ans Ohr und lächelte, die Aufnahme war klar und deutlich.

Davor bog in eine Seitenstraße ein, ließ das Schild »Durchfahrt strengstens verboten« hinter sich, umfuhr die Schranke, indem er auf die Wiese auswich, und setzte die Fahrt bis zur Baustelle fort. Die Arbeiter, die längst mit den Abschlussarbeiten am Bau der Entwässerung hätten fertig sein sollen, saßen und lagen etwas weiter oben unter einer Gruppe Birken, rauchten und unterhielten sich. Der Vorarbeiter eilte ihm entgegen und erklärte schon von Weitem, dass ihnen einige Meter Rohre fehlen, sie werden jeden Augenblick geliefert. Ob er nicht bis zehn zählen kann, wollte ihn Davor schon anfauchen, hielt sich jedoch zurück und erwiderte nur, dass die beiden Schächte noch am selben Tag fertig sein müssen.

Seine schlechte Laune hing noch mit dem Vortag zusammen. Zmaga war am Samstag in aller Früh vorbeigekommen, um ihn daran zu erinnern, dass Valentina sie anlässlich ihres achtzigsten Geburtstags am nächsten Tag alle zum Mittagessen eingeladen hat. Er hatte gesagt, dass ihn das nicht interessiert, er hat anderes zu tun, aber Zmaga war aufgebraust, dass er sehr wohl hingeht, er kann bei ihr und Bojan mitfahren, sie werden ein bisschen beisammensitzen und reden, danach kann er in sein Leben zurückkehren. Sie soll sich bloß nicht einbilden, ihm befehlen zu können, hatte er zurückgebrüllt und sie damit zum Weinen gebracht. Sie mischt sich nicht ein in sein Leben, fragt nicht danach, was über ihn im Tal gemunkelt und spekuliert wird, hatte sie unter Tränen aufgelistet, sie weiß, dass er erwachsen ist und unabhängig, dass er ihre Hilfe nicht braucht, wahrscheinlich hat er alles, was er sich wünscht. Sie bereut, dass sie ihn besucht hat, sie ist nicht ihretwegen gekommen, sondern wegen ihrer Mutter, seiner Oma, es ist das letzte Mal, dass sie ihn um irgendetwas gebeten hat. Sie war grußlos gegangen.

Er hatte sich von ihren Tränen erweichen lassen und den Sonntagnachmittag in einer armseligen Berghütte verbracht, mit seiner Mutter, der gescheiterten Malerin, und seinem Stiefvater, dem Dorfkinderarzt, seiner Oma, die sich kaum mehr bewegte und schon für Furore sorgte, wenn sie zwei Schritte tat, ohne sich an etwas festzuhalten, und dem blinden Methusalem. Sogar Vasja, der ewige Student und Versager, der mal in einer Genossenschaft in Berlin, dann auf einer Plantage in Griechenland für eine bessere Welt sorgte, dann wieder bei einem Austausch irgendwo in Skandinavien, hatte sich dem Ritual aus Rindfleischsuppe, Bratkartoffeln, fettigem Schweineschnitzel und billigen Getränken entziehen können. Vollgefressen waren sie sitzen geblieben, und Zmaga hatte als stolze Mutter erläutert, dass ihr Sohn die Sanierungsarbeiten in Podgorje leitet, von wo ihr Geschlecht herstammt, woraufhin Matija und Oma von Erinnerungen und Legenden überwältigt worden waren, eine Ahnin war hübscher als Schneewittchen, die andere sang göttlich wie eine Sirene, und auch alle weiteren waren ihren Erzählungen nach etwas ganz Besonderes.

Er hielt bei dem großen Baggerlader, der den zunehmend schlammigen Weg blockierte, und stieg vorsichtig aus. Zwischen dem abgeholzten Gestrüpp taten sich breite Spalten und trichterförmige Vertiefungen auf. Der Vorarbeiter kam zu ihm, statt einer Begrüßung kommentierte er, das einzig Gute im Moment ist die Tatsache, dass sie sich dem äußersten Rand nähern, die Oberfläche ist nämlich immer zerfurchter. Davor wollte wissen, warum der Baggerlader nicht in Betrieb ist, woraufhin der Werkmeister geheimnisvoll sagte, er soll sich andere Schuhe anziehen, sie werden es sich ansehen.

Mit dem Baggerlader fuhren sie gut hundert Meter weiter, wo man Erdreich auflud, mit dem die Einstürze und Höhlen gefüllt wurden. Der Vorarbeiter passierte mit Davor einen riesigen Traktor mit Anhänger, der bis zur Hälfte mit Erde beladen war, und zeigte ihm die Stelle, wo sie die Erde aushoben. Davor fluchte heftig und fragte, wer alles dabei gewesen war, der Vorarbeiter nannte zwei Namen.

Davor zog Handschuhe an und hockte sich zu dem menschlichen Skelett, griff nach dem geborstenen Schädel mit einem ziemlich großen Loch im oberen Bereich, er war voll schlammiger Erde. Jemand hat ihn mit einem spitzen Gegenstand erschlagen, sagte Davor und sah den Vorarbeiter fragend an. Dieser zuckte mit den Schultern und fragte, ob er die Polizei rufen soll. Auf keinen Fall, sagte Davor sofort entschlossen, wenn das hier ein Mord von früher war, sperrt die Polizei das gesamte Gelände und leitet eine Untersuchung ein, und wenn es sich um etwas aus der Zwischenkriegs- oder Nachkriegszeit handelt oder gar etwas noch Älteres, können sie sich ganz von dem Projekt verabschieden, die Kommissionen für Gräber und die Archäologen nehmen sich alle Zeit der Welt.

Er legte den Schädel zur Seite und blickte sich um. Rund um das Skelett lag zerbrochenes Glas; rostige Eisenringe und faule Holzstücke konnten die Überreste eines kleineren Wagens sein. Er zog die Handschuhe wieder aus, holte sein Portemonnaie aus der Hosentasche und steckte dem Vorarbeiter ein paar Geldscheine zu. Jemand soll zwei Kisten Bier holen, die Arbeiter sollen sich zur ersten Gruppe gesellen und auf seine Großmutter anstoßen, die letzte Woche ihren achtzigsten Geburtstag gefeiert hat. Er selbst soll zurückkommen, sie laden alles auf den Anhänger, bringen es zu einer Grube und bedecken es mit Erde. Sie haben nichts gefunden, sind auf nichts Auffälliges gestoßen.

Hier und da knirschte es unter seinen schweren Armeestiefeln, als er ein paar Schritte über das zerbrochene Glas lief. Er trat auf einen runden Gegenstand, der unter seiner Sohle nicht zerbrach. Er beugte sich hinab und hob das schmutzige Objekt auf, es war so groß und rund wie ein Ei, in der Nähe sah er ein weiteres. Nachdem er den Schlamm und die kleinen Splitter entfernt hatte, kamen zwei ovale Glaskugeln zum Vorschein. Den Fund wusch er in einer Pfütze sauber. Das erste Ei war honigfarben, durchsichtig, das zweite sah rissig aus, wie überzogen von silbernen, schwarzen und dunkelblauen Schuppen, obwohl auch dieses ganz glatt war. Anders als das Honigfarbene war es nicht durchsichtig, aber ein Licht schien darin zu stecken, das nach außen strahlte und das Muster auf die Schale zeichnete.

Erst am späten Nachmittag kehrte er in die Stadt zurück, dabei zog eine hübsche Frau auf dem Bürgersteig seinen Blick auf sich. Als er die Sekretärin des Bergwerksdirektors erkannte, fuhr er langsamer, hielt fast an, kurbelte die Scheibe herunter und sprach sie an, dass sie einsteigen soll. Sie schüttelte den Kopf, das Laufen tut ihr gut, sie hat es nicht mehr weit. Er ignorierte ihre Einwände, die immer nervöser wurden, ständig drehte sie sich um, weil sich hinter seinem Geländewagen eine lange Kolonne gebildet hatte und immer mehr Autofahrer wild hupten. Sie sagte, er soll endlich losfahren, er merkt doch wohl, dass er einen Stau verursacht und die Leute ärgert, er aber gab zur Antwort, dass er nicht daran denkt, ohne sie weiterzufahren. Nun gab sie klein bei und stieg in sein Auto, wobei sie ihm vorwarf, respektlos zu sein, er hat sie dem Hupen ausgesetzt, obwohl sie seine Einladung deutlich abgelehnt hat. Er antwortete, dass er sich schwertut mit Zurückweisung, woraufhin sie mit den Augen rollte und nichts mehr sagte.

Vor dem Gasthaus hielt er an, sie nahmen an einem Tisch im Garten Platz, er erzählte, dass heute ein besonderer Tag ist, ihm hat das Glück zugelächelt. Tag für Tag verschieben sie wertlosen Matsch, vor wenigen Stunden aber hat er in der schmutzigen Brühe ein Glasei gefunden, zweifellos eine große Kostbarkeit. Der Fund stellt ihn vor eine schwierige Wahl. Er könnte einerseits der Profitgier erliegen, was bedeuten würde, dass er erst einen Gutachter und dann noch einen Sammler finden muss, der für den seltenen Fund tief in die Tasche zu greifen bereit ist. Doch er hat nicht wirklich Lust, nach solchen Freaks zu suchen, letztlich hat er ihr Geld auch gar nicht nötig, das Verschieben von Erde ist sehr einträglich, ohne ihm besondere Mühen abzuverlangen. Und die zweite Möglichkeit, fragte sie ihn, denn er hatte ihre Neugierde geweckt. Man soll sich so manches über ihn erzählen, der kostbare Fund bietet ihm die Möglichkeit, seinen Namen reinzuwaschen, es jedenfalls zu versuchen. Er könnte das Ei dem Glasmuseum schenken, das sogar nach einem seiner Ahnen oder Verwandten benannt ist. Früher hat es ein Glaswerk im Ort gegeben, vielleicht wurde das gefundene Kleinod dort hergestellt, es könnte zum Höhepunkt in deren Sammlung werden. Aber, unterbrach sie ihn, doch ihn drängte es offenkundig weiterzuerzählen. Es wäre nicht ehrlich, er ist nicht so, er verschenkt nie etwas, er ist ein Egoist, keine gute Seele, er mag es nicht, wenn ihm jemand auf die Schulter klopft. Fremde Hände, die nach ihm greifen, müssen viel mehr bieten, sagte er lachend und zauberte auch ihr ein Lachen auf die Lippen.

Eigentlich ist ihm im Verlauf ihres Gesprächs eine dritte Möglichkeit eingefallen, er könnte das Ei als Köder verwenden. Den könnte er auslegen und warten, bis eine attraktive Frau anbeißt. Bald bricht hier die langweilige, feuchte Jahreszeit an. Er würde sie für ein paar Wochen auf eine Insel auf der südlichen Halbkugel entführen und sie zu Gegenleistungen für seine Güte nötigen.

Er mag schöne Frauen, sagte er, als er das Ei aus seiner Hosentasche zog – es war das honigfarbene –, es auf den Tisch legte und zu ihr hinrollte. Sie fing es auf, damit es nicht vom Tisch kullerte, hob es hoch und hielt es gegen das Licht, sie suchte seine Augen und sagte, das Ei hat selbst entschieden.

VASJA UND ANDRÉS

Der zerzauste Langhaarige in abgewetzten Klamotten schenkte dem jungen Mann, der etwas älter war als er, elegant gekleidet und tadellos gepflegt, mit etwas dunklerem Teint, vielleicht sogar einem leichten Bronzeton, ein begrüßendes Lächeln. Er ist wirklich nicht viel älter, hielt er an seinem ersten Eindruck fest, seine klassische Kleidung lässt den Unterschied größer erscheinen, verdeckt, dass er noch jung ist. Man sieht schon von Weitem, mutmaßte er über dessen Lebenslauf, dass er bereits einige Karriereschritte gemacht hat, dass er eine wichtige Funktion im Wirtschaftsleben erfüllt. Ob er Banker ist, fragte er sich. Eher nicht, vermutlich Handelsvertreter, ein Verkaufstalent. Das wird es sein, entschied er, Vertreter bei einem großen, international agierenden Unternehmen, das die Welt fein säuberlich in Regionen unterteilt hat. Sein Mitreisender ist für Mittel- oder Südosteuropa zuständig, nein, seine Region ist der Balkan, und ein neuer Standort wird geschaffen. Er fährt zu einem Meeting nach Ljubljana, wo entschieden wird, ob man eine Niederlassung gründet oder lieber ein kleineres Unternehmen vor Ort entsprechend umgestaltet.

Für den Anfang war er zufrieden, sein Blick streifte den Mitreisenden von der Seite, erneut fiel ihm der Bronzeton auf. Ein Elternteil ist wahrscheinlich Europäer oder stammt aus Nordamerika, der andere könnte Inder oder Südamerikaner sein. Er ist noch Junggeselle und hat keine Zeit für eine eigene Familie, Tag und Nacht arbeitet er an seiner Karriere, im Unternehmen schätzt man seinen

Einsatz und seine Loyalität, deshalb steigt er in der Hierarchie schnell auf. Er stammt aus einer recht wohlhabenden Familie, hat eine strenge Erziehung und eine gute Ausbildung genossen.

Solches Zurechtspinnen machte ihm Spaß, er konnte nicht genug davon kriegen, Profile von Menschen zu erstellen, denen er zufällig begegnete, ohne Scheu schrieb er fremden Leuten Persönlichkeitsmerkmale zu und drängte sie in soziale Rollen. Es war ohne Bedeutung, inwieweit seine Porträts mit der Realität übereinstimmten, er erfuhr es ohnehin fast nie, da die Kandidaten seiner Charakter- und Biografiespielchen zufällige Parkbesucher, Mitreisende im Bus oder in der Bahn waren, Menschen, die im Gasthaus am Nachbartisch saßen, jeder Passant konnte in der Umkleidekabine seiner Fantasie von ihm ausstaffiert werden.

Das Spiel endete, als sein Mitreisender der Stewardess, die den Getränkewagen durch den Gang schob, in hartem Slowenisch antwortete, dass er bitte einen Kaffee mit Milch hätte. Den Langhaarigen packte die Neugier, er sprach den Unbekannten auf dem Nachbarsitz an. Er bat um Verzeihung für die Störung, aber ihn erstaunte, nach einem halben Jahr wieder seine Muttersprache zu hören, noch dazu aus dem Mund von jemand, den er seinem Aussehen nach ans andere Ende der Welt gesteckt hätte.

Der elegante junge Mann lächelte freundlich und entschuldigte sich auf Spanisch, er hat die Frage nicht verstanden, er hat gerade erst angefangen, Slowenisch zu lernen, kennt nur ein paar Redewendungen, er spricht aber Spanisch, Englisch und Deutsch. Diese Angabe war dankbares Material für die weitere gedankliche Ausformung seiner Gestalt, aber offenbar erwartete der elegante Herr eine Übersetzung. Und so sagte er ihm in recht gutem Spanisch, dass er ihn auf sein Slowenisch angesprochen hat, er war überrascht, ihn in seiner Muttersprache reden zu hören. Slowenien ist ein kleines Land, erläuterte er, es kommt nicht allzu oft vor, dass er auf seinen Reisen der slowenischen Sprache begegnet.

Sein Mitreisender zeigte sich über seine Worte verwundert, weil es ihm vorkam, dass um ihn herum alle nur Slowenisch reden, als

Erster hat sie der Pilot auf Slowenisch begrüßt, und die meisten Passagiere des Flugzeugs unterhalten sich auf Slowenisch.

Dem Langhaarigen war längst bewusst, wie schlecht seine Ausrede war, jetzt konnte er seinem Mitreisenden nur noch zustimmen und scherzen, dass sein Verstand offenbar das Boarding verpasst hat. Er hat ein halbes Jahr in Spanien verbracht, hat in einem Sozialbetrieb gearbeitet, wo man Gemüse anbaut und Behinderte ausbildet, wobei es umgekehrt zutreffender wäre, verbesserte er sich, die Ausbildung Behinderter steht dort ganz klar an erster Stelle. Aus allen Ecken der Welt sind Freiwillige zusammengekommen, er war der einzige Slowene. Offenbar hat er sich noch nicht auf die neue Realität eingestellt, jetzt, wo er nach langer Sprachabstinenz ausgehungert in das Gebiet seiner Muttersprache zurückkehrt, sagte er lächelnd, oder ihn hat verwirrt, einem Ausländer zu begegnen, der offensichtlich Slowenisch lernt. Es ist schwer nachzuvollziehen, warum jemand diese anspruchsvolle und selten zu gebrauchende Sprache lernt. Aus geschäftlichen Gründen vielleicht, tippte er.

Ja und nein, sagte schulterzuckend der junge Mann, den nicht zu stören schien, dass der Unbekannte seine Neugier nicht im Zaum zu halten wusste. Bereitwillig antwortete er, dass der Hauptgrund oder zumindest der erste Grund ein Antrag auf Denationalisierung ist, den sie schon vor Jahren eingereicht haben, aber die Sache ist furchtbar kompliziert und kommt nicht voran. Ihr Jurist, ein Slowene, den sie engagiert haben, meint, dass es noch zehn Jahre dauern könnte. Deshalb hat er beschlossen, sich das Ganze mal aus der Nähe anzusehen, man soll nicht allem trauen, was Juristen von sich geben, sagte er und lachte, er kann ihm ruhig glauben, er ist selbst einer.

Lustig fand der Langhaarige nicht die Beschreibung von Juristen als potenziellen Lügnern, sondern das Sprachspiel, dass er ihm ruhig glauben kann, obwohl Juristen nicht immer zu glauben ist. Er vermutete, dass es seinem Gesprächspartner zufällig geglückt war und er es nicht einmal bemerkt hat. Statt über die Redlichkeit von

Juristen zu diskutieren, fragte er ihn lieber, ob seine Reise somit dem Versuch gilt, das Verfahren zu beschleunigen.

Sein Sitznachbar nickte und fügte sofort an, dass er nichts Gesetzwidriges zu tun gedenkt. Den Rechtsweg zu begehen bedeutet in demokratischen Staaten oft, unzählige Hürden zu nehmen, eine sehr zeitaufwendige Sache, und noch viel schlimmer ist es, wenn das System noch ganz jung und erst halb fertig ist, die Gesetzgebung aber lückenhaft, weil sie von Politikern stammt. Das Denationalisierungsgesetz ist den Enteigneten wirklich enorm wohlgesinnt – in keinem anderen ehemals sozialistischen Staat wird derart umfangreich rückerstattet –, zugleich aber mit ausgesprochen wenig juristischem Sachverstand verfasst. Er möchte prüfen, ob die Sache mit einem Übereinkommen, einem Vergleich oder Ähnlichem schneller zum Abschluss zu bringen wäre, das ist der Grund seiner Reise. Offene Fragen sind erst mal einfach eine Herausforderung, aber wenn ihre Klärung zu lange dauert, wird das zu einer schweren Belastung.

Der Langhaarige wollte sich wieder seinem Spielchen widmen, die Denationalisierung war kein Thema, das ihn besonders reizte, doch sein Mitreisender war offenbar in Plauderlaune geraten, er wollte seine Meinung dazu hören, warum man sich in Slowenien so sehr dafür einsetzt, Unrecht wiedergutzumachen.

Das ist eine Folge politischer Machtverteilung, antwortete der Langhaarige, nach dem Zerfall des Vorgängerstaats herrschte große Euphorie, nach fast einem halben Jahrhundert Sozialismus wurden nun mit aller Kraft rechtsstaatliche Grundlagen geschaffen, die zuvor nicht viel gegolten hatten. Er wird mit seiner Meinung wahrscheinlich anecken, aber er hält die Denationalisierung für einen Irrweg, er ist davon überzeugt, dass man bisheriges staatliches Eigentum in gemeinschaftlichen Besitz überführen sollte, nicht im Sinne des ungreifbaren Volkseigentums von früher, sondern tatsächlich als Gemeinschaftseigentum.

Die Meinung des Langhaarigen überraschte den Juristen nicht wenig, er fragte ihn, ob er es denn nicht für erforderlich hält, altes

Unrecht wiedergutzumachen, ob sie etwa so tun sollten, als hätte es die Beschlagnahmung von Vermögen gar nicht gegeben.

Die Gesetzlosigkeit hat nicht mit den Enteignungen nach dem Krieg begonnen, viel mehr Unrecht wurde bereits beim Aufhäufen dieser Vermögen begangen, kam der Langhaarige in Schwung, aber lassen wir das. Man müsste einfach die noch lebenden Menschen, die einmal enteignet wurden, um Entschuldigung bitten. Sie sind achtzig Jahre und älter, sie wünschen sich, dass ihre Beine sie noch tragen und sie nachts ruhig schlafen können, in so einem Alter interessieren sich die Leute nicht mehr für Grenzsteine und Fabriken.

Aber diese Menschen haben Kinder, widersprach der Jurist. Natürlich, erwiderte der Langhaarige nickend und konterte sofort mit der Frage, warum das Recht auf Eigentum über allen anderen Rechten stehen sollte. Sein Sitznachbar ist wohl der Enkel oder Urenkel eines Enteigneten, wahrscheinlich hat er sein ganzes Leben im Ausland verbracht. Er wartete, bis der Mann nickte, dann fragte er ihn, warum er aufgrund seiner Abkunft Anspruch auf etwas zu haben glaubt, das er noch nie im Leben zu Gesicht bekommen hat, dass ihm das eher zusteht als jemandem, der kein Enkel oder Urenkel des früheren Besitzers ist, der aber dort die Wiese gemäht oder den Boden gepflügt hat, im Fall einer Werkstatt oder Fabrik dort gearbeitet hat, im Fall einer Wohnung die Wände gestrichen und die Fenster lackiert hat.

Das Eigentumsrecht ist nun mal ein Grundrecht, antwortete der Mann fast entrüstet, ebenso das darauf bezogene Erbrecht. Beide bilden das Zentrum des Systems westlicher Werte, Kultur und Rechtsgrundsätze, zählte er auf, aber schon fiel ihm der Langhaarige ins Wort, dass sie nur das Zentrum jener Rechtsgrundsätze bilden können, die die reichen Herren nach ihren Wünschen geformt und dem armen Volk von oben herab aufgezwungen haben. Dabei haben sie noch großzügig ergänzt, dass das Eigentumsrecht nicht begrenzt werden darf, dass auch Regen und Sonne, die etwas wachsen lassen, demjenigen gehören, der den Acker besitzt, und nicht dem, der darauf arbeitet.

Rund zehn Kilometer über der Erde unterhielten sich der ewige Student Vasja Grošelj und der Jurist Andrés Sarmiento angeregt und stimmten in fast keinem Punkt überein. Sie hatten keinen Schimmer, dass mit ihnen nach 57 Jahren zwei Linien ihrer Familie wieder aufeinandertrafen, dass sie, zwei Verwandte – Andrés' Großvater Alois Schwarz und Vasjas Urgroßmutter Frančiška Knap waren Geschwister –, vom Zufall im Flugzeug direkt nebeneinander platziert worden waren.

Während sie auf ihr Gepäck warteten und Andrés sich wunderte, wie klein der Flughafen war, fiel ihnen auf, dass sie sich im Eifer des Gesprächs nicht einmal vorgestellt hatten, was sie lachend und händeschüttelnd nachholten. Als sie sich am Ausgang verabschiedeten, stellten sie überrascht fest, dass ihr Ziel dieselbe Kleinstadt war. Als er den Ortsnamen so fremd ausgesprochen hörte, überbekam Vasja eine Ahnung, fast eine Gewissheit, und er fragte Andrés, ob er vielleicht ein Verwandter von Alojzij Knap ist, Alois Schwarz. Der Gefragte nickte verwundert, wie versteinert starrten sie einander an, als Zmaga herbeieilte und fröhlich ihren Sohn umarmte, im Scherz machte sie ihm Vorwürfe, weil er nicht auf ihre Rufe und ihr Winken reagiert hatte. Einen Moment später wich sie einen Schritt zurück, ihr Sohn hatte ihre Umarmung nicht erwidert, sein Blick sprang überrascht von ihr zu dem eleganten jungen Mann, in dessen Augen sich ebenfalls Ungläubigkeit breitmachte.

Die Überraschung ließ auch im Flughafenrestaurant nicht nach, als sie schon längst festgestellt hatten, wie sie miteinander verwandt sind und Zmaga sogar auf eine Serviette gezeichnet hatte, dass Vasja ihr jüngster Sohn ist und sie die einzige Tochter von Valentina, dem einzigen Kind von Frančiška Knap. Frančiškas Bruder Alojzij hatte drei Töchter, und Andrés ist der einzige Sohn der zweitgeborenen Lotte.

Bereits am zweiten Tag nach seiner Ankunft führte Vasja den neu aufgetauchten Verwandten ins Altersheim, dort gab es eine Tagesstätte, in die Matija und Valentina von Zmaga gebracht wurden.

Matija war ganz begeistert von der Entdeckung, mehrmals warf er sich laut vor, dass sie selbst nicht mehr Anstrengungen unternommen hatten, um die aus dem Auge verlorenen Nachkommen ihres Bruders Alojzij zu finden, wieder und wieder sollte ihm Andrés von ihrem Leben erzählen.

Matija war vermutlich bekannt, dass seine Oma Ursula eine treue Anhängerin der Nazis war, begann Andrés seine Erzählung. Ihr Vater hat sie lange zu überzeugen versucht, mit ihren Töchtern nach Südamerika auszuwandern, sie sollten nicht im Krieg aufwachsen mitsamt allem Schlechten, was er mit sich bringt. Wohl hatte er die Nazis üppig finanziert, doch seine anfängliche Begeisterung verflog rasch, ihm blieb nur noch, sein Geld einzusetzen, damit sie im Frieden leben konnten. Ursula aber fühlte sich berufen, sie glaubte, sich aktiv beteiligen zu müssen, obwohl sie keine richtige Arbeit oder Position hatte. Im Jahr 1944 gelang es ihm dennoch irgendwie, seine Tochter und seine drei Enkelinnen an Bord eines kleineren Schiffs zu bringen. Mit zwei Begleiterinnen, denen er vollkommen vertraute und für ihr Geleit sehr viel zahlte, machten sie sich auf den langen, gefährlichen und kostspieligen Weg nach Argentinien. Es war nicht einfach, aber mithilfe von Gold und Diamanten nahmen sie Hindernisse, die sonst unüberwindbar waren.

Während der Überfahrt erkrankten fast alle an Bord an einer Art Fieber. Viele Menschen starben, unter ihnen auch Viktoria, die Jüngste. Karin, die älteste der drei Schwestern, überstand die Krankheit auf dem Schiff, war aber davon überzeugt, durch sie unfruchtbar geworden zu sein; vielleicht trog sie ihr Gefühl nicht, auch seine Mutter Lotte konnte lange nicht schwanger werden.

In Argentinien lebten sie bei einem reichen Großgrundbesitzer, ein Geschäftspartner und Freund von Ursulas Vater. Man sorgte für die Flüchtlinge, als gehörten sie zu ihrer Familie, später taten sie es auch, Andrés' Mutter heiratete den Sohn des Großgrundbesitzers. Zu der Zeit war sie noch nicht einmal volljährig, die Hochzeit war weniger ein Ausdruck von Liebe als das Zeichen alter gegenseitiger Wertschätzung unter zwei begüterten Familien. Mehr als zehn

Jahre lang suchte Lotte verschiedene Kliniken für Frauenleiden auf, so mächtig war ihr Kinderwunsch. Und dann, als sie bereits aufgegeben hatte, als es nicht mehr wichtig war, brachte sie einen Sohn zur Welt.

Wahrscheinlich wären wir uns nie begegnet, beendete Andrés seine Erzählung, doch dann sanken ihr Staat und der Sozialismus dahin, die man ihm immer als zwei Kreise der Hölle vor Augen stellte, als Werk des Teufels. Nachforschungen zeigten, dass sein Opa nicht nur der Besitzer des Glaswerks war, das im Krieg niedergebrannt, später nach Deutschland verlegt und dort bei einem Bombenangriff endgültig vernichtet wurde, sondern auch über etliche Grundstücke verfügte. Er hat keine Beweise, sagte Andrés, trotzdem ist er fest davon überzeugt, dass sein Opa großzügige Pläne hatte, dass er eine ganz Stadt erbauen wollte, in der sich alles um optisches Glas drehen sollte. Er glaubt, dass er nicht nur neue Fabriken plante, sondern auch Labors, Schulen, Wohnungen, dass er schöne Wohnungen für die Arbeiter errichten wollte, ihnen eine hohe Lebensqualität ermöglichen, dass er Kindergärten, Geschäfte, Spielplätze, ein Kino, ein Theater, ein Fußballstadion bauen wollte.

Nach fast einem Monat voller Nachforschungen und Gespräche erkannte Andrés endgültig, dass es bis zur Bewilligung seines Anspruchs noch ein weiter Weg war, trotzdem entschied er sich, seinen Aufenthalt zu verlängern. Er mietete eine kleine Wohnung, vergaß den angelernten Groll dem Land gegenüber, das ihm als kommunistisch, gottlos und unbedeutend dargestellt worden war, in Matijas und Valentinas Gesellschaft fühlte er sich pudelwohl. Mit der speziellen Freude, wie sie eine kindliche Trotzreaktion auslöst, verzichtete er an manchen Tagen aufs Rasieren oder ging aus dem Haus, ohne sich die Krawatte zu binden. Die meiste Zeit verbrachte er mit Vasja, und obwohl sie nur in sehr wenigen Dingen dieselbe oder zumindest eine ähnliche Meinung hatten, wurden sie unzertrennlich. Drohten diese Unterschiede ihr Verhältnis zu beschädigen, entzogen sie sich dem durch einen Scherz, der manchmal auch eine tiefere Wahrheit enthielt oder zumindest kenntlich machte, dass sich Dinge aus verschiedenen Perspektiven betrachten lassen.

Sie konnten lange Abende und Nächte darüber diskutieren, ob es besser für ein Volk ist, wenn es eine oder mehrere Parteien gibt, was mehr drückt, die Diktatur der Proletariats oder die des Kapitals, wobei sich im Wunsch, den anderen zu überzeugen, auch das Bedürfnis formte, ihn zu verstehen und herauszufinden, was ihn zu seiner Haltung geführt hatte.

Andrés bewunderte Vasjas naiven Idealismus, er schien ihm klar und sehr anziehend, für nichts auf der Welt sollte er ihn verlieren, andererseits fand er seinen Freund auf selbstmörderische Weise verbissen, denn die Welt war nach völlig anderen Plänen gebaut, stand auf anderen Fundamenten und funktionierte nach anderen Regeln. Selbst wenn er Delilas Schere hätte, diesen Vergleich benutzte er gern, und mit ihr den regierenden Politikern, Magnaten, international agierenden Firmen, Banken und Mafiabanden all ihre Macht abschneiden könnte, selbst wenn er ihren gesamten Apparat ausschalten und einen jede Form von Eigensinn vollkommen schützenden Ort erschaffen könnte, wäre damit noch immer erst der leichtere Teil der Aufgabe gelöst. Die Frage, wie künftig zu entscheiden wäre, wie die Menge an diesem Ort ihre Willensbildung betreiben soll, bliebe unbeantwortet. Ohne ein für alle geltendes System der Entscheidungsfindung kann eine Gemeinschaft nicht funktionieren, wenngleich dieses zwingend die Freiheit jedes Einzelnen einschränkt und man lediglich über den Verlauf dieser Grenzen diskutieren kann. Alles andere ist sinnlos: Sonst kann auch der Blaublütige mit der lautesten Stimme entscheiden oder der größte Schmeichler, der stärkste Ringkämpfer oder der, der am schnellsten Denksportaufgaben lösen kann, zählte er auf.

Einmal, als Vasja nicht auf seine Gedanken einging, präsentierte ihm Andrés eine kleine, ausgedachte Zwickmühle. Sie beide bilden eine Gerechtigkeitsgemeinschaft und entscheiden sich, diese

Gleichheit nach außen durch Partnerlook zu zeigen. Wie werden sie sich einigen, sagte er, seinen Blick auf den Freund gerichtet, bindet sich Vasja eine Krawatte um oder tauscht er seinen Anzug gegen eine schlabbrige Weste ein, werden sie losen, die Entscheidung mit Armdrücken finden? Vasja sah ihn eine Weile verwundert an, dann fragte er ihn, ob er seine Weste wirklich schlabbrig findet.

In ihre Arena der Wortgefechte wurden sie häufig auch durch Vasjas Vorliebe für Strategiespiele gezogen, in der Andrés schon eine Computersucht sah. Er tadelte ihn der persönlichen Unreife, worauf Vasja antwortete, dass es dabei um die Erschließung einer Welt geht, man simuliert sehr anschaulich die Entstehung und Entwicklung einer Gesellschaft, wo der Spieler gewöhnlich mit einem kleinen Stück Land und seinen eigenen Händen beginnt, schon bald aber eine ganze, schnell wachsende Welt gestalten, das beste Gleichgewicht zwischen den verschiedenen Möglichkeiten suchen muss. Gewöhnlich lächelte Andrés darüber, Traumprojekte zu verwirklichen ist am Monitor nicht schwer, sein Freund aber widersprach ihm, genau das ist wichtig, dass er sie in einem Umfeld verwirklichen muss, das die Realität nachahmt. Niemand hindert ihn daran, nur auf diesem ausgedachten Fleckchen Erde zu sitzen und dem Vogelgezwitscher zu lauschen, verträumt, wie Andrés wohl dazu sagen würde, doch bald bekommt er Hunger, der Händler aber verkauft ihm den Weizen, den er aussäen will, nicht auf Kredit, und kaum bemerkt sein Nachbar, dass er arm ist, hilft er ihm nicht etwa, sondern hetzt seine Armee auf ihn und tilgt ihn vom Erdboden. Andrés lachte zufrieden und fragte, ob sich der unermüdliche Kämpfer gegen die geltende Gesellschaftsordnung und ihre Normen in der fiktiven Welt der Computerspiele nun in sein vollkommenes Gegenteil verkehren muss. Er leugnet nicht, sagte Vasja, über Andrés' Eifer lächelnd, dass er manchmal gespielt hat, wie es die Spielregisseure wünschen, dann hat er eine starke Armee aufgebaut, die ihre Gegner mit Leichtigkeit besiegt, viel in Unterhaltung investiert, weil lachende Menschen bereitwilliger Steuern zahlen, die Wissenschaft gefördert und Spione bezahlt, was bald vorhersehbar langweilig wurde. Aber auch lehrreich ist, fiel ihm Andrés ins Wort, ist ihm denn dabei nicht deutlich geworden, dass in einer zunehmend globalisierten Welt niemand an den Regeln vorbeihandeln kann, die von den Stärksten und Größten aufgestellt werden? Er begreift das Wesentliche nicht, fiel nun Vasja seinem Freund ins Wort, das Spiel sagt ihm nur, wie die Gesellschaft beschaffen ist, es sagt jedoch nicht, dass sie gut ist, dass man nichts anderes zu suchen braucht, neue Richtungen gar nicht erst einzuschlagen versuchen sollte. Was zu Beginn utopisch schien oder sogar lachhaft, ist in der Geschichte schon oftmals in etwas Tatsächliches, Bedeutendes umgeschlagen. Er soll nur mal überlegen, sagte Vasja und fixierte Andrés dabei, wie lange die Überzeugung in den Menschen verwurzelt war, dass sie niemals werden fliegen können, später schafften sie nicht nur das, sie sind sogar auf dem Mond gelandet. Findet er wirklich, dass die großen Banken und Finanzgesellschaften, die tatsächlichen Herren und Machtzentren von heute, ewiger sind als die menschliche Unfähigkeit, sich in die Luft zu erheben, fragte er.

Andrés war schon ein ganzes Jahr in Slowenien, nur ein paarmal flog er für ein oder zwei Wochen nach Hause. Nach seiner Rückkehr war er immer schweigsam und gedrückt, die ersten Tage war er fast unzugänglich. Darüber, was auf der Reise oder zu Hause geschehen war, wollte er nicht sprechen, er überhörte Vasjas Fragen und Mutmaßungen, ob sein Vater ihn als seinen einzigen Nachfolger unter Druck setzt.

Nach einer solchen Reise, es war im Frühjahr 1999, ging er gemeinsam mit Vasja nach Podgorje, wo einige Monate zuvor die umfangreichen Sanierungs- und Regulierungsarbeiten abgeschlossen worden waren. Die riesigen braunen Flächen, unregelmäßig mit daunenweichem Junggras bewachsen, waren wellig und sahen aus wie ein schmutziges Meer. Sie blieben die ganze Woche dort, Andrés war schweigsam, in einer anderen Welt gefangen, er überhörte unzählige Anmerkungen und Fragen von Vasja, und auf die, die er hörte, antwortete er meist nicht. Unerwähnt blieb auch, dass den ganztägigen Spaziergängen durch Podgorje lange und ernste Treffen mit seinem Anwalt folgten.

Andrés verlangte von diesem, dass er seine sämtlichen Ansprüche unter genau bestimmten Bedingungen im Tausch gegen das gesamte Podgorje anbieten soll, sein Anwalt hielt das für eine Dummheit, von der er ihn abzubringen versuchte. Podgorje ist vollkommen wertlos, alles, was er dort tun kann, ist Schafe und Ziegen hüten, während die bebauten und unbebauten Grundstücke in bester Stadtlage, die ihm laut Gesetz zustehen, von unschätzbarem Wert sind. Warum sollte er ein Pferd gegen eine Tüte ramponierter Äpfel eintauschen, appellierte sein Anwalt, er soll ihn nicht zu einem derart einsichtslosen Tauschgeschäft zwingen, flehte er ihn fast an, bis Andrés die Diskussion mit der Frage beendete, ob er sich demnach einen anderen Anwalt suchen soll.

In den folgenden Tagen gestaltete er sein Angebot schrittweise aus. Was den Wert angeht, ist der Tausch vollkommen inadäquat, diktierte er dem Anwalt, deshalb wird er einige zusätzliche Forderungen stellen, die die Gesprächspartner dazu zwingen, schnell und effektiv zu handeln. Er wird keinen Einspruch dulden, kein Verständnis für irgendwelche Umstände aufbringen, ihn interessieren weder gesetzliche noch andere Fristen, erläuterte er, die Gemeinde oder wer immer bei dem Tausch den größten Gewinn hat, soll die Sache in Schwung bringen, die weiteren Gesprächspartner ranschaffen, den Lauf organisieren und bis über die Ziellinie führen. Das Angebot muss äußerst präzise formuliert sein und darf keinerlei Mehrdeutigkeit aufweisen, trug er dem Anwalt auf, die Gegenpartei trägt alle Kosten des Tauschs, Gebühren, das Anwaltshonorar eingerechnet, ihn darf der Tausch keinen einzigen Pfennig kosten. Zum Anteil der Gegenseite gehören unter anderem auch alle notwendigen Genehmigungen für den Bau von Objekten, über die sie in den folgenden Tagen eine genaue Liste mitsamt Standorten erhalten. Die Holzhäuser sollen im Stil früherer Bauernhöfe mit ihren Wirtschaftsgebäuden sein, die einzigen teilgemauerten

Wohnobjekte mit Steinbasis und einer Balkenkonstruktion obendrauf werden am äußersten Ostrand stehen, der geologischen Berichten zufolge fest und stabil ist. Das Angebot ist drei Monate gültig, bis zum Sommeranfang, lautete Andrés' letzte Bedingung.

Das ist schlicht unmöglich, widersprach sein Anwalt. Das kann jeder schaffen, wies ihn Andrés ab; er wusste, sein Angebot war so großzügig, dass es eher einem Lottogewinn glich als einem Geschäft. Man wird misstrauisch sein, unternahm der Anwalt einen letzten Versuch. Andrés nickte, er wäre es ebenfalls. Er versichert ihnen, dass er nicht vorhat, sie reinzulegen, und dass er absolut nichts dagegen hat, wenn sie wissen, wie sie sich absichern und ihre Ängste ausräumen können.

Obwohl schon spät am Nachmittag, war es schrecklich heiß, als Andrés mit eng gebundener Krawatte lachend an der Tür von Vasjas Zimmer auftauchte. Er hat ihm einiges zu zeigen, sagte er und hob die elegante Aktentasche an, der passendste Ort für diese Gelegenheit wäre im Schatten des Gartens bei einem kühlen Glas Bier.

Vasja sah seinen Freund neugierig an, der das Bier behutsam einschenkte und sein Glas auf das Ende seines Lotterlebens erhob. Andrés überhörte einen ganzen Schwung Fragen und am Ende noch die Anmerkung über sein tyrannisches Verhalten; er verlangte, dass Vasja erst hören soll, was er ihm zu sagen hat, dann können sie alles besprechen.

Andrés stellte sich als frischgebackener Besitzer des gesamten Ortes Podgorje vor. Dort wird man in den nächsten Tagen mit dem Bau von Wohn- und Wirtschaftsobjekten beginnen, die ersten Bewohner können sie bereits bis Ende des Jahres beziehen, die neue Gemeinde wird mit Beginn des Jahres 2000 offiziell ins Leben gerufen. Dies scheint ihm symbolisch sehr vielsagend, das neue Millennium ist die beste Zeit, um etwas anderes zu starten, etwas Lichtes, Optimistisches, das Gegenteil von den Gerüchten über die Sintflut und das Ende der Welt, über den Absturz der Computersysteme, der das Leben zum Erliegen bringen wird. Es wird sogar behauptet, dass sich die Erde neuerdings in entgegengesetzter Richtung drehen soll.

Er hat sich gemerkt, dass Vasja Herausforderungen mag, wenn er zum Beispiel auf ein Fleckchen Erde gesetzt wird mit nichts als seinen Händen und seinem Verstand und seine Aufgabe lautet, eine Welt um sich herum aufzubauen und dabei das beste Gleichgewicht zwischen den Gesellschaftssystemen zu finden. Andrés musste einige Züge selbst machen, juristisch gesehen ist jetzt alles geregelt, die Entwürfe, die er ihm präsentiert, möge er als völlig unverbindlich betrachten, gelten werden allein Vasjas Entscheidungen.

Noch immer ließ er seinen überraschten Freund nicht zu Wort kommen und fuhr im ruhigen Ton eines Dozenten fort. Die Basis könnte eine Agrargemeinschaft sein und der biologische Anbau von Nahrungsmitteln, in Podgorje wurde schließlich schon seit jeher Landwirtschaft betrieben. Er hat auch an Glasherstellung gedacht, an Workshops, eine Künstlerresidenz, einzigartige Produkte als schöpferische Säule, weil das ein traditionelles Handwerk ist und gleichzeitig eine Verneigung vor ihrem Opa Alojzij. Er selbst würde noch ein Mehrgenerationenzentrum und eine Tagesstätte für ältere Menschen hinzufügen, weil das Neue an das Alte anknüpfen sollte, und ihm scheint zumindest, dass sich Matija in seiner Tagesstätte nicht besonders wohlfühlt, obwohl er es wahrscheinlich für kein Geld der Welt zugeben würde. Er bezweifelt, dass die Sache besonders einträglich ist, er glaubt jedoch, dass sie sich mit viel Einsatz, Freiwilligenarbeit und Hingabe am Leben erhalten lässt.

Er soll sich noch ein klein wenig gedulden, brachte er Vasja erneut zum Schweigen, der sich kaum mehr zurückhalten konnte. Seit sie Freunde sind, bekommt er von ihm zu hören, dass die heutige Welt wie festbetoniert ist, unveränderlich, weil die bequem gewordenen Menschen nichts Neues mehr ausprobieren. Er glaubt, dass gut für die Menschen sein wird, was immer auf der Ruine von Podgorje aufkeimt, weil Vasja es in die Hand nimmt. Auch dürfte er auf seinen Reisen und Camps genug erfahrene Freunde gefunden haben, die eine Herausforderung suchen und gern dabei mithelfen, ein Gebiet neu zu besiedeln, das einst der Industrie geopfert wurde. Ohne Zweifel wird er genügend Ideen haben, wie man diese Partie spielen muss, wie man aus der imaginären Welt des Spiels in die Realität umsiedelt.

Vasja umarmte Andrés tränenüberströmt und fragte ihn, wann sie loslegen. Er empfiehlt, dass er spätestens morgen beginnt, lautete seine knappe Antwort. Sie beide, korrigierte Vasja den Singular seines Freundes. Andrés schüttelte den Kopf, dies ist Vasjas Spiel, in Argentinien warten viele Aufgaben und wichtige Entscheidungen auf ihn. Er lächelte und fragte seinen Freund, ob ihm aufgefallen ist, dass er ›in Argentinien‹ gesagt hat und nicht ›zu Hause‹. Er ist nur für vierzehn Tage hergekommen, aus denen jedoch ein ganzes Jahr wurde. Nun muss er zurück, er muss eine andere Geschichte zu Ende führen. Auf Vasjas fragenden Blick antwortete er, dass er nicht abschätzen möchte, wie viel Zeit das wohl in Anspruch nehmen wird.

24. MAI 2000

Kurz nach Mitternacht fuhr ein ohrenbetäubender Knall durch die Siedlung. In die Schwärze der Nacht drang das Licht aus immer mehr Fenstern, einige wurden geöffnet, hinausgestreckte Köpfe hielten Ausschau nach der verborgenen Ursache, vergebens, die hier und da laut gestellten Fragen blieben ohne Antwort.

Zehn Minuten später durchschnitt Blaulicht, begleitet von lautem Sirenengeheul, die Dunkelheit auf der leeren Straße Richtung Ortsmitte. Der Wagen blieb stehen, die Sirene verstummte, blaue Lichtbündel durchschnitten weiter die Nacht, als zwei Polizisten mit starken Taschenlampen die Plattform betraten. Ein Dritter brachte nach einer Weile einen Scheinwerfer aus dem Transporter und strahlte das Denkmal an, genauer gesagt das, was von ihm noch übrig war. Die Eisenkonstruktion war total demoliert, wie vom Fuß eines Riesen zertreten, Stücke des weißen Steins, der einstige weiße Zylinder, der dem Denkmal den Namen Apollo eingebracht hatte, lagen überall verstreut. Auf den Boden hatte jemand in Großbuchstaben MÖRDER und daneben ein Hakenkreuz gesprüht.

Erste Neugierige strömten auf den Schauplatz, die die Polizisten von der Ruine wegscheuchten, bis der Dritte mehrere Pfosten aufgestellt und die Zone um das Denkmal und die Schrift mit Absperrband versehen hatte. Hinter dem Band herumzustehen, wurde bald langweilig, jemand kämpfte mit einer Zigarette, doch ihn packte bei jedem Zug der Husten, einige Male wurde das Blitzlicht eines

Hobbyfotografen ausgelöst, jemand versuchte es mit dem Scherz, dass Apollo endlich abgehoben hat, doch die Mienen der ungekämmten Leute in Mänteln über ihren Schlafanzügen blieben ernst. Während man rätselte, wer das Denkmal wohl in die Luft gesprengt hatte, und überschlug, wie viel Schlaf ihnen noch blieb, bis der Wecker klingelte, begannen die Schaulustigen, in ihre Schlafzimmer zurückzukehren, beschleunigt dadurch, dass ein kräftiger, rauer Wind aufkam.

Der einstige Gymnasiallehrer, der etliche Jahre zuvor komplett durchgeknallt war, konnte nur noch die letzten Neugierigen abfangen, doch auch die stahlen sich rasch davon, weshalb er nun die Polizisten mit seiner Meinung behelligte. Schon seit einer Weile prophezeit er eine Tragödie, aber niemand nimmt ihn ernst. Er hat die Bergbauingenieure angefleht, sie sollen innehalten und ihn anhören, aber vor einer Woche wurden die letzten Pumpen aus der Grube gebracht, sodass das Wasser die Hauptsohle überflutete, im Bauch der Erde hat sich ein gigantischer See aus Wasser und Schlamm zu bilden begonnen. Nicht ein einziger Hohlraum wird in den Eingeweiden des großen Bergwerks bleiben, sagte er, wobei er einige Male mit dem Fuß auf den Boden stampfte. Sie wollen bewusst nichts von seiner Warnung hören, dass sie das Bergwerk nicht dichtmachen dürfen, jedem Dummkopf müsste klar sein, dass damit eine riesige Energiesäule unterbrochen wird, die mehr als fünfhundert Meter in die Tiefe reicht und sich vierhundert Meter gen Himmel erstreckt.

Jeden Tag geht er zum Kraftwerk, um den Schornstein zu beobachten, momentan ist das mit bloßem Auge noch schwer erkennbar, aber der Schornstein verändert langsam seine Lage – er neigte seinen Körper, um seine Worte zu veranschaulichen –, bald steht er so schief wie der Turm von Pisa. Diese Explosion ist erst der Anfang, die Folgen der unterbrochenen Energiesäule werden schrecklich sein, Kummer und Hass wurden freigesetzt, schrie er immer lauter, bis ihm einer der Polizisten, der sein hitziges Geschwafel satthatte, sagte, er soll die Klappe halten und nach

Hause gehen, andernfalls verbringt er die Nacht auf der Polizeiwache.

•

In der kleinen Gemeinschaft in Podgorje hörte nur Matija die Explosion, die weite Teile des Tals weckte. In die Berge jenseits der Siedlung drang nur ein harmloser Knall, der selbst ihm entgangen wäre, hätte er nicht schon lange wach gelegen. Er wollte schreien vor Schmerzen, die er auch mit Galgenhumor nicht vertrieb, versuch doch, den Tag zu genießen, das Leiden von morgen wird noch viel schlimmer sein als das heutige, wenngleich das ganz unvorstellbar war. Sinnlos biss er sich auf die Zunge und kniff sich, damit ein anderer Schmerz ihn zumindest für kurze Zeit seinen Bauch vergessen ließ. Seit mindestens einer Woche konnte er sich nicht entleeren, auch beim Wasserlassen hatte er Probleme, der heftige Druck im Unterleib und im Schritt tat unerträglich weh.

Vor drei Tagen hatte er sich unter dem Vorwand, Kopfschmerzen zu haben, von Vasja eine Schmerztablette erbeten. Seither hatten die Schmerzen nur immer weiter zugenommen, doch er bat ihn um keine weitere mehr, er war sicher, dass Vasja ihn durchschaut und ohne große Diskussion zum Arzt gebracht hätte. Er hatte sich schon vor einer Weile entschieden, nie wieder über die Schwelle einer Arztpraxis zu treten, sein Lebenswille war erloschen.

Am Vormittag, als Vasja Angelegenheiten im Tal zu regeln hatte, bekam er auf seine Bitte ein Schmerzmittel von Duša, einer jungen Frau, die nicht nur »Seele« hieß, sondern auch eine war. Sie sagte, dass sie damit erfolgreich ihre Menstruationskrämpfe lindert, vielleicht hilft es auch gegen seine Bauchschmerzen. Er hätte es wohl für später aufheben wollen, doch sie reichte es ihm bereits aufgelöst in einem Glas Wasser.

Offenbar half der bittere Trank, denn kaum war er zurück in seinem Zimmer, schlief er fest ein. Ihn weckte Vasja, der wissen wollte, was ihm wehtut, Duša hat ihm besorgt erzählt, dass er über Bauchschmerzen klagt. Er log ihn an, dass alles wieder gut ist, vorhin hat es ein bisschen wehgetan, auch hat er in der Nacht schlecht geschlafen, deshalb hat er sich noch mal hingelegt. Irgendwie konnte er ihn beruhigen, aber als Vasja ihn zum Abschied umarmte und dabei über seine schweißbedeckte, kalte Stirn strich, begann ein neues Verhör, Vasja hatte zahllose Fragen. Trotz der Schmerzen verneinte Matija beharrlich, dass etwas nicht stimmt. Erst als Vasja die Tür hinter sich geschlossen hatte, verzog er das Gesicht vor Schmerz.

Etwas später, als niemand mehr zu hören war, ging er nach draußen. Jeder Schritt war eine Qual, doch irgendwie schleppte er sich zu der Gruppe Birken jenseits der Häuschen. Er legte sich auf den Boden und suchte nach einer Position, die den Druck ein wenig linderte.

Bald nach seiner Ansiedlung in Podgorje hatte er den kleinen Birkenhain aufzusuchen begonnen, der sich kaum zehn Meter hinter der winzigen Siedlung befand. Bereits beim ersten Mal fragte er sich, ob das wohl jene Stelle ist, jener traurige Ort, wo Nežas totgeborene Zwillinge begraben lagen und sich ihr Vater Jakob das Leben genommen hatte. Er saß gern unter den Birken und lauschte dem Rascheln der Blätter, vielleicht erwartete er insgeheim, dass ihm das sanfte Geräusch eine Antwort gibt.

Sein ganzes Leben hatte er der Natur gelauscht und ihre Geräusche gesammelt, dachte er, und er tut es noch heute, auch wenn seine Finger zu steif und ungehorsam sind, um das Gehörte auf die Konzertina zu übertragen. Auf ihr spielt er nur noch in Gedanken, auch jetzt wird er es tun, vielleicht gelingt es ihm so, den Schmerz für einen Moment zu vertreiben. Er zog am Balg und drückte auf die Tasten, klar hörte er die dabei entstehenden Töne und verglich sie mit denen, die ihm die Natur bot. Wie mächtig die Fantasie doch ist, dachte er und erinnerte sich, wie er sich früher an kühlen Regentagen, obwohl er in einem geheizten Zimmer steckte, mit solcher Musik auf eine grüne Wiese gelegt und in den wolkenlosen Himmel geblickt hatte.

Vor zwei Wochen hatte man ihn bei einem Gemeinschaftsabend

gebeten, den Leuten davon zu berichten, wie er die Natur wahrnimmt und erlebt. Sie erschließt sich ihm nicht unmittelbar, und er kann ihr Erleben nicht gleichsam ein- und wieder abschalten, begann er, in ihm setzt sich erst allmählich ein Bild von ihr zusammen. Seine Ohren sind die ganze Zeit aufgesperrt, man braucht ein sehr feines Gehör, weil die Natur überwiegend kaum hörbar lebt; manchmal kracht und donnert es, wenn Wasserfälle tosend in die Tiefe stürzen, aber diese Art von Lärm gehört zu den Ausnahmen. Über Verrückte sagt man, dass sie das Gras wachsen hören, sagte er lächelnd, und er ist einer von ihnen. Er hört, wie die Erde atmet, hört das Dahinziehen der Wolken, den Zerfall der Blätter. So verrückt, dass er für hörbar hält, wie ein Tautropfen an einem Grashalm hinabrutscht, ist er auch wieder nicht, korrigierte er sich, aber wenn er auf dem Boden liegt und sein Ohr an die Erde lehnt, hört er unzählige Laute. Er weiß nicht, wer sie erzeugt und ob zumindest einige schon in seinem Kopf entstehen, für ihn ist es die Stimme der Natur, ihr Gesang. Wegen dieser Töne kann er stundenlang auf der Erde liegen, blind starrt er in den Himmel und stellt sich vor, dass er die Wolken dabei beobachtet, wie sie über das Himmelszelt wandern.

Er wusste nicht, wie viel Zeit er unter den Birken verbracht hatte, unter Qualen ging er bergab. Es dauerte unendlich lang, bis er sich zurück zum Häuschen geschleppt hatte. Ihm gefiel, dass er niemanden traf, nicht einmal aus der Ferne wurde er angesprochen. Vermutlich sitzen alle schon beim Abendbrot, dachte er. Er wird sich aufs Bett legen und sich schlafend stellen, vielleicht kann er so Vasja überlisten, der fast sicher kommen wird, um nachzusehen, warum er ihr gemeinsames Abendessen ausgelassen hat. Noch ein Verhör hält er nicht aus, bei diesen Schmerzen, die selbst die Zeit zum Stillstand bringen, ist es schwer zu lächeln.

Sogar seine hundert Jahre sind schneller vergangen als die letzte Woche mit diesem unerträglichen Schmerz, ging es ihm durch den Kopf, und schon im nächsten Moment schalt er sich, dass das nun doch unnötig übertrieben ist. Zwei, drei Tage, wie höllisch auch immer, machen angesichts all des Guten und Schlechten, das er durchlebt hat, auch keinen großen Unterschied mehr. Solche Verstopfungen, wodurch auch immer verursacht, sind nur unangenehme Episoden, ihre Dauer ist begrenzt, jeder Staudamm gibt nach, wenn der auf ihn ausgeübte Druck stark genug ist.

Eine unbestimmte Angst ließ ihn hochfahren, doch der Schmerz zwang ihn zurück ins Bett. Er atmete tief, Tränen rannen wie von selbst aus den Augenwinkeln. Er ist wohl eingenickt, die unsichtbare Wunde hat ihn zu Tode ermüdet, etwas war gewesen, von dem er nicht wusste, ob es nur wenige Minuten gedauert oder sich stundenlang hingezogen hatte. Er könnte ans Fenster treten und den Geräuschen von draußen lauschen, aber es ist völlig egal, ob es erst spät am Abend ist oder bereits der Morgen naht, dieses Wissen macht den dumpfen Schmerz um nichts kleiner.

Erneut griff er in Gedanken nach der Konzertina, er könnte versuchen, seine Schmerzen zu spielen, überlegte er, vielleicht macht ihn das zu etwas Außerkörperlichem, Äußerlichem, Fremdem, zu etwas, das nicht zu ihm gehört. Die List funktionierte nicht, der Schmerz verharrte im Körper. Er verfiel darauf, Töne des Trostes und ein sanftes Über-die-Haut-streicheln zu spielen, um seine Lage erträglicher zu machen, doch er spielte und hörte nurmehr sein Weinen. Er drückte sich die Ohren mit den Händen zu, um alle Laute zu verscheuchen und die Leere zu spüren, die er dann mit duftenden Blüten besiedeln wollte, mit warmen Sonnenstrahlen, Tau, der ihm die Füße netzt, mit irgendetwas, das er sich ausdenken würde. Doch auch dieser Trick, der ihm so viele Male aus beklemmenden Albträumen geholfen hatte, wirkte nicht, der unerträgliche Schmerz in seinem Unterleib vereitelte erbarmungslos jeglichen Fluchtversuch.

Einmal noch wird er sich mit dem Gegebenen abfinden müssen, mit dem Hier und Jetzt, ging es ihm durch den Kopf. Er ist eben nicht der Vagabund Luka, der damals, als es besonders schlimm war, eine Fahrkarte in die große Stadt kaufte, davonfuhr und sich dem Vergnügen hingab, obwohl er bei jedem Schritt Atemnot verspürte. Er, Matija, bestimmt nicht den Gang der Dinge, er bestimmt nicht einmal die Richtung seines Lebens, er ist die ganze Zeit nur irgendwie dabei. Er ist ein historisches Stück Pergament, auf dem alles dokumentiert ist, was im Tal geschieht. Man bräuchte Kerzenruß, damit die Botschaften, mit denen er in Geheimschrift beschrieben ist, fürs Auge sichtbar werden, um das Ganze dann sauber abzuschreiben.

Aber warum sollte dies irgendjemanden interessieren, fragte er sich, warum sollte irgendwer die unbestimmbaren Melodien seiner Konzertina in verständliche Geschichten von seiner, ihrer Existenz und Zeit übersetzen wollen. Können all diese Geschichten überhaupt verständlich sein, so seine abschließende Frage.

Durch das geschlossene Fenster bekam er mit, wie draußen der Wind erwachte. Aufmerksam horchte er, wie er um die Ecken schoss, wie er lachte, wenn er die Spalten und Ritzen absuchte und Zuflucht in ihnen fand, ein wenig zumindest vertrieb die freche Musik des Windes den unbeschreiblichen Schmerz. Kurz fuhr ein Missklang in diese harmonische Musik, irgendwo in der Ferne musste es laut gedonnert haben, aber bis nach Podgorje gelangte lediglich ein schwacher Knall.

Der Wind frischte auf, die Geräusche wurden lauter, seine Stöße stärker, irgendwo krachten Fensterläden mit voller Wucht gegen die Wand. Matija wälzte sich auf die Hüfte und glitt von seinem ungewöhnlich hohen Bett. Mit der Schulter gegen die Holzwand gelehnt, rutschte er langsam zum Ausgang. Mit viel Mühe gelang es ihm, die Tür ein wenig aufzuschieben, doch der kräftige Wind schlug sie sofort wieder zu. Nach einem erneuten Versuch gelang es ihm irgendwie, sich durch den entstandenen Spalt zu zwängen, der schwere Türflügel drückte gegen ihn, doch in diesem Moment drehte sich der Luftzug plötzlich, die Tür entließ ihn aus ihrer Umklammerung, glitt rasend schnell in die andere Richtung und knallte draußen laut gegen die Wand.

Er wankte hinaus, dort presste ihn ein kräftiger Windstoß gegen die Holzbalken. Er konnte sich nicht regen, die Kraft des Windes nagelte ihn wortwörtlich an die Wand. Was lockte ihn in dieses Unwetter, das ihn seiner letzten Kräfte berauben wird, dachte er, und wie zur Antwort auf seine Frage klang der Sturm für einen kurzen Moment ab. Matijas Körper sackte zusammen, er spürte, wie sich unten alles öffnete, der starke Schmerz ließ augenblicklich nach, ihn schwemmte Kot hinfort, vermischt mit Blut, es rann ihm warm über die Beine und durchsuppte seine Hose. Er saß in der Brühe aus Kot und Blut, der Wind trug den grässlichen Gestank hinfort.

Matija winkelte das rechte Knie etwas an, wie um seine Konzertina auf ihm abzustützen, die Finger begannen über die eingebildeten Tasten zu tanzen. Ein Lachen trat auf sein Gesicht und blieb noch dort, als die Finger schon wieder ermüdeten und von der Schwere zu Boden gezogen wurden. Er spielte sein letztes Lied, die Geräusche der Windsymphonie wurden immer lauter, sie schlugen, peitschten, rissen nieder, bis sie sich mit einem Mal in eine verspielte, freche Brise verwandelten, die die Schweißtropfen auf der kalten Stirn trocknete.